BASTEI
LÜBBE

JOHN CLEESE, TOM HOLT, U.V.A.

HOKUS, POKUS, HEXENSCHUSS

DAS GROSSE BUCH DER HUMORVOLLEN FANTASY

HERAUSGEGEBEN VON MIKE ASHLEY

BASTEI LÜBBE

BASTEI LÜBBE TASCHENBUCH
Band 20 451

1. Auflage: November 2002
2. Auflage: August 2005

Vollständige Taschenbuchausgabe

Bastei Lübbe Taschenbücher
in der Verlagsgruppe Lübbe

Titel der englischen Originalausgabe:
The Mammoth Book of Awesome Comic Fantasy

Published by arrangement with Constable & Robinson LTD
Dieses Werk wurde vermittelt durch die Literarische Agentur
Thomas Schlück GmbH, 30827 Garbsen

Übersetzernachweise am Ende der einzelnen Geschichten
Lektorat: Alexander Huiskes/Stefan Bauer
Titelillustration: Ken Macklin, Agentur Schlück
Umschlaggestaltung: Jan Kullowatz
Satz: Heinrich Fanslau, Communication/EDV, Düsseldorf
Druck und Verarbeitung: NørhavenPaperbackA/S, Dänemark
Printed in Denmark
ISBN 3-404-20451-4

Inhalt

Eine Oldie-Fundgrube

Eine Riege Engel

Von Märchen und Hexen

Ein Hauch von Unmöglichkeit

Noch so eine blöde Einleitung

von Mike Ashley

Voller Stolz präsentiere ich hiermit einen weiteren Band mit humorvollen Fantasy-Geschichten.

Oh, Mist, nicht noch so eine blöde Einleitung!

Wie bitte?

Wer zum Teufel liest schon Einleitungen?

Was soll das heißen?

Die Leute sind an deinem Geschwafel gar nicht interessiert. Sie wollen gleich mit dem Buch anfangen!

Aber an dieser Stelle muss ich doch sagen, worum's in dem Buch überhaupt geht, was drinsteht und so. Und die Danksagungen einfügen.

Wir wissen, worum's in dem Buch geht. Immerhin ist das nicht die erste Sammlung dieser Art.

Ja, schon, aber …

Komm schon, lass den ganzen Quatsch und fang einfach an.

Aber ich muss allen Beteiligten doch noch danken.

Dank ihnen auf der Seite mit den Veröffentlichungshinweisen. Noch so 'ne Seite, die kein Schwein liest.

Und was ist mit meinem Hinweis auf die zahlreichen verborgenen Schätze in diesem Band? Wie zum Beispiel all die selten abgedruckten Geschichten, all die längst vergessenen Kleinode? Und dass für diesen Band extra dreizehn neue Geschichten geschrieben wurden? Und dass wir eine wohl ausgewogene Mischung haben von …

Das werden wir schon selbst feststellen. Wir wollen ja schließlich das Buch lesen.

Ja, aber das hier ist die einzige Stelle im ganzen Buch, die mir alleine …

Und dafür sei Gott gedankt! Also, mir reicht's jetzt. Ich mach mich an die erste Geschichte. Wer schließt sich mir an?

Aber ich muss doch noch erklären, wie großzügig ich den Begriff ›Fantasy‹ ausgelegt habe; dass für jeden Geschmack etwas dabei ist; dass alle Arten von Humor vertreten sind; und …

Und tschüss!

Verdammt, dann macht doch einfach was ihr wollt! Lest nur weiter! Ignoriert mich doch einfach …

1. Das Glückliche Tal

John Cleese und Connie Booth

Was kann man noch über die geniale MONTY-PYTHON-TRUPPE oder die beiden brillanten Komiker John Cleese und Connie Booth, die legendären Schöpfer von FAWLTY TOWERS, sagen, was nicht schon hundert Mal gesagt worden wäre? Folgende Geschichte, die aus einer der späteren Folgen von MONTY-PYTHON'S-FLYING-CIRCUS stammt, verhilft unserem Buch zu dem geeigneten »Silly Start«.

Es war einmal vor langer, langer Zeit, da gab es ein Tal, das weit, weit hinter den Bergen lag, und dort gab es ein Königreich, wie es glücklicher nie eines gegeben hat.

Man nannte es das Glückliche Tal, und es wurde regiert von einem weisen alten König namens Otto. All seine Untertanen gediehen und waren glücklich, und es gab keine Unzufriedenen oder Nörgler, denn König Otto der Weise hatte diese schon viele Jahre zuvor alle hinrichten lassen, zusammen mit den Gewerkschaftsführern. Und das ganze gute Volk vom Glücklichen Tal sang und tanzte den lieben langen Tag, und jeder, der aus irgendeinem Grunde niedergeschlagen oder unglücklich war oder irgendwelche persönlichen Probleme hatte, wurde strafrechtlich verfolgt und gemäß GGB (dem Glücklichen Gesetzbuch) vor Gericht gestellt. (Vgl. z. B. den Fall R. v. Schlitz aus dem Jahre 1251. S., seines Zeichens Zimmermann, wurde dabei erwischt, wie er leise vor sich hin seufzte und damit gegen Paragraph 2 der Heiteren-

Geräusche-Verordnung von 1208 verstieß; zudem bekannte er sich der ›Böswilligen Niedergeschlagenheit‹ schuldig, also eines Verstoßes gegen Paragraph 1 des GGB. Als strafmildernder Umstand wurde vorgebracht, dass die Frau von S. am vorangegangenen Tage gestorben war. S. wurde dazu verurteilt, am Halse aufgehängt zu werden, bis dass die Aufheiterung eintrete.)

Und während die Menschen des Glücklichen Tales unermüdlich weiter vor sich hin frohlockten, spielte ihr weiser alter König, der ein gar lustiger Geselle war, merkwürdige Lieder auf seiner Hammond-Orgel, oben in seinem prächtigen Schloss, wo er mit seiner anmutigen Königin Sillabub und ihrer beider liebreizenden Tochter Mitzi Gaynor lebte. Letztere war mit ein paar wirklich tollen Titten ausgestattet, sowie mit einem bezaubernden Lächeln und einem hölzernen Gebiss, das sie – trotz aller Brandgefahr – bei einem Apotheker in Augsburg erstanden hatte. Sie hütete diese Zähne, die aus dem besten Kiefernholz gefertigt waren, wie einen Schatz und polierte sie nach jeder Mahlzeit. Gleich nach ihren Zähnen liebte sie ihren Schoßhund Hermann am meisten. Sie machte lange Spaziergänge mit ihm, hätschelte und tätschelte ihn den lieben langen Tag und stahl ihm schmackhafte Leckerbissen vom Tisch, die er stets unberührt ließ, denn bedauerlicherweise war er tot, und niemand traute sich, es ihr zu sagen, weil sie doch so liebreizend und unschuldig war und noch nichts vom Tod wusste, von Magen-Darm-Katarrhen oder gar von künstlichen Hüftgelenken.

Eines Tages, als Mitzi mit Hermann wieder einmal durch die königlichen Gärten flanierte, fiel ihr Blick auf den schönsten jungen Mann, den sie je gesehen hatte, und sie verliebte sich Hals über Kopf in ihn, in der festen Annahme, dass es sich bei ihm um einen Prinzen handeln musste. Und in der Tat hatte sie Glück, denn er war *tatsäch-*

lich ein Prinz. Nachdem sie ihn im »Adelsregister« nachgeschlagen hatte, ging sie zu ihm, stellte sich vor und fragte ihn, ob er sich vorstellen könne, sie zu heiraten, und nach einer kurzen Zeitspanne, die nicht länger als ein Lidschlag zu dauern schien, in Wirklichkeit aber vierzehn Tage umfasste, machten sie sich gemeinsam auf den Weg zu König Otto, um diesen um seinen Segen zu bitten.

Was für ein perfektes Paar sie doch waren! Mitzi, prachtvoll herausgeputzt in einem muschelfarbenen Brokatkleid aus feinster Seide und mit nagelneuen kugelsicheren Mahagoni-Zähnen, und Prinz Kevin, wie man ihn sich hübscher nicht vorstellen kann. Schon in der Vorhalle zog er so manch bewundernden Blick der ein oder anderen wollüstigen Hofdame auf sich.

Und alsbald standen sie vor der Tür zu jenem Raum, von dem aus das gesamte Königreich regiert wurde. Und während sie noch versuchten, ihrer Aufregung Herr zu werden, wurden sie vor den König selbst geführt, der an der Königlichen Großorgel saß und sein neustes Lied zum Besten gab, das merkwürdig dissonant klingende »Ja bim di bim, pufftí tang stirkel bo bum«. Und als der König seinen Vortrag – einige Stunden später – beendet hatte und der Applaus der Höflinge verstummt war, da stellte ihm Mitzi den jungen Prinzen Kevin vor, der sich elegant verbeugte und den weisen alten König um die Hand seiner Tochter bat.

»Steht er im Register?«, wollte der König wissen.

»Natürlich, Papa«, rief Mitzi.

»Liebst du meine Tochter?«, fragte er den Prinzen eindringlich.

»Das tue ich!«, erwiderte Prinz Kevin, und eine Welle der Begeisterung ging durch den Saal, denn schon hatte der Prinz mit seiner königlichen Haltung und seinem natürlichen Charme die Herzen des gesamten Hofstaates erobert.

»Gut! Aber bevor ich meinen Segen geben kann, musst du eine Prüfung bestehen, auf dass du dich meiner Tochter auch als würdig erweisest.«

»Schon erledigt!«, versicherte Kevin galant.

Der alte König setzte eine ernste Miene auf. »Morgen früh um neun«, erklärte er, »musst du den höchsten Turm dieses Schlosses erklimmen und – nur mit deinem Schwerte gewappnet – aus dem Fenster springen.«

Und so geschah es also, dass der tapfere junge Prinz, ganz elegant in ein gold-weißes Gewand gekleidet und nur mit seinem magischen Schwert bewaffnet, dreihundert Fuß tief in einen raschen Tod stürzte. Oh, wie groß war das Jubelgeschrei des Volkes! Und wie lustig sahen die königlichen Überreste aus!

»Können wir jetzt heiraten, Papa?«, fragte Mitzi, denn bisher wusste sie ja noch nichts vom Tod.

»Nein, meine Tochter, ich fürchte, nicht«, antwortete der weise alte König, obwohl er selbst der Nekrophilie nicht ganz abgeneigt war. »Er war deiner einfach nicht würdig.«

»Ojemine!«, klagte Mitzi. »Kommt er auch unter die Erde wie all die anderen?«

Und so wurde also Prinz Kevin – zumindest der größte Teil von ihm – neben den sterblichen Überresten von Prinz Oswald begraben (vgl. Seite 924 in diesem Buch), der ganz alleine gegen eine Armee von Fußsoldaten hatte kämpfen müssen, nur mit einer Ausgabe der Frankfurter Allgemeinen Sonntagszeitung bewaffnet; und neben Prinz Robin (vgl. S. 1019), der den ritterlichen Versuch unternommen hatte, einen lodernden Feuerofen zu löschen, indem er sich hineinwerfen ließ; und neben Prinz Norbert (Seite 836), der gegen einen Mähdrescher gekämpft hatte;

und neben Prinz Malcolm (Seite 1218), dessen Aufgabe es gewesen war, mit bloßen Händen eine VC10 zu fangen, derselbige aber bedauerlicherweise hatte fallen lassen; und neben all den anderen Prinzen, die bei ihren Prüfungen ein klein wenig Pech gehabt hatten.

In dem Augenblick also, in dem Kevins Sarg auf das traditionelle schwarz gesäumte Freudenflor gebettet worden war (denn da er ein Prinz gewesen war, hatte man ihm natürlich ein volles Staatsbegräbnis mit Nichttrauer-Zeremonie zugestanden), machte Mitzi sich erneut auf in die königlichen Gärten, den treuen Hermann hinter sich herschleifend, um zu sehen, ob sie nicht einen weiteren Prinzen auftreiben konnte. Doch ach, obwohl fast alle Bewohner des Glücklichen Tales da waren, vom Zimmermann bis zum Schmied und dem Geheimpolizisten; vom Kerzenmacher bis zum Schaufensterdekorateur und dessen Lebensgefährten; vom Henker und seinen kleinen Auszubildenden bis hin zum begnadeten Schreiberling (der natürlich auch ein exzellenter Schauspieler war) und dem konzessionierten *Agent Provocateur:* Ein Prinz war nirgends zu entdecken. Denn Prinzen waren ausgesprochen rar geworden; so rar, um ehrlich zu sein, wie eine australische Jungfrau.

Also machte sich Mitzi auf und spazierte am Flussufer entlang, küsste hoffnungsfroh alle Frösche, derer sie habhaft werden konnte, bis sie fast das mysteriöse Zauberdickicht namens Scampi Provencale erreicht hatte, als sie auf einmal unter einer Kicherweide etwas Goldenes blitzen sah. Und wirklich: Als sie schnell dort hinlief, da entdeckte sie doch tatsächlich einen Prinzen! Er war zwar ziemlich dünn und pickelig, hatte eine lange Nase, krumme Beine, unappetitliche unpolierte Sperrholz-Zähne und eine seltene Fußpilzerkrankung, aber, so dachte sich Mitzi, ein Prinz ist ein Prinz, und ohne länger darüber nachzudenken, verliebte sie sich unsterblich in ihn.

Und auf einmal – oder zumindest nach ein paar Mal – da verliebte sich auch der Prinz in sie, und einige Stunden später waren sie bereits auf dem Weg, um den weisen König Otto um seinen Segen zu bitten, las doch dieser Prinz genauso wenig Zeitung wie all die anderen dekadenten, dämlichen, schmarotzenden kleinen Bastarde zuvor.

Wie auf Wolken schwebten sie durch die königlichen Korridore, die zu den königlichen Gemächern führten, und stießen dabei zufällig auf Königin Sillabub, der gerade ein dunkelhäutiger Gentleman seine Ehre zuteil werden ließ.

»Hallo, Mami«, rief Mitzi. »Darf ich dir Prinz Walter vorstellen?«

»Hallo, Prinz Walter«, rief Königin Sillabub freundlich und schlüpfte schnell in ihren Büstenhalter. »Schön, Euch kennen zu lernen.«

»Hallo, Mamis Freund!«, rief Mitzi.

»Starr ihn nicht so an, Liebling«, tadelte die Königin lächelnd. »Das ist Doktor Erasmus, mein neuer Geometrie-Lehrer.«

»Ich dachte mir schon, dass Ihr ein Doktor seid«, meinte Mitzi unbekümmert, denn sie wusste noch gar nichts über Gynäkologie. »Mami, wir wollen Papas Erlaubnis einholen, zu heiraten.«

»Ah«, murmelte Königin Sillabub, »darüber hätte ich auch noch ein Wörtchen mit ihm zu reden ... Ich treffe Euch heute Abend um acht, Doktor Erasmus, dann können wir uns weiter mit den gleichschenkligen Dreiecken beschäftigen.«

»Okay, Königin«, brummte ihr dunkelhäutiger Mentor, »ich bringe dann das Gleitgel mit.«

»Also, Mitzi«, fuhr unsere huldvolle Königin fort, indem sie sich mühevoll zusammenriss, »ist Walter denn auch koscher?«

»Seite 20«, rief unsere liebreiche Heldin und klopfte auf den zuverlässigen dicken Adels-Wälzer. Und fügte dann hinzu: »Mag Papa eigentlich diesen Doktor Ersamus?«

»Besser, du erwähnst ihn mit keinem Wort, Liebling«, erklärte ihre Mutter. »Papa ist ein bisschen komisch, was andersfarbige Menschen betrifft.«

»Rassendiskriminierung ist mir völlig fremd«, meinte Mitzi nachdenklich, denn Rassendiskriminierung war ihr völlig fremd.

»Am besten, ihr beiden wartet hier eine Weile«, befahl Königin Sillabub. »Ich würde gerne ein paar Worte mit deinem Vater reden.« Und sie machte sich auf den Weg in das Hofgemach, von dem aus das Königreich regiert wurde und wo sie den König rüde beim Spielen seiner königlichen Oldies unterbrach (»Ni ni ni ni ni ni ni ni ni ni ni ni ni ni ni ni ni ni *NI*!!« Die absolute Nr. 1 auf dem königlichen HMV-Label), um ihm unmissverständlich klar zu machen, dass Mitzi so langsam die geeigneten Bewerber ausgingen und Otto diesem hier besser eine leichte Prüfung auferlegen solle, sonst ...

»Steht er denn im Register?«, fragte der König mürrisch.

»Ja, Papa«, rief Prinzessin Mitzi vergnügt.

»Liebst du meine Tochter?«, wollte der weise alte König wissen.

»Könnte schon sein«, gestand Prinz Walter näselnd zu.

»Willst du«, fragte der weise alte König weiter, »um ihre Hand anhalten?«

Ein unbehagliches Schweigen senkte sich über die versammelten Höflinge, denn bei niemandem rief Walters Aussehen große Begeisterungsstürme hervor, nicht einmal beim stockschwulen Lordkanzler.

»... Yeah, okay!«

»In diesem Falle«, sagte der König, dessen Gedanken heftig kreisten, denn er wusste sehr wohl, dass Königin Sillabubs erster Gemahl ein äußerst mysteriöses Ende gefunden hatte, »muss ich dir eine Prüfung auferlegen, die beweist, dass du meiner Tochter auch wirklich würdig bist.«

»Warum?« Es war eine kühne Antwort.

»Weil sie ’ne verdammte Prinzessin ist, darum!«, erklärte der König, dem es kaum gelang, seine Wut zu unterdrücken. »Und deine Aufgabe sei folgende: Du musst ohne Hilfe und unbewaffnet hinunter in die Stadt gehen – und mir zwanzig Camel Lights bringen.«

»Was? Jetzt?«, brach es auch Walter heraus.

»Nicht unbedingt«, krächzte der König schwach und blickte mit dem spontan gekünstelten Lächeln eines Talkshowmasters in die Runde. »Ich werde darüber nachdenken.«

Nun, bald schon kam der Tag, an dem Prinz Walter sich seiner Aufgabe stellen musste. Um genau zu sein: schon sehr bald, denn es war genau am nächsten Tag. Das ganze Glückliche Tal versammelte sich gespannt auf dem Dorfplatz. Der König, Königin Sillabub und Prinzessin Mitzi saßen in ihrem prächtigsten Staat auf der fröhlich geschmückten Tribüne (die ansonsten als Schafott benutzt wurde), umgeben von der Königlichen Garde (bis auf Brian Freud, der sich krankgemeldet hatte).

Plötzlich senkte sich tiefe Stille über die versammelte Menge, als die imposante Gestalt von Prinz Walter auf den Platz schlurfte und sich der königlichen Tribüne näherte. In einer kurzen Ansprache wiederholte der König Walters Aufgabe, auf dass alle es hören konnten, Königin Sillabub gab ihren königlichen Segen dazu, und Prinzessin Mitzi überreichte Walter ein Paar königlicher Schlüpfer, welches er auf seiner Queste als Beweis ihrer unsterblichen Liebe bei sich tragen sollte, auf dass alles Übel von ihm fern gehalten werde.

Und noch während die tosenden Beifallsrufe der begeisterten Menge in seinen Ohren klangen und das Echo der Trommeln über den Platz wogte, machte sich Walter auf den Weg, ganz alleine und nur mit fünfzig Pfennig bewaffnet. Einen Meter nach dem anderen schritt er voran, Elle um Elle, Zentimeter um Zentimeter, immer weiter. Resolut setzte er einen Fuß vor den anderen, auf ganz orthodoxe Weise, ohne sich von den kleinen Kieselsteinchen auf der Straße oder den Vögeln, die am Himmel ihre Kreise zogen, aus der Ruhe bringen zu lassen, immer weiter und weiter, und weiter und weiter, ohne jemals zurückzublicken – na ja, wenigstens nicht oft.

Einmal vielleicht, als Walter in die Scheidtbachstraße einbog, bemerkten die Bewohner des Glücklichen Tales und all die Gäste, die von nah und fern zu diesem außergewöhnlichen Ereignis eingeladen worden waren, sowie all die anderen, die eine Eintrittskarte ergattert hatten, ein kurzes Zögern, eine flüchtige Unsicherheit, als Walters Entschlossenheit zu schwanken schien – aber er kratzte sich nur kurz im Schritt und schritt dann weiter, unaufhaltsam angelockt von der glitzernden und dennoch abschreckenden Fassade des berüchtigten Rauchwarenladens namens »Starker Tobak«, gerade mal zwei Häuser vom Fleischerladen entfernt.

Und immer weiter marschierte er voran, Schritt für Schritt etc., bis er schließlich an den Pforten seines Heiligen Grals stand, seines Unwahrscheinlichen Traumes, dem Ziel all seiner Hoffnungen und so weiter und so fort. Der berühmte Laden lag vor ihm!

Stille senkte sich über die Menge, die die Gehsteige

bevölkerte, sich an die Fenster der umliegenden Häuser und Gastschenken drängte und aus allen, selbst den winzigsten Nebenstraßen quoll. Die Stunde der Wahrheit war gekommen! Langsam ging Walter auf die Tür zu, zögerte, ergriff den Türknopf, drehte ihn mit einer geübten Handbewegung – und stieß die Tür des Rauchwarenladens auf. Die Menge hielt gespannt den Atem an, als Walter in den verräucherten Tiefen des »Starken Tobaks« verschwand.

Minuten verstrichen. Die Menge hielt noch immer den Atem an. Und nicht wenige fielen aufgrund dieses unklugen Verhaltens in Ohnmacht. Aber dann! Das Klingeln einer Kasse! Das Geräusch eines sich drehenden Türknopfes. Und da war er: Walter! Siegreich stand er im Türrahmen, den Arm stolz emporgereckt, und in seiner geballten Faust – JA! Die zwanzig Camel Lights, mühelos gebannt in ihrer prächtigen Schachtel, das kostbare Zellophan im blendenden Sonnenlicht glitzernd!!!

Im ganzen Glücklichen Tal erscholl ein Freudenruf, und die Menge stürzte vorwärts, um dem siegreichen Helden zu gratulieren. Walter hielt dem Ansturm einen Augenblick lang stand und genoss den Beifall, doch dann drehte er sich um und trat langsam den Rückzug an, Schritt für Schritt etc., einen Fuß vor den anderen setzend, ganz so, wie wir es bereits weiter oben beschrieben haben, nur diesmal in die entgegengesetzte Richtung. Aber das ging nicht lange so! Denn die jubelnde Menge, die sich nicht länger beherrschen konnte, stürzte sich endgültig auf ihn, riss ihren Helden in die Höhe und trug ihn auf ihren Schultern zurück durch die Scheidtbachstraße in die Anti-Depressions-Straße und dann auf den Dorfplatz, wo sie ihn vor der königlichen Tribüne wieder absetzte, kurz bevor das Foto für die Presse gemacht werden konnte. Ach, wie hallte der Dorfplatz wider von all den Jubelrufen! Wie ohrenbetäubend donnerten die Becken! Mit wie viel Freude tönten die alten Glocken der Kathedrale! Und als Walter dem König voller Stolz die Früchte seiner abenteuerlichen Queste darbot, da war es, als stimmten die Vögel im Himmel ihr schönstes Lied an, während die Blumen unten am Boden sich zu voller Blüte öffneten und zur Feier des Tages den süßesten Duft verströmten.

»Wo ist mein Wechselgeld?«, wollte der König wissen.

»Das habe ich Euch bereits gegeben«, antwortete unser Held.

»Ich habe dir fünfzig Pfennig gegeben«, behauptete der König, denn all dies trug sich lange vor der Umstellung auf den Euro zu. »Wie teuer waren die Camels?«

»Halt endlich deinen Mund, Otto!«, zischte die Königin und winkte huldvoll. »Und gib ihm Mitzis Hand.«

»Halt!«, ertönte da eine geheimnisvolle Stimme, fröhlich und wohltönend und dennoch ausgesprochen maskulin und energisch, ganz wie bei einem talentierten Nachrichtensprecher.

Alle Anwesenden wandten die Augen zu der Quelle dieser in obigem Absatz beschriebenen Stimme und siehe da! Vor ihnen, auf dem Rücken eines prächtigen Araberhengstes, saß eine gar fürstliche Gestalt, schöner als Apoll, beeindruckender gar als Richard Attenborough und königlicher als Prinz Charles persönlich.

»Ich bitte Euch, haltet inne!«, rief diese Apotheose jugendlicher Männlichkeit. »O vornehmster aller Könige, haltet inne!«

»Wer seid ihr?«, verlangte König Otto, der ziemlich verwirrt war, zu wissen.

»Ich bin Prinz Märchenprinz aus dem Königreich der Goldenen Seen«, erwiderte die göttergleiche Gestalt, während seine Diener das prächtige Ross auf seinen

Rädern vorwärts schoben. »Adelsregister, Seite 5. Und ich bitte um die Hand Eurer liebreizenden Tochter, Prinzessin Mitzi.«

Ein erstauntes Raunen ging durch die auf dem Dorfplatz versammelte Menge.

»Du kommst zu spät«, rief Prinz Walter.

»Was?«, erwiderte die blendende Erscheinung.

»Sie gehört bereits mir, Märchenprinz«, keifte unser ehemaliger Held. »Und nun verpiss dich!«

»Warte eine Sekunde!« Die Königin war aufgesprungen. »Noch ist Mitzi nicht vergeben!«

»Was?«, schrie nun Prinz Walter. »Der König hat gesagt, wenn ich ihm zwanzig Camel Lights bringe, könnte ich sie haben.«

»Wenn du ihm zwanzig *Camel Lights* bringst?«, wiederholte Prinz Märchenprinz verblüfft.

»Dazu musste ich immerhin in die Stadt gehen.«

»Um diesen unbezahlbaren Schatz hier zu gewinnen«, rief der galante Märchenprinz und deutete auf die liebreizende Mitzi Gaynor, die inzwischen ebenfalls aufgesprungen war und den güldenen Prinzen mit einem Blick musterte, der an pure Lust grenzte. ». . . dieses perfekteste Geschöpf, das Gott je geschaffen hat, diese schönste aller Blumen in allen umliegenden Tälern stelle ich mich dem fürchterlichsten aller Monster zum Kampfe . . .«

»Einem Emu!«, keuchte die Menge.

»Nein, nein«, rief Prinz Märchenprinz. »Einem Drachen!«

»Einverstanden!«, rief die Königin.

»Einverstanden!«, jubelte die Menge wie ein Mann (oder eine Frau, je nachdem).

»Wo will er denn einen Drachen herbekommen?«, quiekte Prinz Walter mit schriller Stimme.

Prinz Märchenprinz bedachte ihn mit einem huldvollen Lächeln.

»Ich habe da so meine Quellen.«

Es war ein wunderschöner Frühlingsmorgen. Die erregte Menge drängte auf die zu sonstigen Zeiten ungenutzte Hunderennbahn, wo der Drachenkampf stattfinden sollte. Ihr müsst wissen, dass Hermann genau einen Tag, bevor die Rennbahn eröffnet werden sollte, gestorben war, und da Mitzi ihren Hermann für alle Rennen angemeldet hatte und er sicher immer Letzter geworden wäre (schließlich war er tot), königliche Schoßtiere aber nie und nimmer verlieren dürfen, waren alle Rennen mit Hinweis auf das GGB abgesagt worden; da Mitzi allerdings fortfuhr, Hermann anzumelden, wann immer ein Rennen angekündigt wurde, wurden auch diese stets in allerletzer Minute abgesagt (aufgrund zu erwartender heftiger Regenfälle). Das ging nun schon sechs Jahre so im Glückichen Tal. Der Lektor meint, das wäre für die Geschichte absolut nicht relevant, aber ich wollte es euch trotzdem erzählen, einfach so, als Hintergrundinformation.

Wie auch immer ... alle waren gekommen, drängten sich um den extra für diese Gelegenheit errichteten Ring, kämpften um die besten Plätze, schnatterten aufgeregt und lachten vergnügt über die Streiche einiger munterer junger Gesellen, die in die Arena geklettert waren und gerade einen Immigranten grillten, und zwar auf einem improvisierten Bratspieß, bestehend aus einem Flaggenmast, den sie sich von der königlichen Tribüne ausgeliehen hatten.

Plötzlich erscholl ironisches Jubelgeschrei sowie ein schrilles Pfeifkonzert und verkündete die Ankunft der königlichen Familie. König Otto an der Spitze des Trosses spielte ausgewählte Stücke von Bizet auf seiner neuen japanischen Handorgel, dicht gefolgt von Mitzi in Begleitung des Lordkanzlers. Dann folgten Königin Sillabub und Erzherzog Johann, der Lord-Oberrichter und der Erzbischof, sowie Feldmarschall Sprottenknaller und Admiral Spam-Willoughby-Spam. Dahinter kamen die Höflinge und die Diener mit den zeremoniellen Kisten voller braunem Bier und Käse-Zwiebel-Röllchen. Bald hatten sie die königliche Tribüne erreicht, wo sie für eine Weile stehen blieben und der Menge huldvoll zuwinkten, während der Lordkanzler sich mit der königlichen Platzanweiserin über die Eintrittskarten stritt. Schließlich hatten alle Platz genommen, und fast augenblicklich brach die Menge in Jubel aus, als sie die herzerfreuende Gestalt des Märchenprinzen entdeckte, wie dieser auf seinem prächtigen Hengst in die Arena gerollt wurde. Begeisterter Applaus brandete auf, und alle feuerten den Kämpfer an: »Mär-chen-prinz … Mär-chen-prinz … Mär-chen-prinz«, schrien sie (bis auf Prinz Walter, der, gekleidet in ein provozierendes Gewand mit einem niedlichen Zier-Drachen, in der Mitte der Osttribüne saß, verächtliche Pfiffe ausstieß und sich ausgiebig in der Nase bohrte).

Prinz Märchenprinz hielt an und verharrte einen Augenblick. Sein goldenes Haar reflektierte die Strahlen der Sonne, und seine breiten, männlichen Schultern dehnten sich in der Hitze sichtbar noch weiter aus, während seine Diener eine Trittleiter in Position brachten. Und dann stieg er hinab, anmutig, elegant, bestimmt, zielstrebig, verlässlich, stolz, gewandt, imposant, unwiderstehlich und doch irgendwie rührend, und verbeugte sich tief gegen die königliche Tribüne. In genau diesem Augenblick erscholl über der Arena ein durch Mark und Bein gehendes Brüllen, der schrecklichste Laut, welches das Glückliche Tal seit tausend Jahren vernommen hatte. Um nicht viele markige Worte darüber zu verlieren: Er war verdammt laut, etwa 12.000 Watt, und der Laut selbst war dem menschlichen Ohr so unbeschreiblich fremd, dass er nicht beschrieben werden kann.

Die Menge schrie und zitterte, schrak, gelähmt vor Entsetzen, zurück und starrte gebannt auf den riesigen Möbelwagen, der zum Rand der Arena gezogen wurde. Ein zweites schreckliches Gebrüll folgte, und noch bevor die Menge auch nur erschrocken nach Luft ringen konnte, öffnete sich eine Seite des Möbelwagens und enthüllte den vor Ehrfurcht geweiteten Augen des Publikums ... den Drachen!!! Ein einzelner kräftiger Feuerstrahl ließ die Luft knistern, und mit einem einzigen Satz sprang die furchterregende Kreatur in die Arena, wobei sie einen dritten grotesken, markerschütternden Schrei ausstieß. Selbst Prinz Märchenprinz schien für einen flüchtigen Augenblick von diesem schrecklichen Anblick gebannt zu sein, und von der Osttribüne erklang Walters einsamer Ruf: »Viel zu leicht, viel zu leicht!«

Für eine Weile stand der Drache unbeweglich da, als amüsiere er sich über seine gesamte Umgebung. Märchenprinz musterte seinen fürchterlichen Gegner. Wenn dessen gewaltiger Unterkiefer nach unten klappte, konnte er die glühend rote Zunge darin erkennen, wie sie wild hin und her zuckte, sowie die Rasiermesser scharfen Zähne. Und er musterte die mit Gift aufgeblähten Hauttaschen um den gepanzerten Nacken, die grauenhaften Ohren, die bösartigen, blutunterlaufenen Augen und die wirklich furchteinflößenden Haare in der Nase. Und welch einen raubtierhaften Körper hatte die Bestie! Ein spitzer Schaft mit giftigen Dornen zierte ihren geschuppten, schleimigen Rücken, und ihre Geschlechtsteile waren hinter gepanzerten Platten verborgen. Auch ihre Klauen waren ziemlich furchteinflößend. Und dann erst der

Schwanz! Er verfügte über einen Aufwärtshaken, der selbst Muhammed Ali zu Boden geschickt hätte. Die ganze abscheuliche, albtraumartige Bestie maß nicht mehr als einen Fuß und war damit fast so groß wie ein Hase.

Prinz Märchenprinz reckte das Kinn entschlossen vor. Todesmutig setzte er einen seiner goldbeschuhten Füße vor den anderen und näherte sich dem Drachen. Leichten Schrittes pirschte er sich über den von der Sonne getrockneten Sand, vorsichtig, aber dennoch entschlossen, und legte dabei all die geschmeidige Kraft eines Panters an den Tag, die Balance eines Matadors und die Eleganz eines Gottes. Der Drache wartete noch immer geduldig, brüllte furchterregend in sein Kehlkopfmikrofon und spie gewaltige Flammenstrahlen von etwa 16 Zentimetern Länge. Noch dreißig Schritte, zwanzig ... zehn! Die Spannung stieg ins Unermessliche. Fünf Schritte ... vier ... drei ... Prinz Märchenprinz blieb für einen kurzen Moment stehen, ein einzelner Schweißtropfen, geboren aus der Furcht, glitzerte auf seiner Braue. Und dann, als der Drache seinen Kopf zurückwarf, um anzugreifen, zog der Prinz seine treue Luger und blies der Bestie das winzige Hirn aus dem Schädel.

»Foul!«, schrie Walter, doch sein Einwand ging in dem donnernden Applaus unter, mit dem diese kolossale Heldentat begrüßt wurde. Ach, wie hallte die Arena wider von all den Jubelrufen! Wie ohrenbetäubend ... (für weitere Details vgl. weiter oben).

Und so wurden Prinz Märchenprinz und Mitzi noch am selben Nachmittag miteinander verheiratet. Und gemeinsam zogen sie in den königlichen Palast im Königreich der Goldenen Seen, wo sie mit König und Königin Märchenprinz zusammenlebten. Und als König Märchenprinz starb, übernahmen sie die Königliche Spielzeug-Drachen-Farm und brüteten viele neue Arten aus und wurden reich und lebten glücklich bis an ihr Ende.

Prinz Walter kam bald schon über die ganze Sache hinweg, ließ sich in der Fremde nieder und schlug ganz erfolgreich die Laufbahn eines Buchhalters ein, heiratete ein wirklich nettes Mädchen – ein wenig gewöhnlich, meinten einige, aber wirklich sehr, sehr nett –, kaufte sich einen Gebrauchtwagen (einen Rover) und ein kleines Haus in Watford. Sie besaßen auch ein kleines Boot und fuhren für gewöhnlich nach Mallorca in Urlaub. Walter schlug oft vor, ins Glückliche Tal zu ziehen, aber Brenda meinte, dass sie dort ja nun, nach ihrer Hochzeit, wohl nicht so richtig hinpassen würden, und so ließen sie es also bleiben.

Originaltitel: Happy Valley
Ins Deutsche übertragen von Stefan Bauer

2. Der Angriff der Charlie Chaplins

Garry Kilworth

Vielleicht kennen Sie Garry Kilwoth besser wegen seiner wunderschönen Tiergeschichten wie zum Beispiel TÄNZER IM FROST (1992; dt. 1997 als Bastei Lübbe Taschenbuch) und MIDNIGHT'S SUN (1992). Oder wegen seiner Horror-Bücher wie zum Beispiel ANGEL (1993) oder ARCHANGEL (1994). Oder seiner Kinderbücher THE WIZARD OF WOODWORLD (1987) und THE RAIN GHOST (1989). Oder seiner historischen Romane, die zur Zeit des Krim-Krieges spielen. Wobei er allerdings den ersten – THE DEVIL'S OWN (1997) unter dem Pseudonym Garry Douglas schrieb. Oder – nun ja, jetzt müssten Sie im Bilde sein. Garry Kilworth ist sehr produktiv, aber seine Arbeit ist nur schwer zu definieren, da sie immer anders und deshalb sehr originell daherkommt. Und wenn Sie ihn – trotz seiner FAULEN FISCHE (1996; dt. 2001 als Bastei Lübbe Taschenbuch) – auch nicht gleich mit humorvoller Literatur in Verbindung bringen, ist es trotzdem ein weiteres seiner vielen Talente. Lesen Sie doch einfach mal weiter. Viel Vergnügen!

SZENE 1

Ein unterirdischer Bunker irgendwo in Süd-Dakota. Nervöse Aktivität ist in der Enge des Bunkers zu spüren. Mittendrin steht ein General in den mittleren Jahren und grübelt darüber nach, was sich da so vor ihm abspielt.

Aus Nebraska wird berichtet, dass der Staat von schwer bewaffneten Männern angegriffen wird, die wie Charlie

Chaplin aussehen. Mein erster Gedanke war, dass es sich dabei um eine rechtsradikale Gruppe von Regierungsgegnern handelt. Scheinbar benutzen Sie diesen ironischen Auftritt, um ihn besonders aufmerksamkeitserregend zu gestalten. Schließlich ging Charlie in die Schweiz ins Exil, weil er für die Kommunisten Sympathien hegte.

Als sich die Informationen jedoch verdichten, wird klar, dass diese Männer nicht wie Charlie Chaplin angezogen – sondern vielmehr er selbst sind.

»Ist doch klar, dass das Außerirdische sind«, sagt Colonel Cartwright vom Militärischen Intelligence- und Security-Team, gleichzeitig der beste Drehbuchautor der Army. »Was wir hier sehen, General, ist ganz klar die Invasion der Erde durch Außerirdische. Und ebenso klar ist, dass sie sich die USA als erstes Ziel ausgesucht haben. Wo wir doch die Weltmacht Nummer 1 sind.«

»Warum Nebraska, Colonel?«, frage ich. Übrigens, ich bin General Oliver J. J. Klipperman. Vielleicht haben Sie ja die rechte Hälfte meines Gesichts im Profil neben John Wayne in ›Die grünen Teufel‹ gesehen. Ich hatte die Aufgabe, sehr autoritär dreinzuschauen, mit einem Finger auf Da Nang zu deuten und mich um Gottes willen nicht umzudrehen und in die Kamera zu schauen. Ich habe so ein Zucken im linken Auge, und das irritiert offensichtlich das jüngere Publikum. »Nebraska ist nicht gerade der mächtigste Staat der USA: Warum nicht New York oder Washington?«

Cartwright lächelt mich grimmig an. »Schauen Sie sich die Karte an. Nebraska ist ein kleiner Fleck in der Mitte unseres großen Landes. Mit sehr wenig Einwohnern. An Heiligabend sind mehr Leute auf der Fifth Avenue, als insgesamt in Nebraska leben. Mach die paar Leute platt, und schon kontrollierst du den zentralen Staat der USA! Dann breitest du dich von dort in alle Richtungen aus, und schon hast du Amerika. Und wenn du Amerika hast, hast du die ganze Welt. So einfach ist das.«

Ich nicke. Das macht durchaus Sinn. Nebraska ist der Schlüssel, um die Vereinigten Staaten von Amerika zu kontrollieren. Die Außerirdischen hatten das sofort erkannt.

»Was wissen wir über diese Kreaturen?«, frage ich als Nächstes. »Der Präsident wird sicher mich diese Suppe auslöffeln lassen, und ich will wissen, wen ich kille, wenn ich mit meinen Jungs ausrücke.«

Der Colonel antwortet erneut mit einem angespannten Lächeln: »Was wir über diese Kreaturen wissen? Nichts. Nothing. Nada. Aber wir haben ein Ass im Ärmel. Wir bereiten uns schon lange auf so eine Invasion vor, und wir haben Informationen in Hülle und Fülle.«

»So?«, sage ich. »Wie denn das?«

»Hollywood und seine Connections zur Army«, sagt der Colonel. »In jedem Außerirdischen-Invasions-Film, der bisher gedreht wurde, steckt eine Menge Army-Geld, Army-Personal und Army-Erfahrung.«

»Wirklich?«, entgegne ich. »Ich meine, ich weiß dass wir in einigen Hollywood-Schinken die Finger drinhatten – ich selbst hatte einige Nebenrollen in Kriegsfilmen – aber jeder Außerirdischen-Invasisons-Film? Warum?«

[Zoom auf die verwitterten Gesichtszüge des Colonels]

»Training«, betont der Colonel. »Vorbereitung. Wenn Sie jede Eventualität in Betracht ziehen, werden Sie niemals kalt erwischt. Wir drehen schon Filme über die Invasion Außerirdischer, seit die Kamera erfunden wurde. Wir haben jede Möglichkeit abgedeckt, jede Art von Angriff. Von der tückischen, hinterlistigen, geheimen Art wie zum Beispiel in *Die Körperfresser kommen* bis hin zum offensichtlichen Frontalangriff wie in *Independence Day.* Wir wissen, was wir zu tun haben, General, weil wir das schon unzählige Mal auf dem Bildschirm getan haben. Wir kennen jeden Zug, den diese gerissenen, Gestalt wandelnde Bastarde machen können. Weil wir sie schon in unzähligen Filmen beobachtet haben. *Alien, Krieg der Welten, Der Tag an dem die Erde stillstand, Unheimliche Begegnung der Dritten Art* – wie auch immer, wir haben alles durchgespielt. Zumindest im Film.« Er hält einen Moment inne, bevor er zu sich selbst sagt: »Diese Rede ist ein bisschen zu lang. Ich werde sie in irgendeiner Form kürzen müssen, wenn wir diese spezielle Invasion verfilmen.«

[Zurück zur Halbtotalen]

Irgendwas stört mich. Ich fasse es in Worte:

»Waren die Außerirdischen in *Unheimliche Begegnung der Dritten Art* nicht freundlich gesinnt?«

»Keineswegs, General. Was ist mit diesen armen Jungs, diesen Piloten, die sie im Dezember 1945 vom Bermuda Dreieck hochbeamten? Die sie gefangen hielten, bis alle in ihrer Familie schon gestorben waren, um sie erst dann wieder zurückzubringen. Ist das etwa freundlich?«

»Ich denke nicht. Nun, Colonel, wir haben also alles im Film geübt, aber was haben wir daraus gelernt? Was schlagen Sie vor? Wie sollen wir in diesem Fall vorgehen?«

»Mit Verlaub, General: Wir schicken sie zur Hölle! Wenn wir eins gelernt haben, dann das: Reich Ihnen den kleinen Finger, und sie nehmen den ganzen Arm. Sie haben schon Nebraska. Das ist der kleine Finger. Wir müssen sie unbedingt zerschlagen, bevor sie weiter vorankommen. Machen wir sie platt, bevor sie Kansas, Iowa oder Wyoming einnehmen, ganz zu schweigen von Süd Dakota.«

Ich bin immer übervorsichtig. Das ist wahrscheinlich auch der Grund, warum ich immer noch ein Ein-Stern-General bin.

»Aber was wissen wir denn eigentlich über diese Kreaturen? Ich meine, warum kommen sie hier runter und sehen aus wie Charlie Chaplin?«

Die Augen des Colones beginnen zu funkeln. Er antwortet voller Eifer:

»Tja«, sagt er, »da habe ich eine Theorie, Sir. Wissen Sie, wir schicken die ganze Zeit unseren Mist ins All. Ich meine damit nicht unsere Satelliten, Raketen oder so was. Ich meine TV-Sendungen und Ähnliches. Die müssen einige unserer TV-Signale aufgeschnappt haben. Was, wenn ihr Empfang dermaßen schwach ist, dass das Einzige, was sie empfangen haben, ein alter Charlie-Chaplin-Film ist? Was, wenn es einer dieser Filme ist, in denen er als er selbst auftritt? Was, wenn es nur dieser eine kurze Ausschnitt ist – und – jetzt kommts – sie denken, wir sehen alle so aus?«

Der Colonel tritt einen Schritt zurück, um sich in Pose zu rücken und nickt bekräftigend.

»Sie meinen«, sage ich, »die Außerirdischen glauben, dass Charlie Chaplin repräsentativ für die ganze menschliche Rasse ist?«

»Genau, Sir. Ganz genau. Für die sehen wir alle gleich aus. Sie kommen zu uns, um unbemerkt unser Land zu infiltrieren. Aber selbst die meisten Einwohner von Nebraska wissen, dass Charlie Chaplin tot ist und dass er einzigartig war. Nun sehen die Kuhbauern Tausende von Leuten, die alle gleich aussehen, und marschieren schnurstracks los: ›O-oh, irgendwas ist faul hier, Zach.‹ Deshalb haben sie getan, was jeder verantwortungsbewusste mittelamerikanische Bürger tun würde – sie sind ins Haus gegangen, haben sich ihre Knarren geschnappt und angefangen, diese kleinen, seltsam umherwatschelnden Kerle mit ihren Spazierstöcken und Bowler-Hüten abzuknallen.«

»Ich verstehe, was Sie meinen, Colonel. ›Sie sind nicht von hier, also müssen es böse Jungs sein‹, und so was in der Art?«

»Genau.«

»Erst schießen, dann fragen?«

»Wenn man dieses außerirdische Geplapper überhaupt versteht. Was eigentlich keiner kann.«

»Ich meinte, sich selbst Fragen stellen – fragen, ob man das moralisch Richtige tut.«

»Ah, verstehe, General.«

Ich grübele über die Theorie des Colonels nach. Colonel Cartwright ist ein intelligenter Mann – zumindest für das, was in der Army so als ›intelligent‹ durchgeht –, weshalb er auch ein höherer Offizier im MIST ist. Er hat diese Sache offensichtlich sehr sorgfältig durchdacht, und ich kann seine Schlussfolgerungen nachvollziehen. Ich frage ihn, ob er sicher ist, dass wir das Richtige tun, wenn wir einen Gegenangriff starten und die Außerirdischen ausradieren. Haben sie wirklich die gesamte Bevölkerung Nebraskas ausgelöscht?

»Bis auf den letzten Mann«, antwortet der Colonel traurig. »Nicht eine Hühnerfarm ist übrig geblieben.«

[Illustrierende Blende auf ein totes Kind, das in einem Graben liegt.]

»Und wir kommen nicht zum Präsidenten durch, um unsere Befehle zu erhalten?«

»Nichts geht mehr, alle Funkverbindungen sind zusammengebrochen.«

»Die Air Force?«, frage ich mit schwacher Hoffnung.

»Runtergeholt, als sie die Landesgrenze überflogen. Über ganz Nebraska sind rauchende Flugzeugwracks verteilt. Das Gleiche bei den Raketen. Wir waren bereit, Nebraska von der Landkarte zu wischen – geografisch gesprochen –, aber diese Kreaturen haben bessere Waffen. Wir sind die nächste Einheit, General. Es liegt an uns, sie zu stoppen.«

»Wie viel Mann haben wir denn, Colonel?«

»Eine Brigade – Sie sind nur ein Brigade-General, General.«

»Ich weiß. Dennoch sollten wir mit vier- oder fünftausend Mann eine Chance haben. Sie sagten, die Außerirdischen haben die komplette Air Force zerstört?«

[Zoom auf einen Fernsehbildschirm, auf dem das Bild von rauchenden Flugzeugwracks flimmert.]

Der Colonel grinst höhnisch. »Die Air Force ist ein Haufen Muttersöhnchen, Sir. Sie können doch keiner Truppe trauen, die weniger als ein Jahrhundert alt ist. Die Army und die Navy, die gibt es schon seit ein paar tausend Jahren.«

Na ja, die Navy wurde in Nebraska noch nicht oft eingesetzt.

[Zurück zur Halbtotalen]

»Ist die Truppe vollzählig?«

»Nein, Sir, die Kranken und Heimaturlauber abgezogen, kommen wir noch auf zwei Bataillone.«

»Okay«, sage ich entschieden. »Dann treten wir mit 2000 bewaffneten Männern an. Möge Gott und die Haubitzen auf unserer Seite sein.«

»Da können Sie ihr letztes Hemd drauf wetten.«

[Ein weiblicher Corporal tritt ein; sie trägt ein Blatt Papier.]

»Ja, Corporal?«, sage ich mit Eisesstimme, erkenne ich sie doch als die Nebenrolle wieder, die mich im Remake von ›*Todeskommando*‹ in den Hintergrund gedrängt hat. Und zwar ganz einfach, indem sie mein rechtes Profil mit ihren dicken Titten verdeckte. »Ich bin beschäftigt.«

»Ich denke, Sie sollten sich diese Nachricht ansehen, Sir.« Sie streckt sie mir entgegen. »Kam gerade durch.«

»Von Washington?«, frage ich mit leiser Hoffnung.

»Nein, Sir, vom Außerirdischen.«

»Dem Außerirdischen?«, antworte ich und reiße ihr das Blatt aus der Hand. »Haben Sie Angst vorm Plural?«

»Nein, Sir. Wenn Sie die Nachricht lesen, Sir, werden Sie sehen, dass es nur einer ist – oder eine.«

Die Botschaft lautet: NUR DU UND ICH, OLIVER, AM UFER DES PLATTE.

»Scheint, dass er auch John-Wayne-Filme gesehen hat«, sage ich und gebe Cartwright das Stück Papier. »Oder Clint Eastwood.«

Der Colonel liest die Botschaft. Dabei wirkt er sehr nachdenklich. »Woher wissen wir denn, dass es wirklich nur einer ist?«, fragt er. »Es könnte ein Trick sein.«

»Unser Radar bestätigt es, Sir«, entgegnet der Corporal. »Obwohl er ziemlich schnell ist. Sieht nur so aus, als ob es Duplikate von ihm gäbe. Er scheint immer überall gleichzeitig zu sein. Er allein hat die komplette Bevölkerung von Nebraska ausgelöscht.«

»Fuck!«, erkläre ich und mache damit jede Verfilmung dieses Ereignises zu einem Film mit Altersbeschränkung ab 18. »Was zur Hölle kann ich gegen einen Außerirdischen anrichten, der sich so schnell bewegt, dass aus ihm gleich eine ganze Horde wird?«

»Die Hälfte der Bevölkerung von Nebraska hat geschlafen, als es sie erwischt hat«, sagt der Colonel, »und die andere Hälfte war nicht eben geistig wach.«

»Das heißt?«

»Naja, man sagt, ein gewisser Prozentsatz der Bevölkerung von Nebraska rege sich tagsüber tatsächlich ein wenig.«

»Sie glauben, dass ich eine Chance habe?«

Der Colonel grinst. »Wir werden Ihnen eine prima Ausrüstung verpassen. Er wird niemals erfahren, was ihn getroffen hat.«

»Aber kann man seinen Worten denn wirklich trauen? Dass er nur einer ist? Was, wenn er in Legionsstärke über mich herfällt?«

»Nur keine Panik, General«, sagt der Colonel. »Dieses Baby hier ...«

[Close-up auf ein schimmerndes Ding mit merkwürdigen Vorsprüngen.]

»... ist ein so genannter Schredder. Die neueste Waffe im Arsenal. Ein leichter Druck auf den Abzug, und sie feuert eine Zillion rasiermesserscharfer Metallfasern ab. Zieht einer Viehherde schneller die Haut ab als ein Schwarm Piranhas. Sie müssen nur bis auf drei Meter an den Bastard rankommen, und dann können Sie ihn pulverisieren, selbst wenn er als ganzes Korps anmarschiert.«

»Kann ich das Ding unter meinem Mantel verstecken?«

»Nichts leichter als das, Sir. Und wir werden Sie mit einem Sender versehen. Der Außerirdische stört nur Funkwellen, die über eine lange Distanz gehen. Sie können uns ihre ganze Lebensgeschichte erzählen, wenn Sie wollen. Oh, da ist noch was Wichtiges.«

»Und das wäre?«

»Wir müssen ihm einen Spitznamen verpassen, General.«

Ich starre den Colonel an. »Warum?«, frage ich schließlich.

»Weil wir das ganz besonders gut können. Wir geben dem Feind immer einen Spitznamen. Das erniedrigt sie. Hemmt sie und lässt sie sich unterwürfig fühlen. Es ist unsere Art, ihnen zu sagen, dass sie die niedrigste Form von menschlichem Leben sind.«

»Oder, in diesem Fall, von außerirdischem Leben.«

»Genau, General. Also müssen wir ihm einen beleidigenden Spitznamen geben – so wie Kraut, Froschschenkelfresser, Fritz oder Charlie ...«

»Wir können ihm aber nicht den Spitznamen Charlie geben, weil er schon Charlie heißt.«

»Okay, leuchtet ein. Wie wär's, wenn wir ihn Chuck nennen?«

»Hört sich nicht sehr beleidigend an. Mein Bruder heißt auch Chuck.«

»Kommt darauf an, wie Sie es aussprechen, General. Wenn wir über ihren Bruder sprechen, sagen wir ›Chuck‹, in einem ganz warmen Tonfall. Wenn wir aber über unseren Chuck reden, benutzen wir eine Art fetten, gackernden Ton – so was wie: ›Chuck‹.«

»Ich denke, ich verstehe, Colonel. Nun denn, her mit dem Schredder. Und verdrahtet mich. Es ist an der Zeit, dass ich Chuck eine Lektion erteile.«

Aufgepasst, ihr Stars, hier komme ich. Diesmal ein Stück mit Text. Mein Stück. Ein einsames, mutiges Stück, wenn sie es mich selbst im Film spielen lassen – selbstverständlich vorausgesetzt, ich lebe noch, um darin mitzuwirken.

SZENE 2

Irgendwo in der Prärie von Nebraska. Ein Mann geht auf das Ufer des Platte zu. Die Nacht ist dunkel, der Himmel aber übersät mit leuchtenden Sternen. Sie erwecken den Eindruck von Weite und verstärken so noch die Bedeutungslosigkeit der einsamen, mutigen Gestalt. Und die einsame, mutige Gestalt führt offensichtlich Selbstgespräche.

Hört ihr, da hinten in der Basis? Der Mond wirft sein gleißendes Licht auf meinen Pfad. Ich erreiche das Ufer. Hier in der feuchten Nacht von Nebraska warte ich auf meinen Gegner. Ein Kampf Mann gegen Mann. So, wie früher im amerikanischen Westen Auseinandersetzungen geregelt wurden.

Zur Hölle, was erzähle ich da. Wir haben so was schließlich nicht erfunden. Gab's schon viel, viel früher. Der Ehrenkodex der Ritter. Ein Turnier. Ein Duell. Eine Frage der Ehre. Degen in der Abenddämmerung. Pistolen für zwei, Kaffee für einen.

[Zur Seite gesprochen: In gewisser Weise vermischen wir hier Western mit Science-Fiction, aber ich denke, das ist okay, denn die beiden Genres hatten schon immer eine enge Beziehung. Kommen sie doch aus derselben Quelle – der Eroberung neuer Gebiete durch amerikanische Pioniere.]

Und ich bin gewappnet. Sie haben mich nicht unvorbereitet rausgeschickt, Colonel. Sie haben mich quasi einer Gehirnwäsche unterzogen. Unmassen von Daten in Form eines Elektronen-Blizzards sind in mein Gehirn geblasen worden. Jeder nur erdenkliche Außerirdischen-Invasions-Film ist nun irgendwo in meinem Großhirn gespeichert und wartet nur darauf, abgespult zu werden. Jede Bewegung, die diese Kreaturen machen, habe ich sozusagen geistig archiviert. Hollywood, unter geheimer Army-Überwachung, hat jede Eventualität vorhergesehen. Jede nur erdenkliche Art, wie Fremdlinge die Erde erobern und unterwerfen könnten. Sie sind alle in meinem Kopf.

[Ein einsames, angekokeltes und verwundetes Huhn kriecht stumm durch die Gegend.]

Schweine! O-oh! Ganz schön was los da oben.

Chuck kommt über den Gebirgskamm. Tausende von ihm, in diesem dümmlichen Gang mit dem Spazierstock. Und zupfen ihren Schnurrbart. Das ist wirklich seltsam. Ein Schwarm Charlie Chaplins. Hat er mich angelogen? Fällt er doch in Horden über mich her? Junge, kann der sich schnell bewegen. Sie machen alle unterschiedliche Dinge. Einer schwingt seinen Spazierstock und grinst, ein anderer dehnt seine O-Beine, noch ein anderer tanzt auf den Zehenspitzen – wie eine Primaballerina. Eine Vielzahl von ihm schwappt jetzt über den Kamm. Wie Ratten, die von Treibern vor sich hergejagt werden.

›Fallen Sie nicht auf die Mitleidstour rein‹, haben Sie mich gewarnt, Colonel. ›Sie wissen, dass Chuck mit dieser traurigen Armesündermiene auch das stärkste Herz zum Schmelzen bringen kann. Schauen Sie ihn nicht an, wenn er die Hände in die Taschen steckt, die Lippen schürzt und von einer Seite auf die andere schaukelt.‹ Keine Bange, Colonel, ich hasse Charlie Chaplin. Von seinem Pathos wird mir übel, schon immer. Wenn er das versucht, reiße ich ihn in Stücke, bevor er ›au‹ sagen kann.

Er kommt jetzt näher, bewegt sich dabei sehr langsam. Er ist plötzlich nur noch einer, ein einziger Charlie Chaplin. Er schürzt seine Oberlippe. Ich kann seine Zähne blitzen sehen.

Meine Finger schließen sich um den Kolben des Schredders. Ich bin bereit, sofort zu ziehen. Der Bastard wird keine Chance haben. Halt, er ändert seine Gestalt wieder. Jetzt ist er Buster Keaton. Den mochte ich auch nie. Und wieder. Diesmal Fatty Arbuckle. Ich verabscheue Fatty Arbuckle. Jetzt jemand, den ich nicht kenne. Jetzt Abbott und Costello. Beide. Die Marx Brothers.

Mist, er ist nur noch drei Meter entfernt, und er verwandelt sich schon wieder. Er verschwimmt ganz. Dann materialisiert er wieder. Oh! O nein. O Mann. Großer Gott. Es ist ... es ist der gute alte Stan Laurel. Er hat eine Hand hinter dem Rücken. Wahrscheinlich hält er eine tödliche Waffe.

»Hallo Olli.«

Haben Sie das gehört, Colonel? Wie das Original. Er ... er schaut mich jetzt an. Genau so, wie Laurel immer Hardy anschaut. Und ich ... ich kann es nicht. Ich kann nicht abdrücken. Er kratzt sich auf dem Kopf, wie man es von ihm kennt. Von allen möglichen Komikern, warum ausgerechnet ... Ich habe Stan Laurel geliebt. Ich meine, du kannst doch Stan Laurel nicht abmurksen, wenn er dich so anschaut. Das wär ja so, als ob man ein Kätzchen mit dem Absatz zermalmt. Ich kann es einfach nicht. Der Körper mag zwar willig sein, der Geist ist es leider nicht.

Ich sag Ihnen, was ich tun werde – ich werde ihn mit dem Schredder bedrohen. Das sollte für Stan Laurel reichen.

O mein Gott, jetzt bricht er in Tränen aus.

»Ziel nicht mit diesem Ding auf mich, Olli. Ich will dich nicht verletzen. Ich will doch nur dein Kumpel sein.«

Ich stecke die Waffe weg. Jetzt lächelt er wieder. Er bietet mir eine Zigarre an. Hey, das müssten Sie sehen, Colonel. Er hat diesen Trick gemacht, wissen Sie, schnippt seinen Daumen aus der Faust wie bei einem Feuerzeug? Eine Flamme steigt aus seinem Daumennagel empor.

Er lächelt immer noch. Er ist also doch freundlich gesinnt, auch wenn er immer noch eine Hand hinter dem Rücken versteckt hält? Vielleicht hat er erkannt, dass er einen Fehler gemacht hat? Ich muss ihm jetzt entgegenkommen. Ich lasse mir die Zigarre anzünden. Zur Hölle, vielleicht ist er wirklich ein ganz reizender Kerl.

Ich weiß nicht, was für ein Ding das ist, aber auf keinen Fall eine Havanna. Schmeckt irgendwie zäh. Wie die Zigarre, die mir der Produzent dieses billigen Filmchens gegeben hat, in dem ich den jungen Eisenhower gespielt habe. Wie war noch sein Name? Ricky Hernandez, ja. Trotzdem ein guter Film. Schade, dass er nie rauskam.

Mein Gott, dieses Ding macht meinen Rachen kaputt. Können Sie mich noch hören? Irgendwie kommt mir der Geruch bekannt vor – woher nur – o nein, im Golfkrieg. Scheiße, es ist Nervengas. Dieser Bastard hat mir eine Zigarre gegeben, die Nervengas in die Lungen pumpt.

Oh, scheiße, scheiße – mir wird schwindlig. Ich glaube ich muss gleich kotzen. Blut läuft mir aus dem Mund, aus den Ohren, der Nase. Er greift nach vorne. Er hat meine Waffe genommen. Ich ... falle ... falle. O mein Gott, meine Beine zucken, meine Arme, mein Oberkörper, mein Kopf. Ich krieg einen Anfall. Ich sterbe, Colonel. Ich bin ein toter Mann.

Warten Sie, er beugt sich über mich. Ich glaube er will mir was sagen. Hören Sie es, Colonel?

»Eigentlich solltest du jetzt sagen: ›Da hast du mich ja wieder in was reingeritten, Stanley‹, und mit deiner Krawatte spielen.«

Verfluchtes Hollywood! Er redet weiter. Hören Sie?

»Vermutlich denkst du, dass ich dich belogen habe, Olli?«

In der Tat, du Monster, du mordender, Gestalt wandelnder Bastard. In der Tat denke ich, dass du mich belogen hast.

Er grinst mich auf diese typische blasierte Stan-Laurel-Art an und zeigt mir seine andere Hand, die, die er die ganze Zeit hinter seinem Rücken versteckt gehalten hat. Er ... er hat die Finger gekreuzt!

»Sorry, Olli.«

Hollywood hat jede Eventualität bis auf eine bedacht. In all diesen Außerirdischen-Invasions-Filmen, die gedreht wurden, waren die angreifenden Monster immer so grimmig wie Michigan im Januar. Wie ich jetzt so vor mich hinsterbe, Colonel ... tja, dieser Scherz geht wohl auf Sie und mich. Es gibt eine Sorte von Außerirdischen, mit der wir nicht gerechnet haben.

Den Außerirdischen mit Sinn für Humor.

BLENDE INS AUS

Originaltitel: Attack of the Charlie Chaplins
Ins Deutsche übertragen von Reto Recktenwald

3. Mutter Duck schlägt wieder zu

Craig Shaw Gardner

Ich bin ein treuer Fan der Abenteuer von Wuntvor, dem Zauberlehrling, und seinem Meister, dem Zauberer Ebenezum, der allergisch gegen Magie ist. Ich habe schon mehrmals Geschichten von ihnen in meinen Anthologien abgedruckt, und ich scheue mich nicht davor, es hier noch einmal zu tun. Wer Interesse an allen Wuntvor-Geschichten hat: Es gibt sechs Romane: EIN MAGIER IN NÖTEN (1986), EIN MAGIER IM MONSTERLAND (1986), EIN MAGIER AUF HÖLLENTRIP (1987), ZWERGENZWIST IM MONSTERLAND (1987), HEXENHATZ IM MONSTERLAND (1988) und TOTENTANZ IM MONSTERLAND (1989). Die folgende Episode stammt aus dem Roman HEXENHATZ IM MONSTERLAND, in dem Wuntvor in der Ferne ein Heilmittel gegen die Allergie seines Meisters sucht, aber der Hexe Mutter Duck in die Falle geht. Sie raubt ihm sein Erinnerungsvermögen und steckt ihn mitten in einige Märchengeschichten, von denen dies hier die erste ist.

Es war einmal, da reiste ein junger Bursche mit Namen Wuntvor fern seiner Heimat umher, und er besah sich die Wunder dieser Welt und hatte viele gar abenteuerliche Begegnungen. So begab es sich eines Tages, dass er über einen Hügel stieg und in ein freundliches, fruchtbares Tal kam. Strahlend schien die Sonne auf grüne Bäume und goldene Felder hernieder, und Wuntvor dachte bei sich, er habe auf all seinen Reisen noch nie ein schöneres Fleckchen gesehen.

Er begann also, von der Hügelkuppe in das Tal abzusteigen. Doch er war noch keine Dutzend Schritte gegangen, da sah er an einem der wunderschönen grünen Bäume ein handgemaltes Schild hängen. Und auf dieses Schild hatte ein Unbekannter in leuchtend roten Großbuchstaben ein einziges Wort gepinselt:

GEFAHR.

Wuntvor hielt also inne und besah sich das Schild. Wollte jemand ihn warnen? Vor welcher Gefahr? Wo konnte wohl an einem so wunderschönen Tag wie diesem Gefahr lauern?

Und so setzte unser Wuntvor seine Weg fort, wobei er ein lustiges Liedchen vor sich hinpfiff, während er die Wildblumen am Wegesrande betrachtete. Schließlich gelangte er an ein weites Feld, bewachsen mit ungemähtem Gras und Klee, und am Ende dieses Feldes erblickte er einen träge dahinfließenden, blauen Wasserlauf.

Wuntvor besah sich den weiteren Verlauf des Pfades, dem er bislang gefolgt war, und stellte dann fest, dass dieser in der Ferne zu einem schmalen Steg führte, der den breiten Fluss überspannte. Wohlan, dachte er bei sich, das ist der Weg, den ich nehmen muss. Doch war er noch keine weiteren Dutzend Schritte gegangen, als ein riesiger Felsklumpen seinen Weg versperrte. Und auf diesem Brocken prangte in roten, drei Fuß hohen Buchstaben das Wort:

WARNUNG.

Wuntvor legte nun eine etwas längere Pause ein, um sich die Buchstaben auf dem Felsen genau einzuprägen. Das war nun schon die zweite Warnung, die er seit Betreten des wunderschönen grünen Tals erhalten hatte. Doch was, um alles in der Welt, sollten diese Warnungen ihm sagen? Vor wem oder vor was sollte er sich denn hüten?

Nach einiger Überlegung entschied unser wackerer Wuntvor, dass der Tag bei weitem zu strahlend schön sei, um sich vor irgendetwas oder irgendjemandem zu hüten. Sollten die Parzen doch ihren Schicksalsteppich weben, dachte er. An einem so sonnigen Nachmittag wie dem heutigen würde er mit allem und jedem fertig werden, was seinen Weg kreuzen sollte.

Und so umging Wuntvor den Felsen und setzte seinen Weg in Richtung der kleinen Brücke fort. Er war jedoch keine Dutzend Schritte weitermarschiert, als auch schon ein riesiger Mann aus einem Gebüsch hervor und ihm in den Weg trat. Wuntvor betrachtete ihn mit einigem Staunen, denn er war an Leibesumfang und Größe der mächtigste Mann, den unser junger Held jemals erblickt hatte. Der Mann trug einen bronzenen Brustharnisch, der indes ein wenig eingedellt und angelaufen war, dazu einen kunstvollen Flügelhelm. Er schwang eine ebenso riesige Kriegskeule über seinem Haupt und stieß ein einziges Wort hervor:

»VERDAMMNIS!«

Wuntvor wich einen Schritt zurück, von der neuen Entwicklung irritiert, welche die Dinge genommen hatten. War das nun die Gefahr, vor der das erste Schild ihn gewarnt hatte? Hatte ihm die Großinschrift auf dem Felsen nahe gelegt, sich *davor* zu hüten? Doch nein – der Riese griff ihn nicht an. Stattdessen stand er einfach da, die gigantische Kriegskeule hoch über den Kopf erhoben.

»Wie bitte?«, äußerte Wuntvor zögerlich nach einem Moment des gegenseitigen Anstarrens.

»Was?«, revanchierte sich der Große.

»Wie meinen?«, setzte Wuntvor die packende Unterhaltung fort.

»Oh«, schien sich der Fremde zu besinnen. »Verdammnis.«

»Zweifellos«, pflichtete ihm Wuntvor bei. »Aber welcher Art?«

»Ach so«, erwiderte der Mann. »Da unten an der Brücke.«

Wuntvor lächelte schlau. Langsam kamen Dinge zur Sprache, die ihn interessierten. »Was ist denn mit der Brücke?«

»Verdammnis«, war die Antwort.

Wuntvor gab jedoch so schnell nicht auf. »An der Brücke?«, versuchte er es noch einmal.

Der hünenhafte Fremde senkte seine Keule und nickte bedächtig.

»Da liegt also die Gefahr?« Wuntvor ließ nicht locker. »Davor soll ich mich hüten?«

Der riesige Mann hörte mit dem Nicken gar nicht mehr auf.

»Aber worin besteht denn die Gefahr?«, versuchte Wuntvor das Problem nunmehr einzukreisen. »Vor was genau soll ich mich denn hüten?«

»Verdammnis.«

Wuntvor begann langsam zu verzweifeln. Aus dem Kerl würde er wohl nie eine Antwort herausbekommen. Er blinzelte den Verlauf des Pfades entlang in Richtung Brücke. Ohne Zweifel sah es dort friedlich aus. Vor was oder wem also versuchte dieser Koloss ihn zu warnen? Wuntvor rang sich dazu durch, noch einen letzten Versuch zu starten, um der Natur der Verdammnis auf den Grund zu kommen.

»In der Tat«, hub er an, denn dieser Satzanfang hatte immer eine märchenhaft beruhigende Wirkung auf ihn ausgeübt, »Ihr wollt mir also zu verstehen geben, dass die Verdammnis dort unten an der Brücke auf mich wartet?«

Ein erneutes Kopfnicken, begleitet von einem scheuen Lächeln, war die Erwiderung. Wuntvor konnte spüren, dass der andere überaus dankbar war, verstanden zu werden.

»Aber«, fuhr Wuntvor fort, »gibt es denn keine Möglichkeit, dass Ihr mir mitteilt, was für eine Verdammnis da unten auf mich lauert?«

Der Hüne schüttelte traurig sein Haupt.

»Verdammnis«, bemerkte er.

»Warum auch nicht!«, gab Wuntvor spitz zurück, über den Verlauf des Gesprächs nun ernstlich erbost.

Der große Mann sah sich vorsichtig nach allen Seiten um. Als er sich davon überzeugt hatte, dass sie wirklich allein waren, sprach er mit einer Stimme, die kaum Flüsterlautstärke erreichte:

»Ich bin hier, um Euch zu warnen«, erklärte er mit verschwörerischer Miene.

Wuntvor musste sich auf die Zunge beißen, um nicht laut loszuschreien. Nachdem er die Fassung wiedererlangt hatte, fragte er:

»Könntet Ihr mich unter Umständen nicht doch darüber in Kenntnis setzen, vor was eigentlich Ihr mich warnen wollt?«

»Verdammnis«, entgegnete der Fremde traurig.

»Warum?«

»Weil das in Märchen immer so ist.«

Wuntvor blickte verständnislos drein. Märchen? Was hatte das hier mit Märchen zu tun? Er verzog das Gesicht, bemühte sich verzweifelt, irgendeine Erinnerung, die auf dem Grunde seines Gedächtnisses schlummerte, nach oben zu zerren. Und dann drang ein einziges Wort an die Oberfläche seines Bewusstseins. Mutter. Mutter was? Natürlich, jetzt erinnerte er ...

»Es war einmal«, bewegten sich Wuntvors Lippen und formten Worte, die er – das hätte er schwören können – nicht einmal dachte. »Es war einmal.«

Heftig schüttelte er den Kopf und wandte den Blick wieder dem massigen Fremden zu. »Könnt Ihr mir denn nichts Näheres über die Brücke mitteilen?«

»Verdammnis«, konnte der ihm mitteilen. »Vielleicht sollte ich Euch die eine oder andere Frage stellen. Ihr führt nicht zufällig einen Batzen Goldes mit Euch?«

Endlich! triumphierte Wuntvor insgeheim. Endlich würden nun die Informationen hervorsprudeln.

»Nein«, antwortete er wahrheitsgemäß. »Ich bin nur ein mittelloser Bursche, der ausgezogen ist, irgendwo auf der Welt sein Glück zu machen.«

»Verdammnis«, hielt der andere gegen diese optimistische Aussage. »Doch noch ist nicht alles verloren. Kennt Ihr euch vielleicht gut mit Rätseln aus?«

Was schwatzte der Koloss da? »Rätsel?«, wunderte sich Wuntvor. »Was haben denn Rätsel damit zu tun?«

»Verdammnis«, klärte ihn sein Gesprächspartner auf, wobei er sich selbst anerkennend zunickte. »Ich würde Euch unter diesen Umständen raten, umzukehren und Euch einen anderen Weg zu suchen – es sei denn, Ihr möchtet unbedingt als Trollfutter enden.«

Und mit diesen Worten wandte der Hüne sich um und verschwand hinter einer nicht minder hünenhaften Hecke.

»In der Tat«, sprach Wuntvor vor sich hin. Irgendwie wollte es ihm jedoch trotz alledem scheinen, als habe er keine besonders wertvollen Informationen erhalten.

Nach einem kurzen Moment des Nachdenkens jedoch entschied unser Held sich dazu, doch den Weg über die Brücke zu nehmen. Schließlich hatte er ja die traute Stätte seiner Kindheit verlassen, um Abenteuer zu bestehen! Er hatte das Gefühl, dass diese Brücke (sah sie nicht entzückend schmal und unschuldig aus?) genügend Abenteuer bieten mochte, um nach gelungener Überquerung sofort nach Hause zurückkehren zu können.

Er war kein Dutzend Schritte mehr von besagter Brücke entfernt, als eine Stimme an sein Ohr klang:

Hallo, mein junger Rufer!
Willst du ans and're Ufer,
Gib mir dein Gold,
dann bin ich dir hold.

Und mit diesen schönen Versen sprang eine entsetzenerregende Kreatur unter der Brücke hervor und landete keine Dutzend Schritte vor unserem Wuntvor. Die Haut des Wesens war von einem hellen Gelbgrün, doch diese anatomische Besonderheit erstaunte nicht so sehr wie die schreckliche Tatsache, dass es purpur-grün karierte Kleidung trug – ganz zu schweigen davon, dass es sich ein braunes, qualmendes Ding zwischen die Zähne geklemmt hatte.

Das Geschöpf des Grauens entfernte das braune, rauchende Ding (das nebenbei bemerkt auch noch außergewöhnlich scheußlich roch) aus seinem Munde und sagte:

Wirst nicht sehr alt,
Gibst du nicht bald,
Mir; der Brücke Troll,
dein güld'nes Soll.

»In der Tat«, erwiderte Wuntvor. Vor dem hier also hatte man ihn zu warnen versucht. Seine Dankbarkeit, dass er nun endlich die Wahrheit erfahren hatte, hielt sich indes in Grenzen: Diese Wahrheit, so fühlte er instinktiv, ließ zu wünschen übrig.

Das entsetzlich gewandete Wesen ließ angelegentlich eines breiten Grinsens noch mehr Zähne sehen, als man selbst von einem solchen Geschöpf gemeinhin erwarten durfte, und schlenderte auf den jungen Burschen zu. Wuntvor verspürte den innigen Wunsch, der Koloss, mit dem er sich kurz zuvor unterhalten hatte, hätte ihn ein ganz kleines wenig mehr über die genaue Beschaffenheit dieser ›Gefahr‹ aufgeklärt, sodass er seine Abenteuersuche in ein weit entferntes Fleckchen hätte verlegen können.

Die Kreatur deutete auf Wuntvor, genauer gesagt: Seine scharfe gelbe Klaue deutete in die Richtung von Wuntvors Gürtel.

Hast du kein Geld,
– was mir nicht gefällt –,
so gib mir dein Schwert,
auch wenn es nichts wert.

Wuntvor sah an sich hinunter. Er hatte ein Schwert? Das war ihm bis jetzt völlig entgangen. Eigentlich sollte man sich doch daran erinnern, wenn man ein Schwert trug.

Doch halt!, überlegte er. Wenn er stolzer Besitzer eines Schwertes war, konnte er sich ebenso gut verteidigen.

»Was tust du?«, kreischte das Schwert, als er es aus der Scheide zog.

Oho! Das Schwert sprach sogar! Wuntvor ließ vor Schreck beinahe die Waffe fallen. Mit Sicherheit hätte er sich an ein sprechendes Schwert erinnert. Der junge Mann runzelte die Stirn. Irgendetwas, dachte er, war hier ganz entschieden nicht in Ordnung.

»Ich bestehe auf einer Antwort«, quengelte das Schwert. »Als deine Leibwaffe habe ich wohl einen Anspruch darauf!«

»In der Tat«, erwiderte Wuntvor, der es zunächst einmal für das Klügste hielt, den Wünschen der magischen Waffe zu entsprechen. »Ich habe dich nur gezogen, um jene entsetzliche Kreatur dort zu erschlagen.«

»Nur?«, setzte das Schwert an, doch wie auch immer seine nächsten Worte lauteten – sie gingen in den neuen Versen des seltsamen Geschöpfes unter.

Hoho, mein Junge,
Hast ganz schön Mumm,
So leb denn wohl,
Ich bin ja nicht dumm.

Und mit diesen vielsagenden Worten hechtete die grell gekleidete Kreatur unter die Brücke.

»Nur?«, wiederholte das magische Schwert.

Wuntvor beäugte es misstrauisch. »Wer bist du überhaupt?«

»Ist das eine Fangfrage?«, gab die Waffe spitz zurück.

»Nein«, antwortete Wuntvor fest, obwohl er sich unter den gegebenen Umständen durchaus vorstellen konnte, eine Fangfrage gestellt zu haben, ohne es zu wissen. »Ich fürchte, ich stehe unter einem Spruch des Vergessens. Meine Hoffnung bestand darin, dass mir ein magisches Schwert vielleicht nähere Auskunft erteilen könnte.«

»Warum hast du das nicht gleich gesagt?« Der Glanz der Waffe wurde merklich heller. Wuntvor musste seine Augen mit der Hand schützen, um nicht geblendet zu werden.

»Das genau ist der Zweck, für den wir magischen Schwerter geschmiedet wurden«, fuhr die Klinge fort. »Mein Name ist Cuthbert, und ich bin ein leuchtendes Beispiel für eine leuchtende magische Waffe. Was sonst musst du noch wissen? Dein Name ist Wuntvor. Erinnerst du dich daran? Gut. Erinnerst du dich auch daran, dass du dich auf einer Mission im Auftrag deines Mei . . . he!«

Das Schwert schrie gellend auf, als es Wuntvors Hand entfiel, die plötzlich ganz taub geworden war. Doch unser armer Held verschwendete keinen weiteren Gedanken an das nun am Boden liegende Schwert. Er konnte an nichts anderes als an die Worte denken, die ihm über die Lippen kamen.

»Es war einmal«, lallte er. »Es war einmal.«

Und wie zur Antwort auf diese Worte erscholl eine zweite Stimme unter der Brücke.

Heda, kleiner Wicht,
Dies Rätsel löst du mir.
Und kannst du es nicht,
Blas dein Licht aus ich dir!

Und mit diesen Worten sprang ein zweites Wesen in Wuntvors Weg. Und wieder, wie konnte es anders sein, keine Dutzend Schritte weit vor ihm. Unser Held war diesmal aber bei weitem nicht so erschrocken, hatten ihn doch seine bisherigen Erlebnisse auf solcherlei Schabernack innerlich gewappnet. Das zweite Ungeheuer unterschied sich ein wenig von dem ersten, war es doch ein Stück gedrungener als dieses und von einer faulig-graugrünen Körperfarbe. Die Kleidung war deutlich konservativer; sie bestand aus dunklen, mönchisch wirkenden Roben, die sich in voluminösen Falten um seinen kurzen Körper bauschten.

»Rätsel?«, fragte Wuntvor. Das musste die zweite Gefahr sein, vor welcher der massige Krieger ihn gewarnt hatte. Ein Rätsel, an dem er unter Umständen sterben konnte! Wuntvor besaß guten Grund zu der Annahme, das Wesen wolle seine Verse durchaus wörtlich verstanden wissen.

Das kränkliche grünliche Etwas lächelte breit und zog ein zerknülltes Stück Pergament unter seinen wallenden Roben hervor. In einer klaren, hohen, nervtötenden Stimme begann es vorzulesen:

Top, die Wette gilt,
Nun sag mir, guter Mann,
Warum über die Straße ging,
Jener Hahn?

Das Ungeheuer leckte sich die Lippen, vermutlich in Erwartung einer baldigen schmackhaften Mahlzeit. Unser Held hatte einen Augenblick große Mühe, sich überhaupt auf das Rätsel zu konzentrieren.

Moment mal. Wuntvor fixierte das rätselstellende Horrorgeschöpf. Ein Hahn, der über die Straße ging? Wo lag da das Problem? Ha! Seine gute alte Großmutter hatte ihm dieses Rätsels Lösung an die hundertmal genannt.

»Um auf die andere Seite zu gelangen!«, rief er triumphierend aus.

»Auf die andere Seite gelangen?«, sagte das grünliche Ding skeptisch. »Na ja, ich denke, das ist möglich. Eine Sekunde bitte.« Wieder langte es in seine Roben, um nun ein ganzes Bündel von Pergamentschnipseln ans Tageslicht zu befördern.

»Nein, nein, ich fürchte, die korrekte Antwort lautet...« Er räusperte sich und verkündete: »Eine Zeitung!«

Was?, fuhr es Wuntvor durch den Kopf. Was für eine Zeitung?

»Das ist nicht die korrekte Antwort!«, beschwerte sich der junge Rätsellöser ärgerlich. »Jedes Kind weiß, dass Hähne die Straße überqueren, um auf die andere Seite zu gelangen!«

Das Geschöpf schüttelte traurig den Kopf und ließ die Hände zum dritten Mal in den Gewandfalten verschwinden. Diesmal kamen sie mit Messer und Gabel bewaffnet wieder zum Vorschein. »Vielleicht kreuzen Hähne ja dort, wo du herkommst, die Straße, um auf die andere Seite zu gelangen«, räumte das Wesen zuvorkommend ein, während es durch seinen Pergamentstapel blätterte. »Ich erinnere mich, dass ich diese Antwort schon mal irgendwo gesehen habe. Ah, hier ist sie: ›Um auf die andere Seite zu gelangen.‹ Doch leider ist das die Antwort auf eine andere Frage ... wo war sie doch gleich? Ah ja, hier kommt sie: ›Was ist über und über schwarz und weiß und gelesen?‹«

»Was ist über und über schwarz und weiß und gelesen?«, wiederholte Wuntvor ungläubig.

Das grässliche Geschöpf nickte triumphierend. »Um auf die andere Seite zu gelangen!« Es schwieg, um seinem Gesprächspartner Zeit für den großen Geistesblitz zu lassen. »Jetzt verstehst du's, nicht wahr?«, fragte es noch einmal nach. »Es ist ganz einfach: Weil es also, wie ich bereits sagte, über und über schwarz und weiß und gelesen ist, muss es natürlich die andere Straßenseite ...« Wieder unterbrach es sich und nahm sich Zeit, noch einmal die Pergamentschnipsel zu Rate zu ziehen. »Nun, vielleicht ist es doch etwas schwieriger zu erklären. Aber trotzdem muss es stimmen. Ich versichere dir, Mutter Duck benutzt nur die allerneusten Ausrüstungsgegenstände. Also ist die Möglichkeit, dass ein Fehler vorliegt, gleich null.« Dabei sah das Geschöpf so verwundert aus, als würde es selbst nicht so recht daran glauben, was es da von sich gab. »Na ja, die Möglichkeit eines Irrtums ist jedenfalls *fast* gleich null.«

Mutter Duck? Unser Held runzelte erneut die Brauen. Wo hatte er diesen Namen schon mal gehört? Und warum überkam ihn wieder dieser fast unwiderstehliche Drang, ›Es war einmal‹ zu sagen?

»Andere Seite?«, sagte das Wesen mehr zu sich selbst als zu Wuntvor. »Was für eine blöde ...« Wieder hielt es mitten in der Rede inne, und nach einem Moment hüstelte es vornehm. »Nun, da möglicherweise doch eine, sagen wir einprozentige Möglichkeit besteht, wollen wir so fair sein, dir eine zweite Chance zu geben. Schließlich steht dein Leben auf dem Spiel, nicht wahr?« Das grünliche Ding raschelte wieder mit seinem Pergamentbündel. »Hier ist diese uralte Kamelle mit vier Beinen, zwei Beinen, drei Beinen. Soll wohl ein Scherz von ihr sein. Es muss doch noch ein Rätsel mit ein bisschen mehr Pep geben!« Erneut raschelten die Pergamente. »Versuchen wir es mal mit diesem hier.«

Das Monster räusperte sich und hub in seiner metallischen, unangenehmen Stimme zu sprechen an: »Wie viele Elefanten passen in einen Volkswagen?«

Ungläubig starrte es auf seine Vorlage. »Wo hat sie nur diese Fragen her?« Ungeduldig blätterte es eine Seite weiter und las mit gerunzelter Stirn das nächste Rätsel vor: »Mal sehen. Ich vermute, du hast nicht die geringste Ahnung, was eine ›Glühbirne‹ sein könnte? Dachte ich mir doch.«

Das Wesen zerknüllte die Pergamente zwischen seinen Klauen. »Ich bin untröstlich, aber das alles ist ja geradezu lächerlich. Was mache ich eigentlich in einem von diesen hirnrissigen Märchen?«

Märchen? Feenmärchen? Wuntvor kam auf einmal der Schuhbert wieder in den Sinn. Und diese Frau, die der Kleine erwähnt hatte. Wie war doch gleich ihr Name gewesen? Mama oder so ähnlich. Es lag ihm auf der Zunge. Mutt …

Das war es!

»Es war einmal!«, kreischte Wuntvor im Bewusstsein des Sieges. Halt! Das hatte er doch gar nicht sagen wollen. Oder vielleicht doch?

»Es war einmal«, intonierte er zum wiederholten Male.

Und siehe da, eine dritte Stimme erklang antwortend

von unter der Brücke her, und diese Stimme hörte sich bei weitem barscher und tiefer als die beiden ersten an:

Heiho, junger Bursche,
Jetzt kommt dein Ende,
Erst fress ich die Beine
Und dann erst die Hän ...

Doch anstatt die nette kleine Strophe zu ihrem reimvollen Ende zu bringen, begann der Neuankömmling zu niesen.

»Willst du mich eigentlich für immer und ewig hier liegen lassen?«, erkundigte das Schwert sich beleidigt.

Das Schwert? Das Schwert! Es lag noch immer da, wo er es hatte fallen lassen. Und seltsamerweise hatte er es vollkommen vergessen.

»Genau!«, rief das grünliche Ding Wuntvor zu. »Was machen wir überhaupt in diesem bekloppten Märchen, wo wir doch eigentlich unsere Mission erfüllen sollten?«

Ein kleines braunes Männchen erschien neben dem Fuß des Grünlichen. »Meine Zustimmung zu dem bisher Gesagten könnte nicht größer sein! Feenmärchen! Denkt nur daran, wie spannend ein Schuhbertmärchen sein könnte!«

Das grüne Wesen war beim bloßen Anblick des Kleinen zurückgetaumelt. »Stimme nie wieder mit mir überein!«, befahl es. Es wandte sich Wuntvor zu. »Es gibt gewisse Dinge, mit denen ich einfach nicht fertig werde.«

»Ich werde den Rest meines Lebens wohl doch im Staub verbringen«, maulte das Schwert, »vergessen und verlassen, den grausamen Angriffen des Rostes preisgegeben, verachtet von meinem Besitzer ...«

Das karierte Ungeheuer war plötzlich in ihre Mitte getreten. »Bist du deines magischen Lebens überdrüssig, kleines Schwertchen? Komm doch einfach mit zu mir, bei mir erlebst du fremde Länder, Abenteuer . . .«

»Verdorben! Es ist verdorben!«, zeterte eine Frauenstimme von irgendwo auf dem Hügel.

Einen Moment mal, dachte Wuntvor.

In diesem ganzen Chaos entdeckte er vertraute Züge. Er sah sich um – und schon erinnerte er sich, dass die Figur in ihrem Kapuzenumhang Snarks war, ein Dämon, dessen Schicksal in diesem Leben es war, die Wahrheit und nichts als die Wahrheit zu sagen, egal, wie unerfreulich diese Wahrheit auch sein mochte. Und dort, gehüllt in seinen unvergleichlichen karierten Geschäftsanzug, stand Brax der Vertreterdämon, der zu unverschämt günstigen Preisen Second-Hand-Waffen feilbot. »Alles erste Sahne, Leute.« Und das Schwert war Cuthbert und unglücklicherweise ein ganz klein wenig feige. Tap den Schuhbert hatte er ja bereits in seinem letzten Märchen wiedergesehen.

Seinem letzten Märchen?

Richtig! Er war der Gefangene von Mutter Duck, die just in diesem Augenblick den Hügel hinunter auf sie zugestürmt kam, gefolgt von einem haarigen Kollegen, der ganz wie ein Wolf aussah, welcher auf seinen Hinterbeinen lief und sich mit einer blauweißen Schlägermütze geschmückt hatte. Den kannte er doch auch von irgendwoher? Wuntvor schüttelte den Kopf. Er fragte sich, was er sonst noch alles vergessen haben mochte.

Originaltitel: Mother Duck Strikes Again
Ins Deutsche übertragen von Susanne Tschirner

4. Die Schwarzdrossel

Jack Sharkey

Nach dem Tod von Jack Sharkey im Jahr 1992 geriet sein Werk beinahe in Vergessenheit – eine Schande, da er ein talentierter Schriftsteller war, insbesondere von Kurzgeschichten. Die letzten zwanzig Jahre seines Lebens verbrachte er mit Theaterarbeit. Er schrieb über achtzig Theaterstücke und Musicals, was den Umfang seiner sonstigen Geschichten einschränkte. Soweit ich weiß, gibt es keine einzige Sammlung seiner Kurzgeschichten, darum folgt hier eine von ihnen – ein seltener und zu Unrecht in Vergessenheit geratener Leckerbissen.

Der Türke war, fast wie in den Überlieferungen arabischer Abenteuerschreiber, ein Riese. Die Kleinstadtbewohner von East Anchorville – benannt nach seiner geographischen Lage in Bezug auf die größere Stadt Anchorville – waren sich vom ersten Moment an, als er in der Stadt auftauchte, sicher, dies könne nichts Gutes zu bedeuten haben. Niemand gab offen zu, dass er sich vor ihm fürchtete, aber alle waren sich darin einig, dass Vorsicht die vorrangigste Überlegung beim Umgang mit ihm war. Insofern ist es verständlich, weshalb in dem Moment, in dem der Schrecken seinen Anfang nahm, alle Gedanken zu dem geheimnisvollen Wesen des Türken gezogen wurden, wie Eisenspäne zu einem Magneten.

Der Schrecken begann im Herbst, als die trockenen Blätter die Abwassergräben im Hinterland verstopften und kalter grauer Staub sich auf den holprigen, unbefestigten Straßen der Stadt sammelte und man aus seinen Häusern das Hereinbrechen der Nacht verfolgen konnte, hinter verschlossenen Türen und vor einem prasselnden Kaminfeuer.

Harriet Cord, die Dorfschönheit (und Dorn im Auge der Frauen), war zu einer Kutschfahrt mit Marvin Sply, dem Sohn des verstorbenen Dorfschmieds, in den Sonnenuntergang gefahren. Die alten Leute schürzten die Lippen und schnalzten mit der Zunge, als das Pärchen in Marvins vierrädrigem Wagen, einem Erbstück seines Vaters, aus der Stadt ratterte. Marvin hatte die eine Hand an den Zügeln und die andere ganz eindeutig auf Harriet.

Zwei Stunden später kehrte Marvin allein in die Stadt zurück, mit wildem Blick, die Kleidung zerfetzt. Von seinen Lippen sprudelte eine furchtbare Geschichte. Das Klappern des Wagens, der auf die Hauptstraße bog, das Pferd in vollem panischen Galopp, hatte eine neugierige Menge angezogen, einschließlich des Sheriffs der Stadt, der direkt nach Marvins hysterischer Erzählung in Grogans Saloon lief, um ein paar Helfer um sich zu scharen, und in dieser Nacht nicht mehr gesehen wurde.

Die Kleinstadtbewohner, Männer wie Frauen, waren auf ihre Wagen gestiegen, auf die Pferde und in die wenigen Automobile, mit denen die Stadt prahlte, und waren zum Ort des Verbrechens aufgebrochen, denn sie waren überzeugt, dass es sich genau darum handelte.

Ein entsetzlicher Anblick wartete auf ihre Augen.

Harriet lag am Wegesrand, kalt und tot, die Gesichtszüge zu einem verwirrten und höhnischen Lächeln eingefroren. Ihr Körper wies keinerlei Verletzungen auf, aber in der linken Hand fanden die Leute eine einzige schwarze Feder, groß und schimmernd ...

Das ungemein aufschlussreiche Urteil des Leichenbeschauers lautete »Tod aus unbekanntem und geheimnisvollem Grund durch die Hand einer oder mehrerer unbekannter Personen.«

Der Verdacht richtete sich sofort auf den Türken.

Seine Pensionswirtin, die »ein ehrbares Haus« führte, gedachte, ihn sofort vor die Tür setzen. Mrs. Balsam wollte in ihrer Pension »nichts mit Ungeheuern zu tun haben«. Aber irgendwie hatte sie das Gefühl, allein die steile Treppe zu seiner Dachkammer hochzusteigen, sei nicht die einfachste aller Aufgaben, und sie fand niemanden, der sie nach oben begleiten wollte. Ihr Ehemann beschloss plötzlich, der Rasen müsse dringend gemäht werden, obwohl das Gras gelb und ausgedörrt war, außerdem habe er »diesem Kerl das Zimmer ohnehin nie vermieten wollen« – also beschloss sie, doch lieber abzuwarten.

Thelma Bracy, ihre Nachbarin von nebenan, war der Meinung, dass Mrs. Balsam Schlafmittel in sein Essen mischen und ihn von der Polizei fortschaffen lassen sollte, und so kam zum ersten Mal die merkwürdige Tatsache ans Licht, dass der Türke niemals eine Mahlzeit in Mrs. Balsams Etablissement eingenommen hatte, obwohl Mittag- und Abendessen in den Zimmerpreisen enthalten waren. Innerhalb einer Stunde, nachdem Thelma diese Information zu Ohren gekommen war, hatte sie in der ganzen Stadt die Runde gemacht, was die noch erstaunlichere Tatsache zutage förderte, dass niemand in der Stadt *jemals* gesehen hatte, wie der Türke eine Mahlzeit zu sich nahm, nirgendwo.

Der Sheriff (der aus Mangel an anderen Verdächtigen Marvin Sply verhaftet hatte) wurde umgehend von dieser Wendung der Ereignisse unterrichtet. Oder vielmehr, kaum dass er in Grogans Saloon einlief. Und er informierte Mrs. Balsam, dass es unter den »gegebenen Umständen« – der Türke war weit über zwei Meter groß und wog 250 Pfund – am besten wäre, abzuwarten und zu beobachten.

Als Marvin am nächsten Morgen in seiner Zelle im Gefängnis von East Anchorville erwachte, verlangte er, sofort freigelassen zu werden und leugnete jedwedes Wissen darüber, wie oder warum Harriet zu Tode gekommen war. Seine Geschichte lautete, dass sie über ein Feld geschlendert waren. Darüber war es zu dunkel geworden, als dass Harriet noch zurück zur Kutsche durch das Feld hätte laufen können, ohne sich nicht einen wohlgeformten Knöchel zu verstauchen, also war Marvin auf die andere Seite des Feldes zu ihrem Transportmittel zurückgekehrt und hatte den Wagen zu der Stelle geleitet, wo sie hätte stehen sollen. Zuerst dachte er, sie sei verschwunden, bis er eine bleiche, weiße Hand am Rand des Grabens neben der Straße ausmachte und, als er die Hand untersuchte, Harriet am anderen Ende derselben auffand.

Der Sheriff blieb unnachgiebig. Marvin war als einziger dort gewesen, also musste Marvin es auch getan haben. Der Sheriff zeigte sich in seiner Anschuldigung felsenfest und wollte Marvin so lange im Gefängnis behalten, bis er darin verrottete. Und wahrscheinlich wäre es auch so gekommen, hätte nicht eine Gruppe der Wähler des Sheriffs – verärgert, weil ihre Pferde allesamt die Hufeisen verloren und Kutschenspeichen ausfielen und Schutzbleche ausgehämmert werden mussten – darauf bestanden, dass Marvin freigelassen wurde, um wieder seinen Pflichten als Schmied nachzukommen. Der Sheriff gab nach, wenn auch ungern, aber er nahm Marvin das Versprechen ab, am Abend ins Gefängnis zurückzukommen. Dieses Versprechen wurde bereitwillig gegeben.

Die Stadtbewohner waren schockiert, als sie am Nachmittag desselben Tages erfuhren, dass Marvin unter dem Vorwand, nach Anchorville zu fahren, um irgendwelche Ersatzteile zu besorgen, stattdessen einen Zug nach Westen mit Ziel San Francisco bestiegen hatte, zweifelsohne mit der Absicht, niemals wieder zurückzukehren.

Der Sheriff war drauf und dran, eine landesweite Suche nach dem Flüchtigen einzuleiten, als ein entsetzter Farmer in das Büro des Sheriffs stürzte, um den zweiten Horror zu vermelden.

Abel Stanley, der führende Schweinemäster der Stadt, war tot in seinem Schweinestall gefunden worden, sein edles Herz hatte für immer aufgehört zu schlagen, seine entsetzten blauen Augen starrten blicklos in einen Trog mit Schweinefutter. Und in der Krempe seine Hutes steckte eine schimmernde, blauschwarze Feder.

Und gerade, als der Sheriff zu Grogans Saloon eilte, um Hilfssheriffs zu rekrutieren, kam Tom der Barkeeper herausgerannt mit Neuigkeiten – Horror Nummer drei.

Edward Forbes – der bei der Wahl zum Trunkenbold der Stadt auf Platz zwei gelandet wäre – war unter der Bar im Saloon entdeckt worden, sein offener Mund unter dem Zapfen eines leeren Whiskyfasses, vollkommen tot, mit einer schimmernden schwarzen Feder in seinem Knopfloch. Im Unterschied zu den beiden anderen Fällen fand der Barkeeper – unter der klarsichtigen Anweisung des Sheriffs vom anderen Ende der Bar – eine Wunde am Körper; eine merkwürdige, sternenförmige Verfärbung unter der linken Achselhöhle. Als diese dann im Bericht des Leichenbeschauers als Muttermal auftauchte, warfen die Städter vor Verzweiflung die Arme in die Luft.

Von da an verbreitete sich Panik in der ehemals friedlichen Kleinstadt. Thelma Bracys bedeutsame Bemerkungen über den Türken forderten ihren Tribut unter den leichtgläubigen Leuten. Die Mütter der Stadt, in der Hoffnung, den offenbar leidenschaftlich und in der Herbeiführung des Todes so auf Reinlichkeit bedachten Killer zu entmutigen, indem sie ihre Kinder mit dem Gürtel züchtigten, peitschten oder anderweitig zeichneten, als Vorsichtsmaßnahme. »Ohne blaue Flecke sind sie verloren!«, wurde zum Schlachtruf.

Der Türke hatte am dritten Tag nach Harriets Ableben noch nichts von dem entsetzlichen Geschehen gehört, was weiter nicht merkwürdig war, da er mit keinem der Dorfbewohner redete. So war es auch nicht verwunderlich, dass er es wagte, sein Gesicht auf dem Platz der Stadt zu zeigen, und er mächtig groß auf Gulbys Gemischtwarenladen zumarschierte. Er hielt es für ungewöhnlich, dass die Kinder, deren größtes Vergnügen es war, seinen gemächlichen Schritten beharrlich zu folgen und dabei irgendeine furchtbare, ungereimte Ballade über Preiselbeersoße und Menschen aus der Türkei zu singen, es an diesem Tage nicht taten. Vielmehr verschwanden alle in die Häuser, auf Bäume und um Ecken, sobald das gleichmäßige Stampfen seiner schweren Stiefel seine nahende Ankunft auf dem Stadtplatz ankündigte.

Als er seinen gewaltigen Torso so weit duckte, dass er mit dem Kopf durch die Tür des Ladens kam, drehten sich alle Kunden um und starrten ihn mit bleichen Gesichtern und sprachlos an.

Gulby, der leicht erregbare Inhaber, platzte sofort heraus »Das ist er! Der Unhold!« und ließ seine kurze Rede unvergesslich werden, indem er ohnmächtig über dem Zahnpastenstand zusammenbrach. Sein Bierbauch stieß die glücklose Ware auf den Boden, wo sie von dem Gewicht seines Körpers kraftvoll nach unten gedrückt wurde, was dazu führte, dass er inmitten einer sich ausbreitenden Masse aus fluorierter Zahncreme zum Liegen kam.

»Der Böse Blick!«, schrien die im Laden anwesenden Dorfbewohner und bedeckten ihre Augen mit einer Hand, während sie die andere wie steifarmige Footballspieler ausstreckten und Hals über Kopf aus dem Drugstore stürzten.

Jetzt steckte der Sheriff wirklich in der Klemme. Eine wütende Meute von Bürgern betrat sein Büro und verlangte, dass er das Monster (denn wer sonst konnte es gewesen sein als der Türke?) sofort verhaftete, sonst würden sie ihre demokratischen Kräfte mobilisieren und mit sofortiger Wirkung einen neuen Sheriff wählen.

Das saß. Nachdem er eine Stunde lang seinen Mut in Grogans Saloon gesammelt hatte, begab er sich zu Mrs. Balsams Pension, stieg die Treppen hinauf, rief nach dem Türken (der auch gleich freundlich kam) und geleitete ihn in die Zelle, die vor kurzer Zeit noch von Marvin Sply belegt gewesen war. Als der Sheriff wieder nüchtern genug war, um das Ausmaß seiner Handlung zu erkennen, eilte er sofort zu Grogans und versuchte, die Erinnerung daran wieder auszulöschen.

Tja, eines bedingte nun das andere.

Nachdem eine Verhaftung erfolgt war, musste es auch eine Verhandlung geben.

Das ganze Dorf wurde angesichts dieser Nachricht wieder munter. Die Damen zogen los und kauften neue Kleider, neue Hüte, neue Schuhe und neue Mäntel, und die Männer kehrten alle im Saloon ein, um die Fakten des Falles zu diskutieren.

Der Sheriff war wie üblich ebenfalls dort, und während die Männer sich unterhielten und die Unterhaltung immer unsicherer wurde, wurde ihnen mit plötzlicher, schrecklicher Klarheit bewusst, dass niemand *irgendetwas* über den Fall wusste.

Es musste sofort etwas unternommen werden.

Der Bruder des Sheriffs, der gleichzeitig stellvertretender Staatsanwalt war, gab die Lokalzeitung heraus. Ein schneller Anruf beim Sheriff, und schon landete der eilends ausgeschriebene Wettbewerb in der nächsten Ausgabe der *East Anchorville News*. Die gute Nachricht verbreitete sich durch ganz Massachusetts.

Bewerbungen, in erster Linie von Frauen, überschwemmten die Redaktion.

WERDEN SIE ZEUGE! verkündete die Zeitung. BEWERBEN SIE SICH JETZT!

Die Zeugenaussagen wurden auf der Grundlage von Überlegung, kreativer Fantasie und Beherrschung der englischen Sprache ausgesucht. Die Aussage von Thelma Bracy war mit Abstand die beste – was daran lag, wie sie freizügig einräumte, dass sie einst einen Fernkurs in Kreativem Schreiben belegt hatte –, und der Stadt wurde klar, dass man in Thelma eine Star-Zeugin gefunden hatte.

Die Erregung erreichte ihren Höhepunkt. Es war wie in den guten alten Tagen der Hexenjagd.

Die Sonne ging auf, ging unter und ging wieder auf, und schon war der Tag der Verhandlung gekommen.

Jeder in der Stadt quetschte sich in das schmale Gerichtsgebäude. Leute aus angrenzenden Ortschaften waren die ganze Nacht für dieses Gala-Ereignis gefahren. Popcorn, Zuckerwatte und kaltes Bier – sehr zum Missfallen der örtlichen Geistlichen – wurden auf den Stufen des Gerichtsgebäudes verkauft, und der Richter, dem die örtliche Brauerei gehörte, stand draußen und förderte den Verkauf bis kurz vor Verhandlungsbeginn.

Die Witwen der Verstorbenen – Gulby war während seines sensationellen Sturzes in die Zahnpaste verblichen und hinterließ seiner trauernden Witwe viele Erinnerungen und eine Lebensversicherung in Höhe von dreißigtausend Dollar – saßen ganz vorn und harrten darauf, dass der Gerechtigkeit Genüge getan würde. Um eine rasche feuerwerksartige Verhandlung und das Urteil »schuldig« sicherzustellen, hatten sie gewissenhaft dafür gesorgt, dass der Staatsanwalt (der gerissenste Anwalt der Stadt und Schwager des örtlichen Zeitungsverlegers) nach Anchorville fuhr und drei der ungeübtesten Anwälte besorgte, die sich finden ließen, frisch von der juristischen Fakultät der Universität Anchorville. Aus diesen dreien hatten die Witwen denjenigen ausgesucht, den sie für den dümmsten hielten.

Thomas Bit, auf den ihre Wahl gefallen war, saß nun neben dem schweigenden Türken, fingerte nervös an seinem Kragen und schärfte alle fünf Minuten seinen Bleistift. Die Augen der ganzen Ostküste ruhten an diesem Tag auf dem Gerichtshaus, und wenn er das Urteil »nicht schuldig« zuwege brächte, wäre er über Nacht zum Staranwalt avanciert.

Er wünschte nur, die Stadt wäre ein wenig größer, denn es hatte sich als unmöglich erwiesen, irgendjemanden als Geschworenen zu berufen, der nicht entweder ein Verwandter eines der toten Männer oder ein guter Freund von Harriet Cord gewesen war. Soweit es das betraf, schienen *alle* Männer Harriet Cord gekannt zu haben. Wäre sie das einzige Opfer gewesen und hätte er eine Geschworenenjury aus lauter Frauen berufen können … Thomas Bit seufzte.

Seine Ehren wischte sich ein wenig Schaum vom Kinn, eilte den Gang entlang zu seinem Amtszimmer, verschwand darin, dann rief der Gerichtsdiener alle zur Ordnung auf, und der Richter tauchte in seiner ernsten schwarzen Robe wieder auf, torkelte die Stufen zur Richterbank hoch und ließ sich ächzend auf seinen Platz fallen, die Augen irgendwie glasig und die Lippen zu einem albernen Lächeln verzogen.

Thomas Bit bemerkte das und stöhnte innerlich auf.

Seine Ehren klopfte scharf um Ordnung, ließ den Hammer versehentlich auf den kahlen Schädel des Gerichtsschreibers fallen, wartete, bis dieser ihm den Hammer zurückreichte, klopfte neuerlich, und die Verhandlung hatte begonnen!

Ervin Burns, der Staatsanwalt, näherte sich der nervösen Mrs. Balsam, seine grauen Augen stählern und ernst, und sein Verhalten gewissenhaft nach einem Film modelliert, den er einmal über eine berüchtigte Verhandlung gesehen hatte. Mrs. Balsam, die man nicht einmal mit viel Fantasie als Fliegengewicht hätte bezeichnen können, brachte es dennoch fertig, zu einer viel kleineren Größe zu schrumpfen, als er über ihr dräute, den Kneifer zwischen rechtem Zeigefinger und Daumen.

»Sie sind Nettie Balsam?«

»Ich bin Nettie Balsam«, erwiderte sie nach einer kontemplativen Pause.

»Sie leiten die Pension, in der der Mörder wohnte?«

»Einspruch!«, rief Thomas Bit und sprang auf die Füße. »Die Schuld dieses Mannes wollen wir hier erst nachweisen!«

Das Lachen im Gerichtssaal war ohrenbetäubend, bis Seine Ehren tolerant die Hand hob und in das kichernde Murmeln winkte. »Bitte, Mister Bit, Sie dürfen Mister Burns bei seiner Arbeit nicht unterbrechen, wenn Sie auf dieselbe Rücksichtnahme hoffen, sobald sie *Ihre* Zeugin ist. Dann bekommen Sie Ihre Chance.«

Beschämt ließ sich Thomas Bit auf seinen Stuhl fallen. »Es sieht ziemlich hoffnungslos aus«, flüsterte er dem Türken zu. Der Türke zuckte nur mit seinen gewaltigen Schultern und blieb stumm.

»Sie führen die Pension, in der der *mutmaßliche* Mörder wohnte?«, fragte der Staatsanwalt.

Thomas Bit seufzte, leise, und kaute auf seinen Nägeln.

»Das tue ich«, erklärte Mrs. Balsam. »Ich führe ein ehrenwertes Haus!«, fügte sie hinzu.

Aus der ersten Reihe, in der einige ihrer Pensionsgäste saßen, erklangen fröhliche Rufe. Mister Balsam war an diesem Morgen nicht erschienen. Er war zu Hause und schlief.

»Ist Ihnen jemals etwas ... *Geheimnisvolles* ... an diesem Mann aufgefallen?«

»Ja«, sagte Mrs. Balsam finster. »Er hat nie etwas gegessen, was ich gekocht habe.«

»Daran ist nichts Geheimnisvolles!«, kommentierte jemand *sotto voce* aus den hinteren Reihen.

Der Staatsanwalt räusperte sich und starrte den Impertinenten an, bis dieser rotgesichtig verstummte. Dann lächelte der Staatsanwalt Mrs. Balsam an.

»Was genau ist daran merkwürdig?«

»Schließlich sind die Mahlzeiten in den Zimmerpreisen inbegriffen. Scheint doch seltsam, dass ein Mann Geld für etwas ausgibt, was er dann nicht in Anspruch nimmt.«

Der Staatsanwalt lächelte und nickte verständig. »Sehr seltsam, in der Tat. Was ist Ihrer Meinung nach der Grund dafür?«

»Einspruch!« Thomas Bit war schon auf den Beinen. »Wir sind hier, um Fakten zu sammeln, nicht Spekulationen!«

Der Richter bedachte ihn mit einem äußerst unheilvollen Blick. »Ach, seien Sie doch nicht so!«

Thomas Bit sank auf seinen Stuhl, völlig vernichtet. »Das ist furchtbar«, sagte er zu dem Türken.

Der Angesprochene zuckte erneut mit den Schultern und kratzte sich am Hinterkopf.

»Meiner Meinung nach«, sagte Mrs. Balsam und erschauerte, »hat er nichts gegessen und nichts getrunken, weil er von menschlichem Blut lebt! … Oder es ist *noch schlimmer*!«, fügte sie düster hinzu.

Thomas Bit verbarg sein Gesicht in den Händen und weigerte sich mannhaft, in Tränen auszubrechen.

»Das ist alles.« Der Staatsanwalt lächelte. »Ihre Zeugin.«

Thomas Bit riss sich, so gut er konnte, zusammen und trat auf den Zeugenstand zu. Mrs. Balsam sah ihn wachsam an, wie eine Ente, die eine Frau beobachtet, die einen neuen Kissenbezug näht.

»Mrs. Balsam …«, fing er an.

»Einspruch!«, donnerte der Staatsanwalt.

»Stattgegeben!«, sagte der Richter.

Auf einer der hinteren Reihen lächelte der Zeitungsverleger glücklich und kritzelte fieberhaft Notizen in das kleine Notizbuch auf seinem Knie. Die Sache lief wirklich gut, und in diesem Jahr fanden auch noch die Wahlen statt.

»Äh …«, Thomas Bit verließ der Mut. Doch dann versuchte er es erneut. »Sie *sind* Nettie Balsam?«

»Ja«, erwiderte sie.

»Hat der Angeklagte Ihnen als Pensionsgast jemals Schwierigkeiten bereitet?«

»Nun, nein … aber –«

»Hat er jemals etwas wirklich Ungewöhnliches getan?«

»Er hat nichts gegessen, was ich gekocht habe!«

»Warum haben Sie ihm dann –« Thomas Bit beugte sich vor und verengte die Augen zu schmalen Schlitzen – »die Mahlzeiten in Rechnung gestellt?«

Nettie Balsam sank in sich zusammen. Diesen Punkt hatte der Staatsanwalt in den Probevernehmungen nicht berücksichtigt. »Weil – weil ich mit dem zusätzlichen Geld mehr Lebensmittel für die anderen Gäste kaufen konnte.«

»Dann haben Sie also für den Türken niemals wirklich eine Mahlzeit gekocht!«, sagte Thomas Bit, um seinen Punkt noch zu untermauern. »Ich wette, wenn ich Ihre Gäste vorladen ließe, würde sich herausstellen, das Sie ihm niemals einen Platz am Tisch eingedeckt haben! Ist das richtig?«

Nettie Balsam brach in Tränen aus. »Naja, anfangs habe ich das, in der ersten Woche, als er bei mir wohnte, a-aber als ich sah, dass er nichts aß, da habe ich e-einfach das zusätzliche Geld anderweitig verwendet.« Sie brach an dieser Stelle in unkontrolliertes Schluchzen aus und konnte nicht fortfahren.

Thomas Bit wartete, bis die Flut ein wenig zurückging, dann sagte er in freundlicherem Tonfall: »Also bedeutet der Verlust dieses Mannes als Pensionsgast – wenn er denn schuldig gesprochen werden sollte –, dass Ihnen Geld fehlen wird?«

Netties tränenüberströmte Augen weiteten sich angesichts dieses hinterlistigen Aspekts der Sache, der zuvor unberücksichtigt geblieben war. »Also ... da haben Sie Recht!«

Thomas Bit trat einen Schritt zurück und wies dann auf den Türken, der gelassen auf dem Tisch vor dem Richtersitz saß. »Glauben Sie nun, dass dieser Mann irgendetwas mit dem entsetzlichen Geschehen zu tun hat?«

Bevor der erschütterte Staatsanwalt Einspruch erheben konnte, rief Nettie Balsam: »Nein! Nein und nochmals Nein! Er ist unschuldig wie ein neugeborenes Kind, und wenn all das hier vorüber ist, wird sein kleines Zimmer auf ihn warten wie zuvor ...« Sie zögerte. »Zu denselben Raten, versteht sich.«

»Versteht sich«, sagte Thomas Bit. »Sie sind entlassen.«

Nettie Balsam stand auf, ganz zufrieden mit sich selbst.

In einer der hinteren Reihen knirschte der Zeitungsverleger in ohnmächtiger Wut mit den Zähnen. Und die drei Witwen saßen in erstarrtem Hass wie festgefroren. Was glaubte dieser junge Kerl eigentlich, wer er war? Der erste gute Mordfall seit Jahren, und er legte es darauf an, den Killer als Unschuldigen darzustellen? Eine von ihnen wünschte sich sogar, kurzzeitig, ihr Ehemann wäre noch am Leben.

Der Staatsanwalt, der sich von dem beinahe tödlichen Schlag gegen ihn wieder etwas erholt hatte, rief Thelma Bracy in den Zeugenstand. Ein Raunen lief durch den Saal, als sie stolz zu dem kleinen Zeugenstand mit dem Gitter watschelte. Schließlich war sie so was wie eine Berühmtheit, die Starzeugin, deren Foto die Titelseite der Lokalzeitung geschmückt hatte, ihr Blick wissend und weise.

Sofort kreuzte sie die Beine. Ihre Knie waren nicht zu sehen, aufgrund der breiten Leisten des Gitters, aber sie kreuzte die Beine trotzdem.

»Sie heißen?« Der Staatsanwalt gab sich salbungsvoll charmant.

»Thelma. Thelma Bracy.« Sie sah hinüber, wo sich die Reporter der angrenzenden Städte versammelt hatten, die Bleistifte über den Notizbüchern gezückt. »T-h-e-l-m-a B-r-a …«

»Miss Bracy«, unterbrach der Staatsanwalt rasch, »würden Sie dem Gericht bitte mitteilen, wo Sie wohnen?«

»Ich wohne in der West Pike – P-i-k-e – 115, direkt neben dem Haus, in dem der *Mörder* wohnte!«

Alle Augen im Saal wandten sich sofort Thomas Bit zu, der jetzt seine Chance hatte, alles wieder zu verderben. Er seufzte, zuckte mit den Schultern und schüttelte den Kopf.

Ein Murmeln der Erleichterung lief durch die Reihen, und eine der Witwen lächelte sogar ein wenig. Es wurde langsam besser.

»Würden Sie uns bitte sagen, was genau Sie in der Nacht sahen, als die verstorbene, von allen betrauerte Harriet Cord von uns ging?«, fuhr der Staatsanwalt fort.

Ein tiefes Raunen ging durch den Saal, und alle Augen richteten sich auf Thelma, die sich sorgfältig räusperte und dann zu ihrer Erzählung anhub.

»Es war kurz vor Mitternacht«, fing sie an, beinahe flüsternd. Sogar Thomas Bit wurde von ihrem Tonfall magnetisiert. »Die Nacht war eisig, dennoch sehnte ich mich nach einem Lufthauch, um die ungewollte Stickigkeit meiner Schlafkammer zu lindern. Als ich zu meinem Fensterflügel ging, um mein Zimmer der Nachtluft zu öffnen ...« Sie hielt inne und fuhr dann weniger einstudiert fort: »Mein Fenster liegt der Pension von Nettie direkt gegenüber ...«

Das Raunen wurde noch tiefer.

»Direkt auf das Fenster *zum Zimmer jenes Mannes zu*!« Sie deutete dramatisch mit einem Finger anklagend in Richtung des Türken. »Es war geschlossen, aber *ha!* Es flackerte ein Licht im Inneren. Natürlich ist es nicht meine Gewohnheit, in die Fenster von Männern zu schauen, die ich kaum kenne, darum wollte ich gerade zu meinem Bett zurückkehren, als plötzlich –« Ihr Gesicht wurde ausdruckslos. »Als plötzlich –«, wiederholte sie jammervoll und warf dem Staatsanwalt einen flehenden Blick zu, der seine Augen entsetzt geschlossen hatte.

Thelma drosselte das Tempo ihres Monologs und versuchte einen Neustart, um über ihren Aussetzer zu kommen. »Ich-wollte-gerade-zu-meinem-Bett-zurückkehren-als-plötzlich ...« Sie strahlte. »Als *plötzlich* das Fenster aufflog, und der Fensterrahmen laut aufschlug, und dieser

Mann –« einige der Zuschauer in der Nähe des Türken rückten verstohlen von ihm ab »– lugte auf überaus verdächtige Weise heraus, dann trat er vom Fenster zurück. Wie erstarrt von einer namenlosen Furcht blieb ich stehen, und dann ... flog etwas Großes und Schwarzes und Furchtbares aus seinem Zimmer heraus auf das Fensterbrett.«

Der Staatsanwalt, der die Geschichte bei den Proben zwar schon gehört hatte, musste trotzdem seine Lippen befeuchten, bevor er reden konnte. »Was war es?«, fragte er mit bebender Stimme.

»Eine gewaltige Schwarzdrossel!«, erklärte Thelma.

(Thelma Bracys sorgfältige Studien der arabischen Gebräuche und Geschichte hatte die Tatsache zutage gefördert, dass der Rabe als beinahe heiliger Überbringer schlimmer Dinge bei den Arabern und den Türken galt, und sie hatte den Namen des Vogels in eine Spezies umgeändert, die der Erfahrung ihrer Zuhörerschaft eher entsprach.)

»Die Schwarzdrossel schlug mit ihren riesigen schwarzen Flügeln, erhob sich in die Luft und dann, als ob sie etwas spürte, flog sie davon.«

»In welche Richtung –« Der Staatsanwalt verlieh der Frage durch seinen Tonfall höchste Bedeutung. »In welche Richtung ist die Schwarzdrossel davongeflogen?«

Thelma legte eine dramatische Pause ein, dann sah sie mit den Augen eines Basilisken den Türken an, erhob sich und verkündete: »Direkt nach Osten!«

Ein Begeisterungstaumel erfasste die Zuschauer. Die Leiche von Harriet Cord war fast genau im Osten der Stadt gefunden worden; für die Stadtleute war die Schuld des Türken so gut wie bereits in den Gerichtsakten verzeichnet.

Thomas Bit schüttelte den Kopf. Er konnte nichts weiter

tun als angestrengt dasitzen und darauf warten, dass er an der Reihe war, Thelma zu befragen.

Sie war jedoch noch nicht fertig. »Etwas veranlasste mich, stehen zu bleiben und abzuwarten, fast eine Viertelstunde lang. Schließlich war es zu kalt geworden, um weiter am Fenster zu stehen, darum schloss ich es. Und gerade als ich das tat, kehrte die Schwarzdrossel zurück, und sie musste gehört haben, wie mein Fenster geschlossen wurde, denn sie drehte sich um und sah mich an. Und plötzlich hatte ich eine unbändige Angst, und ich rannte zum Bett und versteckte mich unter den Decken!«

»Und dann?«, fragte der Staatsanwalt.

». . . bin ich eingeschlafen«, schloss sie lahm.

»Ihre Zeugin«, sagte der Staatsanwalt zu Thomas Bit.

Thomas Bit holte tief Luft, um sein Nervenkostüm zu beruhigen, und trat auf den Zeugenstand zu. »Miss Bracy«, fing er an, »sind Sie sich bewusst, dass es früher Abend war, als sich Marvin Sply mit Harriet Cord auf den Weg zu der schicksalsträchtigen Ausfahrt machte?«

»Natürlich«, sagte sie, »das weiß jeder.«

»Und sind Sie sich ebenfalls des Umstandes bewusst, dass er nach nur wenigen Stunden zurückkehrte?«

»Klar«, sagte sie.

»Wie kann es dann eine Verbindung zwischen der Schwarzdrossel, die Sie gesehen haben wollen, und Harriet Cords Tod geben, wenn der nächtliche Flug der Schwarzdrossel kurz nach Mitternacht stattfand?«

Thelma richtete sich auf, stolz und voller Überzeugung. »Ein übernatürliches Wesen wird von den gewöhnlichen Gesetzen von Zeit und Raum nicht eingeschränkt«, erwiderte sie.

Es gab beträchtlichen Applaus von den Zuschauern, und der Richter erlaubte großzügig, dass sich der Applaus von selbst wieder legte, während Thomas Bit die Zähne zusammenbiss, um sich davon abzuhalten, zu Boden zu stürzen und zu schluchzen.

»Übernatürlich!?«, rief er glühend. »Erwarten Sie, dass ein ordentliches Gericht eine solche Aussage anerkennt?«

»Söhnchen«, sagte der Richter, nicht unfreundlich, »wir sind hier im Staate Massachusetts ...«

Thomas Bit, der sich dem Zustand völliger Verzweiflung näherte, versuchte es mit einer weiteren Frage.

»Würden Sie dem Gericht freundlicherweise erzählen, was diese ›Schwarzdrossel‹ Ihrer Meinung nach getan hat, um den Tod von Miss Cord und den drei Männern Stanley, Forbes und Gulby zu verursachen?«

»Aber gern«, erwiderte Thelma. »Dieser Mann ist ein Wervogel!«

»Ein *Wervogel*?«

Thelma nickte. »Bei Tage ein Mensch, ein federtragendes Monster in der Nacht. Nach Sonnenuntergang fliegt er über das Land, in entsetzlich unnatürlicher Verkleidung, und saugt die Seelen aus den hilflosen Menschen, die seinen grausamen Weg kreuzen!«

»Euer Ehren«, rief Thomas Bit, »ich beantrage, dass diese Aussage gestrichen wird. Sie ist irrelevant, schrullig und einfach nur lächerlich.«

»Abgelehnt«, sagte Seine Ehren.

Thomas Bits Schultern sackten ein, er sagte »Keine weiteren Fragen« und kehrte an seinen Platz neben seinem Mandanten zurück.

»Ich rufe Doktor Herbert Hoskins in den Zeugenstand«, sagte der Staatsanwalt. Der Leichenbeschauer der Stadt erhob sich und bahnte sich seinen Weg zum Zeugenstand.

Während Thomas Bit entmutigt seine Notizzettel voll kritzelte und kaum auf die Aussage des Leichenbeschauers hörte, legte sich eine Hand leicht auf seine Schulter. Er sah auf und blickte in das Gesicht eines Fremden, eines modisch aussehenden Mannes mit rosa Nasenspitze und üppigem Schnurrbart. Der Fremde zwinkerte ihm zu.

»Sie haben wohl Probleme, wie?« Er lächelte.

»Wer sind Sie?«, fragte der Anwalt.

»Mein Name ist Wallen. Wilbert Wallen. Ich bin eine Art Spezialist für seltene Krankheiten. Darum bin ich hier.«

Thomas Bit hob eine Augenbraue an. »Ich fürchte, ich verstehe nicht ganz –«

»Das werden Sie schon, mein Sohn, das werden Sie schon«, erklärte Wilbert Wallen und setze sich neben den jungen Anwalt. »Ich bin Ihr Starzeuge.«

»Mein *was*?«, fragte Thomas Bit.

Wallen erklärte es ihm, in einem ausführlichen, drängenden Flüstern. Als seine Worte in Bit einsanken, wurden die Augen des Anwalts groß, und der zarte Ansatz eines Lächelns umspielte zum ersten Mal an diesem Tag seine Lippen.

»Sie belieben zu scherzen!«, sagte er zu Wallen.

»Pfadfinderehrenwort«, erklärte der Fachmann. »Kaum hatte ich über diesen Fall in den Zeitungen gelesen, bin ich schnellstmöglich nach East Anchorville gekommen.«

»Meiner Treu!«, sagte Thomas Bit ehrfürchtig.

Burns, der Staatsanwalt, war mit Hoskins fertig.

»Ihr Zeuge«, sagte er.

»Keine Fragen«, meinte Thomas Bit.

»Sie geben doch wohl nicht auf, oder?«, wollte der Staatsanwalt mit einem winzigen affektierten Lächeln wissen.

»Ich rufe Doktor Wilbert Wallen in den Zeugenstand«,

sagte der Anwalt. Im Gerichtssaal erhob sich Stimmengewirr. Der Staatsanwalt und der Richter tauschten mit erhobenen Augenbrauen Blicke aus und zuckten mit den Schultern, als Wallen in den Zeugenstand trat.

»Wie heißen Sie?«, fragte Thomas Bit.

»Wilbert Wallen.«

»Beruf?«

»Pathologe. Mein Fachgebiet sind seltene Krankheiten.«

Im Raum wurde es seltsam still.

»Könnten Sie vielleicht ein Licht auf die vier Todesfälle werfen, die der Angeklagte angeblich verursacht haben soll?«

»Ein *Licht*?« Wallen kicherte. »Ich kann Ihnen genau sagen, wodurch sie gestorben sind!«

»Würden Sie das bitte tun?«, bat Thomas Bit.

»Nun ...« Wallen räusperte sich vernehmlich. »Ich komme soeben vom Begräbnisinstitut Ogilvy, wo Miss Cord und die Herren Gulby, Forbes und Stanley feierlich aufgebahrt liegen. Es scheint, dass die Angestellten jenes Instituts vollzählig hier an der Verhandlung teilnehmen – genauer gesagt ähnelt der gesamte Ort heute einer Geisterstadt – also ergriff ich die Gelegenheit, die vier zu untersuchen.«

»Das ist ungesetzlich!«, donnerte der Richter. »Ohne Gerichtsbeschluss dürfen die Leichen von Verstorbenen keinesfalls ...«

»Euer Ehren«, unterbrach Thomas Bit ruhig, »in diesem Fall war nicht genug Zeit, um auf einen Gerichtsbeschluss zu warten.«

»Nicht genug Zeit?«, wiederholte der Richter. »Wie meinen Sie das, nicht genug Zeit?«

»Zum Wohle der Stadt – zu der natürlich auch Sie, Euer Ehren, gehören – musste Doktor Wallen zügig vorgehen.«

Die Zuschauer murmelten immer lauter, bis der Richter um Ruhe klopfte. »Mister Bit! Wollen Sie damit andeuten ... Es liegt etwas *Unheilvolles* in Ihrem Tonfall.«

»Wenn Euer Ehren bitte Doktor Wallen anhören wollen?«

»Höchst vorschriftswidrig.« Seine Ehren krümmte sich innerlich. Dann siegte seine Neugier über seine Rechtsauffassung, und er nickte. »Na schön. Aber ich hoffe um Ihretwillen, dass es gut ist.«

»Ich habe festgestellt«, fuhr Wallen fort, »dass Miss Harriet Cord eine ›Überträgerin‹ war, wie wir es nennen. Eine Art Typhus-Mary.«

Das Gesicht des Richters erbleichte. »Eine Überträgerin von *was*?«, fragte er mit heiserem Flüstern.

»Von einer überaus seltenen Krankheit, die in Fachkreisen als *Leprosis Arboris* bekannt ist, eine Mischung aus Dschungelfieber und Kastanienfäule. Die Eingeweide des Opfers verwandeln sich in Sägespäne. Es ist mehr oder weniger schmerzlos. Diese Krankheit kommt ohne Vorwarnung. Eben noch ist man voller Schwung, im nächsten Augenblick: ›Zong‹.«

»*Zong*?«, hakte der Richter nach.

Wallen nickte. »Alle inneren Organe zerkrümeln zu niedlichem Staub.« Er seufzte und kratzte sich an der Nase. »Es ist fast schmerzlich offensichtlich, was geschehen ist. Irgendwie kamen diese unseligen Männer in Kontakt mit Miss Cord –«

Die drei Witwen wurden steif und schnappten unisono nach Luft.

»– und schon waren sie dem Untergang geweiht.«

Im ganzen Gerichtssaal erbleichten die Männer, und die Ehefrauen bekamen schmale Augen. Der Richter fragte mit brechender Stimme und mit einem Gesicht in der Farbe von Buttermilch: »Gibt es – gibt es ein Heilmittel?«

»Aber natürlich.« Wallen lächelte. »Rosenblätter.«

»Rosenblätter?« Hoffnung keimte in der Stimme des Richters auf. Auf seinem Grundstück stand ein Rosenbusch, und er war sicher, dass die Herbstkälte ein paar winzige Knospen verschont hatte.

»Stimmt«, bestätigte Wallen. »Müssen nicht einmal verarbeitet werden. Man nimmt einfach ein Blatt in den Mund, wie ein Bonbon, kaut es, schluckt und *presto*! – man ist wieder so gut wie neu.«

Am hinteren Ende des Raumes schlüpfte ein Mann zur Tür hinaus, dann noch ein Mann, dann noch ein Mann. Der Blick des Richters erhaschte die Bewegung, und er erinnerte sich daran, dass sein Rosenbusch in der Nähe der Straße stand, wo jeder in der Stadt ihn sicher schon bewundert hatte.

Richter, Staatsanwalt, Leichenbeschauer, Sheriff, Zeitungsverleger und jeder einzelne männliche Bürger im Raum kratzte, stieß und trat sich seinen Weg zur Tür frei.

Als das Donnern vorüber war und sich der Staub langsam legte, schüttelte Thomas Bit Wallens Hand.

»Ich nehme an, der Fall ist hiermit abgewiesen«, sagte er. »Sie haben mir zum Erfolg verholfen. Ich habe meinen ersten Fall gewonnen. Kann ich irgendetwas für Sie tun? Kann ich Ihnen ein Bier spendieren, Sie zum Essen einladen, die Heimfahrt für Sie bezahlen?«

Wallen lachte, schlug Bit auf den Rücken und schüttelte den Kopf. »Danke, nein, mein Sohn. Ich trinke kein Bier, habe mein Mittagessen mitgebracht, und meine Heimreise ist bereits arrangiert.«

Er nahm eine kleine Tasche hoch, mit einer Schnur zusammengebunden, die er löste. Der Türke, der glücklich lächelte, setzte sich neben Wallen.

»Danke, Onkel Wallen«, sagte er voller Zuneigung.

»Das ist doch das Mindeste, was ich tun konnte.« Wallen lächelte. »Du bist schließlich der Sohn meiner Schwester.«

»Sie sind miteinander verwandt?« Thomas Bit schnappte nach Luft.

»Ja, aber natürlich.« Dann legte Wallen die Stirn in Falten. »Großer Gott, mein Sohn, sagen Sie mir nicht, dass *Sie* diesen Unsinn im Zeugenstand geglaubt haben?«

»Ich –« Thomas Bit sank schwach auf eine Bank. »Sie meinen, es stimmte gar nicht? Die Krankheit und all das?«

»Gute Güte, nein«, erklärte Wallen. »Habe mir die ganze verdammte Sache einfach ausgedacht. War doch genial, oder etwa nicht? Herrje, mein Junge, ich bin ja nicht mal Arzt.«

Bits Herz versank langsam im Treibsand der Furcht, die in seiner Brust aufwallte. »Aber all diese Menschen – die jetzt draußen in der Kälte Rosen essen!«

»Das wird ihnen schon nicht schaden«, meinte Wallen lächelnd. »Frische Luft tut denen ganz gut.«

»Aber warum haben Sie das getan?«, fragte Thomas Bit.

Wallen packte sein Mittagessen aus und wies mit dem Kopf auf den Türken. »Ich konnte ihn nicht im Stich lassen. Der Sohn meiner einzigen Schwester. Sie ist gestorben. Ich habe ihn aufgezogen.«

»Sie haben ihn aufgezogen ...«, murmelte Thomas Bit verständnislos.

»Klar«, sagte Onkel Wilbert. »Vom Ei an.«

Ein eisiges Entsetzen kitzelte Thomas Bits beanspruchte Nervenenden, als Onkel Wilbert sich auf kongeniale Weise zu ihm herüberlehnte und ihm die Dose mit dem Mittagessen offerierte.

»Möchten Sie einen Wurm?«, fragte er.

Originaltitel: The Blackbird
Ins Deutsche übertragen von Tatjana Kruse

5. Der bleiche Assassine

James Bibby

James Bibby ist der Autor der Conan-Parodie »Ronan der Barbar« (1995), die im Midworld-Universum angesiedelt ist. Außerdem steuert er häufig Gags und Handlungsentwürfe für TV-Serien bei, etwa für »Not At Nine O'Clock News« oder »Three of a Kind«. Die vorliegende Geschichte hat er eigens für diese Anthologie verfasst. Sie bringt einen der bisherigen Nebencharaktere aus Midworld unversehens ins Rampenlicht, den ehrenwerten Inspektor Heighway. Jegliche Ähnlichkeit mit Inspektor Morse ist – selbstverständlich – lediglich ein, wenn auch bemerkenswerter, Zufall.

Es war einer dieser typischen Mittwintertage in Koumas: Die matschigen, unratverseuchten Gassen wurden von Karren, Fuhrwerken und Brauereiwagen verstopft. Händler, Ladenbesitzer und Straßenverkäufer jeglichen Alters und Standes zankten und feilschten mit ihren Kunden und solchen, die es werden sollten. Kinder stritten mit- und kreischten durcheinander. Die Tavernen entlang der Straßen hallten wider vom Gelächter der Krieger, Kaufmänner, Reisenden und sogar des ein oder anderen Elfen oder Zwergs. Sie saßen auf hölzernen Bänken unter den regennassen Markisen aus Leintuch beisammen, tranken Wein oder Bier aus Zinnseideln und tauschten miteinander Geschichten wagemutiger Taten in fernen Ländern aus. Das Klappern der Hufe, die Flüche der Brauereikutscher und das Quietschen der hölzernen Achsen erfüllten die Luft, und tausendfältiger Lärm stieg spiralförmig in den bleischweren Himmel. Die Lage erfüllte alle Anforderungen an ein echtes Chaos, und was Lärm und Gestank anging, übertraf sie diese sogar noch.

In seinem kleinen Büro im oberen Stockwerk der Polizeihauptwache versuchte Inspektor Heighway verbissen und hinlänglich erfolglos das Kreuzworträtsel auf der Rückseite des KOUMAS-STADTANZEIGERS zu lösen. Er war nicht etwa schlecht in Wortspielereien, ganz im Gegenteil: Das schwierige Kreuzworträtsel der LAMPA SANDA TIMES löste er regelmäßig binnen zehn Minuten. Heute jedoch arbeiteten drei Faktoren gegen ihn:

Erstens verhinderte der tumultartige Krach vor dem Fenster jede erfolgreiche Konzentration. Zweitens wusste er aus Erfahrung, dass derjenige, der derzeit für das STADTANZEIGER-Kreuzworträtsel verantwortlich war, zweifellos nicht zu den belesenen und rechtschreibstarken Personen zu zählen war. Dieser Jemand hätte ein Wort wahrscheinlich nicht einmal dann richtig buchstabieren können, wenn es um sein Leben ging; Heighway hatte geschlagene zehn Minuten gebraucht, um herauszufinden, dass es keinen schlangenartigen Fisch – waagerecht mit drei Buchstaben und einem E am Anfang – gab, weil man beim STADTANZEIGER offensichtlich davon ausging, dass vier senkrecht »Zait« und nicht »Zeit« buchstabiert wurde. Und drittens und letztens gab sich Heighways Assistent, Sergeant Raasay, jegliche Mühe, seinem Vorgesetzten auch beim Kreuzworträtsel zu assistieren – und Raasay musste sich schon von Geburt an für ein distanziertes Verhältnis zu jeglicher Art von Intelligenz entschieden haben.

»Fünfzehn senkrecht«, sinnierte Heighway, »Grabwerkzeug. Sechs Buchstaben.«

»Spitzhacke?«, schlug Raasay hoffnungsvoll vor.

»Sechs Buchstaben. Und wenn mein Verdacht mich nicht täuscht und der Redakteur hier »Geburt« tatsächlich

als »Gepurt« buchstabiert hat, beginnt das gesuchte Wort mit einem P.«

»Paddel?«

Heighway seufzte und legte die Zeitung auf seinen Schreibtisch. Er hatte gelernt, nachsichtig und geduldig zu sein, spätestens, als der Sergeant einen Bericht hatte schreiben müssen und bei dem Versuch, das Wort »Analphabetisierungsgrad« zutreffend zu Papier zu bringen, hyperventilierte und in Ohnmacht fiel. Hin und wieder gab es aber noch immer Momente, in denen ihm Nachsicht und Geduld schwer fielen.

»Ich brauche eine Pause«, erklärte er Raasay. »Sie bleiben hier und halten die Stellung, solange ich auf einen Happen nach unten zum Essen bin.« Heighway stählte sich für das Martyrium, das ihn erwartete, und verließ mit begehrlich knurrendem Magen das Büro.

Anfangs schien ihm das Glück hold zu sein. Es herrschte eine paradiesische Ruhe, während er zaghaft die Hintertreppe hinunterstieg. Das einzige Geräusch war das Tapp-tapp-tapp seiner Füße auf den Steinstufen. Aber dann, ganz überraschend, brauste aus den Kellerverliesen ein Sturm gequälter Schreie empor und an ihm vorbei, das verzweifelte Geräusch, das nur der Todeskampf einer sterblichen Seele zu entlocken vermag. Die Laute echoten durch das Treppenhaus und verursachten auf Heighways Haut ein Kribbeln, als ob eine Armee Kakerlaken über ihn hinweghuschte.

Die letzten Stufen rannte der Inspektor förmlich hinunter, hechtete durch die Doppeltür und ging zügig den Gang zur Kantine entlang, wobei er sich die Ohren zuhielt. Aber es war zu spät. Wieder einmal hatte sich sein Appetit spurlos davongemacht, um Platz zu machen für ein vages Gefühl der Übelkeit und das Verlangen nach einem sanfteren, ehrenwerteren Beruf als ausgerechnet dem eines Polizisten in Koumas – Sklavenhändler beispielsweise oder Meuchelmörder.

Heighway war stets der Ansicht gewesen, es sei ein Fehler, die Polizeikantine im Erdgeschoss einzurichten, genau oberhalb der Abteilung für Gefangenenbefragung. Er konnte einfach nicht begreifen, wie jemand genussvoll essen sollte, wenn die musikalische Untermalung dabei aus einem Chor entfernt klingender Stimmen von Gefangenen bestand, denen man gerade die Fingernägel auszupfte.

Andererseits vermochte er auch nicht zu begreifen, weshalb überhaupt jemand das Kantinenessen zu sich nehmen sollte. Der derzeitige Koch war ein Halbork, dessen Kochkunst sich darauf beschränkte, alles zu schnappen, was in der Küche herumlag oder -lief und es so lange zu kochen, bis es den letzten Widerstand aufgab. Das Einzige, was Heighway dazu bewegte, immer wieder hierher zu kommen, war das Verbot des Hauptkommissars, während der Dienstzeit Tavernen außerhalb des Polizeireviers aufzusuchen.

Missmutig drückte Heighway die Kantinentür auf und betrat den Ausgabebereich. Der Tisch war großzügig mit gesprungenem und fleckigem Geschirr übersät, auf dem sich Stapel eines unidentifizierbaren grauen Gemischs befanden, von dem man vermuten konnte, dass es vor einiger Zeit einmal Nahrungsmittel gewesen waren. Dahinter patrouillierte Ratshagger der Koch, eine von Essensresten verkrustete Schöpfkelle in der einen Hand, während er die andere benutzte, sich ausgiebig im Schritt zu kratzen, wozu er selbstverständlich im Bund in die Hose hineingreifen musste.

Heighway starrte auf eine Schale mit runden, blassen Dingern, die sich in einer Lache aus schwarzer Bratensoße aneinander kauerten, bis er schaudernd erkannte, dass es sich wohl um Klöße handeln sollte. Er stieß einen davon probeweise mit dem Messer an und musste feststellen, dass er schon weicheren, saftigeren Granit gesehen hatte.

»Klöße?«, erkundigte sich Ratshagger eifrig. Er zog die Hand aus der Hose, packte eines der bleichen Dinger mit seinen schmutzigen Fingern und bot es dem Inspektor an. »Sinn Se hookay? Hamm so ne lustje Farbe bekomm' ...« fügte der Halbork beflissen hinzu.

Heighway schüttelte den Kopf und machte eine schwache Handbewegung, als eine besonders große Übelkeitswelle ihn überrollte. Der Anblick eines derben, drahtigen Haares, das verdächtig aus dem Kloß schaute, spülte die letzten Spuren Appetits so nachhaltig davon, dass er glaubte, nie wieder essen zu können. Noch immer konnte er gedämpft die Schreie durch den Boden aus dem Keller heraufdringen hören, und für einen Augenblick fragte er sich, ob die arme Seele wohl gerade mit den Ergebnissen von Ratshaggers Kochkünsten gefoltert wurde.

»Guten Hunger, Inspektor Heighway ... Sir«, knurrte eine vertraute und verhasste Stimme. Mit sinkendem Mut drehte Heighway sich um. Hinter ihm stand die riesenhafte, abscheuliche Gestalt Sergeant Hogmans, der sich gerade angelegentlich mit der Spitze seines Dolches die schwarzen Ränder unter den Fingernägeln entfernte.

»Ah ... Sergeant. Angenehmen Tag.« Heighway versuchte, nicht auf das getrocknete Blut an Hogmans Händen zu starren. »Ich dachte, Sie hätten im Keller zu tun.«

»Ach, das.« Hogman machte eine Pause, als weitere Schreie aus dem Boden drangen. Er legte lauschend den Kopf schief, und in seinen Schweinsäuglein stand ein abwesender Ausdruck, während sich die Lippen zu einem leichten Grinsen verzogen, als genösse er das Geräusch. »Nein«, erklärte er, nachdem die Schreie verebbt waren, »das ist Wachtmeister Zaglin oder ›Finger‹, wie er sich gern nennt. Er ist neulich von Lampa Sanda zu uns versetzt worden, ein vielversprechender junger Mann. Wird mal ein ausgezeichneter Befragungsassistent.«

»Weshalb möchte er ›Finger‹ genannt werden?«, erkundigte sich Heighway reflexartig und hätte sich deswegen am liebsten gleich auf die Zunge gebissen.

»Er hebt sich gerne ein Andenken von seinen ... ah ... Kunden auf«, gab der Sergeant mit anzüglichem Feixen zur Antwort. »Er hat schon eine ordentliche Sammlung beieinander, und bei den Jungs im Keller hat sich's fast schon zu einer Art Mode entwickelt.«

Heighway zuckte zusammen. Plötzlich begriff er, weshalb die Befragungsabteilung jüngst begonnen hatte, Hogman »Schinder« zu nennen.

»Und er hält sich auch noch gut in Form«, fügte der übergewichtige Hogman bewundernd hinzu. »Sogar uns andere hat er ein bisschen angesteckt mit seinem Gesund-und-fit-Trip ...«

Heighway wollte gerade etwas Vernichtendes über krankhafte Fettklöße murmeln, als die Schreie wieder anhoben und er es nicht mehr aushielt. Er fühlte, dass er der Barbarei von Hogman und Konsorten entkommen musste. Auch wenn der Hauptkommissar es ausdrücklich verboten hatte, konnten ihn jetzt nur noch die beruhigende Atmosphäre und das beste Bier einer Bar besänftigen.

Deshalb schubste er den verächtlich schnaubenden Hogman beiseite und entkam damit den Schrecknissen der Kellergewölbe und der Kantinenküche, um sich in den voll gestopften Straßen auf die Suche nach dem segensreichen Frieden und der entspannenden Atmosphäre seiner Lieblingsbar zu machen.

Zwei Stunden später saß Heighway im »Grünen Mantikor« beim dritten Humpen OLD ORGANS BITTER, während er eine Schüssel Hühncheneintopf verdaute und die Gewissenskrise hinter sich hatte. Das gute Essen und das schäumende, sahnige Bier hatten ihre übliche besänftigende Wirkung getan, und der Inspektor fühlte sich um einiges wohler.

Alles in allem, so dachte er, gab es doch eine Reihe positiver Gesichtspunkte bei seiner Arbeit: Sie war abwechslungsreich und interessant. Und in einer Welt, in der ein beträchtlicher Teil der Bevölkerung aus großen, muskelbepackten Kriegern mit hitzigem Temperament und einer Klinge aus kühlem Stahl bestand, gab es mehr als genügend Mordfälle, um seine Beschäftigung zu garantieren.

Heighway mochte auch den Umstand, dass er sich so etwas wie den Ruf eines Einzelgängers unter seinesgleichen erworben hatte. Die anderen belächelten seine beharrlichen Versuche, den wahren Tätern von Verbrechen auf die Spur zu kommen, indem er Indizien sammelte, Zeugen befragte und sein Gehirn zum Kombinieren einsetzte. Aber da er häufig Erfolg hatte, erwiesen sie ihm widerwillig Respekt. Und zu jenen seltenen Gelegenheiten, wo der Hauptkommissar es als lebenswichtig betrachtete, den tatsächlichen Täter ausfindig zu machen, wie beispielsweise kürzlich im Erpressungsfall im ›Rosa Zentauren-Klub‹, war es stets Heighway, der auf den Fall angesetzt wurde.

Heighway schnappte sich seinen Krug und leerte ihn halb mit einem langen, genussvollen Zug. Gerade dachte er noch, dass das Leben vielleicht doch nicht so übel war, als ihn eine entfernte und nur allzu vertraute Stimme wieder in die Gegenwart zurückrief und ihm die negativen Aspekte seines Jobs in Erinnerung brachte.

»Inspektor Heighway! HERR Inspektor Heighway!«

Der Ruf kam von außerhalb der Kneipe, genauer: von vor der Tür. Heighway kippte sein Bier hinunter und wartete darauf, dass der Sergeant eintreten würde, aber die Tür blieb geschlossen. Stattdessen schien sich der Rufer draußen von der Tür zum benachbarten Fenster zu bewegen. Die einzige andere Veränderung war, dass die Rufe noch aufdringlicher wurden.

»Inspektor HEIGHWAY! SIR!«

Seufzend stand der Inspektor auf und ging hinüber zum Fenster, dessen Läden zugeklappt und fest verschlossen waren, um die Hitze, den Lärm und (ganz besonders) den Geruch der Stadt auszusperren. Um es zu öffnen, stieß er die hölzernen Fensterläden nach außen auf, wobei er Raasay mitten auf der Stirn und während seines nächsten Rufs traf.

»Inspektor Heiiiiighw-AUTSCH!«, kreischte der Sergeant.

»Bei allen Göttern, Mann!«, fuhr der Inspektor ihn an. »Offensichtlich wussten Sie doch, dass ich in der Kneipe bin. Weshalb sind Sie nicht einfach hereingekommen?«

»Kann ich nicht. Onkel Bill ... äh, selbstverständlich Hauptkommissar Weird hat klare Anweisungen gegeben, während der Arbeitszeit nicht in Tavernen einzukehren, Sir.«

»Das weiß ich, Raasay, aber ICH weise Sie jetzt an, einzutreten.«

»Jawoll, Sir.«

Raasay machte einen zögernden Schritt vorwärts. Mitten in der Tür hielt er an, zur Salzsäule erstarrt, während sein Gehirn versuchte, den Kampf zwischen zwei widerstreitenden Befehlen seiner vorgesetzten Offiziere zu entscheiden. Heighway beobachtete ihn einen Moment lang fasziniert, ehe ihn das Mitleid packte.

»Raasay, hören Sie gut zu: Der Hauptkommissar hat Sie angewiesen, Tavernen während er Dienstzeit nicht zum Zwecke des TRINKENS aufzusuchen. Er hat Ihnen nicht untersagt, einzutreten, um eine Botschaft zu überbringen oder sonst was zu erledigen, was gerade anliegt.«

»Gnah. Jawoll, Sir«, sagte Raassay und atmete auf. »Ich bin sofort bei Ihnen, Sir.«

Er betrat die Kneipe, und Heighway ging zurück zu seinem Tisch. Wenn er ehrlich zu sich selbst war, fühlte er sich für Raasays Probleme verantwortlich. Es war ihm schmerzlich bewusst, dass der Sergeant eine Art Heldenverehrung für Heighway betrieb, die ihn dazu gebracht hatte, einige von Heighways Angewohnheiten zu übernehmen, in der Hoffnung, sie würden etwas dazu beitragen, einen guten Kriminalbeamten aus ihm zu machen. Aber während eine gute Mahlzeit und einige Bierchen Heighway entspannten und ihm beim Nachdenken halfen, entspannte sich Raasay dadurch so sehr, dass er kaum aufzustehen vermochte und man ihn eigentlich bis zum Polizeirevier schleppen musste, damit er dort an seinem Schreibtisch weiterschlafen konnte.

Heighway trank seinen Bierhumpen aus und beäugte seinen Sergeanten, der an den Tisch heranschlich.

»Inspektor Heighway, Sir ...«

»Der Hauptkommissar bittet mich, umgehend zurück zur Wache zu kommen?«

»... der Hauptkommissar bittet Sie, umgehend zurück zur Wache zu kommen.«

Es gab eine Pause, die ein Anflug von Ehrfurcht dazu benutzte, um langsam über Raasays Gesicht zu kriechen, wie die Flut über einen langen, flachen Strand.

»Es war nicht schwierig, das herauszufinden, Mann!«, sagte Heighway. »Nach der Gardinenpredigt von letzter Woche konnte nur ein direkter Befehl vom Hauptkommissar selbst Sie dazu bewegen, sich einer Kneipe auf weniger als 50 Meter zu nähern.«

Der Sergeant zuckte bei der Erinnerung daran zusammen, was Heighway ebenfalls nicht sonderlich überraschte. Nur der Umstand, der Neffe des Hauptkommissars zu sein, hatte ihm damals den Job gerettet (und mehr als das – jeder andere, der sich auf Hogmans Stiefel erbrochen hätte, während dieser noch darinnen stand, würde mittlerweile den Mezzosopran im Polizeichor geben).

»Los«, beendete Heighway das Gespräch, »wir gehen wohl besser mal zurück und hören uns an, was Onkel Bill so auf dem Herzen hat. Lassen Sie uns hoffen, dass ich nicht zu tief in der Tinte stecke, hm?«

Er schlug dem Sergeanten fröhlich auf die Schulter und führte ihn aus der Kneipe.

Eine halbe Stunde später war der Inspektor alles andere als fröhlich. Sie hatten Hauptkommissar Weird in dessen Büro angetroffen, aber nach einem raschen (und ungewöhnlich wohlwollenden) »Wohl wieder mal aus der Kneipe gefischt, oder was?« an Heighways Adresse, hatte er auf einen Stuhl gedeutet, Raasay angewiesen »nach draußen zu gehen und irgendetwas Nützliches zu tun, beispielsweise DICH SELBST ZU ÜBERTREFFEN«, war dem Sergeanten nach draußen gefolgt und hatte den Inspektor alleine zurückgelassen, der sich immer ungemütlicher zu fühlen begann.

Es war die stille Art von Geistesabwesenheit seines Vorgesetzten, die ihn ängstigte. Normalerweise zog der Hauptkommissar eine unverblümte, humorlose Sprache vor, die im besten Fall offen verletzend und im schlimmsten Fall extrem verletzend war. Aber heute umgab ihn eine Art untypischer Nachdenklichkeit, die bei Heighway tiefste Besorgnis hervorrief. Irgendetwas war ernstlich schief gelaufen, und der Inspektor konnte nur hoffen, dass es nichts mit ihm zu tun hatte.

Als der Hauptkommissar nach zehn Minuten zurückkam, hatte sich Heighway bereits mit dem Gedanken an eine fristlose Entlassung abgefunden. Er zappelte unruhig auf seinem Stuhl herum, während Weird sich hinter seinem Schreibtisch niederließ, und wartete darauf, dass das Henkersbeil herabfallen würde.

Die Sekunden rotteten sich zu Minuten zusammen, und noch immer saß der Hauptkommissar einfach nur da, starrte Löcher in die Luft und begleitete diese Tätigkeit mit unrhythmischem Trommeln der Finger auf der polierten Schreibtischplatte. Und dann, ganz plötzlich, fing er zu sprechen an.

»Avago, wir haben ein Problem.« Heighway zwinkerte verblüfft. Dass Weird ihn beim Vornamen nannte, geschah nur sehr selten, und dass er es jetzt tat, unterstrich die enorme Tragweite des Problems.

»Ich setze Sie auf den Fall an, weil er Fähigkeiten erfordert, die kein anderer meiner Offiziere aufweisen kann.« Weird machte eine Pause und betrachtete Heighway zweifelnd. »Ich weiß nicht, wie ich es ausdrücken soll, ohne Ihre Gefühle zu verletzen. Lassen Sie es mich so sagen: Sie mögen vielleicht ein einzelgängerischer, elender, alter, versoffener Schwachkopf sein, aber Sie sind ein BEGABTER einzelgängerischer, elender, alter, versoffener Schwachkopf.«

»Oh, machen Sie sich keine Gedanken um meine Gefühle, Sir«, murrte Heighway. »Nur immer geradeheraus mit der Sprache.«

»Und Sie sind ehrlich. Für einen Polizisten zumindest. Ich kann Ihnen trauen, solange es nicht darum geht, sich von Kneipen fern zu halten. Und Sie tragen ein Gehirn in Ihrem Kopf spazieren.«

»Oh, vielen Dank ...«

»Ich will hoffen, Sie schaffen es, es auch zu benutzen.«

»WIE BITTE?«

Der Hauptkommissar grinste freudlos.

»Irgendjemand«, sagte er, »ermordet meine besten Offiziere. Innerhalb von zwei Tagen haben wir bereits drei verloren. Ich will, dass Sie den Mörder dingfest machen, bevor er Sie aufs Korn nehmen kann. Oder einen anderen Offizier. Oder, was noch wichtiger ist, mich selbst.«

Der leblose Körper von Constable ›Finger‹ Zaglin aus der Befragungsabteilung lag auf dem gefliesten Boden einer der düsteren Folterkammern im Kellergewölbe, genau da, wo er auch aufgefunden worden war. Sogar im flackernden Zwielicht der einsamen Fackel, die unweit in einer Wandhalterung steckte, war offensichtlich, dass er keines einfachen Todes gestorben war. Sein gesamter Körper war verrenkt und verdreht, und sein Gesicht lag in einer Lache von Erbrochenem.

Heighway verzog das Gesicht und sah weg, weil sonst sein eigener Magen sofort rebelliert hätte. Hinter ihm tigerte Hauptkommissar Weird ruhelos auf und ab und machte nur gelegentlich eine Pause, um eines der unangenehm scharfen Geräte zu begutachten, die auf einem Tisch neben dem Befragungsstuhl lagen. Nebenan lehnte ein krank aussehender Sergeant Hogman an der Wand. Das Entsetzen hatte sein ohnehin bleiches Gesicht von jedem Hauch Farbe befreit. Die schwabbeligen Hängebacken hingen noch schlaffer beiderseits des Mundes herunter als sonst. Das Gesicht glich einer Wachsmaske, die jemand ein wenig zu dicht beim Feuer hatte liegen lassen.

Heighway nahm die Fackel aus der Halterung und

untersuchte in deren blakendem Schein zögernd den toten Körper. Die Augen der Leiche blickten starr, aber sosehr er sich auch anstrengte, er konnte keinerlei Wunden entdecken. Dafür entdeckte er in der Lache aus Erbrochenem eine Mischung aus Rosinen, Nüssen und Hafer.

»Was hat er eigentlich gegessen?«, knurrte Heighway. »Pferdefutter?«

»Nein, man nennt es Müesli«, sagte Hogman. »Hält einen gesund. ›Finger‹ hat drauf geschworen. Hat's jeden Morgen gegessen.«

»Na, zumindest IHN scheint es ja nicht gerade gesund erhalten zu haben.« Heighway hob die Fackel, um den Steinboden rings um die Leiche besser erkennen zu können. Im unruhigen Licht konnte er eine Reihe von schwachen, aber vertrauten Kreidestrichen erkennen.

»Die Polizeipathologen waren also schon da«, stellte er nüchtern fest.

»Klar«, nickte der Hauptkommissar. »Madame Min hat ihn sich vor einer halben Stunde angeschaut.«

Heighway sah ihn böse an. Einerseits hatten die Hexen und Zauberer der Pathologieabteilung unzweifelhaft durch hilfreiche Informationen schon Licht in so manchen Fall gebracht. Andererseits konnte sich Heighway des Gefühls nicht erwehren, dass man wissenschaftlicher an die Untersuchung einer Leiche herangehen konnte als durch das Zeichnen eines Pentagramms um den Toten, eine gemurmelte Beschwörung und das Verspritzen kleiner Mengen frischen Hühnerblutes.

»Und mit welchen Schlussfolgerungen hat uns die verrückte alte Fledermaus beglückt?«

Hauptkommissar Weird blieb stehen und funkelte den Inspektor an. Er wandte sich an Hogman, deutete mit dem Daumen unmissverständlich Richtung Korridor und wartete, bis der verzweifelte Sergeant den Raum verlassen und die Tür hinter sich geschlossen hatte. Dann drehte er sich wieder zu Heighway um.

»Die Chefpathologin«, sagte er und betonte dabei den offiziellen Titel Madame Mins, »hat uns mit wichtigen Informationen versorgt.«

»Oh, tatsächlich?«

»Ja, tatsächlich. Sie konnte erfolgreich Kontakt mit Wachtmeister Zaglins Geist aufnehmen. Ihren Aussagen zufolge wurde er vergiftet.«

»Phänomenal. Wer hätte so etwas auch nur in Erwägung gezogen?« Heighway steckte die Fackel zurück in die Halterung, ohne dem toten Zaglin einen weiteren Blick zu gönnen. »Vermutlich hat sie uns keinen Hinweis auf die Identität des Giftmörders zukommen lassen?«

»Äh, da Sie fragen: Nein. Min sagte jedoch, der Geist sei besonders aufgeregt gewesen. Scheinbar tauchte er im Nachleben auf und musste erfahren, dass ihn eine ganze Reihe anderer Geister bereits erwarteten, um ein Wörtchen mit ihm zu wechseln. Geister, denen jeweils ein Finger fehlte. Madame Min hat aber versichert, sie könne mehr von ihm in Erfahrung bringen, wenn sich die ganze Sache ein wenig beruhigt hat.«

»Und wie lange wird das etwa dauern?«

»Ah.« Plötzlich mied der Hauptkommissar Heighways Blick. »Etwa zweihundert Jahre, sagt sie.«

»Wie bitte?«

»Madame Min sagt, die Zeit läuft anders im Nachleben.«

»Bei allem Respekt, Sir, aber Madame Min ist eine verrückte alte Schachtel!«

»Sie scheint aber eine ausgesprochen mächtige und begabte Hexe zu sein.«

»Dann ist sie eben eine verrückte alte HEXENschachtel.«

»Genug, Inspektor!«

»Tut mir Leid, Sir.« Heighway massierte sich das Gesicht. Er wusste nicht, wo er ansetzen musste und fühlte sich müde und alt. »Ich werde Raasay mit der Befragung aller Anwesenden und Bediensteten des Reviers betrauen. Ob sie irgendetwas Ungewöhnliches gesehen haben, als sie Zaglin zuletzt im lebenden Zustand begegneten und dergleichen. Ich selbst sollte wohl besser mal nach den beiden anderen Opfern sehen.«

Erneut schien der Hauptkommissar es nicht fertig zu bringen, Heighway ins Gesicht zu sehen.

»Äh, ja, das ... das ... könnte ein bisschen schwierig werden«, stotterte er.

»Oh? Wie das?«

»Ja, also ... Sergeant Vaedrl und Constable Matsaran waren beide Singles, keine Verwandten, verheiratet mit ihrer Arbeit ... Sie wissen, wie das ist, wenn man kein Leben außerhalb der Polizei hat.«

»In solchen Fällen sind wir für sie verantwortlich, nicht wahr, Sir? Wir geben ihnen einen würdigen Abschied, richten die offizielle Beerdigungsfeier aus und all das ...«

»Ja, ja, na klar ... theoretisch, mein Lieber, theoretisch ...« Der Hauptkommissar knetete nervös die Finger und sprach so kurzatmig wie ein Achtjähriger, den man gerade dabei erwischt hatte, wie er das beste Schwert seines Vaters an der Hauskatze ausprobierte. »Aber diese enormen Kosten ... und es ist gar nicht so einfach, das Budget so zu verteilen, dass es hinten und vorne reicht. Sie müssen selbst einsehen, dass in diesem speziellen Fall ja sowieso niemand da war, den es interessierte, was aus den Leichen wurde. Und damals wussten wir schließlich auch nicht, dass die beiden ermordet worden waren und ...«

»Was genau ist mit den Leichen geschehen?«

»Sie wissen, dass Vaedrl zu Hause starb, nicht wahr? Und

Sie wissen auch, dass er ein starker Trinker war, da lag es doch nahe zu vermuten, er sei eines natürlichen Todes gestorben, oder? Und bei Matsaran dachten wir, dass er so eine Art Erstickungsanfall gehabt hätte. Aber als wir dann heute Zaglin fanden, begriff ich, dass sie alle drei auf genau die gleiche Weise gestorben waren ...«

»SIR! Was ist mit den Leichen geschehen?«

Hauptkommissar Weird seufzte tief. Er schien sich so wohl zu fühlen wie ein Ork auf Sauftour, dem der Wirt gerade verkündete, die Taverne schlösse nun für die Nacht.

»Ich bat Sergeant Dendril von der Abteilung für Völkerverständigung, dass er sich ... um sie kümmern sollte.«

»Dendril?«, wiederholte Heighway so entsetzt wie laut – und er war reichlich entsetzt. »Bei allen Göttern, Sir, Sie wissen doch ganz genau, was ER mit Toten anstellt! Er verschachert sie an seine orkischen Kontaktleute! Und was das bedeutet, wissen Sie genauso gut.«

Der Hauptkommissar nickte müde.

»Nur zu gut«, gab er leise zu, »nur allzu gut.«

»Wovon wir hier reden«, redete Heighway weiter, »ist der nur allzu offensichtliche Umstand, dass die beiden ersten Opfer einer Mordserie mittlerweile wahrscheinlich enthäutet, entbeint und mariniert wurden und derzeit in irgendeinem orkischen Restaurant auf der Speisekarte als ›Fang des Tages‹ stehen!«

»Ja, etwa in der Größenordnung bewegen wir uns«, stimmte der Hauptkommissar zu.

»Gütiger Gott!«

Heighway drehte sich um und starrte niedergeschlagen auf Zaglins leblosen Körper. So war vermutlich der Lauf der Welt. Was blieb schon von einem, nach dem Tod, wenn sich die Seele aus dem Körper davongemacht hatte – Fleisch am

Knochenspieß. Was machte es aus, wie dieses Fleisch endete? Niemand vermisste oder betrauerte die beiden toten Polizisten. Sie waren unverheiratet, hatten nur wenige Freunde und ein trauriges, einsames Leben außerhalb ihres Dienstes. Aber, davon abgesehen ...

»So was hat nicht gerade viel mit einem typischen Grabstein gemein, oder, Sir? Man steht als Hauptgang beim Mittagstisch in einem Ork-Restaurant. Ist wohl kaum die Art Würdigung, die man sich für sich selbst wünscht.«

»Oh, es gibt Schlimmeres«, antwortete der Hauptkommissar, während sie den Raum verließen. »Heutzutage gibt es wirklich hervorragende Ork-Restaurants mit ZIEMLICH vornehmen Obern und allem. Und die Garnierung ist besonders stilvoll ...«

Heighway traf Sergeant Dendril in dessen Büro im Erdgeschoss. Er schlief in einem Stuhl, die Füße auf dem Schreibtisch, die Hände gefaltet auf dem Magen, und aus dem weit geöffneten Mund drang ein Grunzen, von dem man sich vorstellen konnte, dass es von einem Schwein mit Megaphon stammte. Heighway weckte ihn durch das schwungvolle Schließen der Tür. Dendril stieß ein Geräusch aus, als sei das Schwein gerade mit Begeisterung einer Ladung Kohl ansichtig geworden, und fiel rückwärts vom Stuhl, wodurch er für einen Moment jenseits seines Schreibtischs verschwand.

Während Heighway darauf wartete, dass der Sergeant sich aufrappelte, ließ er den Blick durch den Raum schweifen. Es war nicht allzu schwierig herauszufinden, dass er wirklich zur Abteilung für Völkerverständigung gehörte, wenn man sich die Andenken an sämtliche der freien Völker Midworlds ansah, die hier versammelt waren. Ein orkischer Trinkschädel stand auf dem Schreibtisch direkt neben einem wundervoll geformten elfischen Weinpokal und einer Flasche *VLATZHKAN GÛL**, die aus einem einzigen Kristall geschnitten war. Oben auf einem Aktenschrank thronte ein Zwergenhelm, der von einer Delle verunziert wurde, die in Form und Größe verdächtig jenen glich, die von vorschriftsmäßigen Polizeischlagstöcken hervorgerufen wurden. Und schließlich, harmlos an eine Wand gelehnt, konnte Heighway auch die Keule eines Höhlentrolls ausmachen: ein unförmiger Holzprügel, steinhart, knapp unter zwei Meter lang und mit einem nahezu 40 Zentimeter langen Nagel versehen.

Heighway schmunzelte wehmütig. Wer auch immer das Kunststück fertig gebracht hatte, die Keule ihrem Besitzer wegzunehmen, musste entweder unglaublich mutig oder unglaublich töricht sein. Er hatte einmal beobachtet, wie diese Waffen gefertigt wurden: Der Troll hielt mit der einen Hand den Nagel gegen das Holz und donnerte mit der anderen fest dagegen. Außerdem hatte er auch einmal gesehen, wie ein Ork aussah, nachdem ihm ein ärgerlicher Höhlentroll die Keule ins Gesicht geschmettert hatte. Sein Kopf hatte eher einer Waffeltüte für Softeis geglichen, wobei seine Nase scheinbar spontan beschlossen hatte, aus dem Hinterkopf herauszuwachsen.

Ein Stöhnen jenseits des Schreibtischs brachte den Inspektor in die Gegenwart zurück. Mit einem gewissen Gefühl der Befriedigung beobachtete er, wie sich Sergeant Dendril langsam an der Kante emporzog. Der Sergeant war ein offener, freundlicher Mann, einer von der Sorte,

---

* VLATZKHAN GÛL – ein orkischer Likör, der irgendwie sogar deutlich stärker ist als reiner Alkohol. Wenn man die Bezeichnung wörtlich übersetzt, bedeutet sie so viel wie ›entfernt die Magenschleimhaut binnen Sekunden‹.

die man auf Anhieb mag und der man auf den ersten Blick vertraut. Was, wie Heighway wusste, nur wieder einmal bewies, wie schrecklich sich Leute täuschen können: Er selbst traute Dendril nicht weiter, als er einen Hügelriesen werfen konnte.

Dendril war unzweifelhaft bestens für die Verständigung mit den unterschiedlichen Völkern geeignet, die die Stadt bewohnten. Er kam mit allen gleichermaßen gut aus, was teilweise an seiner offenen, freundlichen Grundeinstellung lag, aber hauptsächlich daran, dass er trunksüchtig wie ein Ork, goldgierig wie ein Zwerg und, vor allem, sexgeil wie ein Elf war. Tatsächlich betonte Dendril, wenn es um Beziehungen zu anderen Völkern ging, dass niemand besser als er dafür geeignet sei – schließlich habe er bereits mit Angehörigen jeder vernunftbegabten Spezies von Midworld Beziehungen gehabt. Und mit etlichen anderen.

»Inspektor Heighway!«, strahlte der Sergeant und schaffte es, die Worte so klingen zu lassen, als gäbe es für ihn nichts Wundervolleres, als Heighway in seinem Büro zu begrüßen. »Was für eine erfreuliche Überraschung. Wussten Sie, erst neulich habe ich zu Constable ...«

»Sparen Sie sich den Schmus, Sergeant«, unterbrach ihn Heighway. »Ich befinde mich dienstlich hier. Morduntersuchung. Vaedrl und Matsaran ... Sie haben sich um den Verbleib der Leichen gekümmert. Ich muss wissen, wohin sie geschafft wurden.«

»Ich? Wie kommen Sie darauf, dass ich ...?«

»Nochmal zum Mitschreiben: Lassen Sie das Theater. Der Hauptkommissar hat Ihnen den Auftrag gegeben, und wir alle kennen Ihre üblichen Methoden, wie man mit hübschen, frischen Körpern umgeht.«

»Ich habe wirklich keine Ahnung, worauf Sie hinauswollen«, murmelte Dendril und setzte sich vorsichtig wieder hin. Sein offenes Lächeln schien nichts anderes als seine unbedingte freudige Hilfsbereitschaft zu signalisieren.

Heighway seufzte.

»Es mag Ihnen entgangen sein«, sagte er müde, »aber heute Nachmittag wurde der dritte Polizeibeamte ermordet. Constable Zaglin.«

»Zaglin also, ja?«

»Ja, Zaglin. Sergeant Hogmans Zögling. Und der Sergeant ist darüber ganz und gar nicht erfreut. Er möchte den Verantwortlichen kennen lernen. Tatsächlich ist er sehr, sehr begierig darauf, diesen zu finden. Und sollte er entdecken, dass irgendjemand Informationen zurückhält, würde dieser Jemand ganz sicher mit einem Besuch Hogmans zu rechnen haben sowie mit einer Gegeneinladung in seine Vergnügungsetage, Kellergeschoss ...«

Heighway legte eine Pause ein. Dendrils Lächeln begann großflächig abzublättern, und seine gesunde Gesichtsfarbe schien sich zu Gunsten einer ungesunden, madenartigen Blässe verdrückt zu haben.

»Wissen Sie, ich denke, ich werde ihm einfach erklären, dass Sie sich außer Stande fühlten, uns zu helfen«, beendete der Inspektor seine Ausführungen und wandte sich zur Tür.

»Nein, warten Sie!«

Ganz plötzlich klang Dendrils Stimme schrill und panikerfüllt. Heighway wartete, die Hand auf der Klinke, und gab sich Mühe, wie jemand zu wirken, der eine höfliche Frage gestellt hat. In der Zwischenzeit gab der Sergeant sein Bestes, sich seiner verbliebenen Würde wieder bewusst zu werden, was ähnlich erfolgreich war wie der Versuch, aus der Badewanne zu steigen und gleichzeitig seine Blöße mit einem zerschlissenen Flanelltuch zu bedecken.

»Ich, nun ja ... neulich traf ich einen guten Bekannten, der so freundlich war, mir anzubieten, eine vertretbare Lösung hinsichtlich der beiden toten Polizisten zu finden ...«

»Dieser ... Bekannte ... das war nicht zufällig ein Ork, oder?«

»Nun, ja, ich denke, Chancre ist ein Ork. Ja, das ist er wohl.«

»Und kann es wohl sein, dass er in einem Ork-Restaurant arbeitet, wieder rein zufällig?«

»Jetzt, wo Sie's sagen. Ich glaube, er hat mal erwähnt, dass er in leitender Funktion ...«

»Welches Restaurant?«

»Der ›Alte Sau-Grill‹, in der Bile Street.«

»Verbindlichsten Dank.«

Heighway öffnete die Tür, hielt kurz inne und warf einen Blick zurück. Dendril hielt die VLATZHKAN-GÛL-Flasche bereits in der Hand.

»Oh, ehe ich's vergesse. Vielleicht haben Sie nichts davon mitbekommen, aber zwei Tage vor seinem Tod war Constable Matsaran in die Befragungsabteilung versetzt worden. Sergeant Hogman hatte zwar nicht ausreichend Zeit, ihn näher kennen zu lernen, aber nach allem, was man so hört, ist er seinen Kollegen gegenüber vorbildlich loyal. Es würde mich also nicht allzu sehr überraschen, wenn er Ihnen dennoch einen kleinen Besuch abstattete.«

Die Flasche entglitt Dendrils urplötzlich taub werdenden Fingern und zerschellte auf dem Boden. Kleine Rauchfähnchen kräuselten sich dort, wo der Likör den Bodenbelag zu zerfressen begann. Inspektor Heighway schloss mit zufriedenem Grinsen die Tür hinter sich und machte sich auf die Suche nach Sergeant Raasay.

Der ›Alte Sau-Grill‹ war, gemessen an orkischen Standards, eine erstklassige Adresse. Obwohl die Tische mit Sedimenten vergangener Speisen überkrustet waren, fand man nur wenige Überreste auf den Wänden und keine Spur davon an der Decke. An den meisten Abenden kam es zu nicht mehr als vier, fünf Schlägereien, und Heighway wusste, dass es dabei zumindest in den vergangenen zehn Tagen keine Todesopfer gegeben hatte. Die orkischen Kellner waren ausgebildet, höchsten Ansprüchen zu genügen; auf nicht näher bekannte Weise hatte der Eigentümer es fertig gebracht, ihnen als grundlegende Verhaltensweise einzuimpfen, dass man, egal wie groß die Provokation auch sein mochte, AUF KEINEN FALL die Gäste umbrachte.

Nachdem Heighway Raasay angewiesen hatte, vor der Tür Wache zu stehen (schließlich war es niemals klug für einen Menschen, in einem orkischen Restaurant zu verschwinden ohne sich irgendwie rückversichert zu haben), drückte er die Tür auf und betrat das Restaurant. Es war voller Orks, samt und sonders um ihr bestmögliches Benehmen bemüht: Heighway erkannte das daran, dass der Lärm nicht völlig ohrenbetäubend war und es ihm mit ein wenig körperlichem Geschick gelang, von keiner der zahlreichen Speisen (oder zumindest Bestandteilen davon), die umhergeworfen wurden, getroffen zu werden.

Auf der anderen Seite des Raums erspähte Heighway den MAÎTRE D'HÔTEL und marschierte geradewegs auf ihn zu. Dabei streifte er einen erfolglos gestikulierenden Ober, der vermutlich den SHASHLIK-Orks angehörte*. Der MAÎTRE D'HÔTEL gehörte zu den hochgewachsenen

* Die beiden kleinsten Orkstämme waren die der SHASHLIK und die der BAZHAKÛL, beide nur knapp einen Meter fünfzig groß, grauhäutig, mit grünlichen Hauern und gelben Augenschlitzen. Ein Mensch kann die beiden Stämme höchstens durch ihren Geruch voneinander unterscheiden, wobei der Geruch der BAZHAKÛL dem nahe kommt, den ein verfaultes Stinktier hervorruft, das man in ein Jauchefass gestopft hat. Die SHASHLIK riechen ein wenig übler.

UTTUK-Orks; knurrend ließ er den Blick über das ihm anvertraute Restaurant schweifen, und hin und wieder gab er einem der vorüberhastenden Kellner einen heftigen Klaps gegen den Hinterkopf.

Wortlos hielt Heighway ihm seine polizeiliche Erkennungsmarke unter die Nase. Der MAÎTRE blieb gelassen.

»Hrrja. Fein. Bitte sehr, was kann ich für Sie tun, Inspektor?«, brummte er.

Heighway war beeindruckt. Es kam nicht oft vor, dass man einem Ork begegnete, der sich die Mühe gemacht hatte, lesen zu lernen. Außerdem beglückwünschte sich der Inspektor dazu, seine echte Erkennungsmarke eingesteckt zu haben. Wenn er sie, wie so häufig, einmal wieder vergessen hatte, hielt er einem Ork einfach seine Mitgliedskarte im Rosa-Muschikätzchen-Club unter die Nase. Das genügte. Es dürfte allerdings ein ziemlich peinlicher Moment werden, wenn der Ork sie als das erkannte, was sie wirklich war.

»Sie haben gestern zwei tote Menschen von Sergeant Dendril erworben, wie ich höre«, sagte er. »Ist noch etwas davon übrig?«

»Ah! Ein Mensch mit Geschmack!« Jetzt war es an dem Ork, beeindruckt zu sein. Er drehte sich um und klickte mit den Klauen, worauf sofort einer der wartenden Ober herbeieilte. »Wenn der Inspektor sich vielleicht an den Ecktisch dort hinten . . .?«

»Nein!« Heighway war entsetzt. »Sie verstehen mich falsch! Ich habe keinen Appetit, sondern es geht darum, dass die beiden ermordet wurden und ich hoffte, ihre . . . Überreste begutachten zu können. Nach Anzeichen auf die Todesursache oder den Grund für den Mord.«

»Oh. Verstehe. Wenn das so ist, bringe ich Sie am besten zum Küchenchef. Wenn Sie mir bitte folgen wollen . . .«

Der MAÎTRE drehte sich um und ging durch die Schwingtür in die dahinter liegende Küche. Heighway folgte ihm ängstlich. Die einzige orkische Küche, in der er bisher gewesen war, hatte wie ein Schweinekoben ausgesehen, in dem man soeben ein fröhliches Massaker veranstaltet hatte. Aber seine Befürchtungen waren grundlos: Diese hier war sogar sauberer als die in einigen der von Menschen betriebenen Restaurants hierzulande. In der gegenüberliegenden Ecke hockte ein kleiner, finster dreinblickender Ork mit einer schleimiggrünen Chefmütze und schnitt Zwiebeln. Das war vermutlich Chancre.

»Meister?«, rief der MAÎTRE durch den Raum. »Der ehrenwerte Herr hier kommt von der Polizei. Schau mal, ob du ihm helfen kannst. Er untersucht einen Mordfall und würde gerne wissen, ob wir noch irgendwas von den beiden Polizisten gestern übrig haben.«

Chancre hielt inne und nutzte die Gelegenheit, eine Augenbraue mit dem Rücken einer Klauenhand nach oben zu ziehen.

»Die beiden Polizisten also, ja?«, knurrte er. »Vergisses. Lassmich denken. GRATINIERTE GENDARMENNÜSSCHEN hammwir nicht mehr. Das Gleiche gilt für POLIZISTENFILET MIT POMMES UND PILZEN und WACHTMEISTERLENDCHEN AN WEIN IN WACHOLDERSAUCE. Und die Reste sindinden Auflauf von heutemorgen gewandert. Nur ein Teil istnoch übrig. Drüben im Speiseschrank.« Er deutete mit dem Daumen in Richtung auf einen Holzschrank an der Wand.

»Ein Teil«, wiederholte Heighway.

»Jau.«

»Dieses gewisse Teil?«

»Treffer.«

»Oh, großartig. Argh ... macht es dir etwas aus, wenn ich ...?«

»Nö, schon recht, nur zu«, gestattete Chancre großzügig. »Bedien dich, ich kann's nicht brauchen. Viel zu hässlich und pickelig.«

Der Küchenchef widmete sich wieder dem Zerschnippseln der Zwiebeln, und Heighway ging zögernd hinüber zu besagtem Schrank. Er hoffte inständig, dass er sich irrte und das übrig gebliebene Teil nicht das war, was er vermutete. Falls doch, würde es eine unsagbar peinliche Gerichtsverhandlung geben. Andererseits wäre es sicherlich ein ergötzlicher Anblick, Madame Min dabei zu beobachten, wie sie eine Autopsie daran vornahm . . .

Heighway griff nach den Schranktüren. Der MAÎTRE beobachtete ihn aufmerksam. Er nahm einen tiefen Atemzug, schloss die Augen und riss die Türen ruckartig auf. Einen Moment lang stand er einfach nur mit zusammengekniffenen Augen da, dann zwang er sich, das rechte Auge einen Spaltbreit zu öffnen und einen Blick zu riskieren. Zwei Augen starrten zurück.

Ja, der Chefkoch hatte Recht behalten: Constable Matsaran war picklig gewesen. Jahre fettiger Fertiggerichte und seltener Kontakt mit Sonnenlicht hatten ihm, als er noch am Leben war, zu einem Gesicht verholfen, in dem zwischen den Pickeln kaum noch Platz für Haut war. Jetzt, da er tot war, erinnerte das Gesicht am stärksten an eine unglaublich alte Tomatenpizza. Nach allem, was Heighway wusste, hatte der Körper zu Lebzeiten womöglich kaum anders ausgesehen, aber jede Überlegung war müßig: Alles, was von Matsaran noch übrig war, war der Kopf und der Hals bis hinunter zum Adamsapfel, alles fein säuberlich auf einem Tablett aufbewahrt.

Heighway zuckte zusammen und wollte sich gerade umdrehen und weggehen, als etwas seinen Blick fesselte. Er beugte sich vor, sodass er in Matsarans offenen Mund schauen konnte, nahm einen Stift aus der Tasche und pulte damit zwei kleine Gegenstände zwischen den fauligen Zahnruinen hervor.

Als er sein Werk beendet hatte, hielt er die beiden Gegenstände ins Licht. Der eine sah aus wie eine Haferflocke, der andere wie ein Nusssplitter. Er betrachtete sie eine Weile und drehte sie zwischen den Fingern hin und her. Langsam stahl sich ein Lächeln auf seine Züge.

»Ich frage mich«, murmelte er in sich hinein, »ob das wirklich ...«

Rasch ging er wieder zum MAÎTRE hinüber und deutete auf Matsarans sterbliche Überreste.

»Der Kopf dort ist ab sofort Beweisstück in einer offiziellen polizeilichen Untersuchung«, sagte er. »Bringen Sie mir etwas, worin man ihn verstauen kann, und bringen Sie ihn anschließend zu meinem Sergeanten, der draußen wartet, in Ordnung?«

Der MAÎTRE runzelte die Stirn. »Tut mir Leid, aber als Kopf der Belegschaft gehört Derartiges nicht zu meinen Aufga ...«, begann er, aber Heighway schnitt ihm das Wort ab.

»Aber sicher gehört es zu Ihren Aufgaben«, wies er ihn zurecht, »Sie haben ja selbst gesagt, dass Sie der KOPF hier sind, richtig?«

Mit einem letzten glücklichen Glucksen verließ Heighway die Küche. Schlussendlich begann ihm der Fall doch noch Spaß zu machen.

Auf dem Rückweg zum Polizeirevier warf Sergeant Raasay immer wieder faszinierte Blicke auf die schwere Ledertasche, die der MAÎTRE ihm überreicht hatte. Er war STERBENSNEUGIERIG darauf, was er da eigentlich transportierte, aber der Inspektor hatte ihm verboten, die

Tasche zu öffnen. Da Heighway mittlerweile den typischen Gesichtsausdruck konzentrierter Gedankenversunkenheit angenommen hatte, der Raasays Erfahrung nach darauf hindeutete, dass er im Begriff war, den Fall zu knacken, trottete er stumm hinter seinem Vorgesetzten her.

Nach einer ganzen Weile ergriff Heighway das Wort.

»Ich kann einfach keine Verbindung herstellen«, murmelte er, mehr zu sich selbst. »Warum sollte jemand Vaedrl umbringen wollen? Er hatte mit der Befragungsabteilung nichts zu tun.«

»Oh, aber er war zumindest ein Kumpel von Sergeant Hogman, Sir«, wandte Raasay ein und leitete sofort ein scharfes Ausweichmanöver ein, um nicht gegen den Inspektor zu prallen, der wie angewurzelt stehen geblieben war und sich nun schwungvoll zu ihm herumdrehte. Raasay wurde sich des fragenden Blicks bewusst.

»Das war er?«

»Oh, aber ja, Sir. Sie waren alte Freunde, in der gleichen Klasse auf der Kadettenschule, ist schon Jahre her. Einmal im Monat gingen sie zusammen einen heben, Sir.«

»So was, davon habe ich gar nichts mitbekommen.« Heighway dachte einen Augenblick nach. »Wenn Hogman einen neuen Fimmel hatte, ein neues Hobby, einen Tick oder was auch immer, dann würde er Vaedrl davon erzählt haben, richtig?«

»Oh, vermutlich ja, Sir.«

Heighway grinste und klopfte dem überraschten Raasay anerkennend auf die Schulter.

»Brav, Raasay, guter Polizist. Lassen Sie uns zurückgehen, ehe ein weiteres Mitglied der Befragungsabteilung einen schrecklichen, langwierigen Tod stirbt ...«

Sie kamen zu spät. Als sie das Revier erreichten, befand sich alles in Aufruhr. Drei kräftige Constable bewachten mit gezückten Schwertern den Haupteingang und beäugten aufmerksam und misstrauisch jeden Besucher. Im Foyer hastete alles hektisch durcheinander, und in der Luft hing ein unverständliches Stimmen- und Wortgewirr.

Raasay starrte verblüfft auf das Getümmel, während sich Inspektor Heighway seufzend gegen eine Wand lehnte und die Schultern niedergeschlagen sinken ließ.

»Wir waren zu langsam, Sergeant«, sagte er leise. »Es hat noch so ein armes Schwein erwischt. Wir hätten doch besser rennen sollen ...«

»Heighway!« Hauptkommissar Weirds Stimme übertönte den Lärm problemlos. Als Heighway aufblickte, sah er, wie sein Vorgesetzter ihn in sein Büro winkte.

»Ah, fein«, sagte er zu Raasay, »ich werde wohl besser mal Onkel Billy aufklären, womit wir es hier zu tun haben. Sie warten hier und lassen niemanden einen Blick in die Tasche werfen.«

Er ging lustlos durch den Empfangsraum und durch das herrschende Tohuwabohu, wie ein schwerfälliger Käfer sich durch ein Ameisengewimmel schiebt. Der Hauptkommissar winkte ihn in sein Büro und schloss die Tür hinter ihm.

»Es hat noch einen Mord gegeben, Inspektor!«, platzte es aus ihm heraus.

Heighway nickte resigniert. »Wen hat es diesmal erwischt?«, erkundigte er sich.

»Hogman.«

»Hogman?« Heighway war fassungslos. Permanente Unfreundlichkeit hatte den Sergeanten umgeben, seit er ihn kannte. Er hatte den Eindruck gehabt, man könne ihm ebenso wenig bei- oder entkommen wie dem Tod oder der Steuerfahndung.

»Bei allen Göttern, Heighway, wo soll das noch hinführen? Wie können wir den Mörder endlich überführen?« Der Hauptkommissar nahm sich die Zeit, seine Frustration – mittels eines Fausthiebs – mit einem unschuldigen Aktenschrank in seiner Nähe zu teilen, aber sofort danach jaulte er schmerzerfüllt auf und starrte seine Fingerknöchel finster an. »Wenn ich den Verantwortlichen doch nur in die Finger bekäme ...«

»Das dürfte nicht besonders schwierig sein, Sir«, sagte Heighway leise.

Der Hauptkommissar drehte sich zu ihm um und starrte ihn voller neuer Hoffnung an. »Wollen Sie damit sagen, dass es Ihnen gelungen ist, den Fall zu lösen?«

Heighway nickte.

»Wenn Sie mir folgen, werde ich Ihnen den Mörder zeigen, Sir«, sagte er.

Sie verließen das Büro und betraten das Foyer, an dessen anderem Ende, bei der Eingangstür, Sergeant Raasay am Boden lag.

»Was ist mit ihm?«, erkundigte sich der Hauptkommissar.

»Mit Raasay? Oh, wahrscheinlich nur bewusstlos. Er wird in die Tasche geschaut haben.«

»Bitte?«

»Ich erkläre es Ihnen später, Sir.«

Leise gingen sie zur Kantine. Heighway öffnete die Türen zum Speisesaal. Er war verlassen, abgesehen von Ratshagger dem Koch, der an einem der Tische hockte und irgendetwas aß, das derzeit schwarz und knusprig war und früher einmal ein Hühnerbein gewesen sein dürfte. Als er den Hauptkommissar bemerkte, sprang er sofort auf und sah ängstlich zu ihm auf.

»Hauptkommissar Weird, Sir!«, keuchte er. »Was führt Sie ...«

»Wir möchten, dass du uns zeigst, woraus du Müesli machst«, unterbrach Heighway.

»Wie?« Ratshagger wirkte verblüfft.

»Los doch, Mann, das war doch wohl kaum misszuverstehen. Müesli. Zutaten. Uns. Zeigen.«

Der Koch runzelte die Stirn, aber er führte sie in die Küche. Er schlenderte zwischen einigen willkürlich aufgestellten Regalen hindurch und zog dann drei kleine Säcke hervor. Heighway öffnete sie der Reihe nach. Der erste enthielt eine Mischung zerkleinerter Nusskerne, der zweite Rosinen und der dritte getrocknete Apfelstückchen. An keinem schien etwas Besonderes zu sein.

»Wonach genau suchen wir hier, Heighway?«, erkundigte sich der Hauptkommissar.

»Constable Zaglin aß Müesli, weil er auf dem Gesundheitstrip war, Sir. Hogman und die anderen bewunderten ihn. Darum versuchten sie, ihm alles nachzumachen ... und sind daran gestorben. Pass mal auf, Ratshagger, zu einem Müesli gehören doch auch Haferflocken. Wo bewahrst du sie auf?«

»Hafer ... flocken?« Die Augen des Kochs flackerten nervös. Sein Blick wanderte zwischen dem Inspektor und dem Hauptkommissar hin und her.

»Ja, Haferflocken. Na los doch!«

Der Koch machte ein böses Gesicht, dann deutete er zögernd mit einem schmutzigen Daumen auf eine Tür in der Wand.

Heighway ging schnurstracks darauf zu, gefolgt vom Hauptkommissar, und stieß die Tür auf. Dahinter befand sich ein Lagerraum, vier auf zwei Meter groß, erbärmlich dreckig und verwahrlost. Während sich an der einen Längswand schmutzige Säcke und Fässchen stapelten, hielt sich an der anderen ein altersschwaches Regal gerade noch so auf den Beinen. Es war großzügig mit

Staub, Spinnweben und Rattenkot bedeckt. Am anderen Ende des Raums befand sich ein geschlossenes und mit Läden verrammeltes Fenster, und darunter lagerte ein großes Fass, auf dem in Ratshaggers unverwechselbarer und fast schon hieroglyphischer Handschrift HAFFER FLOGGEN stand.

Heighway schnaubte empört, als die hier angesammelten Duftstoffe zum Großangriff auf seine Nase ansetzten – selbst ein SHASHLIK-Ork mit einem von Wundbrand zerfressenen Bein duftete angenehmer. Als er weiterging, sprang eine große Ratte aus dem HAFFER-FLOGGEN-Fass und verschwand schnell in der Sicherheit eines Lochs zwischen den Bodendielen.

»Irgendetwas sagt mir, dass wir hier des Rätsels Lösung finden, Sir«, sagte Heighway. Er ging vorsichtig weiter, öffnete die Fensterläden, um mehr Licht zu bekommen, und spähte dann in das Fass. Als er erfasste, was sich seinen Augen darbot, schaffte er es gerade noch, ein Würgen zu unterdrücken.

Das Fass war halb voll mit feuchtem, schimmeligem, grünlichem Hafermehl, zwischen dem großzügig Rattenkot lag und sich Scharen von Mehlwürmern, Maden, Rüsselkäfern und Kakerlaken tummelten. Das Fass war derart von ihnen verseucht, dass sich die Haferflocken in beständiger Bewegung zu befinden schienen. Und wo der schiere Anblick bereits schlimm war, so wurde er von dem Geruch noch tausendfach übertroffen.

»Hier haben Sie Ihre Antwort, Sir. In diesem Fass findet man wahrscheinlich mehr Krankheitskeime als in einer toten Ratte. Bei dem Geruch würde es mich nicht wundern, irgendwo unter dem Mehl auch auf besagte tote Ratte zu stoßen. Hogman und die anderen wurden nicht ermordet – der Hafer in ihrem Müesli hat sie umgebracht.«

»Aber Dutzende Polizisten essen jeden Tag ihren Haferbrei und die Haferplätzchen in der Kantine«, wandte der Hauptkommissar ein. »Warum hat es von denen keinen erwischt?«

»Sie wissen doch, was Ratshagger unter Kochen versteht: Bei ihm kocht alles mindestens zwei Stunden, und das überlebt nicht einmal dieses Heer von Erregern. Aber Müesli wird nicht gekocht. Nicht einmal von Ratshagger.«

Die beiden starrten auf die Masse verseuchten und Seuchen hervorrufenden Hafermehls, das sich wie unter schweren Atemzügen im Fass bewegte.

»Aber es muss sich doch jemand beschwert haben«, versuchte der Hauptkommissar es erneut. »Ich kann mir nicht vorstellen, dass niemandem der entsetzliche Geschmack aufgefallen sein soll!«

»Zaglin war in seinen ersten Wochen bei uns schwer erkältet. Er hat wahrscheinlich überhaupt nichts geschmeckt. Und die anderen hatten vorher niemals Müesli gegessen. Sie wussten lediglich, dass es gesund für sie sein sollte, wie Medizin. Und wahrscheinlich dachten sie deswegen, je schlimmer es schmeckt, desto gesünder wäre es.«

»Dann war es also tatsächlich bloß eine Lebensmittelvergiftung«, sagte der Hauptkommissar mit einem schwachen Lächeln. »Schönschön.«

»Wir sollten auf jeden Fall Ratshagger wegen Totschlags festnehmen«, meinte Heighway, »und danach sollten wir ...«

»Nein, meiner Erfahrung nach sollten wir die Sache vertuschen«, unterbrach ihn der Hauptkommissar rasch. »Alles andere würde bloß die Moral der Polizei allgemein und dieses Reviers speziell untergraben. Da ist es doch viel besser, wir führen still und heimlich ein Vieraugengespräch mit Ratshagger, was die Sauberkeit in seinem Refugium angeht, und danach geben wir noch ein Statement über eine Lebensmittelvergiftung heraus, die, sagen wir, auf dieses widerliche kleine Südländer-Restaurant in der Flensing-Lane zurückzuführen war, und damit ist die Angelegenheit beendet.«

»Bei allem Respekt, Sir, aber wegen dieses Sauberkeitsproblems, wie Sie es nennen, sind hier gerade vier Leute gestorben.«

»Ich bin mir dessen durchaus bewusst, Heighway«, schnappte der Hauptkommissar, »aber wir werden die Angelegenheit vertuschen.«

Plötzlich begriff Heighway.

»Sie haben Ratshagger nicht zufällig das Kantinenbudget gekürzt, oder, Sir? Haben ihn angewiesen, weniger für das Essen auszugeben und stattdessen erst mal die alten Vorräte aufzubrauchen, irgendwas in dieser Art?«

»Ich habe nicht die leiseste Ahnung, wovon Sie da reden, Inspektor.« Hauptkommissar Weird musterte Heighway kalt. »Weiterhin halte ich Sie für klug genug, solche haltlosen und abseitigen Theorien niemals zu wiederholen. – Habe ich Sie eigentlich schon für Ihre ausgezeichnete Arbeit in diesem Fall gelobt? Wie Sie den Grund für die Todesfälle herausgearbeitet haben – ganz, ganz wundervoll. Sie haben sich deswegen auch einen kleinen bezahlten Sonderurlaub verdient, finden Sie nicht? Was halten Sie von ein paar netten, entspannenden Tagen in einigen der besten Kneipen vor Ort? In der Zwischenzeit erledige ich hier den Rest und beseitige die beklagenswerten Zustände in der Kantine ...«

Heighway hatte nicht den geringsten Zweifel daran, dass der Hauptkommissar soeben einen Befehl gegeben und keinen Vorschlag gemacht hatte und dass in seinem Tonfall mehr als nur eine unterschwellige Drohung enthalten gewesen war.

»Ausgezeichnete Idee, Sir. Ich überlasse den Rest Ihnen.«

Mit so viel Würde, wie er noch aufbringen konnte, verließ er die Kantine und das Polizeirevier. Es gab nichts, das er tun konnte, um die Vertuschungsaktion zu verhindern. So war eben die Realität bei der Polizei. Heighways einzige Befriedigung lag in der Schnelligkeit, mit der er den Fall gelöst hatte. Schade nur, dass seine Kollegen das niemals erfahren würden.

Was ihm blieb, war, alles von der angenehmen Seite zu betrachten. Und so marschierte er mit einem Lächeln auf den Lippen los, um eine Kneipe nach seinem Geschmack heimzusuchen und dort stilvoll seinen Erfolg zu feiern. Schließlich konnte nicht jeder Polizist von sich behaupten, den ersten Müesli-Mörder der Stadt überführt zu haben …

Originaltitel: Pale Assassin
Ins Deutsche übertragen von Alexander A. Huiskes

6.
Der Strawhouse-Pavillon

Ron Goulart

Ron Goulart veröffentlicht seit vierzig Jahren Geschichten um den Okkultermittler Max Kearney. Einige der Geschichten finden sich in der Sammlung GHOST BREAKER (1971). Daneben schreibt er aber noch sehr viel mehr. In seinen jüngsten Büchern begegnet uns unter anderem Groucho Marx als Detektiv, das erste Mal in GROUCHO MARX, MASTER DETECTIVE (1998), und er gab das herrlich illustrierte COMIC BOOK CULTURE (2000) heraus.

Als die Küche zum zweiten Mal brannte, erhob sich Wendy Mayer nicht vom Sofa im Wohnzimmer.

»Bert?«, rief sie zu der Tür hinüber, unter der Rauch hervorquoll.

Aus der Rauchwolke tauchte ihr Ehemann auf, ein großer, leicht vornübergebeugter, junger Mann. »Hast du einen Fünf-Dollar-Schein, Wendy?«

»Noch einen Fünfer?«, fragte Max Kearney, ein Mann von mittlerer Größe, während er zum Feuerlöscher im Flurschrank eilte.

»Das Feuer ist schon aus«, sagte Bert Mayer. »Tut mir Leid, Max, dass ich dich ständig zu diesem Ding joggen lasse. Möchtest du noch etwas zu trinken, Jillian?«

Die schlanke, rothaarige Ehefrau von Max saß mit dem Rücken zum Fenster, hinter sich die von Bäumen gesäumten Felder. »Hat keine Eile.«

»Bert«, erkundigte sich Wendy, eine große, hübsche, junge Frau ohne Make-up, »wozu willst du fünf Dollar?«

Bert blinzelte. »Entschuldige, ich hatte es wohl noch nicht erwähnt.« Er grinste Max an. »Diesmal ist es nur Rauch, Max. Es war das Rechaud. Als ich die Hintertür für den Lieferservice öffnete, fiel das Rechaud in den Salat, wodurch das Dressing und der denaturierte Alkohol anfingen zu brennen.«

»Für welchen Lieferservice?«, hakte Wendy nach.

»Vom Cala-Markt«, erklärte Bert. »Das letzte Feuer hat die Steaks ruiniert. Tut mir Leid. Also habe ich ein paar Tiefkühlfische bestellt. Nach sechs Uhr bekommt man kein Fleisch mehr. Ich hoffe, das ist euch allen recht.«

»Nehmen die keinen Scheck?«, fragte seine Frau.

»Nicht mehr, nachdem ich ihn zu Boden gestoßen habe.«

»Wie ist das denn passiert?«

»Er ist zu den Petunienbeeten hinter der Veranda gefahren, und ich dachte, es wären wieder die Waschbären, die unsere Mülleimer durchwühlen wollten, und rannte hinaus«, erzählte Bert. »Und es tut mir ja Leid, aber irgendwie bin ich auf ihn gefallen. Weil die Verandalichter wieder mal im Eimer sind. Er war dann mürrisch, sogar noch, nachdem ich ihm die Treppen hinaufgeholfen habe. Max, mit diesen Lieferburschen haben wir immer Probleme. Das war schon so, als wir noch in San Francisco in eurer Nähe wohnten.«

»Bert stolpert oft«, warf Wendy ein.

»Stimmt«, nickte Bert, »kann auch nichts dafür. Tut mir Leid.«

Draußen war ein Motor zu hören und ein Lieferwagen, der davonfuhr. »Offenbar hat er nicht gewartet«, sagte Wendy. »Max, Jillian, ich hoffe, ihr vergebt uns. Da laden wir euch zum ersten Mal zum Abendessen in das Haus ein, das wir geerbt haben, und das Essen ist eine reine Katastrophe.«

»Daran sind sie gewöhnt«, meinte Bert. »So liefen die Abendessen bei uns schon ab, bevor wir ins Marin County gezogen sind.«

»Bert, warum machst du uns nicht neue Drinks, während ich schnell etwas zaubere«, schlug seine hübsche Frau vor. »Ein Omelette oder so.«

Bert schüttelte den Kopf. »Nein, Wendy. Als wir letzten Monat hier eingezogen sind, haben wir einen Plan gemacht. Jetzt, da ich nicht mehr arbeiten muss, kann ich dir viel mehr im Haus helfen. Und es tut mir ja Leid, aber laut Plan bin ich heute Abend mit Kochen an der Reihe. Max, du verstehst sicher, dass wir uns an den Plan halten und gut durchorganisiert sein wollen.«

»Es ist euer Haus, und ihr könnte es führen, wie ihr wollt.« Max fuhr sich über seine kurz geschnittenen Haare. »Obwohl es vielleicht schneller ginge, einfach eine Pizza zu bestellen.«

»Diese Pizzaläden kapieren nie meine Wegbeschreibungen«, sagte Bert. »Und sie schicken immer Anchovis, auch wenn ich Salami bestellt habe. Nein, wir haben immer Probleme mit Pizzaleuten, Max.« Er grinste Jillian an. »Und schließlich ist Jillian auch noch da, die als Food Consultant für deine Werbeagentur arbeitet, Max. Sie wird in meinem Haus keine Pizza serviert bekommen. Tut mir Leid.« Er bemerkte, dass aus der Küche kein Rauch mehr quoll. »Ich bereite uns mal schnell was zu. Los, Wendy, du kannst neue Drinks mixen.«

Als sie alleine im Wohnzimmer waren, fragte Jillian ihren Ehemann: »Und? Ist er ...?«

Max ging zu ihr und fuhr mit seinem Zeigefinger über ihren Nacken. »Besessen? Keine Ahnung. Bert war immer schon irgendwie verdreht. Und wenn man auf die dreißig zugeht, verstärkt sich das manchmal.«

»Was ist mit dem ersten Feuer?«, fragte Jillian. »Hätte ein Geist es entzünden können?«

»Sein Feuerzeug ist in eine Pfanne mit siedendem Öl gefallen«, überlegte Max. »Vielleicht hat etwas Übernatürliches seine Hand angestoßen.«

»Es ist mein Vater«, sagte Wendy hinter ihnen. Sie trug ein Tablett voller Drinks zu einem Couchtisch mit Marmortischplatte. »Er ist es. Er lässt Bert einfach nicht in Ruhe. Das macht er schon, seit wir vor sechs Monaten geheiratet haben.«

»Du meinst, dass dein Vater ein Geist ist«, sagte Jillian.

Wendy kehrte zum Sofa zurück, setzte sich und nickte. »Soweit ich mich erinnere, war mein Vater ein außergewöhnlich kompetenter Mann, als er vor acht Jahren starb. Ich war damals 17. Das musste er auch sein. Er war Zeit seines Lebens in der Musikbranche, wisst ihr. Hatte von den dreißigern bis Ende der fünfziger sein eigenes Tanzorchester, King Challens and His Musical Jacks. Nicht so bekannt wie Benny Goodman oder gar Anson Weeks, aber es ging uns immer gut.«

Max nahm einen Scotch mit Eis zur Hand. »Was bringt dich zu der Annahme, dass er der Geist ist?«

»Der Geist spielt all seine Arrangements.«

»Aha«, sagte Max, »dann gibt es also Musik.«

Wendy zuckte leicht mit den Schultern. »Zumindest seit wir hier eingezogen sind, Max. Mein Vater war ein sehr gewissenhafter, sorgfältiger Mann, und er hat all seine Arrangements selbst geschrieben. Ich kenne seine Version von *Harbor Lights* und *Laura.*«

»Wo hast du die Musik gehört?«, fragte Jillian, während Max ihr ein Glas reichte.

»Im Tanzpavillon.«

»Im Tanzpavillon?«

»Ja, er taucht auf dem Feld vor dem Haus auf. Auf dem

hauptsächlich Gras wächst«, erzählte die junge Frau. »Es ist der Strawhouse Pavillon, in dem Dad in den vierzigern oft aufspielte. Ich habe Fotos davon in einem Album oben.«

Max fragte: »Das ganze Tanzgebäude taucht auf und spukt?«

»Und der dazugehörige Parkplatz. Der richtige Strawhouse Pavillon wurde vor zehn Jahren in Sacramento abgerissen«, erklärte Wendy. »Es hat sich bislang sechs Mal da draußen gezeigt. Unsere Nachbarn beschweren sich schon. Ungefähr drei Felder weiter liegt die Psycho-Technokraten-Stiftung, wisst ihr. Sie veranstalten irgendwelche meditativ-maschinistischen Selbstfindungsseminare an Wochenenden, und ich schätze, es verdirbt ihnen die Laune, wenn nebenan *Tuxedo Junction* ertönt, gespielt von einer 24-köpfigen Swingband. Bert und ich haben uns schon entschuldigt.«

»Moment mal«, warf Max ein. »Du hast Jillian erzählt, dass du spürst, Bert sei schon viel länger besessen als nur diesen einen Monat, den ihr hier in Marin lebt.«

»Klar«, sagte Wendy. »Ehrlich, Max, bevor wir geheiratet haben war er nicht so. Vielleicht war er nicht so verkopft und nicht ganz so effizient wie mein Vater, aber er hat zumindest nicht ständig die Küche in Brand gesetzt oder ist über den Mann vom Lieferservice gestolpert.«

»Warum sollte dein Vater Besitz von ihm ergriffen haben?«

Wendy fuhr sich mit der Zunge über die Unterlippe. »Vermutlich ist es eine Art Scherz. Dad hat immer Scherze darüber gemacht, dass ich nie einen Ehemann wie ihn finden würde. Jetzt übertreibt er wohl Berts Ungeschicklichkeit und Vergesslichkeit, lässt extra viel schief gehen, um den Unterschied zwischen Bert und ihm noch deutlicher hervorzuheben. Aber man will ja nicht immer jemanden heiraten, der genauso ist wie der eigene Vater.«

»Was dein Vater zuvor auch immer getan haben mag«, meinte Max, »seinen Tanzsaal hat er damals nicht mitgebracht.«

»Es war ja auch nicht genug Platz«, erwiderte Wendy. »Die Wohnung im zweiten Stock war zwar entzückend, aber klein. Und vor dem Haus fand Bert kaum genügend Platz, um unseren Volkswagen zu parken. Wo hätte man da einen Tanzpavillon hinstellen sollen?«

»All die Hinweise, all die konkreten Hinweise auf einen Geist, zeigten sich also erst, seit ihr hier wohnt«, folgerte Max.

»Die Zeichen, dass mein Vater bei uns spukt, sind jetzt offensichtlicher«, gab Wendy zu. »Ich möchte, dass du den Fall untersuchst, Max, und genau herausfindest, was hier vor sich geht.«

Max wandte sich von ihr ab, beobachtete die Dunkelheit hinter den hohen und breiten Fenstern. »Okkulte Ermittlungen waren nie mehr als ein Hobby für mich, Wendy. Jillian und ich sind auf dem Weg die Westküste hoch zur Wollter's Bay, wo wir eine Woche lang Urlaub machen wollen.«

»Max zögert bei dieser Geisterdetektivsache immer ein wenig«, erklärte Jillian mit ihrem leicht britisch klingenden Akzent.

»Könntest du die Ermittlungen nicht im Anschluss an euren Urlaub aufnehmen? Vielleicht nächstes Wochenende?«, schlug Wendy vor.

»Wie denkt Bert eigentlich darüber?«, erkundigte sich Max.

»Worüber?«, wollte Bert wissen, der in diesem Moment mit einer Flasche Rotwein in der Hand in den großen, hell erleuchteten Raum trat. »Tut mir Leid, Max, ich habe nicht mitbekommen, was du sagtest. Es geht um diese Geistersache, richtig?«

»Wendy hat uns von dem Problem erzählt, das ihr mit etwas habt, was der Geist ihres Vaters sein könnte«, erzählte Max. »Sie bat mich, in dieser Angelegenheit zu ermitteln, aber das tue ich nur, wenn du deine Zustimmung gibst.«

Bert zog an dem Holzgriff des Korkenziehers, der sich in dem Korken der Weinflasche verhakt zu haben schien. »Ich möchte den Wein gern frühzeitig öffnen, damit er atmen kann. Entschuldige mich eine Sekunde.« Er drehte den Korkenzieher, und der Korken plumpste in den Wein. »Das passiert oft. Ich kenne einen Trick mit einer Gabel und einem Strohhalm, mit dem man den Korken für gewöhnlich herausbekommt. Was hast du noch gleich gefragt, Max? Ach ja, der Geist. Ich weiß nicht recht. Ich glaube, Wendy interpretiert da zu viel hinein. Aber wenn du möchtest, gern.«

Aus der Dunkelheit drang das Knirschen von anfahrenden und einparkenden Automobilen auf Kies. Gelbe und orangefarbene Lichter tauchten pulsierend in der Nacht auf. »Das ist er«, rief Wendy. Sie eilte zur Haustür und hinaus auf die leicht erhöhte Sonnenterrasse, von der aus man auf den Vorgarten des Grundstücks blicken konnte. Max und Jillian folgten.

Das Gras und einige der Bäume waren verschwunden, dafür ruhte ein helles Gebäude aus Holz und Glas auf einer großen Fläche mit Kieselsteinen. Das Haus war weiß, achteckig, mit einem großen Strohdach und vielen Gitterfenstern rundherum. Die Autos auf dem Kies funkelten neu, aber es war kein jüngeres Modell darunter als von 1940. Der Schriftzug STRAWHOUSE PAVILLON leuchtete golden, und darunter las man in roten Neonbuchstaben SPEISEN & TANZEN. Eine rotgoldene Wachstuchfahne war über die große gebogene Tür gespannt und verkündete den Auftritt von King Challens, seinem Klavier und seinem Orchester. Aus dem Pavillon drangen Lachen und Licht.

»Was für ein Geist«, sagte Jillian und klammerte sich fest an die Hand ihres Mannes.

Das Orchester fing an zu spielen. *»One O'Clock Jump«*, sagte Wendy. »Das war eines seiner Lieblingsstücke.« Sie drückte sich gegen das Geländer der Terrasse.

»Tut mir Leid«, sagte Bert, als er sich ihnen anschloss. Seine braunen Hosenbeine zierten Rotweinflecke. »Das ist unser geheimnisvolles Phänomen, Max. Man sollte eigentlich annehmen, der Geist müsse von meiner Seite der Familie stammen. Schließlich habe ich diesen Ort von meinem Onkel geerbt.«

»Sei mal eine Minute lang ruhig«, bat Wendy, ohne ihn anzusehen. Ihr Kopf bewegte sich sanft im Rhythmus der Musik. »Man kann nur schwer in den Pavillon hineinsehen. Woran liegt das, Max?«

Die Fenster waren erleuchtet, aber es war ein dunstiges Licht, und man konnte niemanden in dem Pavillon erkennen. »Ich weiß es nicht, Wendy.« Max berührte die Hand seiner Frau, ließ sie dann los, stieg die Treppen der Terrasse hinunter und ging durch den Vorgarten. Die Sommernacht war noch warm. Max hatte sich sechs Meter auf den Strawhouse Pavillon zubewegt, als er mehrere Menschen auf dem Gelände bemerkte. Sie starrten zum Pavillon hoch.

»Wir haben sie davor gewarnt«, sagte ein Mann in einem dunklen Anzug und mit einem struppigen Schnauzbart. Er trug einen Mixer, dessen Kabel lose herunterbaumelte. »Wie soll man bei diesem lausigen, verdammten Lärm ein Psycho-Technokraten-Wochenende veranstalten und Küchengerätespiele spielen?« Das Kabel des elektrischen

Mixers schwang angesichts seiner wütenden Gesten hin und her.

»Ihrer Kleidung entnehme ich, dass Sie kein Geist aus den vierziger Jahren sind«, sagte Max.

»Darauf können Sie Ihren lausigen Säuferwahn verwetten«, erwiderte der schnauzbärtige Mann. »Meine Frau und ich sind Novizen der zweiten Stufe in der Stiftung. Mein Anzug stammt von Lew Ritter in Westwood.«

»Connie«, sagte seine Frau, eine Blondine mit einem Rührgerät unter dem Arm, »lass dir von deiner Wut nicht all deine wunderbaren Fortschritte zunichte machen.«

»Was für lausige Fortschritte werde ich wohl gemacht haben, wenn eine lausige, verdammte, anachronistische Spelunke mich durcheinander bringen kann?« Er schleuderte seinen Mixer auf den Geisterpavillon. »Was Sie betrifft, Dr. Wally, ich höre auf. Ich verlange eine Kostenerstattung. Ich will mein lausiges Geld von Ihnen zurück. Wenn ich für Stille und ländliche Einsamkeit zahle, dann will ich keine lausige, verdammte Jitterbug-Musik.«

Ein großer, schlanker Mann um die fünfzig glitt lautlos durch das Gras. Er trug die Haare wie ein Dichter aus dem Mittelwesten und hatte eine Zahnlücke zwischen den Vorderzähnen. »Die Inbrunst Ihrer Reaktionen, die Vehemenz Ihrer Raserei, der Überschwang Ihrer hitzigen Emotionen, Mr. Connors, tragen zur Entschärfung dieser ohnehin schon bitteren Situation nicht im Geringsten bei.«

»Nehmen Sie das, Wally«, fauchte Connors. Er packte das Rührgerät seiner Frau und warf es in Wallys Richtung.

Wally wich dem fliegenden Küchengerät aus und fragte Max: »Sind Sie ein Intimus, ein Bundesgenosse, ein Gefährte von Mr. und Mrs. Mayer? Ich bin Dr. E. Phillips Wally, Gründer der Psycho-Technokraten-Stiftung und Pionier in der Küchengerätetherapie.«

»Ja, ich bin Max Kearney. Ich bin ein Gast der Mayers«, erwiderte Max. »Warum tragen Sie und Ihre Schüler Küchengeräte mit sich herum?«

Dr. Wally lächelte. »Sie haben mein Buch *Maschinen mögen, heißt Menschen mögen* offenbar nicht gelesen, nicht durchdacht, nicht gründlich studiert?«

Eine dunkle Frau Anfang vierzig stand plötzlich an Wallys Seite. Aus dem Pavillon erklang ein langsamer Walzer. »Verschwende keine Zeit, Phil. Was versteht dieser Trampel davon, wie man mit den tieferen Kräften der Maschinen Kontakt herstellt?«

»Meine Frau. Charlotte«, stellte Dr. Wally vor.

»Sie sehen wie einer von diesen Öffentlichkeitsarbeitsfuzzis aus, genau wie Ihr Freund Bert Mayer.«

»Werbung. Art Director«, stellte Max richtig. Diese magere dunkelhaarige Frau wirkte irgendwie vertraut. Max wies mit einem Daumen auf den Pavillon. »Was wissen Sie über das hier?«

»Nur, dass wir es zu einem Ende bringen wollen«, erklärte Dr. Wally. »Der Lärm, die zunehmende Häufigkeit des Lärms, Mr. Kearney, ist störend, trostlos und beschmutzt die wichtige Stille, die meine Arbeit und meine Therapie verlangen.«

»Was weiß dieser Blödmann schon von Stille?«, fauchte Charlotte Wally.

Die Musik von King Challens Big Band, das Scharren der Füße auf dem Tanzboden, all die Geräusche aus dem Pavillon wurden langsam leiser. Das Bild des Tanzsaales wurde weniger deutlich. Einige Sekunden lang flackerten Geräusch und Anblick des Gebäudes, dann war alles verschwunden. Es gab wieder Gras und Bäume. Mrs. Wally stieß einen leisen Grunzer aus und sammelte die beiden Küchengeräte ein, die Mr. Connors weggeworfen hatte. Sie und Dr. Wally gingen zu den Pinien und Redwoodbäumen am Rande des Grundstücks, den kleinen Hügel hinauf und in die Wälder. Ihre Schüler folgten ihnen. Max schritt den Ort ab, auf dem der Strawhouse Pavillon gestanden hatte. Er fand nichts. Aus dem zweistöckigen Haus der Mayers drang eine kleine Explosion. Max rannte zur Veranda zurück, und Jillian kam ihm auf den Stufen entgegen. »Schon wieder Bert?«

Jillian nickte bejahend. »Sieht so aus, als ob wir das Abendessen im Tiburon einnehmen müssten.«

»Ich werde fahren«, sagte Max.

Möwen spazierten in einer Reihe durch den warmen Sand auf Max zu. Er blinzelte etwas in der hellen Mittagssonne und beobachtete sie. Auf dem Hügel hinter ihm raschelte und knackte es im Unterholz. Max reckte sich auf seinem Strandtuch und sah, wie zweihundert Meter über ihm Bert Mayer voll bekleidet über den Rand des Hügels stolperte. Als er auf den weißen Sandstrand auftraf, rollte Bert noch zweimal um sich selbst und setzte sich dann auf. Er hielt einen Teil eines blühenden Busches in der rechten Hand.

»Tut mir Leid«, sagte Bert und stand auf, während Max auf ihn zukam. »Vermutlich habe ich deine Blumen ruiniert.«

»Alles okay?«

»Ich denke schon«, sagte Bert. »Ich hätte die Treppen nehmen sollen, aber ich hatte mal eine schlimme Erfahrung mit so altersschwachen, wettergegerbten Stufen wie diesen, und da habe ich beschlossen, es quer über den Hügel zu versuchen, aber ich bin über etwas gestolpert.«

»Was führt dich her?«

»Das hat Jillian auch gefragt«, sagte Bert. »Ich habe sie im Ferienhaus getroffen. Sie hat in den drei Tagen, die ihr hier seid, schon richtig Farbe bekommen.« Er wollte Max den Busch reichen, beschloss aber, ihn doch lieber wegzuwerfen. »Es ist mir unangenehm, dich zu belästigen, Max, aber dieser Geist, also, die Lage hat sich verschlimmert. Der Geist von Wendys Vater zeigt sich jetzt jede Nacht. Der Pavillon geht den Wallys ziemlich auf die Nerven. Weißt du, Wally hat versucht, unser Haus zu kaufen, kurz bevor mein Onkel starb und es mir vermachte. Ich nehme an, Wally würde uns gern ganz verschwinden sehen.«

»Würde er das? Was hat sich an dem Tanzsaal noch verschlimmert?«

»Wendy«, erwiderte Bert. »Wendy scheint von dem Ort immer faszinierter, und auch von der Idee, dass der Geist ihres Vaters darin aufspielt. Früher stand sie auf der Sonnenterrasse und hat zugesehen. Gestern Abend ist sie zu dem Pavillon gegangen.« Bert schüttelte den Kopf. »Mrs. Wally erzählte mir, es wäre gefährlich, falls Wendy hineingehen sollte.«

»Charlotte Wally, Charlotte Wally«, wiederholte Max und klopfte mit seinem nackten Fuß drei Mal auf den Sand. »Natürlich sagt sie das.«

»Tut mir Leid, ich verstehe das nicht.«

»Ich dachte mir gleich, dass sie mir bekannt vorkommt.« Max grinste. »Sie war nicht immer im psycho-elektrischen Gewerbe tätig. Vor acht oder neun Jahren, als ich mich zum ersten Mal für okkulte Ermittlungen interessierte, habe ich eine ihrer Séancen besucht.«

»Séancen? Sie hatte mal was mit Geistern zu tun?«

»Stimmt«, sagte Max. »Ein sehr gutes Medium und auch sehr gut darin, alle möglichen Arten von Geistern und Gespenstern zu rufen.« Sein Fuß klopfte wieder auf den Sand. »Ich werde mich mal mit den Wallys unterhalten.«

»Gut. Vielleicht hilft das. Es ist mir arg, dass ich euren Urlaub abkürze, aber es ist ein Notfall.«

»Es ist dein Notfall«, erklärte Max. »Jillian und ich kommen am Samstag zu euch.«

»Heute ist Mittwoch, Max. Was ist, wenn sie vor Samstag in diesen Geisterpavillon geht?«

»Du musst sie davon abhalten.«

»Wie denn?«

»Wenn du es ihr nicht ausreden kannst, dann halte dich eben an ihr fest.«

»Ich weiß nicht. Vermutlich kann ich das.« Er steckte die Hände in die Taschen. »Noch ein weiterer Gefallen, Max.«

»Welchen?«

»Mein Auto ist in dem Sand auf der Straße oben stecken geblieben. Kannst du mir helfen, es freizubekommen?«

»Na klar, Bert«, sagte Max und führte ihn zu der Treppe.

Die Zweige der Weide schlugen gegen das Erkerfenster des Arbeitszimmers, und Dr. Wally wandte den Kopf vom Kühlschrank ab. Er bemerkte Max. »Ich kann Ihnen nichts Wichtiges, nichts Bedeutsames, nichts von Belang über den unglückseligen und viel zu lauten Spuk sagen, unter dem unsere Nachbarn leiden. Wenn Sie sich setzen und meditieren möchten, dann nur zu.«

Auf dem einzigen freien Stuhl stand ein elektrischer Toaster. »Nein danke«, sagte Max. Er trat um den tragbaren Geschirrspüler und einen Wäschetrockner herum. »Ihre Frau war früher einmal ein erfolgreiches Medium. Sie haben sich seinerzeit einen Turban aufgesetzt und den Garderobenraum beaufsichtigt. Und einige Tage, nachdem die Mayers in Ihr Nachbarhaus eingezogen sind, spukte es plötzlich bei ihnen.«

»Ein Zufall, ein zufälliger Synchronismus, eine harmlose Begebenheit«, meinte Wally. Er legte seine Finger auf die glatte, sandfarbene Oberfläche des Kühlschranks und schloss die Augen. »Wir haben das Geistergeschäft schon vor Jahren aufgegeben, Kearney, nachdem ich promoviert hatte. Als ich herausfand, wie man Kontakt zu Maschinen aufnehmen und sie in die alltägliche Lebensführung integrieren kann, gab es kein Bedürfnis mehr für die Anderswelt.«

Max lehnte sich gegen einen Wasserspender. »Mir fällt auf, dass Sie selbst dann mit Maschinen kommunizieren können, wenn sie nicht am Netz hängen.«

»Sie sind noch nicht bereit für dieses Konzept«, erklärte Wally. »Sie müssen sich hocharbeiten. Mein Rat an Sie, Kearney, lautet, zuerst einmal Ihren elektrischen Dosenöffner zu verstehen und sich dann vielleicht zu Ihrem Rasenmäher hochzuarbeiten.«

»Wir leben in einem Appartementhaus.«

»Es wäre bereits ein Fortschritt für Sie, würden Sie Kontakt zu Ihrer Armbanduhr herstellen oder Ihre Türklingel verstehen«, fuhr Wally fort.

»Ich möchte mich gern mit Ihrer Frau unterhalten.«

Wally schüttelte den Kopf. »Sie sind dafür noch nicht bereit. Fangen Sie mit Ihrer Armbanduhr an. Und es geht leider nicht, Charlotte befindet sich gerade in einer langen Vorbereitungsphase.« Er schloss die Augen, drehte sich in seinem Segeltuchstuhl um und stellte sich wieder ganz auf den Kühlschrank ein.

Max trat in den Flur, der voller Küchengeräte und Pappkartons stand. Zwei Türen von Dr. Wallys Arbeitszimmer entfernt zischelte ihm jemand zu. Die Tür war zum Teil von einer Nähmaschine blockiert. In dem kleinen Zimmer befand sich Charlotte Wally. »Hier herein, Blödmann.«

Max schob die Nähmaschine zur Seite und trat über einen Karton mit Mixern. »Ich wollte Ihnen einige Fragen stellen.«

»Mehr wollen Schwachköpfe wie Sie nie.« Sie trug einen dunklen, schmal geschnittenen, knöchellangen Hausmantel, und ihre Haare waren zu zwei langen Zöpfen geflochten. »Hören Sie, Trottel, ich brauche Ihre Hilfe. Das muss man sich mal vorstellen: Ich muss mich an ein Erbsenhirn um Hilfe wenden.«

»Sie sollten sich nochmal mit dieser Nähmaschine unterhalten und etwas von Ihrer Feindseligkeit loswerden«, schlug Max vor. »Sie sind verantwortlich für den Geist von King Challens, nicht wahr?«

»Mund halten und zuhören.« Mrs. Wally durchquerte den Raum. Sie ging zu einem elektrischen Backofen und zog den Bratrost heraus. »Ich muss meine Sammlung vor dem guten Doktor verstecken. Manchmal ist auch er ein Tölpel. Hier, Kokosnuss, das ist das Buch, das ich verwendet habe.«

Max nahm das magische Buch entgegen. Es war in rissiges schwarzes Leder eingeschlagen. Er las den Titel laut vor. *»Familiengeister und die vielfältigen Möglichkeiten, sie heraufzubeschwören.«*

»Ich werde Ihnen dieses Buch leihen, Dummkopf. Verlieren Sie es nicht. Es ist eine Erstausgabe und zusätzlich wertvoll wegen der Zaubersprüche darin.«

»Sie haben damit den Geist von Wendys Vater heraufbeschworen. Was ist schief gelaufen?«

»Ich habe nicht den ganzen Pavillon und all den Lärm erwartet«, räumte Charlotte Wally ein. »Mein Mann – ich hegte gegenüber diesem Spinner damals noch sentimentale Gefühle –, also mein Mann hat sein Herz daran verloren, dieses alte Haus der Mayers zu kaufen. Wir hatten den alten Onkel beinahe von einem Verkauf überzeugt, als er starb. Und kaum waren Ihre Freunde eingezogen, habe ich diesen beiden geistig Minderbemittelten einen Höflichkeitsbesuch abgestattet. Ich fand alles heraus, was ich wissen musste.« Sie lächelte flach. »Sie ist von ihrem Vater besessen, und er ist total verdreht. Ich dachte, der Geist ihres Vaters würde sie entweder zusammenbrechen lassen oder in die Flucht schlagen.«

»Ein übliches Motiv bei Geisterfällen«, bemerkte Max. »Aber all diese zusätzlichen Geister oder was immer sie sein mögen, die Big Band und der Lärm haben Ihrem Geschäft hier geschadet.«

»Ich plante es als Überraschung für den alten Schraubenfreund, meinen Ehemann. Jetzt darf ich nicht einmal zugeben, dass ich daran beteiligt bin. An diesem Punkt kommen Sie ins Spiel, Sie Rückschrittler.«

»Warum können Sie die Geister nicht selbst loswerden?«, erkundigte sich Max.

»Schlagen Sie Seite 112 auf, Schwachkopf.«

Max tat es und las die Zaubersprüche, die dort standen. »Na großartig. Die einzige Möglichkeit, den Zauberspruch umzukehren, besteht darin, die nächsten Angehörigen der besessenen Person dazu zu bringen, den Geist zu konfrontieren und einen Gegenspruch auszusprechen.«

»Nächster Angehöriger, was für ein netter altmodischer Einfall«, sagte Mrs. Wally. »Ich kenne Bert Mayer, den nächsten Angehörigen laut Definition dieses Zauberspruchs, und selbst wenn er herausfindet, was vor sich geht, wäre er nie in der Lage, den Gegenspruch auszusprechen.«

Max markierte die Stelle mit seinem Finger und sagte: »Er wird es tun müssen.«

»Für einen Trottel hatten Sie als Geisterjäger ziemliches Glück. Sie werden diesen Versager trainieren müssen.«

»Zuerst müssen Sie eine Vereinbarung unterschreiben, die Mayers nie wieder auf irgendeine Weise zu verhexen«, verlangte Max. »Ansonsten kooperiere ich nicht.«

Mrs. Wally ging zu einer Vorderladerwaschmaschine

und zog Schreibpapier und eine rasselnde Schachtel mit Stahlspitzbleistiften hervor.

Jillian kam in das Gästezimmer des Mayer'schen Hauses gelaufen. Sie blieb stehen, zögerte, holte tief Luft und sagte: »Max, es ist da draußen, und sie ist hineingegangen.«

Bert Mayer sprang aus dem Rattansessel. »In den Pavillon?«

»Ja, er ist vor einer Minute aufgetaucht, als Wendy und ich den Tisch auf der hinteren Veranda deckten«, sagte Jillian, zwei weiße gefaltete Leinenservietten noch in der Hand. »Wendy hörte es und schoss los. Ich folgte ihr, konnte sie aber nicht zurückhalten. Sie stieß mich von sich und rannte. Direkt hinein.«

Das Zauberbuch entglitt Berts Hand. »Max, ich dachte, es würde noch mindestens ein oder zwei Stunden auf sich warten lassen.«

Max saß immer noch auf der Bettkante. »Nimm das Buch und lass uns losgehen.«

»Tut mir Leid«, sagte Bert. »Welche Seite war es doch gleich? Ich hätte mir Notizen machen sollen, während du es mir erklärt hast.«

»Seite 112.« Max stand auf und ging aus dem Zimmer.

Bert holte ihn im Flur ein. »Sind Geister wirklich so scharfsinnig, Max? Würden sie es wissen, dass nicht ich es bin, wenn du hineingehst?«

»Ja.« Max und Bert marschierten durch die Vordertür, überquerten die Sonnenterrasse und stiegen die Treppe hinunter. Der Strawhouse Pavillon war deutlich zu sehen, die Band spielte *In the Mood.*

»Ich werde es vermasseln«, jammerte Bert. »Ich werde den Spruch rückwärts lesen oder so.«

»Nein, wirst du nicht«, sagte Max. »Du gehst da jetzt

hinein und holst Wendy heraus und tust, was du tun musst, um das hier zu beenden. Okay?«

»Okay.« Bert verließ das reale Gras, zögerte nur kurz auf dem Kies, dann trat er in den beleuchteten Pavillon und über die breite Holztreppe in das Gebäude hinein.

Jillian stellte sich neben Max und nahm seine Hand. »Was denkst du?«

»Sieh einfach zu«, sagte er.

Die Band beendete die Melodie, und Applaus brandete auf. Sie spielten *Sophisticated Lady*. Die Nummer war fast zu Ende, als der Strawhouse Pavillon explodierte. Es leuchtete hell auf, breitete sich aus und war plötzlich verschwunden. Die Autos, der Parkplatz, die Geräusche, die Vergangenheit. Alles war weg, und Bert und Wendy standen mitten in einer Wiese aus dunklem Gras. Der Himmel war klar, und man sah wieder die Sterne.

Bert und Wendy traten auf Max und Jillian zu. »War gar nicht schwer«, erzählte Bert. Er schüttelte den Kopf und lächelte leicht.

Wendy meinte leise: »Ich frage mich, ob mein Vater immer so war. Er schien gar nicht so, wie ich mich an ihn erinnere. Nur ein Mann mittleren Alters, der krampfhaft versucht, allen zu gefallen.« Sie winkte mit der Hand in die Richtung, in der der Pavillon gestanden hatte, ohne sich dabei umzudrehen. »Er habe all das mit seiner Willenskraft geschaffen, sagte er, und es immer wieder neu entstehen lassen. Er war der Geist, und den Rest hat er irgendwie willentlich herbeigerufen. Um mich zu beeindrucken, damit ich ihn zu seinen Glanzzeiten sehen konnte. Ich weiß nicht genau, wie er es getan hat. Er wollte nicht darüber reden, nicht über sich selbst reden. Er sagte: ›Du würdest es nicht verstehen, Wendy.‹ Das hat er immer gesagt. Warum habe ich das bloß vergessen? Er wollte mich beeindrucken. Er konnte nicht einfach allein zurückkehren, er musste gleich einen ganzen Tanzsaal mitbringen.« Sie schwieg, berührte Bert. »Du hast die Situation sehr gut im Griff gehabt, Bert.«

»War gar nicht schwer«, sagte er.

Originaltitel: The Strawhouse Pavilion
Ins Deutsche übertragen von Tatjana Kruse

7. DIE ANGENEHMEN SEITEN DES LEBENS

Esther Friesner

Esther Friesner ist ohne Zweifel die Königin der humorvollen Fantasy. Um dies zu überprüfen, brauchen Sie zum Beispiel nur ihre SCANDAL-UND-KENDAR-Serie zu lesen oder ihre Kurzgeschichtensammlungen ECCE HOMINID (1991), IT'S BEEN FUN (1991) und UP THE WALL (2000) sowie ihre Anthologien ALIEN PREGNAT BY ELVIS (1994) und CHICKS IN CHAIN MAIL (1995) und deren Nachfolgeband. Natürlich schreibt sie nicht nur humorvolle Geschichten. Aber alles, was sie schreibt, macht Spaß zu lesen. Wie zum Beispiel DRUIDENBLUT (Bastei Lübbe Taschenbuch Nr. 20390) oder GESTERN NOCH SAHEN WIR MEERJUNGFRAUEN (Bastei Lübbe Taschenbuch Nr. 20435), zwei spannende und kuriose Alternativwelt-Romane. Ich freue mich sehr, in dieser Anthologie zwei ihrer Geschichten abdrucken zu können. Hier eine etwas kürzere, sozusagen als Appetithappen vor der sehr viel längeren weiter hinten im Buch.

Willkommen auf Schloss Redlich Reckenheim. Mehr als achthundert Ritter, Hofdamen, Lakaien, Schildknappen und Speichellecker leben und arbeiten hier in Frieden und Harmonie zusammen. Und natürlich darf der entsprechende Monarch auch nicht fehlen. Manchmal allerdings ist es mit der Harmonie nicht ganz so weit her. Dann komm ich ins Spiel. Mein Name ist Britomartis. Ich bin eine Jungfrau. Ein schmutziger Job, aber irgendjemand muss ihn ja tun.

Anno Domini 839. Wir sind schon recht weit im Dunklen Zeitalter fortgeschritten. Die meisten Hofdamen zählen nur noch die Stunde, bis die Nordmänner kommen und sie mit sich schleppen. Ich knüpfte gerade an meinem Wandteppich und versuchte, mein versäumtes Pensum aufzuholen, als Helios hereinkam. Helios ist mein Partner. Und außerdem ein Einhorn.

»Wie geht's deiner jüngsten Eroberung?«, fragte ich.

»Aufgefressen. Drache.«

»Tut mir Leid.«

»Das sind noch die angenehmen Seiten des Lebens.«

Helios ist ein gutes Einhorn. Heutzutage findet man nicht mehr viele wie ihn. Ich konnte sehen, dass ihm etwas auf der Seele lag. »Spuck's schon aus!«

»Wir haben 'ne 403.«

Ich traute meinen Ohren nicht. Seit Jahren hatten wir keine 403 gehabt. Schurkenzauber.

»Kein Zweifel möglich?«

»Kannst mein Horn drauf verwetten. Hab's von 'nem Waldelben.«

»Waldelben sind Lügner.«

»Der nicht. Der Schurke, um den's geht, hat 'nen Illusionszauber gewirkt und ihn von der Hüfte abwärts in ein Jammerhörnchen verwandelt. So was Ähnliches wie 'n heruntergekommenes Eichhörnchen. Und kein schlechter Beweis für die Wahrheit seiner Worte.«

Ich legte den Knüpfrahmen zur Seite. »Lass uns der Sache auf den Grund gehen. Wir nehmen den Schwarz-Weißen.«

Ich bin stolz auf den Schwarz-Weißen. Den gibt's nicht gerade auf vielen Burgen. Den will auch nicht jede. Der Schwarz-Weiße ist ein Bär. Nicht der gewöhnliche Wald- und Wiesenbär, sondern ein ausländisches Modell, rübergeholt aus den fernen Bergen von Kathai. »Man muss mit der Zeit gehen, Britomartis«, hatte der König gemeint. »Heutzutage lohnt es sich nicht mehr, sich heimische Bären zu halten. Sie hamstern viel zu viel, und im Winter kommen sie die meiste Zeit nicht in die Gänge.«

Wir fanden den Schwarz-Weißen in seinem Stall beim Bambusknabbern. Als er mich erblickte, stand er auf und verbeugte sich. »Verlangt es Lady Britomartis nach den Diensten dieses unwürdigen Bären?« Was Stil und Ausstattung betrifft, sind diese Importe einfach unschlagbar!

»Wir haben 'ne 403.«

»Schurkenzauber«, erklärte Helios dem Bären. Apropos, sein Name ist Ch'a. Ein merkwürdiger Name, aber irgendeiner muss ihn ja haben.

Wir spannten Ch'a vor den Panda-Wagen und brachen in Richtung des Gefährlichen Waldes auf. Kaum zu glauben, dass Redlich Reckenheim mit all seiner Pracht und all seinen Intrigen kaum weiter vom Gefährlichen Wald entfernt liegt, als ein Basilisk spucken kann. Der Gefährliche Wald ist ein rauer Ort. Elben gibt's dort. Und Moos-Weiber. Außerdem geflügelte Drachen und hier und da 'nen vereinzelten Troll. Wer's nicht in die großen Heldensagen schafft, macht sich auf in den Wald. Alles gescheiterte Existenzen. Jung und verbittert. Besser, man setzt keinen Fuß in den Wald, es sei denn, man sucht Ärger. Aber Ärger ist mein Geschäft. Wie gesagt, ich bin eine Jungfrau.

Helios brachte uns ohne Umwege zu besagtem Elben. Mag sein, dass er erst kürzlich von der Hüfte abwärts in ein Jammerhörnchen verwandelt worden war; was die obere Hälfte betraf, so war er das wohl schon seit Jahren. Jämmerlich, mein ich, und zwar innerlich. Genau das ist das Problem mit diesen Waldelben. Waldkohol. Schlimmes Zeug! Seine kleinen Augen waren dermaßen blutunterlaufen, dass sie wie ein Paar Wacholderbeeren aussahen.

»Lasst mich in Ruhe«, stammelte er und wischte sich die sabbernden Lippen mit der Spitze seines buschigen grauen Schwanzes ab.

»Werd wieder nüchtern, Spitzohr!« Helios kann ganz schön hart sein. Hart, aber gerecht. »Wir wollen dir schließlich nur helfen.«

»Ups! Schlossvolk! Wann habt ihr uns Elben je geholfen, hä? Kaum lässt sich mal jemand von uns in euern vier Wänden blicken, schon ruft ihr den Stermi ... Ermi ... den Kammerjäger ...« Er rülpste laut und begann ein drolliges Liedchen zu trällern. Drollig und obszön.

»Das Einzige, was ihr im Schloss wollt, ist doch den Weibern unter die Röcke schauen«, erwiderte Helios. »Schluss jetzt, oder willst du, dass deine Weichteile Bekanntschaft mit meinem Horn machen? Du wirst mit uns zusammenarbeiten! Das hier ist Jungfrau Britomartis. Erzähl ihr, was du mir erzählt hast.«

»Jungfrau?« Der Elbe musterte mich mit kritischem Blick.

»So steht's auf meiner Visitenkarte.«

»Wenn du 'ne Jungfrau bist, bin ich ein ...«

»Pass auf, was du sagst!«, warnte Helios und drohte ihm mit einem Tritt seiner scharfen Hufe.

»Pah! Wie tapfer ihr doch seid, was? Zumindest wenn's drum geht, auf einem vom Kleinen Volk rumzutrampeln. Aber wart's nur ab, Hornkopf, bis ihr diesem Zauberer begegnet! Der wird dich innen ›Einhorn auf Gemüsebett‹ verwandeln und zum Mittagessen verspeisen.«

»Welcher Zauberer?«, fragte ich.

»›Welcher Zauberer?‹, fragt sie! Ist das hier vielleicht kein Illusionszauber?« Er blickte verächtlich an sich hinab. »Nö, klar doch, ich bin schon immer durch diesen beschissenen Wald gerannt und hab nach Eicheln gesucht! ›Welcher Zauberer?‹ Hah!« Kein Zweifel: Der Elbe war bis oben hin abgefüllt. Und abgefüllte Elben sind kein schöner Anblick.

»Nur die Fakten, Elbe!«

»Oha, ein toughes Frauchen! Okay, du glaubst, du bist hart. Dann geh diesen Pfad da runter, bieg nach links zur Quelle der Verlorenen Seelen ab, um den Sumpf der Gehenkten herum, vorbei an zwei Grabhügeln zu deiner Rechten, und wenn der Drache dich verschlungen hat, dann biste da!«

Eine echt erstklassige Nachbarschaft war das!

»Und hat dieser Zauberer auch einen Namen?«

»Ach, lass mich doch in Ruhe. Alte Gewitterziege.« Wie gesagt, abgefüllte Elben sind nicht eben ausgeprägte Charmebolzen.

Der Schwarz-Weiße brachte uns im Nu zum Ziel. Als wir den Sumpf erreichten, musste ich ihn allerdings vom Wagen abspannen. Das Gelände war zu morastig für Räder. Nun, niemand hatte behauptet, dass es ein leichter Job werden würde. Außerdem war da noch der Drache. Er bewachte das Lager des Zauberers. Er war groß, aber in diesem Königreich lernt man schnell, dass Größe nicht unbedingt eine große Rolle spielt. Als er uns erblickte, stieß er ein fürchterliches Brüllen aus. Helios beeindruckte das gar nicht.

»Komm nur, du Wurm«, sagte er. »Make my day!« Der Drache griff an. Helios tötete ihn. Der Leib der Bestie verursachte ein mittleres Erdbeben, als er auf dem Boden aufschlug. Der Zauberer kam aus seiner Behausung, um nachzusehen, was los war.

»Was habt ihr mit Gewitterziege gemacht?« Kein Zweifel: Wir hatten es mit ’nem ausgesprochen wütenden Zauberer zu tun.

»Wer sich nicht schickt, kriegt was auf die Mütze! Das sind die angenehmen Seiten des Lebens«, erklärte ich. »Wir sind hier, um 'ner Beschwerde nachzugehen. Du hast einen Illusionszauber gewirkt und einen Elben in ein Jammerhörnchen verwandelt.«

»In ein halbes Jammerhörnchen.«

»Du gibst es also zu. Was soll das Ganze?«

Der Zauberer kraulte sich den Bart. Mir gefiel gar nicht, wie er mich ansah. »Wer will das wissen?«

»Der König vielleicht, falls er mit dem Bericht, den ich ihm erstatte, nicht zufrieden ist. Elben in Jammerhörnchen zu verwandeln ist ein Schwerverbrechen. Verwandel ihn zurück, und wir können die Sache möglicherweise außerhalb des königlichen Gerichtshofs klären. Macht's nicht unnötig kompliziert!«

»Ein halbes Schwerverbrechen.«

»Ein richtiger Klugscheißer.« Helios' spöttisches Lächeln ist nicht schlecht – für ein Einhorn. Er senkte sein Horn auf die Brust des Zauberers. »Okay, Schlauberger. Das Ding hier ist 'n 44er Zauber-Einhorn, das mächtigste Stück *mana,* das die Zauberzunft kennt. Leider kann ich mich nicht genau daran erinnern, ob ich bereits 44 der Annihilations-Zauber darin verbraucht habe oder erst 43. Wenn du Jungfrau Britomartis' Fragen also nicht ganz höflich beantwortest, könnte es sein, dass du dich sehr schnell fragst: ›Ist das heute wirklich mein *Glücks*tag?‹«

»Du machst mir keine Angst«, sagte der Zauberer. Und verschwand.

»Wo ist er hin?« Helios war verblüfft.

»Gestattet mir, untertänigst darauf hinzuweisen, dass uns ein zweiter Drachen mit seiner Anwesenheit beehrt hat«, sagte Ch'a.

Diesmal war es ein Feuerspeier. Und diesmal war es Helios, der an diesem Tag kein Glück hatte.

Der Drache packte mich. Ch'a versteckte sich. Helios verkohlte. Er war ein gutes Einhorn gewesen. Es tat mir Leid, ihn von uns gehen zu sehen. Aber im Augenblick hatte ich ganz andere Sorgen.

»Der Elbe war nur Kleinvieh, Sugar-Baby«, sagte der Drache. »Ich werde die Herrschaft in diesem Königreich übernehmen.«

»Ein närrisches Unterfangen, und das weißt du, Zauberer. Gib auf, und der König wird gnädig sein.«

»Der König wird *tot* sein! Wie das ganze Königreich, wenn es sich mir nicht ergibt.«

»Große Worte! Ihr Verwandlungs-Zauberer glaubt, nur weil ihr mit euren Taschenspielertricks ein paar Tölpel überrumpeln könnt, könntet ihr gleich ein ganzes Königreich besiegen. Ich habe solche wie Euch kommen und gehen sehen. Meistens gehen. Und glaub mir, es war kein schöner Anblick.«

Der Drache lachte. Okay, er war groß. Groß und golden, aber er hatte noch immer die stechenden Augen des Zauberers. Und die mochte ich nicht. »Kein schöner Anblick, meinst du? Dann sei froh, meine Liebe, dass du nicht mehr da sein wirst, um es zu sehen! Sprich dein letztes Gebet, Jungfrau, denn du wirst die Erste sein, die das Zeitliche segnet!«

»Kein Gebet. Ich würde allerdings noch gerne meinem Bären Lebewohl sagen.«

»Bär? Welcher Bär?«

Ch'a tauchte, am ganzen Leibe zitternd, aus den Büschen auf. »Falls es dem majestätischen Drachenkönig nicht zu große Umstände bereitet, wäre dieser unwürdige Bär äußerst dankbar für die Gelegenheit, sich von seiner geliebten Lady Britomartis zu verabschieden.«

»Ein rührender letzter Wunsch. Er sei gewährt.« Der

Drachenzauberer setzte mich ab, hielt mich aber mit einer Tatze am Saum meines Kleides fest.

»Mach's gut, Ch'a«, sagte ich. »Manchmal macht einen der Job einfach fertig! Aber alles hat seine guten und schlechten Seiten.«

»Dieser unwürdige Bär ist betrübter, als Worte es auszudrücken vermögen«, erwiderte Ch'a. Er weinte.

»Weine nicht«, sagte ich. »Du wirst anderen Jungfrauen dienen. Du warst ein guter Partner. Geh zurück zum Schloss.« Er drehte sich um, um loszuziehen. »Hey!« Er blieb stehen. Ich gab ihm einen Abschiedskuss, der ihm für die Zukunft Glück bringen sollte. »Pass auf dich auf, da draußen!«

Der schwarz-weiße Pelz löste sich in meiner Hand auf. Ein hünenhafter Mann stand vor mir, in absolut unregulärer Rüstung (eine schwarz-weiß gemusterte Lackarbeit). Er zückte ein Schwert und sprang den Drachenzauberer an. Der Drachenzauberer lachte. Dann verlor er den Kopf (wörtlich gemeint). Tja, das sind die angenehmen Seiten des Lebens.

Ich erstattete dem König Bericht. Die Dinge im Wald nahmen wieder ihren gewohnten Gang. Man hob den Illusionszauber, der auf dem Jammerhörnchen-Elben lag, wieder auf und ließ ihn desillusioniert zurück (aber wer ist das heutzutage nicht?). Wir würden ein neues Einhorn brauchen, vielleicht auch 'nen neuen Bären, um den Wagen zu ziehen. Ch'a stellte sich uns vor. Er war ein Krieger von einer Insel vor Kathai, der von einem jener großspurigen fernöstlichen Zaubermeister (Schwarzer Gurt und was weiß ich für einen Dan) in einen Bären verwandelt worden war. Mit meinem Kuss hatte ich den Bann gelöst.

»Gute Arbeit, Britomartis.«

»Hab nur meinen Job erledigt, Sire.«

Und Ch'a geheiratet. Man kann nicht ewig 'ne Jungfrau bleiben. Man kann's zwar versuchen, aber irgendwie ist's ein närrisches Unterfangen.

Es gibt acht Millionen Geschichten aus dem Gefährlichen Wald. Dies war eine davon.

Originaltitel: Dragonet
Ins Deutsche übertragen von Stefan Bauer

8. Der Diplodokus

Porter Emerson Browne

Wenn sich mir die Gelegenheit bietet, veröffentliche ich gern weniger bekannte Geschichten neu, vor allem dann, wenn sie zeigen, dass humorvolle Fantasy schon seit langem existiert und keine Erfindung unserer Tage ist. Einen Hinweis auf die folgende Geschichte fand ich in Everett Bleilers unglaublichem Buch SCIENCE FICTION: THE EARLY YEARS. Mein besonderer Dank gilt Denny Lien, Bibliothekar an der University of Minnesota, der die Geschichte in den lange vergessenen Seiten des NEW BROADWAY MAGAZINE aus dem Jahr 1908 für mich aufspürte. Mir gefiel der moderne Stil der Geschichte und dass sie genauso amüsant zu lesen war, wie ich es erwartet hatte. Porter Browne (1879-1934) war zu seiner Zeit als Humorist in Amerika sehr beliebt. Am bekanntesten waren seine Theaterstücke, insbesondere A FOOL THERE WAS (1909).

Er sah von seiner Zeitung auf.

»Dieser Burbank ist ein echtes Wunder, stimmt's?«

Ich nickte.

»Über kurz oder lang wird er vermutlich Mais mit Bohnen kreuzen und Eintopf züchten«, mutmaßte er. »Und dann bearbeitet er die Apfelbäume so, dass sie Kartoffeln tragen und man sich die Mühe ersparen kann, diese erst ausgraben zu müssen.«

»Würde mich nicht überraschen«, stimmte ich zu. »Es ist fast unglaublich, mit welchen Wundern die Wissenschaft Tag für Tag aufwartet.«

Er nickte gewichtig zu meinem abgedroschenen Spruch.

»Genau. Aber eben diese Wissenschaft produziert auch einige Wunder, von denen wir nie etwas erfahren«, fuhr er fort. »Nehmen Sie beispielsweise meinen Freund Vertigo Smith.«

» Vertigo Smith?«, erkundigte ich mich interessiert.

»Sie haben nie von ihm gehört?«, erwiderte mein Gegenüber. Ich merkte deutlich, dass es eine rhetorische Frage war.

»Nein«, antwortete ich trotzdem.

»Da sind Sie nicht der Einzige«, stellte er fest. »Eine Menge Leute haben nie von ihm gehört und werden es auch nie. Aber auf seine Weise hat er diesen Burbank meilenweit hinter sich gelassen. Ich kann Ihnen von ihm erzählen, wenn Sie Zeit haben«, schlug er vor.

Ich hatte Zeit. Jede Menge Zeit. Was ich ihm auch sagte. Daraufhin nahm er einen kräftigen Schluck aus dem Glas, das neben seinem Ellbogen stand, und wischte sich mit dem Handrücken die Tropfen vom Schnauzbart.

»Damals, anno 1899, zog ich auf der Suche nach Gold als Schürfer durch Kalifornien. Anfangs brachte mir das nichts weiter ein als schmerzende Füße. Das Schicksal hatte mir zweifelsohne die schlechtesten Karten in die Hand gegeben, und am Schluss stand ich mit einem einzigen kleinen Packesel da, dazu eine Schaufel und die Kleider, die ich am Leib trug. Ich behielt besagte Schaufel und Kleidung nur, weil ich sie nicht verkaufen konnte, und besagten Esel, weil ich ihn nicht herzugeben vermochte.

Tja, eines Nachmittags marschiere ich durch die Gegend, in meinem Herzen nichts als Verzweiflung und noch weniger in meinem Magen, und ich frage mich gerade, wie viel Fleisch wohl an dem Esel ist und ob ich den Zahnarzt bezahlen kann, falls ich mir an dem Tier die Zähne ausbeiße, als sich plötzlich hinter einer Wegbiegung ein herrlich grünes Tal vor mir ausbreitet, voll der üppigsten Vegetation, die je eines Menschen Auge sah.

Mitten in diesem Tal steht ein Wohnhaus, umgeben von der erstaunlichsten Ansammlung von Schuppen und Ställen, auf die je das Licht einer Lampe fiel. Es gibt hohe und niedrige Schuppen, ein paar lange und einige kurze. Stellen Sie sich eine *Buff-Cochin*-Henne vor, umgeben von einem zusammengewürfelten Haufen der hässlichsten Küken, die es je gab, und Sie wissen, wie das alles wirkte.

Aber ich will nicht allzu kritisch sein. ›Wo es Leben gibt, da gibt es auch Bohnen‹, sage ich zu mir selbst. ›Und wenn jemand den wunderbaren Anblick der Natur unbedingt verschandeln muss, indem er eine Unmenge Billighütten darin verteilt, dann geht mich das absolut nichts an, solange ich nur eine milde Gabe bekomme. Auf geht's, Gehenna‹, sage ich zu dem Esel, und wir machen uns daran, in besagtes grünes Tal zu ziehen.

Als wir den Hügel zur Hälfte abgestiegen sind, biegt der Weg um eine weitere Kurve, und als wir um diese Kurve kommen, bleibe ich wie angewurzelt stehen, während der Esel dem noch eins draufsetzt: Er macht einen Salto rückwärts und kauert dann reglos auf der Schaufel, viel zu ängstlich, um auch nur zu blinzeln.

Ein einziger Blick genügt mir. Ich schrecke zurück und versuche, meine Gehirnwindungen zum Winden zu bringen.

›Ich habe ja schon gehört, dass Hunger zu Halluzinationen führt‹, denke ich so bei mir, ›aber doch nicht bei einem Esel. Folglich sieht er diese Täuschungen wohl genauso wie ich.‹

Dieser Gedanke verleiht mir Hoffnung und genug Mut, um noch einen Blick zu riskieren. Was ich auch tue.

Vor mir tummelt sich überall im Tal die grässlichste Ansammlung von Fauna, wie man sie in einem Irrenhause nicht bunter finden könnte. Es handelt sich ganz zweifelsfrei um einen recht psychopathischen Haufen: vierbeinige Kreaturen mit Flügeln und zweibeinige ohne Flügel und Vögel mit Fell und Fische mit Beinen – Grundgütiger! Es reichte aus, um einen Menschen dazu zu bringen, sich so viele blaue Abstinenzlerabzeichen anzuheften, bis er die Hand vor Augen nicht mehr sieht, und sich dann dauerhaft im Keller des Hauptquartiers der *Christlichen Abstinenzlerinnenliga* niederzulassen.

Mir quellen die Augen so weit vor, dass man sie mit einem Stock wegschlagen könnte. Ich sehe zu, wie die Prozession aus meinem Blickfeld verschwindet. Dann wende ich mich dem Esel zu. Er sitzt da, mit geistesabwesendem Blick, und spricht mit sich selbst.

›Komm schon, Gehenna‹, sage ich und stoße ihn sanft mit meinen Stiefelspitzen an. ›Begeben wir uns zu dem Haus und beenden wir diese Orgie des Hungers. Wenn wir heute schon solche Sachen zu sehen glauben, dann werden wir morgen sicherlich einen Selbstmordpakt schließen und uns gegenseitig Schlammschildkröten aus den Haaren pulen.‹

Der arme Gehenna setzt alles daran, wieder auf die Beine zu kommen, und wir geben schon ein recht zittriges Paar ab, wie wir uns da auf besagtes Wohnhaus aus Edison-Beton zubewegen, das aussieht, als sei es in einer Eiscremeform geformt und ausgegossen worden, bevor es richtig abkühlen konnte.

Als wir uns der Kolonie jener unreifen Bauten nähern, die ich zuvor erwähnt habe, bemerke ich, dass jedes Kabuff und jede Hütte anders aussieht. Einige haben Gitter, andere nicht. Einige stehen leer, andere sind voll. Aber ich halte den Blick fest nach vorn gerichtet; ich will kein Risiko eingehen. Wenn jemand wochenlang auf der Bettkante gesessen und seine Stiefel nach einer blauen Qualle mit rosa Flügeln und Zylinder geworfen hat, dann weiß er aus Erfahrung, dass Neugier ein Fluch ist, und er richtet seine Aufmerksamkeit nicht auf zoologische Exotika, außer sie stellen ihm ein Bein. Aber der Esel, dem die mir eigenen wertvollen Einsichten versagt blieben, fängt sofort an, wie ein Landei in einem städtischen Besichtigungsbus zu äugen und ist schließlich von entsetzlichen Ängsten derart gepackt, dass seine Beine ihm den Dienst versagen und ich ihn den Rest des Weges tragen muss. Und als wir um die Ecke biegen, sehen wir vor der Tür des Wohnhauses einen alten Mann, der gerade einem riesigen Wels beibringt, sich aufzurichten und um Futter zu betteln.

Nachdem ich meine bereits hervorquellenden Augen auf dieses neuerliche Spektakel eingestimmt habe, frage ich mich allmählich, ob denn wenigstens Gehenna real ist. Also trete ich ihn, und als er mich zurücktritt und mich das schmerzt, freut mich das auf eine Weise, die ich nicht mit Worten auszudrücken vermag.

Also lächele ich den alten Mann mit tiefem Mitgefühl und echter Kameradschaft an.

›So ist es richtig‹, sage ich ermutigend. ›Nur zu. Wenn sie so schlimm wie der sind, hat es überhaupt keinen Sinn, sie umzubringen. Also kann man sich auch hinsetzen und seinen Spaß mit ihnen haben, und irgendwann gehen sie dann von allein weg.‹

›Was ist denn mit Ihnen los?‹, fragt der alte Mann irgendwie übellaunig.

›Keine Ahnung‹, erwidere ich, ›es kann an meinem Magen liegen oder an meinen Kopfschmerzen. Ich weiß nur eines: Ich habe schon so lange nichts mehr gegessen, dass ich mich nicht einmal mehr an den Geruch von Zwiebeln erinnern kann.‹

»Platz, Lucy‹, sagt der alte Mann zu dem Wels, und Letzterer lässt sich gemächlich nieder, mit dem Kopf zwischen den Vorderpfoten. Der Alte erhebt sich. ›Kommen Sie ins Haus‹, lädt er mich ein, ›ich will sehen, ob ich einen Imbiss für Sie habe.‹

Ich nehme Gehenna mit, um Gesellschaft zu haben, und folge dem Alten ins Haus.

Der Alte beobachtet mich nachdenklich, während ich in meine eingefallene Gestalt Schweinefleisch und Bohnen und Kekse im Wert von vier Dollar schaufele.

›Ich hoffe, meine Haustiere jagen Ihnen keine Angst ein‹, sagt er schließlich entschuldigend und fährt sich mit den Fingern durch seinen Backenbart.

»Oh, keineswegs‹, erkläre ich höflich. ›Ich nannte sie selbst schon mehrmals mein Eigen. Sie sind unangenehm, aber nicht notwendigerweise gefährlich. Und wenn Sie allmählich damit aufhören, sagen wir, einen halben Liter zu Anfang, und dann langsam immer abstinenter werden, so werden Sie sie überraschend schnell gänzlich los.‹

Er wischt meine gut gemeinten Vorschläge mit einer ungeduldigen Handbewegung beiseite, beugt sich nach unten und hebt eine lange blaue Schlange mit grünen Flügeln und sechs Beinen vom Boden.

›Sehen Sie das?‹, fragt er.

›Ja‹, sage ich. ›Und ich will gern zugeben, dass ich zum ersten Mal erlebe, dass ein Delirium ansteckend ist.‹

›Fassen Sie sie mal an‹, fordert er mich auf. ›Sie wird Ihnen nichts tun.‹

Ich grinse.

›Weiß ich doch‹, sage ich, ›und ich kenne auch den Grund dafür. Sie existiert nämlich gar nicht. Ich habe drei Paar Schuhe durchgelaufen und meine Schulter bei zwei Gelegenheiten ausgerenkt, bevor ich diese schlichte Tatsache begriff.‹

›Versuchen Sie es.‹ Er hält mir die Schlange hin.

›Aber gern. Wenn ich Ihnen damit einen Gefallen tue.‹

Ich strecke meine Hand aus, voller Zuversicht, dass sie durch die Schlange hindurchgehen und auf der Tischplatte landen wird. Aber das tut sie nicht. Woraufhin ich einen Schrei von mir gebe, der Gehenna hinter den Ofen treibt. Dann falle ich schwer auf meinen Stuhl zurück.

›Immer mit der Ruhe‹, sagt der alte Mann. ›Sie stellt keine Gefahr dar.‹

›Ach nein?‹, rufe ich, ein klitzekleines bisschen verdrießlich, wie ich zugeben will. ›Das weiß ich wohl. Aber ich wehre mich gegen die übermäßige Inanspruchnahme meiner Leichtgläubigkeit.‹ Ich trete drei Schritte zurück, um gegebenenfalls einen raschen Abgang zu schaffen.

›Setzen Sie sich, und essen Sie ein Stück Pflaumenkuchen‹, sagt er.

An diesem Punkt in meinem Leben hätte ich mich für ein Stück Kuchen, Pflaumen oder sonstiges, auch gern inmitten von Greifen oder Monstern gesetzt und mich über diese gute Gelegenheit auch noch gefreut. Also tue ich es. Und der Alte schneidet mir ein Stück von dem erwähnten saftigen Backwerk ab und setzt sich dann mir gegenüber.

›Ich bin‹, verkündet er schließlich, während er die Schlange zur Seite legt und aus seiner Westentasche ein Wesen zieht, das einer Pockenmikrobe in millionenfacher Vergrößerung ähnelt, ›Vertigo Smith.‹

›Das verwundert mich nicht‹, erwidere ich. ›Wurde Ihnen der Namen verliehen oder haben Sie ihn sich selbst ausgesucht?‹

›Meine Eltern haben ihn mir gegeben‹, klärt er mich auf. ›Sie haben es gut gemeint, waren aber traurigerweise ungebildet. Sie entdeckten den Namen in einem Almanach und fanden, er klänge gut, also haben sie ihn mir gegeben.‹

Dann fährt er fort: ›Ich bin ein zweiter Burbank. Genauer

gesagt, macht es Burbank *mir* nach. Denn er gibt sich mit gefühl- und leblosen Wesen wie Blumen und Bäumen und Früchten und Klafterholz und ähnlich sinnlosen und verachtenswerten Unnützlichkeiten ab, während ich meine endlose Energie und mein grenzenloses Genie dem Tierreich widme.‹ Er winkt mit der Hand munter in Richtung Schlange und Pockenmikrobe. ›Die beiden gehören zu meinen Experimenten.‹ Sanft tätschelt er die Mikrobe. ›Sie hier entstand, als ich das Lebensblut eines Skorpions mit dem einer Kakerlake mischte und die Mischung anschließend mit einer Tarantel kombinierte. Ich erwarte im Laufe der Zeit, diesem entzückenden kleinen Wesen die Instinkte und das Fleisch eines Faultiers und zu guter Letzt meines gezüchteten Nashorns zu geben, und dazu noch eine Prise Löwe, Tiger, Leopard, Grizzlybär, Klapperschlange, Eidechse und Panther.‹

›Wenn Sie fertig sind, werden Sie ein entzückendes Haustier haben‹, konstatiere ich. ›Man könnte damit den Schoßhund ersetzen.‹

Er ignoriert meine unangemessene Schalkhaftigkeit.

›Es wird ein großartiger Beitrag zur Zoologie‹, versichert er.

›Und es wird die Anthropologie aus dem Blickfeld rücken.‹

›Darüber hinaus wird es einen guten Wachhund abgeben‹, fügt er noch hinzu.

›Zweifelsohne‹, gebe ich ihm Recht. ›Jeder Einbrecher wird Hasso oder Ajax umgehend Platz zwei zuweisen. Ungelogen.‹

›Bei einem weiteren interessanten Experiment von mir habe ich eine Katze mit einer Maus gekreuzt‹, erzählt er weiter. ›Das war allerdings kein wirklich überzeugender Erfolg, denn als das daraus resultierende Tier alt genug wurde, um zu merken, was es war, hat es sich selbst zu Tode gejagt.‹

Er fährt fort: ›Ich habe auch das Blut eines Pferdes und eines Straußes vermischt und somit ein Maximum an Geschwindigkeit mit einem Minimum an Gewicht erzielt. Dabei stellte ich fest, dass man mit den Federn, die dieses Pferd trug, seinen Unterhalt bestreiten konnte, womit ich Edisons neu erfundene Batterie, die seit meiner Jugend auf den Markt gekommen ist, überzeugend geschlagen habe.

Außerdem habe ich durch die Vermengung von Gordonsetter, Kuh und Giraffe ein Wesen geschaffen, das gutmütig und intelligent ist, Milch gibt und einfache Besorgungen erledigt, beispielsweise die Handschuhe apportiert oder die Tür schließt. Und das in der Kirschernte von doppeltem Nutzen ist.‹

›Wenn Sie noch eine Henne und einen Schneebesen in diese Kombination einbauen könnten‹, schlage ich hilfreich vor, denn mittlerweile haben mich seine Ideen mächtig inspiriert, ›und eine Flasche guten Four X um den Hals des Tieres hängen, dann müssten sie nur noch pfeifen und schon würde es Ihnen jederzeit einen Eierflip bringen, sobald Sie der Durst überkommt!‹

Er ignoriert mich. ›Momentan interessiere ich mich sehr für Parasiten. Ein Parasit ist gewissermaßen ein zoologisches Gegengift. Für Mäuse sind Katzen Parasiten. Und für Katzen sind Hunde Parasiten.‹

›Ich verstehe!‹, rufe ich aus. ›So wie Betrunkene Parasiten für Whisky sind und Panik ein Parasit für Geld.‹

›Jetzt haben Sie es begriffen‹, lobt er mich. ›Nur, dass Sie sich auf die Tierwelt beschränken sollten. Nehmen Sie beispielsweise den Moskito. Angenommen, Sie leben in New Jersey oder in Pelham Manor oder in einem anderen von Moskitos heimgesuchten Staat. Jedes Mal, wenn Sie nach vier Uhr nachmittags einen Spaziergang machen wollen, sind Sie so damit beschäftigt, gegen Ihre Beine und Ihren

Hals zu schlagen, dass Sie über nichts als Profanitäten reden können. Stellen Sie sich nur einmal vor, was für eine wunderbare, nicht mit Geld aufzuwiegende Erleichterung es wäre, wenn Sie beispielsweise ein halbes Dutzend Moskitoparasiten besäßen, die Sie sich an den Stuhl hängen oder an die Schnürsenkel Ihrer Schuhe und die allen Moskitos, die sich heranwagen, den Garaus machen! Und wenn dann die Schlafenszeit naht, könnten Sie die Moskitoparasiten neben Ihren Kopf auf das Kissen legen, wo sie jede verdammte Stygomia erledigen, die versucht, ein Blutgefäß anzuzapfen.‹

›Hervorragend!‹, rufe ich. ›Umwerfend!‹

›Ja, das denke ich auch‹, stimmt er mir selbstgefällig zu. ›Wir können sie für 25 Cent pro Stück verkaufen. Im Sommer ernähren sie sich selbst und im Winter halten Sie zwischen der Sommerkleidung Winterschlaf, gebieten den Motten Einhalt und leben von kleinen Mengen Kampfer.‹

›Klingt gut‹, lobe ich. ›Wirklich gut!‹

›Und es *ist* auch gut‹, erklärt er. ›Doch mit den großen Tieren ist mehr Geld zu machen. Und das größte Tier von allen ist der Diplodokus.‹

›Der was?‹, frage ich.

›Der Diplodokus. Ein Reptil‹, erklärt er. ›Oder auch ein Säugetier. Oder ein Fisch oder ein Vogel oder etwas in der Art. Ich weiß nicht, was es ist. Aber ich werde es herausfinden, und wenn es das Letzte ist, was ich tue. Andrew Carnegie kaufte vor kurzem das Skelett von einem solchen Tier für zwanzig- oder fünfzigtausend Dollar oder so. Und wenn das Skelett schon derart viel wert ist, dann müsste das fertige Tier eine Million wert sein. Folglich‹, erklärte er eindrucksvoll, ›werde ich eine Herde davon für den Binnen- und den Außenhandel züchten. Ich denke mir, wenn sie sich ordentlich fortpflanzen, habe ich ein jährliches

Einkommen von mindestens zwanzig oder dreißig Millionen. Ich werde anfangs langsam und im Geheimen arbeiten, und ausgestopfte Exemplare an Naturkundemuseen verkaufen. Dann vergrößere ich mich, nehme auch noch Zoologische Gärten und Zirkusse hinzu. Und wenn die alle versorgt sind, kann ich sie als Haustiere verkaufen. Man könnte mit ihnen ganze Häuser versetzen oder Kanalboote ziehen.‹

Tja, um eine lange Geschichte kurz zu machen, der alte Herr fraß einen Narren an mir. Und ich an ihm. Als er mir daher anbot, ihm bei den Musterexemplaren zu helfen, nahm ich an und ließ mich in seiner hingegossenen Villa nieder. Und obwohl ich zuerst nervös war, dauerte es nicht lange, bevor ich mich daran gewöhnt hatte und es mir nicht mehr ausmachte, als wenn ich schon immer in einer geschlossenen Anstalt gelebt hätte. Gehenna hatte ebenfalls viel Spaß: Er spielte mit den Straußenpferden und den Kängeruhhähnen.

Es gab dort viele Tiere, die ich noch nie gesehen hatte. Vertigo Smith hielt sie in einem riesigen Pferch, auf der anderen Seite des Berges. Er besaß einige Elefanten, die er in Mastodonten und in Mammuts und andere Ungetüme verwandelte. Und ein zweibeiniges Nashorn, das so groß war, dass es von hier bis zum Horizont reichte.

Mit einigen dieser merkwürdigen Tiere fingen wir unseren Diplodokus an. Wir hatten einen Zweifüßer, der aus einem Pinguin entstand, den wir in ein Nilpferd verwandelten, das ein wirklicher Prachtkerl war. Eine andere Kreatur entwickelte sich aus einer Kreuzung von Känguru, Wal und Emu. So ging es endlos weiter. Durch mühsame, beharrliche, gewissenhafte Anstrengung erzielten wir erste Ergebnisse, und nach einigen Jahren besaßen wir eines Tages etwas, das dem gewünschten Geschöpf recht ähnlich sah.

Als es eines Tages groß genug war, um sich selbst im Gleichgewicht zu halten, indem es Kopf und Schwanz auf den Boden legte, stellten wir uns vor ihm auf und betrachteten es.

›Irgendetwas stimmt da nicht‹, äußerte der alte Smith kummervoll. ›Sieht mir mehr nach einem Spucknapf aus als nach einem Diplodokus. Hast du eine Ahnung, was da nicht stimmt?‹

›Da bin ich überfragt‹, erwiderte ich. ›Sieht aus, als ob es seinen letzten Freund verloren hätte und dieser Freund ihm obendrein noch Geld schuldig war. Ich glaube, es hätte nicht genug Energie, um dich zu beißen, selbst wenn du ihm einen Finger ins Maul stecken würdest und Grimassen schnittest.‹

Der alte Smith schlug sich mit der Hand so fest aufs Knie, dass er sich beinahe die Kniescheibe zertrümmert hätte.

›Du hast es erfasst‹, rief er. ›Es ist zu weichlich und gutmütig und sieht viel zu unterwürfig aus. All die Tiere, die wir hineingezüchtet haben, waren brave und einfältige Wesen, wie die Kühe und das Nilpferd und die anderen. Wir müssen ihm etwas mehr Schwung einpfropfen – etwas Vitalität und Schneid, verdammt nocheins. Wir hätten ein Nashorn und den bösartigen Elefantenbullen hineinzüchten sollen. Das hätte ihm Mumm gegeben und es zu einem Diplodokus gemacht. Zu einem richtigen Diplodokus!‹

›Haargenau!‹, stimmte ich zu. ›Wir flößen ihm das notwendige Blut und die richtige Gesinnung ein. Dieses derzeit noch enttäuschende Exemplar wird uns jedoch dazu verhelfen, die Statur zu erhöhen.‹

Tja, genau das haben wir dann auch getan. Wir nahmen den alten einzelgängerischen Elefantenbullen, der so bösartig war, dass wir ihn mit einem Kran und Dynamit in

Schach halten mussten. Dazu das Nashorn, das als geborener Menschenfeind jederzeit kampfbereit war. Wir arbeiteten uns auf diese Weise durch den Stammbaum unseres Diplodokus und veredelten ihn in angemessenen Intervallen.

Sie können sich vorstellen, wie erregt sich das Warten für uns gestaltete. Unser erster richtiger Diplodokus war nicht von schlechten Eltern. Wir mussten eine spezielle Scheune für ihn errichten, die so groß war wie das Zelt von einem Zirkus mit drei Arenen. Man brauchte zehn Minuten, um die Scheune zu umkreisen, und die längste Leiter am Ort war nicht groß genug, um bis zum Dachfirst zu reichen. Sie können sich also vorstellen, dass unser zweiter Diplodokus ein ordentlicher Kerl war. Der alte Smith hatte sich ausgerechnet, dass er ihn nur für eine Million und keinen Cent weniger weggeben würde; und auch erst, sobald eine große Familie an Nachkommen durch das Tal streifte.

Nun, er sollte Recht behalten. Dieser zweite Diplodokus entsprach unseren kühnsten Hoffnungen – ja, er übertraf sie sogar noch. Er war so groß, dass sein Skelett dasjenige, das Carnegie gekauft hatte, wie das Röntgenbild eines billigen Schnittmusters aussehen ließ. Das Tier überragte seine Mutter wie das Singer Gebäude über die U-Bahn ragt.

Zu sagen, dass Vertigo und ich erfreut waren, wäre eine Untertreibung. Wir schwelgten in Verzückung. Ekstatische Freude troff aus jeder Pore unseres Körpers, und den ganzen Morgen über hielten wir uns an der Hand und tanzten um unseren neuen Diplodokus herum. Es war, als spielte man Mariechen-saß-auf-einem-Stein in einem Kaufhaus.

Tag für Tag sahen wir zu, wie unser Geschöpf wuchs und größer wurde, sowohl körperlich wie auch geistig. In der Regel reifen so große Tiere nur langsam. Aber unseres brach den Geschwindigkeitsrekord. In weniger als einer Woche konnte es allein stehen. Nach drei Monaten wurde es abgestillt. Und danach hielt es mich und Vertigo Smith vierzehn Stunden täglich damit beschäftigt, genug Futter herbeizuschaffen, damit die beiden Diplodoken nicht verhungerten.

Ich kann Ihnen sagen, das war schon eine harte Aufgabe, die beiden Exoten zu füttern. In ihrer Ahnenreihe steckte irgendwo ein Hund, und von ihm besaß der Neuankömmling die Angewohnheit, mit dem Schwanz zu wedeln, wofür das Muttertier zu kümmerlich war. So schlug Rover (so nannten wir den Neuen) eines Nachmittags einen Teil des Hauses ein, um seine Dankbarkeit für zwei Heuballen zu zeigen, die wir ihm serviert hatten. Ein anderes Mal fällte er drei gigantische Redwoodbäume und einen Orangenbaum. Einige der Orangen fanden wir später vier Meilen talwärts.

Tja, ungefähr sechs Monate lang lief alles bestens. Vertigo und ich waren überglücklich, und Rover erblühte. Unseren Horizont verdunkelte keine einzige Wolke. Wir suhlten uns in dem warmen Sonnenschein süßer Zufriedenheit und hätten weder mit dem Zar aller Russen noch mit den Russen selbst getauscht.

So ist es immer, wie ich bemerkt habe. Kurz bevor dich etwas dort trifft, wo es am meisten schmerzt, scheint immer alles in Butter. Wann immer alles wie geschmiert läuft und man sich selbst besonders gern mag und sich wirklich gut fühlt und langsam anfängt zu glauben, dass die goldene Regel vielleicht doch kein Hirngespinst ist, trifft es einen aus heiterem Himmel.

Uns traf es ebenfalls. Es passierte in der Nacht. Das ist meistens so.

Ich hatte mich gerade auf die andere Seite gerollt und ließ mich sanft in den Schoß des alten Morpheus gleiten, als ich ein Geräusch hörte, das wie das Ende der Welt klang.

Ich schreckte hoch und versetzte Vertigo einen Tritt.

›Du liegst auf dem Rücken‹, dröhnte ich in sein Ohr.

Doch dann ertönte das Geräusch erneut, und ich wusste, dass ich mich geirrt hatte. Ein weiterer Beweis erfolgte eine Minute später, denn das Haus über mir wurde hinfortgerissen, und ich starrte in den Sternenhimmel und fragte mich, was denn nur geschehen war.

Und da brach es mit aller Macht über mich herein. Die Luft war erfüllt mit wilden, dissonanten Schreien. Die Redwoodbäume fielen wie Weizenkörner vor dem Schnitter, und unsere Delirium-Tremens-Menagerie veranstaltete ein konzertiertes Spektakel, das jedoch schwach und wenig beeindruckend klang im Vergleich zum eigentlichen Lärm.

Dann traf es mich wie ein Blitzschlag der Erleuchtung. Es war Rover! Wir hatten zu viel Elefant und Nashorn injiziert! Unsere Impulsivität hatte uns unvorsichtig gemacht. Zu spät. Es ist schon wahr, dass lose Arbeit ihre eigene Strafe in sich trägt.

So lag ich da in der kalifornischen Mitternacht und in meiner Hemdhose mit langen Beinen und machte mir so meine Gedanken, als urplötzlich der Diplodokus, der sich soeben den Magen mit den Inhalten unserer Tierkäfige voll geschlagen hatte, seinen Blick auf mich richtete.

Er schüttelte kräftig den Kopf, wobei er einen fürchterlichen Schnauber ausstieß, warf die letzten Tiere schnurstracks zur Kassiopeia hoch und stürzte sich auf mich.

Ich brauchte weniger als den Bruchteil einer Sekunde, um das Drahtgestell zu verlasen. Vertigo stand schon mitten in dem, was einst ein Raum gewesen war, kämmte seinen Backenbart mit einem Schuh und starrte hilflos vor sich hin.

›Die Straußenpferde!‹, brüllte ich ihm zu, als ich an ihm vorüberhetzte.

Ein Wort für einen Weisen, wissen Sie, und er war weise und wurde von Minute zu Minute weiser.

Die Scheune bot einen schrecklichen Anblick! Rover hatte ganze Arbeit geleistet: Von all den merkwürdigen Kreationen, die Vertigos genialer Geist ersonnen hatte, war nur noch ein einziges Straußenpferd übrig. Selbst die Mutter des Diplodokus hatte dessen Festmahl nicht überlebt.

Ich packte das Straußenpferd an dem einen Flügel und Vertigo packte es am anderen. Wir schwangen uns auf den Rücken des Tieres, ich vorn, und stießen unsere Fersen in seine Seite. Es reagierte würdig auf unsere Ermutigung und raste in einer Geschwindigkeit aus dem Tal, angesichts derer der Empire State Express wie ein Traktor gewirkt hätte.

Doch konnten wir den Diplodokus abhängen? Nicht die Spur! Er hatte sich an die Schwanzfedern unseres Rosses geheftet, als wir von der Scheune losschossen. Als wir an dem vorbeikamen, was einst unser glückliches Heim gewesen, bereitete er sich auf einen weiteren Festmahlsgang vor und stieß bei jedem Schritt die grauenhaftesten Schreie aus. Bei jedem dritten Tritt kam sein Kängurublut zum Vorschein, und er schlug mit dem Schwanz auf den Boden, stieß sich ab und schwang sich gute dreißig Meter durch die Luft.

Ich erinnere mich bis zum heutigen Tag an diesen Ritt, insbesondere wenn ich des Abends Schweinefüße und Eiscreme oder Minzsoße und Welsh Rarebit gegessen habe. In den frühen Morgenstunden wecke ich häufig das ganze Haus mit irren Schreien, und die entsetzten Pensionsgäste kommen in mein Zimmer gelaufen, wo sie mich auf dem Ofen sitzen sehen, den ich mit hektischen Schlägen antreibe, während mir der kalte Schweiß in Strömen über das bleiche, schlafwandelnde Gesicht fließt!

Als wir zum Ausgang des Tales kamen, konnte ich hören, wie diese grauenhaften Schreie immer näher rückten. Ich wagte es nicht, mich umzusehen. Wir schossen mit mindestens drei Meilen pro Minute über den Boden, und es erforderte all mein Können, mich auf dem Rücken zu halten.

Ich hatte unser getreues Straußenpferd am Hals gepackt. Wir schossen voran und immer weiter voran ... Da hörte ich einen schrillen Aufschrei. Vertigos Hand löste sich plötzlich vom Gürtel meiner Hemdhose. Unser Ross (leider nicht länger unseres, sondern meines ganz allein) wurde noch schneller, und ich wusste, dass es um Vertigo geschehen war. Der arme Vertigo! ... Der arme, arme Vertigo! Er tauchte drei Tage später in San Antonio, Texas, auf, und gründete eine der erfolgreichsten Wiedererweckungsbewegungen, die es dort je gegeben hatte.

Nach weiteren fünfzig oder fünfundsiebzig Meilen fühlte ich mehr, als ich es hörte, dass sich der Diplodokus wieder an die Fersen von mir und meinem Straußenpferd geheftet hatte. Ich wagte einen kurzen Blick über meine Schulter. Ja, da war er. Seine gebleckten, strahlend weißen Zähne keinen Meter von mir entfernt, seine kleinen Augen giftig funkelnd. Er wollte mich packen – und biss daneben. Noch ein Versuch – und plötzlich wurde mein armes Straußenpferd unter mir weggezogen, und ich flog allein durch die Luft weiter.

Ich landete in einem kleinen, aber gut belüfteten Loch im Erdreich, das sich als fernes Ende einer Mammuthöhle herausstellte. Für den Diplodokus war es zu klein. Allein diesem Umstand verdanke ich mein Leben.

Drei Wochen lang ernährte ich mich von Tümpelfischen. Sie waren blind und kinderleicht zu fangen, wenn auch viel schwerer zu verspeisen. Zu guter Letzt wurde ich von einem Führer gefunden, der eine Gruppe Lehrer aus Beebe, Indiana, durch die hintersten Verästelungen der wunderbaren Höhle führte. Man erzählte mir später, dass ich mich im Delirium befunden hätte und arg ausgemergelt gewesen sei. Als sie mich entdeckten, saß ich auf einem Stalagmit, mit einer blinden Kaulquappe in der Hand, und sang mit schwacher Stimme. Jedoch kann ich mich daran nicht erinnern, denn wochenlang war mein Verstand wie umnebelt.«

Er schwieg.

»Sind Sie jemals zurückgekehrt?«, wollte ich wissen.

Er bedachte mich mit einem zermalmend geringschätzigen Blick.

»Ob ich jemals zurückkehrte!«, wiederholte er. »Ob ich jemals zurückkehrte!« Und dann: »Sagen Sie mal, wofür halten Sie mich eigentlich, he?«

Ich beantwortete diese Frage nicht. Das wäre nicht höflich gewesen. Außerdem war er viel größer als ich.

Originaltitel: The Diplodocus
Ins Deutsche übertragen von Tatjana Kruse

9. Der Unbeschlagene

Nelson Bond

Nelson Bonds Karriere als Schriftsteller erstreckt sich über sechzig Jahre. Seine erste Veröffentlichung datiert aus dem Jahr 1935. Schnell machte er sich einen Namen als Verfasser verrückter und skurriler Fantasy-Geschichten. Sein erster Erfolg erschien 1937 als MR. MERGENTHWIRKER'S LOBLIES im Magazin SCRIBNER'S und wurde die Titelgeschichte für seine erste Sammlung 1946. Während der nächsten zwanzig Jahre verkaufte er über zweihundert Geschichten, aber als sein Hauptabnehmer, BLUE BOOK, sich von der leichten Fiktion trennte, widmete sich Bond seinen anderen Interessen als Buchhändler und Briefmarken-Experte. Mehrere seiner Geschichten wurden gesammelt veröffentlicht: THE THIRTY-FIRST OF FEBRUARY (1949), NO TIME LIKE THE FUTURE (1954) und NIGHTMARES AND DAYDREAMS (1968). Unter den Geschichten für BLUE BOOK war eine Reihe großsprecherischer Erzählungen von »Squaredeal Sam«. Aus nicht bekanntem Grund wurde die zweite in dieser Reihe nie nachgedruckt, deshalb haben Sie jetzt Gelegenheit, diese seltene Kostbarkeit zu genießen.

«Bis zum nächsten Frühjahr«, sagte »Squaredeal Sam« McGhee. »Oder spätestens bis August. Ich meine, ich bitte dich nicht, mir die Kohle zu *schenken*. Betrachte es als Darlehen oder Investition, so sicher wie die Allianz – könnte man sagen ...« Er schaute mich hoffnungsvoll an.

Ich erwiderte seinen Blick ernst. »Und wozu genau brauchst du dreihundert Dollar?«, fragte ich.

»Nun, das ist eine lange Geschichte«, sagte Squaredeal Sam. Sein Blick wanderte zu der Zigarrenkiste auf meinem Schreibtisch. Ich nickte, er nahm eine Zigarre heraus, zündete sie an, lehnte sich zurück und stieß dicke Duftwolken Havanna aus.

Vielleicht habe ich dir schon mal erzählt (begann Sam), dass ich der geborene Pechvogel bin. Mir passiert immer alles – meistens Schlimmes. Zum Beispiel hatte ich gerade einen Vertrag mit Marty Kildare abgeschlossen, dem besten Leichtschwergewicht, der je im Ring mit Leder hantiert hat, da kam Pearl Harbour, und Marty wechselte für die nächste Zeit zu einem *anderen* Manager namens Sam, aber mit Zweitnamen Uncle, wenn du verstehst!

Marty ist ein grundehrlicher Kerl und schickt mir jeden Monat meine rechtmäßige Kommission, aber zehn Prozent vom Sold eines Gefreiten sind nicht genug, um mir den Lebensstil zu ermöglichen, an den ich mich gern gewöhnen würde.

So, nachdem es so aussieht, als ob das Boxgeschäft erledigt wäre, bis Hitler und Hirohito das auch sind, habe ich mich nach einem Job in einer wichtigen Kriegsindustrie umgesehen. Meiner Kalkulation nach ist eine der wichtigsten Kriegssindustrien das Rennbahn-Geschäft. Die Leute können ihr Geld nicht für Frivolitäten wie Seidenhemden etcetera rausschmeißen, wenn die Buchmacher es haben, und das verhindert Inflation. Da habe ich mich mal umgehört und an einigen Schnüren gezogen – und im nächsten Frühling war ich in Florida im Hoppe-Hoppe-Zirkus.

Auf Anhieb habe ich Schwein gehabt. Ich habe mich mit diesem Typen, Tom Akers, zusammengetan – Besitzer eines kleinen Rennstalls –, aber dann wurde er bei der erneuten Musterung als 1-A eingestuft, als die Musterungskommission herausfand, dass er doch tatsächlich imstande war, einen Blitz zu sehen und einen Donner zu hören.

Schwupps – wurde eingezogen und hat mich gefragt, ob ich seinen Laden schmeißen würde, bis er zurückkäme. Ich wollte.

Nachdem wir den Vertrag unterschrieben hatten, habe ich Akers zum Bahnhof gebracht. Und weil der Zug ein paar Stunden Verspätung hatte, haben wir – ich und er – ein paar Drinks gestemmt, damit die Zeit schneller vergeht. Erst hat Akers mir zugeprostet, dann ich ihm, dann *Vize-Ferse* – na ja, um eine lange Geschichte kurz zu machen: Wie dann der Zug eingerollt ist, waren wir beide ziemlich breit. Ich habe ihn ins Abteil geschleift und bin zum Stall zurück, um mal einen Blick auf die Klepper zu werfen, die ich ab jetzt managen würde.

Ganz im Vertrauen, diese Heufresser waren nicht erste Sahne. Sie haben nicht sosehr wie Rennpferde ausgesehen, eher wie Flüchtlinge vom Schwarzmarkt.

Also, in den Boxen von links nach rechts, da war Robin Hood, ein Wallach mit O-Beinen und einer schmalen Stirn, der auch noch zitterte. Dann ein Fohlen, das Runningboard hieß und über die eigenen Beine stolperte. Der Nächste hieß Pitiful und war auch erbärmlich. Es gab noch Speedy, der alles andere als schnell war, und Willwin, der aber keineswegs gewinnen wollte.

Das einzige möglicherweise aussichtsreiche Pferd war das Stutenfohlen Princess Sally, eine zweijährige Jungfrau, die Akers noch nie hatte rennen lassen, weil sie ein solches Nervenbündel war. Ihren Trainingsläufen nach war sie so schnell wie ein geölter Blitz, aber sie hatte Angst vor dem Startgerüst. Jedesmal, wenn man sie reinstellte, keilte sie aus wie ein Can-Can-Mädel in der ersten Reihe.

Was die Sache noch schlimmer machte, war, dass ich außer dieser Ansammlung von Steaks im Naturzustand auch noch einen angeblichen Assistenten geerbt hatte. Alle nannten ihn Dumbo, ein strohblonder Angeber mit

Elefantenohren, Polypen und zwei linken Händen. Außerdem war er geistig behindert. Er spielte Trainer und Jockey für die Akers-Farben. Warum? Null Ahnung. Vielleicht hatte die Tatsache, dass Akers ihm siebzehn Monate Lohn schuldete, etwas damit zu tun.

Er war in der Box von Princess Sally und rieb sie ab, als ich vorbeischaute. Eine Minute lang starrte ich ihn an.

»Hi!«, sagte ich.

Er schaute auf, nickte und wedelte mit den Ohren.

»H'lo!«

»He, Dumbo!«, ertönte eine Stimme aus der Nachbarbox. »Tempo! Los, los! Whiiihaa!«

Ich bin zusammengezuckt. »Wer ist das?«, fragte ich.

Dumbo zuckte mit den Schultern. »Ah, bloß *der*!«, sagte er. »Tun Sie, als würden Sie ihn nicht hören, dann hält er das Maul. Was kann ich für Sie tun, Mister?«

»Mein Name ist McGhee«, erklärte ich. »Und ich schaue mich hier mal um. Bin Ihr neuer Manager. Ihr alter Boss ist in den Krieg gezogen.«

Mit offenem Mund starrte er mich an. »Wieso?«

»Weil er musste. Die Regierung hat ihn gerufen.«

»Wirklich?«, sagte Dumbo. »Mann, das muss 'ne Stange Geld gekostet haben.«

»*Was* hat 'ne Stange Geld gekostet?«

»Ein Telefonanruf bis aus Washington.«

Misstrauisch beäugte ich ihn. »Hören Sie mal, wenn Sie hier den Clown spielen wollen –«

Dumbo wedelte verlegen mit den Ohren. »H-h-habe ich was Falsches gesagt, Mr. McGhee? Tut mir Leid. Ehrlich. Ich scheine immer das Falsche zu sagen. Ich schätze, ich reibe lieber die Princess ab.« Dann machte er sich wieder an die Arbeit bei der Jungstute. Aber nicht für lange. Die Stimme aus der Nachbarbox rief:

»He, lass sie – komm her und kümmere dich um *mich*!

Ich will meinen Rücken gestriegelt haben!« Dann stimmte die Stimme eine Art heiseres Lied an. »Strieglein, Strieglein an der Wand –«

»Was ist denn hier los?«, rief ich.

»Ich sage Ihnen, Mister, der ist eine Nervensäge. Lassen Sie ihn nicht merken, dass Sie ihn hören.«

»Aber wer ist da drin?«, fragte ich. »Ein sprechendes Pferd? Das ist doch nicht Egbert Haw, von dem ich in einer Illustrierten gelesen habe?«

Die Ohren wedelten verneinend. »Von sprechenden Pferden habe ich keine Ahnung, Mr. McGhee. Aber er ist keins.«

»Dann ist es ein Mann? Aber was zum Henker macht ein Mann in einer Pferdebox?«

»Najaaaaa«, meinte Dumbo. »Eigentlich ist er kein richtiger Mann. Er ist ein bisschen – na ja, anders.«

Ich ging zur Nachbarbox. Die Tür war geschlossen. Ich machte die obere Hälfte auf – und sprang einen Meter zurück. Mit verschränkten Armen stand ein Frechdachs da, mit boshaft funkelnden Augen, einem Kinnbart und koboldartigem Grinsen. Eigentlich grinste er nicht wie ein Kobold, sondern anzüglich und *lüstern.* Kein Wunder, denn soweit ich sehen konnte, war er splitterfasernackt!

»Verdammt noch mal! Was treibt *das* denn hier?«, schrie ich.

»*Ich* bin ein *er,* treib's, wann immer ich kann«, wieherte der Kerl. »Hallo, Kumpel! Du bist also der neue Boss?«

»Wer bist du?«, brüllte ich. »Und was machst du da drin? Und wo bist du hergekommen? Und um Himmels willen, zieh dir was an!«

»Nestros«, meinte der Fremde grinsend. »Ich warte auf etwas zu essen, Thessalien, und stell die Fragen nicht so schnell. Hast du gesagt anziehen? Blödsinn! Kleidung ist für blöde Menschen!«

Bei dieser Erklärung schlug er mir den langen buschigen Schwanz ins Gesicht, machte kehrt und trabte stolz in der Box herum. Ich starrte ihn an – und stöhnte. Bis zum Ende des Brustkorbs hatte er den Körper eines Menschen. Von da an war er ein – *Pferd*! ...

Von Sams Zigarre fiel ein zolllanges Aschenstück auf den Teppich. »*Verdammt*!«, kommentierte er den Vorfall und rieb die Asche in den Flor. Ich blickte ihn zweifelnd an. »Sam!«, sagte ich. »Hast du den Verstand verloren? Willst du mir weismachen, du hättest einen *Zentauren* getroffen?«

»Zentaur! Genau!«, sagte Sam. »*Das* ist das Wort. Ich versuche mich seit Wochen zu erinnern, aber mir ist immer nur ›*Senator*‹ eingefallen ... Und dieser Typ war ein Zentaur, klar. Nestros war ein Zentaur.«

»A-a-aber Zentauren waren Fabeltiere, die im alten Griechenland lebten!«, protestierte ich. »Sie existieren nicht wirklich.«

»Der schon«, erklärte Sam.

»Blödsinn! Das waren wilde Waldgeschöpfe, verschlagen und listig, die wilde Orgien und Saufgelage liebten –«

»*Mir* brauchst du das nicht zu sagen!«, meinte Sam.

Ich nehme es dir natürlich nicht übel (fuhr Sam fort), dass du mir das nicht glaubst. Ich weiß, dass es wirklich absolut verrückt klingt. Aber es ist wahr. Und ich kann es beweisen – das hoffe ich jedenfalls.

Als Erstes rief ich selbstverständlich Dumbo herbei. Er schlurfte aus der Box der Princess zu uns herüber und schaute mich fragend mit hochgezogenen Brauen an.

»Dumbo«, sagte ich. »Bin ich klar im Kopf oder habe ich Halluzinationen? Sehen Sie, was ich da drin sehe? Ein Pferd mit Männerkopf?«

»Wo?«, fragte Dumbo und schaute Nestros an. Dann zuckte er mit den Schultern. »Ach, Sie meinen *ihn*! Mein Gott, Sie haben mir einen schönen Schreck eingejagt. Ein Pferd mit einem Männerkopf –«

»Ja, aber, ist das nicht so?«

»So ein Unfug!«, lächelte Dumbo. »Der ist doch bloß ein Mann mit dem Körper von einem Pferd. Ich muss jetzt aber die Princess weiter abreiben.«

Nestros grinste lüstern. »Bestell ihr meine liebsten Grüße, Kumpel.«

Dumbo warf ihm einen wütenden Blick zu. »Halt's Maul. Lass Princess bloß in Ruhe. Wenn ich dich noch mal erwische, wie du die Trennwand zwischen euren Boxen eintrittst, dann –«

»Ach, sei doch nicht so ein alter Miesepeter!«, unterbrach ihn der Zentaur mürrisch. »Es geht nicht um deine Haut, wenn ich und die Süße uns mal im Heu rollen wollen.«

»Aber um deine Haut!«, erklärte Dumbo grimmig.

Nestros schnaubte. »Großer Zeus! Glaubst du etwa, sie möchte ihr ganzes Leben lang ein Füllen bleiben?«

»Was dich betrifft – ja!«, sagte Dumbo. »Sonst brutzle ich aus dir ein Füllen-Minjong.«

Ich starrte ihn an. »Du liebe Güte, Dumbo«, sagte ich. »Wie können Sie so ruhig bleiben? Ist Ihnen nicht klar, dass wir einen echten lebenden Zentauren vor uns haben?«

»Mir egal, selbst wenn er ein preisgekröntes Rennpferd ist«, meinte Dumbo. »Ich bürst ihm die Mähne mit der Axt, wenn er Princess nicht in Ruhe lässt.«

Dann stampfte er davon. »Was für ein elender Spielverderber!«, sagte Nestor niedergeschlagen. »Für zwei Drachmen trete ich ihm die Ohren ab!«

»Was ist denn los?«, fragte ich. »Was willst du überhaupt von Princess?«

Er grinste. »Na, was würdest *du* denn von ihr wollen?«

»Wenn es dir um Gesellschaft geht«, sagte ich. »Auf der Koppel sind sechs Pferde und –«

»Das ist eine rein akademische Frage«, unterbrach mich Nestros. »Sex mit einer oder mit einem halben Dutzend. Ach was – das bringt uns nicht weiter. Die Frage ist, wann geht's hier endlich rund?«

»Rund?«, wiederholte ich.

»Mann, bist du blöd!« Nestor schnaubte empört. »Das hier ist doch eine Rennbahn oder etwa nicht?«

»J-j-ja, klar. Selbstverständlich.«

»Nachdem wir uns über diesen Umstand einig sind – wann kann ich hier die Hufe schwingen? Ich habe es satt, bloß rumzustehen wie eine ausgestopfte Eule.«

»Du meinst, du willst *rennen*?«

»Hast du einen besseren Vorschlag?«, sagte er. »Akers hält mich seit drei Wochen im Stall. Wenn du das genauso machst, suche ich mir einen neuen Boss. Also, was sagst du, Kumpel? Renne ich um die Wette oder nicht?«

»Vorher würde ich gerne wissen, ob du überhaupt rennen kannst«, meinte ich vorsichtig.

»Ob ich rennen kann?« Er schnaubte. »Ob ich *rennen* kann? Hör zu, Mann, ich bin das schnellste Vieh auf vier Beinen, das du je gesehen hast. Ich habe dem Minotaurus zehn Meilen Vorsprung gegeben und ihn trotzdem auf der Marathonstrecke von Ostphrygien bis Piräus geschlagen. Ich bin der griechische Flitzblitz. Ich bin schneller als jede Laufmasche in einem Nylonstrumpf. Je vom ›Trojanischen Pferd‹ gehört? Gegen mich hat es total hölzern gewirkt! Ich besiege jeden im Laufen und Saufen und haue jedem Gaul aufs Maul oder übers Ohr, von dem du je gehört hast.«

»Zumindest von einem größeren Großmaul habe ich noch nicht gehört«, sagte ich. »Aber in Ordnung. Wenn die Kommission es erlaubt, spiele ich mit. Los, besuchen wir die Rennbahn-Papas.«

Und dann ging ich mit ihm ins Büro.

Irre, was sein Auftauchen bei diesen Florida-Bubis ausgelöst hat! Das reinste Tollhaus! Der Head Steward, ein Typ namens McClannaghan, warf einen Blick auf Nestros und ist ohnmächtig umgekippt. Das Publikum war gespalten: Zwei schworen auf der Stelle dem Alkohol ab und die anderen beiden verzogen die Gesichter, als wäre ihnen einer mit Nagelstiefeln auf ihre Hühneraugen getreten.

Es waren acht Männer im Büro gewesen – Manager, Rennoffizielle und so –, als ich mit Nestros auftauchte. Eine Minute später waren nur noch zwei übrig: der Rennleiter und ein Typ, von dem du wahrscheinlich schon gehört hast: ›Dicker Nick‹ Pappalousas, Besitzer und Manager des Vulkan-Stalls und einer der gerissensten Gauner und Angeber, der je einen Anmeldebogen fälschte. Der Rennleiter war noch bei uns, weil er wie erstarrt an einem Wandhaken hing und keine Möglichkeit zur Flucht besaß, und Nick aufgrund seines miesen Orientierungssinns: Er hielt eine Schranktür für den AUSGANG.

Nestros half mir, Harkrader, den Rennleiter, vom Haken zu holen. Der Zentaur betrachtete die menschliche Rasse ziemlich abfällig, was ich ihm nicht übel nehmen konnte. Nachdem Pappalousas' Zähne aufgehört hatten zu klappern, sagte ich dem Leiter, was ich wollte.

Ihm traten die Augen aus dem Kopf.

»Was?«, würgte er hervor. »Sie wollen *dieses* – ich meine, *ihn* – ich meine, *das da* – zu einem Rennen anmelden?«

»Warum nicht?«, sagte ich.

»A-a-aber, er ist kein Pferd!«, erklärte der Rennleiter.

»Ach, nein?«, meinte ich. »Was ist er dann?«

»Na, er ist – ein Mensch«, sagte der Rennleiter. »Glaube ich. Oder – Moment mal! Er ist ein –«

»Er ist ein Mythos«, unterbrach ihn der Dicke Nick. »Ein Volksmythos aus meiner Heimat. Das ist er.«

»Na schön, aber dieser spezielle Mythos«, sagte ich, »ist ebenso gut wie ein Rennpferd, besonders wegen seiner vier Beine. Ich will ihn beim Rennen starten lassen und das meine ich ernst. Seit ich einem Jockey bis an die Knie ging, habe ich mich mit Rennen befasst, und in den Vorschriften steht nichts, was dagegen spricht.«

Jetzt hatte ich ihn! Der Rennleiter blätterte durch die Sammlung der dicken Vorschriftenwälzer, aber er fand kein Gesetz, das es mir verbot, Nestros in einem Pferderennen laufen zu lassen. Die einzige Vorschrift, die annähernd in Frage kam, besagte, dass keine sechsbeinigen Pferde oder ähnlich verbesserte Modelle laufen dürfen, weil das gegenüber den Standardkleppern unfair wäre und deshalb eine Einschränkung des Gewerbes darstellte. Als ich darauf hinwies, dass Nestros' vordere Gliedmaßen Arme seien und dass er damit nicht den Boden berühren könne, willigte er ein.

»Okay, McGhee«, sagte er heiser. »Sieht so aus, als wäre er geeignet, solange du das Startgeld hinlegst. Für welches Rennen willst du ihn melden?«

»Wenn er so gut ist, wie er sagt, für jede Menge«, sagte ich. »Aber für den Anfang möchte ich, dass er morgen in den Silver Stakes läuft.«

Der Dicke Nick zuckte zusammen.

»Was? Was soll das?«, fragte er. »Die Silver Stakes?«

»Was ist los?« Ich grinste ihn an. »Hast du Angst, weil du geglaubt hast, dass du das Rennen schon für deine Farben im Sack hast? Ja, Nick, du brauchst deine ›Druckerschwärze‹ gar nicht erst an den Start zu schicken. Das Rennen ist so gut wie gewonnen. Was, Nestros?«

Nestros grinste vom Sofa herüber, auf dem er saß. »Du sagst es, Kumpel. Ich werde diesen Flaschen nur meine

Fersen zeigen. He – was ist das denn?« Seine Augen glitzerten gierig, als er die Flasche auf dem Schreibtisch des Rennleiters sah. Er stand auf und schnupperte. »Hallo, welch ein Labsal, das ist doch Vier-Sterne-Ambrosia!«

»Hör mal –«, sagte ich.

»Seit ich die alte Heimat verließ, habe ich keinen Schluck mehr davon gehabt«, sagte Nestros. »Darf ich, Chef?«

Hoffnungsvoll blickte er den Rennleiter an, aber ich nahm ihm die Flasche weg.

»O nein, kommt nicht in Frage!«, erklärte ich streng. »Morgen kaufe ich dir, so viel du willst, aber jetzt bist du im Training. Komm jetzt. Wir müssen noch viel tun. Bis später, Leute.«

Und dann sind wir gegangen.

Squaredeal Sam machte eine Pause und rieb sich das Kinn. »Bei diesem Gerede über Schnaps trocknen meine Kiemen so aus«, sagte er. »Du hast nicht zufällig –«

»Scotch?«, fragte ich. »Oder Korn? Oder Gin?«

»Ich bin nicht wählerisch«, meinte Sam. »Mix einfach alles zusammen.« Nachdem er zwei Fingerbreit mit einem Schluck hinuntergekippt hatte, seufzte er genießerisch. »Also das nenne ich einen echt edlen Stoff«, sagte er. »Achtzehn Monate alt, auf den Tag. Heutzutage bekommt man kaum noch solchen eichenfassgelagerten Genuss. Ambrosia – jawohl, das ist es. Neckar und Ambrosia, wie Nestros immer gesagt hat.«

»Was für ein Ding war das vor Ambrosia?«, fragte ich ihn.

»Neckar. Dieser Nestros war so eine Art Dichterling. ›Mit Musik habe ich nicht viel im Sinn‹, pflegte er zu sagen. ›Aber Feuerwasser und Füllen sind meine Spezialität. Gib mir Princess in einer Mondnacht und wir schlürfen Neckar und Ambrosia zusammen …‹«

»Nektar«, unterbrach ich ihn. »Du meinst Nektar!«

Sam seufzte. »Diese Jugend …! Dazu komme ich gleich –«

Also, es war ganz allein meine Schuld (sagte Sam), was passiert ist. Ich hätte es besser wissen müssen, als diesen Zentauren aus den Augen zu lassen, wo doch am nächsten Tag das große Rennen war. Aber ich musste natürlich einiges vorbereiten: den Jockeys der Rivalen ein paar Scheinchen zustecken und ein paar Hunderter bei meinen Buchmacherkumpeln wetten, ehe es sich rumsprach, wie schnell Nestros war. Deshalb habe ich Dumbo die Bewachung des Zentauren anvertraut.

»Reib ihn gut ab«, sagte ich. »Gib ihm sein Abendessen und sorge dafür, dass er genügend Schlaf bekommt. ER braucht unbedingt seinen Schlaf. Kapiert?«

»Jawohl, Sir«, sagte Dumbo. »Aber, Mr. McGhee, Sir? Wo kriege ich das Schaf her?«

»Was für ein Schaf?«, brüllte ich. »Haben Sie nicht alle Tassen im Schrank?«

»Sie haben doch gesagt, dass er heute Nacht unbedingt ein Schaf braucht«, verteidigte sich Dumbo.

»*Schlaf! Nachtschlaf*! Du! Schwach! Kopf!«, schrie ich. »Kein *Schaf*! Morgen läuft er im Silver Stakes. Er muss tipptopp in Form sein. Ich sehe dich dann morgen früh.«

»Jawohl, Sir«, sagte Dumbo.

»Bis dann, Kumpel«, sagte Nestros. »Verwette dein letztes Hemd!«

Dumbo führte ihn weg. Als sie an der Box von Princess vorbeigingen, hörte ich noch Nestros summen: *Ich seh dich in meinen Träumen.* Dumbo nahm das Halfter fester.

Am nächsten Morgen ging ich schon früh zur Koppel. Und das war gut so! Ich kam gerade an, als Dumbo wie ein Wirbelwind mit Ohren heransauste. Er prallte gegen mich. Ich packte ihn.

»He!«, brüllte ich. »Was ist los?«

»Lassen Sie mich los!«, heulte er. »Geben Sie mir eine Knarre – ein Messer – eine Axt! Den kaufe ich mir!«

»Wen?«, fragte ich und schüttelte ihn. »Ist was nicht in Ordnung?«

»Nicht in Ordnung?«, schluchzte er. »Nur, dass dieser verfluchte Zentaur vergangene Nacht in die Box von Princess gekommen ist. Warte, bis ich diesen verkommenen Mistbock zu fassen bekomme.«

»Beruhige dich!«, sagte ich beschwichtigend. »Du musst dich irren. Alles scheint in Ordnung zu sein. Komm, sehen wir mal nach.«

Aber ich hatte mich geirrt, nicht Dumbo. Wir gingen zu Nestros' Stall. Je näher wir kamen, desto stärker wurde der Schnapsgestank. Ich riss die obere Tür auf. Da lag der Zentaur, sternhagelvoll wie tausend russische Matrosen, in einer Hand die leere Flasche. Im Halbschlaf krähte er triumphierend: *»Oh, die alte graue Stute ist auch nicht mehr, was sie mal war ...«*

»Ich bring ihn um!«, stieß Dumbo hervor. »Ich hacke ihn in winzige Portionen –«

»Nichts dergleichen wirst du tun!«, unterbrach ich ihn. »Dieser elende Säufer mag ja ein Scheißkerl ohne Seele und Gewissen sein, aber er ist unsere Gelegenheit, reich zu werden. Ich habe jeden Cent, den ich besitze, und etliche, die ich nicht besitze, auf seinen Sieg gewettet. Wie ist das überhaupt passiert? Wie ist er aus seiner Box gekommen?«

»Woher soll ich das wissen?«, knurrte Dumbo.

»Na, du warst doch dabei, oder?«

»Nicht, nachdem Sie mir haben ausrichten lassen, dass ich nach Hause gehen soll.«

Ich starrte ihn an. »Ich? Ich habe dir das ausrichten lassen? Wer hat das gesagt?«

»Dicknick. So um Mitternacht ist er gekommen und hat gesagt, ich soll nach Hause gehen und schlafen –«

»Dicknick? Der Dicke Nick!«, wiederholte ich. Jetzt begriff ich. »Dieser dreckige Gauner! Er wusste, dass Nestros seine Druckerschwärze uralt aussehen lassen würde. Na schön, wir werden werden's ihm zeigen! Los, wir müssen Nestros ausnüchtern, damit er laufen kann!«

Um es kurz zu machen, wir haben es geschafft. Frag nicht, wie! Wir haben diese Schießbudenfigur mit Glaubersalz, Eiswasser und Sauna bearbeitet, dass der Alkohol wie aus einer Destille aus ihm geflossen ist.

Um zehn Uhr hatten wir ihn so weit, dass er ohne fremde Hilfe stehen konnte. Gegen Mittag konnte er schon relativ gut geradeaus gehen. Und um halb drei fühlte er sich gut genug, um in der Koppel zu traben. Selbstverständlich hatte er einen grauenvollen Kater, aber damit war wohl zu rechnen. Er war kleinlauter als ich ihn je zuvor gesehen hatte.

»Es tut mir Leid, McGhee«, sagte er. »Ich wollte doch nur einen kleinen Schluck. Aber es ist so lange her, dass ich ein Maulvoll hatte ...« Er schüttelte reumütig den Kopf. »Wer war der Kerl, der mir das Ambrosia gegeben hat?«

»Der Dicke Nick, der Grieche«, sagte ich. »Er hat auch ein Pferd für die Stakes gemeldet. Er will dich raushaben.«

Nestros nickte. »Ich hätte wissen müssen, dass da ein Haken ist«, sagte er. »Timmy O'Daniels, Donau-Fähren –«

»Augenblick mal, Sam«, unterbrach ich meinen Besucher. »Bist du sicher, dass er das gesagt hat?«

»Naja, irgend so was Ähnliches«, meinte Sam.

»Hat er nicht vielleicht gesagt: ›*Timeo Danaos et donae ferentes?*‹«, fragte ich. »Das bedeutet: ›*Hüte dich vor den Griechen, wenn sie Geschenke bringen.*‹«

»Kann sein«, murmelte Sam ... Wie auch immer (fuhr Sam fort), das Silver Stakes war als viertes Rennen angesetzt – das wäre gegen halb fünf. Eins muss man Nestros zugute halten: Er verfügte über erstaunliche Erholungskräfte. Gegen vier Uhr war er fit wie ein Turnschuh und für alles bereit. Ich schickte Dumbo rauf, damit er sich in seine Seide schmiss – er war unser Jockey, wie du weißt –, während ich Nestros sattelte und ihm letzte Anweisungen gab.

Ich zog gerade den letzten Gurt fest, als Rennleiter Harkrader und der Dicke Nick auf den Sattelplatz kamen. Nick grinste wie eine Katze in einer Molkerei, aber das Grinsen verging ihm, als er Nestros sah. Auch der Rennleiter schaute verwirrt drein.

»Ich – äh – da scheint ein Missverständnis zu bestehen, Mr. McGhee«, sagte er. »Nick hat mir gesagt, Sie hätten Ihre Meldung zurückgezogen.«

»Wenn Nestros nicht zwischen jetzt und dem Start einen Nesselausschlag bekommt, wird er laufen«, sagte ich. »Nick hat sich geirrt, Chef.«

Nick stöhnte. »Ich – ich verstehe das nicht! Er war so besoffen wie –«

Nestros kicherte. »Das war doch nur ein Tröpfchen, Kumpel«, sagte er. »Komm heute Abend mal vorbei, dann machen wir ein richtiges Fass auf – diesmal auf meine Kosten.«

Harkrader wandte sich an Nick. »Ja, Pappalousas, Sie haben sich geirrt. Offensichtlich ist dieses – äh – Pferd durchaus in der Lage zu laufen. Es ist auch qualifiziert. Ich fürchte, wir können nichts mehr tun, um ihn daran zu hindern.«

»Nein«, sagte der Dicke Nick. »Ich schätze nicht ...« Er brach ab, plötzlich blitzte es in seinen Augen, als sein Blick auf Nestros' Hufe fiel. »He, Moment mal!«, rief er. »Da ist *doch* noch etwas! Dieses Pferd ist nicht renntauglich!«

»Warum?«, fragten ich und Harkrader wie aus einem Mund.

»Weil es nicht beschlagen ist!«, erklärte Nick triumphierend. »Laut Vorschrift darf kein Pferd an einem Rennen teilnehmen, das nicht ordnungsgemäß beschlagen ist! Und er hat keine Eisen!«

Ich blickte auf Nestros' Hufe. Der Grieche hatte Recht. Nestros hatte an den Hufen nichts außer Grasflecken.

Ich stöhnte. Nestros schaute verwirrt drein. »Hufeisen, Kumpel?«, fragte er. »Wie lange dauert es, um die Dinger draufzuhauen?«

»Zu lange«, antwortete ich. »Wir haben zwar einen Schmied auf der Rennbahn, aber er braucht mindestens eine halbe Stunde, um dich zu beschlagen. Und das Rennen beginnt in weniger als dreißig Minuten.«

»Eine halbe Stunde«, meinte Nestros nachdenklich. »Das ist nicht schlimm. Ich glaube, da kann ich was machen. Bei Regen wird das Rennen doch verschoben, richtig?«

»Ja«, sagte ich. »Solange, bis man sieht, ob es wieder aufklart. Warum?«

»Warum – darum!«, sagte der Zentaur. »Ich glaube, ich lasse es ein bisschen regnen.« Er hob den Kopf und flüsterte irgendwelche ausländischen Worte. Am Himmel, der bisher so klar wie eine Kristallkugel gewesen war, sammelten sich plötzlich Wolken. Sie wurden mit jeder Minute dicker und dunkler – und ehe man einen Schirm aufspannen konnte, schüttete es. Ein regelrechter Wolkenbruch!

Nick schrie wie ein getretener Welpe, warf einen entsetzten Blick auf Nestros und rannte weg. Harkrader sauste auch ab. Weißt du, Nick hatte vergessen, die Tatsache in Betracht zu ziehen, dass Zentauren nicht nur legendäre Geschöpfe sind, sondern auch Halbgötter!

Nestros hatte in unsrer Zwangslage ein Wunder gewirkt!

Jetzt galt es aber keine Zeit mehr zu verlieren. Ich griff mir Dumbo, der gerade vom Umkleiden zurückkam.

»Schnell, Junge!«, brüllte ich. »Wir haben einen halbstündigen Pachtvertrag für Leben, Freiheit und das Trachten nach schmutzigem Mammon. Keine Minute zu verschwenden! Bring Nestros sofort zur Schmiede. Er muss beschlagen werden!«

»Hä?«, fragte Dumbo mit offenem Mund. »Ist das Ihr Ernst?«

»Selbstverständlich ist das mein Ernst! Also los, mach schon!«

»Klar, Mr. McGhee!«, sagte er. »Jawohl, Sir! Sofort, Mr. McGhee!«, sagte er, nahm Nestros am Zügel und verschwand mit ihm.

Schon zu diesem Zeitpunkt hätte ich es wissen müssen! Ich hätte sehen müssen, dass er zu eifrig war, viel zu hilfsbereit. Aber ich war so erpicht auf das Rennen und in meinen eigenen Gedanken verstrickt ...

Der erste Hinweis, dass etwas nicht stimmte, kam wenige Minuten später, als ich etwas wie eine Fehlzündung bei einem Auto hörte. Mit dem Knall hörte auch der Regen auf. Ich dachte gerade bei mir, dass das komisch sei, als Dumbo auftauchte. Er grinste so, dass man die Backenzähne sah und die Mandeln. Er trug Nestros' Sattel auf dem Rücken. Ich starrte ihn an.

»Was willst du hier?«, fragte ich.

Er nickte glücklich. »Es ist erledigt, Mr. McGhee. Ich habe es selbst getan.«

»So schnell?« Ich war verblüfft. »Du willst mir weismachen, dass du ein Pferd in weniger als fünf Minuten beschlagen hast? Dumbo ...!«

Ihm fiel der Unterkiefer runter. »*Be*schlagen!«, sagte er. »*Beee*-schlagen! Ach, du lieber Gott, Mr. McGhee, ich hatte verstanden, ich soll ihn hinbringen, damit er *erschlagen* wird!«

»So, und das ist alles«, sagte Squaredeal Sam. »Ich habe dir gesagt, dass ich alles, was ich hatte, auf Nestros verwettet hatte. Vielleicht habe ich vergessen zu erwähnen, dass ich auch alles gesetzt habe, was Akers gehörte. Deshalb wird der Stall nächsten Samstag zwangsversteigert.«

Ich blickte ihn fragend an.

»Das war ja alles äußerst unterhaltsam, Sam«, sagte ich. »Aber es erklärt immer noch nicht, warum du dreihundert Dollar willst. Eine Investition hast du gesagt –«

»Das stimmt.« Sam nickte. »Ich muss bei dieser Versteigerung Princess kaufen. Vielleicht irre ich mich – aber aufgrund von allem, was ich über Zentauren weiß, besteht immer noch die Chance den Jackpot zu knacken. Wie sagt man doch: ›Das Glück dieser Erde liegt im Bauch der Pferde.‹«

Originaltitel: Nothing in the Rules
Ins Deutsche übertragen von Edda Petri

10. Dicke Luft auf dem Olymp

Marilyn Todd

Marilyn Todd hat einen boshaften Humor! Das kann niemand bezweifeln, der schon einmal einen Blick in ihre Reihe mit historischen römischen Kriminalromanen geworfen hat, die 1995 mit ICH, CLAUDIA ihren Anfang nahmen. Ich war davon überzeugt, dass sie mit ihren Talenten auch in der humorvollen Fantasy einen Platz finden würde. Hier ist ihr erster Vorstoß in dieses Genre – und ich bin sicher: Es wird nicht ihr letzter sein!

Die Versammlung lief gut. Langweilig, aber he! – es gibt nur eine in jedem Jahr! Wer will da kleinlich sein, wenn mal wieder ein kauziger Satyr sich selbst gern reden hört und einfach nicht das Podium räumen will? Oder wenn ein Langweiler von einem Faun ankommt und hier-eine-Folie, da-eine-Flip-Chart anbringen muss? Lass es laufen, das ist mein Motto ... Wenn diese Typen auf Tortendiagramme und Grafiken abfahren, warum sollte ich ihnen den Spaß verderben? Jeder hat seine eigene Vorstellung von ›Vergnügen‹, und manch einer versteht darunter eben nicht ›Wein in Strömen‹ mit der Möglichkeit, sich anschließend näher kennen zu lernen.

Damit meine ich natürlich Sex.

Und reichlich davon!

Außerdem muss man den ganzen Klatsch nachholen. Immerhin ist Cupido noch ein Kind, da sitzt nicht jeder Schuss im Ziel. Das kann zu wirklich merkwürdigen Verbindungen führen. Zusätzlich – und das ist ein echter

Bonus! – können wir erfahren, wer in welches Tier, in welchen Baum oder Käfer oder sonst was verwandelt wurde. In diesem Jahr war natürlich Io Thema des Tages: *anscheinend* (aber das hast du nicht von mir gehört!), also, *Gerüchten zufolge* hat Juno Jupiter in flagranti erwischt, als er gerade Io von der schweren Last ihrer Jungfräulichkeit befreite …

Also gut, drücken wir's mal so aus: Seine Frau war nicht allzu erfreut bei dem Anblick.

Nun wissen wir alle, was für ein Miststück Juno sein kann, wenn sie sauer ist. Schaut mich an! Und ich bin ihre Freundin … Wie auch immer, Jupiter denkt sich daher: Wenn ich meine Geliebte beschützen will, dann muss ich rasch die Initiative ergreifen. Also: Er sieht eine Herde Kühe auf einem Hügel, und schnell wie der Blitz reiht er Io darin ein – mit dem passenden Äußeren, versteht sich. DA find sie mal, fordert er seine Frau hämisch auf. Aber genau das war der Punkt: Juno *wollte* gar nicht erst nach Io suchen. »Warum soll ich sie da rausholen?«, meint sie nur. »Habe ich nicht immer gesagt, sie ist eine glotzäugige blöde Kuh?« (Ganz nebenbei: Io ließ sich für diese Jahreshauptversammlung entschuldigen, was gebührend zur Kenntnis genommen wurde.)

Jedenfalls, wie ich schon sagte: Die Versammlung lief gut. Nach ein paar Jahrtausenden weiß man, wie's geht, und wir waren nun an dem Punkt, wo auch dem überschäumendsten Flussgott – wer auch immer das diesmal sein mochte – so allmählich die Luft ausging. So geht es in jedem Jahr: Irgendjemand wird irgendwo seiner ausgewaschenen Bahnen überdrüssig und verschwendet wertvolle Stunden unseres Zechgelages, indem er aus einer geringfügigen Verlagerung seines Flussbettes einen langwierigen Fall macht. Und in jedem Jahr lassen wir den betreffenden Schwätzer seine Rede halten und stimmen dann zu.

Warum wir nicht gleich zustimmen? Weil dann bestimmt irgendeine andere Laberbacke aufstehen und weitere Forderungen stellen würde. Also lassen wir's laufen und geben am Ende vor, dass wir nach bestem Wissen und Gewissen eine Entscheidung treffen. Dabei gibt es natürlich nur einen Grund, weswegen wir *alle immer* zustimmen: Täten wir das nämlich nicht, würde die Debatte noch länger dauern. Und wir verlören noch mehr Zeit, die wir zum Trinken brauchen. Das ist eben Demokratie. Nur so läuft alles rund!

Also stimmen wir ab. Der Antrag wird angenommen. Irgendein kleiner Fluss in Arkadien (oder war es Thrakien?) wird seinen Lauf verändern, und der Flussgott – gesegnet seien seine Sedimente! – bekommt ordnungsgemäß einen neuen Ausblick. Langatmig, nicht wahr? Aber Sagittarius – halb Mensch, halb Pferd und seit 300 Jahren der Vorsitzende unserer Versammlung – wird nun jeden Augenblick die Konferenz abschließen. Wir werden die üblichen Spötteleien hören: über Sagittarius, der immer ›auf dem hohen Ross sitzt‹; irgendein Witzbold wird Pan fragen, ob er nicht – ha ha! – noch jemandem die ›Flötentöne beibringen‹ möchte. Ein anderer wird Orpheus des ›Lauten Spiels‹ in der Öffentlichkeit bezichtigen. Das Übliche eben. So alt wie der Olymp. Und auch, wenn man uns jetzt für schlichte Gemüter hält: Wir können immer noch darüber lachen!

Unser pferdegestaltiger Vorsitzender wickelte also seine Schriftrollen auf und murmelte dabei: »Gibt es noch Ergänzungen zur Tagesordnung?« Bacchus war schon auf den Beinen und auf dem Weg zum Wein, und beinahe hätten wir die Stimme überhört, die aus der letzten Reihe ein donnerndes »Ja!« ertönen ließ.

Ja? Ich war einfach platt (nun – wäre es gewesen, hätte ich noch einen Körper gehabt).

»Hu ...« Sagittarius stampfte mit dem Huf auf und wieherte unterdrückt. Man konnte erraten, was in seinem Kopf vorging. So etwas war noch nie zuvor auf dem Olymp geschehen! »Hat da jemand ›ja‹ gesagt?«

Man muss wissen: Wenn Sagittarius fragt: »Gibt es noch Ergänzungen zur Tagesordnung?«, dann folgt immer ein kurzer Augenblick betretenen Schweigens. Jeder *tut so,* als würde er angestrengt über weitere Fragen nachdenken (denn die meisten von uns sind höflicher als Bacchus). Dann schütteln wir alle den Kopf, als hätten wir GERNE noch das ein oder andere diskutiert, aber leider schon alles in der Sitzung abgehandelt, was UNS einfallen konnte – Junge, was für eine Überraschung! An dieser Stelle erklärt Sagittarius die JHV für beendet, und wir applaudieren laut genug, um noch in Kreta für einen Erdrutsch zu sorgen. Und dann folgt der Ansturm auf den Wein. Nicht umsonst heißt es ›Jubeltag für Hedonisten und Vinophile‹ ...

Aber diesmal wollte uns jemand den Spaß verderben!

»Ich!«, sagte die Stimme. »Ich habe noch etwas vorzubringen!«

Wir reckten unsere Hälse, um besser sehen zu können. Wer war dieser Spielverderber?, wollten wir alle wissen. Und: Wer würde ihm das Maul stopfen?

Wir konnten ihn nicht sehen, weil er bisher sitzen geblieben war. Eine weise Entscheidung: Hätten wir ihn vorher bemerkt, hätten wir uns schon gedacht, dass er Ärger macht, und die notwendigen Vorsichtsmaßnahmen ergriffen. Uns auf ihn draufgesetzt, zum Beispiel! Denn wer an einem drückend heißen Tag wie diesem ein schweres Löwenfell trägt, der fordert ganz sicher *irgendein Unheil heraus.*

»Ah. Herkules!«

Ich glaub es einfach nicht! Sagittarius, dieser Strohkopf, ermunterte ihn auch noch zum Sprechen! Eine Menge Augen wandten sich in diesem Moment sehnsüchtig den Weinkrügen zu. Nicht zuletzt die von Bacchus. Obwohl ich an dieser Stelle gerechterweise erwähnen muss, dass der hundertäugige Argus kaum noch eins derselben übrig hatte, da die meisten seiner Blicke geradenwegs auf den Ausschnitt dieser kleinen Waldfee aus Korinth gerichtet waren.

Unser beherzter Held schwang seine Keule aus Olivenholz, als wöge sie nicht mehr als eine Feder, und trat auf die Bühne. »Herr Vorsitzender«, fing er umständlich an und ließ die Muskeln spielen. »Faune, Satyrn, Nymphen, Dryaden, Mänaden ...«

»Gonaden!«, rief jemand aus der Menge und machte deutlich, woran ER gerade dachte. Okay, wir wissen ja alle, dass Sex nicht das Einzige ist. Aber, meine Güte: Es kommt auch so schon genug dazwischen!

»... und all meine anderen Mit-Unsterblichen!« Unter dem schweren Löwenkopf lief der Schweiß über Herkules' Gesicht, und das war ein sehr befriedigender Anblick. Sehr viel weniger befriedigend war hingegen der dicke Stapel Papier, den er nun unter seinem Fell hervorzog. »Seit beträchtlicher Zeit«, las er ab, »wird uns allen zunehmend deutlicher bewusst, dass auf dem Olymp nicht alles zum Besten steht. Die Moral ist auf einem Tiefstpunkt ...«

Wie schnell wandelte sich die Stimmung der Menge! Mit jeder bedeutungsschweren Silbe, die über die Waldlichtung trug, dachten die Anwesenden weniger an Wein und Feiern – an die Gründe, wegen derer sie ursprünglich hergekommen waren. Ohren stellten sich auf. Rücken spannten sich. Lippen wurden in Konzentration geschürzt. Diesmal mussten sie kein grundloses Gejammere ertragen, keine alltäglichen Details abnicken oder einen weiteren Vorwand für Selbstbeweihräucherung und Eigenlob anhören. Diese Rede sprach sie alle an: Es ging um *ihre* Bedürfnisse; *ihre* Hoffnungen; *ihre* Sehnsüchte; *ihren* Vorteil. Atemlose Stille sank herab, als Herkules die Reichtümer umriss, die den Unsterblichen zustünden. Welche Gewinne sie ernten könnten!

Seite um Seite wanderte durch die Hände des großen Mannes. Erst schmeichelte er der Menge und führte sie auf den höchsten Gipfel ihrer innersten Wünsche. Dann rührte er geschickt an sämtliche Übelstände, unter denen sie zu leiden hatten. Punkt für Punkt zählte er alle Spitzfindigkeiten auf, die im Laufe der Jahre ihr Vertrauen erschüttert hatten. Die kleinliche Bürokratie, mit der die Götter ihr Fortkommen behinderten. Das Rumoren auf der Lichtung war mehr zu fühlen als zu hören. Eine Stimmung baute sich auf, die zwischen Billigung, Furcht und Aufregung schwankte …

Merkten sie nicht, worauf er hinauswollte? *War es ihnen etwa egal?* Mit jeder leidenschaftlichen Beifallsbekundung, mit jedem überschwänglichen Nicken, mit jedem nachdrücklichen »Hört, hört!«, das lauter und lauter von ihren Lippen klang, wurde mir kälter und kälter.

»Ihr müsst also zugeben, Genossen, dass die Götter – jene Männer und Frauen, die sich lachhafterweise als unsere Herrscher bezeichnen – nicht nur schäbig und träge geworden sind. Sie sind boshaft und leichtfertig und missbrauchen ihre Macht! Mehr noch, meine Genossen …« Herkules fügte eine kurze Pause ein. »… diese vorgeblichen Herrscher, diese so genannten unübertrefflichen Geschöpfe, haben nicht nur das Interesse verloren an der Lenkung der Sterblichen auf der Erde. Ich sage: Sie haben sich sogar hier auf dem Olymp als *unfähig* erwiesen!«

Oh, Scheiße! Jetzt war es heraus. Ein Umsturz. Ein Staatsstreich. Aufruhr. Revolution!

»Unfähig!«, wiederholte er eindringlich.

Und wenn du es sechsmal wiederholst, *Genosse,* mich überzeugst du damit nicht. Ich bin draußen ...

»Betrachten wir zum Beispiel das Schicksal der kleinen Echo hier.«

»Hier!«, protestierte ich. Mit dieser Sache wollte ich ganz gewiss nichts zu tun haben!

»Seht euch an, auf welch verachtenswerte Weise Juno die arme kleine Nymphe bestraft hat!«

Gut, dieses Detail ist richtig. Junos Rache *war* hart gewesen. Doch zur Hölle, das Risiko war mir bekannt gewesen. Immer wieder hatte ich mit ihr geschwatzt, damit Jupiter mit irgendeinem jungen Ding, das er gerade verführt hatte, ungestört davonkam. Ich wusste verdammt gut, was geschehen würde, wenn Juno das jemals herausfand. Sie nahm mir die Fähigkeit zu sprechen – für immer! Nur mit Jupiters Hilfe behielt ich eine Art Stimme zurück. Die Gabe – wenn es denn eine ist – der Nachahmung.

»Juno strafte das arme Geschöpf nicht nur ein Mal«, sprach Herkules weiter, »sondern sie ließ die kleine Echo noch ein weiteres Mal leiden. Was für ein Biest! Was für ein boshaftes, übel wollendes Weibsstück. So geht es zu unter der Herrschaft der Königin des Olymps, der einzigartigen Mächtigen Juno! Soll das etwa Gerechtigkeit sein? Nein!«

»Nein!«, rief ich aus.

Das ist nicht wahr. Mit meiner gescheiterten Liebe zu Narcissus hatte Juno nichts zu tun. Doch, o weh, ich konnte niemandem davon erzählen ...

»Sie war es nicht zufrieden, Echo ihrer Stimme beraubt zu haben«, fuhr unser muskelbepackter Held fort. »Sie nahm dem armen Mädchen auch noch den Körper, einfach so!«

»Oh!«, protestierte ich.

Das war ungerecht! Herkules wusste verdammt genau, dass ich aus Liebeskummer dahingeschwunden war. Es war meine Wahl gewesen, meine Entscheidung! Das kann man Juno nicht anhängen. Wenn ich nicht mit Narcissus zusammen sein konnte, dann wollte ich mit niemandem zusammen sein! Und ich sag dir noch etwas, *Genosse*: Ich habe das nie bedauert. Nicht einen Augenblick. Aber Herkules hatte seine Zuhörer fest im Griff. Und das bedeutete, dass er sich von einer unbedeutenden Kleinigkeit wie der Wahrheit nicht ins Handwerk pfuschen ließ...

»Als Juno sah, wie Narcissus bei jenem Tümpel auf Echo wartete, da konnte sie der Versuchung nicht widerstehen und fügte dem Unrecht noch eine weitere Schmähung hinzu: Sie erweckte in ihm die Liebe zum eigenen Spiegelbild – und dort blickt er immer noch hinein!«

»Nein«, berichtigte ich ihn bestimmt.

Niemand außer mir und Narcissus wusste wirklich, was dort an dem Teich geschehen ist. Narcissus schlummert seither und kann nichts davon erzählen, und ich werde das ganz gewiss auch nicht tun! Manche Dinge gehen eben niemanden sonst etwas an. Aber ich lasse auch nicht einfach herumerzählen, dass Narcissus sich in sein eigenes Spiegelbild verliebt hat. Das ist einfach nicht wahr! Und, offen gesagt: Ich mache mir Sorgen, dass am Ende jeder dieses Gerücht glauben wird, wenn Herkules es immer wieder aufbringt.

Man beachte, wie Herkules mit den Gefühlen der Zuhörer spielte! Da war kein trockenes Auge mehr auf der Lichtung, und das galt auch für den hundertäugigen Argus. Zum Hades, ich weiß ja, wie sehr jeder auf diese sentimentale Gut-Böse-Masche steht. Ich war nur nicht damit einverstanden, dass Herkules *mich* dazu benutzte, um sein Publikum zu überzeugen. Um allen zu zeigen, dass die Gottheiten des Olymp weder so intelligent noch so einfallsreich waren, wie sie uns glauben machen wollten.

Und nun wollte er also die Sache auf die Spitze treiben und die Götter vertreiben – mit dem leichtgläubigen Haufen hier hinter sich! Ich musterte meine Genossen. Dryaden und Faune, Gorgonen und Sirenen, Zyklopen, Titanen und Hexen. Da war Arachne; Pallas hatte sie in eine Spinne verwandelt, nur weil sie einen schöneren Wandteppich gewebt hatte als die Göttin. Lycaon, der an Jupiter gezweifelt hatte und nun ein knurrender, heulender Wolf war. Midas, den Apollo mit Eselsohren bedacht hatte, nachdem er sich gegen den Gott und an die Seite Pans gestellt hatte. Atalante, von Venus zur Löwin gemacht, nur weil sie (ist das zu glauben?) ihre Ehe vollzogen hatte, das arme Luder.

Mit einem Mal kochte alles hoch: Groll, der seit Jahrhunderten genagt hatte. Erbitterung, die mit jedem vorüberziehenden Jahrtausend noch bitterer geworden war. Zentauren, Bacchantinnen, Najaden, Musen, Harpyen, Furien und die unglücklichen Männer und Frauen, die in Stein verwandelt worden waren – sie alle ließen nun ihrem lange gehegten Groll freien Lauf. Für die meisten allerdings war einfach die Aussicht auf Macht zu aufreizend, um zu widerstehen …

»Nieder mit den Tyrannen!«, rief Herkules und ließ die Faust in die Handfläche klatschen.

»Nieder mit den Tyrannen!«, wiederholte die aufgebrachte Menge.

»Demokratie für den Olymp!«, brüllte er.

»Demokratie für den Olymp!«, schrien sie, und ich dachte nur: *Aber Hallo! Io ist nicht das einzige Herdentier unter uns …*

»Anstelle von Jupiter und Juno«, verkündete Herkules, »schlage ich ein Triumvirat vor!«

Hat ja lang genug gedauert, bis er zur Sache kam, nicht wahr? Nieder mit den Tyrannen – lang lebe der Tyrann! Aber die tobende Meute jubelte ihm zu.

»Seid ihr an meiner Seite?«, drängte er. »SEID IHR AN MEINER SEITE?«

Er bekam die erwarteten Zurufe, den Applaus, lärmendes, zustimmendes Getrampel.

»Dann schlage ich drei Mann für die Spitze vor – mich selbst und die heldenhaften Zwillinge. Was haltet ihr von einer Demokratie, angeführt von Herkules, Castor und Pollux?«

Ich wusste, was ich davon hielt.

»Pollux!«, sagte ich. Und seufzte. Verflucht, *irgendjemand* musste dieser Sommersonnwend-Spinnerei ein Ende setzen!

Ich wünschte nur, dass nicht ich dieser jemand sein musste ...

Versteht mich nicht falsch. Ich hab nicht viel für die Götter übrig. Ich krieche nicht um sie herum, und ich schmeichle ihnen nicht wie manch anderer, den ich hier nennen könnte. Gut, den ich nennen *werde*: Ganymed, zum Beispiel, der schmierige kleine Schleimer. Nun gut, vielleicht war er einmal ein einfacher Schäferjunge, den die Götter aus seiner Niedrigkeit emporgehoben und zu ihrem Mundschenk gemacht haben. Aber muss er ihnen deshalb gleich so in den Arsch kriechen? Und dann ist da noch Janus. Seine zwei Gesichter hat der nicht von ungefähr, müsst ihr wissen ...

Aber stimmt schon: Jetzt ist nicht der richtige Zeitpunkt, um bissig zu werden. Kommen wir später darauf zurück, wenn erst einmal diese Revolte beigelegt ist. Das Problem war nur, WIE man Herkules daran hindern sollte, Jupiter vom Thron zu stoßen.

Nun glaube ich persönlich keineswegs daran, dass die Götter unfehlbar sind. Herkules hat so manche Wahrheit ausgesprochen, und ich wäre die Erste, die einräumt, dass es noch eine Menge zu verbessern gibt. Die olympischen Götter *sind* träge geworden. Es *wurden* Fehler gemacht. Die Olympier sind nachlässig und hinterhältig. Sitte und Anstand wurden mit Füßen getreten, und wenn man jemals mit Fug und Recht abgedroschene Phrasen anbringen kann, dann jetzt: Macht korrumpiert, und bla bla bla. Aber – und das ist die Sache! – WENN HERKULES UND DIE ZWILLINGE AN DIE MACHT KÄMEN, ÄNDERTE SICH DARAN NICHTS!

In null Komma nichts wären sie gleichfalls selbstsüchtige Tyrannen. Wer würde dann noch einen Unterschied erkennen? Zeig mir einen uneigennützigen Politiker, und ich zeige dir einen Schneemann im Sommer. Und erzähl mir nichts vom ›Gemeinwohl‹! Herkules hat zwölf Aufgaben gemeistert, großartig gemeistert, wie ich zugeben muss. Aber das hat er nicht fürs Gemeinwohl getan. Nur aus Eigennutz hat er Ställe ausgemistet und Löwen und Hydras und was weiß ich noch erschlagen, wenn ihr euch erinnert. Damit aus dem Sohn einer Sterblichen selbst ein Gott werden konnte!

Und Castor und Pollux könnt ihr schon mal ganz vergessen. Der eine ein Ringer, der andere ein Boxer – Sportskanonen, ohne Zweifel. Aber habt ihr auch nur eine einzige Gehirnzelle bei den beiden entdecken können? Sucht ruhig weiter! Nein, für Herkules waren diese Muskelprotze nichts weiter als zweibeinige Reklametafeln. ›Bei uns seid ihr sicher‹, lautete die Botschaft auf den Bannern, unter denen die Unsterblichen zusammenströmen sollten.

Was ich damit für ein Problem hatte, fragt ihr? Wenn die eine Regierung wie die andere ist, warum nicht einfach mit dem Strom schwimmen? Also gut. Fragt euch mal selbst: Würdet ihr tatsächlich *euer* Schicksal in die Hände versoffener Taugenichtse legen wollen, die ihre eigene Jahreshauptversammlung verdösen und beim ersten Anzeichen billiger Rhetorik die Seiten wechseln? Mehr muss ich dazu wohl nicht sagen …

Allerdings wusste ich nicht, was ich anfangen sollte. Jupiter zog mal wieder über die Dörfer, und der Götterfürst allein wusste, was er diesmal für eine Verkleidung angelegt hatte. Schwan, goldene Regenfälle, die Gestalt diverser Ehemänner, alles war denkbar – und in der kurzen Zeit nicht herauszufinden. Herkules war nicht dumm! Er wusste verdammt gut, dass er die Unsterblichen nur zeitweilig auf einer Woge der Begeisterung mit sich riss. Er würde zuschlagen, bevor die Stimmung umschlug. Wer blieb also übrig? Neptun? Mh-mh. Der war viel zu beschäftigt damit, Stürme herbeizurufen und die Schiffe irgendeiner kleinen griechischen Insel zu versenken, von der er sich vernachlässigt fühlte. Apoll? Der lenkte immer noch seinen feurigen Wagen über den Himmel zu unseren Köpfen. Und was Mars betraf, nun, war der nicht gerade wieder als roter Stier unterwegs? (Und hinter Io her, möchte ich wetten!)

Es sah also so aus, als würde die Sache an den Frauen hängen bleiben.

Abgesehen von einer anstrengenden Jagd durch die Wälder oder einem Nach-Tisch-Nümmerchen gibt es wirklich nichts entspannenderes als Klatsch und Tratsch unter Freundinnen. Vielleicht verwende ich diesen Begriff ein wenig zu freimütig: Vermutlich treffen die Mädels eher zur gegenseitigen Seelenmassage zusammen als aus echter Freundschaft, aber wer will das schon so genau wissen? Bei dieser speziellen Gelegenheit hatte ich jedenfalls Glück: Es war die oberste Liga der Göttinnen, die heute unter dem Wasserfall herumplanschte.

Da badete Diana, die wie üblich bestätigt haben wollte, dass sie die Flinkeste war. Venus schwärmte von Adonis, damit auch jeder mitbekam, dass sie die Schönste war. Minerva war in ein Buch vertieft (als hätte nicht schon jeder gewusst, dass sie die Klügste war). Und Juno saß natürlich dabei, und sie heischte nach Anteilnahme, weil ja jeder wusste, dass Jupiter erneut unterwegs war und ene-mene-Mänade-in-die-Kiste spielte.

Diana betrachtete sich in der spiegelnden Wasseroberfläche und arbeitete an ihrer Haltung beim Speerwurf. »Wo treibt sich Cupido heute rum?«, fragte sie dessen Mutter.

»Diese lästige, kleine Landplage!« Man konnte Venus jedenfalls nicht vorwerfen, dass sie Cupido mit mütterlicher Fürsorge erstickte. »Ich habe ihn zum Üben geschickt, denn seine Schießkünste sind wirklich für den Arsch!«

Das konnte man bei Cupido wörtlich nehmen, glaubt es mir! Und es tut verflucht weh, sag ich euch, wenn da ein Pfeil ins Schwarze trifft. Ich habe gehört, Adonis konnte mal eine Woche lang nicht mehr sitzen, und Vulcan sagt, seine Schramme ist *immer noch nicht* verheilt.

»Ich weiß wirklich nicht, was er an diesen sterblichen Frauen findet!«, jammerte Juno herum. »Das sind doch Dirnen, alle miteinander!«

»Errr!«, sagte ich. Es dauert immer eine Ewigkeit, bis ich die Aufmerksamkeit von irgendjemandem gewonnen habe. Man muss auf den richtigen Augenblick warten.

Mist, das war er nicht gewesen.

»Nun, ihr wisst, was man über Ehemänner sagt«, lachte Venus. »Sie sind wie ein Lagerfeuer: Wenn man sie vernachlässigt, erlischt die Flamme.«

»EH!«

»Willst du etwa sagen, ich könnte nicht Jupiters Leidenschaften anheizen, du Schlampe?«

Oh-oh. Das lief nicht so, wie ich es mir vorgestellt hatte. Sie waren zu sehr damit beschäftigt, einander die Augen auszukratzen, um auf Echos am Ufer des Tümpels zu achten. Offen gesagt, als ich der Zänkerei zusah, war ich in Versuchung, die ganze Sache sein zu lassen. Sollte Herkules doch die Bande an seinem Hemdzipfel zum Ruhm führen.

Als Venus Juno ein wenig Nachhilfe in den Liebestechniken anbot, machte ich mich davon. Wenn es so weiterging, würde Venus demnächst die Haare nach vorne kämmen müssen, um das Veilchen zu verstecken.

Was nun, was tun ...

Auf der Lichtung waren die Unsterblichen inzwischen trunken vor Macht und Wein. Für Nektar und Ambrosia haben die heute nichts übrig, dachte ich mir. Sie glichen mehr den Lotophagen: Ein Mal von der Droge kosten, und alles andere ist vergessen! Ich sah sie mir an. Die Söhne und Töchter sterblicher Frauen erhoben sich gegen ihre eigenen Eltern. Selbst Herkules – der Sohn des Jupiters und einmal sogar von Juno an der Brust genährt – war bereit, seinen eigenen Vater vom Thron zu stürzen. Und das, so dachte ich mir, sagte genug. Das war es, was die Menschen von den Göttern unterschied.

Die Götter mochten zornige Zauber wirken.

Für sterbliche Menschen allerdings zählte nur die Gewalt!

Und deshalb würde Herkules niemals zum obersten aller Götter aufsteigen. Jupiter mochte seine Schwächen haben. Wiederholter Ehebruch war nicht die geringste davon. Aber interessierte sich Herkules – oder irgendjemand von dem Pöbelhaufen, der auf der Lichtung versammelt war – wirklich für das Wohlergehen der einfachen Leute? Sahen sie in den Menschen etwas anderes als Schachfiguren für ihr ganz eigenes, eigennütziges Machtspielchen?

Zurück am Tümpel hatten Juno und Venus sich inzwischen gegen Diana verbündet.

»Halt bloß deine Klappe«, sagte Juno gerade. »Eher verschreibt sich mein Mann dem Zölibat, bevor ich mir Sex-Tipps von einer Jungfrau anhöre!«

»Wie kannst du es wagen!«, stieß Diana hervor. »Ich schätze meine Jungfräulichkeit ...«

»Unfug!«, fiel Venus ihr spöttisch ins Wort. »Kein Mann kann was mit dir anfangen, du zimperliche Gewitterziege! Deshalb bist du nach all den Jahrtausenden immer noch Jungfrau. Du bist frigide!«

»FRIGIDE?«

Dianas Wortschwall übertönte den Wasserfall, und allmählich entwickelte sich dort ein recht erbittertes Gemenge. Also ignorierte ich die drei und konzentrierte mich auf Minerva. Ist euch aufgefallen, dass die bisher keinen Piepser von sich gegeben hat, was Jupiters Schürzenjägereien oder Dianas Keuschheitsgelübde betrifft? (Hab ich euch nicht gesagt, dass sie die Klügste ist?) Ich wartete ab, bis sie zum Ende der Schriftrolle kam, die sie gerade las – oder zu lesen vorgab, möchte ich wetten. Ich weiß jedenfalls, was mich mehr interessiert hätte: drei der führenden Göttinnen des Olymps in Hochform oder ein altes Blatt mit drögen Gedichten. Gar keine Frage! Wie auch immer, als Minerva nach der nächsten Seite griff, gab ich das Signal.

Mein alter Freund Boreas, der Nordwind, plusterte sich mit einem Ächzen auf, das durch Mark und Bein ging. Mit einem Schlag seiner grauen Schwingen verstreute er Minervas Schriftrollen in alle Himmelsrichtungen.

Unter dem unerwarteten Temperatursturz erschauderte jeder, ich eingeschlossen. Es ist schon Ewigkeiten her, dass ich mit Boreas geflirtet habe; ich hatte schon wieder vergessen, wie eisig seine Umarmungen sein können. Als Boreas nun aber Minervas Unterlagen durcheinander wirbelte, war das auch das Zeichen für Daphne. Das eigentümliche Rauschen ihrer ledrigen Blätter hallte über die Waldschneise und gab den Einsatz für Myrrha vor, die ein dickes, klebriges Öl von ihrer Rinde rinnen ließ. Und jetzt kamen auch all meine anderen Freunde hinzu. Aus dem leeren Himmel stießen Ceyx und Alkyone herab, die auf ihren eigenen Wunsch hin zu Eisvögeln geworden waren. Schlangen raschelten im hohen Gras. Um den Weiher herum versammelten sich all die sanftmütigen Geschöpfe, die darum gebeten hatten – jawohl, *gebeten!* –, von ihrer menschlichen Gestalt befreit zu werden. Sie bemühten ihre Stimmen aufs Äußerste, während Boreas ein ganz eigenes Getöse veranstaltete.

»Wie zur Hölle führen die sich denn auf?« Juno musste schreien, um sich Gehör zu verschaffen unter dem lautstarken Vogelgezwitscher, den Tierlauten und den Urwaldgeräuschen.

»Auf!«, rief ich zurück.

»Es liegt an der verdammten Jahreshauptversammlung«, schimpfte Diana und rieb die Gänsehaut auf ihrem Arm. »Wenn man nicht ständig hinter ihnen herläuft, geben sie niemals Ruh.«

»Ruh«, sagte ich und konzentrierte mich auf Minerva.

»Was zur Hölle glaubt Apollo eigentlich, das er da oben tut?«, meinte Venus und blickte hinauf zur Sonne, die immer noch hell und unschuldig herabstrahlte. »Mir ist verdammt kalt – BRRR!«

«RRR!«

»Habt ihr das gehört?«, schnaubte Juno. »Jetzt ist auch noch die verrückte kleine Echo dabei!«

O Mann, ihr könnt euch nicht vorstellen, wie gerne ich darauf etwas erwidert hätte. Aber leider hatte sie mir kein Stichwort gegeben.

»Pssst!«, zischte Minerva. Die drei anderen Göttinnen schwangen zu ihr herum und waren nur allzu begierig, jetzt auf Jupiters Lieblingstochter rumzuhacken. (Man beachte, wie rasch die Mädels die Fronten wechselten. Treue war hier unbeständiger als ein Tropfen Wasser auf der heißen Herdplatte.)

»Erzähl *du* mir nicht, wann ich den Mund halten soll, du rechthaberische Zicke ...«

»Nein, hört zu!«, sagte Minerva, und der Ton ihrer Stimme brachte jeden zum Schweigen, nicht nur die drei zänkischen Grazien. Stille senkte sich über die Lichtung. Selbst die Tropfen im Wasserfall schienen nur noch gedämpft über die Steine zu perlen. Der Lorbeer erzitterte nicht länger. Die Vögel verstummten. Die Schlangen wanden sich nicht länger. Nur Myrrhas Harz träufte weiterhin herab.

»Auf«, wiederholte ich. »Ruh. Rrr.«

»Habt ihr das gehört?« Minerva griff nach ihrer Rüstung.

»Auf. Ruh. Rrr.«, sagte ich, leiser diesmal. Beeilt euch, Mädels! Langsam rollen mir die ›Rrrs‹ aus.

»Beim Himmel!«, donnerte Diana und legte den Köcher über die Schulter. »Wir hören dich, Echo. Bei den Göttern, wir verstehen, was du uns sagen willst. Vertrau mir, du wirst die Olympier nicht undankbar finden!«

Nun ist Juno bekannterweise etwas schwer von Begriff, aber endlich fiel auch bei ihr der Groschen:

»AUFRUHR?«

Oh-oh. *Den* Tonfall kannte ich von der Königin des Olymp.

Irgendwer, irgendwo würde für etwas bezahlen müssen.

Und für diesmal war ich froh, dass ich nicht diejenige war!

Ich will euch nicht mit Einzelheiten langweilen. Ein Staatsstreich geht nicht ohne Verluste ab, und ich möchte nur sagen, dass seither eine Menge wilder Bären und Eber und Schlangen rumlaufen, die viel lieber Flussgötter, Satyrn oder Faune geblieben wären. Speziell jetzt, wo die Jagdsaison näher rückt.

Aber so ist das nun mal ...

Ich für meinen Teil war mit dem Ergebnis zufrieden. Eines Tages *werden* die Menschen womöglich den Göttern die Macht entreißen, und das wird ein trauriger Tag für die Sterblichen. Denn es liegt in der Natur des Menschen, immer wieder gegeneinander Krieg führen zu wollen – und wer soll die Flammen des Hasses ersticken, wenn Jupiter, Juno, Minerva und sie alle nicht mehr da sind?

Es tut mir nur Leid, dass Herkules aus dem Verkehr gezogen wurde, bevor er seine unflätigen Lügen über mich und Narcissus zurücknehmen konnte. Aber was soll man machen? Mein Geliebter und ich mögen dazu verdammt sein, unter dem falschen Zeugnis zu leiden. Aber die Wahrheit unserer Liebe zeigt sich in jedem Frühling. Und erzählt mir nicht, dass es in der Zukunft nicht irgendeinen Burschen namens Wordsworth oder Jobsworth oder so geben wird, der unsere Leidenschaft in Verse fassen möchte.

Was Herkules betrifft, er und die Zwillinge verschwanden nicht endgültig von der Bildfläche. Er war immerhin ein Sohn des Jupiters. So erfuhren seine zwölf Aufgaben in den Geschichtsbüchern eine höchst schmeichelhafte Hervorhebung, während gleichzeitig sämtliche Hinweise auf den hier erwähnten Vorfall eifrigst unterdrückt wurden. Ähnlich erging es Castor und Pollux. Die Götter – weil sie nun mal Götter sind – würden ihre Feinde natürlich niemals töten. Das liegt nicht in ihrem Wesen! Wer also die Mühe auf sich nimmt und in einer klaren Nacht mal emporblickt, der kann die drei Revolutionäre noch immer sehen. Dort oben am Himmel!

Nur ihr und ich kennen jetzt noch den wahren Grund, weshalb die drei da zwischen den Sternen gelandet sind.

Und ich erzähle es natürlich niemandem weiter.

Es sei denn, jemand schenkt mir noch mal kräftig nach …

Originaltitel: Bad Day on Mount Olympus
Ins Deutsche übertragen von Linda Budinger

Ein Haufen Teufel

11. Was zahlen Sie?

Craig Shaw Gardner

Ja, tatsächlich schon wieder Craig Shaw Gardner, aber ich werde mich bestimmt nicht entschuldigen, zwei Geschichten eines Autors in diesem Band zu veröffentlichen, wenn mir das die Chance bietet, sowohl eine Wuntvor-Episode, wie an früherer Stelle in diesem Buch, als auch eine brandneue Story anzubieten, die speziell für dieses Buch geschrieben wurde. Wuntvor oder Ebenezum kommen dieses Mal nicht vor, dafür ist die Geschichte auf beunruhigende Art lebensnah.

Earl konnte nur hoffen, dass die Glotze etwas zu bieten hatte. Nach dem Tag, den er hinter sich hatte, brauchte er nun ein wenig Entspannung. Er stellte den Fernsehsessel ein Stück zurück und betätigte die Fernbedienung.

Klick.

»Größer! Heller! Schärfer! Besser!«

Klick.

»Wenn du auch nur eine Minute lang glaubst, diese Klinik zu leiten, entbände dich von der Verantwortung für das Kind, das in mir heranwächst ...«

Klick.

»Jetzt! Und nur für begrenzte Zeit!«

Klick.

»Genau! Warum kann die Gesellschaft transsexuelle Nonnen nicht anerkennen? Immerhin ist es nicht so, dass wir alle lesbisch sind ...«

Klick.

Ah, das sah interessant aus. Einer dieser altmodischen Fantasy-Filme. Der Bildschirm war von einem verwaschenen Rot erfüllt, alles stand in Flammen. Und jedermann schrie. Und dann diese Teufel mit den zuckenden Schwänzen. Ihre Dreizacke glühten sogar. Nette Inszenierung. Earl kicherte. Mit diesen Computern heutzutage konnte man einfach alles anstellen.

»Willkommen in der Hölle«, intonierte eine Stimme, die noch ein paar Oktaven tiefer klang als die von James Earl Jones. »Wir haben eine Überraschung für Sie.«

Etwas krachte im Obergeschoss. Er hörte, wie gleich darauf seine Frau Brian anschrie, ihren fünfzehnjährigen Sohn. Earl seufzte. Wieder mal ein netter Abend zu Hause.

»Ja, genau«, grollte die Stimme aus dem Fernseher weiter. »Sie haben genau im richtigen Moment zugeschaltet, sich unser aufregendes Angebot anzusehen.«

Bässe dröhnten durch die Zimmerdecke. Brian hatte seine Stereoanlage wieder auf die übliche, ohrenbetäubende Lautstärke aufgedreht. Earl stellte den Fernseher lauter. Er wollte kein einziges Wort dieser Stimme verpassen.

Eine brennende Gestalt stürzte schreiend durch das Bild.

»Nur einer der Unglücklichen, die nicht auf unser ansprechendes TV-Angebot eingegangen sind«, fuhr die Stimme leicht amüsiert fort. »Lassen Sie nicht zu, dass auch Sie brennen müssen!«

Also war das auch eine Werbesendung? Earl war ein wenig enttäuscht. Aber immerhin hob sie sich von dem üblichen Kram ab. Ja, heutzutage taten sie wirklich alles, um sich die Aufmerksamkeit der Zuschauer zu sichern. Seine Frau brüllte irgendwas in einem anderen Zimmer. Sie wusste, dass er sie nicht hören konnte, wenn der Fernseher lief, und Earl beschloss, dass es sich so oder so nicht gelohnt hätte, ihre Worte zu verstehen.

Er konzentrierte sich wieder auf den Bildschirm.

Der Sprecher sagte: »Und nun ein paar Worte von Mephistopheles!«

Ein Gesicht füllte das Bild aus, rund und lächelnd, mit Hörnern obendrauf und einem dünnen Schnurrbart in der Mitte. In Earls Augen sah er aus wie eine rötlichere Ausgabe von Don Ameche. Don Ameche grinste. Das Leuchten seiner Augen schien von innen zu kommen. »Was wir anzubieten haben? Geschäfte, Geschäfte, Geschäfte! Bei uns erwartet Sie das beste Geschäft Ihres Lebens – und der Zeit danach.«

Etwas krachte im Obergeschoss. Etwas anderes krachte in der Küche.

Seine Frau rannte zum Fuß der Treppe, um Brian anzuschreien. Sein Sohn stampfte aus seinem Zimmer heraus, wobei er für jemanden, der gerade 70 Kilo auf die Waage brachte, einen Höllenlärm veranstaltete, und stellte sich am Kopf der Treppe auf, um zurückzubrüllen. Brian benutzte eine recht unflätige Vokabel. Earls Frau konterte mit einigen anderen unflätigen Ausdrücken ihres eigenen Wortschatzes und wollte wissen, woher ihr Sohn solche Worte kenne.

Die Konversation nahm den gewohnten Gang. Um das zu wissen, musste Earl nicht jedes Wort mit anhören. Was fehlte, konnte er jederzeit aus dem Gedächtnis einsetzen. Wie schade, dachte Earl, dass seine Familie nicht so geistreich sein konnte wie diese Infomercials.

Er starrte wieder auf den Bildschirm und stellte fest, dass er tatsächlich ein wenig enttäuscht war, einen Teil der Werbesendung verpasst zu haben.

»Das«, so verkündete der Sprecher gerade, »ist nur ein kleines Beispiel für das, was Ihnen unser Unterhaltungspaket zu bieten hat, der letzte Schrei aus dem Hades-Sportzentrum!«

Ein in Lumpen gekleideter Mann, dessen Körper mit Kratzern und verschorften Wunden übersät war, strengte sich nach Leibeskräften an, um einen nicht eben kleinen Felsbrocken einen steilen Hang hinaufzurollen. Am unteren Bildschirmrand prangten die Worte: »WETT-FELS-ROLLEN – WETTBEWERB HAT BEREITS BEGONNEN.«

Zwei Kommentatoren sprachen mit leisen Stimmen.

»Eines muss man dem guten alten Sisyphus lassen, er ist ein echter Kämpfer«, stellte der Erste fest.

»Und ich glaube, dieses Mal hat er wirklich eine Chance«, fügte der Zweite hinzu.

Der zerlumpte, schwitzende Mann schob den großen Gesteinsbrocken mit dem Rücken aufwärts und stemmte die nackten Füße in die steinige Erde. Es war kaum zu glauben, aber dieser Sisyphus schob den Felsen Zentimeter um Zentimeter den Hügel hinauf. Earl musste zugeben, dass das eine beachtliche Leistung war. Erinnerte ihn an so eine schottische Sportveranstaltung, Baumstammwerfen oder dieses Spiel mit den Schafsmägen. Verglichen mit den Werbeshows, die sonst zur Essenszeit in der Glotze liefen, war dies wirklich mal eine Abwechslung.

»Das könnte für seine Konkurrenten noch ein echtes Problem werden«, sagte die erste Stimme. »Er verfolgt sein Ziel nun schon ziemlich lange Zeit.«

Die zweite Stimme lachte. »Ja, fast könnte man versucht sein zu sagen, seit einer Ewigkeit.«

Nun fiel Earl auf, dass das Geschrei im Hintergrund inzwischen eher einer Anfeuerung glich.

»Hören Sie sich die Fans an!«, rief die zweite Stimme.

»Ja, die Heimmannschaft wird von ihnen über den Buckel getragen«, schwärmte die erste Stimme. »Beinahe, als hätten sie einen zusätzlichen Spieler.«

»Und Sisyphus braucht das jetzt! Er muss jetzt 110 Prozent geben!«

Aber Sisyphus hatte Probleme: Der Winkel, in dem sich der Hang zum Himmel streckte, schien immer steiler zu werden, je weiter er aufstieg, und der Felsbrocken bewegte sich langsamer und langsamer. Earl beobachtete eine lange, quälende Minute lang, wie sich der Felsen gar nicht mehr zu rühren schien. Dann, mit einem erstickten Aufschrei, stürzte der zerlumpte Mann zur Seite und wäre beinahe zerquetscht worden, als der Felsen den Hang wieder hinunterstürzte.

»Oh! So knapp vor dem Ziel!«

»Mehr Glück beim nächsten Mal, Sisyphus! Was für ein Kämpfer! Er gibt einfach nie auf, egal, wie lange es dauert.«

»Und es scheint ewig zu dauern.« Die zweite Stimme kicherte. »Beinahe so beeindruckend wie ›The Babe‹. Wir sind gleich zurück, um Sisyphus' nächsten Versuch zu verfolgen, aber nun erst eine wichtige Information für Sie. Bleiben Sie dran.«

Nun hatte Earl doch allmählich genug. Vielleicht hatte der Playboy Channel etwas Gutes zu bieten. Er drückte auf eine Taste der Fernbedienung. Nichts passierte. Im Fernseher lief immer noch die leuchtend rote Werbesendung.

Was nun? Hatte er die Batterien in dem Ding nicht gerade erst vor einem Monat gewechselt? Earl schüttelte die Fernbedienung und drückte erneut auf die Taste.

Die Stimme des ersten Sprechers war wieder zu hören: »Wir sind gleich wieder zurück bei euch, nachdem wir unseren Zuschauern von diesem aufregenden Angebot erzählt haben.«

Die Fernbedienung tat schlicht überhaupt nichts. Vielleicht sollte er aufstehen und den Kanal am Fernseher einstellen.

Die Kamera schweifte über ein Meer elend aussehender Menschen, einige davon in Lumpen gehüllt, andere gänzlich nackt. »Sie kennen die Story bereits«, fuhr der Sprecher fort. »Nichts ist umsonst, und in der Hölle ist die Krise genauso spürbar wie überall sonst. Aber Sie können etwas dagegen tun. Wir suchen Kontakt zu jeder lebenden Seele. Ja, Sie haben richtig verstanden. Die Hölle braucht Sie.«

Wieder grinste der rot gefärbte Don Ameche auf dem Bildschirm.

»Keine Sorge«, fügte Don hinzu. »Wir preisen hier und jetzt nicht unsere speziellen Vereinbarungen an, aber sollten Sie interessiert sein, dann rufen Sie einfach die Nummer am unteren Bildschirmrand an.«

›1-800-VERDAMMNIS‹ leuchtete in weißen Lettern am unteren Rand auf, während er sprach.

»Aber was ist mit all den anderen?«, fuhr er fort. »Haben Sie je an die Feuergruben gedacht? Denn die Gruben denken an Sie. Und jetzt können Sie ein kleines Stück der Hölle zu einem sagenhaft günstigen Preis zu sich nach Hause holen!«

Earls Frau tauchte in der Tür zur Küche auf. »Was zur Hölle siehst du dir da an?«

Offensichtlich war es etwas ganz Besonderes, da es Gladys' Aufmerksamkeit erregt hatte. Immerhin etwas. Er deutete mit der Fernbedienung auf das TV-Gerät.

»Ist so ein Infomercial – vermutlich für irgendeine Dotcom-Geschichte.«

Die Miene seiner Frau verdüsterte sich noch weiter. »Jetzt siehst du dir also schon Werbesendungen an, während ich wie eine Sklavin in der Küche schufte? Als gäbe es hier nichts Vernünftiges zu tun.«

Earl hatte nicht die Absicht, sich über derlei Themen zu streiten. »Na ja, ich schätze, ich habe jetzt auch genug davon.« Er hob die Fernbedienung und drückte auf die Aus-Taste.

»Au!« Aufgeschreckt löste er seinen Daumen von der Taste, während der Schock ihn beinahe von der Couch geworfen hätte.

»Das werden wir doch bestimmt nicht wieder tun, oder?«, fragte Don Ameche vergnügt. »Nicht, ehe Sie alles über unser aufregendes Angebot erfahren haben.«

Gladys starrte den Fernseher an. »Spricht das Ding mit uns?«

»Mit Ihnen und allen anderen Bestandteilen Ihrer erbärmlichen Vorstellung einer Existenz«, entgegnete Don lachend. »Aber ich schweife ab.« Er deutete geradewegs auf Earl. »Sie sind also nicht bereit, sich der Hölle hinzugeben? Nun, vielleicht brauchen Sie noch mehr ... überzeugende Argumente. Und seien Sie versichert, überzeugende Argumente sind unsere Spezialität. Wir werden einen Weg finden, Sie dazu zu bewegen, Ihre Brieftasche für uns zu öffnen und zu zahlen, bis es wehtut – ganz einfach, weil es nicht so wehtut, wie das hier.« Don sah sich um. »Hey, Beelz! Was haben wir denn für diese netten Leute hier?«

»Etwas ganz Besonderes«, erwiderte die Stimme des Sprechers. »Discosaurufen.«

»So was werde ich mir garantiert nicht ansehen!«, verkündete Gladys, rührte sich aber nicht. Es war, als wären ihre Füße am Boden festgenagelt. Earl glaubte sogar, eine Spur von Panik in ihrer finsteren Miene zu erkennen.

Ein furchtbar fettes Wesen mit einem breitkrempigen Hut tauchte auf dem Bildschirm auf.

»Säääuuuuueeeee!« Bumm, bumm, bumm. »Säääuuuuueeeee!« Bumm, bumm, bumpedibumm. Und so weiter. Der fette Kerl schrie, begleitet von Discobässen. So lief das eine ganze Weile. Earl dachte daran, die Kiste auszuschalten. Nicht,

dass die Teufel ihn gelassen hätten. Aber er konnte den Blick so oder so nicht von dem Bildschirm abwenden. *»Säääuuuuueeeee!« Bumpedibum, bumm, bumm.* Das war wie Zeuge eines Autounfalls zu sein – genau zu wissen, dass man nicht gaffen soll, aber unfähig, den Kopf daran zu hindern, genau auf den Schauplatz zu starren.

Don Ameche nahm wieder den Platz des fetten Kerls ein, und Earl stieß einen Seufzer der Erleichterung aus.

»Wir danken unserem ersten Kandidaten«, sagte Don. »Damit bleiben noch 4.682 weitere Discosaurufe!«

Ein weiterer, noch fetterer Typ mit einem noch größeren Hut tauchte auf dem Bildschirm auf.

»Dad!« Brian raste die Treppe hinunter. »Irgendwas stimmt mit meiner Stereoanlage nicht. Sie spielt nur noch Akkordeonmusik!«

Earl bedachte den Fernseher mit einem finsteren Blick.

»Wir sind immer bemüht, uns den Verhältnissen anzupassen«, erklärte die Stimme des Sprechers voller Stolz.

Jetzt lächelte Gladys doch tatsächlich. »Aber unsere Musikgeschmäcker sind grundverschieden. Wie können sie da überhaupt etwas finden, dass für uns alle ungewohnt ist?«

Der Sprecher zögerte nur eine Sekunde, ehe er verkündete: »Volkstümliches Stadldisco-Saurufen.«

Ein dirndltragender Chor gesellte sich zu den sich wiederholenden Geräuschen der Sendung. »Im Himmel gibt's kein Bier ...« *»Säääuuuuueeeee!« Bumm, bumm, bumpedibumm, bumm.*

Dieses Mal schien die Sache noch länger zu dauern, und die ganze Familie starrte wie gelähmt auf den Bildschirm.

»Drum trinken wir es hier ...« *»Säääuuuuueeeee!«*

»Um Gottes willen, schalt es aus!«, kreischte Gladys, wandte aber den Blick nicht ab.

Bumpedibumm, bumm. Umtatah. Bumm.

Brian hielt sich die Ohren zu. »Okay, Dad! Du hast gewonnen! Dieses Mal werde ich wirklich raufgehen und meine Hausaufgaben machen!« Aber er starrte nur mit offen stehendem Mund den Fernseher an.

Earl hielt es nicht länger aus. Ohne sich um die Konsequenzen zu scheren, drückte er erneut die Aus-Taste.

Dieses Mal erwischte es die ganze Familie, und alle drei schrieen im Chor.

»Wir können damit aufhören«, sagte Don sanft.

»Wie ...«, keuchte Gladys, die Hände an die Brust gepresst.

»Indem wir Ihnen Zugang zu Hades Network gewähren, und das zu einem sagenhaft günstigen Preis! Wie viel wären Sie bereit, für dieses tolle Programm zu zahlen ...« Während er sprach, flimmerten das Steinrollen, das Discosaurufen, die schreienden stürzenden Menschen und unglaublich viele Flammen über den Bildschirm. »... oder, noch besser: Wie viel wären Sie bereit zu zahlen, um es abschalten zu können?«

Dons Grinsen wurde immer breiter. »Denken Sie darüber nach. Die Macht des Hades steht zu Ihrer Verfügung, und das kostet Sie nur $19,95 monatlich. Ja, Sie haben richtig gehört! Nur $19,95! Und dieser Preis wird sich nicht ändern, bis wir beschließen, ihn anzuheben!«

Earl schüttelte den Kopf. Das war nicht der richtige Zeitpunkt für zusätzliche Ausgaben. Sie waren jetzt schon pleite genug. »Aber unsere Kreditkarten ...«

»Na, na«, tadelte Don. »Ihre Discover-Karte ist doch noch nicht am Limit, richtig?«

Earl sah seine Frau an, was jene mit einem auffallend eifrigen Nicken quittierte.

»Also sind Sie einverstanden?« Don nickte. »Gemacht!

Wenn doch nur alles so einfach wäre wie ein Pakt mit dem Teufel!

Soeben haben Sie die Hölle zu einem glücklicheren Ort gemacht, den Sie hoffentlich nie besuchen müssen. Wir überlassen Ihnen nun wieder die Kontrolle über ihr Fernsehgerät – Sie wissen ja, wie es funktioniert. Aber von nun an können Sie Tag für Tag das Beste aus der Hölle sehen! Und solange Sie pünktlich bezahlen, werden Sie nie wieder von uns hören – zumindest nicht, bis wir das nächste Mal in finanziellen Schwierigkeiten stecken. Darauf haben Sie das Wort des Teufels!« Don blickte nach unten. »Aber sollten Sie uns je brauchen, so wissen Sie jetzt, wo Sie uns finden können!«

Ein Logo erschien in einer Ecke am unteren Bildschirmrand – Kanal 666.

Die ganze Familie seufzte erleichtert auf, als Earl ein anderes Programm einschaltete.

»Na ja«, sagte Gladys, während Earl durch ein Dutzend verschiedener Programme zappte. »Das war auf jeden Fall mal etwas ... anderes.«

»Yep«, stimmte Brian zu. »Discosaurufen – irre!«

Plötzlich fiel Earl auf, dass sich die Mitglieder seiner Familie zur Abwechslung mal nicht anbrüllten. Sein Daumen hing über der Taste, um ein weiteres Mal das Programm zu wechseln.

Aber was war das?

Der Raum füllte sich mit einem goldenen Lichtschein aus dem Fernseher. Earl war überrascht, wie viel Helligkeit der Kasten absondern konnte.

Bilder von einem blauem Himmel mit perfekten weißen Wolken tauchten auf dem Schirm auf, nur um gleich darauf durch eine Reihe perfekter Engel mit gespreizten Flügeln ersetzt zu werden, die samt und sonders die Stimmen zum Gesang erhoben.

Nun, dachte Earl, dies war gewiss ein weit friedvolleres Bild als das, was sie gerade erlebt hatten. Andererseits würde nach dieser Erfahrung wohl alles ziemlich friedvoll erscheinen.

Der Chor sang. Earl saß nur da und wartete darauf, dass irgendetwas geschah.

»Wir dachten, Sie würden vielleicht gern einen Blick auf den Himmel werfen«, sagte schließlich eine schmeichelnde Stimme, begleitet von dem Engelschor. »Aber auch der Himmel hat seine Probleme. Wie überall auf der Welt haben sich auch bei uns die täglichen Aufwendungen dramatisch erhöht.«

Vielleicht hätten sie ihre Ausgaben senken können, hätten sie nicht so viele Sänger engagiert. Earl starrte auf die Fernbedienung.

»Darum bieten wir Ihnen nun ein Programm an, das ganz einfach himmlisch ist. Ein Programmpaket, ganz speziell für Sie. Sehen Sie sich an, was der Himmel zu bieten hat. Sehen Sie nun einen Ausschnitt unserer niveauvollen Serie ›Ein Stück Himmel‹.«

Die Szenerie veränderte sich, und drei Gestalten, alle in himmlischen Roben, starrten einander mit erhobenen Fäusten finster an.

Die Gestalt zur Linken runzelte die Stirn und senkte die Hände. »Wisst ihr was? Ich habe keine Lust mehr zu streiten.«

Die anderen beiden wechselten einen kurzen Blick und ließen ebenfalls die Fäuste sinken.

»Du hast Recht«, sagte der zweite Protagonist lächelnd. »Wir sollten unsere Probleme durch Reden lösen.«

»Wir werden ewig Freunde sein!«, stimmte der Dritte zu.

Die schmeichelnde Stimme war wieder zu hören. »Oder wie wäre es mit einem Ausschnitt aus ›Himmlische Botschaften‹ oder ›Fliegen‹, unsere thematisch orientierten Talkshows, in denen wir uns mit all jenen Punkten befassen, die für uns hier oben wichtig sind.«

Ein Mann in himmlischer Robe stand vor einem halben Dutzend anderer Gestalten in gleichartigen Gewändern. Ersterer – Earl nahm an, dass es sich um den Gastgeber handelte – sprach in ein Mikrophon.

»Ich weiß nicht, wann ich mich zuletzt so gut gefühlt habe. Wie steht es mit euch?«

Die Worte LEUTE, DIE SICH WIRKLICH WOHL FÜHLEN, flimmerten über den unteren Bildschirmrand.

»Wisst ihr«, sagte einer der Gäste. »Ich fühle mich sogar noch besser!«

»Ja, so geht es uns allen«, plichtete ihm ein anderer bei, während die übrigen eifrig nickten.

Der Chor fing wieder an zu singen, und die schmeichelnde Stimme fuhr fort: »All dies und noch viel mehr! Denken Sie darüber nach. Vielleicht hoffen Sie, selbst einmal herzukommen. Aber wer kann schon sicher sein, dass er sich mit dem richtigen Fuß aus der Mühsal alles Irdischen löst?«

Der Chor sang einen Moment ungestört, ehe der Sprecher sich wieder zu Wort meldete: »Warum folgen Sie also nicht einfach Ihrer wahren, edlen Gesinnung? Sie können sicher sein, dass Ihre Unterstützung auch dort wohlwollend vermerkt werden wird, wo es wirklich zählt. Und bedenken Sie: Wer dem Himmel hilft, hilft am Ende sich selbst.«

Mehr Chorgesang. Zumindest waren nun wieder nur blauer Himmel und Wolken zu sehen. Earl starrte erneut die Fernbedienung an.

»Wir werden Sie nicht davon abhalten, das Programm zu wechseln«, fuhr die schmeichelnde Stimme fort, »aber bedenken Sie, was passieren könnte, wenn Sie es tun. Helfen Sie uns, den Glanz des Himmelstores zu bewahren! Spenden Sie großzügig ...«

Earl sah erst seine Frau, dann seinen Sohn an. Beide nickten.

Earl schaltete wieder zur Hölle zurück.

Er wünschte, alle familiären Entscheidungen wären so leicht zu treffen.

Originaltitel: How much would you pay?
Ins Deutsche übertragen von Frauke Meier

12. Aller üblen Dinge sind drei

Fredric Brown

Fredric Brown (1906-1972) war ein brillanter Science-Fiction-, Fantasy- und Krimiautor. Er konnte ernste Geschichten erzählen – wie jeder wissen dürfte, der je die Horrorstory THE GEEZENSTACKS oder seine Science-Ficton-Geschichte ARENA (die später zu einer Star-Trek-Episode verarbeitet wurde) gelesen hat. Er konnte sehr spannende, gewichtige Bücher schreiben, wie seinen ersten Mystery-Roman THE FABULOUS CLIPJOINT (1947). Aber vor allem wird er seinen Lesern für seine scharfsinnigen, sardonischen Vignetten in Erinnerung bleiben. Es gab eine Zeit, da war er berühmt dafür, die kürzeste aller Kurzgeschichten verfasst zu haben, KNOCK, von der man mit Recht behaupten kann, sie sei die einzige Geschichte, die regelmäßig im Ganzen zitiert wird. Hier nun drei Beispiele für sein Können:

Schmutzig

Walter Beauregard war beinahe fünfzig Jahre lang ein ebenso vollendeter wie begeisterter Wüstling gewesen. Nun, im Alter von fünfundsechzig Jahren, bestand für ihn ernstlich die Gefahr, seine Qualifikation für die Mitgliedschaft in der Lustmolch-Gewerkschaft zu verlieren. Um ehrlich zu sein: Er hatte sie schon längst verloren. Seit drei Jahren lief er von einem Arzt zum nächsten, von einem Quacksalber zum anderen, versuchte ein Heilmittel nach dem anderen, doch nichts vermochte ihm zu helfen.

Schließlich hatte er sich seiner Bücher über Magie und

Nekromantie entsonnen. Bücher, die er gern gesammelt und als Teil seiner kostbaren Bibliothek gehütet und gelesen hatte, die er aber nie ernst zu nehmen im Stande gewesen war. Bis jetzt. Was hatte er schließlich noch zu verlieren?

In einem muffigen, übel riechenden, aber seltenen Band fand er, was er gesucht hatte. Wie dort beschrieben, zeichnete er ein Pentagramm, kopierte einige kabbalistische Symbole, entzündete die Kerzen und las die Anrufung laut vor.

Ein Blitz, umgeben von einer Rauchwolke, flammte auf. Und ein Dämon erschien. Ich werde den Dämon nicht beschreiben, es muss Ihnen die Versicherung genügen, dass er Ihnen nicht gefallen hätte.

»Wie heißt du?«, fragte Beauregard, und sosehr er sich bemühte, seiner Stimme einen festen Klang zu verleihen, zitterte sie doch ein bisschen.

Der Dämon gab einen Laut von sich, irgendwo zwischen einem Kreischen und einem Pfeifen, begleitet von dem Unterton eines Kontrabasses, dessen Bogen durch einen Fuchschwanz oder eine singende Säge ersetzt worden war. Dann sagte er: »Meinen Namen vermagst du nicht auszusprechen, aber in eurer schwerfälligen Sprache würde er ›schmutzig‹ bedeuten. Nenn mich einfach ›Schmutzig‹. Ich nehme an, du willst das Übliche?«

»Was ist das, das Übliche?«, wollte Beauregard wissen.

»Ein Wunsch, natürlich. Schön, es sei gewährt. Aber keine drei Wünsche; diese Geschichte mit den drei Wünschen ist reiner Aberglaube. Du bekommst nur einen, und der wird dir nicht gefallen.«

»Mehr als einen will ich gar nicht. Und ich kann mir nicht vorstellen, weshalb er mir nicht gefallen könnte.«

»Du wirst es schon noch merken. Nun gut. Ich kenne deinen Wunsch. Und hier ist die Antwort.« Schmutzig griff in die Luft, und seine Hand verschwand. Als sie wieder auftauchte, hielt sie eine silbrig schimmernde Badehose. Er reichte sie Beauregard. »Trage sie und du wirst in guter Verfassung sein«, sagte er.

»Was ist das?«

»Wonach sieht es denn aus? Eine Badehose. Aber eine ganz besondere. Das Material stammt aus der Zukunft, für dich noch einige Jahrtausende entfernt. Es ist unzerstörbar, wird sich nie abtragen oder reißen. Guter Stoff. Aber der Bann, der auf der Badehose liegt, ist schon sehr alt. Probier sie an, und finde es selbst heraus.«

Der Dämon verschwand.

Walter Beauregard zog sich hastig aus und schlüpfte in die Badehose. Sofort fühlte er sich einfach herrlich. Potenz strömte durch seinen ganzen Leib. Er kam sich vor, als wäre er wieder ein junger Mann und stünde gerade am Anfang seiner lüsternen Laufbahn.

Rasch zog er Bademantel und Pantoffeln an. (Habe ich erwähnt, dass er ein reicher Mann war? Darum war sein Zuhause ein Penthouse auf dem protzigsten Hotel von ganz Atlantic City. Es war ebenso protzig wie er selbst.) In seinem Privataufzug fuhr er hinunter und ging zu dem hoteleigenen Luxusschwimmbad. Das Becken war, wie üblich, von prächtigen Bikinischönheiten belagert, die unter dem Vorwand, Sonnenbräune tanken zu wollen, ihre Aktiva ausbreiteten, während sie darauf warteten, dass ihnen ein reicher Mann wie Beauregard einen Antrag machen würde.

Er ließ sich Zeit bei der Auswahl, wenigstens ein bisschen.

Zwei Stunden später, immer noch mit der wunderbaren magischen Badehose am Leib, saß er auf der Bettkante und betrachtete seufzend die schöne Blondine, die ausgestreckt neben ihm auf dem Bett lag. Ohne Bikini – und tief schlafend.

Schmutzig hatte so Recht gehabt. Und er hatte einen so passenden Namen. Die magische Badehose, die unzerstörbare, unzerreißbare Badehose funktionierte hervorragend. Aber wenn er sie auszog oder auch nur herunter …

Seiltrick

Mr. und Mrs. George Darnell – ihr Vorname war Elsie, falls das irgendjemanden interessiert – machten in ihren Flitterwochen eine Weltreise. Ihren *zweiten* Flitterwochen, die an ihrem zwanzigsten Hochzeitstag begannen. Während der ersten Hochzeitsreise war George in den Dreißigern, Elsie in den Zwanzigern gewesen – was, falls Sie meine Angaben überprüfen wollen, darauf hindeutet, dass George dieses Mal in den Fünfzigern und Elsie in den Vierzigern war.

In den gefährlichen Vierzigern (diese Zeit ist für eine Frau ebenso gefährlich wie für einen Mann) und sehr, sehr unzufrieden mit dem, was geschehen war – oder, genauer, mit dem, was *nicht* geschehen war – während der ersten drei Wochen ihrer zweiten Hochzeitsreise. Um ganz ehrlich zu sein: Nichts, absolut nichts, war geschehen.

Bis sie Kalkutta erreichten.

Eines frühen Nachmittags checkten sie im Hotel ein und beschlossen, nachdem sie sich ein wenig frisch gemacht hatten, spazieren zu gehen, um so viel von der Stadt zu sehen, wie man während des einen Tages und der einen Nacht, die für ihren Aufenthalt eingeplant waren, nur sehen konnte.

Sie kamen zu einem Basar.

Und dort beobachteten sie einen Hindu-Fakir, der einen alten indischen Seiltrick vorführte. Nicht die

Aufsehen erregende und schwierige Version, in der ein Knabe an dem Seil emporklettert, und – nun, Sie wissen sicher selbst, wie ein indischer Seiltrick aussehen sollte.

Dies war eine vereinfachte Version. Der Fakir hatte das Seil aufgerollt vor sich auf den Boden gelegt und spielte ein paar einfache Noten auf einem Flageolett – und während er spielte, fing das Seil langsam an, sich zu erheben und steif in der Luft zu stehen.

Das brachte Elsie auf eine wundervolle Idee, von der sie George allerdings nichts erzählte. Gemeinsam kehrten sie in ihr Hotelzimmer zurück, und nach dem Essen wartete sie, bis er zu Bett ging – wie stets um neun Uhr abends.

Mit Hilfe eines Übersetzers gelang es ihr, dem Fakir das Flageolett, das sie ihn hatte spielen hören, abzukaufen und ihn zu überreden, ihr gegen Bezahlung die einfachen Noten beizubringen, die das Seil in Bewegung versetzt hatten.

Dann kehrte sie zu dem Hotel und in das gemeinsame Zimmer zurück. Ihr Ehemann George schlief tief und fest – wie er es immer tat.

Elsie stellte sich neben das Bett und fing an, dem Flageolett leise die erlernten Töne zu entlocken, immer und immer wieder.

Und während sie spielte, erhob sich langsam die Decke über ihrem schlafenden Ehegatten.

Als sie eine angemessene Höhe erreicht hatte, legte sie das Flageolett ab und zog mit einem Jubelschrei auf den Lippen die Decke zurück.

Und da, senkrecht in der Luft stehend, sah sie das Ende seiner Pyjamakordel!

Der Ring von Hans Carvel

(Neu erzählt und leicht modernisiert aus den Werken von Rabelais.)

Einst lebte in Frankreich ein wohlhabender, aber schon recht alter Juwelier namens Hans Carvel. Er war nicht nur ein studierter, gelehrter Mann, sondern auch noch liebenswert. Und er war ein Mann, der die Frauen mochte, und obwohl er kein zölibatäres Leben geführt oder irgendetwas vermisst hatte, war er Junggeselle geblieben, bis er – nun, sagen wir, sein Alter hatte die sechzig im Blick, schließlich brauchen wir nicht darauf einzugehen, aus welcher Richtung.

In diesem Alter nun verliebte er sich in die Tochter eines Justizwachtmeisters – ein junges, schönes Mädchen lebhaft und feurig, ein Genuss, geschaffen für einen König.

Und er heiratete sie.

Die ansonsten glückliche Ehe dauerte nur wenige Wochen, bis Hans Carvel den Verdacht hegte, seine junge Frau, die er noch immer von Herzen liebte, könnte ein wenig zu feurig sein, ein wenig zu lebhaft, und er fürchtete, was er ihr zu bieten hatte – abgesehen von Geld, wovon ihm genug zur Verfügung stand, könnte nicht reichen, sie zufrieden zu stellen. Sagte ich: *könnte* nicht reichen? Es reichte nicht.

Da ist es nicht weiter verwunderlich, dass in ihm der Verdacht und schließlich die Gewissheit wuchs, seine Gattin könnte ihr Liebesleben mit mehreren – möglicherweise sogar vielen – anderen und jüngeren Männer bereichern.

Es zehrte an seiner Seele und trieb ihn in eine Verfassung, in der er beinahe jede Nacht von Albträumen geplagt wurde.

In einem dieser Träume sprach er eines Nachts mit dem Teufel, erklärte ihm seine Not und bot den traditionellen

Preis für etwas, irgendetwas, das ihm die Treue seiner Frau sichern möge.

In seinem Traum nickte der Teufel bereitwillig und sagte zu Hans: »Ich werde dir einen magischen Ring geben. Du wirst ihn finden, wenn du erwachst. Solange du diesen Ring trägst, wird es deiner Frau vollkommen unmöglich sein, dir ohne dein Wissen und dein Einverständnis untreu zu sein.«

Und der Teufel verschwand, und Hans Carvel erwachte.

Und stellte fest, dass er tatsächlich einen Ring trug und dass der Teufel die Wahrheit gesprochen hatte.

Doch auch seine junge Frau war erwacht und regte sich und sagte zu ihm: »Hans, Liebster, nicht deinen Finger. *Der* gehört *da* nicht hin.«

Originaltitel: The Devil Times Three
Ins Deutsche übertragen von Frauke Meier

13. Wie ein Blitz aus heiterem Himmel

John Morressy

In vergleichbaren Anthologien habe ich Ihnen bereits zwei von John Morressys Geschichten um den Zauberer Kedrigern und seinen sonderbaren Freundeskreis vorgestellt – ALASKA und A HEDGE AGAINST ALCHEMY. Hier kommt nun die Dritte. Sollten Sie an weiteren Geschichten interessiert sein, so empfehle ich die fünf Kedrigern-Bücher: A VOICE FOR PRINCES (1986), THE QUESTING OF KEDRIGERN (1987), KEDRIGERN IN WANDERLAND (1988), KEDRIGERN AND THE CHARMING COUPLE (1990) und A REMEMBRANCE FOR KEDRIGERN (1990). John Morressy ist ein US-amerikanischer Englischprofessor im Ruhestand und arbeitet derzeit an weiteren Kedrigern-Storys.

Mitternacht war bereits vorüber. Prinzessin war über ihrem Zauberbuch eingenickt. Spot war mit irgendetwas im Keller beschäftigt, wie das in regelmäßigen Abständen heraufklingende dumpfe Pochen und Klirren verriet, vermengt mit Klimpern und Klackern. Kedrigern kämpfte gegen seine Müdigkeit, während er sich mit den letzten Seiten einer besonders blutrünstigen Chronik befasste. Überall ums und im Haus herrschte Stille – abgesehen von Spots gedämpfter Aktivität und Kedrigerns unterdrücktem Gähnen.

Plötzlich, ohne jede Vorwarnung, pochte es dreimal an der Tür, und Kedrigern war auf der Stelle wieder hellwach. Prinzessin regte sich zwar ein wenig, wurde aber nicht wach. Das Klopfen war nicht gebieterisch laut gewesen, eher leise, beinahe verstohlen. Kedrigern wartete einen Augenblick, lauschte, und da war es wieder, nicht lauter als zuvor, aber dieses Mal doppelt so lang: dreimal rasch hintereinander, kurze Pause, und wieder dreimal.

Spots mächtiger Schädel tauchte in Kniehöhe über der Schwelle auf. »Yah?«, machte er leise fragend.

»Guter Troll, Spot«, sagte der Zauberer, während er sich erhob. »Ich kümmere mich um die Tür. Du bleibst für alle Fälle in der Nähe.«

»Yah, yah!«, flüsterte der Haustroll.

Dem Pochen waren keine schweren Tritte vorangegangen, keine Flügelschläge; demnach musste der Besucher wohl ein gewöhnlicher Sterblicher sein. Aber es hatte auch keinen Hufschlag gegeben – und welcher ordinäre Sterbliche würde schon mitten in der Nacht den Stillen Donnerberg hinaufklettern? Und wer würde, nachdem er genug Mut und Entschlossenheit aufgebracht hatte, überhaupt zum Wohnsitz eines Zauberers vorzudringen, so zögerlich an die Tür klopfen? Ein Dieb oder Meuchelmörder würde gar nicht klopfen; ein verirrter Reisender würde hämmern und in angstvolles Gebrüll ausbrechen; ein Freund würde mit mehr Selbstvertrauen anklopfen. Während er geräuschlos die Behaglichkeit der Feuerstelle hinter sich ließ, dachte Kedrigern angestrengt über dieses Mysterium nach, ohne jedoch einer Lösung näher zu kommen. Das Einzige, was ihm zu tun blieb, war, die Tür zu öffnen und die Identität des Besuchers durch Augenschein zu ergründen. Rasch belegte er sich selbst, das Haus und alles, was sich in ihm befand, mit einem kurzen Schutzzauber. Das, zusammen mit Spots bemerkenswerter Kraft, schien ihm eine ausreichende Vorsichtsmaßnahme zu sein.

Nachdem er den Haustroll in ein Versteck ganz in seiner Nähe dirigiert hatte, drückte er die Klinke und öffnete langsam die Tür. Niemand zu sehen. Mit gebieterischer Stimme fragte er: »Wer klopft? Antworte, oder ich werde die Tür schließen!«

»Meister Kedrigern?«, flüsterte eine Stimme.

»Ich bin Kedrigern. Wer spricht da?«

»Ein Bote von Tarpash, König des Tals der Bösen Ahnungen. Ich komme in einer dringlichen Angelegenheit«, sagte die Stimme.

»Wo bist du?«, fragte Kedrigern. Der Nachthimmel war bedeckt. Er konnte nicht mehr als die Silhouette der Baumwipfel sehen, Finsternis vor einem nicht ganz so finsteren Hintergrund.

»Hier«, flüsterte der Bote.

»Bist du unsichtbar?«

»Ich bin verschleiert, maskiert und trage eine Umhang. Die Hufe meines Pferdes sind mit Filz umwickelt. Meine Mission ist ebenso geheim wie dringlich.«

Kedrigern führte sein Medaillon vor sein Auge und blickte durch die Blende Wahren Sehens in die Richtung, aus der die Stimme ertönte. Nun sah er eine menschliche Gestalt, geschmeidig, doch stämmig, von Kopf bis Fuß in Schwarz gewandet. Ein erleichterter Seufzer entfleuchte ihm. An all dem gab es nichts Magisches, nichts abseits des Gewöhnlichen, nur die typische königliche Wichtigtuerei. So waren sie nun mal, die Hoheiten: Ein Splitter im königlichen Daumen, und schon wurde von jedermann im Umkreis mehrerer Meilen erwartet, alles stehen und liegen zu lassen und über seiner Hoheit verletzte Würde zu wehklagen. Mit einer knappen Geste sagte Kedrigern: »Tritt ein.«

Die Gestalt regte sich nicht. »Ihr seid wirklich ein Zauberer, nicht wahr? Ich darf nur mit dem Zauberer Kedrigern sprechen.«

»Ich habe dir doch gesagt, der bin ich. Wie soll ich es dir beweisen – soll ich dich in eine Kröte verwandeln?«

»Oh, nein, nein! Das dürfte nicht nötig sein. Ich glaube Euch. Es ist nur, dass ... na ja, Ihr seht nicht aus wie ein Zauberer«, stammelte der Bote.

Kedrigern seufzte. Das hatte er schon von jedermann gehört, Prinzessin eingeschlossen, und er hatte sich daran gewöhnt, ohne allerdings Gefallen an diesem Umstand zu finden. Er trug keinen langen weißen Bart; er kleidete sich in schlichte Tuniken und Kniehosen und bequeme, abgetragene Stiefel, und er glich äußerlich nicht einmal annähernd dem 170jährigen, der er war. Er sah auch nicht jung aus, es sei denn, er lachte; und er sah nicht alt aus, es sei denn, er war tief in Gedanken versunken und hatte einen ganz bestimmten Ausdruck in den Augen. Er sah aus wie ein Händler, wie ein Gelehrter, wie der Diener eines großen Mannes, vielleicht sogar wie ein Goldschmied oder ein Elfenbeinschnitzer. Er sah wie alles Erdenkliche aus, nur nicht wie ein Zauberer, und er hatte sich nie darüber beklagt. Das machte ihm das Leben leichter.

»Ich bin Kedrigern, der Zauberer«, sagte er langsam und bestimmt. »Begnüge dich mit meinem Wort oder hebe dich hinfort von meiner Schwelle.«

»Ich glaube Euch ja, Meister Kedrigern! Ganz bestimmt tue ich das.«

Mit einem ungeduldigen Grummeln trat Kedrigern zurück ins Haus und schickte Spot mit einer stummen Geste fort. Der Troll verschwand im Keller und widmete sich wieder seinen unterbrochenen Bemühungen.

»Nun, dann komm rein«, sagte der Zauberer.

Kaum eingetreten, legte der Bote den Umhang samt seinem breitkrempigen Hut ab, ohne die Maske vom Gesicht zu nehmen. An der Maske hing ein Schleier, der jedoch nicht imstande war, den rötlich-goldenen Bart seines Trägers zu verbergen, eines großen, gut gebauten

Mannes, dessen nunmehr sichere Stimme mild und kultiviert erklang.

»Ich werde mich kurz fassen, Meister Kedrigern: Der König ist in arger Not. Nur ein Zauberer kann ihm helfen.«

»Worum geht es? Ein Fluch? Ein Bann? Hat er etwas geöffnet, das er nicht hätte öffnen sollen? Hat er eine Hexe provoziert? Eine Fee beleidigt?«

»Die Details liegen im Verborgenen, und auch das Wenige, das ich weiß, darf ich nicht offenbaren.«

»Wie willst du dann wissen, dass König Tarpash einen Zauberer benötigt und keinen Arzt?«, schnappte Kedrigern verärgert.

»Der Königliche Heiler wurde sogleich herbeigerufen. Er hat seine Majestät untersucht und erklärt, nur ein Zauberer oder ein Alchimist könnte …«

»Ein Alchimist?«, fiel ihm Kedrigern lautstark ins Wort. »Was hat er versucht, dem armen Manne anzutun? Ein Alchimist könnte nicht einmal einer kranken Ratte helfen!«

»Wir sind verzweifelt, Meister Kedrigern.«

»Das müsst ihr wohl sein, wenn ihr ernsthaft daran denkt, einen Alchimisten zu Rate zu ziehen. Tarpash hatte stets einen klugen Kopf auf seinen Schultern. Er hätte niemals …«

Das plötzliche Schluchzen des Boten brachte Kedrigern zum Schweigen. Als der Mann sich wieder im Griff hatte, sagte er mit gedämpfter, doch nicht minder drängender Stimme: »Der König braucht Hilfe, sofort. Wenn er die nicht bekommt, kann die Hochzeit nicht stattfinden.«

»Welche Hochzeit? Tarpash ist glücklich verheiratet – das ist er schon seit dreißig Jahren.«

»Die Hochzeit seines Sohnes. Prinz Middry soll Belserena von den Bunten Tälern heiraten, die süßeste, lieblichste Frau der ganzen Welt. Ihr Haar ist wie gesponnenes Gold, ihre Augen zwei Seen zarten Violetts, ihre Lippen gleich einer Rosenknospe, ihre Gestalt ist göttlich. Blumen von unbeschreiblichem Wohlgeruch erblühen, wo immer ihr zierlicher Fuß die Erde kost – oh, welch glückliche Erde! –, und ihre Stimme bezaubert die Luft«, schwärmte der Bote, ehe er sich unterbrach, um Luft zu holen und anhub seine bewundernde Litanei fortzusetzen, aber Kedrigern gebot dem durch seine erhobene Hand Einhalt.

»Schon gut, Prinz Middry, Ihr könnt die Maske abnehmen und mir die ganze Geschichte erzählen«, sagte er.

Der Bote blieb für einen Moment wie vom Donner gerührt stehen, ehe er sich Maske und Schleier herunterriss und seine attraktiven, wenngleich blassen Züge samt den rot angelaufenen Augen zum Vorschein brachte. »Wie konntet Ihr das wissen? Meine Verkleidung war vollkommen.«

Kedrigern setzte ein unergründliches Lächeln auf. »Ich bin ein Zauberer, mein Sohn. Ich weiß alle möglichen Dinge.«

»Dann müsst Ihr meinem Vater helfen! Die Hochzeit soll schon in neun Tagen stattfinden!«

»Kommt mit mir zum Kamin, Prinz Middry. Setzt Euch, legt die Füße hoch und erzählt mir alles ganz ausführlich.«

Inzwischen war Prinzessin durch die Stimmen erwacht. Sie hieß den Besucher willkommen und lauschte mit vollkommener Aufmerksamkeit seinen Ausführungen, die jedoch bedrückend knapp ausfielen. Der König des Tals der Bösen Ahnungen hatte den Verstand verloren. Niemand wusste, wie oder warum oder wann, geschweige denn wo genau die Tragödie sich ereignet hatte, und niemand hatte auch nur die mildeste Vorstellung, wie dieser schlimmen Lage beizukommen sein könnte. Es wäre gesellschaftlich absolut inakzeptabel und politisch katastrophal, sollte der Vater des Bräutigams darauf bestehen, Backe-Backe-Kuchen zu spielen, oder während der Feierlichkeiten seine Stiefel ausziehen, um an seinen Zehen herumzuzupfen; andererseits würde eine Verschiebung der Hochzeit zu diesem späten Zeitpunkt oder gar die völlige Absage eine diplomatische Krise heraufbeschwören und die Verlobten in eine trostlose Lage bringen.

Sosehr er das Reisen verabscheute, musste Kedrigern doch seine Verpflichtung als Zauberer und alter Freund der königlichen Familie anerkennen. Prinzessin war hocherfreut, dem Hof einen Besuch abzustatten, wenn auch die Umstände weniger erfreulich schienen. Vergnügt sprach sie von einer netten kleinen Reise, wie es Kedrigern nicht anders erwartet hatte. »Eine nette kleine Reise«, so sinnierte er betrübt, war Prinzessins Standardausdruck für jede Reise mit Ausnahme jahrzehntelanger Wanderschaften, gespickt mit Gefahren jenseits menschlicher Vorstellungskraft.

Diese Reise mochte zwar nicht wirklich nett sein, doch war sie zumindest kurz und frei von unerwarteten Pannen. Beim ersten Tageslicht verließen sie den Stillen Donnerberg, gähnend und nicht eben redselig, und schon nach einem nicht einmal viertägigen harten Ritt hatten sie ihr Ziel erreicht.

Staubig, wund geritten, müde und halb ohnmächtig vor Hunger wurden sie sogleich zu Königin Yulda geleitet. In ihrer Jugend war die Königin unter dem Namen Yulda von der Taubengleichen Stimme bekannt gewesen. Landauf, landab hatte man sie für ihre Schönheit gerühmt; doch ihre Jugend war heute nur noch eine ferne Erinnerung.

Yulda hatte sich verändert. Sie war nun eine ernste Frau mit dem Kinn eines Nussknackers und Haar in der Farbe von Holzasche.

Ihr Verhalten passte zu ihrer Erscheinung. Ohne ihren ermatteten Sohn auch nur eines Blickes zu würdigen, stürzte sie sich sogleich mit einer erzürnten Frage auf Kedrigern. »Wer ist diese Frau?«, verlangte sie mit einer Stimme von ihm zu erfahren, die weitaus mehr an eine Krähe denn an eine Taube gemahnte.

Prinzessin hatte ihre Schwingen durch ihren Mantel getarnt. Obgleich so müde wie die anderen, war sie immer noch von atemberaubender Schönheit, vielleicht zu schön, um für eine Zauberin oder eine Gemahlin gehalten zu werden. Ihr schwarzes Haar schimmerte; ihre blauen Augen glühten; und nach Yuldas Frage knirschten ihre strahlend weißen Zähne.

»Dies ist meine Gemahlin. Sie ist eine Frau von königlichem Blute und meine Gefährtin. Wir arbeiten zusammen«, entgegnete Kedrigern.

»Ich benötige einzig Eure Dienste«, sagte die Königin.

»Wir arbeiten zusammen, Eure Majestät«, wiederholte Kedrigern mit einer tiefen Verbeugung, »oder wir arbeiten überhaupt nicht.«

Königin Yulda maß beide mit finsterer Miene, ehe sie ihren Sohn mit einem zornigen Blick bedachte. »Ihr seid vermessen in Euren Worten, Zauberer«, sagte sie.

»So lauten meine Bedingungen, Eure Majestät.«

Sie dachte eine Weile nach und zog die Stirn in tiefe Falten. »Uns bleiben nur noch fünf Tage bis zur Hochzeit. Könnt Ihr Tarpash helfen? Sagt die Wahrheit, Zauberer!«

»Ich werde Seine Majestät erst sehen müssen, ehe ich diese Frage beantworten kann.«

»Man sagt, Ihr seid ein großer Zauberer – könnt Ihr einen Bann wirken oder einen Gegenzauber oder so etwas in der Art? Etwas, das schnell wirkt?«

»Ich *bin* ein großer Zauberer, Eure Majestät. Und gerade, weil ich das bin, pflege ich nichts zu übereilen. Ein großer Zauberer gibt sich niemals Illusionen hin, und er versucht nicht, Gegenzauber zu wirken, ehe er weiß, mit welcher Art von Zauber oder Bann er es zu tun haben mag. Darf ich den König sehen?«, antwortete Kedrigern geduldig.

»Seine Majestät schläft, und ich wünsche nicht, dass er gestört wird. Er hat sich heute beim Spiel sehr angestrengt und seinen Mittagsschlaf verpasst«, sagte die Königin.

»Dann solltet Ihr mir vielleicht alle Informationen zukommen lassen, die Euch zur Verfügung stehen. Ich muss wissen, was *genau* geschehen ist.«

Königin Yulda sah sich verstohlen im Raum um, ehe sie Kedrigern näher zu sich winkte. »Wir wissen es nicht«, sagte sie mit gedämpfter Stimme. »Beim Frühstück war Seine Majestät noch vollends gesund. Beim Mittagessen hatte er den Verstand verloren.«

»Wo hat Seine Majestät den Vormittag zugebracht?«, fragte Kedrigern.

»Seine Majestät hat die Schatzkammer aufgesucht.«

»Hat er sein Geld gezählt?«

»Gewiss nicht. Das ist Aufgabe der Bediensteten des Schatzmeisters. Der König sucht die Schatzkammer nur zur Entspannung auf.«

»War irgendjemand bei ihm?«

»Er lässt sich niemals dorthin begleiten. Er legt Wert auf seine Privatsphäre. Er hat sich eine Weile in der Schatzkammer aufgehalten, ehe er herausgekommen ist, um sich unter seinen Lieblingsbaum zu setzen. Es war ein wundervoller, sonniger Tag. Nicht ein Wölkchen am Himmel.«

»Ich verstehe«, murmelte Kedrigern, während er sich nachdenklich mit den Fingern über das Kinn fuhr. Tatsächlich verstand er rein gar nichts. Nur der schwere Nebel der Ermüdung legte sich über seinen Geist. Sein Magen fühlte sich an wie ein bodenloser Abgrund, seine Knochen schmerzten, und er war erschöpft genug, an Ort und Stelle zusammenzubrechen; aber er gab sein Bestes, um die einem Zauberer angemessene Fassade aufrechtzuerhalten. »Wo habt Ihr Euch aufgehalten, und wo war der Prinz?«

»Ich war im Salon. Als ich von der Tragödie erfuhr, hatte ich gerade eine leichte Mahlzeit zu mir genommen«, sagte die Königin.

»Brot und Honig, nehme ich an«, sagte Kedrigern kühn.

»Johannisbeerkuchen und süßen Wein«, korrigierte Yulda mit geziert angewiderter Miene. »Brot und Honig bilden kein angemessenes Mahl für eine Dame königlichen Blutes. Das ist zu gewöhnlich.«

Prinzessin, die einen Bissen Brot mit Honig dann und wann durchaus zu schätzen wusste, warf der Königin einen finsteren Blick zu, sagte aber keinen Ton. Auch sie war zu müde, sich um irgendetwas zu streiten, das weniger als lebensbedrohlich war, also beschränkte sie sich auf ein Gähnen.

»Und wo wart Ihr, Prinz Middry?«

»Ich habe den Vormittag bei meinen Schneidern verbracht. Es war wirklich ein wunderschöner Tag. Perfekt für einen Ausritt. Aber sie haben darauf bestanden, dass ich zur Anprobe erscheine«, erwiderte der Prinz schmollend.

»Und wie habt Ihr von ... von dem Vorfall erfahren?«

»Mutter hat den Boten direkt zu mir geschickt.«

»Ja, gewiss«, sagte der Zauberer nickend, ehe er sich

wieder der Königin zuwandte. »Erinnert Ihr Euch an die genauen Worte des Boten?«

»Nein. Er hat gestammelt. Als ich ihn schließlich so weit hatte, dass er sich einigermaßen beherrschen konnte, hat er mir erzählt, der König würde unter dem Eichenbaum nahe der Schatzkammer sitzen und einen Wurm verspeisen. Mir war sofort klar, dass irgendetwas nicht stimmen konnte. Als ich bei der Eiche eintraf, hatte sich der König einen Stiefel über den Kopf gestülpt und versuchte, seine Handschuhe über seine Füße zu ziehen. Ich war natürlich äußerst bsorgt.«

Nach einem ausgiebigen und hörbaren Gähnen meldete sich Middry wieder zu Wort. »Mutter, wir sollten uns nicht überanstrengen. Lasst uns morgen weiterreden.«

»Ich bin nicht überanstrengt. Außerdem ist jede Minute kostbar.«

»Aber *ich* bin überanstrengt, Mutter. Ich war tagelang unterwegs und saß seit dem Morgengrauen im Sattel.«

»Denk doch an das Königreich, Junge! Denk an die Hochzeit. Denk an deinen Vater, und nimm dich zusammen«, mahnte Yulda streng.

»Eure Majestät, wir sind alle überanstrengt. Magie aber funktioniert stets am besten, wenn man gut erholt und der Geist wach und scharf ist. Erschöpfung kann schlimme Folgen für den Patienten zeitigen«, sagte Kedrigern und unterstrich seine Ausführungen mit einem Gähnen.

»Verzögerungen könnten schlimme Folgen für das ganze Königreich zeitigen, Zauberer«, grollte Königin Yulda.

»Wir haben immer noch fünf Tage, Eure Majestät.«

»Wenn Ihr bis zum Morgen wartet, haben wir nur noch *vier* Tage.«

»Vertraut mir, Eure Majestät«, sagte Kedrigern. Nach einem weiteren, ausgiebigen Gähnen, dem sich Prinzessin und Prinz Middry sogleich anschlossen, fuhr er fort: »Ich werde mich gleich morgen früh mit dem Königlichen Heiler beraten und hernach Seine Majestät untersuchen – wenn er erwacht ist.«

Yuldas finsterer Blick wanderte von einem zum anderen. Schließlich gab sie sich widerwillig geschlagen. »Nun gut. Ihr seid entlassen. Aber ich werde Euch mit dem ersten Hahnenschrei wecken lassen, Zauberer – Euch und Eure Gefährtin.«

Prinzessin sagte keinen Ton, bis sie in ihrem Gemach unter sich waren, obgleich sie auf dem Weg dorthin die Lippen zusammengepresst und die Augen zusammengekniffen hatte. Als die Tür hinter ihnen ins Schloss fiel, ging sie ohne Umschweife auf Kedrigern los. »Diese Frau verdient es, selbst verflucht zu werden, und ich bin jederzeit bereit, dafür zu sorgen! So ein verdrießlicher Drachen ist mir in meinem ganzen Leben noch nicht begegnet! Wenn die glaubt, ich rühre auch nur einen Finger ...«

»Yulda ist völlig durcheinander, meine Liebe. Wir haben sie nicht von ihrer besten Seite zu sehen bekommen«, sagte Kedrigern in besänftigendem Ton. Dann breitete er die Arme aus, um Prinzessin an sich zu drücken und zu beruhigen, doch sie war nicht interessiert. Stattdessen breitete sie die Schwingen aus und flog auf den Kaminsims, von wo aus sie mit vor der Brust verschränkten Armen kühlen Blickes herabstarrte. »Ihre beste Seite? Hah!«, sagte sie mit einer verächtlichen Kopfbewegung.

»Denk doch an die Anspannung, die auf ihr lastet. Ihr Gemahl hat den Verstand verloren, das Glück ihres Sohnes ist in Gefahr, ihr Königreich ...«

»Als würde die sich um Middrys Glück scheren. Hast du nicht gesehen, wie sie ihn behandelt hat?«

»Ja, aber ...«

»Kein Wunder, dass er fürchtet, die Hochzeit könnte abgesagt werden. Er kann es kaum erwarten, von diesem Ort und diesem Monstrum von einer Frau zu entkommen.«

»Ich bin überzeugt, Middry liebt Belserena. Er spricht bei jeder Gelegenheit mit glühender Leidenschaft von ihr.«

»Gerede. Nichts als Gerede. Er will nur hier weg, was man ihm allerdings kaum vorwerfen kann«, widersprach Prinzessin und flog zum offenen Fenster.

»Dann müssen wir alles tun, um König Tarpash zu helfen. Helfen wir ihm, dann helfen wir auch Middry.«

Prinzessin lief vor dem Fenster auf und ab und flatterte dann und wann kurz auf, wie sie es stets zu tun pflegte, wenn sie in Gedanken versunken war. Dann blieb sie plötzlich stehen. »Was ist mit dem armen Mädchen? Middry zu helfen ist ja schön und gut, aber Belserena wird schließlich mit einem bösartigen Fischweib von einer Schwiegermutter dastehen. Und einen besonders herausragenden Gemahl bekommt sie auch nicht.«

»Die junge Dame wird vermutlich selbst am besten wissen, was sie tut, meine Liebe. Vielleicht ist sie verliebt. Vielleicht dient sie auch ihrem Königreich. Ich denke, wir sollten uns nicht in persönliche Angelegenheiten einmischen.«

Prinzessin war noch nicht überzeugt, aber inzwischen waren Kedrigern und sie viel zu erschöpft, noch länger zu streiten. Ein Diener brachte ein Tablett mit Brot, Käse und Früchten, eine Mahlzeit, die sie mit großem Appetit verzehrten, ehe sie zu Bett gingen und auf der Stelle einschliefen.

Ein Pochen an der Tür weckte sie, als sich das erste Tageslicht am Osthimmel zeigte. Ganz in der Nähe krähte ein Hahn.

»Schon gut, schon gut! Wir stehen auf. Wir sind wach!«, stöhnte Kedrigern. »Hört mit dem Lärm auf.«

»Der Königliche Heiler erwartet Euch in seinen Gemächern«, verkündete eine Stimme auf der anderen Seite der Tür. »Ich werde Euch zu ihm führen.«

Übellaunig und mit verquollenen Augen schlüpften Kedrigern und Prinzessin hastig in ihre Kleider und folgten dem Diener über etliche Treppen, drei lange Korridore und einen düsteren Durchgang, bis sie schließlich nach einer letzten, schmalen, windigen Treppenflucht zu einem Turmzimmer kamen, wo sie ein wohlbeleibter kahlköpfiger Mann mit einem grauen Bart auf der Schwelle erwartete.

»Der Zauberer Kedrigern«, verkündete der Diener.

Prinzessin flatterte mit den Schwingen, schwebte auf Augenhöhe zu dem Diener und sagte gestreng: »Wirst du uns wohl standesgemäß ankündigen, junger Mann. Es heißt: die Zauberer Kedrigern und Prinzessin, hast du mich verstanden?«

»Mylady kann fliegen«, wisperte der Diener heiser vor Verblüffung.

»Sie kann noch viel mehr«, sagte Prinzessin und glitt neben Kedrigern. »Nun kündige uns an.«

»Die Zauberer Kedrigern und Prinzessin«, verkündete der Diener gehorsam, wenn auch seine Stimme bei der Nennung ihres Namens ein wenig zitterte. Nachdem er seine Schuldigkeit getan hatte, eilte er von dannen.

»Schön, schön. Ihr seid also die Zauberer. Hättet Ihr etwas dagegen, wenn ich mir diese Flügel einmal ansähe?«, sagte der Heiler.

»Ich bin nicht hier, um mich untersuchen zu lassen«, entgegnete Prinzessin hochmütig.

»Nur ein kurzer Blick, Mylady. Ich möchte sehen, wie sie angebracht sind.«

»Sie sind nicht *angebracht;* sie sind *mein*. Und das alles ist ein Werk der Magie.«

»Was nun den König betrifft . . .«, meldete sich Kedrigern zu Wort.

»Da kann ich Euch nicht helfen, fürchte ich«, sagte der Heiler, ohne Prinzessin auch nur flüchtig aus den Augen zu lassen. »Euer sind sie, sagt Ihr? Direkt aus Eurem Rücken gewachsen?«

»Wir müssen wissen, was mit König Tarpash geschehen ist!«, brüllte Kedrigern wütend.

»Nun, was seht Ihr mich an? Ich werde mich nicht zum Narren machen.«

»Wie könntet Ihr Euch zum Narren machen, wenn Ihr uns erzählt, was Ihr herausgefunden habt?«

»Ich habe nichts herausgefunden. Das ist so oder so nicht meine Aufgabe. Ihr seid die Zauberer – helft Ihr ihm doch.«

»Wenn Ihr nichts herausgefunden habt, warum habt Ihr dann der Königin geraten, nach einem Zauberer zu schicken?«, verlangte Kedrigern zu erfahren.

»Weil Zauberei dahinter steckt, darum. Es muss so sein! Wenn Ihr dem Hof erklärt, was geschehen ist, werden sie Euch glauben, aber wenn ich – wie auch immer. Lasst mich einfach aus dieser Geschichte heraus.«

Prinzessin sicherte sich die Aufmerksamkeit des Heilers mit einem raschen Flügelschlag und sagte: »Wenn sich der König nicht erholt, wird Königin Yulda die Herrschaft übernehmen. Wäre das nicht schön?«

Die Miene des Heilers verfinsterte sich. Nervös leckte er sich die Lippen, sagte aber keinen Ton.

»Sie wäre gewiss eine wunderbare Herrscherin. So willensstark. So entschlossen«, fuhr Prinzessin lächelnd fort.

Kedrigern griff den Faden auf. »Sie wird sich nichts

gefallen lassen, so viel ist sicher. Sie wird dafür sorgen, dass ihre Untertanen spuren. Köpfe werden rollen.«

»Ihr müsst mir versprechen, niemandem zu verraten, dass ich das gesagt habe«, platzte der Heiler nun heraus.

»Aber mein lieber Mann, natürlich versprechen wir das«, versicherte ihm Kedrigern wärmstens.

Nachdem er sich verstohlen umgesehen hatte, ergriff der Heiler mit gesenkter Stimme erneut das Wort. »Blitze. Der König wurde vom Blitz getroffen.«

»Blitze?«, wiederholte Prinzessin ungläubig.

»Aber es war doch ein schöner Tag, wie jedermann sagt!«, wandte Kedrigern ein.

»Es war ein herrlicher Tag. Der Beste im ganzen Jahr. Ja, ich weiß. Ich saß am Fenster und blickte zwei Stunden lang genau auf diesen Eichenbaum hinaus. Ich hörte keinen Donner, ich sah keinen Blitz.«

»Und doch sagt Ihr, Seine Majestät hätte der Blitz getroffen.«

»Definitiv. Ich kenne die Zeichen.«

»Also denkt Ihr an Magie.«

»Natürlich. Ihr denn nicht?«

»Nun, zumindest klingt es ganz so.«

»Ich habe Blitze nie gemocht. Immerhin kommen sie direkt vom Himmel. Das ist nicht mein Ressort. Und wenn sie aus heiterem Himmel herabfahren ... nun, ich möchte damit einfach nichts zu tun haben«, sagte der Heiler, dem es offensichtlich schon schwer fiel, über dieses Thema zu sprechen.

»Verständlich. Könnt Ihr uns sonst noch etwas berichten?«

Der Heiler schüttelte den Kopf und breitete hilflos die Hände aus. »Der König wurde vom Blitz getroffen. Nur kann er gar nicht vom Blitz getroffen worden sein. Es gab keinen Blitz. Was kann ich da noch mehr sagen?«

»Offensichtlich nichts. Dank Euch, für Eure Hilfe«, sagte Kedrigern.

»Ich wünsche mir, dass der König sich erholt. Wir alle lieben Seine Majestät. Aber wenn ich versuchen würde, dem Hof zu erzählen . . .« Der Heiler zuckte die Schultern. Dann hellte sich seine Miene plötzlich auf. »Kann ich jetzt einmal diese Flügel sehen?«

Prinzessin flatterte außer Reichweite. »Darüber reden wir vielleicht, wenn der König wieder bei Verstand ist.«

Ungeleitet machten sich Kedrigern und Prinzessin auf den Weg in die Küche, wo sie den Koch beschwatzten, ihnen ein rasches Frühstück zu bereiten. Hernach inspizierten sie den Eichenbaum, unter dem Tarpash geistesverwirrt vorgefunden worden war. Prinzessin flog hinauf in die Krone und untersuchte sorgfältig jeden Zweig, während Kedrigern den Boden und den unteren Teil des Stamms in Augenschein nahm. Doch sie konnten keine Hinweise auf einen Blitzschlag finden.

»Dieser Heiler führt etwas im Schilde«, stellte Kedrigern ergrimmt fest.

»Er ist harmlos«, widersprach Prinzessin lächelnd.

»Sei da nicht so sicher. Er hatte eine Alchimistenausrüstung in seinem Arbeitszimmer. Ich sah eine Kupelle, einen Kolben und eine sehr hübsche Waage.«

»Das macht ihn noch nicht zu einem Alchimisten. Auch Heiler benutzen diese Dinge.«

»Er hat alchimistische Schriften in seinem Bücherregal«, sagte Kedrigern im Tonfall eines Mannes, der eine Streitfrage für sich entschieden hatte.

»Du auch«, konterte Prinzessin.

»Aber ich brauche sie! Ich muss wissen, was die Konkurrenz im Schilde führt.«

»Er vielleicht auch.«

Eine Weile saßen sie in tiefes, nachdenkliches Schweigen versunken unter dem Baum, bis Prinzessin schließlich wieder das Wort ergriff: »Ich traue Middry nicht. Was, wenn er Belserena eigentlich gar nicht heiraten will? Er könnte versucht haben, auf diese Weise aus der Sache herauszukommen.«

»Auf mich hat er einen aufrichtigen Eindruck gemacht«, entgegnete Kedrigern.

»Das tun Männer immer.«

Wieder kehrte Schweigen ein, bis Prinzessin bedrückt sagte: »Ich weiß nur nicht, wie es geschehen sein könnte. Yulda traue ich alles zu, und ich wäre nicht überrascht, hätte Middry einen Anschlag geplant, aber keiner von beiden scheint die Zauberei zu beherrschen.«

»Sie beherrschen sie nicht, das habe ich überprüft«, sagte Kedrigern, hielt sein Medaillon hoch und deutete auf die Öffnung Wahren Sehens in seiner Mitte. »Das gilt auch für den Heiler. Ein Alchimist könnte er trotzdem sein.«

»Alchimisten verstehen nichts von Magie. Darum sind sie nur Alchimisten«, mahnte Prinzessin.

Und wieder Schweigen. Dann schnippte Kedrigern plötzlich mit den Fingern, lachte leise, sprang auf und streckte die Hand nach Prinzessin aus. »Komm. Wir werden der Königin ein paar Fragen stellen«, sagte er mit einem erwartungsvollen Lächeln.

Prinzessin sprang auf. »Dann stimmst du mir also zu; diese zerzauste Xanthippe steckt hinter dem Gebrechen des Königs!«

»Ich fürchte, die Sache ist weit subtiler, meine Liebe, aber Yulda könnte imstande sein, uns bei der Aufklärung zu helfen.«

Die Königin empfing sie ohne Verzögerungen, doch noch ehe sie ein Wort gesagt hatten, hob sie gebieterisch die Hand und sprach: »Seine Majestät spielt im königlichen Sandkasten und darf nicht gestört werden.«

»Trägt Seine Majestät noch dieselben Gewänder, die er an jenem schicksalhaften Tag getragen hat?«, erkundigte sich Kedrigern.

»Gewiss nicht. Ihr müsst wissen, er trägt einen Spielanzug und einen Strohhut mit einer breiten Krempe zum Schutz vor der Sonne.«

»Dann werden wir Seine Majestät vielleicht gar nicht stören müssen. Dürfen wir die Kleider sehen, die der König getragen hat, als er gefunden wurde?«

Die Königin erteilte einen knappen Befehl, und zwei Diener hasteten aus dem Raum. Yulda trommelte mit den Fingern auf den Armlehnen ihres Throns, die Stirn in unduldsame Falten gelegt.

»Hatte Seine Majestät Feinde?«, fragte Kedrigern.

»Was für eine alberne Frage! Natürlich hatte er Feinde. Er war ein König!«

»Wurden in jüngster Zeit Feinde des Königs in der Nähe des Schlosses gesehen?«

»Nein. Es war ruhig. Sehr ruhig.« Yulda stieß einen tiefen, nostalgischen Seufzer aus und schüttelte traurig den Kopf. »Wir werden allmählich alle zu alt, uns zu befehden. Wir sind heute keine wirklichen Feinde mehr. Wir sind Überlebende.«

»Habt Ihr Euch mit Euren alten Feinden ausgesöhnt?«

Sie nickte. »Nicht offiziell. Keine Pakte, keine Verträge oder Ähnliches. Wir haben einfach das Interesse an den alten Streitigkeiten verloren, das ist alles. Meistens erinnern wir uns doch gar nicht mehr, warum es ursprünglich zum Zank gekommen ist. Wir sind zufrieden, uns in die warme, trockene Behaglichkeit unserer Schlösser zurückzuziehen. Überlassen wir die Kämpfe und den Ruhm den Jungen, falls sie an derlei Dingen Interesse haben.« Sie warf ihrem Sohn, der mit einer Laute am Fenster saß, einen finsteren Blick zu. »Manche haben, andere nicht«, schloss sie.

»Dann gibt es keine gegenseitigen Besuche?«

»Dafür haben wir keine Zeit, Zauberer. Wir müssen uns um unsere Königreiche kümmern. Außerdem ist das viel zu anstrengend. Aber sie wurden alle zur Hochzeit eingeladen, und sie haben alle wundervolle Geschenke geschickt. Drei Viertel können nicht teilnehmen, aber Geschenke haben sie alle geschickt.«

»Werden denn Geschenke nicht üblicherweise in das Haus der Braut geschickt?«, fragte Prinzessin.

»Nicht, wenn sie *meinen* Jungen heiratet«, schnappte die Königin.

»Ich nehme an, die Geschenke befinden sich alle in der Schatzkammer«, sagte Kedrigern.

Yulda und Prinzessin starrten ihn beide neugierigen Blickes an, doch noch ehe eine der Frauen das Wort ergreifen konnte, kehrten die Diener mit einem Haufen königlicher Kleider zurück. Nach Kedrigerns Anweisungen breiteten sie sie ordentlich auf dem Boden aus, und Yulda und Middry stellten sich gemeinsam mit den Zauberern vor den Gewändern auf.

»Sind dies exakt die Gewänder, die der König getragen hat, als er unter der Eiche gefunden wurde?«, fragte Kedrigern.

»Ja. Ich erinnere mich genau«, sagte die Königin, und der Prinz nickte zustimmend.

»Und es fehlt nichts? Keine Ringe, keine Amulette, Broschen, Ketten oder andere Schmuckstücke?«

»Tarpash hatte für Schmuck nichts übrig. Er trug nur den alten Goldring, der in seiner Familie von einer Generation zur anderen weitergegeben wurde«, sagte die Königin.

»Und seine Krone, Mutter«, fügte Middry hinzu. »Vater

hat die Krone gern getragen. Er sagte, damit fühle er sich so königlich.«

Kedrigern deutete auf die ausgebreiteten Gewänder. »Ring und Krone sind nicht da.«

»Der Ring steckt an seinem Finger. Er hat ihn schon vor unserer Hochzeit getragen und niemals abgenommen. Die Krone ...« Yulda unterbrach sich und legte die Stirn in Falten, während sie versuchte, sich zu erinnern.

»Er hat sie heute Morgen zum Frühstück getragen«, sagte Middry vorsichtig. »Ich bin ganz sicher, das hat er.«

»Ja! Ja, das hat er«, stimmte die Königin zu. »Die kleine durchbrochene Krone, die er stets in der Nähe des Schlosses trägt. Jetzt erinnere ich mich.«

»Aber als Ihr, Eure Majestät, Seine Majestät gesehen habt, hatte er einen Stiefel auf dem Kopf. Lag die Krone irgendwo in seiner Nähe?«

»Nein. Tatsächlich ... ich glaube, ich habe sie seither gar nicht mehr gesehen. Ich bin sicher, ich habe sie nicht mehr gesehen.«

»Wie ich vermutet hatte«, murmelte Kedrigern und kratzte sich am Kinn. »Eure Majestät, wir müssen die Schatzkammer aufsuchen.«

»Ihr sollt freien Zutritt erhalten, Zauberer.«

»Prinzessin und ich, Eure Majestät.«

Yuldas beachtliches Kinn ruckte vor, und ihre Nasenflügel blähten sich, doch nach einer Weile sagte sie: »Nun gut. Beide.«

»Wir benötigen lediglich Zugang zu dem Raum, in dem die Hochzeitsgeschenke aufbewahrt werden. Es gibt doch gewiss eine Liste der Gaben samt den Namen der Gratulanten?«

»Der Schatzmeister wird sie Euch zur Verfügung stellen«, sagte die Königin, drehte sich zu einem der Diener um und kommandierte: »Bringt mir den königlichen Schatzmeister!«

Kaum befanden sie sich in dem Gabenraum, der von Fackeln erhellt wurde, die in ihren Wandhalterungen vor sich hin brannten, entließ der königliche Schatzmeister die Diener und entschuldigte sich. Irgendwie war bekannt geworden, dass das Leiden des Königs definitiv auf Zauberei zurückzuführen war, und jedem Angehörigen des Hofstaates haftete ein spürbares Unbehagen an. Kedrigern und Prinzessin blieben sich selbst überlassen, was genau die Arbeitsbedingung war, die sie bevorzugten.

Kedrigern warf einen flüchtigen Blick auf das Durcheinander schmückender Gegenstände und sagte: »Das könnte eine Weile dauern.«

»Warum gehen wir nicht einfach die Liste durch?«, schlug Prinzessin vor.

»Nicht nötig, meine Liebe. Ich weiß genau, wonach ich suche: eine Krone, eine Corona oder ein Diadem mit einem bestimmten Juwel an einer bestimmten Position.«

»Da ist eine Krone! Siehst du? Gleich dort. Sie hängt am Rüssel des silbernen Elefanten mit den Smaragdstoßzähnen«, rief Prinzessin aufgeregt und deutete auf eine Figur, die vor ihnen auf einer Truhe stand.

Kedrigern nahm die Krone von dem Rüssel und untersuchte sie. Dann schüttelte er den Kopf. »Das ist nicht die Richtige. Vermutlich ist es die, die Tarpash getragen hat, als er hereinkam. Er wird sie abgenommen haben, als er die andere probiert hat.«

»Welche andere? Und warum das plötzliche Interesse für Kronen?«, fragte Prinzessin.

»Weil Tarpash keine getragen hat, als er gefunden wurde, und das ist ganz und gar untypisch für ihn. Ich kenne

Tarpash seit über dreißig Jahren, aber selbst, als er noch ein junger König war, hat er stets Wert auf seine Krone gelegt. Er hatte Sommer- und Winterkronen, Kronen für geschlossene Räume und Kronen für draußen, Kronen für die Jagd, für den Tanz, für Staatsgeschäfte, für die Falknerei, die Reiterei – einfach für alles, was Tarpash tat, gab es eine spezielle Krone. Selbst seine Nachtmütze war so bestickt, dass sie an eine Krone erinnerte.«

»Könige sind häufig exzentrisch«, stellte Prinzessin fest.

»In der Tat sind sie das. Und seine Exzentrik war wohl bekannt. Jeder, der einen alten Groll gegen Tarpash pflegte, muss gewusst haben, dass Kronen seine Schwäche sind. Er konnte einfach keine Krone sehen, ohne den Wunsch zu verspüren, sie aufzuprobieren.«

»Aber würde ein Feind nicht eher zu einer vergifteten Krone greifen?«

Kedrigern schüttelte den Kopf. »Zu offensichtlich. Und zu einfach zurückzuverfolgen. Im Handumdrehen hätte es einen Krieg gegeben. Nein, wir haben es mit einem raffinierten Gegner zu tun. Ein Mann kann aus vielen Gründen den Verstand verlieren, wer käme schon darauf, eine Krone, die als Hochzeitsgeschenk ins Haus kam, zu verdächtigen? Und wenn die Hochzeit abgesagt würde …«

»Müssten die Geschenke zurückgegeben werden, und niemand würde je erfahren, was geschehen ist. Das ist absolut brillant!«, rief Prinzessin.

»Danke, meine Liebe«, sagte Kedrigern bescheiden.

»Ich meinte den Plan. Aber deine Schlussfolgerungen waren auch recht gut.«

»Mir gefallen sie auch. Aber wenn wir die Krone nicht finden, sind sie nicht mehr wert als heiße Luft in der Wüste.«

»Dann sollten wir an die Arbeit gehen. Ich werde die

rechte Seite des Raumes durchsuchen, du nimmst die linke«, sagte Prinzessin und krempelte die Ärmel hoch.

Mit einem sanften Lächeln auf den Lippen fischte Kedrigern sein Medaillon unter der Tunika hervor. »Das geht viel einfacher«, sagte er und hob das Medaillon an sein Auge. Langsam ließ er seinen Blick durch das Zimmer schweifen, über Stapel farbenprächtigen Plunders und prahlerischen Tands und die eine oder andere einsame Kostbarkeit. Nur dann und wann senkte er das Medaillon und rieb sich das Auge. »Eine Menge Störungen hier«, erklärte er. »Einige dieser Gegenstände waren einst verzaubert oder verflucht, und die verbliebenen magischen Nebel trüben meine Sicht.«

»Kann ich dir irgendwie helfen?«, fragte Prinzessin.

Kedrigern setzte seine langsame Suche fort und senkte den Blick auf einen großen Haufen Nippes in einer Ecke des Raumes. »Ah«, machte er leise. »Ja, meine Liebe, du könntest mir eine große Hilfe sein. Dort oben auf diesem Haufen – hingeworfen von Tarpash in seiner Raserei – liegt eine goldene Krone mit einem moirierten Stein an der Spitze. Würde es dir etwas ausmachen . . .?«

Prinzessin hob mit sanftem Flügelschlag vom Boden ab, schwebte einen Moment über dem Stapel, auf der Suche nach dem gewünschten Objekt, ehe sie sich die Krone schnappte und über ihrem Kopf schwenkte, ehe sie schließlich zu Kedrigern zurückkehrte.

»Ist das das dämonische Objekt?«, fragte sie.

»Das ist es«, sagte er und studierte den milchigen Stein durch die Blende Wahren Sehens. »Wahrlich subtil. Und diabolisch.«

»Aber auch wunderschön. Der Opal ist prachtvoll.«

»Zauberkristall«, korrigierte er.

»Oh, aber das ist zweifellos ein Opal«, protestierte sie. »Sieh doch das vernebelte Innere.«

»Eine wahrhaft treffende Beschreibung, meine Liebe. Was du da siehst, ist der Verstand des Königs.«

Der Umkehrprozess war einfach, wenn auch nicht ohne Risiko. Kedrigern löste den umwölkten Kristall aus seiner Fassung und setzte ihn umgekehrt wieder ein. Dann rezitierte er einen langen, komplizierten Zauberspruch über dem Stein. Kaum war das geschehen, hielt er Tarpash die Krone vor die Nase und wedelte mit ihr vor seinen Augen herum, um seine Aufmerksamkeit zu erringen.

Der Monarch, der aus einem Schläfchen geweckt, eilig angezogen und auf seinen Thron gesetzt worden war, befand sich in einem wunderlichen Zustand, doch beim Anblick der Krone leuchteten seine Augen auf, und er kreischte: »Ich will! Ich will!« Sogleich versuchte er, nach der Krone zu greifen, und mit Yuldas Hilfe, unterstützt von Middry und streng beobachtet von Kedrigern – es wäre katastrophal gewesen, hätte er sich die Krone verkehrt herum aufgesetzt –, hob der König die Krone auf seinen Kopf.

Ein gleißendes Flackern huschte durch den Raum, ein Blitz aus dem Nichts. Tarpash zuckte und blinzelte. Dann nahm er die Krone ab und studierte den Kristall in ihrer Spitze. »Ein hübsches Ding, aber unbequem«, sagte er. »Wo ist meine übliche Mittwochskrone?« Dann fiel sein Blick auf Kedrigern. »Wer seid Ihr?«, rief er. »Ich kenne Euch, nicht wahr? Und wer ist die hübsche junge Dame mit den Schwingen? Wie seid Ihr hier hereingekommen? Bin ich verzaubert?«

»Nicht mehr, Euer Majestät«, sagte Kedrigern.

»Aber ich war es, richtig? Mein Kopf fühlt sich an, als wäre er zerquetscht worden«, klagte der König und rieb sich die Schläfen.

»In gewisser Weise ist genau das passiert. Euer Majestät wurde der Verstand gestohlen und in diesem Kristall in der Krone eingesperrt«, erklärte Kedrigern.

»War er? Wie lange? Was ist mit der Hochzeit meines Sohnes?«

Middry meldete sich strahlend zu Wort. »Es sind immer noch vier Tage bis dahin, Vater. Kedrigern ist in aller Eile gekommen und hat den Zauber gelöst.«

»Kedrigern! Natürlich. Ich habe Euch zuerst nicht erkannt. Es ist lange her, seit dem letzten Mal. Und diese hübsche junge Dame – eine Märchenprinzessin?«

»Eine sehr menschliche Prinzessin, Euer Majestät. Dies ist meine Gemahlin und Mitzauberin, Prinzessin.«

»Mein Dank Euch beiden. Unser aller Dank. Ihr sollt großzügig belohnt werden«, sagte der König und winkte dem Schatzmeister. »Aber wenn es Euch nichts ausmacht, würde ich gern erfahren, was geschehen ist. Ich erinnere mich, die Schatzmeisterei aufgesucht und die Hochzeitsgeschenke betrachtet zu haben, aber dann ...« Tarpash deutete seine Verwirrung mit einer Geste an.

»Euer Auge fiel auf die Krone, ein Geschenk von Zilfric von der Langen Hand«, sagte Kedrigern. »Sie hat Euch gefallen. Ihr habt Eure eigene Krone abgenommen, sie auf den Rüssel einer Elefantenskulptur gehängt, die Inuri der Freie gesandt hat, und die neue Krone aufgesetzt. Der Kristall, ein Objekt von großer Macht, auf dem ein gefährlicher Bann ruhte, hat euch den Verstand binnen eines einzigen Augenblicks geraubt. Verwirrt seid Ihr aus der Schatzmeisterei hinausgelaufen und unter der Eiche zusammengebrochen, wo man Euch bald darauf fand, doch ohne den kleinsten Hinweis auf das, was geschehen war. Ihr weist die Symptome eines vom Blitz getroffenen Mannes auf, und in einem rein magischen Sinne ist eben das auch geschehen. Aber an diesem Tag ist kein Blitz vom

Himmel herniedergefahren. Euer Zustand war ein scheinbar unergründliches Mysterium.«

Tarpash lächelte Kedrigern und Prinzessin milde zu. »Aber Ihr habt es gelöst. Und Ihr sollt belohnt werden. Und Zilfric wird seine gerechte Strafe erhalten, sobald mir etwas einfällt, das garstig genug ist.«

»Falls ich Euch einen Vorschlag unterbreiten dürfte ...«, sagte Kedrigern.

»Bitte, tut das.«

»Fangt ihn in seiner eigenen Falle.«

»Wir fangen ihn auf jeden Fall«, schnappte Yulda, und wieder ruckte das mächtige Kinn vor.

»Erklärt uns Euren Vorschlag, Kedrigern, und wenn er uns gefällt, so bleibt alles Weitere in Euren Händen«, sagte Tarpash.

»Es wird mehr als einen Tag der Vorbereitung erfordern – höchstens aber zwei – wenn wir die Dienste des königlichen Goldschmieds in Anspruch nehmen dürfen.«

»Er steht Euch zur Verfügung«, sagte der König mit einem knappen Wink. »Nun erzählt, was habt Ihr vor?«

Ein Lächeln der Vorfreude auf den Lippen, kam Kedrigern der Bitte nach: »Zuerst werden wir alle Spuren des Zaubers aus diesem Kristall und der Krone entfernen.«

»Die Krone ist auch verzaubert? Welch Schurkerei!«, schrie die Königin aufgebracht.

»Dies ist eine sehr sorgfältige Arbeit, Eure Majestät. Das Werk eines gewissen Gargumfius, eines besonders bösartigen Zauberers, der bekanntermaßen in Diensten Zilfrics steht. Dies ist unverkennbar seine Arbeit.«

»Dann schnappt Euch auch den Zauberer!«, verlangte der König mit finsterem Blick.

»Das ist meine Absicht, Euer Majestät. Wenn erst alles vollständig entzaubert ist, wird Euer Goldschmied den

Stein wieder an seiner ursprünglichen Stelle einsetzen. Dann werden wir die Krone zusammen mit einem Brief an Zilfric zurückschicken.«

»Einem Brief? Das ist alles? Ich dachte, wir knüpfen den Lumpen auf!«, entgegnete Tarpash wütend.

»Das werde ich, Euer Majestät, aber ich werde es auf eine subtile Weise tun«, versicherte ihm Kedrigern. »Eure Majestät werden ihn informieren, dass jedes Mitglied der königlichen Familie die Krone über einen längeren Zeitraum getragen und auf verschiedenartige Weise von ihr profitiert habe, mental und physisch: tieferes Verständnis für Staatsaffären, Beherrschung ökonomischer Theorien, bessere Gedächtnisleistungen, schärferes Augenlicht, eine leichtere Verdauung und mehr Sympathie für andere Herrscher, wobei Letzteres Euch dazu bewegt habe, die Krone an ihn zurückzuschicken, da Ihr sie für zu wertvoll hieltet, sie für Euch zu behalten. Ich überlasse es Eurer Fantasie, Majestät, Euch die Wirkung eines solchen Briefes auf Zilfric, seine Vergeltungswünsche und seinen Umgang mit Gargumfius auszumalen.«

Tarpash dachte eine Weile über den Vorschlag nach. Dann lachte er laut und klatschte in die Hände. »Großartig! Viel besser als ein Feldzug. So etwas ist immer so lästig. Und so teuer.«

»Aber werden sie auch genug leiden müssen? Wir wollen, dass sie leiden!«, wandte Yulda ergrimmt ein. »Warum schnappen wir uns die Schurken nicht einfach und knüpfen sie auf?«

»Weil ich keine Lust zu einem Krieg habe. Außerdem wird Zilfric auf diese Weise eine Menge zu tun bekommen, wenn er erst seinen Verdacht und sein Misstrauen gegen seinen eigenen Zauberer nährt, und dann bleibt ihm keine Zeit mehr, uns oder anderen Schwierigkeiten zu bereiten. Macht Euch sogleich an die Arbeit, Kedrigern, doch zuerst«, und hier winkte der König seinen Schatzmeister zu sich, der eine kleine Ebenholzschatulle in Händen hielt, »Eure Belohnung.«

Tarpash öffnete die Schatulle und nahm eine zarte rubinbesetzte goldene Halskette heraus, die er Prinzessin anlegte. Die schwarze Schatulle reichte er Kedrigern mit den Worten: »Da wir wissen, dass Ihr kein Interesse an Schmuck hegt, werden wir Euch einen einfachen Lohn zukommen lassen.« Der Zauberer lächelte, als er das Klimpern der Münzen in der Schatulle hörte und das unverkennbare Gewicht des Goldes in seinen Händen spürte.

»Und wir laden Euch ein, als Ehrengäste der Hochzeit unseres Sohnes beizuwohnen«, fügte Tarpash strahlend hinzu.

»Wir nehmen dankbar an, Euer Majestät«, sagte Prinzessin, ehe Kedrigern sich einen Grund einfallen lassen konnte, die Einladung auszuschlagen, um nach getaner Arbeit auf der Stelle zum Stillen Donnerberg zurückzukehren.

»Wir fühlen uns in der Tat geehrt«, sagte Kedrigern mit einer tiefen Verbeugung und einem Seufzer der Resignation.

Die Hochzeit von Belserena und Middry war ein prachtvolles Spektakel. Das Festmahl war auserlesen, das Turnier ein herrliches Gemetzel, die Unterhaltung charmant, der Rummel überschäumend. Als die Zauberer sich nach einem zehntägigen Aufenthalt auf den Rückweg begaben, musste sogar Prinzessin eingestehen, dass ihre sozialen Bedürfnisse mehr als befriedigt waren. Kedrigern sehnte sich bereits verzweifelt nach der Ruhe, dem Frieden und der Einsamkeit; so sehr, dass er kaum ein Wort verlor, bis sie einen halben Tag unterwegs waren. Erst, als sie zur Mittagszeit eine Pause an einem

Bach einlegten, um eine Kleinigkeit zu essen, entspannte er sich ein wenig.

»Herrlich, endlich wieder heimzukehren«, sagte er und streckte sich im kühlen Gras aus.

»Die letzten zwei Wochen waren recht ereignisreich«, stellte Prinzessin versonnen fest.

»Furchtbar. All diese Leute und all dieser Radau ... keine Minute hatten wir für uns ... immer war irgendwas los.« Die Erinnerung ließ ihn schaudern.

»Es war großartig«, entgegnete sie seufzend.

»Es war der Vorhof der Hölle«, murmelte er.

Eine Weile lagen sie schweigend im Gras, bis Kedrigern sich auf die Ellbogen stützte, zum Himmel aufblickte und ganz unvermittelt bemerkte: »Das Beste an der ganzen Geschichte ist, dass ich das Problem ohne den Einsatz von Magie lösen konnte.«

Nun stemmte sich auch Prinzessin hoch. »Und was ist mit dem Umkehrzauber?«

»Das ist nebensächlich. Alle wichtigen Ergebnisse haben wir allein durch unseren Verstand und die kluge Anwendung der Gesetze der Logik gelöst«, sagte er und tippte sich bedeutungsvoll an die Stirn.

»Werden Zauberer denn nicht ihrer Magie wegen gerufen? Ist es nicht das, wofür die Leute bezahlen?«

»Sie bezahlen mich für das, was ich weiß«, entgegnete Kedrigern gereizt, »nicht für das, was ich tue. Ich bin kein Unterhaltungskünstler; ich bin Zauberer.«

»Und Zauberer zaubern«, verkündete Prinzessin, als wäre damit alles gesagt.

»Wenn sie müssen«, widersprach Kedrigern.

Prinzessin rückte näher an ihn heran und tätschelte seine Hand. Als er dennoch keinen Ton von sich gab, küsste sie ihn sanft und sagte: »Wie auch immer, dies war ein beeindruckendes Stück Geistesarbeit, und ich glaube nicht, dass irgendein anderer Zauberer das Rätsel ohne Magie hätte lösen können.«

Besänftigt suchte Kedrigern nach einer passenden Antwort. Schließlich ergriff er ihre Hand und sagte: »Und du, meine Liebe, bist wahrhaft königlich mit Yulda umgegangen. Du warst überaus freundlich. Ich weiß, sie ist eine schwierige Person, aber ...«

»Schwierig? Ich habe schon Trolle mit besseren Manieren kennen gelernt! Und dann diese Stimme ...« Prinzessin schüttelte den Kopf und zog eine Schnute.

»Umso mehr verdient deine Freundlichkeit Anerkennung.«

»Ich habe nur an Belserena gedacht. Ein süßes Kind. Ich wollte keinen Schatten über ihre Hochzeit fallen lassen.«

»Du warst Belserena gegenüber sehr großzügig. Der Anhänger, den du ihr gegeben hast, war wirklich schön.«

»Nun, wir waren ihre Ehrengäste, da wird so etwas erwartet.«

»Tatsächlich? Ich weiß nie so recht, wie ich mich unter solchen Umständen verhalten soll.«

»Ich weiß«, sagte Prinzessin resigniert.

»Das alles scheint so nutzlos. All dieses Hin und Her von kunterbuntem Plunder. Wie diese Halskette, die Tarpash dir geschenkt hat. Sie ist wunderschön und kostbar, aber wann wirst du sie schon tragen?«

»Der Gedanke ist, was zählt.«

Er blickte sie zweifelnd an. »Warum begnügen sich Könige und Prinzen und das ganze Pack dann nicht damit, gut voneinander zu denken, und hören auf, all diesen geraubten Schmuck auszutauschen? Auf die eine oder andere Art ist das doch alles nur gestohlener Plunder.«

»Es hat seinen praktischen Nutzen«, sagte Prinzessin mit einem wissenden Lächeln.

»So?«

»Du glaubst doch nicht, dass ich diesem lieben Mädchen nur ein einfaches Schmuckstück gegeben habe. Gewiss weißt du, dass ich einen Zauber für sie darin verborgen habe.«

»Meine Liebe ...«

»Ein schlichter kleiner Zauber, der ihr bei Streitigkeiten das Rückgrat stärken wird.« Prinzessin erhob sich und vollführte eine spielerische Pirouette im Gras, strahlend vor Zufriedenheit ob einer wohl getanen Arbeit. »Genau, was Belserena braucht – und Yulda verdient.«

Originaltitel: Fair-Weather Fiend
Ins Deutsche übertragen von Frauke Meier

ZWEI MERKWÜRDIGKEITEN

14. DIE VÖGEL

Michael Coney

Michael Coney ist eher für seine Science-Fiction-Romane bekannt, mit denen er 1972 zu schreiben begann. Titel sind u.a. MIRROR IMAGE (1972), SYZYGY (1973), FRIENDS COME IN BOXES (1973) und THE HERO OF DOWNWAYS (1973). In letzter Zeit hat er sich jedoch der Fantasy zugewandt, und dabei oft der humorvollen, wie zum Beispiel im Falle von FANG THE GNOME (1988), A TOMCAT CALLED SABRINA (1992) und NO PLACE FOR A SEALION (1992). Die beiden Letzteren wurden nur in Kanada veröffentlicht, wo Coney seit 1972 lebt. Folgende Kurzgeschichte ist ein wirklich ungewöhnliches Beispiel seiner Kunst.

Es war Großmutter, die den Stein ins Rollen brachte.

Eines späten Nachmittags mitten im heißesten Sommer seit Menschengedenken zog sie all ihre Kleidung aus und malte die Haut um ihre Augen, ihre Wangen, Kinn und Hals sorgfältig rot an. Dem Rest ihres Körpers gab sie die Kontrastfarbe Schwarz, mal abgesehen von ihren Achselhöhlen und der Innenseite ihrer Handgelenke, die sie Weiß strich. Sie band sich ihren neuen Antischwerkraftgürtel um, flatterte mit ihren Armen und stieg zum nächsten Baum auf, wo sie sich niederließ.

Sie teilte uns mit, dass sie von nun an ein rotnackiger Nashornvogel sei, welcher aus Indien stammt. Und das war alles, was sie sagte, natürlich aus dem einfachen Grund, weil Nashornvögel nicht zu den sprechenden Vögeln gehören.

»Komm runter, Großmutter!«, rief Mutter. »Es ist kalt, und du wirst dir noch den Tod holen.«

Großmutter schwieg. Sie reckte den Hals und blickte gen Horizont.

»Sie ist verrückt«, sagte Vater. »Sie ist verrückt. Das habe ich schon immer gesagt. Ich rufe die Anstalt an.«

»Du wirst nichts dergleichen tun!« Mutter war immer sehr empfindlich, was Großmutters gelegentliche Eigenheiten anbelangte. »Sie kommt schon wieder runter. Es wird langsam Abend, und ihr wird kalt werden.«

»Mich würde ja interessieren, warum eine Närrin in ihrem Alter überhaupt eine Antischwerkraft-Ausrüstung hat«, sagte Vater.

Das Wasserdepartment hatte bereits die Versorgung gedrosselt, und der Wetterbericht sagte eine Springflut voraus. Das Energiedepartment hatte eine Warnung herausgegeben, dass die Vorräte erschöpft seien, und das Ruhedepartment hatte drohend verkündet, dass die Bevölkerungszahl bis November um 1,8 Prozent fallen müsse. Der Postverteiler spuckte täglich Unmengen von Anmeldeformularen, Steuerunterlagen und Mahnungen aus, und die Putzmäuse funktionierten nicht mehr richtig, sodass das Haus angefangen hatte zu stinken …

Und nun auch noch das!

Es war demütigend und beschämend, wie Großmutter nackt und angemalt hoch oben im Baum hockte. Sie blieb den ganzen Abend dort, und ich wusste, dass meine Freundin Pandora schon bald vorbeischauen und zweifellos Fragen stellen würde.

Die Menschheit war in moralischen Dingen an einem Punkt angekommen, an dem Nacktheit als anstößig empfunden wurde. Großmutter war ihrer Zeit vermutlich um ungefähr dreißig Jahre voraus. Irgendwie wirkte sie einsam und unzeitgemäß, wie sie da hockte und in ihrer zusammengekauerten Stellung unsicher Halt zu finden versuchte. Von Zeit zu Zeit griff sie Hilfe suchend nach dem Stamm, flatterte dann jedoch mit dem Armen, um den vogelähnlichen Eindruck wieder herzustellen. Sie sah wie eine grauenhafte Mutation aus. Ihre Ähnlichkeit mit einem rotnackigen Nashornvogel war recht gering.

»Sorg du dafür, dass sie runterkommt, Großvater«, sagte Vater.

»Sie wird schon runterkommen, wenn sie hungrig wird.«

Doch er irrte sich. Spät am Abend machte sich Großmutter flatternd auf den Weg zu einem verlassenen Grundstück, wo ein alter Baum stand. Sie aß unsterilisierte Äpfel, wobei ihr der Saft das Kinn hinablief. Der Anblick war grotesk. »Sie wird sich vergiften!«, schrie Mutter.

»Und wenn schon, dann hat sie sich wenigstens endlich entschieden«, sagte Vater.

Er spielte auf »Ihre Entscheidung für den Frieden« an, jene Broschüre, die Großmutter und Großvater jeden Monat vom Ruhedepartment erhielten. Dieser Broschüre liegt ein sechsseitiges Formular bei, in welchem die älteren Bürger alles Gute an ihrem Leben beschreiben können, ebenso wie die wenigen Dinge, die sie verärgern. Am Ende des Formulars befinden sich zwei Kästchen, in denen die Alten ihre Vorliebe für Leben oder Frieden kundtun können. Wenn sie nicht das Kästchen für Leben ankreuzen oder das Formular überhaupt nicht ausfüllen, geht man davon aus, dass sie sich für Frieden entschieden haben, und schickt einen Wagen nach ihnen.

Großmutters Umrisse hoben sich nun malerisch gegen den blassblauen Himmel ab, während sie über den Dächern kreiste und schrille Schreie ausstieß. Sie flog mit ausgestreckten Armen und zog die Beine hinterher, und wir alle mussten eingestehen, wie schön ihr Anblick war –

jedenfalls so lange, bis ein Schwarm Stare mit ihr Streit anfing.

Sie wurde vom Kurs abgebracht und trudelte zu Boden, sammelte sich dann wieder, erhob sich erneut und glitt in unsere Richtung, zog an den Staren vorbei und erklomm von neuem ihren Sitz in der alten Eiche. Sie machte Bewegungen, als wolle sie sich das Gefieder putzen, und richtete sich für die Nacht ein. Der familieneigene Schädlingsbekämpfer, der mit seinem winzigen Laser Ungeziefer den Garaus machte, überprüfte sie einige Sekunden lang elektronisch, stellte dann jedoch sein Feuer ein.

Wir waren im Haus, als Pandora eintraf. Sie war nervös und beschwerte sich darüber, dass draußen im Baum eine riesige Mutation sitze, die sie angekrächzt habe.

Mutter sagte eilfertig: »Das ist nur ein rotnackiger Nashornvogel.«

»Ein seltener Besucher hier zu Lande«, fügte Vater hinzu.

«Warum hat sie sich nicht wenigstens für einen Spatzen entschieden?«, fragte Mutter. »Oder irgendetwas anderes Unauffälliges.« Sie hatte es nicht leicht. Die kleinen Roboter-Putzmäuse schmollten noch immer hinter der Holzvertäfelung, und so musste sie das Haus per Hand putzen.

Großmutter war so grell, dass sie wie ein Leuchtfeuer im morgendlichen Sonnenlicht prangte. Der Schandfleck der Familie ließ sich nicht verbergen. Eine kleine Menschenmenge hatte sich versammelt, und einige Leute versuchten, sie mit Brotkrumen herunterzulocken. Sie hatte die Nacht im Freien unbeschadet überstanden und begrüßte den Morgen mit schrillen Schreien.

Großvater legte sich einen Antischwerkraftgürtel um.

»Ich fliege hoch und hole sie wieder herunter. Sie hat das Spiel weit genug getrieben.«

Ich sagte: »Sei vorsichtig. Sie könnte dich angreifen.«

»Red keinen Blödsinn!« Trotzdem ging Großvater vorsichtshalber in den Geräteschuppen und kehrte etwas später nackt und frisch bemalt daraus zurück. Mutter stieß vor Schreck einen kleinen Schrei aus, denn sie glaubte, Großvater sei nun ebenfalls an der Verschwörung gegen die soziale Stellung der Familie beteiligt.

Ich beruhigte sie. »Es ist wahrscheinlicher, dass sie auf ihresgleichen hört.«

»Sind denn jetzt alle verrückt geworden?«, fragte Mutter.

Großvater erhob sich anmutig zur alten Eiche, schwankte und ließ sich dann neben Großmutter nieder. Einen Moment lang sprach er leise mit ihr, und sie lauschte, den Kopf aufmerksam schief gelegt. Dann stieß sie leise, gurrende Laute aus und lehnte sich gegen ihn. Er rief hinunter: »Das könnte länger dauern, als ich gedacht habe.«

»O mein Gott«, sagte Mutter.

»Das reicht«, sagte Vater. »Ich rufe einen Psychiater.«

Dr. Pratt war groß und ehrwürdig, und er erfasste die Situation auf den ersten Blick. »Hat Ihre Mutter schon vorher mal vogelhafte Tendenzen gezeigt?«

Vater antwortete für Mutter. »Nicht mehr als jeder andere auch. Aber, nun ja, sie war in vielerlei Hinsicht ...«

»Großmutter war immer ein Muster an Anpassung«, sagte Mutter rasch und begann zu weinen. »Und wenn unsere Nachbarn etwas anderes behaupten, dann werde ich sie an die Gesetze gegen üble Nachrede erinnern. Nein – sie tut das, um uns zu beschämen. Sie hat immer gesagt, dass sie die Farben hasst, in denen wir das Haus gestrichen haben – sie sagte, sie erinnerten sie an einen stolzierenden Pfau.«

»Paarungswilligen Pfau«, sagte Vater. »Sie sagte: ›paarungswilliger Pfau‹. Das waren exakt ihre Worte.«

»Pfau also ...« Dr. Pratt sah nachdenklich aus. Und in seinem Gesichtsausdruck lag unleugbar etwas Vogelhaftes. »Sie haben also das Gefühl, sie könnte Vergeltung üben wollen. Sie denkt, sie haben das Haus, in dem sie lebt, zum öffentlichen Gespött gemacht, und nun hat sie vor, sie ebenfalls zum öffentlichen Gespött zu machen.«

»Das macht Sinn«, sagte Vater.

»Großmutter!«, rief Dr. Pratt. Sie sah ihn aus runden, kleinen Augen an, die von roten Ringen umrahmt waren. »Ich habe die persönliche Zusage ihrer Tochter und ihres Schwiegersohns, dass das Haus mit Farben ihrer Wahl umgestrichen werden wird.« Er fuhr einige Minuten in beruhigendem Tonfall fort. »Das sollte reichen«, sagte er endlich zu uns, während er seine Tasche hob. »Stecken Sie sie ins Bett, und halten Sie sie fern von Beeren, Körnern und dergleichen. Und lassen Sie keine Antischwerkraftgürtel herumliegen. Sie können ältere Leute auf allerlei lüsterne Gedanken bringen.«

»Sie kommt immer noch nicht herunter«, sagte Vater. »Ich glaube kaum, dass sie Sie verstanden hat.«

»Dann rate ich Ihnen, den Baum zu fällen«, erwiderte Dr. Pratt kühl, denn seine Geduld war offenbar am Ende. »Sie ist eine abscheuliche alte Exhibitionistin, der man eine Lektion erteilen muss. Nur weil sie ihre Fantasien auf unübliche Weise auslebt, unterscheidet sie sich noch lange nicht von allen anderen. Und was macht eigentlich er dort oben? Lehnt er auch die Hausfarbe ab?«

»Er hat sie ausgesucht. Er sitzt dort, um sie wieder herunterzubringen.«

Wir starrten die beiden verblüfft an. Das Pärchen saß

eng beisammen auf dem Ast und war mit gegenseitiger Gefiederpflege beschäftigt. Die Menschenmenge draußen vorm Gatter war auf über einhundert angeschwollen.

Am folgenden Morgen begrüßten Großmutter und Großvater die Dämmerung mit einer Kakophonie aus Kollern und schrillen Schreien.

Ich hörte, wie Vater sein Schlafzimmerfenster aufstieß und ihnen drohte, er werde sie ohne Zögern aus dem verdammten Baum und aus dem Diesseits pusten, wenn es nicht ein bisschen leiser ginge. Ich hörte das metallische Klicken, als er den Abzug seiner Flinte spannte. Mutter befürchtete wohl das Schlimmste. Ich hörte sie erst aufschreien, dann die dumpfen Geräusche einer Rangelei nebenan.

Ach ja, es ist schon recht betrüblich, welche Strapazen es für eine Ehe bedeutet, wenn die Eltern mit im Haus leben – oder, wie in unserem Fall, draußen vor dem Fenster.

Die Menschenmenge sammelte sich schon früh, und schnell wurde offensichtlich, dass Großvater es aufgegeben hatte, Großmutter zum Abstieg bewegen zu wollen; Tatsache war, dass er überhaupt zu sprechen aufgehört hatte. Er hockte höchst munter neben seiner Partnerin und wandte ruckartig den Kopf bald in diese, bald in jene Richtung, als suche er den Himmel nach Falken ab. Er beäugte die Menschenmenge und erzitterte plötzlich, als wolle er seine Federn in die richtige Position schütteln.

Dr. Pratt kam mittags kurz vor den Medien an. »Ein typisches Beispiel für einen Rückfall in kindliche Verhaltensmuster«, erklärte er uns. »Alle Anzeichen sprechen dafür: die ungenierte Nacktheit, die leuchtenden Farben, die Sprachlosigkeit, das Lieblingsspielzeug – in diesem Fall der Antischwerkraftgürtel. Ich habe ein Ersatzspielzeug mitgebracht und denke, das wird unser Problem lösen. Versuchen Sie, die beiden damit herunterzulocken.«

Er reichte meiner Mutter eine leuchtend rote Babyrassel.

Großmutter warf einen scharfen Blick darauf, machte eine schwerfällige Bewegung mit den Armen, erhob sich schließlich aus dem Baum und stieß im Sturzflug herab. Mutter duckte sich verschreckt, und so konnte Großmutter die Rassel fest mit ihren knochigen alten Zehen packen. Sie wendete und flatterte zurück zu ihrem Sitz im Baum. Sie und Großvater steckten die Köpfe eng zusammen und untersuchten das Spielzeug.

Wir warteten atemlos.

Schließlich schlug Großmutter es fest gegen den Ast, und die zerbrochenen Überbleibsel fielen zu Boden.

Die Menge applaudierte. Zum ersten Mal bemerkten wir den Nachrichtenwagen und die Kameraleute. Diese übten auf Dr. Pratt eine unmittelbare Wirkung aus. Er marschierte auf sie zu und stellte sich einer rothaarigen Frau mit einem Mikrophon vor.

»Sagen Sie uns, Dr. Pratt, wie erklären Sie sich dieses Phänomen?«

»Das Auftreten von Vogelsucht bei älteren Mitmenschen ist ein Phänomen, das bis zum heutigen Tag nur unzureichend erforscht worden ist. Tatsächlich würde ich sagen, hat es bislang überhaupt keine Beachtung gefunden. Von meiner eigenen Abhandlung – immer noch im Entwurf – mal abgesehen, können Sie lange in den Archiven der Psychiater nach einer Erwähnung des Pratt-Syndroms suchen.«

»Und was ist der Grund dafür, Dr. Pratt?«

»Vor allem Angst. Die Angst in jedem von uns, zuzugeben, dass etwas Primitives und Atavistisches in unseren eigenen Genen erhalten geblieben sein könnte. Und was ist primitiver als ein Vogel, dem einzigen Überlebenden aus dem Zeitalter der Dinosaurier?«

»Können Sie das etwas genauer ausführen?«

»Dort oben im Baum sehen Sie zwei Mitleid erregende menschliche Kreaturen, die sich in ein Stadium zurückentwickelt haben, lange bevor die Menschheit den ersten aufrechten Schritt tat. Ein Stadium, das als winzige verschlüsselte Botschaft in ihrem eigenen Fleisch und Blut und dem Fleisch und Blut ihrer Vorfahren Millionen von Jahren unserer Zeitrechnung überdauerte.«

»Und wie lange, glauben Sie, dauert dieser Zustand an, Dr. Pratt?«

»Bis zum Herbst. Die Winter in diesen Gegenden sind hart, und wenn sie noch ein Fünkchen Verstand im Leib haben, sind sie aus diesem Baum verschwunden, kaum dass der erste Frost eingesetzt hat.«

»Nun gut, danke, Dr. –«

Ein heiserer Schrei schnitt ihr das Wort ab. Am östlichen Himmel zeichneten sich Umrisse ab, die zu groß waren, als dass es Vögel hätten sein können, jedoch auch zu klein für Flugzeuge. Einen Augenblick lang herrschte ungläubiges Schweigen, bis wir sie schließlich als das erkannten, was sie waren. Endlich kreisten sie über dem Nachrichtenwagen und verursachten mit ihren Schreien einen regelrechten Tumult. Dabei gaben sie sich als Jugendliche beiderlei Geschlechts zu erkennen, die unbekleidet, doch von einer einfachen, halbglänzenden Farbschicht bedeckt waren. Sie waren zu neunt.

In den folgenden Wochen lernten wir sie als die Krähen kennen. Sie flogen über unseren Köpfen, kreisten und ließen sich schließlich überall in der alten Eiche und auf unserem Hausdach nieder.

Sie unternahmen keinerlei Versuche, Großmutter oder

Großvater zu belästigen. Vielmehr schienen sie sich den beiden alten Leuten gegenüber beinahe ehrerbietig zu zeigen.

Es schien, als habe Großmutter einen Damm im menschlichen Unbewussten gebrochen, sodass sich nun mehr und mehr Leute in die Luft erhoben. Über Nacht waren die Hersteller von Antischwerkraftgürteln Millionäre geworden, und der Himmel wurde zu einem leuchtenden Teppich aus kreisenden, kreischenden Gestalten in allen Farben des Regenbogens und Aufsehen erregender Nacktheit. Die Medien gaben ihnen den Namen ›die Vögel‹.

»Ich halte es für eine Protestbewegung gegen die heutigen Moralvorstellungen«, sagte Dr. Pratt, der den Großteil seiner Zeit in Diskussionsrunden oder mit Interviews verbrachte. »Solange ich denken kann, fühlten sich die Menschen unterdrückt und haben ihre wahren Wünsche genauso sorgfältig durch Konformität getarnt, wie sie ihre Körper in verhüllende Kleidung gesteckt haben. Und nun sagen die Menschen plötzlich, dass sie genug davon haben. Sie tun sich selbst einen Gefallen. Das sollte uns nicht verwundern. Es ist gesund. Es ist gut.«

Es war schon seltsam, wie aus dem Doktor plötzlich ein Pro-Vogler geworden war. In diesen Tagen schien er seine neue Rolle als Presseagent für Großmutter gefunden zu haben – die ihrerseits bereits zur Kultfigur geworden war. Darüber hinaus arbeitete er an seiner gelehrten Abhandlung über ›*Die Ursprünge und Verbreitung von vogelartigen Tendenzen bei Menschen*‹.

Pandora und ich nahmen an, dass er von den Gürtelproduzenten dafür bezahlt wurde. »Aber es ist lustig, im Mittelpunkt des Geschehens zu stehen«, sagte Pandora eines Abends, als die Krähen zum Schlafen zurückkamen und die alte Eiche unter dem Gewicht des Schwarms von

Graufliügelmöwen ächzte, die gekommen waren, um Großmutter ihre Reverenz zu erweisen. »Damit wird diese Stadt Geschichte schreiben – und deine Familie auch.« Sie nahm meine Hand und lächelte mich stolz an.

Es gab Pelikane, die sich darauf spezialisiert hatten, im Sturzflug ins Meer zu tauchen. Sie deaktivierten mitten in der Luft ihre Gürtel, nur um sie dann unter Wasser wieder zu reaktivieren und so raketengleich aus den Tiefen hervorzuschießen. Es gelang ihnen jedoch nur selten, Fische zu fangen, und häufig mussten sie wegen eines Leidens behandelt werden, welches als »Ballon-Pelikan« bekannt wurde und welches dadurch hervorgerufen wurde, dass sie bei voller Geschwindigkeit mit offenem Mund durch das Wasser schossen.

Dann gab es da noch die Darwinfinken, eine zurückgezogen lebende Splittergruppe, deren Existenz einige Wochen lang unbemerkt geblieben war, weil sie so viel Zeit in den Tiefen des Waldes verbrachten, einen Kaktusstachel zwischen den Zähnen, mit dem sie versuchten, Käfer aus den Höhlen in toten Bäumen zu pulen. Sie waren eine grüblerische und in sich gekehrte Gesellschaft.

Es ließen sich in der Tat sämtliche Vogelsorten finden. Und weil jeder Kult auch seine verrückten Randgruppen hervorbringt, gab es dann noch die Tauben. Sie sammelten sich in den Straßen der Vororte und mischten sich unter die eilig hin und her eilende Menschenmenge. Von den Schultern aufwärts sahen sie genau wie jeder andere auch aus, nur grauer und mit der merkwürdigen Angewohnheit, den Kopf beim Gehen schief zu legen. Was hingegen den Torso betraf, glichen sie jedem anderen der Vögel: d.h. sie waren voller Stolz unbekleidet.

Ihre Schlafgewohnheiten sorgten für den ersten offenen Zusammenstoß zwischen den Vögeln und den Menschen. Es gab Beschwerden, dass sie die Leute nachts wachhalten und zudem die Hausdächer beschmutzen würden. Die Leute begannen damit, Elektrozäune um ihre Dachgiebel und Regenrinnen zu spannen und Gift auszulegen.

Der Vergeltungsschlag der Tauben erfolgte eines frühen Abends, als sich die Massen der Pendler in den Straßen drängten. Er war schlicht und plakativ und sehr gut organisiert. Im Nachhinein bezeichneten es die Leute beschönigend als ›die große Flut‹, denn es war nicht jene Art von Ereignis, über die man anständigerweise in der Öffentlichkeit spricht.

Es gab noch andere Splittergruppen, sogar viele davon, und die seltsamste war wohl eine Gruppe, die der Nutzung von Antischwerkraftgürteln völlig entsagt hatte. Von Zeit zu Zeit konnte man einen Blick auf ihre Mitglieder erhaschen, wie sie auf den Betonleitplanken von verlassenen Autobahnen saßen und sich gegenseitig nach Parasiten absuchten. Ihre Körper waren einheitlich braun bemalt, abgesehen von ihren Geschlechtsteilen: Diese leuchteten strahlend rot. Sie bezeichneten sich selbst als Mantelpaviane.

Trotzdem wurde man das Gefühl nicht los, dass sie die ganze Sache irgendwie missverstanden hatten.

Wie immer, wenn viele Leute an etwas beteiligt sind, waren auch Tragödien unvermeidlich. Gelegentlich erlag ein älterer Angehöriger der Vögel mitten in der Luft einem Herzstillstand und wurde vom Wind davongetragen. Andere fielen einer Fehlfunktion ihrer Gürtel zum Opfer und sausten unkontrolliert zu Boden. Als die ersten eisigen Nächte hereinbrachen und das Land fest in den Griff nahmen, verstarben einige der älteren Vögel an Unterkühlung und fielen von ihren Sitzen. Beherzt blieben sie bis zuletzt ihrer Rolle treu, und als der Tag anbrach, fand man sie in der klassischen ›Toter-Vogel‹-Haltung auf dem Rücken liegend, die Beine in die Luft gereckt.

»Alles Gute hat irgendwann ein Ende«, sagte Dr. Pratt eines Abends, als die rostbraunen Blätter von den Bäumen geweht wurden. Es war ein geschäftiger Tag gewesen, und Dutzende von Gruppen hatten Großmutter ihre Aufwartung gemacht. Es herrschte eine Stimmung, als neige sich alles einem Ende entgegen, als würde sich die Lage zu einem Höhepunkt zuspitzen. »Wir sehen einer Massenansammlung entgegen«, verriet Dr. Pratt einem Reporter. »Es wird eine solche Zusammenkunft von Vögeln geben, wie es das Land noch nie erlebt hat. Großmutter will sich beim ›Großen Niederkommen‹ in einer Ansprache an die Menge wenden.«

Mutter sagte: »Wenn es nur bald so weit ist. Ich glaube nicht, dass Großmutter dem Frost noch lange standhält.«

Ich machte mich auf den Weg, um Pandora zum ›Großen Niederkommen‹ einzuladen, doch sie war nicht zu Hause. Ich wollte gerade umdrehen, als mein Blick auf eine monströse Gestalt fiel, die auf dem Gartenzaun des Hinterhofes hockte. Sie leuchtete überall grün, mit Ausnahme der Augenpartie, die grau war, und des Haares, das gelb strahlte. Sie sah mich an. Sie blinzelte mich seltsam reptiliengleich an. Es war Pandora.

Sie sagte: »Na, mein Hübscher, wen haben wir denn da?«

Gleich am nächsten Morgen fegte Großmutter aus der alten Eiche herab und packte Mutters Schal mit ihren Zehen, woraus sich ein erbittertes Tauziehen entwickelte. »Lass sofort los, du dumme, alte Verrückte!«, rief Mutter.

Großmutter fuhr ihren Gürtel bis zum maximalen Auftrieb hoch und wickelte sich flink den Schal um die Fußknöchel. Das andere Ende war behaglich um Mutters Hals gewunden und in ihren schweren Wintermantel gesteckt. Mutter hob mit strampelnden Beinen vom Boden ab. Aus ihren Schreien wurde ein ersticktes Ächzen. Vater bekam ihre Knie zu fassen, als sie über ihn hinwegglitt. Großmutter bemerkte mit einem enttäuschten Krächzen, wie sie wieder zu Boden sank. Großvater, der die Szene höchst interessiert beobachtet hatte, flatterte herbei und packte sie, um so die Kraft ihres Gürtels mit der seines eigenen zu unterstützen.

Vaters Füße hoben vom Boden ab.

Inzwischen zeigte Mutter die typischen Anzeichen einer Gehängten: schlaff herabhängende Arme, baumelnder Kopf, herausgestreckte Zunge, gerötetes Gesicht. Ich machte einen Sprung und erwischte Vaters Fußknöchel. Es gab ein kurzes, reißendes Geräusch, und wir fielen in einem bunten Haufen zu Boden, Mutter obenauf. Großmutter und Großvater flogen mit ihrem Teil des Schals zur alten Eiche zurück und begannen, ihn mit ihren Zähnen zu zerreißen. Vater löste die andere Hälfte von Mutters Hals. Sie atmete noch.

»Sehr faszinierend«, sagte Dr. Pratt.

»Meine Frau wäre fast von dieser mordlustigen Brut erwürgt worden, und er bezeichnet das als faszinierend!«

»Nein – sehen Sie sich die Nashornvögel an.«

»Na was denn, sie essen den Schal. Sie sind verrückt. Das wussten wir wohl bereits.«

»Sie essen ihn nicht. Wenn Sie genau hinsehen, werden Sie sehen, dass Sie ihn nur zerkleinern. Und sehen Sie – das Weibchen windet die Stränge um die Zweigbüschel. Ist doch sonnenklar, was Sie da machen. Das ist ein klassischer Fall von Nestbau-Trieb.«

Vater reagierte darauf unverzüglich, sprang auf, packte Dr. Pratt beim Kragen, schüttelte ihn wild und brüllte:

»Jedes Kind weiß doch, dass Vögel nur im Frühling nisten!« Er war einfach mit den Nerven am Ende. Er entschuldigte sich am nächsten Tag.

Zu dieser Zeit nisteten die Vögel bereits überall in der Stadt. Sie verwendeten vielfältiges Material dazu, und häufig war ihr handwerkliches Geschick eine Augenfreude. Die örtliche Nachrichtenstation veranstaltete einen Wettbewerb: ›Das Nest, in dem ich am liebsten mit meinem Partner zusammenkommen möchte‹. Sie sah das Ganze wohl als einen gelungenen Witz an – sehr im Gegensatz zu einigen Einwohnern, die gewaltsam auf der Straße entkleidet worden waren. Die Vögel vergeudeten nichts. Ihre Nester waren eine sorgfältig verwobene Ansammlung aus allem, was sie stehlen konnten: Mänteln, Hemden, Hosen, Wäscheleinen, Unterwäsche, Hörhilfen, Perücken.

»Der Phänomen des Nestbaus ist in zweifacher Hinsicht bedeutungsvoll«, ließ Dr. Pratt die Medien wissen. »Auf der einen Seite haben wir den Wunsch der Vögel, es mit diesen instinktiven Verhaltensmustern ihren Gegenstücken in der Vogelwelt gleichzutun. Auf der anderen Seite liegt unbestritten auch ein Hauch von – wie soll ich sagen – Aggression gegenüber der erdgebundenen Bevölkerung in diesem Verhalten. Die Vögel sagen auf ihre eigene Art: Schließt euch uns an. Folgt eurer Natur. Entledigt euch eurer Kleidung. Wenn nicht, tun wir es für euch.«

»Glauben Sie nicht, die Vögel sind, nun ja, sexuell gestört?«, fragte der Reporter.

»Sexuell befreit«, beharrte Dr. Pratt.

Dies stellten die Vögel am nächsten Tag unter Beweis, als sie überall am Himmel zu kopulieren begannen.

Es war die größte Sensation seit der ›Großen Flut‹. Der Himmel war erfüllt von sich windenden Gestalten, weshalb Eltern ihre Kinder im Haus einsperrten und die Vorhänge zuzogen. Es war ein schöner Tag für die Liebe; die Sonne glitzerte auf schweißbedeckter Haut, und die für die Jahreszeit ungewohnt warme, windstille Luft erzitterte unter Lustgeschrei.

Die Vögel kreisten und wirbelten herum, jagten sich gegenseitig und paarten sich, wenn sie zusammentrafen. Künstliche Schranken der einzelnen Spezies wurde überwunden, und Adler paarten sich mit Buchfinken, Rotkehlchen mit Albatrossen.

»Eindeutig eine Parabel«, sagte Dr. Pratt. »Die –«

»Seien Sie still«, sagte Mutter. »Seien Sie still, seien Sie still, seien Sie still!«

In der alten Eiche paarte sich rotnackiger Nashornvogel mit rotnackigem Nashornvogel, dann mit einer Krähe, dann, freudestrahlend in den Himmel aufsteigend, mit einer Raubmöwe, mit einer Lerche und schließlich mit einem Mantelpavian, der endlich auch begriffen hatte, worum es eigentlich ging, und seinen Gürtel angelegt hatte.

»Sie ist sechsundachtzig Jahre alt! Was denkt sie sich eigentlich?«

»Sie ist ein Fruchtbarkeitssymbol für sie«, sagte Dr. Pratt.

»Zum Teufel mit Fruchtbarkeitssymbolen«, sagte Vater. »Sie ist einfach völlig verrückt, und es wird Zeit, dass wir den Tatsachen ins Auge blicken.«

»Das ist wahr, das ist wahr!«, jammerte Mutter, eine gebrochene Frau.

»Sie spinnt! Sie spinnt schon seit Jahren! Sie ist alt und nutzlos, und trotzdem schreibt Sie all diese Dinge in ihr Ruheformular, anstatt es einfach zu vergessen wie jede andere normale alte Frau!«

»Der Winter kommt«, sagte Dr.Pratt, »und wir sind Zeugen des natürlichen Erhalts einer Spezies. Sehen Sie sich diese netten, jungen Seeschwalben dort oben an. Morgen müssen sie wieder zur Erde herunterkommen, doch in den Gebärmüttern der Weibchen wird die Erinnerung an diesen glorreichen September weiterleben!«

»Sie ist senil und schmutzig! Ich habe sie Wurzeln aus dem Boden essen sehen, und wissen Sie, was sie mit dem Replikator gemacht hat? Sie hat ihn mit dem Postverteiler kurzgeschlossen und die ganze Küche mit selbstklebenden Keksen verunstaltet!«

»Das hat sie gemacht?«
Der erste Anflug von Zweifel überschattete Dr. Pratts Gesicht.

Die Anführerin der Vögel war verrückt?

»Und eines Tages rief eine Spielshow über das Bildtelefon an und stellte ihr eine Geschicklichkeitsfrage. Wir hätten für den Rest unseres Lebens ausgesorgt, wenn sie sie richtig beantwortet hätte. Und was hat sie getan? Das Abscheulichste, was Sie sich vorstellen können. Und es wurde live übertragen, sodass es die ganze Stadt sehen konnte!«

»Ich bin sicher, sie hatte tief greifende, psychologische Gründe für ihr Verhalten«, sagte Dr. Pratt verzweifelt.

»Hatte sie nicht! Sie ist verrückt! Sie läuft lieber in die Stadt, als ein Busbestellformular auszufüllen! Sie braut Wein in einem ekelhaften Topf unter ihrem Bett! Sie wurde einmal wegen Erregung öffentlichen Ärgernisses zu einer Woche Sozialarbeit verurteilt! Sie hat die Felder des Landwirtschaftsdepartments betreten! Sie wollen wissen, warum es im Haus stinkt? Sie hat den Schädlingsbekämpfer so programmiert, dass er auf die Putzmäuse gezielt hat!«

»Aber ich dachte ... Warum haben Sie mir das denn nicht früher erzählt? Meine Güte, wenn ich an die Dinge denke, die ich in den Nachrichten gesagt habe! Wenn das ans Licht kommt – mein Ruf – all das, wofür ich so lange gearbeitet habe – all die ...« Er verlor den Faden. »Warum haben Sie mir das nicht gesagt?«, fragte er erneut.

»Naja, meine Gott, es ist doch wohl offensichtlich«, sagte Vater schnippisch. »Sehen Sie es sich doch an. Sie schwirrt irgendwo am Himmel herum und paart sich mit einem Mantelpavian – oder jedenfalls so etwas Ähnlichem. Das ist es, was ich verrückt nenne.«

»Aber es ist eine Bewegung ... Es ist frei und lebendig, so tief verwurzelt und so –«

»Ein Kult von Verrückten«, sagte Vater. »Angezettelt von einer Durchgedrehten und am Leben gehalten von einem Quacksalber. Nicht mehr und nicht weniger. Und der Wetterbericht sagt für heute Nacht Minusgrade voraus. Das wird ihnen den Spaß schon austreiben. Besser, Sie bringen sie irgendwie herunter, Pratt, oder Sie haben ein paar Tausend Tote auf dem Gewissen.«

Aber später an diesem Tag kamen die Vögel von alleine herunter. Als ob sie es spürten, dass sich der Altweibersommer dem Ende entgegenneigte und bittere Nächte bevorstanden, kamen sie in Schwärmen aus dem Himmel zur Erde und zu uns zurück. Großmutter ließ sich mit kreisenden Armen in der alten Eiche nieder, gefolgt von Großvater. Sie saßen eng beieinander und gurrten sich leise gegenseitig zu. Weitere Vögel kamen: die Krähen und die Pelikane. Sie bevölkerten den Baum, verteilten sich in der Dachrinne und ließen sich auf dem Giebel nieder. Sie hockten auf Zäunen und Pfeilern und auch auf dem Boden, alle Spezies durcheinander. Sie waren überall um uns herum, näherten sich von allen Seiten, bedeckten die Dächer und Bäume der Nachbargrundstücke, kurz: eine große, letzte Zusammenkunft von Menschen, die, wenn auch nur für einige Wochen, ein wenig verrückt geworden waren. Sie sahen erschöpft, aber glücklich aus, und einige begannen zu zittern, als der Nachmittag in den Abend überging. Zuerst veranstalteten sie einen mächtigen Lärm, ein rauschendes, kreischendes, unablässiges Gezwitscher, doch nach einer Weile beruhigten sie sich. Ich sah Pandora mitten unter ihnen, bemalt und schön, doch ihr Blick ging geradewegs durch mich hindurch. Sie waren noch immer Vögel und spielten ihre Rolle bis zum Ende. Und alle Blicke waren auf Großmutter gerichtet. Sie warteten auf ein Signal, doch Großmutter verharrte schweigend und kostete jeden Moment aus.

Es war, als stehe man inmitten eines riesigen Amphitheaters, mit all diesen uns zugewandten Köpfen, all diesen aufmerksamen Augen, die uns beobachteten. Die Mannschaft des Nachrichtenwagens war nirgends zu sehen; wahrscheinlich kam sie nicht durch die Menge hindurch.

Schließlich trat Dr. Pratt nach vorn. Er war von schwerer Enttäuschung gezeichnet. Nun schickte er sich an, sich seiner Verantwortung zu entledigen und von allem reinzuwaschen.

»Ihr Narren!«, schrie er. Ein Gemurmel aus vogelhaften Geräuschen erhob sich, legte sich jedoch gleich wieder. »Im Laufe der Geschichte gab es immer wieder Narren wie euch, und sie haben Kriege, Katastrophen und Leid hervorgebracht. Narren ohne eigenen Kopf, die ihren Führern ohne nachzudenken folgten, ohne zu fragen, ob ihre Führer eigentlich wissen, was sie tun. Führer wie Dschingis Khan, Starbusch und Hitler, Führer, die ihre Anhänger wie Marionetten für ihre eigenen wahnsinnigen Ziele missbrauchten. Wahnsinnige Führer, berauscht von der Macht. Führer wie Großmutter hier.

Ja, Großmutter ist wahnsinnig! Ich meine tatsächlich wahnsinnig, reif für den Frieden. Irrational, verrückt und eine Last für den Staat und für sich selbst. Sie hat sogar mich zunächst getäuscht.« Er stieß ein kurzes, bitteres Lachen aus, das dem Paarungsruf der Seeschwalben nicht unähnlich war. »Ich dachte, ich könnte einen Sinn in dem entdecken, was sie tut. So heimtückisch ist die Art ihrer Geisteskrankheit. Erst vor kurzem, als ich Großmutters Vergangenheit untersuchte, konnte ich ihre wahre Natur entdecken: Sie ist eine geistig verwirrte alte Frau mit eindeutig antisozialen Tendenzen. Ich könnte euch Einiges über Großmutters vergangene Untaten berichten – und ich kann euch schon jetzt sagen, es ist nicht das erste Mal, dass sie ihre Kleidung in der Öffentlichkeit abgelegt hat –, aber ich werde mich zurückhalten, vor allem aus Rücksicht auf die Familie, die genug gelitten hat. Es reicht zu sagen, dass ich ihre Einlieferung empfohlen habe und der Wagen vom Ruhedepartment schon unterwegs ist. Am besten, wir vergessen die ganze Angelegenheit. Kommt jetzt von den Bäumen runter und wascht euch gründlich. Und dann geht nach Hause zu euren Familien. Ihr alle!«

Er drehte sich mit hängenden Schultern um. Das war nicht gerade das ›Große Niederkommen‹, das er sich ausgemalt hatte. Es war eine schleppende Angelegenheit, ein Nach-Hause-Kriechen, ein beschämtes Eingeständnis von Dummheit.

Nur dass die Vögel gar nicht herabkamen.

Sie saßen schweigend auf ihren Sitzen und warteten auf ein Wort von Großmutter. Während der gesamten Ansprache von Dr. Pratt war sie still gewesen und hatte stur in den Himmel gestarrt. Nun endlich wandte sie den Blick. Ihre Augen leuchteten, aber es war fast ein menschliches Leuchten, das ganz anders wirkte als das aufmerksame Starren der vergangenen Wochen. Und sie lächelte schwach unter der Farbschicht, sagte jedoch kein Wort.

Sie aktivierte ihren Gürtel, flatterte mit den Armen und erhob sich in den dunkler werdenden Himmel.

Und die Vögel taten es ihr gleich.

Sie füllten den Himmel, eine unüberschaubare Masse von aufsteigenden Gestalten, und Pandora war unter ihnen. Großmutter führte sie an, Großvater war kurz hinter ihr. Dann kamen die Blässhühner, die Raubmöwen und die Falken und schließlich der Rest des tausendstarken Mobs. Sie kreisten einmal über die Stadt und erfüllten den Abend mit ihren lauten, einsamen Schreien. Dann machten sie sich in ihrer Keilformation davon, ein scheinbar unzusammenhängender Schwarm, der doch klar gestaffelt war, ein Muster von dahinschwindenden schwarzen Umrissen, die sich vom blassen Entenei-Blau der hereinbrechenden Nacht abhoben.

»Wohin zum Teufel fliegen sie?«, rief Dr. Pratt, als ich aus dem Schuppen kam, nackt und bemalt. Es war kalt, doch ich würde mich rasch daran gewöhnen.

»Nach Süden«, antwortete ich.

»Warum zum Teufel nach Süden? Um Himmels willen, was ist denn hier an der Gegend so schlecht?«

»Es ist wärmer im Süden. Wir ziehen.«

Und so aktivierte ich meinen Gürtel und erhob mich in die Luft. Ich sah das Haus unter mir kleiner werden und konnte winzige Lichtblitze erkennen, denn der Schädlingsbekämpfer war auf der Jagd. Der Himmel schien jetzt leer, doch im Westen sah man noch immer einen rosafarbenen Streifen vom Sonnenuntergang. Ich flog eilig nach Süden und sah schon bald etwas wie einen roten Stern aufblitzen. Es dauerte nicht lange, und ich schloss mich dem leuchtenden Hinterteil eines Mantelpavians an.

Originaltitel: The Byrds
Ins Deutsche übertragen von Marianne Schmidt

15. Der Papagei in der Hand ...

Stan Nicholls

Für eine Weile war Stan Nicholls noch am ehesten als Buchhändler oder für seine Kolumnen und Besprechungen bekannt. Erst vor kurzem gelang es ihm mit Serien wie THE NIGHTSHADE CHRONICLES und Orcs *als Fantasy-Autor auf sich aufmerksam zu machen. Seine bisherigen Arbeiten bereiten den Leser allerdings keineswegs auf die nun folgende Geschichte vor.*

Der Aufruhr, den der Rückzug der Banken vom Lande verursachte, hat gestern eine neue Qualität bekommen, als das Land seinerseits in eine Bank Einzug hielt. Die Angestellten der *Clouts*-Filiale in Ufton Paddesley wichen zurück, als ein Kunde einen Scheck einlösen wollte. Daran ist nun nichts Besonderes, könnte man meinen. Außer vielleicht, dass dieser Scheck auf der Flanke eines lebenden Schweins ausgestellt war.

Der finanzkräftige Fleischlieferant wurde von dem Geschäftsmann Dirk Penhaligon als neueste Waffe in seinem lang andauernden Streit mit der Bank eingesetzt. »Die bei *Clouts* haben mir eine Menge Ärger gemacht«, erklärte Mr. Penhaligon nachdrücklich. »Jetzt wissen sie, wie sich das anfühlt.«

Der Unternehmer, der als lokal bedeutender Hersteller von Sanitär-Artikeln gilt, entschied sich zu diesem Kniff, nachdem er entdeckt hatte, dass man einen Scheck auf jedwedem Material ausstellen kann, solange er unterschrieben und datiert ist. »Ich kenne meine Rechte«, sagte er. »So steht es im Gesetz.«

Der Filialleiter von *Clouts,* Sidney Doub, 59, erklärte dazu:

»Die Bestimmungen besagen eindeutig, dass wir dem Antrag eines Kunden, sein eigenes Geld abzuheben, Folge leisten müssen, ganz gleich, worauf dieser Antrag geschrieben worden ist. Für unsere Zwecke stellt dieses Schwein einen Scheck dar, obwohl wir noch eine für alle akzeptable und menschliche Methode finden müssen, es abzustempeln.«

Auch nachdem er seine zehn Pfund eingesteckt hatte, den Betrag, auf den das Schwein lautete, gab sich Mr. Penhaligon weiter unversöhnlich. »Ich glaube, dass ich eine Lanze für viele andere unzufriedene Bankkunden im ganzen Land gebrochen habe«, erklärte er. »Sie werden sich bald genauso Gehör verschaffen wie ich.« Sidney Doub allerdings machte sich über diese Drohung lustig: »Ich spreche wohl für die gesamte Banken-Branche, wenn ich sage, dass unsere kleinen Schwierigkeiten mit Mr. Penhaligon in keiner Weise die nationale Lage widerspiegeln. Die Bankkunden sind mit unseren Dienstleistungen fast vollständig zufrieden. Sie sind viel zu vernünftig, um sich mit solchen Mätzchen abzugeben. Glauben Sie mir«, lachte er, »das hier bleibt ein Einzelfall.«

The Quamsley & Beagledale Chronicle

»Vieh oder Leben!«

Niemand sonst war in der Allee zu sehen, nur der Mann, der Eddie Markham in den Weg getreten war. Er hatte eine massige Gestalt und sein kurz vom Licht eines Gewitterblitzes beleuchtetes Gesicht sah zugleich wettergegerbt, tückisch und verzweifelt aus. Die Waffe in seiner

Faust hatte eine Mündung so groß und schwarz wie ein Tunnel.

Der Räuber patschte durch eine Pfütze, als er näher kam, und wiederholte seine Forderung mit einem Zischen.

Ein Chor aus gedämpftem Schnauben und Grunzen ertönte aus Markhams Karren. Kühl und überlegt stieg er aus dem Zaumzeug. Der Möchtegern-Räuber grinste. Er ließ sich den Vorgeschmack der Beute auf der Zunge zergehen und entblößte dabei ein paar Zahnstummel.

»Sie werden sich nehmen müssen, was Sie wollen«, sagte Markham zu ihm. Die Miene des Räubers verfinsterte sich. Verwirrung trat in seinen stupiden Blick. Er sah auf seine Faust hinunter. »Aber ich habe eine Waffe«, erinnerte er sich. »Ich werde auch abdrücken.«

»Na, dann los.«

»Was?«

»Schießen Sie.«

»Das werd ich auch.«

»Worauf warten Sie dann?«

»Ich mache keine Scherze, klar?« Er hob unsicher die Waffe, seine Hand zitterte. »Geben Sie mir Ihren Viehbestand oder ich knall Sie ab.«

»Nur zu.«

»Aber ...«

»Werden Sie jetzt reden oder schießen?«

»Nun, ich ...«

»Sie werden reden, nicht wahr?« Übertrieben deutlich lenkte er seinen Blick auf die Automatik. »Ah, ich seh schon, warum. Sie wollen bluffen, wie?«

Unverständnis zerknitterte die Stirn des Mannes. »Was?«

»Bedrohen mich mit einer vollkommen harmlosen Waffe!«

»Harmlos?«

Markham machte eine hilfsbereite Geste. »Jedenfalls, solange sie gesichert ist.«

Schwerfällig sah sich der Bandit die Pistole von der Seite an. Das gab Markham die Chance für einen schnellen Tritt gegen das Handgelenk des Mannes. Die Waffe flog davon. Der Räuber jaulte und schlug wild nach ihm. Markham duckte sich und trommelte auf den Magen des Gauners ein. Der krümmte sich. Aus seinem Mund kam ein lautes *Uff.* Markham landete einen krachenden Schlag gegen den Kiefer des Angreifers. Der Mann stürzte wie eine gefällte Eiche zu Boden.

Markham hob die Waffe auf. Er hatte keine Zeit, den guten Bürger zu spielen und sich mit den Bullen zu beschäftigen. Also ließ er das Magazin in den Gully fallen. Die Waffe warf er in eine der vielen großen Mülltonnen.

Ein Rascheln erklang aus dem weiten, schmuddeligen Mantel des komatösen Räubers. Einige weiße Mäuse schossen heraus, gefolgt von einem kleinen Dachs – zweifellos unrechtmäßige Einnahmen, die von einem anderen armen Teufel stammten. Die Tiere liefen in unterschiedlichen Richtungen davon. Markham dachte nicht daran, sie zu verfolgen, obwohl er wusste, dass sie einen Schatzfund darstellten, solange sie nicht von einem anderen eingefangen wurden.

Er ignorierte das Stöhnen des Räubers, ging zum Wagen, öffnete die Klappe und beruhigte sein Kleingeld. Dann zog er wieder das Zaumzeug über und setzte seine Reise fort.

Der Regen ließ nach, als er auf die überfüllten Straßen zurückfand. Die meisten Leute zogen Karren. Einige waren so groß, dass ihre Besitzer schwer schuften mussten, andere wurden von schwitzenden Paaren gezogen. Die

Kleinsten auf ihren winzigen Rädern brauchten nur an einem einfachen Strick gezogen zu werden. Markhams Karren war irgendwo in der Mitte, dem Durchschnitt anzusiedeln.

Wie immer waren der Lärm und die Gerüche fast nicht zu ertragen. Leiterwagen tasteten sich durch den Verkehr, beladen mit blökenden Besitztümern. Hupen ertönten vor einer Herde von Holstein-Rindern, die von nervösen Wachleuten gehütet wurde. Einer in der Menge schob in naivem Leichtsinn einen verbeulten Einkaufswagen vor sich her, seinen Reichtum vor Blicken ungeschützt.

Markham kam an einem Laden mit Auslagen voller Hamster und Schildkröten hinter den Gitterfenstern vorbei – das Standard-Angebot eines Juweliers. Daneben stand ein Wohnblock mit Luxus-Wohnungen, sein Ziel. Ein Pförtner überprüfte seinen Termin und wies ihm dann den Weg zu den Besucherställen. Markham stellte den Karren ab. Als er das Ticket von dem Parkwächter entgegennahm, drohte er dem Mann mit erhobenem Zeigefinger und sagte: »Kommen Sie nicht auf dumme Ideen. Ich kenne alle meine Schmuckstücke da drinnen.« Er ließ den rechtschaffen beleidigten Mann hinter sich und ging zum Lift.

Als er den wieder verließ, stand er in einer feudalen Penthouse-Wohnung. Es war niemand da. Er sah sich die verschwenderische Möblierung und die teuren Verzierungen an. Was ihn aber mehr beeindruckte, waren die noch offensichtlicheren Anzeichen von Reichtum. Es gab ein großes Aquarium, gefüllt mit tropischen Fischen – jeder stellte für sich genommen bereits den Wert seines eigenen Monatseinkommens dar –, eine reinrassige weiße Perserkatze äugte vom Marmorkamin herab, und auf einem silbernen Ständer sah er einen goldenen Käfig, der ein Paar Turteltauben beherbergte.

Er ging zu einem Fenster, das die gegenüberliegende

Wand einnahm. Unten war ein großer Garten zu sehen. Er war von einem hohen elektrischen Zaun umgeben und in Gatter sowie stacheldrahtgekrönte Einfriedungen unterteilt. Einige von ihnen enthielten Rinder, meistens seltene Rassen. Es gab einen Flamingoschwarm, eine Gruppe Antilopen und eine Pavianmeute. Er entdeckte Lamas und Kamele. Wenn er den Hals reckte, konnte er Tiere sehen, die möglicherweise Kängurus waren. Er befand sich allem Anschein nach in einer Festung voller Reichtümer.

»Würden Sie ihnen gerne eine Springmaus zuwerfen, Mr. Markham?«

Er drehte sich um. Die Stimme gehörte einem dicken Mann, dick allerdings auf eine selbstbewusste Weise. Er war in den mittleren Jahren, obwohl sein pausbäckiges Babygesicht von der Zeit unbeeinträchtigt erschien, so wie es bei reichen, dicken Männern üblich ist. Ein dünner Schnurrbart zierte seine Oberlippe. Seine Augen waren taubenblau. Sein Anzug saß perfekt. Im Vergleich dazu glich Markham einer Vogelscheuche im Sackkleid.

»Lonnie Fairfax«, erklärte der Mann unnötigerweise, »zu Ihren Diensten.« Er verströmte Charme, unterließ es aber, Markham die Hand zu reichen.

»Sie haben meine Besitztümer bewundert?« Er nickte zum Fenster.

Markham nickte ebenfalls. »Wie man so sagt, Geld zwitschert. Wenn du's hast, dann zeig es auch.«

»Gut, ich sehe, wir verstehen uns. Hätten Sie vielleicht gerne etwas, womit Sie einmal angeben können?«

»In der Tat, Mr. Fairfax. Ich frage mich bloß, wozu jemand, der einen Privatzoo hat, einen Privatdetektiv braucht. Auf Ihrer Gehaltsliste stehen doch bestimmt eine Menge Leute, die alles tun werden, was Sie wollen.«

»Geradeheraus, das gefällt mir.« Fairfax zeigte auf einen

mit Speisen beladenen Tisch. »Nehmen Sie sich ein paar Erfrischungen, während ich es Ihnen erkläre.«

Es war ein Angebot, das Markham normalerweise zurückgewiesen hätte, um nicht Geschäft mit Vergnügen zu vermischen. Aber dann sah er Fleisch, eine Rarität in einer Welt, in der nur die Reichen sich leisten konnten, keine Vegetarier zu sein. Er wurde schwach.

»Also, wie kann ich Ihnen helfen?«, fragte er mit vollem Mund.

»Es handelt sich um eine sehr heikle Angelegenheit.«

Markham trank einen Schluck Wein. »Das ist meine Spezialität.«

»Ich möchte, dass Sie die Angelegenheit vertraulich behandeln, selbst wenn Sie den Auftrag nicht annehmen sollten, was ich allerdings nicht glaube.«

»Verstanden.«

»Ich will, dass Sie etwas suchen.«

»Eine verschwundene Ehefrau? Gestohlenes Eigentum? Einen untergetauchten Geschäftspartn ...«

»Nein, nein, nichts in der Art.« Fairfax beugte sich leicht vor. Seine Stimme wurde leise. »Haben Sie je vom Macclesfield-Ara gehört?«

Was immer Markham von einem schwerreichen Menschen erwartet hatte – das war es nicht. »Sicher«, antwortete er vorsichtig. »Das hat wohl jeder mal. Was ist mit ihm?«

»Ich will ihn haben.«

»Der Macclesfield-Ara ist nicht mehr als ein Mythos, ein Märchen, das Banker ihren Kindern als Gutenachtgeschichte erzählen.«

»Nein, Mr. Markham, er ist kein Mythos.« Fairfax' Augen glühten in messianischem Eifer. »Der Ara existiert tatsächlich.«

»Woher wissen Sie das?«

»Glauben Sie mir, er existiert. Er ist mir in der Vergangenheit mehrmals knapp entwischt. Ein Vogel von ungewöhnlicher Größe und Zeichnung. Ein wirklich einzigartiges Schmuckstück.«

»Ich könnte mir vorstellen, dass ein Mann wie Sie schon genug davon hat.«

»Ich besitze fast alles, was man haben kann, das ist richtig. Aber diesen Vogel habe ich nicht. Ergo muss ich ihn bekommen.«

»Ich wette, Sie waren in den alten Zeiten ein Münzsammler.«

Die Frage war als kleine Spöttelei gedacht. Fairfax wirkte jedoch milde überrascht.

»Wie haben Sie das erraten?«

Wenn jemand sein Geld an eine wilde Ara-Jagd verschleudern wollte, dachte Markham, dann war er nicht der Mann, ihn davon abzuhalten – insbesondere nicht, wenn das Geld in seine Richtung flog. »Okay, nehmen wir an, der Vogel existiert«, sagte er. »Was ist meine Aufgabe in dieser Sache?«

»Ich vermute, dass Sie ihn mit Hilfe von Informationen beschaffen können, die wiederum ich Ihnen geben kann.«

»Sie haben noch nicht gesagt, warum Sie das nicht jemandem überlassen können, der für Sie arbeitet.«

»Niemand wird zwischen Ihnen und mir eine Verbindung herstellen. Das hat seine Vorteile.«

»Ich werde nichts Illegales tun.«

Fairfax runzelte die Stirn. »Natürlich nicht. Was Ihr Honorar anbelangt …«

»Ich habe einen festen Satz.«

Der Geschäftsmann wischte das mit einer Handbewegung beiseite. »Für diese Aufgabe kann man gute Bezahlung erwarten. Ich biete Ihnen eine Thomson-Gazelle als

Vorschuss. Wie wäre es zudem mit einem voll ausgewachsenen afrikanischen Krokodil bei erfolgreichem Abschluss des Auftrags?«

Markham war einen Moment sprachlos. Das Wertvollste, was er bis dato aus einem Auftrag herausgeschlagen hatte, war ein verdrecktes Rhinozeros gewesen. Er behielt jedoch sein Pokerface bei und versuchte, noch mehr herauszuholen. »Spesen?«

»Glauben Sie, ich kann es mir leisten, Labrador-Hunde aus dem Fenster zu werfen?«

Markham sah sich um und erwiderte: »Ja, durchaus.«

»Wie wäre es mit einem Waldschnepfenpaar pro Tag?«

»Gemacht.« Er hob sein Glas. »Welche Informationen haben Sie über den Aufenthaltsort des Vogels?«

»Man hat mir gesagt, dass er sich zurzeit im Besitz von Ray Blythe befindet.«

Markham prustete in seinen Drink.

»Ich sehe, Sie haben den Namen schon mal gehört«, erkannte Fairfax.

»Wer hat das nicht? Er ist einer der größten Gangster-Bosse der Stadt, möglicherweise *der* größte. Jetzt verstehe ich, warum Sie so gut bezahlen.«

»Sie müssen nur mit ihm in Kontakt treten und die Verhandlungen über den Kauf des Vogels aufnehmen.«

»Was, wenn er nicht verkauft?«

»Ich bin bereit, bis zur Höhe einer Giraffe zu gehen.«

Markham ließ einen bewundernden Pfiff hören. »Sie sind wirklich scharf auf diesen Vogel, oder?«

»Werden Sie es tun, Mr. Markham? Werden Sie es schaffen und mir den Macclesfield-Ara bringen?«

Markham trank aus und zuckte mit den Schultern. »Ich werd's versuchen.«

Draußen sprach ihn ein Bettler an. Er sagte, er habe

nicht eine Spitzmaus bei sich. Ob er vielleicht ein Beuteltier für eine Tasse Kaffee erübrigen könnte? Markham war in großzügiger Stimmung und warf ihm einen Wellensittich zu.

Nach der Rückkehr in sein schäbiges Büro hatte Markham seiner Sekretärin kaum alles erzählt, als sie einen Anruf entgegennahm.

»Privatdetektei Markham, Shirley Binch am Apparat. Oh, hallo Brenda.« *Meine Schwester Brenda,* signalisierte sie ihm mit stummen Bewegungen ihrer Lippen.

Dachte ich mir, gab er ebenso zurück und machte sich auf längeres Däumchendrehen gefasst. Schließlich legte sie auf. »Es geht um ihren und Osberts vierten Hochzeitstag, am Freitag. Ich habe ihr versprochen, mich um das Essen für die Party zu kümmern. Und ich habe mir das Hirn wegen des Geschenks zermartert. Was ist der vierte Hochzeitstag?«

Er war verblüfft. In Shirleys Nähe war das kein ungewohnter Zustand.

»Wie meinst du das, was *ist* er?«

»Du weißt schon, diamanten, golden, silbern ...«

»Ach, klar. Ehm, Packpapier, oder?«

Sie schenkte ihm einen vernichtenden Blick und wechselte das Thema. »Was hast du gerade über den neuen Job gesagt?«

»Da stecken eine Menge Kröten drin, Shirley.«

»Du hast doch nicht wieder diese ekligen Viecher als Bezahlung angenommen, oder?«

»Das ist bloß eine Redensart.«

»Jag mir lieber keinen solchen Schreck ein.«

Er seufzte. »Jetzt tu einfach mal was für mich, okay? Such alles raus, was du über Ray Blythe finden kannst.«

»*Der* Ray Blythe? Der Gauner? Du wirst doch nicht in etwas Übles hineingezogen, oder, Eddie?«

»Deswegen stecken ja …, deswegen ist das Honorar so hoch, falls ich es verdienen sollte. Es ist aber nichts Gefährliches.«

Sie sah zweifelnd drein, hielt ihre Zunge aber im Zaum. »Ich mache mich sofort an die Arbeit.«

Seine Aufmerksamkeit wurde vom Fernseher eingefangen, der in einer Ecke still vor sich hin flimmerte. Er zeigte ein Rennen in Kempton Park. Er drehte die Lautstärke hoch.

Shirley drehte sich auf dem Bürostuhl um. »Musst du das so laut stellen, Eddie?«

»Pscht! Es ist das Vorgabe-Rennen der Jockeys.«

Die Jockeys standen in einer Reihe. Einige scharrten auf dem Turf und zogen an ihrem Zaumzeug. Die Startsummen wurden gezeigt. Sie bezifferten die Anzahl der Pferde, die auf jeden Läufer gewettet worden waren. Sollte Markham seine Wette gewinnen, hätte er ein nettes Sümmchen auf seinem Konto.

Dann liefen sie los. Mit auf- und abschwingenden Beinen und stoßenden Ellenbogen kämpften die Läufer um die Führungsposition.

»Welcher ist deiner?«, flüsterte Shirley.

»Nummer fünf«, antwortete er abwesend. »Er nennt sich den zwölften Primaten.«

Die Jockeys droschen jetzt mit ihren Reitgerten auf sich selbst ein. Ihre Kniehosen waren schlammbespritzt. Hier und da flogen Kappen davon.

»Mach schon, Nummer fünf«, murmelte er, während er sich mit weiß werdenden Fingerknöcheln an die Kante seines Schreibtischs klammerte. »Komm schon, zwölfter Primat.«

Sein Jockey war in der Mitte der Gruppe, drängelte sich

im Kampf um die Führung gegen die anderen Teilnehmer.

»Komm schon!«, rief Markham während er die geballte Faust schwenkte. »Du schaffst es, Junge!«

Sie kamen durch die Kurve auf die Zielgerade.

»Mach schon! Beweg dich! *Komm schon, zwölfter Primat!*«

Die Ziellinie war in Sicht.

»Komm schon ... zwölfter ... Pri ... mat ...«

Es wurde der zwölfte Platz.

Markham verarbeitete seinen Wettschein zu Konfetti.

»Viel verloren?«, fragte Shirley, unfähig einen missbilligenden Unterton zu unterdrücken.

»Ich habe ein Pony auf ihn gesetzt«, erklärte er niedergeschlagen.

»Ich hoffe, es klappt besser mit deinen normaleren Investitionen.«

Er stellte mit der Fernbedienung auf Teletext um. Die Vieh- und Geflügel-Kurse wurden angezeigt. »Hmm, eher leicht gesunken.« Er stellte das Gerät aus und grummelte: Sie hätten die Wechselkurse zu regeln nicht dem Tierschutzverein überlassen dürfen.«

»Das erinnert mich daran, dass die Portokasse bald leer ist.«

Markham ging zu der drahtgeflochtenen Geldkassette und fummelte am Kombinationsschloss herum. Er raffte eine Hand voll weißer Mäuse zusammen und legte sie auf Shirleys Schreibtisch. An der Tür rief er: »Bin bald zurück«, während sie die quiekenden Zahlungsmittel in eine Schublade fallen ließ.

In der Bar saß die übliche Menge von Versagern und Salonlöwen herum, wobei die Letzteren fest angekettet waren.

Unter dem Mantel trug Markham seinen besten Anzug. Draußen, auf dem bewachten Parkplatz, stand sein Karren, der mit Kleingeld von Lonnie Fairfax voll gestopft war. Die Bar »Zum Hund und zum Dukaten« schien ihm ein guter Platz zu sein, um auf die Öffnung von Ray Blythes Casino zu warten.

Leider hatte Markham nicht mit dem Interesse eines Kneipen-Schrecks gerechnet.

Sein Name war George. Aus irgendeinem Grund saß er an dem einzigen Tisch, an dem noch ein Platz frei war. George beschwerte sich zuerst über den Preis für ein Halbes und dass er in allen örtlichen Kneipen von einem Kanarienvogel auf eine Möwe gestiegen sei. Er grummelte, man könne schon bald einen Windhund für ein ordentliches Bier bezahlen, und fuhr damit fort, zu beklagen, dass er nicht über die seltenen Arten von Fauna verfüge, die man benötige, um Spirituosen zu kaufen. Dann kam er erst richtig in Fahrt.

»Dieser verdammte Penhaligon«, lamentierte er und fügte schnell hinzu: »Was halten Sie davon? Heute nennt man ihn einen Helden. Ich sage, er war eine verdammte Seuche.« Er lehnte sich zurück, die Arme über der anschwellenden Brust verschränkt, und nahm die Pose des selbst ernannten Experten ein. Markham unterdrückte einen Impuls, ihm ins Gesicht zu schlagen. »Die Banken haben die Leute verarscht, okay«, grunzte er gewichtig. »Aber sind wir jetzt wirklich besser dran?«

Markham schüttelte vage und uninteressiert den Kopf und gab sich Tagträumereien über Kettensägen hin.

»Jeder hätte den Banken sagen können, dass andere Leute es diesem Einfaltspinsel Penhaligon nachmachen würden. Also gab es plötzlich Schecks, die auf Kühen, Pferden, Schafen und sonst was ausgestellt waren.« Er fing an, mit einem zittrigen Zeigefinger Löcher in die Luft zu bohren. »Der Fehler der Banken war, dass sie die Leute entmutigen wollten, indem sie die Schecks auszahlten, die blöden Arschlöcher … ’tschuldigung …« Er gähnte herzhaft. »Nahmen die Schecks und zahlten dafür mit Tieren, so war’s doch? Ein Viehbestands-Scheck war damals …« Seine Stirn legte sich in Falten. »… ein Paar Gänse wert, glaube ich.«

Markham hätte ihm gerne gesagt, dass er sich in Geschichte so gut auskannte, wie irgendjemand sonst. Oder ihn stattdessen abgefüllt. Durch seine Aufregung hatte der Mann den Faden verloren.

»Das hat sie überhaupt nicht aufgehalten, oder?«, fuhr er unbeirrt fort. »Kurze Zeit später fingen alle an, Igel, Schildkröten und Hochland-Terrier einzufangen. Popstars schrieben ihre Spendenschecks auf Zebras. Die Banken mussten ihre Tresorräume abschaffen und stattdessen Ställe bauen. Und als Nächstes nahmen die Geschäfte Tiere gegen Lebensmittel an.« Er beugte sich zu Markham und vertraute ihm an: »Mein Boss fing an, mich in Hühnern zu bezahlen.«

Markham wünschte sich dringend eine Zeitung, hinter der er sich hätte verstecken können.

Doch Rettung nahte bereits. Jemand stellte den Fernseher über der Bar an. Eine Nachrichten-Blitzmeldung war zu sehen. CCTV hatte Bilder von einem gewagten Überfall. Es waren körnige Schwarzweißaufnahmen von vermummten Männern, die eine Rinderherde stahlen. Ein grimmig dreinblickender Ansager gab eine Telefonnummer bekannt und versprach eine vierzehnbeinige Belohnung. Dann begann eine Tierdokumentation für Börsenanleger, und der Ton wurde abgeschaltet.

Markham fürchtete einen weiteren Wortschwall aus Georges Richtung, vermied deshalb jeden Blickkontakt, und griff nach seinem Glas. In diesem Moment wurde die

Stille wieder durchbrochen, als jemand die Jukebox in Gang setzte. Sie schmetterte einen alten Hit der einst so beliebten »Kronprinzen«, eine Scheibe, die den Geist der monetären Revolution in sich trug:

»Ich hätt' so gerne einen Bär,
dann wär' mein Konto niemals leer.
Ich hätt' so gerne einen Bär,
wär' gerne elefantenschwer.
Ich hätt' so gerne einen Bääääär ...«

Markham sah auf die Uhr. Es war Zeit, zu gehen. Eines allerdings beschäftigte ihn immer noch. Er beugte sich zu George vor und fragte: »Was ist der vierte Hochzeitstag?« Als er den leeren Blick des Anderen sah, führte er aus: »Sie wissen schon – 25 Jahre oder so ist diamanten und ...«

»Oh, verstehe. Ich und meine bessre Hälfte hatten so was mal. Schaun wir mal ... der vierte ... vierte ... ist das nicht Asbest?«

Markham trank aus und ging zur Tür.

An der Bar gab ein junger Kerl eine Runde aus. Der Wirt, der auf der Hut vor Falschgeld war, nahm das Frettchen aber erst an, nachdem er es gebissen hatte.

Ray Blythes Casino, das »Big Game«, haftete ein Geruch von Wohlstand an – jener Duft der großen Beute, um die im Innern alle spielten.

Nachdem er dem Türsteher die Farbe seiner Elstern gezeigt hatte, wurde Markham in das plüschgepolsterte Interieur geleitet. Nach einem Drink an der Bar, der ihn einen Flügel und eine Kralle kostete, schlenderte er in den Spielsaal. Er blieb einen Augenblick stehen, um das Geschehen an einem Roulette-Tisch zu beobachten. Ein sonnengebräunter Spieler setzte dort ununterbrochen auf Rot. Er knallte Meerschweinchen auf den Tisch, und gelegentlich kam ein Igel als Gewinn zurück. Größere Gewinne brachten maulkorbtragende Geparden ein, die weggeführt wurden.

Er ging weiter und kam an einer Reihe Besessener vorbei, die Spielautomaten mit Spatzen fütterten. Schließlich erreichte er den Blackjack-Tisch. Er fing an zu spielen, um sich als kreditwürdig zu erweisen. Es gelang ihm, in 20 Minuten zwei Salamander und einen Gecko zu verlieren. Dann fand er, es sei an der Zeit, Ray Blythe zu treffen.

Er ging auf einen der Schlägertypen in schlecht sitzenden Dinner-Jackets zu, die den Saal beobachteten. Unter Verwendung von einsilbigen Wörtern und Zeichensprache erklärte er, dass er den Boss in einer Angelegenheit sprechen wolle, die für diesen profitabel sein könnte. Der Scherge nahm das hin ohne zu geifern und wies ihn an, zu warten. Markham lehnte sich an die Theke und besah sich das Treiben um ihn herum. Dem Sänger der Band hörte er nur mit halbem Ohr zu.

»Ich hab noch einen Hamster in Berlin ...«

Der Schlägertyp kam mit einem Klon im Schlepptau zurück. Sie grunzten ihn an, er möge ihnen folgen, und Markham fragte sich, ob sie mit ihm in eine dunkle Nebengasse wollten. Zu seiner Erleichterung landete er in einem holzgetäfelten Büro, das groß genug für ein eigenes Ökosystem war, einschließlich der üblichen Menagerie, die offensichtlichen Reichtum symbolisierte.

Hinter einem Schreibtisch, der die Ausmaße eines Hubschrauberlandeplatzes hatte, saß Ray Blythe.

Und das war ein Fehler. Es betonte nur seinen zwergenhaften Wuchs. Drei Blythes für einen Fairfax, schätzte Markham. Wenn er aufstand, war seine kleine Statur nur noch deutlicher zu sehen. Markham ertappte sich dabei, dass er mit den Knien leicht einknickte, um nicht den Eindruck zu erwecken, er sehe auf ihn herab. Es war eine vergebliche Übung. Blythe reichte ihm kaum bis zur Brust.

Es wurden keine Höflichkeiten ausgetauscht. »Ich bin ein beschäftigter Mann«, erklärte Blythe frostig. »Erklären Sie Ihr Anliegen, Mr. Markham.«

»Sehr gerne. Ich möchte nur ein klitzekleines bisschen ... äh, nur wenige Minuten Ihrer Zeit.« Blythe funkelte ihn an, gefasst auf jede Beleidigung. Markham unternahm einen weiteren Schritt in das linguistische Minenfeld. »Ich meine, es geht nur um eine winzige ... eine *unbedeutende* Angelegenheit.«

»Nicht *zu* unbedeutend, wie ich hoffe«, antwortete Blythe mit einem leicht drohenden Unterton, »ich könnte sonst annehmen, Sie verschwendeten absichtlich meine Zeit.«

»Über kurz oder lang ...«

Blythes Augen verengten sich.

Markham setzte neu an. »Das ... *Wesentliche* des Ganzen ist, dass ich hier bin, um Ihnen ein Kaufangebot für einen ... Gegenstand zu machen, von dem ich glaube, dass Sie ihn haben.«

»Einen Gegenstand?«

»Einen gewissen, flugfähigen Wertgegenstand«, gab Markham verschwörerisch zurück.

»Einen was?«

»Ein Vogel.«

»Davon habe ich ganze Schwärme. Was ist so besonders an dem, den Sie meinen?«

Markham hatte den Verdacht, dass der andere mit ihm spielte, aber er fuhr fort. »Es ist ein Einzelstück. Sehr seltene Zeichnung. Was die Größe angeht, erzählt man sich, dass alles andere dagegen zwergen ...« Blythe zuckte zusammen. »Ähem ... er ist groß.«

»Und kommt dieser ... Vogel aus einem Nest im Norden?«

»Ja, kommt er.«

Es herrschte gespannte Stille, während Blythe sich das durch den Kopf gehen ließ.

»Gesetzt den Fall, ich wüsste, wo diese Ware zu finden wäre, was dann?«

»Ich vertrete jemanden, der sie erstehen möchte.«

»Wen?«

»Es wird von mir erwartet, das für mich zu behalten.«

»Es ist Lonnie Fairfax, nicht wahr?«

»Kann ich nicht sagen.«

»Sie sind ein guter Bluffer, Markham. Allerdings kann ein guter Bluffer einen anderen durchschauen. Es ist Fairfax, oder?«

»Ist das wichtig? Das Angebot ist ernst gemeint.«

»Es ist Fairfax. Er ist scharf auf das verdammte Ding.«

»Wie auch immer – der Punkt ist, dass mein Klient kaufen will und bereit ist, mit Spitzen-Fauna zu bezahlen.«

»Wenn der Vogel so selten ist, wie Sie sagen, warum sollte ihn jemand verkaufen wollen?«

»Er ist einzigartig, nicht leicht zu übersehen.«

»Außer von seinem rechtmäßigen Besitzer.«

Markham ging auf, dass er angedeutet hatte, dass Blythe dies nicht sei. »Richtig«, sagte er langsam. »Aber wie viel besser wäre es doch für seinen Besitzer, wer immer dies auch ist, ihn gegen eine weniger auffällige Wertanlage einzutauschen?«

»Da haben Sie nicht ganz Unrecht«, gestand ihm Blythe ausweichend zu. »Lassen Sie Ihre Nummer da, und ich werde sehen, was ich tun kann.«

Markham nickte, warf seine Visitenkarte auf den Flugzeugträger-Schreibtisch und wandte sich zum Gehen. An der Tür hielt er inne. »Eines noch.«

»Ja?«

»Was ist ein vierter Hochzeitstag? Sie wissen schon, golden, elfenbein ...«

Blythe schnippte mit den Fingern in Richtung einer der Handlanger.

»Ich glaube, es ist Latex, Boss«, meinte der Schläger.

Markham schloss leise die Tür hinter sich.

Es regnete wieder, als er in einer Telefonzelle stand.

»... und ich kann immer noch keinen anständigen Party-Service finden«, berichtete Shirley. »Und was das Geschenk angeht ...«

Sie holte Luft, und er nutzte das aus. »Was hast du über Blythe herausgefunden?«

»Oh, mehr oder weniger, was du erwartet hast. Er behauptet, jetzt legal zu sein, aber keiner nimmt ihm das ab. Die Polizei glaubt, dass er sein Casino als Schafversteck benutzt.«

»Geldwäscherei, was? Große Summen.«

»Und neulich war er Verdächtiger in einem Betrugsfall, in dem es um Iltisse ging, mit denen teure Ladenartikel bezahlt wurden. In Wirklichkeit waren es zweitklassige Eichhörnchen, die jemand in Fell-Anzüge gesteckt hatte.«

»Hat also immer noch die alten Tricks drauf.«

»Du weißt ja, was man sagt, Eddie: Die Katze lässt das Mopsen nicht.«

»Sagt man das?«

»Raue Schale, fauler Fisch – die Sorte. Du solltest auf dich Acht geben. Ich glaube nicht, dass dein Klient, Fairfax, auch nur einen Deut besser ist.«

»Tatsächlich?«

»Ja, ich hab's überprüft. Er war mal wegen Druggels von Schmogen angeklagt.«

»Du meinst Schmuggeln von Drogen.«

»Ich weiß selber, was ich meine, Eddie. Schmogen sind

kleine südamerikanische Nagetiere. Und das kannst du mir glauben: Du willst nicht wissen, was ›druggeln‹ ist.«

»Glaub ich dir.«

»Tatsache ist, dass beide wie Leute aussehen, die Ameisen in den Klingelbeutel werfen.«

Er warf einen Blick auf das Display des Telefons. »Ich muss jetzt gehen, Shirley. Mir gehen gleich die Mäuse aus.«

»Warum schaffst du dir kein Handy an, du Geizkragen?«

»Denkst du, ich hab so viele Gnus in der Tasche?«

Sie wurden unterbrochen. Markham schlug den Kragen hoch und stieg in sein Zaumzeug. Während er den Karren nach Hause zog, hatte er Zeit, über eine Menge Dinge nachzudenken.

Als er am nächsten Morgen zu einem Treffen unterwegs war, wurde er von einem Aufruhr auf der Straße aufgehalten. Hundertschaften der Bereitschaftspolizei waren damit beschäftigt, Hunde und Katzen zurückzuhalten, als verstörte ältere Leute versuchten, ihre Rentenzahlungen beisammen zu halten. Er hatte völlig vergessen, dass Rententag war.

Endlich erreichte Markham das Café, in dem sein Kontaktmann schon wartete.

Er war einst als »Harry das Frettchen« bekannt gewesen. Da die Ereignisse diese Anrede überflüssig gemacht hatten, wurde er öfter als »Harry der Ehemalige« angeredet, oder – schlicht, wenn auch umstritten – als Harry.

Soweit Markham wusste, war Harry nie Boxer gewesen, obwohl er genau diesen Eindruck erweckte. Sein schon lange nicht mehr rasierter Schädel sah aus wie ein grob behauener Granitblock. Er stellte Blumenkohlohren und eine gebrochene Nase zur Schau, die nie vollständig gerichtet worden war. Seine Ferkelaugen standen niemals still. Um ihn war stets eine Aura verstohlener Paranoia. Und er hatte einen Buckel.

Markham nickte dem Informanten zu und bestellte ein verspätetes Frühstück. Als es kam, konnte er sich nur fragen, warum er es eigentlich aß. In den frühen Tagen der neuen Ordnung hatten die Leute schnell kapiert, dass sie ihr Geld selbst züchten konnten. Spekulanten mit großen Mengen von Kaninchen konnten dabei zuschauen, wie ihr Vermögen sich vervielfachte. Das wurde verboten. Bestimmte Spezies waren vom Währungsumlauf ausgeschlossen. Der normale Nachwuchs einer Kuh etwa wurde als ehrlich verdienter Zins angesehen und als solcher vom Gesetz etikettiert. Kaninchen, die keinen Handelswert besaßen, füllten eine andere Nische aus.

Gott, wie Markham Bunnyburger satt hatte!

Nach dem ersten Bissen legte er ihn auf den Teller zurück und wandte sich dem Geschäft zu. »Ich hätte gern gewusst, was man sich auf der Straße über einen bestimmten Vogel erzählt«, flüsterte er.

Harrys Blick schnellte nervös hin und her. »Was für ein Vogel soll das sein?«, erwiderte er vorsichtig.

»Manche sagen, er sei mythisch. Und er kommt aus dem Norden.«

»Hat der dreizehnte Buchstabe des Alphabets etwas damit zu tun?«

Markham zog die Stirn kraus und zählte schnell mit seinen Fingern, während seine Lippen sich lautlos bewegten. »Äh ... ja. Am Anfang.«

Harry zeigte ihm das Nicken eines Verschwörers. »Was ist damit?«

»Ich vermute, er ist in den Händen von ... sagen wir einem prominenten Mitglied der *alternativen Ökonomie.*«

»Hat dieser Unternehmer auf der falschen Seite des Gesetzes etwas mit dem zweiten und dem achtzehnten Buchstaben des Alphabets zu tun?«

»Großer Gott, es ist Ray Blythe!«, zischte Markham.

»Wenn Sie das schon wissen, wieso fragen Sie mich dann?«

»Ich möchte bestätigt haben, dass er ihn wirklich hat. Und wenn er ihn hat, dann möchte ich wissen, wo.«

»Dabei kann ich vielleicht behilflich sein.« Harrys Augen durchstreiften wieder das Café. »Natürlich gegen eine gewisse Entschädigung.«

»Natürlich.« Markham sah sich ebenfalls im Raum um, dann schob er eine schlummernde, goldbraune Eule über die Plastik-Tischplatte.

Harry stopfte sie schnell in sein Jackett. »Der Gentleman, von dem Sie sprechen, hat eine kleine Farm, gleich außerhalb der Stadt.« Er gab die Richtung an und fügte hinzu: »Wenn Sie etwas suchen, ist das der wahrscheinlichste Ort. Aber glauben Sie nicht, dass die Schimpansen dort Tee trinken. Der Ort ist gut bewacht.«

»Danke, Harry.«

»Das haben Sie nicht von mir, klar?«

»Klar.« Markham stand auf, bereit zu gehen. Dann hielt er inne. »Da gibt es noch eine Information, die Sie mir vielleicht geben können.«

»Sicher, irgendwie muss ich mir ja meine Krebse verdienen.«

»Sie wissen, wie Hochzeitstage mit bestimmten Dingen verbunden sind? Korallen, Silber und so weiter.«

»Hmmm.«

»Was ist der vierte?«

Harry zog die Brauen zusammen. »Ich werde auf der Straße die Ohren offen halten«, versprach er.

»Und Sie sagen, Sie haben eine Spur, die zum Aufenthaltsort des Gegenstands führt?«

»Ja, Mister Fairfax.«

»Aber wo das ist, wollen Sie mir nicht sagen?«

»Nicht am Telefon, tut mir Leid.«

»Was haben Sie als Nächstes vor?«

»Eine Aufklärungsmission. Ich will herausfinden, ob die dritte Partei ihn wirklich hat.«

»Sehr klug. Geben Sie auf sich Acht, Mr. Markham, und halten Sie mich auf dem Laufenden.«

Die Verbindung war tot. Eddie legte auf.

Auf der anderen Seite des Schreibtisches breitete sich in Shirleys ganzem Gesicht Missvergnügen aus. »Weißt du bestimmt, was du da tust? Ray Blythe ist nicht der Typ, mit dem man sich einfach so anlegen sollte.«

»Ich lege mich nicht mit ihm an. Ich schau mich bloß um.«

»Es ist deine Beerdigung.«

Er hörte nur mit halbem Ohr zu. Der Bildschirm ihres PC zeigte die Viehbestandskurse aus dem Internet an. Sie schienen ihm ein bisschen überhitzt zu sein.

»Hier.« Shirley gab ihm ein Handy.

»Was ist das? Du weißt, dass wir uns kein ...«

»Es hat eine Prepaidkarte. Ich habe es mit drei Wieseln aufgeladen. Danach kannst du selber dafür blechen.«

Grummelnd steckte er das Gerät in die Tasche.

»Und lass es eingeschaltet«, befahl sie ihm.

Er ging und ließ sie in Ruhe weiter telefonisch die Party-Services abklappern.

Markham fuhr einen Umweg, für den Fall, dass ihm jemand folgen sollte.

Eine Stunde später parkte er am Rande einer Landstraße und ging zu Fuß weiter, darauf gefasst auf Wachleute zu treffen. Es schien niemand da zu sein, also kletterte er über den niedrigen Bretterzaun, der das Farmhaus umgab. Während er sich verstohlen näherte, bemerkte er, dass alle Türen fest verschlossen waren, ebenso die Fensterläden.

Auf der Straße erschien ein Laster mit tutender Hupe. Markham duckte sich hinter einem Steintrog. Er spähte darüber hinweg und sah drei Männer, die aus dem Farmhaus traten und das Gatter öffneten. Dann gingen sie daran, einige Säcke auszuladen, die das Emblem einer Vogelfutter-Firma trugen.

Nachdem die Fracht hineingeschleppt und der Laster weggefahren worden war, kroch Markham aus seinem Versteck. An der Wand stand eine Reihe Mülltonnen. Er schlich zu ihnen hin und hob vorsichtig die Deckel hoch. Die ersten beiden waren leer. Die dritte aber enthielt mehrere Verpackungen für Tintenfische in Jumbo-Größe. Am Boden der Tonne fand er außerdem eine Menge sauber ausgepickter Hirseschalen.

Ein fernes, seltsames Geräusch ließ ihn innehalten. Wenn er nicht sehr daneben lag, handelte es sich um ein heiseres Kreischen. Das müsste reichen, dachte Markham.

Er war auf halbem Weg zum Zaun, als laute Rufe aus dem Haus drangen. Er rannte los, übersprang den Zaun und lief zur Straße. Die Rufer folgten ihm. Er rang nach Atem, als er den Wagen erreichte und seine Schlüssel hervorkramte.

Er fuhr davon, als die ersten Verfolger in Sicht kamen und die Fäuste in seine Richtung schwenkten. Er dankte Gott dafür, dass Hunde heutzutage viel zu wertvoll waren, um sie auf jemanden zu hetzen.

Später, als er darauf wartete, dass Blythe sich mit ihm in Verbindung setzte, schlug er die Zeit mit einem Spaziergang tot und kaufte sich ein Sandwich. Er kam an einem Kino vorbei, das den neuen Spaghetti-Western zeigte, von dem alle sprachen, *Für eine Hand voll Haselmäuse.* Dann gelangte er zu einem kleinen Fernseh-Geschäft, vor dem sich eine Menge von Menschen versammelt hatte, die auf die Bildschirme starrten. Markham war schon dabei herauszufinden, was es dort zu sehen gab, als seine Hose Töne von sich zu geben schien. Er fischte das schon vergessene Handy aus der Tasche und nahm einen verzweifelten Anruf von Shirley entgegen.

Das Gespräch war kaum beendet, als jemand eine Hand auf seine Schulter legte. Er sah zu dem teuer gekleideten Schlägertypen auf, der ihn festhielt, dann hinunter zu den anderen beiden.

»Sie kommen mit«, verkündete der Riese.

Markham ließ sein Sandwich fallen, als sie ihn in eine lange Limousine mit geschwärzten Fenstern schoben.

Sie sagten ihm nicht, wo sie mit ihm hinfuhren. Tatsächlich sagten sie gar nichts. Also verbrachte er seine Zeit damit, dem Autoradio zuzuhören, das sie auf niedrige Lautstärke eingestellt hatten.

»Achtzehn Monate nachdem Penhaligon seinen epochemachenden Scheck eingereicht hatte, ging Großbritannien auf den Bulldoggen-Standard über. Es dauerte nicht lange, und an der Börse wurden leibhaftige Bullen und Bären gehandelt.« Die Schläger hörten nicht zu. Markham lauschte angestrengt. *»Die globalen Folgen waren tief greifend. Japan führte den Goldfisch-Standard ein, Frankreich die Schnecke und Amerika den Adler. Schon bald hatte jede Nation ihre Währung auf die Grundlage von Tierbeständen umgestellt. Nun allerdings ...«*

Der Fahrer stellte das Radio ab, als das Auto in die unterirdische Garage eines schicken Hochhauses fuhr. Markham erkannte das Gebäude und war nicht überrascht.

Fünf Minuten später wurde er aus einem Privat-Fahrstuhl zu einer Audienz bei Lonnie Fairfax geschoben.

»Sie hätten nur anzurufen brauchen, um ein Treffen zu vereinbaren«, erklärte Markham ihm.

»Ich musste sichergehen, dass Sie kommen«, gab Fairfax trocken zurück.

»Jetzt frag ich mich doch, worüber Sie reden wollen. Oder auch nicht.«

»Ich habe eine hervorragende Idee. Ich dachte mir, warum soll ich Sie dafür bezahlen, über den Kauf des Aras zu verhandeln, jetzt, da Sie längst wissen, wo er ist. Es dürfte mir nicht schwer fallen, seine ... Befreiung zu arrangieren und den Mittelsmann auszuschalten.«

»Das haben Sie bestimmt nicht von Anfang an so geplant«, erwiderte Markham sarkastisch.

»Sie brauchen uns jetzt nur noch den Ort zu nennen.«

Markham fing an zu lachen.

»Mut ist eine lobenswerte Sache, er wird Sie aber nicht vom Reden abhalten.« Er nickte seinen Handlangern zu. »Meine Kollegen sind sehr überzeugend.«

Markham aber gab weiter schallende Lachsalven von sich. »Sie halten sich nicht auf dem Laufenden, nicht wahr, Fairfax?«, prustete er. »Nichts von alledem ist noch von Bedeutung.«

»Was meinen Sie damit?«

Markham wischte sich über die feucht gewordenen Augen und deutete zum Fernseher. »Schauen Sie doch selbst.«

Finster blickend schnappte sich Fairfax die Fernbedienung. Eine Nachrichtenmeldung flimmerte über den Schirm.

»... spitzten sich die Ereignisse zu. Die internationalen Geldmärkte sind zusammengebrochen. Vereinigte Erdferkel ist abgestürzt. Konsolidated Koalas hat in den letzten 15 Minuten 60 Punkte verloren. Investoren haben ihre Beteiligungen an KangAustralian abgestoßen. Transsylvania Fledergeld und Kuckuck Europa sind unter extremen Druck geraten.« Dem Nachrichtensprecher wurde ein Blatt Papier gereicht. Sein Gesicht wurde noch ernster. *»Es hat ein Run auf den Schweizer Pudel eingesetzt.«*

Aschfahl zappte Fairfax durch die Kanäle. Alle zeigten sie dieselben Bilder des finanziellen Chaos. Mobs stürmten die Banken und befreiten Herden von Antilopen oder Mutterschafen. Ein Mann, dessen Schürze, Kappe und Schaufel ihn eindeutig als Bankangestellten auswiesen, gab eine kurze Erklärung ab. Menschen rannten mit Schubkarren voller weißer Mäuse zu den Lebensmittelgeschäften.

»Sie sind am Ende, Fairfax.« Markham grinste süffisant. »Sie, ich, *alle.«*

Fairfax hörte nicht zu. Er hielt sich gleichzeitig zwei Telefone an den schweißglänzenden Kopf und brüllte seinen Handlangern Befehle zu. Die Raserei griff um sich.

Niemand sah, niemanden kümmerte es, als Markham sich davonschlich.

Er stellte sich der Anarchie in den Straßen tapfer entgegen. Ohne den Karren war es etwas einfacher. Shirley war im Büro, aber sie war nicht allein. Ray Blythe und seine Schlägertruppe warteten ebenfalls. Und sie versperrten ihm den Ausgang.

Der Gangsterboss von der Größe eines Bantamhuhns trat näher. Zwei Schläger standen hinter ihm. Markham wappnete sich für eine gehörige Tracht Prügel oder Schlimmeres.

Blythe schwebte irgendwo unter ihm und trug einen ernsthaften Gesichtsausdruck zur Schau. »Sieht so aus, als hätten wir noch eine Rechung offen«, intonierte er.

»Tatsächlich?« Markham antwortete in einem Tonfall, von dem er hoffte, dass er beiläufig klang, obwohl er wusste, dass das nicht der Fall war.

»Oh, ja.« Blythe hob eine sorgfältig manikürte Hand und schnippte mit den Fingern.

Markham zuckte zurück. Shirley sog geräuschvoll die Luft ein.

Die befürchtete Attacke blieb aus. Stattdessen trat ein weiterer Handlanger ein. Er trug einen großen Korb, über dem eine Decke lag.

»Sieht so aus, als wären wir jetzt alle ruiniert, also brauch ich das nicht mehr.« Die Decke wurde weggezogen und enthüllte den Kopf und den Hals eines massigen, streitlustig dreinschauenden Vogels mit ungewöhnlicher Zeichnung. »Geben Sie das Ihrem Boss.«

»Ich denke, Mr. Fairfax hat jetzt seine eigenen Probleme.«

Blythe lächelte sardonisch. »Gut.« Dann gab er seinem Gefolge Zeichen. Der Vogel wurde abgesetzt, und alle marschierten hinaus.

Shirley und Markham seufzten erleichtert um die Wette.

»Also, du hast den Fall irgendwie gelöst«, traute sie sich endlich zu sagen, bemüht, das Beste draus zu machen. »Schade, dass das Ding nichts wert ist.«

»Kleiner Rückschlag, was? Dafür gibt es jetzt größere Fische, die wir an Land ziehen können. Wahrscheinlich ist das sogar wörtlich zu nehmen.«

»Was machen wir jetzt also?«

»'ne Party feiern. Diese Sache mit Brenda und Osbert steht doch noch immer an, oder?«

»Ja, ich denke schon. Warum sollten wir auch nicht? Obwohl ich keinen Party-Service gefunden habe, von einem Geschenk gar nicht zu reden.«

»Es gibt nur eine Sache, die mir wirklich zu schaffen gemacht hat.«

»Bei diesem Fall?«

»Nein, wegen des Hochzeitstags deiner Schwester. Du hast doch bestimmt herausgefunden, was der vierte ist, oder? Was dafür steht?« Eine Spur von Verzweiflung trat in seine Stimme. *»Sag's mir!«*

»Was? Ach, das. Nein, hab ich nicht. Spielt aber keine Rolle, oder?«

Den Kopf in die Hände gestützt, sackte er in sich zusammen. Ein Kreischen aus dem Korb brachte ihn wieder zu sich. Er sah den Vogel an. Der Vogel starrte mit wachen, tückischen und unbeirrbaren Augen zurück.

Markham griff sich den Korb und ließ ihn auf Shirleys Schreibtisch krachen. Das Biest kreischte kämpferisch. »Da hast du was für Brenda und Osbert.«

»Eddie, ich glaube nicht, dass entwertete Zahlungsmittel ein angemessenes Geschenk sind«, schniefte sie.

»Wer hat was von einem Geschenk gesagt? Das hier ist die Lieferung des Party-Services.«

Originaltitel: Polly put the Mockers on
Ins Deutsche übertragen von Arno Behrend

EINE OLDIE-FUNDGRUBE

16. FERDIE

F. Anstey

F. Anstey (1856-1934) konnte sich eines halben Jahrhunderts erfolgreicher Schriftstellerei erfreuen, in dem er vor allem als Humorist von sich reden machte. Mit bürgerlichem Namen hieß er Thomas Anstey Guthrie und entschied sich für das Pseudonym T. Anstey. Weil aber der Setzer sein Gekrakel nicht so recht entziffern konnte, wurde aus T. eben F. Anstey. Und das war ja auch durchaus nicht schlimm, hört sich F. Anstey doch so ähnlich wie Fantasy an.

Ganz ohne Frage gehört Anstey zu den Pionieren des Fantasy-Genres. Er schrieb den heute immer noch populären Roman VICE VERSA (1882), in dem ein Vater und sein Sohn ihre Identität tauschen. Unter seinen weiteren Romanen finden sich dann Werke wie THE TINTED VENUS (1885) oder THE BRASS BOTTLE (1900).

Ein erster Vorgeschmack auf sein Werk findet sich in der Anthologie HUMOUR AND FANTASY (1932). Die folgende Kurzgeschichte scheint aus unerfindlichen Gründen in Vergessenheit geraten zu sein. Soweit sich das überblicken lässt, findet sie sich hier erstmals wieder abgedruckt seit der Erstveröffentlichung 1925 in der Sammlung THE LAST LOAD.

Am besten stelle ich gleich klar, dass ich mich so gut wie nie mit Literatur und dergleichen beschäftige und mich auch nicht für einen Schriftsteller halte. Mein Bedarf an Tinte und Feder wird vollauf von meiner Tätigkeit hinter dem Bankschalter gedeckt, und wenn ich tatsächlich einmal etwas freie Zeit haben sollte, verbringe ich die lieber draußen an der frischen Luft.

Erwarten Sie jetzt also bitte nicht so etwas wie »Stil«, oder »literarischen Aufbau« oder etwas anderes schriftstellerisch Wertvolles. Bei dem nun folgenden Text handelt es sich vielmehr um den Bericht einer unerfreulichen Begebenheit, die mir vergangene Weihnachten widerfuhr. Ich werde versuchen, sie so exakt wie möglich wiederzugeben, und gestatten Sie mir, liebe Leser, sie auf meine Weise und mit meinen Worten zu erzählen.

Wenn Sie zu dem Schluss gelangen – und das werden Sie ganz ohne Frage –, dass ich im Verlauf der Handlung eine eher jämmerliche Figur abgebe, so darf ich Sie höflichst darum ersuchen, sich Ihres Urteils so lange zu enthalten, bis Sie das Ende der Geschichte erreicht haben. Denn dann werden Sie leicht feststellen – wenigstens hoffe ich, dass Sie das tun –, dass ich kaum anders handeln konnte …

Aber ich habe mich noch gar nicht vorgestellt: Ich heiße Filleter, Lionel Alchin Filleter um genau zu sein, bin vierundzwanzig Jahre alt und ledig. Mit meiner älteren Schwester Louisa bewohne ich eine Villa in der Woodlands Avenue in Cricklebury Park – man kann von hier aus bequem mit Trambahn oder Motorbus die Innenstadt erreichen.

In dieser Gegend tragen alle Häuser Namen. Das unsere hört auf »Ullswater«, das nebenan auf »Buttermere« und so weiter. Den Grund dafür vermag ich Ihnen auch nicht nennen. Die oberen Zehntausend oder gar ein Fürstengeschlecht leben hier nun wirklich nicht. Als wir hier einzogen, stand der Name bereits über der Tür, und weil uns nichts Besseres einfiel, haben wir es dabei belassen.

Für ein Anwesen dieser Größe steht uns ein hübsch großer Garten zur Verfügung. Sofern mich keine anderen

Verpflichtungen davon abhielten, verbrachte ich meine Zeit dort. Vermutlich drängte es mich immer mehr in den Garten. Da sich meine Bank in der Innenstadt befindet, erhielt ich die Möglichkeit, so oft wie möglich bei Messrs. Protheroe & Morris vorbeizuschauen, einem bekannten Auktionshaus in Cheapside. Ich hoffte nämlich, dort irgendwann ein günstiges Geschäft zu machen. Und manchmal gelang mir das tatsächlich.

Im März vergangenen Jahres zum Beispiel betrat ich den Laden, als man dort gerade eine Lieferung gemischter holländischer und südafrikanischer Blumenzwiebeln unter den Hammer brachte. Ich konnte mir für durchaus günstige zweieinhalb Shilling einen Sack mit hundert gemischten Anemonenzwiebeln sichern. Das Lot wurde im Katalog beschrieben als: »Gemischt. Nur feine Sorten. Darunter St. Brigid, Fulgens …« Es folgte eine längere Aufzählung, und am Ende stand der Hinweis: »Enthält vermutlich auch einige Neukreuzungen.«

Wer schon jemals Anemonenzwiebeln gesehen hat, weiß, welch hässliche, vertrocknet wirkende und schwarze Knollen er da vor sich hat. Sie sind so eigenartig geformt, dass man überhaupt nicht weiß, welches Ende nach oben und welches in die Erde gehört.

Am folgenden Tag setzte ich die Blumenzwiebeln nach der Rückkehr von der Arbeit ein. In der Südostecke meines Gartens, wo sie ausreichend Sonne bekommen und sich bestimmt im Juni hervorragend vor den Flammenblumen machen werden.

Um der Wahrheit die Ehre zu geben, ich pflanzte nur neunundneunzig Zwiebeln aus dem Sack und behielt eine zurück. Diese erschien mir viel größer und fantastischer geformt als ihre Schwestern – und ich hoffte, sie möge zu einer einzigartigen Kreuzung erblühen. Zum Beispiel, wie ich damals Louisa vorschwärmte, zu der in Gartenkreisen gefeierten »Narcissus Mackintoshi Splendescens«. Die hatte ein Züchter ebenfalls für wenige Shilling auf einer Auktion ersteigert – und heute war eine solche Zwiebel kaum für unter fünf Pfund zu haben!

Also setzte ich diese spezielle Knolle abseits von ihren Schwestern unter dem Fenster des Salons ein und markierte die Stelle mit einem Stock, um sie wiederzufinden.

Louisa machte sich über meine Bemühungen (und noch mehr über meine Hoffnungen) lustig. Sie hält nicht allzu viel von meinen gärtnerischen Fähigkeiten. Aber der Garten selbst macht ihr auch keine Freude. Ja, sie ehrt ihn nicht einmal. Sonst hätte Louisa wohl kaum sosehr darauf bestanden, Togo abends noch einmal dorthin hinauszulassen. Togo ist der Rauhaardackel meiner Schwester. Wenn ich es recht verstanden habe, hat man ihn und seine Vorfahren darauf gezüchtet, Trüffel aufzuspüren. Das Schlimmste, was Blumenzwiebeln und -knollen widerfahren könnte, wäre, wenn der spezielle Jagdinstinkt in Togo fortlebte. Louisa erwiderte auf meine Einwände stets nur, dass man den armen Kleinen ja kaum vorn auf die Straße lassen könne, bei dem Verkehr auf der Fahrbahn!

Aber ich muss dem Dackel zugute halten, dass er allem Anschein nach meine Anemonen in Ruhe ließ. Sie alle gediehen prächtig. Nur von der letzten Blume, in die ich doch so viele Hoffnungen gesetzt hatte, bekam ich nichts zu sehen. Das konnte ich schlecht dem Hund anlasten, und weil Louisa keine abfälligen Bemerkungen über meine ausgebliebene Sonderkreuzung fallen ließ, hielt ich es auch für geboten, das Thema einstweilen nicht mehr zur Sprache zu bringen.

Meine Enttäuschung legte sich bald wieder, und schließlich vergaß ich die ganze Angelegenheit ... Bis zum November, als ich die Beete und Rabatten reinigte – und dabei auf den Markierungsstock stieß. Ich dachte eine Weile nach und entschied dann, die Zwiebel unbehelligt zu lassen. Vielleicht gehörte sie ja zu einer der Sorten, die gehörige Zeit bis zum Erblühen brauchen.

Und in der Folge vergaß ich die Knolle dann wieder.

Bis Heiligabend nahm alles seinen gewohnten Gang. Ich erinnere mich noch, dass Louisa unsere Weihnachtsgeschenke unter den Weihnachtsbaum legte, darunter auch die Spielsachen für die kleinen Peggy und Joan Dudlow.

Ich sollte an dieser Stelle wohl erwähnen, dass die Dudlows zu den wichtigsten und einflussreichsten Personen in Cricklebury Park gehören, einem Vorort, in dem es noch etwas vornehmer als in anderen Vororten zugeht. Die Dudlows wohnen auf »Inglehome«, einem schmucken Giebelhaus, das sich am Ende der Avenue aus einem parkähnlichen Garten erhebt. Bei Mr. Dudlow handelt es sich um einen äußerst erfolgreichen Seidenhändler und seine älteste Tochter, Violet, ist ... aber ich will mich gar nicht erst daran versuchen, sie zu beschreiben. In meinem ganzen Leben würden mir nie Worte einfallen, die ihr gerecht würden ...

Nun, wie dem auch sei, wie in England üblich würde die Bescherung erst am Ersten Weihnachtstag stattfinden, und so hatte sich meine Schwester an Heiligabend früh zu Bett begeben und sich mit der ausdrücklichen Ermahnung von mir verabschiedet, nicht mehr zu lange aufzubleiben.

Ich saß im Salon, und es wurde spät und später. Mitternacht stand kurz bevor, als ich daran dachte, nur noch das begonnene Kapitel zu Ende zu lesen und mich dann ebenfalls zurückzuziehen. Ich schmökerte in einem seltsamen alten Buch, das meine besondere Aufmerksamkeit erweckt hatte und mir von Anthony Casbird geliehen worden war, dem Hilfspfarrer unserer Gemeinde St. Philip's.

Wenn man Hochwürden Casbird zum ersten Mal zu Gesicht bekam, würde man nie einen Bücherwurm in ihm vermuten. Dafür besaß er viel zu rote Wangen. Doch er pflegt in seiner Unterkunft eine richtige Bibliothek. Und er schimpft mich immer dafür aus, nur »modernen Müll« zu lesen, wie Hochwürden sich auszudrücken beliebt.

Als ich ihm gegenüber einmal bemerkte, noch nie von einem Autor namens Sir Thomas Browne gehört zu haben, bestand er gleich darauf, mir eines seiner Werke leihweise zur Verfügung zu stellen; nebst einigen selbstverfassten Notizen über den Schriftsteller, welche er in irgendeiner literarischen Gesellschaft zum Vortrag bringen wollte.

Der Band trug den zungenbrecherischen Titel: »Pseudodoxia Epidemica oder Untersuchung der oft zu Ohren kommenden Lehrsätze und allgemein gültigen Wahrheiten« und war immerhin bereits im Jahre 1646 veröffentlicht worden.

Üblicherweise bevorzuge ich, wenn ich mir schon einmal ein Buch vornehme, etwas Morderneres. Zudem befleißigte sich Sir Thomas Browne auch noch eines so altväterlichen, gewundenen Stils, dass ich nur schwer mit dem Text zurechtkam.

Aber mittlerweile war ich auf ein Kapitel mit einem vielversprechenden Titel gestoßen: »Über allerlei Lehrmeinungen betreffend Gemüsesorten und Blumenarten, welche sich bei näherer Prüfung als falsch oder zumindest zweifelhaft zu erweisen den Nachteil hatten.« Nachdem ich nach dreimaligem Lesen die Überschrift begriffen hatte, dachte ich mir: Oho, da könntest du sicher den einen oder anderen nützlichen Tipp für deine Gartenarbeit finden!

Leider erwies sich der Text dann nicht unbedingt als das, was ich »praktische Ratschläge« nennen würde. Das Kapitel begann folgendermaßen:

»Die mannigfaltigsten falschen Ansichten und Meinungen finden sich über den Alraun, von welchen viele aus dem Altertume stammen. Deren wichtigste lautet dergestalt, dass die Wurzel derselben Pflanze in Form und Gestalt der eines Menschen ähnele . . . «

Es folgte eine umständliche Beschreibung und setzte sich dann fort: *». . . woraus man auf eine weit hergeholte Ähnlichkeit abhebt, welche die Wurzel mit dem Menschen aufweise. Dafür weist man als Beleg die Zweiteilung oder Division der Wurzel vor allem im unteren Bereich auf. Von einigen wird deren Teile in aller Hartnäckigkeit Schenkel genannt, als handele es sich bei ihnen um Beine . . . «*

Und noch weiter: *»Die dritte Behauptung will nun endlich wissen, dass die Wurzel des Alrauns beim Herausreißen derselben ein Geräusch oder gar einen Schrei von sich gebe. Dies gehört natürlich vollkommen ins Reich der Fabel und ist an Lachhaftigkeit kaum zu überbieten . . . Eine letzte Einlassung warnet schließlich vor den Gefahren, welche mit solchem Tun verbunden seien. Das Leben derjenigen, welche eine solche Wurzel herausreißen, soll demnach in der Folge höchstlich bedrohet sein. Oder aber ein teuflisches Schicksal verfolge sie . . .* und so weiter und so fort.

Zwischen den Seiten dieses Kapitels entdeckte ich eine Notiz Casbirds des Inhalts, dass man sich gegen solches Ungemach schützen könne: Man nehme einen schwarzen Hund und überlasse es ihm, die Wurzel herauszuziehen. Das erweise sich zwar für den Hund als tödlich, habe für seine Besitzer aber keine schlimmeren Folgen, als dass »sie sich die Ohren zuhalten sollten, um das grässliche Kreischen oder Schreien des Alrauns nicht hören zu müssen.«

Dem Ganzen schien irgendetwas innezuwohnen, das mir vertraut vorkam, aber vermutlich auf Grund der vorgerückten Stunde wollte und wollte es mir nicht in den Sinn kommen. Jedermann, der solches schon einmal erlebt hat, weiß, wie sehr es einen um den Verstand bringen kann, wenn einem eine gewisse Sache partout nicht einfallen will. Daher wird der geneigte Leser sicher Verständnis dafür haben, dass ich einfach nicht den Weg aus meinem Sessel finden konnte, ehe das Rätsel nicht gelöst war...

Und endlich kam ich drauf! Die Anemonenzwiebel! Natürlich, auch dabei handelte es sich um eine Wurzel. Mir fiel wieder ein, dass Louisa damals, als ich ihr die sonderbare Knolle gezeigt, angewidert gemeint hatte, die sähe ja aus »wie ein grässlicher kleiner Mann!« Meines Wissens hatte sich ihre Meinung über diese Zwiebel seitdem nicht gebessert.

Selbstredend konnte ich diese aus der Luft gegriffene Ansicht meiner Schwester keinesfalls teilen. Indes, ich musste zugeben, dass die untere Hälfte der Knolle geteilt war. Und die Auswüchse an den Seiten hätte man mit einer überaus lebhaften Fantasie als Armen ähnlich ansehen können.

Und ohne Zweifel hätte zu Zeiten des seligen Sir Thomas so manch einer, der ansonsten nicht auf den Kopf gefallen war, geschworen, dass es sich bei meiner Anemone um einen Alraunen handele – und vermutlich in heller Panik das Weite gesucht.

Wenn ich jetzt so darüber nachdachte, hatte ich nicht allzu viel erfahren. Meine Kenntnisse über einen Alraun blieben auch nach der Lektüre im Nebulösen verhaftet. Was hatte ich mir eigentlich genau unter einer solchen Wurzel vorzustellen? Nach allem Ungemach, das von einem solchen Wesen ausging, musste es sich wohl um eine besonders bösartige Form von Dämon handeln.

Mit einem leisen Lächeln rekapitulierte ich all die Schrecknisse und Ängste, die mit solchen Wurzeln verbunden sein sollten, als mich eine Serie von kurzen, scharfen Schreien aus meinem Gedankengang riss. Und dann gingen sie in ein lang gezogenes Kreischen über, bei dem einem das Blut in den Adern gefrieren konnte.

Doch nur für einen Moment saß ich verwirrt da, denn mir fiel sogleich wieder ein, dass wir zwar in einiger Entfernung von den Eisenbahnschienen wohnen, man die Züge aber durchaus hören kann, erst recht, wenn der Wind günstig steht. Aber nach solcher Lektüre konnte ich mich nicht gegen die Vorstellung wehren, dass diese Geräusche heute näher als gewöhnlich geklungen hatten. Fast hätte man meinen können, sie seien aus unserem Garten gekommen.

Dieser dumme Gedanke wollte mich einfach nicht mehr loslassen. Ich wurde immer unruhiger, bis ich es schließlich nicht mehr aushielt und das Fenster aufstieß, um festzustellen, ob sich draußen irgendetwas getan hatte.

Mittlerweile ließ sich nichts mehr vernehmen. Doch als meine Augen sich an die Dunkelheit gewöhnt hatten, glaubte ich, in dem Lichtkreis, den die Lampe hinter mir nach draußen warf, ein regloses schwarzes Etwas ausmachen zu können …

Ich hielt es für Togo. Vermutlich hatte Louisa ihn wieder zum Nachtgeschäft hinausgelassen – und die Diener hatten später vergessen, ihn wieder ins Haus zu lassen. Eine grobe Nachlässigkeit von ihnen. Vermutlich hatte der Dackel deswegen einen Schlaganfall erlitten – nicht zum ersten Mal übrigens –, und das Geschrei, das ich vorhin gehört hatte, war von ihm gekommen.

Verdammter Mist. Nun würde ich nach draußen gehen und mich um den armen Köter kümmern müssen …

Aber dazu kam ich nicht. Denn während ich mich noch aus dem Fenster beugte und auf Togo starrte, hörte ich unter mir ein Geräusch, das alle Gedanken an den Dackel sofort aus mir verbannte. Ein leises Rascheln und Scharren, als klettere ein Reptil – etwa in der Größe eines

Chamäleons – durch den Efeu die Hauswand hinauf und auf das Fenster zu.

Ich weiß, ich hätte das Fenster auf der Stelle schließen müssen, bevor die Kreatur, oder was auch immer, Gelegenheit erhielt, zu mir in den Salon zu steigen – aber das wollte mir einfach nicht gelingen. Wie gelähmt stand ich vorgebeugt da und konnte mir diese Starre nicht erklären. Dann bewegte ich mich rückwärts vom Fenster fort, verharrte mitten im Zimmer und wartete …

Lange musste ich mich nicht gedulden: Ein kleines schwarzes Etwas schob sich über das Fensterbrett und landete mit einem leisen Geräusch auf der Couch darunter. Die Kreatur erschien mir so fremd, dass ich sie kaum zu beschreiben vermag: ein vertrocknetes Männlein, schwarz wie die Nacht und von ausgesuchter Hässlichkeit.

Als das Wesen sich aufrichtete und endlich gerade stand, blinzelte es mit seinen kleinen Knopfaugen, weil das Lampenlicht ihm wohl zu grell brannte. Dabei fiel mir zu meiner Verblüffung auf, dass seine Züge weniger ausgesuchte Bösartigkeit ausstrahlten, als vielmehr Unterwürfigkeit. Nicht, dass mich das besonders beruhigen konnte.

Und dann fing die Kreatur auch noch an zu sprechen.

»Ich hoffe, die Geräusche haben dich nicht erschreckt«, meinte sie mit heller, schnaufender Stimme. »Das war nämlich ich.«

Im Nachhinein hat es mich auch nicht mehr übermäßig überrascht, einen solchen Gnom auch noch sprechen zu hören. Davon abgesehen wusste ich ja auch kaum etwas über Alraune. Woher hätte ich also sagen sollen, ob sie sich auf Sprache verstehen oder nicht?

Eines aber wusste ich jetzt: Der selige Sir Thomas Browne hatte sich gründlich geirrt. Bei dem Wesen da vor mir konnte es sich nämlich nur um einen Alraun handeln.

Ich gab ihm jedenfalls keine Antwort. Ich meine, woher soll ich wissen, was man einem Alraun sagt?

Während ich mich leise ächzend in meinen Sessel zurücklehnte, sprang das Männlein vom Sofa. Dann krabbelte es mit erschreckender Beweglichkeit das Tischbein hinauf, schwang sich auf die Platte und ließ sich dann gesittet auf einer Holzkiste nieder, die bebilderte Holzwürfel enthielt.

»Versteh bitte«, fuhr das Wesen dann in entschuldigendem Tonfall fort, »als euer Hund mich so plötzlich und unerwartet aus meinem Erdbett zog, konnte ich gar nicht anders als schreien. Das wäre jedem anderen in vergleichbarer Lage schließlich auch so ergangen. Ich möchte dich auch gar nicht bitten, das Tier zu bestrafen; denn ich will mich gar nicht beschweren; auch wenn das Vieh mich schmerzhaft in den Rücken gebissen hat.«

Sein ganzes Gehabe und Gebaren drückte so viel Scheu und Demut aus, dass ich fast alle Angst vor ihm verlor. »Das arme Tier scheint mir schon bestraft genug zu sein«, entgegnete ich streng. »Wahrscheinlich ist jetzt kein Funke Leben mehr in ihm!«

»Aber ganz im Gegenteil!«, widersprach der Wicht erschrocken. »Der Hund ist lediglich in Ohnmacht gefallen. Auch wenn, ich muss es gestehen, mir kein Grund dafür einleuchten will.«

»Vermutlich ist deiner Aufmerksamkeit entgangen«, erklärte ich und gab mir gar nicht erst die Mühe, meinen Abscheu zu verbergen, »dass dein Äußeres ausreicht, einen jeden zu entsetzen.«

»Verzeihung bitte«, entschuldigte er sich und fing an, Erdkrümel und anderes von seinen unfassbar dünnen Beinchen zu streichen. »Ich fürchte, ich habe mein Äußeres tatsächlich sträflich vernachlässigt. Aber ich verspreche dir, schon bald wieder präsentabel auszusehen, nachdem ich ein paar Tage unter deiner freundlichen Fürsorge verbringen durfte.«

Ich machte dem Wurzelmännlein unmissverständlich klar, dass es sich ganz und gar auf dem Holzweg befände (dieses kleine Wortspiel konnte ich mir nun doch nicht verkneifen), wenn es annähme, ich würde ihm bei mir Logis bieten. Das schien meinen ungebetenen Gast gehörig zu enttäuschen.

»Aber weshalb nur?«, fragte er und blinzelte mich an. »*Warum* willst du mich nicht bei dir aufnehmen?«

»Weil ein Haus wie dieses ganz gewiss nicht die geeignete Unterkunft für jemanden wie deinesgleichen ist!«, erwiderte ich ungnädig.

»Oh«, meinte das Wesen, »aber ich bin es gewohnt, mich zu bescheiden, und die Annehmlichkeit deiner Gesellschaft wäre mir den einen oder anderen Nachteil wert.«

Mir so dreist Honig um den Bart zu schmieren, empörte mich dann doch. »Das glaube ich dir gern, aber leider wirst du keine Gelegenheit erhalten, das unter Beweis zu stellen.« Ich atmete tief durch, um das Folgende gebührend zu betonen: »Was ich vorhin eigentlich sagen wollte, war dies: Als Alraun – und du wirst wohl kaum in Abrede stellen wollen, dass es sich bei dir um einen solchen handelt – stellst du in keiner Weise die Art von Person dar, welche in einem respektablen Haushalt gern gesehen ist.«

Doch diese scharfe Zurückweisung erweckte erst recht den Redefluss des Wurzelmanns. Er meinte, er könne natürlich nicht für alle Alraune sprechen, aber für seinen Teil könne er mir versichern, über einen untadeligen Charakter zu verfügen. Dann fügte das Wesen noch hinzu, dass es sich, seit es meiner zum ersten Mal ansichtig geworden sei, auf besondere Weise zu mir hingezogen fühle.

Und sein Instinkt sage ihm, dass ich ihm im Laufe der Zeit ebenso zugetan sein werde.

Ich entgegnete, dass man um seinen Instinkt wohl kaum viel geben dürfe, wenn er ihm solche Dinge einrede. Darüber hinaus legte ich keinen Wert darauf, diese Unterhaltung fortzusetzen. Er würde sich und mir nur einen Gefallen tun, wenn er dieses Haus auf der Stelle verlasse.

»Bitte, weise mich nicht hinaus!«, jammerte das Wesen. »Ich möchte, dass du in mir einen Freund siehst. Ich heiße übrigens Ferdie. Ach ja, nenn mich doch Ferdie.«

Darauf erwiderte ich nur, dass er sich auf der Stelle aus dem Staub machen solle. Andernfalls würde ich mich genötigt sehen, ihn am imaginären Kragen zu packen und durch das Fenster ins Freie zu befördern. Denn dieses habe er ja beim Hereinklettern freundlicherweise offen gelassen.

Ich sollte an dieser Stelle vielleicht klarstellen, dass es sich bei dieser Drohung lediglich um einen Bluff handelte. Nicht für Geld und gute Worte hätte ich diese Kreatur nämlich angefasst.

Nun versuchte das durchtriebene kleine Biest es mit der Mitleidstour – seit Tagen habe es keinen Regen mehr gegeben, klagte der Alraun, und deswegen fühlte er sich wie ausgedörrt und ganz rau; gar nicht erst zu reden von seiner allgemeinen Ermattung.

»Also gut«, kam ich ihm ein Stück weit entgegen, weil er mir jetzt doch etwas Leid tat. »Ich mixe dir einen Whisky Soda, aber nur einen. Und danach musst du gehen.«

Doch der kleine Kerl wollte nichts anderes als Soda. Ich füllte ihm damit ein Whiskyglas bis zum Rand, und er leerte es mit wenigen gierigen Schlucken.

Das Selters hatte die unglaublichste Wirkung auf ihn. Sein verschrumpelter Körper füllte sich auf, seine Extremitäten bekamen nun so etwas wie Hände und Füße, und er wuchs insgesamt um etliche Zentimeter. Aber was seine Erscheinung insgesamt betraf, konnte ich keine durchgreifende Änderung zum Besseren feststellen.

»Ich fühle mich wie neugeboren«, erklärte der kleine Mann nun wohlig, um dann gleich weiterzuplappern. »Mir kam übrigens eben in den Sinn, dass deine Vorurteile gegen mich, die ich mich selbst bei größtem Wohlwollen zu überhören nicht in der Lage sehe, vielleicht auf den bedauerlichen Umstand zurückzuführen sind, dass ich ohne Bekleidung vor dir erscheinen muss. Unterirdisch spielt dieser Missstand nur eine untergeordnete Rolle, aber oberirdisch ... Ich anerkenne durchaus, dass gewisse Spielregeln der Schicklichkeit eingehalten werden wollen. Nur will mir nichts ... wie dumm von mir. Wenn du mich bitte für einen Moment entschuldigen möchtest.«

Sein Blick war auf die Negerpuppe gefallen, welche ich für Peggy gekauft hatte und die jetzt auf dem Tisch lag. Bevor ich noch ahnte, was der Alraun vorhatte, hatte er schon die Puppe aus ihrem blauen Mantel, ihrem weißen Hemd und ihrer roten Hose befreit und sich diese Sachen selbst angezogen.

»Nun besteht für dich wirklich kein Anlass mehr, dich meiner zu schämen«, bemerkte er stolz und drehte sich, damit ich ihn von allen Seiten bewundern konnte.

Ich fürchte, ich habe in meinem ganzen Leben nie einen groteskeren Anblick ertragen müssen als dieses Spektakel. Die Kleider der dicken Puppe hingen dem dürren Männlein in großen Falten herab. Aber es stolzierte darin herum wie der stolzeste Stutzer.

»Wie für mich gemacht«, meinte es und versuchte, den Kopf weit genug zu drehen, um auch seine Kehrseite betrachten zu können. »Aber mir will es so erscheinen, als befinde sich eine Falte zwischen den Schultern. Siehst du sie auch? Und wenn ja, meinst du, sie fällt zu sehr ins Auge?«

Ich antwortete ihm, dass er sich deswegen nicht zu sorgen brauche. Dann erinnerte ich ihn daran, dass er eigentlich längst hätte gehen sollen.

»Aber wo soll ich denn hin?«, verlegte die Wurzel sich wieder aufs Debattieren. »Ich kann jetzt doch wohl unmöglich in den Garten zurück. Bedenke auch: Es ist dein Garten, und da ich in diesen schon aufgenommen worden bin, wird deine Gastfreundschaft mir gewiss nicht das Haus verwehren wollen, oder?«

Ich erwiderte, dass ich ihm verwehren könnte, was immer mir beliebe. Und wenn er glaube, sich beschweren zu müssen, dann doch bitte schön bei den Verantwortlichen bei Messrs. Protheroe & Morris. Ich gab dem Alraun die Adresse des Auktionshauses in Cheapside.

Vielleicht war es ja nicht ganz fair, den dortigen Herren die Verantwortung zuzuschieben; denn wenn sie gewusst hätten, dass sich in dem Sack ein Alraun befand, hätten sie den gewiss nicht als Anemonenzwiebel angeboten. Aber irgendwie musste ich den frechen Burschen ja aus dem Haus bekommen.

Natürlich warf ich das Männlein nicht aus dem Fenster. Aber ich brachte ihn zur Hintertür, zum Personaleingang, so als handele es sich bei ihm um einen gewöhnlichen Dienstboten.

»Dann verstößt du mich also wirklich«, seufzte es im Flur, während ich die Kette vom Schloss löste. »So begegnen wir uns zukünftig wohl als Fremde.«

»Ja, wenn wir uns überhaupt noch einmal wiedersehen sollten«, entgegnete ich, »wozu ich nicht die geringste Veranlassung sehe. Und nun, Gute Nacht.«

Aber der Alraun verharrte auf der Türmatte.

»Ich kann nur hoffen, dass nicht alle Herzen so hart sind wie das deine«, seufzte er. »Das Auktionshaus befindet sich in Cheapside, sagtest du?«

Wenn er Schwierigkeiten habe, dorthin zu finden, erklärte ich ihm, solle er unterwegs einen Polizisten fragen. Der Wurzelmann bedankte sich daraufhin überschwänglich bei mir, wollte unter keinen Umständen, dass ich ihn bis zum Gartentor begleite, und verschwand dann.

So widerwärtig mir der kleine Mann auch erschienen sein mochte, ich fühlte mich nun doch ein wenig beschämt. Der Alraun wirkte so verloren und bemitleidenswert, wie er da den Weg hinunterschlurfte und durch die Torstäbe glitt.

Aber was hätte ich denn machen sollen? Dass ich ihn nicht bei mir aufnehmen konnte, stand außer Frage. Louisa hätte einen solchen Hausgenossen niemals ertragen. Die Kreatur hätte ihr die Nerven zerrüttet.

Und dann musste ich natürlich auch noch die Dudlows bedenken. Was würden Violet oder ihre Eltern von mir denken, wenn sie herausfänden, dass ich einen so garstigen Gesellen wie einen Alraun bei mir beherbergte?

Ich versperrte die Tür und legte die Kette vor. Dann beglückwünschte ich mich, weil diese Geschichte, so weit es mich betraf, nun wohl zum Abschluss gekommen war. Damit begab ich mich zu Bett und entschied, dass es dem einvernehmlichen Zusammenleben zuträglicher sei, wenn ich Louisa nichts von der ganzen Angelegenheit berichtete.

Am nächsten Tag erwartete uns das Weihnachtsfest. Irgendwann am frühen Vormittag saß ich im Esszimmer, das hinaus auf die Straße blickt. Louisa war zur Kirche gegangen, und eigentlich hätte ich sie begleiten sollen. Mir wollte auch kein Grund einfallen, warum ich das unterlassen hatte; denn gewisslich hätte ich vor der Kirche Violet angetroffen. Und vermutlich hätte ich sie nach der Messe nach Hause bringen dürfen.

Aber all das ließ ich mir entgehen. Im Nachhinein betrachtet komme ich zu dem Schluss, dass ich mich an diesem Morgen irgendwie nicht danach fühlte.

So saß ich also dort im Ohrensessel, die Pfeife im Mund und die Zeitung vor mir. Da vernahm ich ein leises Klopfen am Erkerfenster hinter mir. Ich drehte mich nicht um, denn eine dunkle Vorahnung verriet mir, wer sich dort eingefunden hatte.

Davon abgesehen erblickte ich in dem facettierten Spiegel auf dem mir gegenüber befindlichen Sideboard etwas Blaues und Rotes zwischen dem bunten Lorbeer in den Blumenkästen. Das verschaffte mir die endgültige Gewissheit, dass der infernalische Alraun zurückgekehrt war.

Er klopfte lauter, aber ich reagierte nicht darauf und hoffte, dass er bald die Fruchtlosigkeit seines Bemühens erkennen und sich verziehen würde.

Aber der lästige kleine Kerl setzte sein böses Spiel fort, bis ich mir sagen musste, dass er mit seinem Gelärme noch die Aufmerksamkeit der Nachbarn gegenüber erwecken würde; die sind nämlich der Klatschsucht mehr zugetan, als uns anderen gut tut.

Also erhob ich mich aus dem Sessel, ließ den Störenfried herein und fragte ihn, was um alles in der Welt er denn jetzt schon wieder wolle. Ich muss gestehen, dass ich zu diesem Zeitpunkt außerordentlich verärgert war.

Ohne auf eine entsprechende Einladung meinerseits zu warten, kletterte er in den Sessel, der dem meinen gegenüberstand. Dort hüstelte er einmal, vielleicht ein Manierismus von ihm, vielleicht aber auch nur wegen des Pfeifenrauchs im Zimmer.

Dann eröffnete er mir, dass sein Eindringen – welches ich, wie er sich sicher sei, gewiss entschuldigen werde – dem unwiderstehlichen Wunsch entsprungen sei, mir zu den angebrochenen Festtagen alles Gute zu wünschen.

Natürlich wusste ich, dass noch ein tieferer Grund vorliegen musste. Deswegen beließ ich es als Antwort auf diese Eröffnung bei einem Grunzen.

Der kleine Mann klärte mich nun darüber auf, dass er sich tatsächlich nach Cheapside begeben habe, dort aber weder Mr. Protheroe noch Mr. Morris zu Hause angetroffen habe – was angesichts des Lebenswandels dieser Herren nicht wirklich überraschen kann.

Die ganze Nacht hindurch war der Alraun herumgewandert, und am Morgen war es ihm gelungen – er klärte mich nicht über die Einzelheiten dieses Unterfangens auf, und ich fragte nicht danach –, sich in einer Bäckerei mit einer Tasse Kakao und einem Stück Kuchen zu stärken.

Seit sein Appetit damit einmal geweckt sei, ließe er sich nicht mehr ignorieren, eröffnete mir das Wesen, und kurzum, er habe schon wieder Hunger. Ob er wohl meine Gastfreundschaft über Gebühr in Anspruch nehmen und mich um eine Mahlzeit bitten dürfe? Er wäre mir auf ewig zu Dank verpflichtet, selbst wenn ich nicht mehr als eine Fleischpastete erübrigen könne.

Ich lehnte rundheraus ab. Nicht aus Geiz, sondern aus der Überzeugung, damit dem Irrsinn Tür und Tor zu öffnen. Wenn ich ihn zum Mittagessen eingeladen hätte, wie hätte ich das außerdem meiner Schwester erklären sollen?

Der kleine Mann machte keinerlei Aufhebens von meinem Nein und sagte nur, dass er mich noch um einen anderen Gefallen bitten wolle. Mir sei doch sicher nicht entgangen, wie sehr er seit unserer letzten Begegnung zugenommen habe. Die Geschwindigkeit dieser Gewichtszunahme könne er nur auf den fettreichen Kuchen heute Morgen zurückführen.

Selbstredend war mir die Veränderung an ihm aufgefallen. Der Bursche maß mittlerweile gut einen halben Meter.

Seine blaue Jacke ähnelte jetzt mehr einem Bolero, und die blaue Hose saß ihm so stramm wie ein Badeanzug. Ob er zu jenem Zeitpunkt noch das weiße Hemd trug, weiß ich heute nicht mehr.

Der Alraun klagte nun, wenn diese Zunahme anhalte, würde er sich schämen, sich in einem solchen Affenkostüm auf der Straße zu zeigen. Darum wüsste er gern, ob ich ihm einen guten Herrenschneider nennen könnte. Aber einen wirklich guten! »Nicht derjenige, welcher die Stücke angefertigt hat, die du am Leib trägst«, meinte er zur Erklärung. Er selbst bevorzuge nämlich einen konservativeren Stil.

Ich wusste genau, dass an meiner Kleidung nichts auszusetzen war. Ganz gewiss nicht an dem gedeckten grünen Anzug, den ich heute trug. Unter anderen Umständen hätte ich diesem Flegel mit einer scharfen Entgegnung das Maul zu stopfen gewusst. Aber mal ganz unter uns: Wen scherte es schon, was ein Alraun über meine äußere Erscheinung zu denken sich herausnahm?

»Denn ich bin mir durchaus im Klaren darüber«, schwatzte der kleine Mann gerade und bebte geradezu vor Erregung, »in gewissen besseren Kreisen durchaus für Auffallen zu sorgen, wenn ich mich nur entsprechend präsentiere. Ich verfüge über mannigfaltige Gaben und Talente. Mein Geschmack ist vorzüglich, geradezu superb. Wenn du dich endlich dazu durchringen könntest, mich als Freund anzusehen, würdest du rasch feststellen, wie viel wir gemeinsam haben.«

Dann lächelte er auf eine ganz eigene Weise – vermutlich glaubte er, dieses Lächeln sei gewinnend, aber wenn man sah, wie seine knorrige, hölzerne Miene sich verzerrte, konnte man diese Grimasse nur noch als abstoßend bezeichnen – und meinte: »Wenn es mir doch nur einmal vergönnt wäre, dass du mich ›Ferdie‹ nennst …«

Zugegeben, ich hatte ihn schon mit den unterschiedlichsten Anreden bedacht, aber Ferdie war noch nie darunter gewesen.

Als ihm dann bewusst wurde, dass ich auf keinen seiner Wünsche einzugehen gedachte, meinte er: »Darf ich damit also davon ausgehen, dass deiner Meinung nach die Umstände meiner Herkunft, sobald sie denn bekannt würden, allein schon ausreichten, mich aus allen gesellschaftlichen Kreisen auszustoßen?«

Ich antwortete ihm, dass dies exakt meine Meinung sei.

»Wenn ich dich nun verlasse«, bat der kleine Mann dann nachdrücklich, »wirst du mir dann dein Ehrenwort als Engländer und Gentleman geben, niemals jemandem gegenüber auch nur mit einem Wort zu erwähnen, um wen es sich bei mir in Wirklichkeit handelt?«

Um wen es sich bei ihm in Wirklichkeit handelte, lag doch so offensichtlich auf der Hand, dass sich nicht einmal der flüchtigste Beobachter hätte täuschen lassen. Darum glaubte ich, ihm bedenkenlos mein Ehrenwort darauf geben zu können. Außerdem wollte ich ihn endlich loswerden, weil Louisa bald vom Kirchgang zurückkehren musste.

Dann bat er mich noch, ob ich keine mitfühlenden Personen kannte – er meinte, sie hießen »Geistliche« oder so ähnlich –, die sowohl aus beruflichen wie auch aus Herzensgründen, Notleidenden Hilfe und Beistand gewährten. Aus einer plötzlichen Eingebung heraus nannte ich ihm Name und Adresse von Anthony Casbird, unserem Hilfspfarrer, verlangte aber von dem Alraun, ihm gegenüber nicht zu erwähnen, wer ihn geschickt habe.

Und schließlich, nachdem er noch die Unverschämtheit besessen hatte, sich nach dem Befinden von Dackel

Togo zu erkundigen, verließ der Alraun mich. Ich schaute ihm aus dem Fenster hinterher, bis er um die Ecke bog, hinter der er die angegebene Adresse finden würde. Dabei konnte ich mir ein Grinsen nicht verkneifen.

Ich kannte Tony nämlich nicht nur als einen Mann mit gesundem Menschenverstand, sondern auch als durchtrainierten Sportler und Cricket-Spieler. Wenn dieser Holzgnom sich ihm gegenüber ähnlich aufführte wie mir, durfte er sich darauf gefasst machen, von unserem Hilfspfarrer darauf die passende Antwort zu erhalten.

Und wenn man es recht bedachte, war es ja auch eigentlich mehr die Aufgabe der Kirche als die meinige, sich um solche Kreaturen zu kümmern.

Ich glaube, es war am Abend desselben Tages, dass Casbird auf einen Sprung bei uns vorbeischaute. Ja, wenn ich mich recht erinnere, muss es tatsächlich der Abend des Ersten Weihnachtstages gewesen sein; denn Tony meinte, er könne nicht lange bleiben und müsse noch nach »Inglehome«, um Miss Dudlow (also Violet) mitzuteilen, wie sehr der Vikar sich über die bezaubernde Weihnachtsdekoration gefreut habe – an deren Zustandekommen Violet einen bedeutenden Anteil hatte.

Casbird gehörte zu den großen Bewunderern Violets. Aber ich fürchtete ihn kaum als Rivalen, denn nach meiner Einschätzung besaß er bei ihr nicht den Hauch einer Chance.

Auf dem Weg zur Tür bemerkte der Hilfspfarrer noch, dass er heute Morgen, als er von der Messe gekommen sei, einen höchst interessanten Besucher angetroffen habe, der ihn zu sprechen wünschte.

Ich konnte mir schon denken, um wen es sich dabei handelte, wollte mir aber nichts anmerken lassen und entgegnete nur mit »Ach, wirklich?« oder etwas ähnlich Unverdächtigem.

»Ja«, bestätigte Casbird. »Selten bin ich einem traurigeren und eigenartigeren Fall begegnet. Der Ärmste hat so viel durchmachen müssen und das alles mit außerordentlicher Bravur und Durchhaltevermögen durchgestanden.«

Natürlich wollte Louisa gleich mehr über diesen Fall erfahren. Was für ein Mann sei das denn? Tony entgegnete, dass er ihn kaum mit Worten beschreiben könne. Ob der Fremde gut aussehe? Nun, das eigentlich überhaupt nicht. Ehrlich gesagt spräche der erste Eindruck, den man von ihm gewinne, sogar eher gegen ihn.

Das ändere sich aber rasch, wenn man erlebe, was für ein gut gelaunter und fröhlicher kleiner Mann er sei. So einfach und natürlich. »Ich versichere Ihnen«, schloss der Hilfspfarrer, »dass man bei ihm das Gefühl gewinnt, es mit einer wirklich interessanten Persönlichkeit zu tun zu haben.«

Wie bitte? Casbird konnte unmöglich den Alraun meinen. Ich hatte mich geirrt, und er sprach von jemand anderem. »Und als was würden Sie ihn bezeichnen, ich meine, wie heißt der Mann denn?«, wollte ich wissen.

»Nun, ich nenne ihn Ferdie. Das auf seinen ausdrücklichen Wunsch hin. Seinen Nachnamen hat er mir noch nicht verraten. Ich habe ihn bei mir aufgenommen, bis ich etwas Passendes für ihn gefunden habe. Aber glauben Sie mir, er hat sich als so angenehmer Zeitgenosse entpuppt. Schon die kleinste erwiesene Freundlichkeit löst bei ihm Dankbarkeit aus, dass es einen rührt. Und er bedankt sich dafür mit allerlei vorzüglichen Aufmerksamkeiten. Denken Sie sich nur, als ich heute Nachmittag zum Tee kam, stellte ich fest, dass der kleine Mann meine Pantoffeln in den Kaminvorsetzer gestellt hatte, damit sie schön warm wurden. Und über dem Feuer toastete er für mich Teegebäck.«

Ich war fassungslos. Casbird hatte sich zwar immer schon offen und tolerant gegeben und so weiter, aber niemals hätte ich erwartet, dass er sich sogar mit einem Alraun gemein machen würde!

Aber das war nun wirklich Tonys eigene Angelegenheit. Bei dem Holzmännlein handelte es sich offenbar um einen begnadeten Lügner. Und es würde mich nicht überraschen, wenn der Hilfspfarrer bei seiner Rückkehr feststellen musste, dass sein lieber neuer Freund mit dem Tafelsilber durchgebrannt wäre.

Nachdem Casbird gegangen war, meinte Louisa in ihrer gezierten Art, dass eine große Neugier sie überkäme, diesen neuen »Protegé« des Herrn Hilfspfarrers persönlich kennen zu lernen. Auch drückte sie ihr Missfallen darüber aus, wie wenig Interesse ich an diesem Fall zeige.

Ich ärgerte mich bereits darüber, dem Wicht mein Ehrenwort gegeben zu haben.

Die Dudlows veranstalteten am Abend des Ersten Weihnachtstages ein Kinderfest, und darauf freute ich mich schon seit langem. Zum einen bereiten mir Kinderfeste immer große Freude – und in Cricklebury Park haben wir ein paar wirklich nette Kinder –, und zum anderen würde ich vermutlich dort Gelegenheit erhalten, mit Violet zu reden. Und ich wollte unbedingt mit ihr reden. Das hatte ich mir jedenfalls fest vorgenommen. Ich rechnete vorab nicht zu selbstverständlich damit, denn so etwas bringt Unglück, aber irgendwie beherrschte mich das Gefühl, dass heute Abend gar nichts schief gehen konnte.

Davon abgesehen stand bei Mr. Dudlow kaum zu befürchten, dass er seinen Segen zur Verlobung seiner Tochter mit mir verweigern könnte. Mrs. Dudlow stand auf meiner Seite und würde ihn entsprechend beeinflussen. Bei Violets Mutter hatte ich von Anfang an einen Stein im Brett, wie man so schön sagt. Ihr gefiel nämlich, wie ausgesprochen gut ich mit ihren jüngeren Kindern, Peggy und Joan, zurechtkam. »Kinder irren sich nämlich nie darin«, pflegte Mrs. Dudlow zu sagen, »den Charakter eines Menschen zu beurteilen.«

Die Familie Dudlow hatte mich gebeten, doch recht pünktlich zu erscheinen, denn man verließe sich auf mich, wie Violets Mutter sich freundlicherweise ausdrückte, »die Party in Schwung zu bringen«.

Deswegen traf ich, so früh es mir möglich war, in »Inglehome« ein. Doch kaum hatten Louisa und ich das Portico mit den Kathedralenfenstern erreicht, verriet mir ausgelassenes Kindergelächter aus dem Salon, dass die Party bereits ohne meinen Beistand ihren Schwung gefunden hatte.

Und, wie ich nicht anstehen will zu beichten, es traf mich wie ein Schlag, als ich beim Eintritt in die Diele erfahren musste, dass man mir keineswegs den Empfang bescherte, den ich erwartet hatte. Ja, schlimmer noch, mein Auftritt erfolgte weitgehend unbeachtet.

Alle Anwesenden waren viel zu sehr damit beschäftigt, das zu verfolgen, was im Salon vor sich ging. Selbst Violets Begrüßung unterschied sich von früheren Gelegenheiten. »Er ist ein ganz wunderbarer Zauberer«, flüsterte sie mir zu. »Wenn du näher an den Bogen trittst, kannst du ihn besser sehen.«

Das tat ich dann, und ich muss es Ihrer Fantasie überlassen, sich auszumalen, was in mir ausgelöst wurde, als ich erkennen musste, dass es sich bei dem »ganz wunderbaren Zauberer«, der sein Publikum tatsächlich in Bann hielt und bei ihm immer wieder Entzücken und Staunen auslöste, um niemand anderen als diesen erbärmlichen Wicht von einem Alraun handelte!

Das Männlein war weitergewachsen und wies nun die Höhe eines mittleren Pygmäen auf. Doch davon abgesehen sah er immer noch so abstoßend aus. Ich erkannte ihn gleich wieder, auch wenn er jetzt korrekte Abendgarderobe trug. Und entsetzlicher noch, dieser Gnom sah auch mich sofort und versuchte, meine Aufmerksamkeit zu erhaschen und meine Bewunderung hervorzurufen.

Ja, er betätigte sich hier als Zauberer. Oder besser gesagt, er tat nur so. Denn während der Alraun mit dem allergrößten Selbstbewusstsein vor sich hin schwadronierte, brachte er nicht das simpelste Kunststück zu Stande. Ich bin zwar selbst kein begnadeter Magier – und verstehe mich nur auf ein paar Taschenspielertricks mit Münzen, Eiern und dergleichen –, aber ich hätte mich geschämt, meine Unfähigkeit so zur Schau zu stellen, wie das diese närrische Kreatur hier gerade tat.

Doch merkwürdigerweise schien außer mir niemandem aufzufallen, was für eine beschämend miserable Darbietung hier gezeigt wurde. Dem Alraun war es offenbar irgendwie gelungen, den Anwesenden, Erwachsenen wie Kindern, die Sinne zu verwirren und sie dazu zu bringen, seine tollpatschigen Bemühungen als Vorstellung allererster Güte anzusehen.

Einmal ließ der Wicht sich Dudlows goldene Taschenuhr aushändigen – für einen Trick, bei dem das wertvolle Stück vollkommen zu Bruch ging. Ferdie reichte die Uhr zurück, ohne mit der Wimper zu zucken. Der Hausherr nahm die Teile einfach entgegen, steckte sie in die Westentasche und lobte: »Ausgezeichnet! Ein ungemein raffiniertes Kunsstück!« Damit wir uns richtig verstehen: Das meinte Dudlow nicht nur höflich, sondern damit war es ihm Ernst, wie ich ihm ansehen konnte.

Nach der Zauberdarbietung kamen die Partyspiele an die Reihe, samt und sonders von dem Alraun durchgeführt und geleitet. Mich rief niemand hinzu, und wenn ich mich nicht gelegentlich bemerkbar gemacht und mich tüchtig bei den Spielen eingebracht hätte, wäre die ganze Kinderfeier komplett ohne mich abgelaufen.

Zunächst verlegte ich mich darauf, das Männlein wie Luft zu behandeln und so zu tun, als halte es sich nicht hier im Haus auf. Aber das erwies sich als gar nicht so einfach, weil der gemeine Mistkerl es darauf anlegte, mich immer wieder anzurempeln, mein Haar zu zerzausen oder mich »spaßeshalber« auf den Arm zu boxen, so als wolle er mich dazu zwingen, von ihm Kenntnis zu nehmen.

Die anderen Anwesenden lobten immer wieder die hohe Kunst und das erstaunliche Geschick des Alleinunterhalters. Mir hingegen erschien das beim besten Willen nicht so, und wenn ich die Darbietungen hätte beschreiben sollen, wäre mir höchstens ein Begriff wie plump eingefallen.

Als dann auch noch die kleine Joy Hammond, eine ganz besondere Freundin von mir, mit gerötetem Gesicht und strahlenden Augen zu mir gelaufen kam und rief: »Ist Ferdie nicht der allerbeste Spielkamerad der Welt?«, hätte das auch den Gutmütigsten auf die Palme gebracht. Erst recht dann, wenn man wie ich gerade auf dem Teppich herumkrauchte, um wieder zu Atem zu kommen und die zwei abgesprungenen Perlmutt-Westenknöpfe wiederzufinden.

Die Kinder nannten den Alraun ausnahmslos »Ferdie«. Bobbie Clint, ein weiterer lieber Freund von mir, teilte voller Stolz mit, der Mann habe ihn »ausdrücklich gebeten«, ihn bei diesem Namen zu nennen. Man hätte aus der Haut fahren können, wenn man mit ansehen musste, wie alle an den Lippen des Gnoms hingen und wie sie sich vor Begeisterung über ihn gar nicht fassen konnten. Und Hilfspfarrer Casbird stand etwas abseits, lächelte zufrieden und fühlte sich wie der größte öffentliche Wohltäter.

Fast wäre mir dann wirklich der Kragen geplatzt, als die von mir so sehr geschätzte Violet mich beiseite nahm und mich tatsächlich für meine Steifheit tadelte! Und dann noch hinzufügte, wenn es eine Eigenschaft bei Männern gebe, die sie absolut nicht begrüßen würde, dann wäre das eine sauertöpfische Miene!

Ich entgegnete nichts darauf. Das verbot mir schon der Stolz. Wenn es Violet gefiel, mich gründlich misszuverstehen, dann war das allein ihre Entscheidung. Aber ich war jetzt mehr denn je entschlossen, die Angelegenheit mit dem Alraun zu klären. Endgültig. Unter vier Augen. Bei der ersten sich bietenden Gelegenheit.

So ersann ich eine List, »Ferdie« unter einem Vorwand aus dem Salon zu locken.

Der Bursche folgte mir sogar höchst bereitwillig hinaus in die große Diele. Vermutlich schmeichelte es ihm, dass ich anscheinend endlich beschlossen hatte, ihn doch zu akzeptieren. Aber den Zahn habe ich ihm gleich gezogen!

Ich sagte dem Alraun auf den Kopf zu, dass er in diesem Hause nichts verloren habe – und das ebenso gut wisse wie ich. Dann bestand ich darauf, dass er auf der Stelle das Anwesen verlasse. Wenn er dem nachkäme, sei ich sogar gewillt, ihm das Gesicht zu wahren und den anderen zu erklären, er sei dringend fortgerufen worden.

Ich sehe ihn noch vor mir, wie er auf einer Truhe hockte und mich mit einer frechen Miene beleidigter Unschuld anstarrte. Ferdie protestierte, dass er noch gar keine Lust habe zu gehen. Und warum sollte er auch, wo er doch gerade so viel Spaß habe wie schon lange nicht mehr – und wo ihn alle, mit Ausnahme von mir, nett und freundlich behandelten.

Dann besaß der Wicht auch noch die Unverschämtheit, mir entgegenzuhalten, wie sehr er es bedaure, erleben zu müssen, dass ein so ausgezeichneter Charakter wie der meine von einer so niederen Regung wie der Eifersucht verzerrt würde.

Das brachte bei mir das Fass zum Überlaufen. Ich hielt dagegen, dass ich eigentlich nie zur Eifersucht neige und er meinen Charakter getrost mir selbst überlassen könne. Und mir bliebe nun nicht mehr, als ihn davon in Kenntnis zu setzen, dass ich mich gezwungen sähe, seine Identität aufzudecken. Es sei denn er zöge sich sofort zurück.

»Aber nein, das wirst du nicht tun«, erwiderte er. »Denn, wie du dich sicher erinnern wirst, hast du mir dein Ehrenwort gegeben, niemals irgendwem gegenüber ein Wort über meine Herkunft zu verlieren.«

»Als ich dieses Ehrenwort ablegte«, gab ich zurück, »konnte ich ja nicht ahnen, dass du die Stirn haben würdest, dich bei einer Kinderparty einzuschleichen!«

Der Alraun meinte, es sei schon immer sein größter Traum gewesen, mal zu einer richtigen Kinderfeier eingeladen zu werden. Jetzt habe sich dieser Wunsch endlich erfüllt, und ich müsse doch zugeben, dass er sich hier recht gut behaupte. Niemals könnte ich so grausam sein, ihm jetzt diesen Spaß zu verderben. Als Gentleman käme es mir sicher nicht in den Sinn, mein Wort zu brechen.

Damit hatte er meinen wunden Punkt getroffen und wusste das auch. Aber so leicht gab ich nicht klein bei. »Ich fühle mich nicht länger an dieses Ehrenwort gebunden«, erklärte ich, »und ich muss meine Mitmenschen informieren, wenn ich etwas weiß, das für sie wichtig sein dürfte. Wenn du mir also keine andere Wahl lässt, werde ich nicht zögern, dein Geheimnis aufzudecken.«

»Jetzt hör mir mal gut zu«, entgegnete er ruhig, aber mit tödlichem Ernst in der Stimme. Ich glaubte in diesem Moment tatsächlich, in seinen Augen, welche die Dielenlampen zum Glänzen brachten, eine lauernde Drohung zu erkennen. »Ich warne dich zu deinem eigenen Besten; denn ich möchte dich vor Ungemach bewahren. Aber wenn du darauf bestehst, mich zu denunzieren, scheinst du nicht zu ahnen, welche Folgen du damit heraufbeschwörst. Du wirst der Hauptleidtragende deiner Unbedachtheit sein!«

Ich kann nicht verhehlen, dass diese Worte ihre Wirkung auf mich nicht ganz verfehlten. Und zwar in einem Ausmaß, dass es mir geboten erschien, ein Stück weit zurückzurudern. Deshalb erklärte ich, dass mir keineswegs daran gelegen sei, einen Skandal heraufzubeschwören. Solange er sich gesittet aufführe, sähe ich mich auch nicht gezwungen, irgendwelche Schritte zu unternehmen.

Danach kehrten wir wieder in den Salon zurück, spielten »Blinde Kuh« oder ein anderes dämliches Spiel, und ich empfing von dem Alraun noch derbere und tückischere Knüffe als vorher.

Das wollte ich nun nicht länger mitmachen. Also nahm ich Tony beiseite und deutete an, sein neuer Freund erschiene mir wie ein Prolet, und ich gewänne den Eindruck, dass ein Eklat in der Luft liege. Am besten würde man den Mann noch vor dem Abendbrot aus dem Haus schaffen.

Casbird wirkte betreten und meinte, Ferdie sei doch Herz und Seele der Kinderparty. Auch könne er meine Einwände nicht verstehen, vor allem nicht, seit der liebe kleine Kerl doch augenscheinlich solchen Gefallen an mir gefunden habe. Außerdem habe er immer geglaubt, dass ich über solche Vorurteile wie die soziale Herkunft erhaben sei.

Mir schien es klüger zu sein, die Angelegenheit nicht zu forcieren. Und wenig später wurde das Essen aufgetragen.

Mir verging der Appetit gründlich, als ich mit ansehen musste, wie die Kleinen sich um den Vorzug balgten, neben dem kleinen Betrüger sitzen zu dürfen. Und mir wurde regelrecht übel, als ich erleben musste, welche Essmanieren dieses Ferkel an den Tag legte.

Danach zogen die Kinder mit ihm Knallbonbons, und er gewann fast jedes Mal. Bald hatte er seine Klauen über und über mit billigem Blechschmuck behangen. Ich saß übrigens zwischen Violet und Peggy, doch von den beiden wollte keine mit *mir* Knallbonbons ziehen.

Dennoch ertrug ich das alles mit übermenschlicher Geduld und ohne auch nur eine abfällige Bemerkung zu machen ... Aber dann erhob sich der Hausherr und forderte uns auf, unser Glas zu erheben und auf das Wohl unseres neuen Freundes anzustoßen, der den heutigen Abend mit so viel Freude und Heiterkeit verschönt habe.

Ich ahnte, worauf das hinauslaufen würde. Und der Alraun ebenso. Dabei senkte diese falsche Schlange schüchtern den Blick und tat auch sonst so, als habe er keine Ahnung, wen Mr. Dudlow so besonders ehren wollte.

In diesem Moment konnte ich es nicht länger ertragen. Ich glaube, ich wäre erstickt, wenn ich weiter geschwiegen hätte. Ganz gleich, welche Konsequenzen ich damit auf mich herabbeschwor, ich musste den armen Mr. Dudlow davor bewahren, einen so unwiderruflichen Fehler zu machen und an seiner eigenen Tafel einem Alraun zuzuprosten. Dafür mochte ich diesen Mann viel zu sehr – immerhin war er ja Violets Vater.

Also erhob ich mich und beschwor den Hausherrn, wieder Platz zu nehmen und den Rest seiner Ansprache

unausgesprochen zu lassen. Ich hätte meine Gründe dafür, versicherte ich ihm noch, welche ich ihm später gern darlegen wollte.
Doch Mr. Dudlow erwiderte recht erregt, dass er unter seinem Dach keine Versteckspielchen dulde. Wenn ich etwas mitzuteilen hätte, dann gleich hier und jetzt heraus damit. Andernfalls solle ich mich wieder hinsetzen und den Mund halten.

Der Alraun saß die ganze Zeit über züchtig und brav auf seinem Platz. Doch seine Knopfaugen sandten mir eine Warnung nach der anderen zu. Mir fiel allerdings auf, dass seine Gesichtsfarbe sich langsam von dunklem Schwarz zu einem Graugrün wandelte, das die blaue und rosafarbene Narrenkappe, welche er auf dem Kopf trug, noch unpassender aussehen ließ.

Aber jetzt hatte ich mich so weit exponiert, dass ich nicht mehr zurückkonnte. Und in meinem Zorn fürchtete ich die Rache des Wichts nicht mehr. Sollte er mich doch durch irgendeinen teuflischen Trick tot umfallen lassen, das würde mich nicht zurückhalten. Im Gegenteil, damit würde er nur zusätzlich unter Beweis stellen, über welch miserablen Charakter er verfügte. Und dann würde es Violet vielleicht sogar Leid tun, mir so bitter Unrecht getan zu haben.

»Wenn dieser – diese *Kreatur* dort«, begann ich und deutete auf den Wicht, »nicht irgendeinen Bann über Sie alle gelegt hätte, würden Sie entsetzt vor ihr zurückweichen – nicht aber auch noch auf ihr Wohl anstoßen!«

Das löste mehrere Rufe und Schreie aus. Casbird sprang sogar auf und schrie: »Schluss jetzt mit diesen Anschuldigungen und Verdächtigungen! Wenn Sie etwas gegen unseren Ferdie vorzubringen haben, was er verbrochen haben soll, dann schweigen Sie nicht länger!«

»Hier geht es weniger um etwas, das er getan hat«, entgegnete ich, »sondern vielmehr um das, was sich hinter ihm verbirgt. Erkennt denn niemand unter Ihnen, dass es sich bei diesem Wesen um einen Alraun handelt?«

Ich wollte gerade anfangen zu erklären, wie ich das Wesen irrtümlich mitsamt einem Sack Anemonenzwiebeln ersteigert hatte, als Dudlow mich mit ein paar Worten derart aus der Fassung brachte, dass mir die Spucke wegblieb.

»Und wenn es sich bei ihm tatsächlich um einen Alraunen handeln sollte«, meinte der Hausherr, »was wäre daran so schlimm?«

»Was daran so schlimm wäre?«, konnte ich nur keuchen. »Man sollte doch annehmen, dass dieser Umstand allein schon ausreichte, ihn von einer solchen Veranstaltung zu verbannen. Erst recht, wenn Kinder anwesend sind!«

»Und für wen halten Sie sich?«, schleuderte mir der Hilfspfarrer entgegen. »Woher maßen Sie sich das Recht an, über Ihre Mitkreaturen zu urteilen? Ich will Ihnen mal etwas sagen: Sie hätten vielleicht Grund für solchen Hochmut, wenn Sie nur ein halb so guter Mensch wären wie unser alraunischer Freund Ferdie hier!«

Tony klopfte dem Wicht freundschaftlich auf die Schulter, und ich musste erleben, dass Violet aus ihren schönen Augen erst auf den Hilfspfarrer blickte – voller Bewunderung für seine Edelmütigkeit – und dann auf mich – voller Empörung und Abscheu.

Tatsächlich schienen alle Anwesenden meinen Auftritt als in höchstem Maße snobistisch zu empfinden. Der Alraun aber wuchs zum Mittelpunkt allgemeinen Mitgefühls, als es ihm gelang, eine Krokodilsträne herauszudrücken.

»Meinethalben!«, schnaubte ich. »Verachten Sie mich getrost. Aber Sie werden es schon noch sehen. Noch vor einer halben Stunde drohte die Kreatur mir die schlimmsten Folgen an, wenn ich es wagen sollte, sie bloßzustellen. Jetzt erleben Sie selbst, wie viel Gemeinheit in diesem Wesen steckt!«

Aber ich hätte mir denken können, welch teuflische Rache der Wicht an mir zu nehmen gedachte. Er stellte sich hin und hielt eine Rede! Aber was für eine! Jeder Satz troff vor billiger Gefühlsduselei. Eine solch rührselige Effekthascherei hat man selten erlebt. Dennoch stellte er es sehr geschickt an, teuflisch geschickt sogar, wie ich nicht umhin konnte zuzugeben.

Als Erstes bekamen wir seine Klage zu hören, wie sehr es ihn verletze, dass ich ihm unterstelle, er könne mir auch nur ein Haar krümmen wollen. Nein, niemals sei ihm so etwas in den Sinn gekommen. Nicht einmal an Heiligabend, als ich ihm die Tür gewiesen und ihn hinaus in bitterkalte Nacht und Schnee geschickt hätte ...

(Also, das war nun das reinste Tränenlocken; denn Heiligabend hatte uns wärmeres und angenehmeres Wetter beschert als in früheren Jahren!)

Nein, nicht einmal da habe er etwas anderes für mich empfunden als ehrlichste Zuneigung und tiefsten Respekt! Auch verüble er mir nicht meine harten Worte darüber, dass er sich heute Abend bei dieser Feier aufgedrängt habe ...

Schließlich könne man nicht erwarten, dass ich verstehen würde, welche Verlockung es für einen einsamen Wanderer wie ihn darstelle, die Traurigkeit der eigenen Lage für ein paar flüchtige Stunden in der unschuldigen Gesellschaft fröhlicher Kinder zu vergessen. Und das auch noch in einer Jahreszeit, in der man doch eigentlich hoffen dürfe, dass Mildtätigkeit und Großherzigkeit allen Lebewesen gleichermaßen zukämen ...

Aber ich hätte ihm nun begreiflich gemacht, wie falsch er damit gelegen habe. Deswegen bleibe ihm nun nichts anderes übrig, als uns um Entschuldigung zu bitten und uns zu versichern, dass wir seine Gegenwart nicht länger zu ertragen hätten ...

Bei den letzten Worten zitterte »Ferdies« Stimme, und er sackte höchst kunstvoll auf seinem Platz zusammen. Kein Auge in der Runde blieb trocken (bis auf meine natürlich. Der Hausherr schämte sich nicht, seinen Tränen ebenfalls freien Lauf zu lassen. Peggy, Joan, Joy Hammond und all die anderen Kinder beschworen dagegen den »lieben Ferdie«, sie nicht zu verlassen. Von Bobby Clint hörte ich mich als »Stinkstiefel« beschrieben und von Tommy Dickson wütend als »Denunziant«.

Mochte all dies schon unerquicklich genug erscheinen, so stellte das nur die Ouvertüre zu dem dar, was noch folgen sollte. Der teuflische Wicht hatte nämlich noch ein Ass im Ärmel, mit dem er den Höhepunkt seines Triumphs über mich bewirken wollte.

Nachdem der Alraun so tat, als habe er die Fassung über sich zurückgewonnen, dankte er seinen jungen Spielkameraden von Herzen dafür, ihn immer noch haben zu wollen – aber leider, leider, sei es nun einmal nicht zu ändern. Die unerwartete und ungewünschte Erkenntnis, dass ich, dessen Anerkennung zu erringen er sich so ausdauernd bemüht habe, ihn nur mit Widerwillen betrachten könne, habe sein empfindliches Wesen zutiefst getroffen ...

Kurzum, der Wicht entblödete sich nicht zu behaupten, er spüre jetzt, wie sein Ende nahe. Eine letzte Bitte habe er noch: Ich möchte doch bitte den wunderschönen Smaragdring annehmen (ich bitte Sie, eines dieser Blechschmuckstücke aus den Knallbonbons) und ihn immer zur Erinnerung daran tragen, dass er mir freiwillig und vollständig vergeben habe!

Nach diesen unsäglich klebrigen Worten sackte der Alraun zu meinem unbeschreiblichen Schrecken auf dem

Stuhl in sich zusammen und schrumpfte in seiner Abendgarderobe dahin, bis wir nicht mehr als das verschrumpelte kleine Ding vor uns hatten, als das ich das Männlein kennen gelernt hatte.

Bis zu dem Moment, an dem sein Köpfchen nach vorn kippte und sich dann nicht mehr rührte, blieb der tückische Blick seiner teuflischen kleinen Augen voller Triumph auf mich gerichtet.

Der Alraun hatte mich nach Strich und Faden gesellschaftlich fertig gemacht. Und er war sich dessen nur zu bewusst.

Er konnte mich natürlich nicht täuschen, und ich glaubte ihm nicht, dass er tot oder vergangen war. Aber ich konnte den anderen noch so eindringlich versichern, dass es sich dabei nur um einen weiteren billigen Trick des Alrauns handelte. Sie wandten sich nur von mir ab und bezichtigten mich der »kaltblütigen Brutalität«.

Ich durchlebte einen wahren Albtraum. Natürlich hatte ich Recht und die anderen alle Unrecht. Aber mir wollte es nicht gelingen, sie zur Einsicht zu bringen. Deswegen will ich mich auch nicht zu lange mit dem aufhalten, was nun unmittelbar folgte: das Heulen enttäuschter Kinder; Louisas hysterisches Geschrei, sie sähe mich nicht länger als ihren Bruder an; Casbirds übertriebenes Bedauern über den verschiedenen Ferdie; und Violets liebevolle Bemühungen, den Hilfspfarrer zu trösten ...

Mir blieb keine Gelegenheit, mehr davon zu sehen, denn in eben diesem Moment verwies mich Dudlow seines Hauses und verbot mir, je wieder meinen Fuß auf seine Schwelle zu setzen ...

Irgendwie muss ich den Weg zurück nach »Ullswater« gefunden haben, auch wenn mir keine Erinnerung daran geblieben ist. In meinem Gedächtnis findet sich nur Schwärze bis zu dem Moment, in dem ich wieder in dem

Ohrensessel saß, die Lehnen umklammerte und die Stirn an eines der Sesselohren presste.

Denn schon kehrten all die Ereignisse der Weihnachtsfeier, eines nach dem anderen, in mein Bewusstsein zurück. Ich zitterte und bebte vor Scham. In meinem ganzen Leben hatte ich mich noch nie so erbärmlich gefühlt!

Ich hatte mich selbst unmöglich gemacht, und für mich bestand keine Aussicht, je auf Besserung zu hoffen. Violet war auf ewig verloren. Wenn Louisa nach Hause kam, würde sie als Allererstes von mir verlangen, mir eine neue Unterkunft zu suchen, da wir nicht länger unter einem Dach leben könnten ...

Casbird würde mich von nun an schneiden, und selbst die lieben Kinder würden sich weigern, weiterhin mit mir befreundet zu sein!

Und warum hatte es dazu kommen müssen?

Weil ich nicht genug Verstand besaß, um im rechten Moment den Mund zu halten. Was ging es mich eigentlich an, wenn die Dudlows beschlossen, einen Alraun nach »Inglehome« einzuladen? Warum hatte es mir keine Ruhe gelassen, bis ich auf dem armen kleinen Teufel herumhacken konnte? Und das auch noch zur Weihnachtszeit, wo jeder anständige Mann sich von versöhnlicheren Gedanken hätte leiten lassen!

Ich verstand einfach nicht, wie ich mich so hatte gehen lassen können. Das sah mir doch gar nicht ähnlich ...

Doch zur Hölle damit, ich hatte dennoch das einzig Richtige getan. Nun gut, ich hätte etwas taktvoller vorgehen können. Jetzt, da es zu spät war, sah ich ein, dass es kaum gutem Benehmen entsprach, am Abendbrottisch eine solche Szene zu machen. Auch hätte ich mehr an die Gefühle der Kleinen denken müssen ...

Und jetzt befielen mich große Zweifel. Was, wenn ich

den Charakter des Alrauns von Anfang an falsch eingeschätzt hatte? Immerhin wusste ich ja nicht allzu viel über solche Wesen. Eigentlich nicht mehr als das, was ich bei Sir Thomas Browne von ihnen erfahren hatte. Und selbst er neigte ja der Ansicht zu, dass es sich bei den Geschichten, in denen solchen Männlein allerlei Schlechtigkeit nachgesagt wurde, um maßlose Übertreibungen oder Aberglauben oder schlicht blühenden Unsinn handele.

So abstoßend mir »Ferdie« auch immer erschienen war, so konnte ich mich doch im Nachhinein an nichts erinnern, was an ihm grob tadelnswert gewesen wäre. Nein, jeder Chorknabe hätte sich einer solchen Gesittung rühmen können.

Hatte ich am Ende »blühenden Unsinn« zur Maxime meines Handelns gemacht? Hatte ich gar, wie Casbird es mir vorgeworfen hatte, »ein liebendes kleines Herz durch meine dumme und gemeine Grausamkeit zerbrochen«? War ich tatsächlich ein, wie er sich ausgedrückt hatte, »moralischer Mörder«? Vielleicht würde eine kriminalpolizeiliche Untersuchung folgen. Gut möglich, dass man mich rief, eine Aussage abzugeben ... Der Richter würde mich öffentlich rügen, und der Gerichtsmediziner würde ein paar harte Bemerkungen über herzloses Verhalten fallen lassen ...

Die ganze Geschichte käme in die Zeitung, ich würde in die tiefste Provinz versetzt ...

... Ich könnte noch von Glück sagen, wenn man mir nicht gleich kündigte!

Aber halt, Moment mal. Würde wirklich jemand so viel Aufhebens um ein Wurzelmännlein machen? Sobald sich die erste Aufregung gelegt hatte, würde die Kriminalpolizei weitere Untersuchungen anstellen – und dabei gewiss irgendwelche dunkle Flecken auf »Ferdies« Weste entdeckt. Wie war der Alraun überhaupt an seine

Abendgarderobe gelangt, wo doch alle Geschäfte längst geschlossen hatten? Da blieb wohl nur Einbruch übrig, oder Raub ...

Mir fiel jetzt auch wieder ein, wie kalt er einfach die Kleider der Negerpuppe verlangt hatte, und –

Ich erstarrte und fing erneut an zu zittern, als wieder der fürchterliche Schrei die Nacht zerriss. Grundgütiger! Togo hatte doch nicht noch eine dieser Kreaturen ausgebuddelt, oder?

Nein, ein zweites Mal würde ich so etwas nicht durchstehen!

Aber diesmal hatte sich das Geräusch viel mehr nach einer Eisenbahnlokomotive angehört. Doch wenn nicht?

Das ließe sich ja rasch klären. Ich musste mich nur umdrehen und nachsehen. Wenn dort wieder etwas die Hauswand hinaufkletterte und sich anschickte, sich auf die Fensterbank zu schwingen, dann ...

Für einige Momente gelang es mir nicht, ausreichend Mut zu sammeln. Doch dann drehte ich langsam und mit dem Schlimmsten rechnend den Kopf, und ...

Worte vermögen nicht wiederzugeben, welche Erleichterung ich verspürte, als ich die Negerpuppe auf dem Tisch erblickte – vollständig angezogen! Ich hätte ihr vor lauter Freude die blaue Jacke nassweinen mögen.

Dann fiel mein Blick auf das alte braune Buch, das umgedreht auf dem Boden lag. Aufgeschlagen auf der Seite mit dem Kapitel VI: *»Über allerlei Lehrmeinungen betreffend Gemüsesorten und Blumenarten, welche sich bei näherer Prüfung als falsch oder zumindest zweifelhaft zu erweisen den Nachteil hatten.«*

Und mir kam jetzt eine neue Erkenntnis: Wenn ich denn noch einmal über Alraune träumen musste, sollte ich das doch wohl bequemerweise besser im Bett tun.

Die Kinderparty der Dudlows erwies sich wieder einmal als fröhliche und gelungene Veranstaltung – auch wenn kein »Ferdie« als Alleinunterhalter auftrat und die Feier in Schwung hielt.

Ich erhielt Gelegenheit, mit Violet zu sprechen. Und ja, es war richtig von mir, mit ihr zu reden. Sie wird die meine werden. Sobald ich meine nächste Gehaltserhöhung bekommen habe.

Originaltitel: Ferdie
Ins Deutsche übertragen von Marcel Bieger

17. Die Drillinge der Königin

Israel Zangwill

Israel Zangwill (1864-1926) ist ein weiterer, fast vergessener Autor. Wenn überhaupt, erinnert man sich an ihn wegen seines Werks THE BIG BOW MYSTERY (1895), das erste große »Locked-Room-Mystery«. Zu seiner Zeit war er vor allem wegen seines Engagements für die jüdische Unterschicht im Osten Londons (im Ghetto Whitechapel) bekannt, die er in seinem kraftvollen Roman KINDER DES GHETTO (1892, dt. 1897) verewigte. Dies trug ihm den Spitznamen »Dickens des Ghettos« ein. Es scheint aber in Vergessenheit geraten zu sein, dass Zangwill auch ein anerkannter Humorist war. Er gründete 1890 die Comic-Zeitschrift ARIEL und tauschte Aphorismen und Bonmots mit Oscar Wilde (dem er sogar ein wenig ähnlich sah) und Jerome K. Jerome (bekannt durch DREI MANN IN EINEM BOOT) aus. Die 15 besten seiner frühen Grotesken und Fantasien erschienen in der Sammlung DER KÖNIG DER SCHNORRER (1894, dt. 1897), aus der auch die folgende Geschichte stammt.

Es war einmal eine Königin, die völlig unerwartet drei Prinzen zur Welt brachte. Diese waren von so gleicher Gestalt, dass es schon nach wenigen Augenblicken unmöglich war auszumachen, welcher von ihnen der älteste und welcher der jüngste war. Welchen man auch mit welchem verglich, sie waren immer völlig gleich. Sie brüllten in derselben Tonart und mit den gleichen komischen Grimassen. Kurz und gut, sie unterschieden sich nicht um ein Haar – abgesehen davon, dass sie gar keine Haare hatten, denn wie die meisten Neugeborenen waren sie gänzlich kahl.

Der König war überaus verstimmt. Es machte ihm nichts aus, dass er jetzt drei Gemächer für seine Erben unterhalten musste, denn diese finanzierte die Staatskasse. Die Kosten wurden durch eine Abgabe bestritten, die »Königinnen-Steuer« genannt wurde. Aber es war ein heiliger Brauch im Königreich, dass die Krone an den ältesten Sohn übergehen sollte, und die Tatsache, dass es in dieser Hinsicht keine eindeutige Zuordnung gab, war sehr verwirrend. Ein Triumvirat kam nicht in Frage; schon eine Verdopplung von Monarchen hätte dem Volk Verdruss bereitet, und eine Dreierherrschaft hätte es noch mehr verunsichert.

Die Königin war nicht weniger ungehalten, allerdings aus anderen Gründen. Sie fand es schon schlimm genug, die einzige Mutter im Königreich zu sein, die nicht in den Genuss der »Königinnen-Prämie« kam, von den Vorwürfen des Königs einmal ganz abgesehen. Ihr Herz war gebrochen, und sie starb schon bald an einer Halsentzündung.

Um die Zwillinge zu unterscheiden (auch wenn es längst zu spät war) wurden sie jeweils in Grün, Blau und Schwarz gekleidet, denn das waren die Farben der Nationalflagge. Und natürlich waren sie beim Volk bald als der Grüne Prinz, der Blaue Prinz und der Schwarze Prinz bekannt. Jedes Jahr wurden sie älter und älter, bis sie schließlich junge Männer waren. Und jedes Jahr wurde der König älter und älter, bis er schließlich ein alter Mann war und Furcht sein Herz beschlich, er könne mit seiner Gattin vereint werden und das Königreich im Zustand des Bürgerkriegs zurücklassen, falls er nicht schleunigst bestimme, wer sein Thronerbe sein solle. Aber der König war auch nur ein Mensch, und ungeachtet des Drängens seiner Ratgeber schob er die unangenehme Pflicht von Tag zu Tag auf, und er wäre wahrscheinlich ohne Nachfolger gestorben, wenn nicht Gesandte aus Paphlagonien ihn wachgerüttelt hätten. Jetzt musste eine Entscheidung getroffen werden. Die Gesandten verkündeten nämlich, dass die Prinzessin von Paphlagonien, die vor kurzem ihre Eltern verloren hatte, im zwölften Monat in sein Königreich geschickt werden würde, um den ältesten Sohn zu heiraten, wie es in einem alten Vertrag bestimmt sei. Das war der Tropfen, der das Fass zum Überlaufen brachte. »Aber ich weiß doch nicht, wer mein ältester Sohn ist«, brüllte der König, der große Hochachtung vor Verträgen und vor der Verfassung hatte.

In großer Verzweiflung begab er sich zu einem berühmten Orakel, das zu dieser Zeit von einer Priesterin betrieben wurde, deren Haar ihr offen über den Rücken fiel. Der König stellte ihr eine einfache Frage: »Welcher ist mein ältester Sohn?«

Nachdem Dampf aus ihrem Mund gestiegen war wie aus einer geöffneten Champagnerflasche, antwortete sie:

»Der Älteste ist der, den die Prinzessin heiraten wird.«

Der König sagte, dass ihm das bereits bekannt sei, und erhielt die schroffe Antwort, dass er, wenn er mit dem Orakelspruch nicht zufrieden sein, ja woanders hingehen könne. Also wandte er sich an die Weisen und die Wahrsager und empfing sie zu einer Audienz. Und sie berieten ihn so gut, dass der Oberwahrsager zum Dank das Privileg erhielt, die grün-schwarz-blaue Trikolore bei Tisch über den Kopf des Königs zu halten. Schon bald brach der zwölfte Monat an, und der König machte sich mit einem kleinem Gefolge auf den Weg, um die Prinzessin von Paphlagonien zu empfangen, von deren baldigem Eintreffen inzwischen alle Welt gehört hatte. Zwei Tage später kehrte er jedoch mit der Nachricht zurück, die Prinzessin sei an ihre Gemächer gefesselt und würde nicht vor dem nächsten Jahr in der Stadt eintreffen.

Am letzten Tag des Jahres versammelte der König die drei Prinzen in der Audienzhalle. Und sie kamen, der Grüne Prinz, der Blaue Prinz und der Schwarze Prinz, verbeugten sich vor ihrem Vater, der in einer unmodernen Moiré-Robe auf dem alten goldenen Thron saß, umgeben von all seinen Höflingen.

»Meine Söhne«, sagte er, »ihr wisst, dass nach den uralten Gesetzen des Königreichs einer von euch mein Thronerbe ist, freilich weiß ich nicht, welcher. Dieses Problem wird noch durch die Tatsache verstärkt, dass ich zugestimmt habe, ihn mit der Prinzessin von Paphlagonien zu vermählen, von deren baldigem Eintreffen ihr ja gehört habt. Es gibt Menschen, die in einer derartigen Zwickmühle den Würfel über den Herrscher des Staates entscheiden lassen würden. Doch ich halte es nicht für klug, mich solch würdeloser Methoden zu bedienen, um die Pläne der Götter zu erforschen. Es gibt bessere Vorgehensweisen für euch und mich, die Absichten des Schicksals herauszufinden. Die Weisen und die Wahrsager haben mir geraten, euch alle drei auf eine schwierige Queste zu schicken. Wie ihr wisst, lebt irgendwo in den großen Meeren, die unser Land umgeben, hinter dem Ende der Welt, ein fürchterliches Seeungeheuer, eine unerträgliche Bestie, die nicht hätte geboren werden dürfen. Jedes Jahr im neunten Monate nähert sich dieses Wesen unseren Küsten und überschwemmt das Land mit seinem pechschwarzen Auswurf. Dieses entsetzliche Ungeheuer ist zwar unsterblich und kann daher nicht getötet werden, wie mir die Wahrsager versichern, aber es wäre schon ein großer Segen, bliebe das Königreich auch nur für ein Jahr vor ihm bewahrt. Seid ihr bereit, euch einzeln auf dieses ritterliche Abenteuer zu begeben?«

Die drei Prinzen stimmten begeistert zu und baten, unverzüglich aufbrechen zu dürfen, und im Audienzsaal machte sich große Freude breit, denn das ganze Reich hatte sehr unter den alljährlichen Einfällen des Ungeheuers zu leiden. Und auch das Herz des Königs war froh, weil die Prinzen solchen Heldenmut zeigten.

»Also gut«, sagte er, »gleich morgen, in der ersten Dämmerung des neuen Jahres, sollt ihr gemeinsam aufbrechen. Wenn ihr an den Fluss kommt, werdet ihr euch trennen, und acht Monate lang kann jeder von euch gehen, wohin er will. Erst zu Beginn des neunten Monats sollt ihr zurückkommen und mir berichten, wie es euch ergangen ist. Und nun beeilt euch und rüstet euch aus, wie es euch beliebt, und wenn es etwas gibt, was euch bei dieser Aufgabe helfen kann, so braucht ihr nur darum zu bitten.«

Schnell, bevor seine Brüder auch nur den Mund öffnen konnten, rief der Schwarze Prinz: »Sire, ich möchte das Zauberboot, das unter Wasser segeln und alle Festungen zerstören kann.«

»Es sei dein«, antwortete der König.

Dann bat der Grüne Prinz: »Sire, gebt mir die Zauberkutsche, die durch die Lüfte über die großen Meere fliegen kann.«

Der Schwarze Prinz sprang auf und runzelte die Stirn, aber der König antwortete: »Du sollst sie haben.« Dann wandte er sich dem Blauen Prinzen zu, der ganz in Gedanken versunken zu sein schien. »Warum bist du so still, mein Sohn? Gibt es denn gar nichts, was ich dir geben kann?«

»Danke, ich nehme nur eine kleine Taube mit«, antwortete der Blaue Prinz abwesend.

Die Höflinge machten große Augen und kicherten, und der Schwarze Prinz lachte in sich hinein, aber der Blaue Prinz war anscheinend zu stolz, um seine Bitte rückgängig zu machen.

Bei Sonnenaufgang am nächsten Tag brachen die Prinzen auf und reisten gemeinsam, bis sie an den Fluss kamen, wo sie sich trennen sollten. Das Zauberboot lag hier vor Anker, die Zauberkutsche war am Stamm einer Platane am Ufer festgemacht, und die kleine Taube, mit einem Faden angebunden, flatterte zwischen den Zweigen.

Als der Grüne Prinz die unscheinbare Taube sah, wollte er sich vor Lachen ausschütten.

»Hast du vor, das Ungeheuer mit deiner Taube zu füttern?«, witzelte er. »Ich fürchte, auf diese Weise wirst du es nicht unschädlich machen.«

»Du hast es nötig zu spotten«, entgegnete der Schwarze Prinz scharf. »Oder glaubst du tatsächlich, das Seeungeheuer in der Luft zu finden?«

»Es ist immer in der Luft«, murmelte der Blaue Prinz kaum hörbar.

»Nein«, sagte der Grüne Prinz und kratzte sich zweifelnd den Kopf. »Aber du hast dir so schnell das Zauberboot gewünscht, dass ich das Nächstbeste nehmen musste.«

»Willst du etwa behaupten, ich sei unfair?«, rief der Schwarze Prinz mit gequälter Stimme. »Bevor du das tust, tausche ich mit dir.«

»Würdest du wirklich tauschen?«, fragte der Grüne Prinz gierig.

»Ja, das würde ich«, sagte der Schwarze Prinz beleidigt. »Nimm das Zauberboot, und mögen die Götter dir Geschwindigkeit verleihen.« Mit diesen Worten sprang er flink in die Zauberkutsche, löste das Seil und erhob sich in die Lüfte. Von oben schaute er verächtlich auf den Blauen Prinzen und rief: »Los, steig auf deine Taube und fang an, das Ungeheuer zu suchen.«

Aber der Blaue Prinz erwiderte: »Ich werde hier auf euch warten.«

Dann stieß der Grüne Prinz sein Boot ins Wasser und

kicherte lauter denn je. »Glaubst du wirklich, du kannst das Ungeheuer von unseren Küsten fern halten, indem du die Flussmündung bewachst?«, spottete er.

Aber der Blaue Prinz antwortete: »Ich werde hier auf euch beide warten, bis zum neunten Monat.«

Kaum waren seine Brüder fort, da begann der Blaue Prinz, sich eine Hütte zu bauen. In dieser lebte er glücklich und zufrieden, fischte sich seine Mahlzeiten aus dem Wasser oder fing sie aus der Luft. Die Taube war nicht einen Augenblick in Gefahr, auf dem Teller zu landen. Sie wurde von ihrem Herrn mit für beide sehr angenehmen Aufgaben betraut, von denen bald die Rede sein wird. Der Blaue Prinz lag die meiste Zeit auf dem Rücken inmitten der Wildblumen, beobachtete, wie der Fluss ins Meer plätscherte oder schaute zu, wie die acht Monate verstrichen. Er sah, wie der Mond abwechselnd zu- und abnahm und mal der Kutsche des Schwarzen Prinzen, mal dem Boot des Grünen Prinzen glich. Manchmal las er auch kleine Papyrusfetzen, und dabei strahlte er über das ganze Gesicht.

In einer wunderbaren, sternenklaren Nacht, als der Blaue Prinz gerade den Himmel betrachtete, meinte er, der abnehmende achte Mond wäre vom Himmel gefallen und käme nun geradewegs auf ihn herab. Aber es war nur der Schwarze Prinz, der zurückkehrte. Seine Kleider waren mit Schnee gepudert, seine Miene finster, und er machte einen niedergeschlagenen, verzweifelten Eindruck.

»Du hier ...?«, stieß er hervor.

»Natürlich«, sagte der Blaue Prinz fröhlich, obwohl ihm die Situation gleichzeitig etwas unangenehm war, »ich war doch die ganze Zeit hier. Aber komm in meine Hütte, ich habe dir dein Abendessen warm gehalten.«

»Hat der Grüne Prinz schon gegessen?«

»Nein, bisher hat er sich nicht zu mir gesellt. Hast du das Ungeheuer unschädlich gemacht?«

»Nein, ich habe es überhaupt nicht gesehen«, knurrte der Schwarze Prinz. »Ich bin hin und her gefahren, über das ganze Meer, aber nirgendwo habe ich auch nur den kleinsten Hinweis auf das Ungeheuer entdeckt. Wie dumm ich doch war, das Zauberboot einzutauschen! Es kommt offenbar nie an die Wasseroberfläche.«

Während dieser Unterhaltung drängte der Blaue Prinz seinen Bruder auf verdächtige Weise in seine Hütte, wo er ihn Platz nehmen ließ und ihm sein Abendessen servierte, das aus Singvögeln und Austern bestand. Kaum hatte der Gastgeber, unter dem Vorwand, nachsehen zu wollen, ob der Grüne Prinz käme, die Hütte verlassen, geriet der Fluss in Aufruhr und Strudel bildeten sich, als schwämme dort eine ganze Truppe von Wasserratten. Plötzlich schoss das Zauberboot aus dem Wasser wie eine Fontäne, und der Grüne Prinz kam an Deck. Er war ganz trocken und staubig und sah aus wie eine schmutzige Libelle.

»Guten Abend, hast du ... äh ... das Ungeheuer unschädlich gemacht?«, stotterte der Blaue Prinz verblüfft.

»Nein, ich habe es überhaupt nicht gesehen«, knurrte der Grüne Prinz. »Ich bin über die ganze Meeresoberfläche gesegelt und habe jeden Zentimeter darunter abgesucht, aber nirgendwo habe ich auch nur den kleinsten Hinweis auf das Ungeheuer entdeckt. Wie dumm ich doch war, die Zauberkutsche einzutauschen. Von oben hätte ich einen größeren Teil des Meeres überblicken können. Vielleicht lebt es ja weiter flussaufwärts.«

»Nein, ich habe es überhaupt nicht gesehen«, entgegnete der Blaue Prinz eilig. »Aber geh in meine Hütte, dein Abendessen wird ganz kalt.« Und er scheuchte seinen Bruder in die Hütte und servierte ihm ein paar gebackene Kastanien (das war das Beste, was er ihm zu bieten hatte).

Dann eilte er, unter dem Vorwand, nachschauen zu wollen, ob das Ungeheuer erscheine, wieder hinaus. Er schien zu erwarten, dass es vom Himmel käme, denn er lehnte sich gegen den Stamm der Platane am Ufer und begann wieder, aufmerksam und etwas besorgt die Gestirne zu betrachten. Ein sanftes Summen lag in der Luft und ein weißer Vogel kam in Sichtweite, der schnell nach unten, geradewegs auf ihn zuflog. Im gleichen Augenblick spürte er, wie er mit einem Seil an den Baumstamm gefesselt wurde und sah, wie der Schwarze Prinz die landende Taube geschickt mit der Faust fing.

»Aha!«, krächzte der Schwarze Prinz triumphierend. »Jetzt werden wir erfahren, was du für einen kleinen Plan hattest.«

Er entfernte das Papyrusröllchen, das am Hals der Taube hing.

»Wie kannst du es wagen, meine Briefe zu lesen?«, stieß der Blaue Prinz hervor.

»Wenn ich es wage, deine Post zu stehlen, dann werde ich auch nicht zögern, deine Briefe zu lesen«, antwortete der Schwarze Prinz gleichgültig und fing an, langsam (das Licht war nämlich sehr schlecht) die folgenden Verse zu deklamieren:

Mit wehem Herzen seh ich, wie des Mondes Licht erlischt,
Und wünsch, ich spürte deinen Atem im Gesicht.
Erwarten kann ich kaum, dass es zu Ende geht,
Und unser Honigmond recht bald am Himmel steht.

«Was soll dieses ganze Mondscheingerede?«, fragte der Schwarze Prinz erstaunt.

Nun war der Blaue Prinz die Aufrichtigkeit in Person, und da er ohnehin nichts zu verlieren hatte, antwortete er:

»Dies ist ein Brief von einer Dame, die im Turm von Telefonien lebt, am Rande der Hauptstadt. Wir sind verlobt. Zweifelsohne wirkt die Sprache etwas übertrieben auf dich, aber warte nur ab, bis du so weit bist.«

»Und du hast diese Taube als Boten zwischen dir und diesem jungen Wesen aus der Vorstadt benutzt?«, brüllte der Schwarze Prinz, der das Gefühl hatte, er würde vor Ärger gleich platzen.

»Und selbst wenn«, antwortete sein Bruder, »hüte deine Zunge. Die Dame, von der du so respektlos sprichst, ist niemand anders als die Prinzessin von Paphlagonien.

»Äh, was?« Der Schwarze Prinz schnappte nach Luft.

»Sie hat dort seit dem zwölften Monat des letzten Jahres residiert. Der König hat sie damals getroffen, als er auszog, sie in Empfang zu nehmen.«

»Willst du etwa behaupten, der König habe die Unwahrheit gesagt?«

»Nein, nein. Der König ist ein weiser Mann. Und weise Männer meinen nie, was sie sagen. Der König hat gesagt, sie wäre an ihre Gemächer gefesselt. Das stimmt, denn er hat sie mit ihren Hofdamen in den Turm gesperrt, aus Angst, sie könnte sich in den falschen Prinz verlieben, oder vielmehr, sie könne sich verlieben, ehe der rechtmäßige Thronfolger gefunden sei. Der König hat gesagt, sie würde nicht vor dem nächsten Jahr in der Stadt eintreffen. Das stimmt auch, denn wie du richtig bemerkt hast, liegt der Turm von Telefonien in der Vorstadt. Aber der König hat nicht damit gerechnet, dass ich herausfinden würde, dass eine schöne Frau in seinem höchsten Türmchen wohnt.«

»Und wie hast du das herausgefunden? Der König hat dir die Zauberkutsche nicht gegeben, und in dieser Höhe konntest du sie ohne das Zauberfernglas ganz bestimmt nicht sehen.«

»Ich habe sie auch nicht gesehen. Aber ich habe oft

gesehen, wie das Sonnenlicht, das durch die Schießscharte fiel, blinkte und hüpfte wie ein lebendiges Wesen, und mir war klar, dass im Turm jemand sein musste, der einen Spiegel hatte. Und wo ein Spiegel ist, ist meist auch eine schöne Frau. Und als unser königlicher Vater uns im Audienzsaal von seinem Problem mit der Prinzessin von Paphlagonien erzählte, war mir sofort klar, wer diese schöne Frau war, warum der König sie versteckte und weshalb er seine Absichten geheim hielt. Deshalb habe ich sogleich um die Taube gebeten, denn ich wusste, dass die Tauben der Hauptstadt ihre Ruheplätze auf dem Turm von Telefonien haben. Alles, was ich tun musste, war, meinen Vogel an einen langen Faden zu binden wie einen Drachen, um meinen Briefwechsel mit der schönen Gefangenen zu beginnen. Und mit der Zeit hat sich mein kleiner Bote so sehr an seine Route gewöhnt, dass der Faden nicht mehr nötig war. Mein Werben war überaus erfolgreich. Wir lieben uns sehr, und ...«

»Aber ihr habt euch doch noch nie gesehen!«, unterbrach ihn der Schwarze Prinz.

»Du vergisst, dass wir beide von königlichem Geblüt sind«, sagte der Blaue Prinz erstaunt und ein wenig vorwurfsvoll.

»Aber das ist ja ein ungeheuerlicher Verrat! Welches Recht hattest du, diese heimlichen Bande zu knüpfen, während wir weg waren?«

»Du vergisst, dass ich das Seeungeheuer unschädlich machen musste«, sagte der Blaue Prinz erstaunt und ein wenig vorwurfsvoll. »Und du vergisst, dass sie nur den Thronerben heiraten kann.«

»Genau«, sagte der Schwarze Prinz ziemlich erleichtert. »Und indem du dich entschlossen hast, deine Zeit damit zu vergeuden, dich in sie zu verlieben, hast du den besten Weg gewählt, sie zu verlieren.«

»Du vergisst, dass ich sie heiraten werde«, sagte der Blaue Prinz erstaunt und ein wenig vorwurfsvoll. »Ich habe nicht nur einer Dame mein Wort gegeben, ich habe auch dem König versprochen, mein Bestes zu tun, um das Ungeheuer unschädlich zu machen. Du scheinst heute wirklich besonders schwer von Begriff zu sein. Lass es mich dir ganz einfach erklären: Wenn derjenige, der das Ungeheuer unschädlich macht, derjenige ist, der die Prinzessin heiratet, dann heißt das, dass ich, indem ich die Prinzessin heirate, das Ungeheuer unschädlich mache, beziehungsweise, dass ich die Prinzessin heirate, um das Ungeheuer unschädlich zu machen. Du hast die Oberfläche des Meeres abgesucht und unser Bruder dessen Tiefen, und nirgendwo habt ihr das Ungeheuer entdeckt. Aber jetzt, im neunten Monat, wird es ganz bestimmt auftauchen und das Land mit seinem pechschwarzen Auswurf überschwemmen, wie all die Jahre vorher. Aber wenn ich im neunten Monat die Prinzessin von Paphlagonien heirate, wird die königliche Hochzeit das Ungeheuer abwehren, und kein Schreiber wird seine Tinte vergeuden wollen, um von seinem Kommen zu berichten. Und deshalb habe ich mich entschlossen, anstatt in der Welt herumzustreifen, zu Hause zu bleiben und meine Ehrerbietung ...«

»Ja, ja, was war ich nur für ein Narr!«, unterbrach ihn der Schwarze Prinz und schlug sich mit der Hand vor die Stirn, sodass die Taube seinen Fingern entwischte und sogleich zurück zum Turm von Telefonien flog, als ob sie der Prinzessin die Neuigkeiten überbringen wolle.

»Du vergisst, dass du immer noch ein Narr bist«, sagte der Blaue Prinz erstaunt und ein wenig vorwurfsvoll. »Bitte, binde mich los.«

»Nein, ich bin kein Narr mehr, denn ich werde die Prinzessin von Paphlagonien heiraten und das Seeungeheuer unschädlich machen, denn ich habe die Taube hin und her geschickt, und wenn du nicht schwörst, über die ganze Sache Stillschweigen zu bewahren, werde ich dich erstechen und deine Leiche in den Fluss werfen.«

»Du vergisst unseren Bruder, den Grünen Prinzen«, sagte der Blaue Prinz erstaunt und ein wenig vorwurfsvoll.

»Ach was, der hat doch nur Augen für die komischen Singvögel und die Austern, die ich ihm übrig gelassen habe, damit er sich damit voll stopfen kann, während ich dein Geheimnis lüfte. Ich werde ihm erzählen, dass ich zurückgekommen bin, um meine Kutsche gegen deine Taube einzutauschen, so wie ich mein Boot gegen seine Kutsche getauscht habe. Los, schwöre, oder du stirbst.« Und ein juwelenbesetzter Krummsäbel glänzte im Sternenlicht auf.

Der Blaue Prinz überlegte, dass ein Leben ohne Liebe zwar nicht besonders lebenswert, der Tod aber völlig unnütz wäre. Also schwor er, obwohl er innerlich fluchte, dann ging er in die Hütte, um zu Abend zu essen. Als er sah, dass der Grüne Prinz nicht einmal eine gebackene Kastanie übrig gelassen hatte, fluchte er abermals. Und am nächsten Morgen, als die Prinzen sich dem Turm von Telefonien mit seinen blitzenden Reflexen aus der Schießscharte näherten, da trafen sie auf einen Boten des Königs. Diesem wurde sofort vom Erfolg des Schwarzen Prinzen berichtet und er lief los, um die Nachricht zu verbreiten. Als die Prinzen durch das Stadttor kamen, war das ganze Volk in Festtagskleidung auf den Beinen. Fahnen wehten, Glocken läuteten, von den Balkonen regneten Rosenblätter herab und überall in den Straßen war fröhliche Musik zu hören, so groß war die Freude über das Fernbleiben des Seeungeheuers. Und als der neue Mond aufging, begaben sich die drei Prinzen, von Flötenspielern begleitet, hurtig in die Audienzhalle. Der König umarmte seine Söhne und der Schwarze Prinz trat vor und erklärte, dass, wenn ein

Prinz im neunten Monat heiratete, der jährliche Besuch des Ungeheuers abgewendet würde. Der König fiel dem Schwarzen Prinzen um den Hals, weinte und sagte: »Mein Sohn! Mein Sohn! Mein kleiner Liebling! Mein süßes Wesen! Mein Schätzchen! Mein Püppchen!«

Und als er sich wieder beruhigt hatte, wandte er sich an seine Höflinge und sprach: »Die Götter haben mir die Einsicht zuteil werden lassen, welches mein jüngster Sohn ist. Wenn sie weiterhin so günstig gestimmt bleiben und mich herausfinden lassen, welcher der ältere von den anderen beiden ist, dann werde ich nicht ganz unglücklich sterben.«

Der Schwarze Prinz konnte seine Verwunderung nicht länger unterdrücken: »Träume ich, Sire?«, rief er. »Ich habe mich doch als der älteste erwiesen, nicht als der jüngste!«

»Du vergisst, dass du der Erfolgreiche warst«, tadelte der König erstaunt und ein wenig vorwurfsvoll. »Oder hast du so wenig Ahnung von den heiligen Sagen und Legenden, die uns von unseren Vorfahren überliefert wurden, dass dir nicht bewusst ist, dass, wenn drei Brüder zum gleichen Abenteuer aufbrechen, es immer der jüngste Bruder ist, der siegreich daraus hervorgeht? Das ist der Wille der Götter. Also lass ab von deiner blasphemischen Rede, damit sie dich nicht hören, und sei still.«

Ein leises, unheilvolles Murmeln von den Höflingen unterstrich diese Warnung des Königs.

»Aber die Prinzessin – sie wenigstens ist mein«, protestierte der unglückliche Prinz. »Wir lieben einander – wir sind verlobt.«

»Du vergisst, dass sie nur den Thronerben heiraten kann«, entgegnete der König, wiederum erstaunt und wiederum ein wenig vorwurfsvoll. »Verlangst du etwa unseren heiligen Vertrag zu brechen?«

»Aber ich bin doch gar nicht als Erster auf diesen Einfall gekommen!«, rief der Schwarze Prinz verzweifelt. »Fragt doch den Blauen Prinzen. Er sagt nie die Unwahrheit.«

»Du vergisst, dass ich geschworen habe, in dieser Angelegenheit Stillschweigen zu bewahren«, sagte der Blaue Prinz, auch er erstaunt und auch er ein wenig vorwurfsvoll. »Es war der Schwarze Prinz, der als Erster diesen Einfall hatte«, mischte sich der Grüne Prinz ein. »Er hat das Boot gegen die Kutsche und dann die Kutsche gegen die Taube eingetauscht.«

Die drei Prinzen wurden entlassen, und der König setzte sich zur Beratung mit den Wahrsagern und den weisen Männern, die niemals meinen, was sie sagen, zusammen. Der Hofkanzler, der als Zeichen seiner Stellung eine Orchidee im Knopfloch trug, wurde ausgesandt, um die Prinzessin zu befragen. Als er zurückkam berichtete er, dass sie nur den Besitzer der Taube heiraten wolle und dass sie zum Beweis immer noch seine Briefe habe, falls man sie einem anderen zur Frau geben wolle.

»Papperlapapp«, sagte der König, »sie wird sich an den Vertrag halten. Hundert Pfund Pergament wiegen mehr als die Marotten eines Mädchens von sechundneunzig Pfund. Die einzige Schwierigkeit, die wir jetzt noch haben, ist, zu entscheiden, ob der Blaue Prinz oder der Grüne Prinz älter ist. Lasst mich sehen – was hat das Orakel gesagt? Vielleicht ist sein Spruch jetzt klarer:

›Der älteste ist der, den die Prinzessin heiraten wird.‹

Nein, es will uns anscheinend immer noch nichts Neues mitteilen.«

»Verzeiht mir, Sire«, mischte sich der Oberwahrsager ein, »jetzt ist doch alles ganz klar. Ihr sollt ganz offensichtlich die Prinzessin ihren Gatten selbst aussuchen lassen, und das Orakel steht dafür ein, dass sie den ältesten wählen wird. Die beiden übrigen Prinzen sind doch völlig gleich. Wenn Ihr sie unter allen dreien hättet wählen lassen, dann hätte sie denjenigen ausgesucht, in den sie verliebt ist: den Schwarzen Prinzen nämlich. Und das war nicht die Absicht des Orakels. Aber jetzt, da wir wissen, welchen sie liebt, können wir denjenigen ausschließen. Und da es jetzt keinen Grund mehr gibt, warum sie den Grünen Prinzen oder den Blauen Prinzen vorziehen sollte, werden die Götter mit ihr sein und ihr helfen, allein nach dem Alter zu entscheiden.«

»Wohl gesprochen«, sagte der König. »Lasst die Prinzessin von Paphlagonien herbringen und die beiden Prinzen zurückkommen.«

Und nach einiger Zeit wurde die schöne Prinzessin, von Trompetern begleitet, in den Palast geführt. Sie blinzelte, da sie an so helles Licht nicht gewöhnt war. Der König und all seine Höflinge blinzelten ebenfalls, verwirrt von ihrem Liebreiz. Sie war in schweren, weißen, von Goldfäden durchzogenen Seidenstoff gekleidet, und auf ihrer Schulter saß eine kleine Taube. Der König saß in seiner Moiré-Robe auf dem alten goldenen Thron, der Blaue Prinz stand zu seiner Rechten, der Grüne Prinz zu seiner Linken. Den Schwarzen Prinzen hatte man, weil er schließlich der Jüngste war, zeitig zu Bett geschickt. Die Prinzessin verbeugte sich drei Mal, und beim dritten Mal so tief, dass die Taube erschrak und von ihrer Schulter flog. Nachdem sie ein paar Runden gedreht hatte, landete sie auf dem Kopf des Blauen Prinzen.

»Ein Zeichen!«, verkündete der Oberwahrsager mit gepresster Stimme. Die Augen der Prinzessin schweiften auf der Suche nach der Taube durch den Saal, und als sie auf den Kopf des Prinzen fielen, leuchteten sie auf, so wie die graue Oberfläche des Meeres bei Sonnenaufgang.

Die Augen des Blauen Prinzen leuchteten ebenfalls auf, und er nahm die Taube, die sich in seinem Haar eingenistet hatte, auf und ließ sie auf die Prinzessin zufliegen. Und die Prinzessin, deren Brust sich so heftig hob und senkte, als ob unter der schweren weißen Seide eine weitere Taube flatterte, fing den Vogel und ließ ihn wieder frei, und er flog zurück zum blauen Prinzen.

Drei Mal flog die Taube hin und her. Dann hob die Prinzessin ihre feuchten Augen gen Himmel, und von ihren süßen Lippen kamen, wie Musik, die Verse:

»Mit wehem Herzen seh ich, wie des Mondes Licht erlischt.«

Und der Blaue Prinz antwortete:

»*Jetzt* unser Honigmond recht bald am Himmel steht.«

Die Prinzessin, die vor lauter Glück fast ohnmächtig wurde, fiel ihm in die Arme, und von allen Seiten der großen Halle erhob sich der Ruf: »Der Thronfolger! Der Thronerbe! Lang lebe unser künftiger König! Der Erstgeborene! Der Orakelspruch hat sich erfüllt!«

Und dies war die getreuliche Geschichte von der Entstehung des Rasentennis. Es begann damit, dass die Leute Tauben hin und her schickten, so wie der Prinz und die Prinzessin in der Audienzhalle. Und das ist auch der Grund, warum die Liebe für dieses Spiel so wichtig ist, genau wie für das Spiel zwischen dem Blauen Prinzen und der Prinzessin von Paphlagonien.

Originaltitel: The Queen's Triplets
Ins Deutsche übertragen von Dr. Julia Schade

18. Crispin der Spucknapfreiniger

Anthony Armstrong

Von Anthony Armstrongs geistreichem feinen Humor kann ich nie genug kriegen. George Willis (1897 – 1976), wie sein richtiger Name lautete, schrieb regelmäßig Beiträge für den PUNCH und andere satirische Magazine und wurde zu seinen Lebzeiten mit P.G. Wodehouse verglichen. Von beiden Autoren erschienen in den 20er und 30er Jahren des 19. Jahrhunderts regelmäßig Geschichten im STRAND MAGAZINE. Armstrong verfasste zahlreiche Satiren, die er als Märchen tarnte und die heute noch genauso frisch wirken wie damals. Einige davon wurden in dem Band THE PRINCE WHO HICCUPPED (1932) und THE PACK OF PIECES (1942) gesammelt, die aufzustöbern sich wirklich lohnt.

Es war einmal vor langer Zeit, da lebte mitten in einem einsamen Wald ein junger Mann namens Crispin, Sohn einer Witwe. Er war ein ziemlich anständiger junger Mann, sofern man das zu jenen Zeiten von jungen Männern behaupten konnte, und machte sich nichts aus einem leichten Leben. Was nicht heißen soll, dass es mitten im einsamen Wald so etwas wie ein leichtes Leben gegeben hätte. Seine Mutter, besagte Witwe, litt unter extremer Armut – nur nicht unter Spracharmut, was man bei jeder Unterhaltung mit ihr feststellen konnte; und es war der Ehrgeiz ihres Sohnes, sie noch vor ihrem Tode reich zu machen und ihr eine Gesellschafterin älteren Semesters zu besorgen, mit der sie sich – statt mit ihm – unterhalten, streiten und austauschen konnte. Am besten eine Gesellschafterin älteren Semesters mit »Spatzums«, denn »Spatzums« waren *das* bevorzugte Thema seiner Mutter.

Nun besaß unser Crispin eine ganz besondere Gabe. Vielleicht war sie ihm von einer Guten Fee verliehen worden, denn in jenen Tagen zeigten die Guten Feen sich noch öfters großzügig gegenüber uns Sterblichen, gewährten uns zum Beispiel drei freie Wünsche oder sorgten dafür, dass sich alles, was wir anfassten, in Gold verwandelte, oder bedachten uns mit all den anderen gut gemeinten kleinen Aufmerksamkeiten. Oder die Gabe war einfach eines Tages über Crispin gekommen – so wie eine Erbschaft etwa oder ein Heuschnupfen. Und diese seine Gabe bestand darin, dass er die Vögel und Tiere verstehen konnte, wenn sie in ihrer eigenen Sprache redeten. Er entdeckte diese Begabung zufällig, als er eines Abends in der Dunkelheit versehentlich über eine alte Wildsau stolperte, und er war derart geschockt von seiner neuen Fähigkeit und von dem, was das Wildschwein so alles von sich gab (was ich hier an dieser Stelle unmöglich wiederholen kann, denn ihr wisst ja, wie schweinisch sich solche Gesellen auszudrücken pflegen), dass er schnurstracks nach Hause ging und seine Mutter zwei Stunden lang über »Spatzums« referieren ließ, ohne sie auch nur einmal zu unterbrechen.

Danach testete er seine neue Fähigkeit bei anderen Tieren und stellte fest, dass sie offensichtlich von Dauer und zudem ausgesprochen interessant war. Von den Hühnern seiner Mutter erfuhr er zum Beispiel, was sie sich erzählten, wenn sie auf die oberste Latte des Zaunes flatterten und danach eine halbe Stunde über eben diesen Vorgang aufgeregt gackerten; von den Fliegen lernte er, wohin sie im Winter flogen, und das war noch lange nicht alles. Und schließlich beschloss Crispin, aus dieser seiner Gabe finanziellen Profit zu schlagen.

Und so spuckte er in die Hände und sprach eines Abends zu seiner Mutter:

»Hör mal, morgen gehe ich zum Königshof, um dort mein Glück zu machen.«

Und seine Mutter antwortete:

»Bei meiner Seele, das ist ein langer Weg dorthin, aber vielleicht könntest du die Leute fragen, was sie dort gegen Spatzums tun, und willst du vielleicht ein paar Sandwiches mitnehmen?«

»Nun«, erwiderte ihr Sohn, »ich werde sehen, was ich für dich tun kann, und nur, wenn sie nicht zu zäh sind, sonst schmecken sie mir nicht.«

Damit war die Sache also beschlossen.

Einen Monat später befand er sich am Königshof, wo er in der Küche den Job eines Stellvertretenden Spucknapfreiniger-Assistenten angenommen hatte und nur auf die Erlaubnis wartete, seine besondere Fertigkeit vor dem König höchstselbst zu demonstrieren. Den Antrag, solchergleichen zu tun, hatte er auf die übliche Weise auf den Weg gebracht: das heißt, er hatte sein formelles Gesuch in doppelter Ausführung beim Spucknapfreiniger-Assistenten eingereicht, dieser hatte es weitergeleitet an den Spucknapfreiniger, dieser wiederum an den Oberspucknapfreiniger, der es wiederum dem Stellvertretenden Zweiten Küchenjungen übergeben hatte, der es dem Zweiten Küchenjungen überreicht hatte. Und so war das Gesuch von einem zum anderen weitergegeben worden, vom Ober-Küchenjungen zu den Unter-Köchen zu den Köchen, den Chef-Köchen, den Lakaien des Obersten Domestiken (mit einer kleinen Irrleitung zur Vorsteherin der königlichen Roben-Abteilung, die nichts damit anzufangen wusste und »Sez you!« in die untere rechte Ecke kritzelte), bis es schließlich im Eingangsfach des Königlichen Revisors landete. Hier blieb es erst einmal einen

Monat unbeachtet liegen, denn der Revisor hatte ganz eigene Vorstellungen von Arbeitsorganisation, Effizienz im Rechnungswesen und Den-Dingen-ihren-Lauf-lassen.

Schließlich wurde das Gesuch doch noch entdeckt und wieder in Umlauf gebracht, bis es irgendwann den Königlichen Ministerrat erreichte. Inzwischen war es dermaßen mit Kommentaren, Tintenflecken, Kritzeleien und Auszügen von Kochrezepten versehen, dass der Minister es nur mühevoll entziffern konnte und zu dem Schluss kam, es könne sich nur um eine Beschwerde handeln, die besagte, dass sich entweder die Spucknäpfe nicht reinigen ließen oder die Reiniger nicht spucken wollten – es gelang ihm nicht, dies eindeutig zu klären. Er wollte den unverschämten Beschwerde-Schreiber bereits entlassen, köpfen oder gar zu einer Geldstrafe verdonnern lassen, als er, nachdem er ein wenig mehr erstarrter Bratensoße weggekratzt hatte, doch noch in der Lage war, das ursprüngliche Gesuch zu entziffern. Was ihn zu folgendem Ausruf veranlasste:

»Ha!«

Und dann fügte er hinzu: »Da bleibt mir die Spucke weg! Kaum zu glauben, dass es das geben sollte! Schließlich kann *ich* so was nicht.«

Dennoch beschloss er, das Gesuch dem Hofmagier zu zeigen, einem unangenehmen, eifersüchtigen alten Mann mit langen Fingernägeln und aufgeschwemmten Fettpolstern am ganzen Körper. Dieser betonte dermaßen nachdrücklich, dass die ganze Sache auch nicht im Allergeringsten einer auch nur oberflächlichen Betrachtung wert sei und man dem Antragsteller am Besten verächtlich vor die Füße spucken solle, dass der Minister zu der Überzeugung kam, es müsse doch etwas daran sein. Außerdem konnte er den Hofmagier sowieso nicht leiden – was er, versteht sich, natürlich nicht offen zugab. Niemand wagte es, offen etwas Negatives über den Hofmagier zu sagen, und wer es doch tat, der überlebte es meist nicht lange – zumindest nicht in menschlicher Gestalt.

So kam es also, dass der Minister an diesem Abend, nachdem der König sein drittes Glas Marsala getrunken hatte, leichthin meinte:

»Apropos, Euer Majestät, da gibt es einen unter Eurer Majestät Spucknapf – …«

»Napfwas?«, fragte der König und sah unvermittelt von seinem Glas auf.

»Spuck«, sagte der Minister.

»Ts, ts, ts!«, tadelte der König streng. *»Vietato sputare.* In Eurem Alter solltet Ihr das wissen. Vier Shilling Strafe!« Der König nahm einen entsprechenden Eintrag in seinem kleinen blauen Notizbuch vor, während sich der Hofmagier schadenfroh ins Fäustchen lachte.

»Es gibt da unter Eurer Majestät … äh … Küchenpersonal jemanden«, wiederholte der Minister geduldig und ein wenig betrübt, »der Eure Majestät um die Erlaubnis bittet, vor Eurer Majestät seine Fähigkeit demonstrieren zu dürfen, auf dass er Eurer Majestät Gunst erringen möge …«

»Könntet Ihr Euch vielleicht ein wenig klarer ausdrücken?«, unterbrach der König. »Außer ›Eure Majestät‹ verstehe ich kein Wort. Und jetzt, wo die Diener nicht mehr anwesend sind, sind derartige Speichelleckereien wohl kaum noch vonnöten.«

Der Minister atmete tief durch und hub erneut an, diesmal nur in einsilbigen Worten, und zur großen Verärgerung des Hofmagiers zeigte sich der König ausgesprochen interessiert.

»Wir sollten uns den Jungen anschauen«, meinte der König.

»Reiner Budenzauber, ohne Frage«, warf der Hofmagier hochnäsig ein, nachdem ein Page hereingerufen und damit beauftragt worden war, den jungen Crispin zu suchen.

»Vielleicht«, sagte der König. »Vielleicht auch nicht. Er könnte sich als nützlich erweisen, zum Beispiel als zukünftiger Hofmagier. Irgendwann brauchen wir einen neuen. Wie alt seid Ihr noch mal, Magus?«

Der Magus grummelte verärgert etwas in seinen Bart, das man als »jünger, als manche glauben« hätte interpretieren können, dann täuschte er komplettes Desinteresse vor und begann mit dem Finger kleine Muster auf dem Tisch zu zeichnen.

»Nicht auf die Tischdecke kritzeln!«, mahnte ihn der König ziemlich scharf. »Das macht fünf Shilling.« Er schrieb noch immer fleißig in sein kleines blaues Notizbuch, als Crispin eintrat.

Crispin war sehr nervös. Er hatte sich in der kurzen Zeit so gut wie möglich herausgeputzt. Einer der Unter-Küchenjungen hatte ihm für seine Stirnlocke sogar einen Speckstreifen gegeben, der vom Frühstück übrig geblieben war, aber selbst das hatte nicht viel genutzt. Den ganzen Tag im Küchendunst Spucknäpfe reinigen trägt eben nicht gerade zu einem sauberen Erscheinungsbild bei.

»Man sagt mir, dass du verstehen kannst, was die Tiere sprechen?«, begann der König wohlwollend.

»Wenn es Eurer Majestät beliebt.«

»Das wird es, wenn du's wirklich kannst«, merkte der König an. »Ich habe da einen Job für dich ...« Er hielt inne und schnüffelte in der Luft. »Komisch, hier riecht's nach Speck! Wir hatten doch keinen Speck zum Abendessen, oder?«

»Nicht, dass ich mich erinnern könnte«, antwortete der Minister.

»Na ja, wie auch immer! Und jetzt verrate mir«, fuhr er an Crispin gewandt fort, »was Prahler hier so zu sagen hat.«

Und mit einem gezielten Tritt weckte er den schlafenden Hund neben sich auf, der dies mit einem lauten Bellen quittierte.

»Sehr wohl, Euer Majestät, Sire. Er hat gesagt: »Was zum Teufel ist denn jetzt los?«

Der Minister lachte, und der Magus murmelte spöttisch: »Was auch sonst!«

Prahler setzte sich auf und jaulte leise.

»Und jetzt?«, fragte der König

»Sehr wohl, Euer Majestät, Sire. Jetzt sagt er, dass das wehgetan hat.«

»So was könnte sich doch jeder aus den Fingern saugen«, warf der Hofmagier ein. Der König warf ihm einen scharfen Blick zu. Der Magus konnte den Impuls, erneut auf der Tischdecke herumzukritzeln, gerade noch unterdrücken.

Prahler, der nun ganz wach war, begann eifrig zu winseln. Sein Speichelfluss verstärkte sich sichtlich.

»Nun?«, fragte der König.

»Sehr wohl, Euer Sire ... wollte sagen ...«

»Lass es am Besten einfach bei Sire«, meinte der König mit einer großzügigen Geste. »Mich soll's nicht stören. Ich seh's nicht als Kränkung. Schließlich bin ich ja nicht krank. Ha, ha!«

»Ha, ha!«, lachte der Minister schnell, bevor einen winzigen Deut später auch der Hofmagier einstimmte. Der König sah den Magus stirnrunzelnd an und schrieb erneut etwas in sein kleines blaues Notizbuch. Prahler winselte noch immer erwartungsvoll.

»Sehr wohl, Sire. Jetzt äußert er den Wunsch, noch einen von den Kotelett-Knochen zu bekommen. So einen, wir Ihr ihn ihm beim Abendessen gegeben habt.«

»Na bitte!«, sagte der Minister und blickte den Hofmagier triumphierend an.

»Du hast eine große Zukunft vor dir, mein Junge«, fügte der König hinzu, der ebenfalls den Hofmagier anblickte, welcher wiederum zur Decke blickte und etwas davon murmelte, dass er für sein Alter noch ganz schön jung wäre. »Würde es dir gefallen, eine Karriere als Zauberer einzuschlagen?«

Als der Magus dies hörte, wurde er blass wie Braunbier mit Spucke, sprang abrupt auf und bat den König um Erlaubnis, selbst ein Tier holen zu gehen, um Crispin zu testen. »Ich würde ihn gerne auf eine weitere Probe stellen, um ganz sicherzugehen, dass er uns nicht betrügt«, schloss er in einem Tonfall, der sehr deutlich erkennen ließ, was er von der ganzen Sache hielt.

»Aber sicher doch«, erlaubte der König, der ganz damit beschäftigt war, seine anderen Hunde aufzuwecken, um sich übersetzen zu lassen, was sie so sagten. Einer davon, eine Hündin, kannte Worte, die sie nun wirklich nicht hätte kennen dürfen, und Crispin errötete ein wenig.

Draußen vor der Tür aber spuckte der Zauberer Gift und Galle und redete streng auf einen zitternden Pagen ein, den er mit einer knorrigen Hand am Kragen gepackt hielt.

»Und nun werde ich dich in ein Tier verwandeln«, schloss er seine Anweisungen. »Und egal in welcher Sprache der ... ähm ... die ... äh, das Tier, in das ich dich verwandele, auch sprechen mag, sag genau das, was ich dir eben aufgetragen habe!«

»Aber Seine Majestät wird mich verprügeln lassen«, wimmerte der Junge, »wenn ich so etwas sage.«

»Ist mir egal«, erwiderte der Zauberer. »Völlig egal sogar«, fügte er hinzu. Er hielt nachdenklich inne. »Ich glaube, ich werde dich in ein Kaninchen verwandeln«, fuhr er schließlich fort und wedelte mit seinem Zauberstab.

Ein großes, grün-orange gestreiftes Kaninchen mit vier Paar langen Schlappohren erschien vor ihm.

»Ts, ts!«, murmelte der Magus. »So was passiert jetzt schon zum zweiten Mal. Ich muss den Zauberstab wirklich mal überholen lassen. Heutzutage bekommt man aber auch keine richtige Wertarbeit mehr ... Wie auch immer ...« Er musterte die Monstrosität vor sich kritisch. »... das muss für jetzt reichen.«

Er öffnete die Tür, und gefolgt vom verwandelten Pagen, der tollpatschig über eines seiner Ohren stolperte, trat der Magus erneut vor den König. »Und nun«, meinte er triumphierend zu sich selbst, »werden wir diesem Große-Töne-Spucker mal ordentlich in die Suppe spucken!«

Der König zuckte erschrocken zusammen, als die beiden eintraten, und blinzelte mehrmals. Dann sah er tief in die Karaffe mit dem Marsala, öffnete den Mund, als wolle er etwas sagen, besann sich aber eines Besseren und wandte, ein harmloses kleines Liedchen summend, verstohlen den Blick ab.

»Ah, da seid Ihr ja, Magus!«, eröffnete er schließlich sehr, sehr vorsichtig die Unterhaltung.

»Da bin ich!«, bestätigte der Magus in hämischem Tonfall.

»Da seid ihr, wie ich sehe«, fuhr der König fort, wobei er noch immer überall hinblickte, nur nicht auf das Kaninchen.

»Ich habe mein Versuchstier mitgebracht«, sagte der Magus.

Aus irgendeinem Grunde reagierte der König auf diese simple Feststellung ausgesprochen überschwänglich.

»Ah, dann ist es also kein Spuk ... Ich meine: So, so, das habt Ihr. Das habt Ihr also! Wollte ich gerade sagen. Ich hab's sofort bemerkt. Ein sehr schönes ... äh ... ein schönes ... was ist es denn?«

»Eine seltene Kaninchenart«, erklärte der Magus.

»Sehr selten«, kommentierte der Minister.

»Nun, wollen mal hören, was es so spricht«, befahl der König.

Der Magus stieß das Tier mit den Zehen an – es kratzte sich gerade ziemlich ausgiebig – und warf ihm einen bedeutungsvollen Blick zu. Sofort begann es in einem hohen Falsett zu quietschen wie ein schlecht geführter Schieferstift auf einer Tafel.

»Was hat es gesagt?«, fragte der König neugierig.

»Ja, erzähl Seiner Majestät, was es gesagt hat«, gurrte der Hofmagier, an Crispin gewandt.

Crispin jedoch stand mit offenem Mund da und schwieg erschrocken. Denn er allein, und nur er, wusste, was das Tier gesagt hatte:

»Der König hat vom vielen Marsala eine hässliche rote Nase bekommen.«

»Na los, nur zu«, sagte der König und fügte an den Minister gewandt hinzu: »Nehmt Euch etwas Marsala!« Er goss sich selbst ein weiteres Glas ein und war danach so sehr damit beschäftigt, genießerisch an selbigem zu schnüffeln, dass er vergaß, die Karaffe weiterzureichen. Es war ganz offensichtlich nicht der richtige Zeitpunkt für eine wörtliche Übersetzung dessen, was das Kaninchen gesagt hatte.

Crispin räusperte sich und erklärte zögernd: »Es hat gesagt, dass Eure Majestät ein sehr stattlicher Mann sind.«

Der König fuhr sich geziert mit der Hand durch die Haare und lächelte nicht weniger geziert in Richtung Decke.

»So, so, sagt es das?«, hakte er nach und versuchte unvoreingenommen kritisch dreinzublicken.

Der Magus lächelte nur böse. Er hatte gewusst, dass Crispin es nicht wagen würde, die Wahrheit zu sagen. Und falls er es doch getan hätte ... Nun, er wäre so oder so erledigt gewesen. Erneut scheuchte der Zauberer den armen Pagen auf, der nun gerade damit beschäftigt war, sich mit einer Hinterpfote im Nacken zu kratzen.

Die zweite Bemerkung war noch schlimmer als die erste. Sie lautete schlicht und einfach: »Der König ist ein dummer alter Sack!«

Crispin, der sich inzwischen ein wenig gefangen hatte, übersetzte, dass der König der großmütigste Mensch des ganzen Königreiches sei. Der Minister, der langsam Verdacht zu schöpfen begann, lachte laut auf, täuschte aber schnell einen Hustenanfall vor, als der König ihn mit einem eisigen Blick strafte.

»Ich wüsste nicht, was es da zu lachen gäbe«, meinte er frostig.

»Ich musste husten«, entschuldigte sich der Minsiter.

»Ich wüsste nicht, was es da zu husten gäbe«, fuhr der König noch frostiger fort. Er zog sein kleines blaues Büchlein hervor und begann sich Notizen zu machen, wobei er den Minister keine Sekunde aus den Augen ließ.

Im gleichen Augenblick stieß der Zauberer einen Triumphschrei aus und begann zu sprechen: »Er ist ein Betrüger, Euer Majestät. Ich habe es von Anfang an gewusst. Er hat nicht richtig übersetzt.«

»Wie? Warum?«, fragte der König, während der Minister, der nun sicher war, dass es hier nicht mit rechten Dingen zuging, bloß mit dem Kopf nickte.

Der Hofmagier wedelte mit dem Zauberstab über dem Tier, das daraufhin wieder menschliche Gestalt annahm, und sprach aufgeregt weiter:

»Dies hier ist mein Versuchstier, Euer Majestät! Es handelt sich lediglich um einen Eurer Majestäts Pagen, verwandelt in ein ... äh ... verwandelt eben. Ich war misstrauisch gegenüber diesem Scharlatan, also nahm ich mir die

Freiheit und habe dem Pagen kurzfristig eine andere Gestalt verpasst.« In diesem Augenblick bemerkte er, dass eben jener Page, obwohl er sonst wieder ganz normal aussah und sich noch immer den Nacken kratzte, vier Paar Ohren hatte. Der Magus sagte: »Ts, ts!«, wedelte erneut mit seinem Zauberstab und ließ die drei überflüssigen Paare verschwinden. »Ich habe vermutet, dass dieser Bursche da ein Betrüger ist. Also habe ich dem Pagen aufgetragen, etwas ganz Bestimmtes zu sagen, um zu überprüfen, ob dieser Scharlatan es wirklich übersetzen kann.«

»Und? Kann er?«, wollte der König wissen.

»Kann er nicht.«

»Mir schien das in Ordnung«, meinte der König und strich sich erneut wie beiläufig durchs Haar. »Und nahe liegend. Ich meine, es waren schließlich nur Äußerungen, wie man sie von jedem vernünftigen Kaninchen mit Augen im Kopf erwarten würde.«

»Äh, ja, Euer Majestät. Aber es waren nicht meine Testsätze. Er hat Euch betrogen!«

»Sire«, begann Crispin. »Ich ...«

Aber der Minister unterbrach ihn. Er beugte sich nach vorne und fixierte den Hofmagier mit festem Blick.

»Und was habt Ihr dem Pagen aufgetragen zu sagen?«, fragte er langsam.

»Ich ...«, begann der Magus und hielt inne. Nun erkannte er, dass er in seinem Eifer, Crispin in die Falle zu locken, einen wichtigen Gesichtspunkt übersehen hatte. »Äh ... etwas ganz anderes«, erklärte er niedergeschlagen und fügte hurtig hinzu: »Äh ... das heißt, etwas ein klein wenig anderes.«

Der Minister lehnte sich mit dem Gehabe eines Strafverteidigers zurück, der einen Zeugen überführt hat. »Sollen wir den Jungen also bestrafen, nur weil er beim Übersetzen einen winzigen Fehler gemacht hat?«, wollte er wissen und blinzelte Crispin dabei aufmunternd zu.

»Natürlich nicht«, meinte der König. »Will jemand etwas Marsala?«

»Sollen wir den Pagen danach fragen, was ihm aufgetragen worden ist?«, fuhr der Minister fort, aber der Hofmagier, dem inzwischen der Schreck tief in den Gliedern saß, hatte den Pagen mit einem unerwarteten Zauberstabwedeln spurlos verschwinden lassen. An seiner Stelle war da nur noch eine Schildkröte – eine Schildkröte, die noch immer versuchte, sich den Nacken zu kratzen, wenn auch ohne Erfolg, denn so erfindungsreich die Natur auch sein mag, Schildkröten sind nun einmal nicht für solche Verrenkungen gebaut.

»Ah!«, sagte der Minister.

»Was zum Teufel ...?«, begann der König.

»Ein kleiner Ausrutscher«, erklärte der Magus, dem es auf diese Art gelungen war, jegliches belastendes Beweismaterial verschwinden zu lassen, denn Schildkröten können nicht sprechen.

»Nun, wenn du irgendwann mit meinem Pagen fertig bist, hätte ich gerne, dass er diese Karaffe hier auffüllt«, meinte der König in sarkastischem Tonfall.

»Ein Versehen, das versichere ich Euch«, stammelte der Magus.

»Ihr scheint heute Abend irgendwie nicht Ihr selbst zu sein«, stellte der König besorgt fest, eine Bemerkung, die treffender sicher auf den Pagen gepasst hätte. »Besser, Ihr geht zu Bett. Und«, fügte er hinzu, während er sein kleines Buch hervorzog und darin schrieb, »keine weiteren Ausrutscher mehr. Ihr werdet feststellen, dass sie Euch teuer zu stehen kommen.«

Der Hofmagier zog von dannen, wobei er Crispin einen Blick zuwarf, der diesen äußerst nachdenklich stimmte.

Der ehemalige Page folgte dem Magus gehorsam, aber die Tür wurde ihm vor der Nase zugeschlagen, zirka zwanzig Minuten, bevor er sie erreichte.

»Und nun zu dir«, sagte der König freundlich. »Wärst du gerne Stellvertretender Hofmagier?«

Crispin, der noch immer über den letzten Blick des Magus nachgrübelte, antwortete rasch, er glaube nicht, dass dies sein Wunsch sei, rein aus gesundheitlichen Gründen.

»Nun, was möchtest du denn gerne? Sprich, und ich verspreche, dein Wunsch sei dir erfüllt.«

»Bitte, Sire«, sagte Crsipin mit zitternder Stimme, »ich hätte gern ein Haus für meine Mutter im Wald, etwas Geld und ein neues Medikament gegen die Spatzums, aber kein zu wirksames bitte, denn sonst hat sie nichts mehr, worüber sie reden kann. Und eine Gesellschafterin für sie. Wenn's möglich ist bitte auch mit Spatzums! Oh, und eine Kutsche, die mich unverzüglich nach Hause bringt.«

»Großer Gott!«, staunte der König und fügte kurz darauf hinzu: »Warum willst du denn weg von hier?«

»Vielleicht«, erklärte der Minister mit einem bedeutungsvollen Blick auf die Tür, durch die der Magus Gift und Galle spuckend verschwunden war, »vielleicht fürchtet er, dass er ansonsten morgen ... äh ... ›irgendwie nicht er selbst‹ sein könnte.«

»Ah!«, meinte der König, dem endlich doch noch ein Licht aufging. »›Rein aus gesundheitlichen Gründen‹!«, fügte er hinzu und lachte so laut, als hätte er selbst den Witz gemacht. »›Irgendwie nicht er selbst‹! Ha, ha!«

»Ha, ha!«, echote der Minister sehr, sehr schnell, und mit einem Blick des Bedauerns steckte der König das kleine Büchlein wieder weg, das er vorsichtshalber schon einmal gezückt hatte.

»Nun, dein Wunsch sei dir erfüllt! Aber es ist eine Schande, ein Talent wie das deine derart zu vergeuden!«

»Es muss ja nicht vergeudet sein«, meinte der Minister.

»Wie das?«, wollte der König wissen.

»Ernennt ihn zu einem Eurer Königlichen Geheimagenten und tragt ihm auf, wöchentlich Bericht aus dem Wald zu erstatten, darüber, was die Tiere so sagen und die Vögel zwitschern, sodass Eure Majestät stets darüber informiert seid, was überall im Königreich vor sich geht.«

»Eine gute Idee!«, sagte der König

»Es gibt da ein paar Leute – sogar am Hofe Eurer Majestät –, die zu Eifersüchteleien neigen und daher vielleicht auf die Idee kommen könnten, Intrigen zu spinnen. Nun, die Vögel werden es mitbekommen – und dadurch auch dieser junge Mann. Und so wird es auch Eurer Majestät zu Ohren kommen.«

»Eine sehr gute Idee!«, wiederholte der König. »Gut, dass ich daran gedacht habe.« Er blickte den Minister durchdringend an, der gerade seinen Mund geöffnet hatte, um etwas zu sagen. »Da habe ich wirklich eine gute Idee gehabt!«, betonte er erneut, diesmal mit noch mehr Nachdruck. Der Minister schloss den Mund, ohne etwas zu sagen. Er verfügte über eine wirklich außergewöhnliche Selbstbeherrschung – weshalb er ja schließlich auch Minister geworden war.

Und so geschah es also. Crispin bekam alles, was seine Mutter sich wünschte. Er lebte wieder im Wald und erstattete dem König wöchentlich Bericht. Die Allwissenheit des Königs versetzte alsbald jedermann in Erstaunen, und wenn jemand respektvoll nachfragte, wie er das denn mache, dann antwortete der König stets: »Ein kleines Vögelein hat es mir gezwitschert!« – und das ist, wie heutzutage nur noch wenige wissen, der wahre Ursprung dieser alten Redensart.

Originaltitel: Crispin the Turnspit
Ins Deutsche übertragen von Stefan Bauer

Eine Riege Engel

19. Der Besuch des Handlungsreisenden

Tom Holt

Es ist kaum vorstellbar, dass Tom Holt einer gesonderten Einführung bedarf. Seit er mit WIR HATTEN SIE IRGENDWIE GRÖSSER ERWARTET (1987, dt.1994) den Sprung in die Fantasy-Abteilung und die humoristisch besetzten Verkaufsregale schaffte, hat er eine ganze Folge von hintersinnigen und schreiend komischen Romanen produziert, darunter WER HAT ANGST VOR BEOWULF? (1988, dt. 1993), DER FLIEGENDE HOLLÄNDER (1991, dt. 1993), FAUST UND KONSORTEN (1994, dt. 1996), AUCH GÖTTER SIND NUR MENSCHEN (dt. 1996), MEIN HELD (dt. 1999) und SESAM ÖFFNE DICH (dt. 2001). Sein Werk ist bemerkenswert vielfältig, wie die folgende Story zeigt. Sie unterscheidet sich grundlegend von allen anderen der früheren Storys in dieser Serie.

Es gibt Tage, an denen man auf den Gedanken kommen könnte, Gott sei ein TV-Showmaster und man selbst im Fokus Seiner versteckten Kameras, während sich das Studiopublikum über die sorgfältig inszenierten Missgeschicke, die einem zustoßen, schlapp lacht. Jeden Moment rechnet man damit, dass Er hinter einem geparkten Automobil oder einem brennenden Busch hervortritt und einem versichert, ja klar, Sie wurden zwar hereingelegt, aber nichts davon ist wirklich passiert, und weil Sie so bereitwillig mitgemacht haben und kein Spielverderber waren, erhalten Sie zur Belohnung eine Kaffeemaschine mit eingebautem Wecker.

Ja, Gott, für ein oder zwei Minuten hast Du es tatsächlich geschafft, mich hinters Licht zu führen, dachte Paul, während er das Swindalls-Gebäude verließ und in den Abend hinaustrat. Dennoch, es war alles nur ein Scherz, und man muss eigentlich darüber lachen, nicht wahr? Er hielt für einen Moment inne und wartete, aber aus irgendeinem unerklärlichen Grund verschlief Gott Sein Stichwort und erschien nicht, daher zuckte Paul die Achseln und ging los in Richtung Bushaltestelle.

Neben diesen Gottesversteckteкameratagen gibt es noch Tage, die den Schluss nahe legen, das Leben sei nur ein Geschichte, die von einem Idioten erzählt wird, laut, hektisch, turbulent – und völlig bedeutungslos. Präziser beschrieben, wären es die Erzählungen eines Idioten, der seinen Lebensunterhalt mit dem Schreiben von Exposés für eine australische Seifenoper verdient, was das Fehlen halbwegs vernünftiger zeitlicher Abstände zwischen erderschütternden Katastrophen erklärt. Und schließlich gibt es noch Tage, die bestärken einen in dem Glauben, dass die Seifenoper, an der Gott schreibt, in einen verzweifelten *à l'outrance*-Quotenkrieg mit einer Konkurrenzserie verstrickt ist, wodurch er gezwungen wurde, die unsäglichen Desaster einer ganzen Fernsehsaison in eine einzige halbstündige Episode zu packen. An solchen Tagen ist es noch nicht einmal sicher, im Bett zu bleiben und sich von Kopf bis Fuß unter der Decke zu verkriechen. Mit solchen Handlungen zieht man bloß einen völlig überraschend aufkommenden Tornado, eine Springflut oder eine Entführung durch Außerirdische an. Alles, was man tun kann, ist, den Tag in Gesellschaft derer zu verbringen, die man am wenigstens mag, und dabei zu hoffen, dass einiges von dem verdammten Pech, das einen regelmäßig heimsucht, auch für sie abfällt.

Ein mittelgroßer Abschnitt seines Lebens schleppte sich

vorbei wie ein nach Stunden bezahlter Gletscher. Kein Bus. Daran war nichts Ungewöhnliches. Die Einheimischen hatten sich schon lange mit der Tatsache abgefunden, dass die Linie 47 irgendwo zwischen dem Parkplatz von Sainsbury und Debenhams einen Bereich des Kontinuums durchquerte, den man als Blase nicht-relativistischen Raums bezeichnen konnte, was als interessanten Nebeneffekt einen Zeitabschnitt, der im Bus etwa zwei Minuten dauerte, in Realzeit mindestens eine halbe Stunde dauern ließ. Als Folge davon kam man, wenn der Bus fahrplanmäßig um 19:37 Uhr vor Higsons Schusterei stoppen sollte und man dort um genau 19:35:15 Uhr erschien, gerade noch rechtzeitig an, um mitzuerleben, wie seine Rücklichter verschwanden, wenn er um die Rückseite des Burger King herumkurvte. Man konnte seine Uhr nach der Linie 47 stellen, meinten die Einheimischen, vorausgesetzt man hatte eine Uhr, die von Salvador Dali entworfen worden war.

Paul seufzte und blickte zum Himmel. Er tat es gerade rechtzeitig, um etwas Helles und Schnelles durch ein Loch in der Wolkendecke flitzen zu sehen. Eine Sternschnuppe, vermutete er, oder der Rest eines aufgegebenen Fernsehsatelliten, der gerade im Begriff war, endgültig heimzukehren. Er folgte dem angenommenen Kurs der Lichterscheinung und nahm ihn auf der anderen Seite der Wolke wieder auf. Zu seiner Verblüffung schoss das leuchtende Objekt bis zu den Dächern der Häuser hinunter und verschwand mit einem deutlich hörbaren, dumpfen Laut außer Sicht. Nach kurzer Überlegung begriff er, dass die Lichterscheinung am Büroturm der Stadtverwaltung vorbeigehuscht war, was nur bedeuten konnte, dass sie irgendwo in der abgesperrten Einöde niedergegangen war, wo C&W gerade einen Bauplatz für einen neuen DIY Megastore vorbereitete.

Wenn der Tag nicht so furchtbar beschissen gewesen wäre, hätte er wahrscheinlich keinen weiteren Gedanken mehr daran verschwendet. Aber ... aus irgendeinem Grund hatte er sich schon immer gewünscht, einen Meteoriten zu finden (und außerdem glaubte er sich daran erinnern zu können, irgendwo gelesen zu haben, dass sie gutes Geld wert waren). Er zögerte etwa neunzig Sekunden lang, dann überquerte er die Straße und steuerte auf die Lücke in der Absperrung zu, durch die die Kinder vor zwei Tagen auf den Bauplatz gelangt waren.

Während Paul die gelockerten Geländerstangen zur Seite schob und sich durch die Lücke zwängte, kam er sich ziemlich töricht vor. Zum einen, weil er keine Ahnung hatte, wie er auf einem derart weitläufigen Bauplatz ohne Lampe einen Meteoriten finden sollte. Und zweitens, weil er nicht wusste, was er damit anfangen könnte, wenn er ihn überhaupt fand. Vielleicht sollte er ihn verkaufen, aber an wen? Eine Annonce in *Such Und Find* aufzugeben, würde sicher nicht zum Erfolg führen, und Geologen als einzige Interessenten, die ihm spontan einfielen, zählten nicht zu seinem Bekanntenkreis. Außerdem, so fiel ihm ein, war es nicht so, dass alle Meteoriten, die auf englischem Boden gefunden wurden, automatisch der Queen gehörten, oder betraf das nur Störe?

Ihn zu finden erwies sich schließlich als problemlos. Genau genommen fand der Meteorit ihn. Gerade ging er noch vorsichtig an einer dort abgestellten Betonmischmaschine vorbei, als sein Fuß schon an etwas hängen blieb und der Erdboden auf ihn zuschoss wie ein großer freundlicher junger Hund, der ihm mit der Leine in der Schnauze entgegenkam.

»Uumpf«, sagte eine Stimme in der Dunkelheit.

Wenn man es lediglich als ein Stück Hardware betrachtet, lässt das menschliche Gehirn, was die reine Leistung betrifft, alles andere weit hinter sich. Es ist flexibel. Es ist zuverlässig. Seine Reaktionszeiten sind exzellent, und es kann mühelos die schwierigsten Multitasking-Prozesse ausführen, wie einem jedes Schulkind, das schon mal wegen Träumens im Unterricht zur Ordnung gerufen wurde, jederzeit bestätigen kann. Sobald jemand mit einem anständigen Betriebssystem kommt, um es zu benutzen, und dieses gegen das abartige Gewimmel von Bugs und Patches austauscht, die standardmäßig installiert sind, können wir auch sein wahres Potenzial erkennen. Zum Beispiel: Sogar in dem winzigen Sekundenbruchteil zwischen dem Hängenbleiben seines Fußes und dem Eintauchen seiner Nase in den Morast hatte Paul bereits mehrere Hypothesen entwickelt, um zu erklären, was im Gange war. Die vielversprechendste davon war, dass es sich bei der Person, in die er gerade regelrecht hineingerannt war, um einen konkurrierenden Schatzsucher handelte, der es geschafft hatte, als Erster an Ort und Stelle zu sein. Diese Vorstellung war, natürlich, außerordentlich ärgerlich.

»Sie waren aber schnell«, schnaufte er ungehalten. »Wie lange sind Sie schon hier?«

Eine Geräusch ertönte wie von einem Computer, der über die seltsamen Wechselfälle des Lebens nachdenkt, und dann antwortete eine Stimme: »Bin nicht sicher. Nicht sehr lange. Sorry, wenn das ein bisschen vage klingt, aber ich glaube, mein Kopf hat was abbekommen, weil ich ein wenig benommen bin.«

Vielleicht traf das wirklich zu. Irgendetwas an dieser Stimme war nicht ganz normal. Der Akzent, zum Beispiel. Er klang ein wenig nach einem Skandinavier, der mühsam versucht, einen amerikanischen Nachrichtensprecher zu imitieren und dabei den Mund voller Kekse hat. Auch das Timing war seltsam – die Worte kamen irgendwie gebündelt heraus, immer zwei oder drei auf einmal, jeweils mit einer winzigen Pause zwischen den einzelnen Gruppen. Aus irgendeinem Grund fühlte Paul sich an die synthetische Stimme erinnert, die man zu hören bekommt, wenn man irgendeinen Auskunftsdienst anruft, oder an ihre noch unangenehmere Schwester, die einen auffordert, auf Taste eins zu drücken, wenn man ins Hauptmenü will. Aber, vermutete er, es ist durchaus möglich, dass ein Schlag auf den Kopf genau dies bewirkt.

»Aha«, sagte er. »Sind Sie sonst okay?«

»Reichen Sie mir mal eine Hand und helfen Sie mir beim Aufstehen.«

»Klar«, sagte Paul. Er ging in die Knie und streckte den Arm aus. Etwas wie eine übel gelaunte Schraubzwinge legte sich um sein Handgelenk und zog ihn ruckartig und heftig nach vorne.

»Danke«, sagte die Stimme, während der Griff sich lockerte. »Wahrscheinlich klingt das wie eine ziemlich dumme Frage, aber wo sind wir hier?«

»Auf dem Baugrundstück hinter Tesco's«, erwiderte Paul. »Wie fühlen Sie sich jetzt?«

Kurze Pause. »Mein Fehler«, sagte die Stimme. »Hab die Recherche-Parameter nicht präzise genug festgelegt. Fangen wir mit dem Planeten an. Merkur?«

»Häh?«

»Auf welchem Planeten sind wir? Ich tippe auf Merkur, aber Geographie war nie meine starke Seite.«

Paul wich vorsichtshalber einen Schritt zurück. »Für mich klingt das, als hätten Sie tatsächlich einen heftigen Schlag auf den Kopf abgekriegt. Wir sollten Sie lieber ins nächste Hospital bringen.«

»Hospital«, wiederholte die Stimme. »Richtig, das ist eine Hilfe. Eindeutig eine humanoide Einrichtung« (vor dem Wort ›humanoide‹ eine längere Pause als üblich; die Stimme klang wirklich höchst seltsam), »also reden wir von der Erde oder von Proxima Centauri 7; und entweder habe ich mich erkältet, oder dies ist keine auf Stickstoff basierende Atmosphäre, daher tippe ich auf die Erde. Habe ich Recht?«

Paul brauchte einen Moment, um seine Stimme wiederzufinden. »Ich denke, Sie sollten wirklich besser einen Arzt aufsuchen«, schlug er vor.

»Das tue ich lieber nicht, wenn es Ihnen nichts ausmacht«, widersprach die Stimme. »Wenn dies die Erde ist, dann schätze ich, dass wir uns am Ende des Zwanzigsten Jahrhundert befinden, vielleicht auch am Beginn des Einundzwanzigsten. Und wenn unsere Fernabfragen hinsichtlich des Standes Ihrer medizinischen Technologie richtig sind – nun, es ist nicht böse gemeint, aber ich glaube, ich würde auch bei einer schweren Verletzung lieber auf mein Glück vertrauen, falls es Ihnen nichts ausmacht. Ich denke, es war wirklich nur ein leichter Schlag auf den Kopf. So schlimm kann er nicht gewesen sein, sonst würde nämlich der Übersetzungschip nicht mehr funktionieren. Das Ding ist ziemlich unzuverlässig. Manchmal braucht man nur auf diese verdammten Dinger zu pusten – Aber Moment mal«, fuhr die Stimme fort, »ich hasse es, mich mit jemandem zu unterhalten, den ich nicht sehen kann. Was meinen Sie, sollen wir Licht machen?«

Ein greller Schein flammte plötzlich auf, heller als ein Schweißlichtbogen oder brennendes Magnesium. Paul wandte instinktiv den Blick ab. »Was, zum Teufel, glauben Sie, was Sie da tun ...?«

»Pardon.« Die Stimme klang verletzt und verwirrt; enttäuscht. »Es gefällt Ihnen nicht?«

»Nein«, erwiderte Paul und versuchte, mit einem krampfhaften Blinzeln die glühenden roten Punkte von seiner Netzhaut zu entfernen.

»Oh. Ach ja. Vielleicht sind meine Daten ein wenig veraltet. Seit ich das letzte Mal hier war, ist es offenbar weniger geworden, aber das war – ja, wann? – vor etwa zweitausend Jahren? Ich denke, gewisse Gewohnheiten ändern sich.«

Ein Verrückter, entschied Paul. Schlimmer noch, ein Verrückter mit Feuerwerkskörpern in Industriequalität. Dieses furchtbar grelle Licht war sicherlich nicht unbemerkt geblieben, schloss er, als ihm bewusst wurde, dass er sich unbefugterweise auf einem Baugrundstück aufhielt. Er sah vor seinem geistigen Auge Nachtwächter, große Hunde (er hatte Angst vor großen Hunden) und eine Fahrt zum nächsten Polizeirevier. Es war schon seltsam, wenn man sich überlegte, dass es gerade eine Viertelstunde her war, als er sich eingeredet hatte, dass der Tag eigentlich nicht schlimmer werden könnte.

»Es ist schon gut«, sagte die Stimme jetzt. »Ich habe es abgeschwächt.«

Tatsächlich, das Licht war jetzt erträglich, eher ein matter elfenbeinfarbener Schimmer, nicht heller als die Treppenhausbeleuchtung in einem Mietshaus. Er konnte den Mann hinter der Stimme erkennen.

»Wie dem auch sei«, fuhr der Eigentümer der Stimme fort, »das ist alles sehr schön, aber ich glaube, ich sollte mich lieber von dannen machen. In welcher Richtung liegt der Raumhafen?«

Er hatte Bilder von ihnen gesehen, damals, als er noch ein Kind war. In Märchenbüchern und in *Meine Kinderbibel* (in Letzterer hatten vorangegangene Generationen von Schülern die Zeichnungen mit Vollbärten, Schnurrbärten und anderen, um einiges unwahrscheinlicheren physischen Attributen verschönt) und natürlich auf Weihnachtskarten. Er wusste genau, was er da vor sich sah. Alles war genauso wie auf den Bildern und bei den Skulpturen (Flügel, Heiligenschein, flatterndes Nachthemd; keine

Harfe, aber Harfen waren bekanntlich rein optional). Das einzige Problem war, dass sie nicht existierten.

»Sie sind ein Engel«, sagte er anklagend.

Ein Ausdruck der Missbilligung huschte über das Gesicht des Engels. »Ja«, sagte er. »Der Raumhafen. Ist er weit weg?«

»Aber das ist unmöglich«, widersprach Paul. »So etwas wie Engel gibt es nicht.«

Der Engel zuckte die Achseln und vermittelte Paul den Eindruck, dass er solche Gespräche schon des Öfteren geführt hatte. »Sie haben das Recht auf Ihre Meinung«, sagte er. »Glaube ist eine rein persönliche Angelegenheit, und die Meinungsfreiheit wird durch die Erklärung der Grundrechte empfindungsfähiger Lebewesen garantiert. Also, wie wäre es, wenn Sie diesem Trugbild Ihrer Phantasie endlich den kürzesten Weg zum Raumhafen verraten würden?«

Paul begann zurückzuweichen.

»Ach, es ist zum ...« Der Engel verschwand. Paul versuchte immer noch, den Anblick zu verarbeiten, als er wieder erschien. Nur war er diesmal kein Engel mehr. Es war eine haargenaue Kopie Pauls.

»Besser so?«, fragte Paul II.

»Nein.«

»Oh. Darf ich fragen, warum nicht?«

Paul versuchte, darauf zu antworten, aber seine Stimme schien nicht zu funktionieren.

»Es ist nicht böse gemeint«, sagte sein Double, »aber ich glaube, Vernunft ist im Augenblick nicht unbedingt Ihre starke Seite. Okay, Sie mögen das helle Licht nicht, das ist wahrscheinlich etwas Technisches oder Artenspezifisches, das nicht im Handbuch vermerkt war. Sie mögen nicht das Kostüm des fliegenden Boten. Ich vermute, das ist eine reine Geschmacksfrage, und wie ich gerade schon andeutete,

Sie haben das Recht auf Ihre persönliche Meinung. Aber Sie können nicht ernsthaft erwarten, dass ich glaube, dass an dieser Erscheinung hier irgendetwas anstoßerregend ist. Verdammt, es ist Ihre eigene Spezies.«

Paul schüttelte längere Zeit heftig den Kopf. Schließlich gelang es ihm, wieder etwas zu sagen. »Ja. Ich bin es.«

»Was? Ah, jetzt verstehe ich. Nun, ich habe seit sehr, sehr langer Zeit keinen Vertreter Ihrer Spezies mehr gesehen.« Der Doppelgänger seufzte. »Es ist wohl nicht von der Hand zu weisen, dass wir das Ganze irgendwie völlig falsch angefangen haben, und ich habe das ungute Gefühl, dass die ganze Sache nur noch verschlimmert wird, ganz gleich, was ich tue. Also warum erklären Sie mir dann nicht einfach, wie ich zum Raumhafen komme, und Sie können diesen ganzen unangenehmen Vorfall vergessen?«

»Kein Raumhafen«, stammelte Paul. »Nicht hier.«

Paul hatte das zweifelhafte Privileg, genau betrachten zu können, wie er aussah, wenn er sich dazu zwang, ruhig und geduldig zu sein, sobald er es mit einem Idioten zu tun hatte. »Ich muss sagen, dieses Glaubenssystem, das bei Ihnen gilt, ist mir völlig neu. Vermutlich handelt es sich um eine Art Hyperexistentialismus. Mal sehen: Sie glauben nicht an die Existenz des Raumhafens, weil Sie ihn im Augenblick nicht sehen oder riechen oder berühren können. Na schön, schaun wir mal, was wir da tun können. Angenommen, es gäbe einen Raumhafen –«

»Sie verstehen nicht«, unterbrach Paul ihn. »Keine Raumhäfen. Es gibt nichts in der Richtung. Sie wurden noch nicht erfunden, außer in *Star Trek* und solchem Zeug. Science-Fiction.«

Nun gewann er einen gründlichen und aufschlussreichen Eindruck davon, wie er aussah, wenn er angestrengt nachdachte. Kein besonders schöner Anblick.

»Aha«, sagte Paul II. »Ich habe das ungute Gefühl, dass

das Ganze nach und nach doch einen gewissen Sinn ergibt. Ihre Kultur hat den Raumflug noch nicht entwickelt. Ist das richtig?«

Paul nickte.

»Mist.« Diesen Ausdruck kannte er bestens von seinem Spiegel. »Das ist Pech. Keine Hyperraum-Radioverbindungen? Keine heuristischen, sich selbst aktualisierenden Simultanübersetzungsgeräte? Kein Kontakt mit außerirdischen Spezies?«

Paul schüttelte den Kopf.

»Oh Schande.« Der andere wandte den Kopf ab, vielleicht weil er nicht wollte, dass man ihm sein Mitgefühl ansah. »Aber Moment mal«, sagte er. »Das ist doch nicht richtig. Als ich diese Gestalt des geflügelten Boten innehatte, haben Sie mich sofort erkannt. Sie sagten, ich wäre ein Engel.«

»Nun ja, das sind Sie auch«, erwiderte Paul. »Oder zumindest waren Sie es.«

»Demnach wissen Sie, wer wir – Oh, Augenblick, ich vergaß. Sie glauben ja nicht an unsere Existenz.«

Paul nickte wiederum.

»Ich verstehe.« Ein Ausdruck der Erleichterung schwang in der Stimme mit. »Ich glaube, jetzt weiß ich endlich, was hier im Gange ist. Es ist etwas Religiöses, stimmt's? Prima, jetzt weiß ich wenigstens, wo wir stehen. Sie denken, ich wäre irgendein übernatürliches Wesen. Oder Sie tun es auch nicht, denn sie glauben ja nicht. Und Sie haben damit sogar völlig Recht, denn ich bin es wirklich nicht.«

»Nicht was?«

Der andere lächelte. »Ich bin nicht übernatürlich«, sagte er. »Nicht im mindesten. Tatsächlich«, fügte er mit einem verschämten Grinsen hinzu, »bin ich ein Vertreter.«

»Ein was?«

»Ein Vertreter. Ein Handlungsreisender. Ich ziehe umher und verkaufe Dinge.«

Aus irgendeinem Grund, den er nicht ganz begreifen konnte, hörte Paul sich fragen: »Was für Dinge?«

Der andere zuckte die Achseln. »Der Oberbegriff für diese Art von Gegenständen ist Krimskrams«, erwiderte er. »Scherz- und Geschenkartikel, Souvenirs. Krempel«, fügte er hinzu. »Samt und sonders hochqualitative, geschmackvolle, erstklassige, auserlesene Handelsware, nur der allerbeste ... Krempel«, wiederholte er mit einem Anflug von Traurigkeit. »Das ist es, was meine Spezies am besten herstellen kann. Brennende Büsche, Meere, die sich in der Mitte teilen, riesige Finger, die auf Wände schreiben, bisher unbekannte Sterne, die einem auf Schritt und Tritt zu folgen scheinen. Ich würde Ihnen gerne einen Katalog verehren, nur habe ich sie alle in meinem Schiff zurückgelassen.«

»In Ihrem Schiff.«

»Ja, der arme Pott. Es war ganz allein meine dämliche Schuld. Ich hab nicht aufgepasst, wohin ich flog, und rummsbumms bin ich in einen Asteroiden reingerauscht. Ich hatte gerade noch Zeit, mich rauszuschießen. Hatte unglaubliches Glück, so nahe bei Ihrem Planeten zu sein. Anderenfalls würde ich jetzt irgendwo da oben herumtreiben.« Er seufzte. »Trotz allem sollte man für alles dankbar sein, was einem widerfährt«, sagte er. »Ganz gleich, wie übel sich einem die eigene Lage darstellt, sie könnte immer noch um einiges schlechter sein.«

Seltsam ... Vor zwanzig Minuten hatte Paul an einer Bushaltestelle gestanden und geglaubt, dass er nun endgültig auf der untersten Stufe der Unglücksleiter angekommen wäre. Und jetzt unterhielt er sich (offensichtlich) mit einem Lebewesen von einer anderen Welt, das auf einem ihm fremden Planeten gestrandet war und nicht ernsthaft hoffen konnte, jemals wieder nach Hause zurückzukehren, und dieses Lebewesen war weitaus positiver und fröhlicher angesichts dieses furchtbaren Unglücks als er es in Bezug auf seine eigenen im Gegensatz dazu trivialen Missgeschicke gewesen war. Völlig unerwartet schämte er sich plötzlich.

»Hm«, sagte er. »Wenn ich irgendetwas tun kann, um Ihnen zu helfen ...«

Er hatte eigentlich gar nicht die Absicht gehabt, das zu sagen. Es war ihm einfach herausgerutscht wie eine Katze, die man auf den Arm nimmt und die sich plötzlich windet und aufbäumt, weil sie hinter einem Vogel herjagen will. Dennoch, die Worte waren ihm entschlüpft, und er konnte sie schlecht zurücknehmen.

»Das ist unwahrscheinlich nett von Ihnen«, erwiderte der andere, wobei seine Miene sich aufhellte. »Okay. Fangen wir mit einem heißen Bad an, frischen Kleidern und einer anständigen Mahlzeit, und danach können wir einige ernsthafte Konstruktionsarbeiten in Angriff nehmen. Ist es von hier aus weit bis zu Ihrer Behausung?«

»Hier wohnen Sie also«, sagte der fremde Besucher und sah sich um. Seine Blicke glitten über leere Pizzakartons und verharrten auf der Zusammenrottung einzelner Socken in der hinteren Ecke des Sofas. »Interessant.«

»Es ist ein wenig unordentlich –«, begann Paul.

»Wirklich? Worin unterscheidet Ihre Bleibe sich von typischen Wohnräumen Ihrer Spezies? Diese flachen, rechteckigen Behälter, zum Beispiel –«

»Setzen Sie sich«, fuhr Paul ihm ins Wort. »Ich bringe Ihnen eine Tasse Tee.«

Als der Tee auf dem Tisch stand, betrachtete der Alien

ihn zwei, vielleicht auch drei Sekunden lang. Dann tauchte er die Finger hinein und begann, damit sein Gesicht abzureiben.

»Nein«, sagte Paul, »das Bad ist dort entlang, im Badezimmer. In der Tasse ist Tee. Zum Trinken.«

»Oh.« Daran hing ein unausgesprochenes *Sind Sie sicher?* »Nun, vielen lieben Dank. Oh, ich verstehe. Sie halten den gekrümmten Teil fest und benutzen ihn, um das Gefäß an Ihren Mund zu führen. Ihre eigene Erfindung?«

»Nein«, erklärte Paul ihm. »Das gibt es bei uns schon eine ganze Weile.«

»Bemerkenswert«, erwiderte der Fremde. »Ihr Volk bringt etwas derart Cleveres hervor, aber Sie hängen noch immer auf diesem kleinen Planeten fest. Wissen Sie«, fügte er hinzu, »wenn ich diese Dinger bei mir zu Hause verkaufte, könnte ich damit ein Vermögen machen.«

»Tatsächlich?«

»Oh ja.« Er trank einen Schluck Tee, schüttelte sich und stellte die Tasse auf den Couchtisch und schob sie so weit wie möglich von sich weg. »Meine Firma würde sich für eine simple Idee wie diese dreimal dumm und dämlich zahlen. Mehr als genug, um die Kosten für eine groß angelegte Such-und-Rettungs-Mission abzudecken, wenn wir nur mit ihr Verbindung aufnehmen könnten. Was mich wieder darauf bringt –«

»Ja«, erwiderte Paul nachdenklich. Dann sagte er: »Sie haben von ernsthaften Konstruktionsarbeiten gesprochen.«

Sein Doppelgänger nickte begeistert. »Das stimmt«, sagte er. »Grundsätzlich hatte ich im Sinn, einen einfachen Hyperraum-Leitstrahlsender zu bauen. Nichts Raffiniertes oder Kompliziertes, wissen Sie. Er braucht nichts anderes zu tun, als einen einfachen Notruf auszusenden. Das nächste Schiff, das diese Raumregion durchquert, fängt ihn auf, berechnet die Koordinaten und informiert die Behörden. Sie schicken dann ein Schiff los, um mich aufzugabeln. Es wäre anders, wenn dies hier eine Art Bronzezeit-Planet wäre, wo jeder noch in Lehmhüten wohnt und Schweine hält und überzeugt ist, dass tragbare Kommunikationsmodule der letzte Schrei wären. Aber eine Rasse, die sich integrierte Trinkgefäßgriffe ausdenken und sie entwickeln und herstellen kann –« Er schüttelte den Kopf mit einem Ausdruck des Staunens, das durch und durch echt war. »Und ich hatte schon angefangen, die Hoffnung zu verlieren.«

»Das sollte man nie tun«, sagte Paul. »Was glauben Sie denn, welche Dinge Sie brauchen?«

»Ach, nichts Ausgefallenes«, antwortete der Fremde. »Zebulonkristalle, Barconiumchips, hyperleitfähigen Draht, ein wenig Antimaterie, ein Stück Sperrholz und einen Schraubenzieher. Das meiste haben Sie wahrscheinlich gleich hier im Haus zur Verfügung.«

Paul schürzte die Lippen. Einen Schraubenzieher hätte er. Zumindest in Form eines der Multifunktionslemente an seiner chinesischen Kopie eines Schweizer Armeemessers, aber er hatte es verbogen, als er versucht hatte, damit die Verschlusskappe einer Milchflasche zu durchstoßen. »Ich denke, der Schraubenzieher müsste sicherlich ein wenig härter sein«, sagte er.

»Oh. Sie meinen, wir müssen möglicherweise einige Dinge kaufen? Nun, natürlich kann ich Ihnen, sobald ich wieder zu Hause bin, umgehend einen Scheck schicken.«

»Das ist es nicht«, sagte Paul so behutsam und taktvoll wie möglich. »Die Wahrheit ist, ich habe noch nie von diesem Zebu-zeug und den anderen Dingen, die Sie nannten, gehört – womit ich nicht sagen will, dass wir die Dinge nicht haben. Wenn Sie aufschreiben müssten, was ich über Naturwissenschaft und Technik *nicht* weiß, würde dazu ein Blatt Papier von der Größe Nordamerikas gerade ausreichen, vorausgesetzt, Sie haben eine zierliche Handschrift. Aber Sie haben unter anderem etwas von Antimaterie erwähnt–«

Der Fremde nickte. »Nur die reguläre handelsübliche Qualität«, sagte er. »Bleifrei.«

»Richtig«, erwiderte Paul. »Nun, ich weiß mit Sicherheit, dass wir so etwas nicht haben, denn ich habe in der Flimmerkiste einen Bericht über Wissenschaftler gesehen, die versuchen, dieses Zeug zu erfinden, und das Fazit war –«

»Flimmerkiste?«

»Fernsehen. Töne und Bilder, die durch die Luft gesendet werden. Jedes Haus hat ein Empfangsgerät, das wir auch schon mal Flimmerkiste nennen. Es ist bei uns sehr beliebt.«

»Tatsächlich.« Der Alien nickte zweimal, langsam, bedächtig, und verbannte jeglichen Ausdruck aus seinem Gesicht. »Soso«, sagte er, »keine Antimaterie. Ärgerlich.«

»Natürlich«, sagte Paul, »wenn Sie wissen, wie man dieses Zeug herstellt –«

»Ein Kinderspiel«, erwiderte der Alien.

»Hey!« Ein Grinsen breitete sich über Pauls Miene aus. »Ich könnte ein Riesen – Ich meine, wenn wir ein wenig Zeit hätten, könnten wir vielleicht eine große Firma dazu überreden, Ihnen, hm, behilflich zu sein. Aus rein humanitären Gründen, versteht sich.«

Der Fremde schüttelte den Kopf. »Ein Kinderspiel«, wiederholte er, »vorausgesetzt Sie verfügen über einen quadrophasischen Teilchenschöpfer, befestigt an einem Megatheriumgestänge, das wiederum an einem Tritoberylliumturm montiert ist. Und vielleicht halte ich Ihre Leute völlig zu Unrecht für niederträchtig, aber ich habe so eine Ahnung, als ob sie –«

Paul nickte. »Durchaus verständlich«, sagte er. »Hören Sie, gibt es nicht etwas anderes, das Sie benutzen können? Genauso als würden Sie Ihren Kaffee mit Honig süßen, wenn Ihnen der Zucker ausgegangen ist?«

Der Ausdruck auf dem Gesicht des Fremden vermittelte Paul den Eindruck, dass dieser Vergleich nicht besonders hilfreich war. »Nicht wirklich«, entgegnete der Fremde. »Antimaterie ist Antimaterie, daran lässt sich nicht viel ändern. Und ich wünschte, ich könnte Ihnen erklären, wie man einen quadrophasischen Teilchenschöpfer baut, aber das kann ich nicht. Wie ich schon sagte, meine Firma ist mehr auf harmlosen Krimskrams spezialisiert. Auf Spielzeuge, nutzlosen Technoschrott. Ein Renner sind zum Beispiel Magnethalter für Kühlschränke.«

Damit schien die Angelegenheit erledigt zu sein. Der Fremde kauerte sich ein wenig zusammen und schien sich zum ersten Mal über das wahre Ausmaß an Hoffnungslosigkeit seiner Situation klar zu werden. Und erneut verspürte Paul dieses fremdartige Gefühl des Mitleids wie ein Jucken tief in seinem Geist, wo er nicht hinreichte, um sich zu kratzen.

»Wie lautet Ihr Name?«, fragte er.

Der Fremde schaute hoch. »Name«, wiederholte er. »Ach ja, Sie erkundigen sich nach meinem ID-Code? 6340097/227/3.«

»Soso. Ich bin Paul.«

»Paul«, wiederholte 6340097/227/3. »Schön, Sie kennen zu lernen.«

»Danke gleichfalls.«

Erneutes Schweigen, und Pauls Gedanken drifteten ab. So, dachte er, dies ist wirklich und wahrhaftig ein Engel.

Engel existieren tatsächlich, und dies ist einer davon. Außer dass sie keine göttlichen Boten oder himmlischen Sozialarbeiter sind, denen jedes Mal, wenn ein Kind in die Hände klatscht, ihre Flügel wachsen. Sie sind Handlungsreisende, das außerirdische Äquivalent dieser schmierigen Zeitgenossen, die einen mit besonderer Vorliebe rechts überholen und die ihre Jacken im Auto immer am Kleiderhaken am Türpfosten hängen haben ... Irgendwie ergab das viel mehr Sinn als der orthodoxe Engelstyp. Nichtsdestoweniger eine Schande. In diesem Moment wäre ihm das Eingreifen eines Schutzengels mehr als recht gewesen. Er hätte vielleicht wieder Ordnung in sein Leben bringen und alles in seinem Sinn regeln können.

Von wegen. Er konnte sich (offensichtlich) selbst dazu bringen, an Engel und an Furzkissenhändler aus fernen Galaxien zu glauben, aber nicht einmal er war so dumm.

Dennoch: »Das klingt ja, als hätten Sie einen richtig beschissenen Tag gehabt.«

6340097/227/3 nickte. »Das können Sie laut sagen.«

»Ich auch«, sagte Paul. »Zuerst bleibt mein Wagen mit einer Panne liegen, ich komme deswegen zu spät zur Arbeit, dann ruft meine Freundin an und sagt, dass sie mich in den Wind schießt, und schließlich fliege ich aus meinem Job. Das kann man doch durchaus ebenfalls als beschissenen Tag bezeichnen, nicht wahr? Was meinen Sie?«

6340097/227/3 sah ihn an. »Mal sehen«, sagte ich. »Ich weiß nicht, ob ich die gesamte kulturspezifische Terminologie richtig verstanden habe, aber ich glaube, ich weiß, worauf es hinausläuft. Sie besitzen ein nicht ordnungsgemäß funktionierendes Stück Technologie. Ihre für Sie vorgesehene Partnerin hat Sie zu Gunsten eines anderen verlassen. Ihre Arbeitsgruppe hat Sie von Ihren Arbeitsverpflichtungen innerhalb Ihres nicht-genetischen Clans befreit und gleichzeitig eine Einstellung der Nahrungslieferungen an Sie verfügt. Kommt das in etwa hin?«

Paul nickte. »So ungefähr.«, sagte er. »Das klingt, als würde Ähnliches dort, wo Sie herkommen, auch gelegentlich passieren.«

»In der Tat«, erwiderte 6340097/227/3. »Aber ich dachte, Sie hätten gesagt, es wäre ein schlechter Tag.«

»Verdammt richtig, es war ein schlechter Tag. Habe ich nicht gerade …?«

6340097/227/3 zuckte die Achseln. »Tut mir Leid«, sagte er. »Ich muss wohl etwas missverstanden haben. Oder die Dinge liegen hier anders. Wenn man beispielsweise bei mir zu Hause feststellt, dass man ein Stück Technologie besitzt, das nicht funktioniert, ist das normalerweise ein Grund zum Feiern, da es bedeutet, dass man die Hersteller auf Schadensersatz in Höhe des Zwanzigfachen ihres durchschnittlichen jährlichen Umsatzes verklagen kann. Andererseits sind unsere Arbeitsverpflichtungen gegenüber unserer nicht-genetischen Clanstruktur ziemlich streng. Grundsätzlich arbeitet man 88 Stunden am Tag, und das 769 Tage im Jahr bis zu seinem Tod. Dafür erhält man die zur Lebenserhaltung minimal notwendige Kalorienmenge. Ein ziemlich lästiger Zustand, wenn man bedenkt, dass die meisten von uns nach Ihren Maßstäben mindestens … mal rechnen … über siebzigtausend Jahre leben. Das, so sollte ich betonen, ist der Grund, weshalb Beschäftigung eine Strafe ist, reserviert für Kriminelle, deren Vergehen für eine Todesstrafe zu schwer wiegen – wohingegen unser soziales Sicherheitssystem außerordentlich großzügig und dafür verantwortlich ist, dass 69,2% unserer Bevölkerung an Cholesterinvergiftung sterben, ehe sie das Alter von zwölf Jahren erreicht haben. Was nun die Zurückweisung durch Ihren vorgesehenen Sexualpartner betrifft …« Er schürzte die Lippen und schüttelte sich ein wenig. »Für den Fall, dass es hier völlig anders abläuft und Ihre weiblichen Vertreter ihre männlichen Partner nicht zwei Stunden nach der Paarung verzehren ...«

»Ich erkenne, was Sie meinen«, sagte Paul. »Es ist schon richtig, die Dinge liegen hier bei uns in der Tat ziemlich anders.«

»Wirklich?« 6340097/227/3 schaute ziemlich sehnsüchtig drein. »Es klingt, als wäre dies ein ganz netter Ort, um hier zu leben.«

»Das vermute ich auch«, erwiderte Paul nachdenklich (und er dachte, zwei Stunden später, *ojeh!*). »Es kommt im Grunde nur darauf an, von welcher Seite man es betrachtet.«

6340097/227/3 nickte. »Schön«, sagte er, »tun wir etwas, um uns selbst ein wenig aufzumuntern, okay? Ich habe da so eine Idee«, fügte er mit einem Grinsen hinzu, das Paul nicht richtig deuten konnte. »Werfen wir mal einen Blick auf dieses Fernsehen, das Sie hier haben.«

Was sollen wir sonst tun, dachte Paul. Und während er in die Kiste schaut, finde ich vielleicht eine taktvolle Möglichkeit, ihm klar zu machen, dass, sosehr ich seine Verzweiflung über seine Not und hoffnungslose Lage, in der er steckt, nachempfinden kann, er trotzdem nicht ewig hier wohnen kann ... Allerdings konnte er sich auch nicht vorstellen, was der gestrandete Alien als Nächstes tun sollte. Vielleicht würde der Tag kommen, an dem jemand endlich diesen multiphasischen Was-auch-immer erfinden und anfangen würde, Antimaterie in handlichen Familienpackungen zu erzeugen, und er am Ende doch nach Hause zurückkehren könnte. Er hatte angedeutet, dass seine Rasse erheblich mehr Durchhaltevermögen hätte als die Menschen mit ihren dreimal dreißig plus zehn Jahren. Bis dahin würde er sich vermutlich niederlassen und sich einen Job suchen müssen. (Und das ist auch seltsam, überlegte Paul. In seinem Fall scheint das eine schreckliche Tragödie, ein schrecklicher Albtraum zu sein – auf der Erde zu leben, jeden Tag zur Arbeit zu gehen, eine Hypothek abzubezahlen, sich so gut es ging mit verstopften Abflüssen und der einzigen Europäischen Währung und dem Tennisellbogen herumzuschlagen – wohingegen ich niemals auch nur andeutungsweise darüber nachgedacht habe, dass das Leben in irgendeinem Punkt anders sein könnte. Wenn ich Glück habe.)

»Was ist das?«, fragte 6340097/227/3 plötzlich.

Es war eine dieser gemütlichen Detektiv-Serien, in denen Menschen mitten im Herzen einer idyllischen englischen Landschaft auf grässlichste Art und Weise ermordet werden.

»Was das ist?«, erwiderte Paul und betrachtete aufmerksam den Bildschirm, um sich zu vergewissern, ob ihm irgendetwas entgangen war. »Das ist eine Kirche.«

6340097/227/3 starrte mit offenem Mund auf den Bildschirm. Dann, völlig unvermittelt, sprang er hoch, strampelte mit den Beinen, brüllte »Juuu-huuu« und begann durch das Zimmer zu tanzen. Nervös griff Paul zur Fernbedienung und wechselte den Kanal. Ah, ein Snooker-Turnier. Das müsste ihn wieder beruhigen.

»Dieses Ding«, keuchte 6340097/227/3 und hielt für einen kurzen Moment inne, um wieder zu Atem zu kommen. »Wo steht es?«

Paul runzelte die Stirn. »Keine Ahnung«, erwiderte er. »Für mich sah das aus wie jede andere Kirche.«

»Sie meinen, es gibt noch andere?«

»Hunderte. Vielleicht sogar Tausende.«

6340097/227/3 sank auf die Knie und lächelte. Für den Bruchteil einer Sekunde war Paul neidisch. Das war eine genaue Kopie seines Gesichts, und er war sicher, dass er niemals in seinem Leben derart selig aussehen würde. »Was ist so wundervoll an einer Kirche?«

6340097/227/3 schüttelte den Kopf. »Gibt es hier in der Nähe eine?«, wollte er wissen.

»Ich nehme es an. Ich kann nicht behaupten, dass es mir jemals aufgefallen wäre. Ich meine, sie sind so selbstverständlich, dass man sie gar nicht mehr bewusst wahrnimmt ... Habe ich jetzt etwas Spaßiges gesagt?«

»Nein, wirklich nicht.« 6340097/227/3 presste eine Hand auf den Mund. »Hören Sie, es tut mir Leid, dass ich Sie so heftig dränge, aber es ist lebenswichtig, dass wir eine dieser – wie haben Sie sie genannt? – finden.«

»Kirchen.«

»Ja ... eine dieser Kirchen, und zwar so schnell wie möglich. Bitte?«, fügte der Alien hinzu und hatte dabei plötzlich einen hilflosen, verlorenen Ausdruck in den Augen wie ein ausgesetzter junger Hund, wie Paul ihn in einer Million Jahren nicht zustande gebracht hätte.

»Klar«, erwiderte er. »Jetzt gleich?«

»Ja.«

Peinlicherweise gab es eine Kirche keine drei Gehminuten von Pauls Wohnung entfernt, und er hatte sie vergessen, bis er in einiger Entfernung den Glockenturm in den Himmel ragen sah. Er hatte keine Ahnung, ob es irgendwelche Vorschriften oder Regeln gab, die den Besuch einer Kirche nach Einbruch der Dunkelheit betrafen, aber die Tür war nicht verriegelt, daher vermutete er, dass es wahrscheinlich in Ordnung war. »Ist dies in etwa das, was Sie sich –?«, setzte er zu einer Frage an. Dann begriff er, dass 6340097/227/3 nicht mehr neben ihm stand. Er war verschwunden.

»Hey«, hallte die Stimme des Aliens von der kuppelförmig gewölbten Decke wider. »Das hier ist ziemlich alt, nicht wahr?«

»Schon möglich«, erwiderte Paul. »Viele Kirchen haben einige hundert Jahre auf dem Buckel, aber ich weiß wirklich nicht ...«

»Ja! Oh, das ist ... Kommen Sie herauf, schnell. Ich brauche Ihre Hilfe bei einigen Dingen.«

Er sah, dass 6340097/227/3 vor dem Altar kniete. In einer Kirche, dachte Paul, eine durchaus vernünftige und nachvollziehbare Verhaltensweise. Aber der Alien schien nach etwas zu suchen. Und was noch unheimlicher war, es dauerte gar nicht lange, bis er es gefunden hatte.

»Fabelhaft«, murmelte 6340097/227/3 und entfernte eine Abdeckplatte. »Natürlich ist es schon eine Weile her, aber ich habe an diesen Babys meine Grundausbildung genossen. Also, was ist hier die Circadiumleitung?«

Paul riss verblüfft die Augen auf. Hinter der Platte verbarg sich ein dichtes Gewirr von leuchtenden Faseroptiken und glitzernden metallischen Rohrleitungen. Dazu gehörte eine Art Keyboard, das an der hinteren Wand befestigt war und dessen Tasten mit bizarren Symbolen gekennzeichnet waren. 6340097/227/3 griff mit vollen Händen in das Kabelgewirr und ordnete es, stöpselte Kabel ein oder spleißte sie zusammen. »Geschafft«, sagte er und schloss die Abdeckplatte. »Jetzt heißt es nur noch, das Schätzchen warmlaufen zu lassen, und dann kann ich einen Kurs weg von hier eingeben. Ich will nicht unhöflich sein«, fügte er hinzu, »aber ich glaube nicht, dass es mir auf die Dauer hier gefallen hätte. Das mit euren weiblichen Vertretern ist durchaus verlockend, aber eure Nacht hat die falsche Farbe, und der Himmel hängt für meinen Geschmack ein wenig zu niedrig. Außerdem ist es nirgendwo so schön wie zu Hause, nicht wahr?«

Paul machte drei Schritte rückwärts. »Wollen Sie damit etwa behaupten«, sagte er langsam, »dass diese Kirche in Wirklichkeit ein Raumschiff ist?« 6340097/227/3 lachte. »Ein ZZ885 Starglider-Modell jüngeren Datums«, erwiderte er über die Schulter. »Es muss irgendwann von einigen meiner Leute zurückgelassen worden sein. Entweder ist hier ein Kolonisationstrupp gelandet und nicht mehr nach Hause zurückgekehrt, oder wir hatten vor, hier eine Basis einzurichten, aber das Projekt wurde abgebrochen. Solche Dinge passieren schon mal. Haben Sie gesagt, es gäbe viele von diesen Dingern?«

»Jede Menge«, meinte Paul. »Gott weiß wie viele, überall auf der ganzen Welt. Und das sollen alles Raumschiffe sein?«

6340097/227/3 zuckte die Achseln. »Keine Ahnung«, erwiderte er. »Wofür brauchen Sie sie denn?«

Paul war sich nicht ganz sicher, wie er diese Frage beantworten sollte. »Für religiöse Zwecke«, sagte er dann.

»Aha.« 6340097/227/3 nickte. »Das habe ich mir fast gedacht. Das wäre nicht das erste Mal. Wahrscheinlich sind einige von ihnen Kopien, die Ihre Leute hergestellt haben in dem Glauben, es wären wirklich nur Gebäude. Aber keine Sorge, das hier ist ganz eindeutig ein Original.« Er war jetzt in die Orgel geklettert und hantierte an den Pfeifen und Registern herum. »Die Plasma-Ladung hat ein wenig abgenommen«, sagte er, »aber der Hauptreaktor ist unter den gegebenen Umständen noch ganz gut in Schuss. Außerdem hat niemand sich daran zu schaffen gemacht. In dem Ding ist noch genug Treibstoff vorhanden, um die ganze Insel von der Landkarte verschwinden zu lassen, wenn alles hochgeht.«

Paul stellte sich vor, wie Tausende von älteren Ladys jeden Sonntag zweimal überall im Land in den Kirchen Orgel spielten, und es lief ihm eiskalt den Rücken hinunter.

»Nun denn.« 6340097/227/3 war aus der Orgel wieder aufgetaucht und stieg die Treppe zur Kanzel hoch. »Jetzt brauche ich nur noch einen Kurs einzugeben, und schon kann es losgehen.« Es beugte sich aus der Kanzel, griff nach dem kleinen Brett mit der Überschrift »Lieder« und gab 134, 96, 308 ein, dann für »Psalmen« 42 und 90. »So«, rief er und wischte sich die Stirn ab, »ich denke, jetzt heißt es, Abschied zu nehmen. Leben Sie wohl. Vielen Dank für Ihre Hilfe.«

Paul sah ihn an. Wenn er auf etwas gewartet hatte, das vielleicht klang wie *Es sei denn, Sie haben Lust mitzukommen* wäre er enttäuscht gewesen. Aber er hätte sich natürlich geweigert.

Natürlich ...

»Gute Reise«, wünschte er ziemlich lahm und hängte an: »Hm, viel Glück.«

6340097/227/3 nickte »Zumindest bis Ihre Atmosphäre hinter mir liegt. Dann kann ich den Antrieb drosseln und Treibstoff sparen.« Er runzelte die Stirn, als machte er sich wegen irgendetwas Sorgen. »Für mich hat sich alles ganz gut entwickelt«, sagte er, »falls diese Kiste tatsächlich von Ihrem Planeten hochkommt, aber ich bin mir ziemlich sicher, dass sie das schaffen wird. Außerdem hoffe ich, dass Ihre Angelegenheiten zufriedenstellend ausgehen.«

»Das hoffe ich auch«, erwiderte Paul und lächelte, denn man trifft keinen Engel und hilft ihm, nach Hause zurückzukehren, und steht am Ende mit leeren Händen da. So steht es in den Regeln. Nein: Man geht anschließend nach Hause, und wenn man dort ankommt, dann ist alles bestens geregelt. Die Freundin wartet weinend an der Tür und bittet um Verzeihung, und kaum betritt man die Wohnung, da ruft auch schon der Chef an und erklärt, was er gesagt hätte, täte ihm Leid, und dann meldet sich die Autowerkstatt, um Bescheid zu sagen, dass doch kein neuer Zylinderkopf eingebaut werden muss, und alles ist wieder in Ordnung und das Leben ist einfach schön. »Dann, adios«, sagte er, und er machte kehrt und ging hinaus und schloss die Tür mit Nachdruck hinter sich.

Für alle Fälle zog er sich in eine, wie er meinte, sichere Entfernung zurück. Er verließ den Kirchhof (vermutlich war er früher die abgesperrte Gefahrenzone gewesen) und ging zur Sicherheit die Straße noch ungefähr hundert Meter weit hinunter. Nichts geschah für eine, wie es schien, sehr lange Zeitspanne. Und dann, unvermittelt, flammte blendend helles, weißes Licht auf. Er konnte in diesem Moment nichts anderes tun, als den Blick abzuwenden. Als er wieder hinschaute, war die Kirche bereits in den Himmel gestiegen. Weiße Feuerzungen leckten aus allen vier fliegenden Stützpfeilern, und der Glockenturm bohrte sich in die Dunkelheit wie – nun, wie die Nase einer Rakete. Wohl wissend, dass es eine sinnlose Geste war, winkte er, bis der schwarze Punkt mit der Nacht verschmolz und nichts anderes mehr zu sehen war als das matte Glimmen verschmorten Grases hinter den Kirchhoftoren.

Okay, sagte er zu sich selbst und machte sich auf den Heimweg. Und jetzt zum angenehmen Teil.

Er kehrte nicht im Laufschritt zu seiner Wohnung zurück, dazu verfügte er über genügend Selbstbeherrschung. Aber niemand wartete dort auf ihn, er fand keine Botschaft auf dem Anrufbeantworter, kein Brief war unter seiner Tür durchgeschoben worden. Er blieb so lange wach, wie er konnte, aber niemand kam. Um vier Uhr morgens wachte er auf dem Sofa auf, immer noch vollständig bekleidet, und fragte sich, ob alles nur ein Traum gewesen war. Dann fiel sein Blick auf die Teetasse, die mitten auf dem Tisch stand, wo der Engel – Korrektur, wo der Handlungsreisende sie hingeschoben hatte.

Am nächsten Tag gab es in den Lokalnachrichten einen Bericht über eine schöne, alte Kirche, die von Vandalen niedergebrannt worden war, aber keine reumütig zurückkehrenden Freundinnen oder um Entschuldigung bittende Arbeitgeber, und die Werkstatt rief an, um Bescheid zu sagen, dass die hinteren Stoßdämpfer auch schon ziemlich ausgeleiert wären.

Engel, dachte er. Von wegen.

Drei Monate später saß Paul auf seinem Sofa, schaute sich im Fernsehen eine der Nachmittags-Soaps an, fragte sich dabei, ob er sich wirklich die Mühe machen sollte, sich zu rasieren, und knabberte an einem Pizzarest vom Vorabend, als etwas mit derartiger Wucht durch sein Fenster flog, dass er beinahe von den herumfliegenden Glasscherben verletzt wurde. Es war ein Meteorit – ein Meteorit mit einem Knopf an der Seite. Er drückte darauf, und zwei Streifen einer dünnen Plastikfolie fielen heraus.

Auf einem stand geschrieben: »Lieber Paul, bin heil zu Hause angekommen. Habe die Tassen-mit-Griffen-Idee an einen unserer größten Konzerne verkauft und eine unanständig hohe Summe Geld dafür gekriegt. Wir teilen Fifty-Fifty, einverstanden? Schöne Grüße, 6340097/227/3.«

Der andere Plastikstreifen war ein Scheck, zweisprachig in Englisch und in bizarren Kringeln, über 90.000.000.000.000.000.000.000.000.000.000.000 czxyskd, zahlbar durch die Bank von Gamma Orionis Vier.

Irgendwann ließ Paul ihn einrahmen und hängte ihn an die Wand. Es kostete ihn zwanzig Pfund, das zerbrochene Fenster ersetzen zu lassen.

Originaltitel: Touched by a Salesman
Ins Deutsche übertragen von Michael Kubiak

20. GÖTTER, GLEICHUNGEN UND GELEHRTE

Paul Di Filippo

Paul Di Filippo ist einer der besten Humoristen der Gegenwart. Clever plazierte und formulierte Bonmots und Kommentare werden von seinem Computer ausgestreut wie Wassertropfen von einem Hund, der sich nach einem Bad ausgiebig schüttelt. Obgleich er seine erste Kurzgeschichte schon 1977 verkaufte, kam er erst Mitte der achtziger Jahre richtig in Schwung. Seitdem gibt es eine stetige Folge von intelligenten und ausgefallenen Storys, Betrachtungen und Kommentaren über diese und andere merkwürdige Welten. Mein Liebling unter seinen Werken ist THE STEAMPUNK TRILOGY (1995), eine groteske und faszinierende Version einer alternativen viktorianischen Welt. Es gibt weitere anarchische Geschichten in RIBOFUNK (1996), FRACTAL PAISLEYS (1997), LOST PAGES *(1998) sowie einen neuen Roman, SPONDILUX (2001). Die folgende Kurzgeschichte, fertig gestellt mit der Zustimmung von Rudy Rucker (für den Fall, dass Sie sich diese Frage stellen sollten!) ist durch und durch Di Filippo.*

Lucas Latulippe hatte Mitleid mit den religiösen Physikern und mystischen Biologen, mit den frommen Chemikern und gottesfürchtigen Geologen in seinem Bekanntenkreis. Als Mathematiker, der zufälligerweise dank einer inbrünstigen und unerwarteten Bekehrung in vorgerücktem Alter auch ein praktizierender Katholik war, empfand Lucas eine tiefe Traurigkeit, als er sich die missliche Lage seiner Kollegen im naturwissenschaftlichen Bereich vergegenwärtigte, die sich darum bemühten, ihren spirituellen

Glauben mit den Dogmen ihrer weltlichen Berufe in Einklang zu bringen. Die Schöpfung gegen den Großen Knall, das Paradies gegen den Darwinismus, die Sintflut gegen die Plattentektonik. Mit was für einem erschütternden Zusammenprall diametral entgegengesetzter Werte, Bilder, Prioritäten und Mächte wurden diese tapferen Männer und Frauen tagtäglich konfrontiert! Den strengen Gesetzen gehorchenden Kosmos Einsteins, Hawkings und Wilsons als gegeben anzunehmen, ohne die übernatürlichen Systeme von Augustus, Mohammed oder Krishna zu verwerfen – eine schier unmögliche Aufgabe, für die man sehr viel wertvolle geistige Energie verschwenden konnte, die sicherlich beim Formulieren von Theoremen eine bessere Verwendung fände.

Lucas verdankte diese innere Ruhe und die daraus resultierende Produktivität ausschließlich seiner jugendlichen Diszipliniertheit. Als seine epiphaniehafte Bekehrung ihn unentrinnbar überkommen hatte – und zwar an einem kühlen Herbstnachmittag, während er vor sich hinträumend über den Campus spaziert war und eine Taube auf dem Glockenturm der Universitätskirche landen sah –, hatte Lucas keinerlei innere Konflikte ausfechten müssen. Weder hatte sein neu gefundener Glaube etwas dagegen einzuwenden, dass er theoretische Mathematik praktizierte, noch kamen seine akademischen Studien seiner Andacht und Gottesverehrung in die Quere.

Das war das Schöne an jener Art von höherer Mathematik, die Lucas ausübte. Sie war völlig frei von praktischen Auswirkungen, hatte nicht den geringsten Einfluss auf Wege und Wirken des Universums und konnte somit auch nicht mit der allgemein anerkannten Weisheit der Kirche in Konflikt geraten. Nun ja, die anderen, weniger strengen wissenschaftlichen Disziplinen benutzten die Mathematik, um ihren eigenen Erkenntnissen Gewicht zu verleihen und sie eindeutig zu formulieren, womit sie das glorreiche Vermächtnis des Pythagoras und des Euklid bis zu einem gewissen Grad missbrauchten und beschmutzten. Zum Beispiel leugnete Lucas nicht die allgemein anerkannte Tatsache, dass die schwer wiegende, gefährliche Existenz der Atombombe auf einer einfachen, kleinen Gleichung beruhte. Aber dies zuzugeben war im Grunde genauso zu werten wie die Feststellung, dass einige der wundervollen Worte von C. S. Lewis in der Anleitung zum Bau einer Kinderschaukel verwendet werden könnten.

Gesegnet mit einer derartigen erdentrückten Konzeption seiner Disziplin, erfreute Lucas sich einer Leichtigkeit der Anbetung, zu der, wie er sicher zu wissen glaubte, Wissenschaftler jeder anderen Art nicht fähig waren. Er besuchte täglich den Gottesdienst mit reinem Gewissen und einer ausgeglichenen Seele. In der Pfarrkirche nicht weit von seinem Büro (vorwiegend frequentiert von hispanischen Immigranten, mit denen Lucas nur selten ein Wort wechselte) konnte er eine ungezwungene und reine Beziehung zu Gott unterhalten, den Lucas für sich als Höchsten Mathematiker bezeichnete.

Lucas Latulippe bedauerte seine Fachkollegen. Er betete täglich darum, dass auch sie eines Tages das unbefleckte Ebenmaß der Mathematik auskosten mochten.

»Lieber Gott, bitte erlaube meinen respektlos spottenden Kollegen einen ungehinderten Blick auf die transzendentale Schönheit Deines überlegenen mathematischen Heiligen Geistes –«

Aber trotz seines tiefen Glaubens erwartete er keinesfalls ernsthaft, dass seine Gebete eines Tages erhört werden und in Erfüllung gehen würden.

Nach Seinem Eigenen Unergründlichen Ratschluss hatte Gott in genau diesem Nichtaugenblick des ewigen, zeitlosen Jetzt, das den Himmel von einem grenzenlosen Ende bis zum anderen ausfüllte, beschlossen, sich selbst als Sequoiabaum zu manifestieren, allerdings als der größte Sequoiabaum, der je existierte. Die Krone dieser riesigen Redwoodpflanze, die als Symbol des unbeschreiblichen Antlitzes des Schöpfers anzusehen war, reichte hinauf bis in die Himmlischen Wolken – Galaxien? –, nicht mehr zu erkennen für die beiden menschlichen Gestalten, die vor ihrem knorrigen Stamm ausharrten, der nicht in Erde wurzelte, sondern im Stoff himmlischer Hyperexistenz.

Trotz des unermesslichen Abstands, der die beiden Zuhörer und das unsichtbare Laubwerk des Gottbaums voneinander trennte – aus dessen Krone, wie aus einem brennenden Busch, wie man durchaus annehmen konnte, jede Stimme erklingen sollte –, hallten die Worte Gottes sehr deutlich in den Ohren des Mannes und der Frau wider, die voll innerer Anspannung vor dem Stamm des Baums standen.

»Muss ich euch beide in eure astralen Häuser schicken, oder hört ihr auf der Stelle mit diesem Gezänk auf?«

Die dunkeläugige Frau starrte weiterhin wütend den Mann an, der den Blick mit seinen durchdringend blauen Augen ebenso wütend und bohrend erwiderte. Ihre Feindschaft schien unversöhnlich zu sein, bis ein drohendes Beben der übernatürlichen Formation unter ihren nackten Füßen ihnen das wahre Maß von Gottes zunehmendem Ärger mitteilte. Die Anspannung und der Zorn verflüchtigten sich aus ihrer Körperhaltung, und sie wandten sich halb voneinander ab, wobei sie so taten, als ordneten sie ihre identischen weißen Gewänder oder als studierten sie angelegentlich den von der Schöpfung noch unberührten Urstoff, auf dem sie standen.

»Das ist schon viel besser«, lobte Gott. »Jetzt benehmt ihr euch endlich wie wahre Heilige.«

Die junge Frau schüttelte ihr schwarzes, welliges Haar und lächelte, ein Ausdruck, der ihren etwas groben und südländischen Zügen eher eine gefährliche, als eine beruhigende Ausstrahlung verlieh. Ihr langes fließendes Gewand aus mit Gold durchwirktem Seidenstoff war kaum dazu geeignet, ihre nicht unattraktive Figur zu verhüllen. »Einige von uns haben die Bescheidenheit, die wir im Leben an den Tag gelegt haben, nie vergessen. Aber diejenigen, die sich auf der Erde als Herren aufgespielt haben, scheinen noch überheblicher geworden zu sein, kaum dass sie selig gesprochen wurden.«

Unter gerunzelten Brauen drohten aus den Augen des älteren männlichen Heiligen Flammenzungen zu lodern. Sein prachtvoller, assyrisch anmutender Bart schien zu zucken, als wäre er lebendig. »Du eigensinnige Evastochter! Im Leben gegenüber deinem sterblichen Vater stets ungehorsam, scheinst du sogar nach dem Tod nicht einmal deinem ewigen Vater den gebührenden Respekt zu erweisen!«

»Dioscuros, mein irdischer Vater – nur für den Fall, Hubertus, dass du es vergessen haben solltest –, war ein Heide der übelsten Sorte, der seine christliche Tochter köpfen ließ. Hätte ich einen solchen Elternteil achten sollen?«

»Du lenkst absichtlich von meinem eigentlichen Einwand ab, Barbara. Ich fordere lediglich ein ordentliches System von Befehl und Gehorsam –«

»Weil du von den Herzögen von Toulouse abstammst! Und weil du einmal Bischof warst!«

»Und? Ist etwas Schlechtes daran? Ich bin stolz darauf, Bischof von Maastricht und Lüttich gewesen zu sein!«

»Aber sicher, eine wunderschöne Station in deinem

Lebenslauf. Aber du warst auch mal verheiratet, vergiss das nicht!«

Sankt Hubertus hüstelte nervös. »In meiner Zeit herrschten in der Kirche andere Sitten –«

Die heilige Barbara verschränkte mit einem triumphierenden Lächeln die Arme vor der Brust. »Andererseits bin ich noch immer Jungfrau. Eine Jungfrau und eine Märtyrerin.«

Indem er stolz seinen Kopf hob, konterte Sankt Hubertus: »Ich wurde vom heiligen Lambertus persönlich unterwiesen.«

Barbara schnaubte. »Ich habe die göttlichen Gebote auf den Knien Origens gelernt!«

»Mir wurde eine Vision geschickt – ein Kreuz erschien zwischen den Geweihstangen eines Hirsches, den ich jagte!«

»Ich wurde auf wundersame Weise aus meinem Turmgefängnis auf einen Berggipfel versetzt.«

»Als Bischof bekehrte ich fast ganz Belgien zum wahren Glauben!«

»Ich war eine der vierzehn heiligen Nothelferinnen! Wahrscheinlich hast sogar du schon mal zu mir gebetet.«

»Du – du unverschämtes junges Gör!«

»Junges Gör? Ich wurde vierhundert Jahre vor dir geboren!«

»Was kannst du denn schon an historischen Zeugnissen für dein Wirken oder besser Nichtwirken vorlegen? Es gibt keinen einzigen sicheren Beweis für deine Existenz! Im Grunde bist du durch und durch ein Mythos!«

»Ein Mythos! Von wegen! Du schmutziger alter Jäger, ich werde dir zeigen, wie sich eine Ohrfeige von einer mythischen Heiligen anfühlt –«

»DAS REICHT!« Gottes donnernder Befehl ließ die Heiligen, die kurz davor waren, gegeneinander handgreiflich zu werden, augenblicklich innehalten. Ernüchtert wichen sie auseinander und lauschten aufmerksam Gottes weiterer Ansprache, wobei seine Worte mit einem leisen Rascheln des Sequoialaubs untermalt wurden.

»Jetzt passt gut auf. Ich habe dich, Hubertus, zu Mir gerufen, weil Ich eine neue Mission für dich habe. Im Gegensatz dazu, Barbara, bist du aus eigenem Antrieb mitgekommen. Aus welchem Grund nimmst du Meine Zeit derart in Anspruch?«

Barbara schniefte wie ein frustrierter Teenager. »Es ist nicht fair. Wir sind beide Schutzheilige der Mathematiker, aber du gibst Hubertus immer die interessantesten Missionen. Verzeih mir, Herr, aber mir kommt es so vor, als wäre der Himmel ein, sagen wir mal, Glashaus und die Forderung nach Gleichstellung von Mann und Frau nur ein Lippenbekenntnis.«

Der Sequoiabaum zitterte nervös. »Bitte, Sankt Barbara, bring nicht dieses heikle Thema zur Sprache. Ich habe das letzte sterbliche Jahrhundert damit verbracht, dieses eingestandene Ungleichgewicht der Geschlechter in Meiner Kirche zu beseitigen, und ich brauche Mir Meine Werke nicht durch übereilte Anschuldigungen schlecht machen zu lassen. Überleg mal, wie viele Erscheinungen der Jungfrau habe Ich allein in diesem Jahr zugelassen –? Aber warum diskutiere Ich überhaupt mit dir darüber? Ich brauche Meine Wege nicht zu rechtfertigen. Das ist eins Meiner liebsten Privilegien. Und jetzt verrate Mir doch mal, welche Einwände du gegen deine derzeitige Mission hast?«

Die heilige Barbara stemmte die Hände in die Hüften. »Ich betreue und beschütze jetzt schon seit mehreren Jahren stets ein und denselben Burschen, und ich kann sein Gesicht nicht mehr sehen. Ich brauche Abwechslung.«

Gott schwieg auf jene liebenswürdige irreführende Art

und Weise, für die er bekannt war, als wäre er gerade damit beschäftigt, in einer Akte zu blättern. »Hmm, ein gewisser Rudy Rucker. Ja, du hast eine bemerkenswerte Leistung vollbracht, indem du ihn bekehrt hast. Er wandelt jetzt tatsächlich auf dem Pfad der Rechtschaffenheit. Aber möchtest du denn nicht bei ihm bleiben, bis er im Jahr 2012 den Nobelpreis verliehen bekommt?«

»Nein, das will ich nicht. Als ich das letzte Mal diesen Rucker besuchte, kniff er mir derart heftig in den Hintern, dass ich danach noch tagelang schwarz und blau war!«

Sankt Hubertus murmelte: »Von wegen – Jungfrau!«

»Nun«, fuhr Gott fort, »ich denke, ich kann seinen Schutz dem heiligen Franz von Sales, der außerdem für Schriftsteller zuständig ist, anvertrauen. Immerhin soll Rudy Rucker in genau dieser Disziplin den Nobelpreis erhalten ... Betrachte diesen Punkt als erledigt! Willst du jetzt etwa auch noch darauf hinaus, dass du Hubertus' neue Aufgabe übernehmen sollst?«

Sankt Barbara schien über ihren leichten Sieg ein wenig beunruhigt zu sein, und verzichtete darauf, um zu viel zu bitten. »Nicht gerade übernehmen. Aber vielleicht können wir sie uns teilen?«

Sankt Hubertus wurde laut. »Meine Mission teilen! Mit diesem jungen, unerfahrenen Ding? Wie sie jemals Schutzpatronin der Mathematik wurde, ist und bleibt mir für immer ein Rätsel.«

»Ich habe eine mindestens genauso große mathematische Begabung wie du, Hubertus.«

»Du hast nur ein armseliges Turmfenster als irdische Schutzpatronin der Architektur beigesteuert, und das soll dich qualifizieren? Zu meiner Zeit –«

»RUHE!«, befahl Gott. »Meine Entscheidung ist gefallen. Ihr beide werdet ab jetzt die Gebete Meines treuen Dieners namens – ah, hier steht es ja – Lucas Latulippe erhören. Geht jetzt hin, und bekundet Mein unerforschliches Sein.«

Der Sequoiabaum verschwand absolut übergangslos, und zurück blieben die beiden Heiligen, die einander gegenüberstanden und sich ansahen.

Hubertus seufzte niedergeschlagen. »Dein Wille geschehe. Sollen wir einen von Cherubim gezogenen Wagen nehmen?«

»Nur, wenn du zu müde bist. Aber an so einem schönen Tag gehe ich am liebsten zu Fuß.«

Die heilige Barbara machte sich auf den Weg durch die Gefilde des Himmels, und Hubertus folgte ihr lustlos.

»Warum habe ich diesen verfluchten heiligen Hirsch nicht mit einem Pfeil abgeschossen, als ich die Gelegenheit dazu hatte –«

Pisky Wispaway wog knapp einen Muffin weniger als dreihundert Pfund. Alte Familienfotos (aus idyllischen Tagen in Piscataway, New Jersey) bezeugten ihre frühe Existenz als ein unzweifelhaft schlankes Kind von elfenhafter Erscheinung, das bei vielen bewundernden Erwachsenen ein Lächeln hervorgerufen haben dürfte, wenn es nach seinem Namen gefragt wurde. Unglücklicherweise lastete der drollige Name, den ihre Eltern ihr gegeben hatten, weitaus weniger reizvoll und schmeichelnd auf den fetten Schultern der Dekanin der Astronomischen Abteilung an Lucas Latulippes Universität. Dennoch war Pisky so gutmütig – so relativ ausgesöhnt mit ihrem traurigen Status als Ziel aller mehr oder weniger bissigen Dicken-Witze –, dass sie nicht die geringsten Hemmungen zeigte, wenn die Situation von ihr verlangte, sich vorzustellen, ja, sogar zu frisch gebackenen Bekannten betont locker meinte: »Sagen Sie ruhig Pisky zu mir.« Ausgestattet mit kräftigem braunem gelocktem Haar, auf das sie unbändig stolz war, bekleidet mit einem ihrer zahlreichen weit geschnittenen, bunten Zeltkleider und behängt mit meterlangen Glasperlenketten, konnte man Pisky oft wie eine massige Galleone, die prallvoll war mit Frachtgut aus dem Fernen Osten, über den viereckigen Hof zwischen den Universitätsgebäuden segeln sehen.

Heute segelte Pisky in Lucas' Büro und erwischte ihn hinter seinem Schreibtisch. Ein fröhliches Lächeln zerteilte ihr rundes Gesicht und sorgte dafür, dass ihre Augen in den Fleischwülsten und -falten, die sie umgaben, beinahe verschwanden.

»Du kommst doch heute Nachmittag zu unserer Party, nicht wahr, Lucas? Sie findet zu Ehren unseres neuen Professors statt, wie du dich vielleicht erinnerst – für Dr. Garnett.«

Lucas mochte Pisky als Kollegin. Sie war ein intelligentes und umgängliches Wesen. Aber er hatte im Laufe der Zeit eine tiefe Abneigung gegen ihre zunehmend häufiger stattfindenden Besuche in seinem Büro, die manchmal nur unter einem minimalen Vorwand stattfanden, entwickelt. Er hatte den Verdacht, dass sich hinter diesen Besuchen gewisse romantische Wünsche und Ziele verbargen, Gefühle, die nicht erwidern zu können ihm nicht erst in diesem Moment klar geworden war. Dafür füllte sie Lucas' bescheidene Räumlichkeiten derart aus, dass er sich jedesmal wie kurz vor dem Erstickungstod fühlte, vor allem dann, wenn er hinter seinem Schreibtisch und fern des Fensters gefangen war. Selbst von nicht allzu großer Statur, konnte Lucas mit der übergewichtigen Frau, wenn es um Herrschaft über Raumvolumen ging, ganz und gar nicht konkurrieren.

Darauf bedacht, sein Büro von Piskys Körpermasse zu befreien, fühlte Lucas sich nichtsdestoweniger genötigt, die Unterhaltung durch die Frage »Wird Hulme auch dort sein?« zu verlängern.

»Nun, natürlich wird Owen dort sein. Er ist unser dienstältester Professor.«

»Dann weiß ich nicht, ob ich teilnehmen werde. Du weißt ja, dass wir miteinander nicht allzu gut auskommen –«

Pisky wischte Lucas' Einwände mit einer Bewegung ihrer massigen, reich beringten Hand beiseite. »Du musst Owen einfach ignorieren, wenn er versucht, dich auf die Palme zu bringen. Das machen wir doch alle. Er legt sich doch mit praktisch jedem an. ›Brillant, aber kompliziert‹, so hat auch der *New Scientist* ihn charakterisiert.«

Lucas wand sich in seinem Schreibtischsessel und hatte Mühe zu atmen. Konnte es sein, dass Pisky sämtliche Luft im Zimmer verbrauchte? »Ich habe ein gewisses Verständnis für diese Persönlichkeitsstörungen, Pisky, und ich wäre auch absolut bereit, Hulmes Sticheleien zu überhören, wenn sie nicht ständig gegen meinen Glauben gerichtet wären. Das ist ein Bereich, in dem ich seine Beleidigungen nicht so einfach an mir abgleiten lassen kann. Er beleidigt nicht nur mich, weißt du, sondern heilige Männer und Frauen aus immerhin zwei Millennien.«

Pisky beschloss, eine ochsenhaft massige Hinterbacke auf Lucas' Schreibtisch zu parken, wobei sie sein reflexartiges Zurückweichen geflissentlich übersah. Die Rollen von Lucas' Sessel prallten gegen die Wand, und er war gezwungen, seinen Rückzug abzubrechen. Pisky beugte sich vor, um ihrer Bitte ein Flair intimer Vertraulichkeit zu verleihen.

»Wir brauchen deine in jeder Hinsicht beflügelnde Anwesenheit auf dieser Party, Lucas. Ich verspreche dir, dass ich persönlich intervenieren werde, falls Owen die Maßgabe guter Manieren verletzen sollte. Bitte, versprich mir, dass du auch wirklich hinkommst.«

»Ja, ja, natürlich, ich werde da sein!«

Pisky kam, wenn man ihr Gewicht berücksichtigte, mit erstaunlicher Grazie und Gewandtheit wieder auf die Füße und bewegte sich zur Tür. »Dann bis heute Nachmittag in der Crowther Lounge.«

Nachdem Pisky hinausgegangen war, richtete Lucas seinen Blick auf das Kruzifix, das auf der anderen Seite des Zimmers an der Wand hing. Er versuchte, ein kleines Dankgebet für seine wiederhergestellte Einsamkeit zu formulieren, doch seine Gedanken wurden durch den Anblick des übertrieben hager dargestellten Brustkorbs des gekreuzigten Jesus Christus abgelenkt. *Wann hatte Pisky zum letzten Mal ihre eigenen Rippen zählen können?*, lautete die stumme Frage, bei der Lucas sich ertappte.

Crowther Lounge verfügte über die übliche Mischung reizloser Sessel und Sofas, gekennzeichnet durch verschlissene Armlehnen und fleckige, füllungslose Polster, deren Form dem defekten Hämoglobin an Sichelzellenanämie Erkrankter ähnelte. Auf der Resopalplatte eines Klapptisches war ein Sortiment von neckischen Salzgebäckschöpfungen und synthetisch anmutenden Käsehappen auf Silbertellern arrangiert. Karaffenwein in verschiedenen surrealen Farbschattierungen bettelte darum, in Plastikbecher dekantiert, einmal gekostet und dann in die Töpfe mit geduldig vor sich hin darbenden Grünpflanzen entleert zu werden, die auf dem abgewetzten Teppichboden im Raum verteilt herumstanden.

Als Lucas eintraf, war die Soiree bereits in vollem Gange. Der Lehrkörper der Astronomischen Abteilung, aufgefüllt durch Freiwillige aus angegliederten Abteilungen, bediente sich eifrig von den angebotenen Erfrischungen und belagerte wissbegierig den berühmten Doktor Ferron

Grainger Garnett, jüngster kapitaler Fang der Koryphäenjagd der Universität. Garnett hatte mit seiner Fernsehserie *Wenn schlechte Universen und gute Intelligenzen aufeinander treffen,* das sowohl von der BBC als auch von PBS gesendet worden war, eine gewisse Medienprominenz erlangt. Durch die Vermischung von Pop-Psychologie mit Kosmologie und Küchenphilosophie mit der Multi-Welten-Lehre der Physik, hatte das Programm Lucas entsetzt. Natürlich war die Serie ein Riesenerfolg.

Sobald Lucas die Lounge betrat, entdeckte Pisky ihn und begann zu winken. Mit einem hilflosen, schicksalsergebenen Seufzer drängte Lucas sich durch die Gästeschar bis in eine erträgliche Nähe zu seiner voluminösen Freundin.

»Oh, Lucas, du musst Doktor Garnett kennen lernen! Komm her, ich mache euch miteinander bekannt.«

Pisky ergriff seinen Ellbogen und schob sich und Lucas kraftvoll durch das Gedränge um den Astronomen mit Superstarstatus. Sobald er sich im inneren Kreis befand, musste Lucas zu seinem Entsetzen erkennen, dass sein Todfeind, Owen Hulme, direkt an Garnetts rechter Seite stand. Mehr noch. Hulmes geradezu aufdringlich gut aussehende Ehefrau, Britta, flankierte Garnett auf viel zu vertraute Art und Weise zu seiner Linken.

Für einen kurzen Moment, ehe irgendwer Pisky und ihr Opfer entdeckte, taxierte Lucas das Trio. Untersetzt und bulldoggenhaft, hatte Owen Hulme sich entschieden, seinen affenhaft kahlen Schädel mit einem wilden dunklen Bart zu kontrastieren. Schlank und windhundartig, überragte seine Frau Britta ihn um gut fünfzehn Zentimeter, wobei die Hälfte ihres größenmäßigen Vorsprungs in einer kunstvoll arrangierten Krone blonden Haars steckte. Lucas sah sich durch den Anblick des Paares unwillkürlich an Karikaturen aus einem *Tim-und-Struppi*-Comic erinnert. (Lucas hatte diese Sünde der Schonungslosigkeit mehr als einmal gebeichtet, sündigte aber ständig weiter, wann immer er das Paar sah.) Andererseits war Ferron Grainger Garnett mit seiner robusten Männlichkeit eines Burt Lancaster oder Spencer Tracy offenbar von der großen Casting-Agentur des Schicksals ausgesucht worden, um die Rolle des heldenhaften Astronomen auszufüllen.

»Doktor Garnett«, säuselte Pisky, »ich möchte Ihnen meinen lieben Kollegen, Lucas Latulippe, vorstellen. Lucas besetzt den Ashley-Lehrstuhl in der Mathematischen Abteilung. Falls wir überhaupt jemals einen hatten, ist er der erste Kandidat der Universität für die Fields Medal.«

Durch diese Lobeshymne verlegen gemacht, streckte Lucas seine Hand zu hastig aus und stieß Garnett beinahe den Drink aus der Hand. Nachdem es ihm mit einiger Mühe gelungen war, die Hand des anderen zu finden, versuchte Lucas seine Leistungen herunterzuspielen. »Wohl kaum. Nur ein paar unwichtige Aufsätze über n-dimensionale Vielfache in dem ein oder anderen Journal.«

»Ich glaube, ich habe Fußnotenverweise auf Ihre Arbeit gesehen«, sagte Garnett freundlich. »In einem Aufsatz von Tipler vielleicht?«

Dieses abgedroschene wissenschaftliche Kompliment zu Lucas' Zitierfähigkeits-Index erfreute den Mathematiker ganz und gar nicht. Das Letzte, was er sich wünschte, war, dass seine grundlagenorientierte Arbeit eine praktische Anwendung in den weit hergeholten Theorien irgendeines kosmischen Quacksalbers fand. Nichtsdestoweniger biss Lucas sich auf die Zunge und demonstrierte bescheidene Dankbarkeit für diese angebliche Ehre.

Owen Hulme, das Gesicht rot angelaufen, hatte Lucas während des kurzen Dialogs wütend angefunkelt. Nun leerte der ungehobelte stämmige Zeitgenosse sein Weinglas in einem Zug, machte einen Schritt nach vorne und sagte: »Lucas ist unser Dienst habender Mystiker. Genau genommen sogar ein richtiger Heiliger. Er behauptet, dass Zahlen direkt von Gott kommen oder einen ähnlichen Quatsch. Oder war es der Papst, der dir deine Axiome liefert?«

Eine unterdrückte Wut, reichlich genährt durch den Anblick Hulmes, loderte jetzt in Lucas' Brust auf. Er hatte Mühe, sich unter Kontrolle zu halten. »Professor Hulmes Worte verstecken wie üblich die Saat der Wahrheit unter einer Schicht krasser Übertreibung. Mein privater Glaube, der sich auf den irdischen Repräsentanten Gottes, bekannt als Bischof von Rom, konzentriert, vertieft tatsächlich meine Ehrfurcht vor meinem Wissensgebiet. Und ich bekenne mich schuldig, behauptet zu haben, dass die Mathematik den Beweis für einen göttlichen Ursprung der Schöpfung liefert. Ich denke, dass wir alle in der besten aller möglichen Welten diese Synergie zwischen unserer Arbeit und einer natürlichen Andachtshaltung wahrnehmen können.«

Britta Hulme steuerte jetzt ihre Gedanken bei. »Mein Friseur, Simon, praktiziert seit kurzem Santeria. Er behauptet, dass die Göttin des Meeres, Yomama oder wie immer ihr dämlicher Name lautet, ihn leitet, wenn er shampooniert.« Garnett versuchte die beinahe sichtbare Spannung im Raum mit einem Lächeln und einer Plattitüde abzubauen. »Nun, alle Religionen haben ihre Weisheiten, nicht wahr?«

Lucas' Abscheu wuchs exponential, und er platzte mit seinen wahren Empfindungen heraus. »Das ist genau die Art von sinnlosem Quatsch, die auch noch der schlimmsten heidnischen Scharlatanerie – Hexen, Astrologie, Druiden – den Anstrich von Bedeutsamkeit verleiht!«

Hulme sagte: »Und das ausgerechnet aus Ihrem Mund, Latulippe! Ihre Glaubensinhalte kommen doch aus der Kabbala!«

»Aus der Kabbala? Also, ich habe nie –«

Pisky schaltete sich ein. »Lucas, ich glaube nicht, dass Owen Kritik an deinem Glauben oder an der jüdischen Religion üben wollte. Aber Moment – du hast nicht mal was zu trinken! Komm mit, ich gebe dir ein Glas Wein.«

Lucas ließ sich wegziehen. Hulme konnte sich einen letzten Schuss nicht verkneifen. »Hat dein Papst in letzter Zeit vielleicht mal wieder ein paar Astronomen verbrannt, Flowerboy?«

Als er sich zu einer indignierten Erwiderung umwandte – etwas in der Richtung von Johannes Pauls würdevoller, nach zwei Jahrtausenden längst überfälliger *mea-culpa*-Geste – wurde Lucas so heftig von Pisky mitgerissen, dass er die Gelegenheit glatt verpasste.

Am Erfrischungsbüfett entschuldigte Pisky sich wortreich und im Flüsterton. Nachdem er sich ein wenig beruhigt hatte, nahm Lucas ihre Entschuldigung an, bestand aber darauf, die Party sofort zu verlassen.

Draußen löste Lucas die Kette, mit der er seine Vespa am Fahrradständer angeschlossen hatte, und setzte sich den Sturzhelm auf. Da er sich keinen Wagen und gleichzeitig die damit einhergehende monatliche Garagenmiete leisten konnte, hatte Lucas sich für diese Art von Motorfahrzeug als ideale Transportmöglichkeit für seine alltäglichen bescheidenen Kurzstreckenortswechsel entschieden, nachdem er die Nützlichkeit des kleinen Motorrads während einer Pilgerfahrt zum Vatikan auf den römischen Straßen hatte bewundern können.

Auf halbem Weg zu seiner Wohnung hielt Lucas vor seiner Kirche an. Father Miguel Obispo, der gerade das

Becken mit frischem Weihwasser auffüllte, begrüßte Lucas freundlich. Ein wenig in Gedanken, erwiderte Lucas den Gruß mit einem ziemlich kurzen Kopfnicken und ging weiter bis zur Kommunionbank in der Nähe des Altars. Er kniete sich hin und begann voller Inbrunst seine täglichen Bittgebete um die Bestrafung der Ungläubigen zu sprechen.

Auf halbem Weg auf der Sonnenstrahlstraße zwischen Himmel und Erde wandte Hubertus sich an Sankt Barbara und sagte: »Ein hartnäckiger Bursche, nicht wahr? Weiß er denn nicht, dass wir längst auf dem Weg sind?«

»Hast du den Vogel gebeten, uns anzukündigen?«

»Warum, nein, ich dachte, das hättest du getan.«

Sankt Barbara schüttelte den Kopf. »Vergesslicher alter Knacker.«

»Unreife Tussi!«

Der letzte Teil der Reise verlief in eisiger Stille.

Am Morgen nach der desaströsen Party der Astronomischen Abteilung erwachte Lucas Latulippe innerlich geläutert. Der spontane Umweg zur Kirche, um zu beten, hatte seiner Seele Kraft verliehen. Er konnte sich nicht erinnern, sich jemals so gesund gefühlt zu haben, und zwar an Geist und Körper und das sogar schon so früh am Morgen. Nun, er hatte beinahe das Gefühl, als wäre er, während er schlief, in den Zustand der Entrückung versetzt worden. Immer noch im Bett liegend und den Blick auf die vertraute, mit Farbtupfen verzierte Decke über ihm gerichtet, tastete er sich behutsam durch das Gewirr der Decken. Sein Körperempfindungen schienen sich innerhalb der normalen Bandbreite für eine sterbliche Existenz zu bewegen, und keine Posaune des Jüngsten Gerichts klang von draußen herein. Daher kam er widerstrebend zu dem Schluss, dass er lieber aufstehen und seine normale Tagesroutine beginnen sollte.

Nach einem Abstecher ins Bad begab Lucas sich, während er seinen Bademantel zuband, in die Küche. Seltsamerweise konnte er frischen Kaffee riechen. Hatte er etwa über Nacht die Kaffeemaschine eingeschaltet gelassen? Und was war dieses Leuchten, das aus dem Raum drang? Hatte er etwa auch vergessen, die Deckenbeleuchtung zu löschen? Gewöhnlich war er in solchen Dingen sehr genau –

Ein älterer bärtiger Mann, der ein wenig miesepetrig aussah, und eine jüngere Frau von unbeschwerter Munterkeit, beide Lucas absolut fremd, besetzten zwei Stühle an seinem kleinen Küchentisch. Jeder trug ein weites, fließendes Gewand aus elfenbeinfarbener Seide, das dicht über ihren nackten Füßen endete. Jeder der beiden hatte die Hände um eine Tasse voll dampfenden Kaffees gelegt und inhalierte dankbar und sogar ein wenig gierig den Duft. Und jeder verfügte über einen schwebenden Heiligenschein, der Licht von einigen tausend Kerzen aussandte.

»Möchtest du dich nicht zu uns setzen, Lucas?«, fragte die Frau freundlich.

»Hol dir einen Stuhl, mein Sohn«, empfahl ihm der Mann.

Wie ein gehorsamer Zombie tat Lucas, worum er gebeten worden war. Der Mann schenkte ihm eine Tasse Kaffee ein, und die Frau erkundigte sich: »Zucker? Milch?«

»Nö – keins von beidem«, stammelte Lucas.

Die Frau hob ihre Tasse und trank genussvoll. Nachdem sie die Tasse wieder hingestellt hatte, sagte sie: »Ah, das war wunderbar! Es ist eine Schande, dass es im Himmel keinen Kaffee gibt.«

Der Mann im Seidengewand imitierte die Aktionen seiner Partnerin und pflichtete ihren Gefühlsäußerungen bei. »Ein Getränk, das ausschließlich für den Konsum auf der Erde und in der Hölle reserviert ist – leider.«

»Wer – wer sind Sie beide?«

»Oh, ich erheische Ihre Vergebung«, entschuldigte die Frau sich. »Gestatten Sie mir, uns in aller Form vorzustellen. Ich bin die heilige Barbara, und mein Freund ist Sankt Hubertus. Wir sind als Antwort auf deine Gebete hergekommen in unserer Funktion als Schutzheilige der Mathematiker. Aber ich nehme an, ein intelligenter Gläubiger wie du wusste das schon lange.«

Die Scheu und Ehrfurcht, die Lucas anfangs empfunden hatte, wurde von einem natürlichen Misstrauen und einer mit Zorn untermischten Paranoia überlagert. »Sie behaupten Heilige zu sein?« Lucas erhob sich halb und fuhr mit der Hand zwischen den frei schwebenden Heiligenscheinen und den Schädeldecken der Eindringlinge hindurch. »Ein hübscher Effekt, aber ich lasse mich durch ein simples Hologramm nicht so leicht hinters Licht führen. Wer hat Sie zu mir geschickt, um mir einen derart hässlichen Streich zu spielen? War das vielleicht Owen Hulme? Natürlich, wem sonst würde ein solcher areligiöser Schabernack einfallen?«

Der Mann, der als Sankt Hubertus vorgestellt worden war, reagierte offensichtlich irritiert. »Wir wissen nichts von diesem Hulme, oder wie du ihn nennst. Wir tun nichts anderes, als Gottes direkten Anweisungen Folge zu leisten. Du hast dir, soweit ich mich erinnere, gewünscht, dass deine respektlos spottenden Kollegen ›einen ungehinderten Blick auf die transzendentale Herrlichkeit Deines – Gottes – überlegenen mathematischen Heiliges Geistes werfen dürfen‹.«

Lucas reagierte zutiefst verwirrt. »Woher kennen Sie Inhalt und Wortlaut meiner Gebete?«

Die heilige Barbara legte jetzt auch einen Anflug von

Ungeduld an den Tag. »Hubertus hat es dir doch in hinreichender Ausführlichkeit erklärt. Gott hat deine Gebete erhört und uns entsandt, deine Bitten zu erfüllen.«

Lucas schlug die Hände vors Gesicht und schüttelte den Kopf. »Ich weiß nicht, was ich glauben soll. Könnten Sie nicht wenigstens die Heiligenscheine oder Hologramme oder was immer diese Dinger sind, ein wenig runterdrehen? Das grelle Licht verursacht mir schreckliche Kopfschmerzen.«

»Oh. Verzeihung. Natürlich, kein Problem.«

Sobald der strahlende Glanz der Heiligenscheine gedämpft worden war, schaute Lucas wieder hoch. »Hubertus, Hubertus – ich kann mich nicht erinnern, überhaupt jemals etwas über einen Sankt Hubertus gelesen zu haben. Was Barbara betrifft, an Ihre Geschichte erinnere ich mich. Ziemlich dramatisch. Ihr Vater hat Ihnen den Kopf abschlagen lassen, nicht wahr?«

Die heilige Barbara grinste ihren Gefährten triumphierend an. »Ja, das hat er getan. Und dann hat er ihn hochgehalten, damit jeder ihn sehen konnte – etwa so.«

Sankt Barbara raffte eine Hand voll ihres kräftigen Haars im Scheitelbereich ihres Kopfs zusammen und hob den ganzen lächelnden Kopf von einem plötzlich erscheinenden Halsstumpf hoch und trennte die beiden voneinander, ohne dass eine Wunde zu erkennen war. Eine enorme Menge Blut sprudelte hervor und ergoss sich über den Tisch und in Lucas' Schoß.

Lucas eigener Kopf, immer noch fest auf seinem Körper sitzend, schoss in einer Schreckreaktion nach hinten und knallte gegen die Wand. Er sank bewusstlos zu Boden.

»Wenn es einen Personentyp gibt, den ich besonders gründlich verabscheue«, sagte Hubertus mürrisch, »dann ist es ein Märtyrer mit Hang zur Show.«

Barbaras Kopf war sogar für Hubertus ein verwirrender

Anblick, als er in all seiner blutigen Abgetrenntheit meinte: »Dass das Ganze eine Show ist, mag sein. Aber es ist auf jeden Fall überzeugend.«

Als Lucas an diesem Morgen zum zweiten Mal erwachte, fühlte er sich eher verdammt als himmelhoch jauchzend. Sein Kopf schmerzte, und er hatte wenig Lust, die Augen zu öffnen. Vielleicht würde sein vorheriger Albtraum sich als folgenlos erweisen, wenn er einfach an Ort und Stelle liegen blieb –

»Du fühlst dich bestimmt viel besser, wenn du dich hinsetzt und deinen Kaffee trinkst«, sagte die heilige Barbara.

Lucas stöhnte und schlug die Augen auf. Er war zu seiner Wohnzimmercouch getragen worden. Keine Spur von Blut war auf seiner Kleidung zurückgeblieben. Die ihn besuchenden Heiligen flankierten ihn mit besorgten Mienen. Als könnte er seine Gedanken lesen, meinte Hubertus: »Ich entschuldige mich für die Schocktherapie meiner Partnerin. Deine Küche ist wieder picobello sauber. Ich habe sogar den Filter in der Kaffeemaschine ausgewechselt.«

Lucas richtete sich auf und nahm die Tasse Kaffee entgegen. »Wenn ich Ihren Status als Heilige anerkenne, können Sie dann bitte meine Kopfschmerzen zum Verschwinden bringen?«

»Nur mit Aspirin«, sagte Barbara. »Wunderheilungen können wir nicht in die Wege leiten, weißt du. Das gehört nicht zu unserem Service. Wir müssen uns auf mathematische Wunder beschränken. Jeder und jede Heilige hat sein oder ihr eigenes eng umgrenztes Fachgebiet.«

»Zum Beispiel heilen wir keine Leprakranken«, bestätigte Hubertus, »und lassen auch keine Toten auferstehen.« Er legte eine nachdenkliche Pause ein. »Fische vermehren. Das können wir, weil dieser Vorgang auf gewisse Art und Weise in die Mathematik hineinreicht. Aber wäre das nicht auch gleichzeitig ein biologisches Wunder? Es wäre sicherlich interessant, einmal zu überprüfen, ob wir uns damit auf fremdes Terrain vorwagen würden.«

Barbara tat diese Frage mit einer wegwerfenden Handbewegung ab. »Wir haben es dort sicherlich mit so etwas wie einer Teilmenge zu tun. Ich glaube daher nicht, dass es Ihm etwas ausmachen würde.«

»Ich interessiere mich durchaus wie viele andere für Hagiologie, aber wenn einer von Ihnen mir diese Aspirintabletten besorgen könne, bitte –«

Nach zwei Tassen Kaffee und der Aspirintablette fühlte Lucas sich erheblich besser. Indem er sich nach und nach an die reale Anwesenheit seiner himmlischen Besucher gewöhnte, stellte Lucas fest, wie bei ihm Neugier und Interesse wieder zunahmen. »Mathematische Wunder, sagten Sie? Wie genau sähe so ein Wunder aus?«

Hubertus beantwortete die Frage. »Oh, im Grunde nicht anderes als die praktische Umsetzung irgendeines abstrusen mathematischen Beweises, Theorems oder Konzepts. Zum Beispiel, warum stehst du nicht auf und versuchst, die Küche zu betreten?«

Lucas erhob sich, machte einen einzelnen Schritt –

– und fand sich zwei Räume weiter wieder. Er wandte sich um und sah die belustigt grinsenden Heiligen in der Türöffnung.

»Wie haben Sie das denn geschafft?«

Hubertus antwortete mit überheblicher Miene: »Ich habe dir für einen kurzen Moment Zugang zu einigen der höheren Dimensionen gewährt, über die du ständig deine amüsanten Spekulationen anstellst. Kleinigkeit für mich.«

Lucas wurde sich schlagartig über die enormen Möglichkeiten in seinem Feldzug zur Erleuchtung seiner heidnischen Feinde klar, die ihm in Gestalt dieser beiden Heiligen und ihrer Bereitschaft, seinen Forderungen nachzukommen, zur Verfügung standen, und er grinste breit. Er fühlte sich plötzlich genauso, wie die noch nicht verbrannte Jeanne d'Arc sich seiner Meinung nach gefühlt haben musste.

»Und ich bin der Einzige, der Sie beide sehen kann?«

»Es liegt ganz bei dir, wem wir erscheinen und wem nicht«, sagte die heilige Barbara.

Lucas rieb sich die Hände wie ein Stummfilmgeizhals, der im Begriff ist, eine Hypothekenforderung geltend zu machen. »Hervorragend. Ich will mich gleich anziehen und dann in die Universität fahren. Wir können uns dort in meinem Büro treffen.«

»Wir können dich auch auf der Stelle hinbringen«, bot Hubertus an.

»Nein, nein, ich kann und darf die Geschenke Gottes nicht für triviale Anliegen vergeuden. Sparen Sie sich Ihre heiligen Kräfte für die Bekehrung der Ungläubigen auf.«

Lucas empfahl sich, um zu duschen (obgleich er makellos sauber war, konnte er die Erinnerung an sein vorheriges Blutbad nicht so ohne weiteres abschütteln) und sich Straßenkleidung anzuziehen. Als er die Badezimmertür hinter sich geschlossen hatte, meinte die heilige Barbara zu Sankt Hubertus: »Was für ein reizender Kerl. Richtig süß und allerliebst. Und er ist viel rücksichtsvoller als mein letzter Klient. Ich weiß nicht, wie oft ich den zum Campus bringen musste, weil er wieder mal im Begriff war, sich zu verspäten.«

Anstatt seinen bevorzugten Fahrradständer zu benutzen, parkte Lucas diesmal seine Vespa vor dem Blackwood Building, welches die Astronomische Abteilung beherbergte, indem er den Ständer herunterklappte, das Gefährt aber nicht ankettete. Er blickte über die Schulter ins Leere und fragte mit leiser Stimme: »Hubertus, Barbara – sind Sie da?«

Seine Haut prickelte, als bekäme sie eine Dosis heiliger Strahlung ab, und Hubertus' Stimme drang aus einem wandernden Riss im Raum-Zeit-Gefüge. »Wir sind dicht hinter dir, mein Freund. Betrachte dich als durch eine göttliche Rüstung geschützt.«

Beruhigt durch seine unsichtbare himmlische Miniheerschar betrat Lucas mit forschen Schritten das Gebäude und steuerte direkt auf das Büro von Owen Hulme zu. Fluoreszierendes Licht drang durch die Milchglasscheibe in der betreffenden Tür, und Lucas hörte von drinnen gedämpfte Stimmen. Er klopfte mutig an die Tür und erhielt als Antwort ein barsches »Herein!«

Seine Schultern straffend betrat Lucas die Löwengrube wie der von Engeln beschützte Daniel.

Hulme saß in seinem Schreibtischsessel, während Dr. Garnett den einzigen Besuchersessel einnahm. Die beiden Männer zeigten unterschiedliche Reaktionen auf Lucas' Erscheinen. Garnett demonstrierte stumme Verlegenheit, als erinnerte er sich daran, wie Lucas während des Empfangs beleidigt worden war. Gleichzeitig mimte er ein grundlegendes Desinteresse an seiner Umgebung, während Hulme tatsächlich ein unwillkürliches raubtierhaftes Knurren von sich gab.

»Was führt dich denn heute hierher, Latulippe? Falls du entgegen meiner Erwartung nicht die Absicht haben solltest, dich für dein gestriges unwürdiges Betragen zu entschuldigen, kannst du gleich wieder kehrtmachen und in deinen privaten Mini-Vatikan zurückkehren.«

Sich überdeutlich der Tatsache bewusst, dass seine Wangen rot anliefen, antwortete Lucas nichtsdestotrotz mit fester, forscher Stimme: »Ich bin weit davon entfernt, mich zu entschuldigen. Stattdessen bin ich heute hergekommen, um dir deine impertinenten Frechheiten in deine miese Fresse zu stopfen, Hulme! Gleich kriegst du Besuch von den Boten eines zornigen Gottes. Barbara! Hubertus! Erscheinen Sie!«

Die beiden barfüßigen Heiligen erschienen auf dem Fußboden stehend rechts und links von Lucas.

»Ja, Gott war in der Tat sehr zornig, als wir ihn das letzte Mal sahen«, erklärte Sankt Hubertus bereitwillig und griff nach oben, um seinen leicht schief stehenden quasarhellen Heiligenschein zurechtzurücken. »Aber wir beide waren das Ziel seines Zorns, nicht diese Gentlemen.«

Die heilige Barbara brachte ihrer Partner unwirsch zum Schweigen. »Still, du alter Narr.« Die Astronomen waren während der wunderbaren Erscheinung leicht zusammengezuckt, gewannen aber schnell ihre von kühler Vernunft geprägte, herablassende Haltung zurück. Hulme schien sogar eher verärgert als erschrocken zu sein. »Sehr eindrucksvoll, Latulippe. Wie ein drittklassiges Mysterienspiel. Aber wenn du und deine beiden schäbigen Spießgesellen nicht umgehend aus meinem Büro verschwinden, werde ich wohl den Sicherheitsdienst des Campus zu Hilfe rufen müssen.«

Lucas zitterte vor Entrüstung. »Du wagst es, die von Gott persönlich auserwählten Vertreter zu verspotten? Was ist nötig, um dich davon zu überzeugen, dass dein ganzes materialistisches Leben auf einer einzigen Lüge aufgebaut ist?«

Hulme machte keinerlei Anstalten, darauf zu antworten, sondern betätigte stattdessen einen Knopf an seinem Telefon, dessen Hörer er bereits ans Ohr presste. »Hallo,

Sicherheitsdienst? Hier ist Professor Hulme. Schicken Sie bitte einen Streifenwagen her, um ein paar unbefugte Eindringlinge wegzuschaffen –«

Lucas spürte, wie die Situation langsam aber sicher seiner Kontrolle entglitt. Was war schief gelaufen? Niemand folgte seinem Plan: Diese Ungläubigen schienen von den Auren der Heiligen völlig unbeeindruckt zu sein. Vorher hatte Lucas sich diesen Moment als den Augenblick seines nicht mehr zu übertreffenden Triumphs vorgestellt. Aber niemand schien seinen Text in dem Drehbuch zu kennen, das er im Geiste geschrieben hatte. Verzweifelt darum bemüht, die Oberhand zu behalten, rief Lucas einen Befehl:

»Barbara, halten Sie ihn auf!«

Der Telefonhörer fiel klappernd auf die Schreibtischplatte, obgleich Hulmes Hand noch immer geschlossen war. Und obgleich der Mund des Mannes sich unter seinem Bart bewegte, drang kein Laut daraus hervor: Irgendetwas schien mit Hulmes gesamter Erscheinung nicht mehr zu stimmen. Er erschien abgeflacht und wurde von Wellenbewegungen durchgeschüttelt, die über einen völlig substanzlosen Körper liefen. Und als Hulme sich zur Seite drehte, um Doktor Garnett einen flehenden Blick zu schicken, verschwand er vollständig.

Lucas erkannte sofort, was die heilige Barbara getan hatte. »Sie haben ihn auf zwei Dimensionen reduziert.«

Die heilige Barbara quittierte diese Feststellung mit einem nicht unbescheidenen stolzen Lächeln. »Ich habe ihn euklidisiert, mein lieber Watson. Die schnellste und sauberste Lösung für Ihre Bitte.«

Der mehr als papierdünne Hulme flatterte aufgeregt durch das Büro und verschwand und erschien abwechselnd, je nachdem, wie er sich den Betrachtern zeigte, indem er ihnen mal seine Vorderfront, mal seine Seitenansicht, bzw. Seitennichtansicht zuwandte. Unterdessen war Garnett entsetzt aufgesprungen.

»Ich weiß nicht, was Sie mit Owen gemacht haben, Sie papistischer Wahnsinniger! Aber damit lasse ich Sie nicht so einfach davonkommen!«

Garnett sprang Lucas an, der sich seinem Zugriff um Haaresbreite dank einer schnellen Reaktion entziehen konnte: »Hubertus, helfen Sie!«

Der neueste Zugang der astronomischen Fakultät sackte plötzlich zu Boden, da er nicht mehr stehen konnte. Seine Gliedmaßen waren durch kleinere, komplette Kopien seines gesamten Körper ersetzt worden. Dort, wo seine Hände und Füße hätten sein sollen, verfügte Garnett nun über verkleinerte Versionen seines eigenen Kopfs. Und die Gliedmaßen dieser bizarren Fortsätze bestanden aus noch kleineren Körpern und so weiter und so weiter, bis Lucas glasige Augen bekam.

Ein zwitscherndes Geräusch von den unendlich vielen Köpfen, die sich gleichzeitig beschwerten, überlagerte die Schimpfkanonade aus dem ursprünglichen Garnett-Mund. Lucas sank in Hulmes Sessel. Diesen würde Hulme wohl nicht mehr brauchen, denn der platte Professor hatte das Pech gehabt, durch einen Schlitz in eine geschlossene Schreibtischschublade gerutscht zu sein.

»Haben Sie ihn fraktalisiert?«, fragte Lucas niedergeschlagen. »Ihn vervielfältigt?«

Sankt Hubertus grinste. »Genau. Ein kleiner Trick, den ich aufgeschnappt habe, als ich mal Gelegenheit hatte, Mandelbrod über die Schulter zu blicken.«

In diesem Moment hörte Lucas eine Sirene. Ohne große Hoffnung öffnete er die Schublade, in der Hulme verschwunden war. Der papierdünne Gelehrte schoss heraus wie ein Kastenteufel und veranlasste Lucas, aufgeregt aufzuspringen.

In diesem Moment kam Britta Hulme fröhlich ins Büro ihres Mannes und gewahrte ihren Ehegefährten in einem Moment falscher Gegenständlichkeit.

»Bist du so weit, dass wir essen gehen können, Liebling? Wir müssen uns beeilen, wenn ich Simon nicht zu lange warten lassen will –«

Der foliengleiche Geist ihres Mannes flehte seine Frau lautlos um Hilfe an. Seine bizarre Not teilte sich endlich auch seiner leicht beschränkten Ehefrau mit.

»Fühlst du dich wohl, Lieber?«

Der Anblick Owens, wie er den Kopf schüttelte, war nichts, was Lucas sich freiwillig angeschaut oder gerne in Erinnerung behalten hätte. Der Kopf des Professors schien abwechselnd zu verschwinden und wieder zu erscheinen, als er von einer Ebene zur anderen sprang. Was die Übelkeit erzeugende Wirkung betraf, lief diese Vorführung der heiligen Barbara ihrer früheren Demonstration ihres jugendlichen Missgeschicks mit einem Henkerbeil fast den Rang ab.

Britta schrie mit opernhafter Vehemenz. Lucas schlug die Augen auf, um sie zu beruhigen, aber sie schrie wieder. Und wieder. Und wieder –

Ihr vierter Schrei hatte eine geringere Lautstärke. Und der nächste war sogar noch leiser.

Britta schrumpfte. Kleiner werdend, während ihre makellosen Proportionen erhalten blieben und ihre Stimme sich zu einem unbedeutenden Flüstern herunterdopplerte, durchlief sie die Maße eines Kindes, einer Maus, einer Biene, einer Mücke, dann verschwand sie vollständig.

»Ich nahm an, du wolltest sie zum Schweigen bringen«, erklärte die heilige Barbara beiläufig. »Daher erinnerte ich mich an einige interessante Folgesätze in einem Aufsatz von Stephen Smale im *Journal of Nonlinear Dynamics* über ungewöhnliche Anziehungskräfte, die stoffliche Strukturveränderungen im Quantenbereich auslösen –«

Ehe die geschwätzige Heilige ihre Erläuterungen abschließen konnte, wurde sie durch vielfältige Ausrufe der stetig wachsenden Ansammlung entsetzter Leute in und vor der Bürotür unterbrochen.

Lucas war bedeckt mit stinkendem Schweiß. Sein Geist waberte wie die Oberfläche eines fraktalen Ozeans. »Wir müssen schnellstens von hier verschwinden«, krächzte er.

Freundlicher Sonnenschein fiel auf Lucas und die beiden Heiligen, und eine milde Brise spielte mit Lucas' feuchtem Haar und ließ die Heiligengewänder flattern. Höherdimensionaler Ortswechsel hatte in Notsituationen seine klaren Vorteile.

Sie waren aber noch nicht aus sämtlichem Schlamassel heraus. Nachdem er neben seiner Vespa geparkt hatte, spuckte der Streifenwagen des Campus-Sicherheitsdienstes seine Insassen aus.

Der führende Beamte ähnelte dem Kultfilmregisseur John Waters, außer dass er auch noch eine finstere Miene aufsetzte. »Wo gibt es Ärger, Sir?«

»Da – da oben.«

Die anderen Mietpolizisten studierten die beiden Heiligen für einige Sekunden misstrauisch, bis Lucas sich so weit in die Gewalt bekam, dass er ihnen eine Erklärung für ihr wunderliches Aussehen liefern konnte. »Meine, äh, Freunde, die mich besuchen, sind alte Hippies, Officer. Sie lehren in, hm, Berkeley. Westküste. Mutter Erde. Naturverehrung. All dieses Zeug. Diese Heiligenscheine? Sie kennen doch diese Lichtstäbe, die die Kids bei ihren Rave-Partys benutzen? Klar, kennen Sie die. Sie wissen genau, was ich meine.«

Die Wachtmänner gaben zustimmende Laute von sich

und rannten los in Richtung des zunehmenden Lärms innerhalb des Blackwood Building. An der äußeren Eingangstür trafen sie auf die unbewegliche Masse Pisky Wispaways, die mit einem entsetzlichen karierten zeltähnlichen Hemd bekleidet war. Ein kurzer Ringkampf à la Robin-Hood-trifft-Little-John-auf-der-Holzbrücke entspann sich, aus dem Pisky siegreich hervorging. Sie watschelte so schnell sie es vermochte auf Lucas zu, wobei ihr Glasschmuck klimperte wie ein Perlenvorhang in einem Hurrikan.

Ehe seine große Freundin ihn erreichen konnte, drehte Lucas sich zu den beiden Heiligen um.

»Können Sie rückgängig machen, was Sie mit diesen drei Leuten getan haben?«

»Natürlich«, sagte die heilige Barbara.

»Ich weiß wirklich nicht, ob wir seine Befehle noch befolgen sollen«, quengelte Sankt Hubertus. »Nach diesen entsetzlichen Lügen, die er der Polizei aufgetischt hat. Von wegen, alte Hippies!«

Lucas hatte Mühe, nicht zu brüllen. »Das war eine Notlüge! Ich beichte sie, sobald ich kann, und nehme jede Buße widerspruchslos hin, die der Priester mir auferlegt.«

»Nun, in diesem Fall –«

Die heilige Barbara hatte einen praktischen Einwand. »Dir ist doch klar, dass deine Gegner, sobald sie wieder in ihren Normalzustand versetzt wurden, dich aller möglichen schrecklichen Dinge beschuldigen werden. Das wird sicherlich genauso schlimm sein wie die hässliche Szene, als mein Vater von meiner Bekehrung erfuhr.«

»Ich weiß, ich weiß, aber damit werde ich schon irgendwie fertig werden. Sorgen Sie nur dafür, dass sie wieder normal aussehen.«

Die Heiligen nickten einander zu, blinzelten einmal, dann sagten sie unisono: »Erledigt.«

Pisky gesellte sich jetzt zu dem Trio. Ihr gerötetes Gesicht zeigte nichts als Sympathie und Sorge für Lucas, gemischt mit einer guten Portion natürlicher Neugier in Bezug auf seine seltsamen Gefährten.

»Oh, Lucas, was ist eigentlich los? Hast du dich mit Owen gestritten?«

»Ja, ich fürchte, das habe ich, Pisky. Ich bin sozusagen vor seiner Tür mit dem Beweis dafür erschienen, dass ihm seine ewige Verdammnis absolut gewiss wäre, wenn er nicht widerriefe, und er hat ziemlich übel reagiert. Ich gebe zu, dass ich gezwungen war, mich selbst zu verteidigen.«

»Wie furchtbar! Lucas, ich habe mir wegen dir solche Sorgen gemacht! Ich habe die ganze Nacht über meine Gefühle für dich nachgedacht, und ich wollte nur, dass du weißt, wie sehr ich deine Prinzipien bewundere. In meinen Augen kannst du einfach nichts Böses tun. Ich bin so stolz auf dich, dass du Owen so mutig gegenübergetreten bist!«

Pisky ergriff Lucas' Arm und lehnte ihren massigen Körper gegen ihn. Er verspürte einen klaustrophobischen Schub ähnlich dem, was die Erbse der Prinzessin unter tausend Matratzen empfunden haben musste. Durchaus dankbar für Piskys Erklärung, seine Verbündete zu sein, versuchte er dennoch, sich von ihr räumlich zu trennen.

»Ah ja, prima, vielen Dank, Pisky. Dass ich am Ende Sieger geblieben bin, habe ich natürlich nicht allein mir zu verdanken. Ich hatte die Hilfe dieser beiden Heiligen. Gestatte mir, dir die heilige Barbara und Sankt Hubertus, die mathematischen Experten des Himmels, vorzustellen.«

Sankt Hubertus nahm Piskys Hand und küsste sie so galant wie der Höfling, der er einst gewesen war. »Ich bin entzückt, Madame. Ihre Stimme erinnert mich an die der Kaiserin Theodora.«

Die heilige Barbara verzichtete auf einen Händedruck, sondern begnügte sich mit einer deutlich eisigen verbalen Begrüßung und strich ihr Gewand ziemlich demonstrativ an ihrer schlanken Taille glatt. Lucas glaubte bei seiner Beschützerin eine gewisse schmeichelhafte Eifersucht wahrzunehmen, konnte sich jetzt jedoch nicht auf das konzentrieren, was unter anderen Umständen eine sicherlich reizvolle Gelegenheit gewesen wäre.

Solche Nettigkeiten, so gezwungen sie auch waren, endeten schon im nächsten Moment, als die Hulmes und Professor Garnett auf den Stufen des Blackwood Building erschienen, gefolgt und unterstützt von einer Schar besorgter Schaulustiger.

»Dort sind Sie, Officer! Verhaften Sie sie!«

Lucas sprang auf seine Vespa und erweckte den Motor zu knatterndem Leben. »Pisky, wir setzen unser interessantes Gespräch zu einem späteren Zeitpunkt fort. Ich muss sofort flüchten, bis mir ein Weg eingefallen ist, wie ich mich von diesen lächerlichen Anschuldigungen befreien kann.«

»Ich komme mit dir, Lucas.«

Ehe der Mathematiker protestieren konnte, raffte Pisky ihre Röcke hoch und schwang ihr Bein über den Beifahrersitz des kleinen Gefährts, das regelrecht unter ihr verschwand. Die Vespa sank so tief auf das Hinterrad herab, dass das Vorderrad hochstieg und sich beinahe vom Boden löste. Es sah aus wie die moderne Version des Lone Ranger auf seinem sich aufbäumenden Pferd.

»Pisky, bitte –«

»Los, Lucas, fahr schon – sie rennen und haben uns gleich eingeholt!«

Lucas drehte am Gasgriff, und das protestierende, überladene Zweirad setzte sich mit einem Tempo in Bewegung, das nicht schneller war als das eines gemütlichen Dauerlaufs. Die Heiligen hatten zu Fuß einen Vorsprung herausgeholt, den sie ohne übernatürliche Anstrengungen hielten.

»So geht das nicht!«, jammerte Lucas. »Hubertus, Barbara – können Sie nicht dafür sorgen, dass wir schneller wegkommen?«

»Wo möchtest du denn hin?«

»Keine Ahnung! Ich will nur, dass wir wegfliegen!«

Die Heiligen ließen sich zurückfallen und steckten die Köpfe zusammen, während sie gemütlich den Weg fortsetzten. Lucas schnappte Fetzen ihrer Unterhaltung auf:

»– kosmologische Konstanten –« »– von Natur aus numerisch –« »– glaube nicht, dass wir uns zu sehr einmischen –«

Ihre Verfolger hatten sie fast eingeholt, als die Heiligen ihre angeregte Diskussion beendeten. Sankt Hubertus setzte zu einem Vortrag an. »Sicherlich hast du schon von der universellen Kraft namens ›Lambda‹ gehört –«

Lucas konnte über dem Geschrei und Gebrüll der rasenden Menge hinter ihm die wütenden Rufe Owen Hulmes hören. »Egal, was Sie tun wollen, um Gottes willen, tun Sie's!«

Warum sackte der Erdboden so schnell unter der Vespa weg? Hatten die Heiligen in der Erde etwa eine Spalte aufklaffen lassen? War Lucas die ganze Zeit hinters Licht geführt worden? Waren die heilige Barbara und Sankt Hubertus vielleicht in Wirklichkeit Dämonen, die schließlich ihre gepeinigten Opfer in die Hölle mitnahmen? Lucas hatte allerdings nicht das Gefühl des Fallens, und er roch keinen Schwefel. Stattdessen stellte er fest, dass er aufstieg, sich hinauf in die Lüfte schwang. Der Boden unter ihm blieb starr und unbewegt.

Die Vespa flog und steuerte mit dem Vorderrad die Sonne an.

Pisky umklammerte Lucas' Bauch so heftig, dass er kaum atmen konnte. »Ich habe nicht geglaubt, ich habe nicht geglaubt! Aber jetzt glaube ich, ja, ich tue es!«

Lucas wandte sich halb um und blickte über die Schulter nach unten. Der aufgeregte Mob war zum Stehen gekommen. Die nach oben gerichteten Gesichter waren starr in ihrem namenlosen Staunen über das fliegende Zweirad und seine unfassbaren Lenker, die so mir nichts, dir nichts davonsegelten, begleitet von den schwebenden Heiligen, die sie flankierten wie Pilotfische.

Ehe sie richtig an Höhe gewannen, hörte Lucas einen der Gaffer auf dem Erdboden rufen: »Hey, ich kann der Tante unters Hemd gucken. Sie ist darunter splitternackt!«

Das Gesicht der heiligen Barbara verfinsterte sich. »Heh, du mieser Haufen Krötenscheiße! Mal sehen, wie es dir gefällt, wenn ich deine Eingeweide zu einem Möbius-Ring verdrehe –«

»Nein, nicht!«, befahl Lucas, und die heilige Barbara gehorchte, obgleich sie weiterhin vor sich hinschimpfte.

Während die Vespa ohne weitere Zwischenfälle höher und höher stieg, entspannte Lucas sich nach und nach, und Pisky ebenfalls. Seine natürliche wissenschaftliche Neugier meldete sich nachhaltig genug, um ihn fragen zu lassen: »Wie kann man diesen Flug als mathematisches Wunder einstufen?«

Sankt Hubertus schien auf ihre Leistung stolz zu sein. »In einem ersten Schritt haben wir das Kommutativ- und das Assoziativ-Gesetz für Tensoroperatoren außer Kraft gesetzt. Sobald die Quantenträgheit nachließ, änderten wir als Nächstes den numerischen Wert von Lambda – die Kraft, die die Ausdehnung des Universums steuert – in einem kleinen Bereich um dich herum, was in gerichteter Antigravitation resultierte. Der gesamte Kosmos lässt sich auf sechs Zahlen zurückführen, weißt du. N, E, Omega, Lambda, D und Q. Nehmen wir zum Beispiel Q –«

»Ich bewundere die Schönheit jeder Theorie, Hubertus. Aber wohin fliegen wir?«

»Das hängt einzig und allein von Ihnen ab, Sir«, sagte er in einem Tonfall übertriebener Förmlichkeit. »Ich denke, wir könnten uns verhältnismäßig unsichtbar auf einer Wolke verstecken. Das ist das, was wir Heilige nach der allgemein landläufigen Meinung sowieso ständig tun.«

Jetzt meldete Pisky sich zu Wort. »Oh, Lucas, das sind ja wirklich Heilige! Ich dachte, du hättest einen Scherz gemacht. Wie wunderbar! Und auf einer Wolke zu sitzen und auf die Erde hinunterzuschauen – davon habe ich geträumt, seit ich ein kleines Mädchen in Piscatway war.«

Lucas seufzte und gab sein Einverständnis. Die Vespa beschleunigte und erreichte schon bald die unterste Wolkenschicht. Nachdem sie sie durchstoßen hatte, verharrte das Zweirad über der wattegleichen, sonnenbeschienenen und mit Schatten durchsetzten Landschaft, einem Paradies aus Rosa und Gold.

»Steigt ab«, sagte die heilige Barbara.

Lucas sah die Heilige wachsam an. Hatte sie etwa vor, ihm einen tödlichen Streich als Strafe dafür zu spielen, dass er ihr nicht gestattet hatte, sich bei dem Spanner zu revanchieren? Aber welche andere Wahl hatte er, als ihr zu vertrauen?

Pisky beseitigte seine Zweifel, indem sie als Erste abstieg. Sie sank bis zu den Knöcheln in die Wolken ein, aber nicht tiefer.

»Eine unbedeutende Verschiebung bei den Werten von N und E –«, begann Sankt Hubertus wieder.

Mittlerweile ebenfalls in diesem Wolkenstoff stehend, trat Lucas, von Pisky begleitet, bis an den nächsten Rand. Sie blickten vorsichtig darüber und hinunter auf die Erde, die aussah wie ein Flickenteppich aus Braun- und Grünschattierungen, voneinander abgesetzt durch Straßen.

»Es ist ja so wundervoll«, gurrte Pisky.

Die heilige Barbara schnaubte wütend. »Nach ein oder zwei Jahrtausenden wird alles alt und abgedroschen. Sogar die Liebe, vermute ich – allerdings kann ich das nicht mit Sicherheit sagen«, schloss die Heilige wehmütig.

Pisky ergriff Lucas' Hand voll leidenschaftlicher Inbrunst. »Oh, davon weiß ich nichts. Ich wünschte, ich hätte genug Zeit, um das herauszufinden.«

Lucas befreite sich sanft. Solche Gespräche wären sicherlich recht angenehm, wenn alles andere in Ordnung wäre. Aber seine augenblicklichen Sorgen füllten Lucas' Gehirn in einem solchen Maß, dass er Piskys romantischem Geplapper keinerlei Aufmerksamkeit schenkte. Und dennoch lockte irgendein winziger Hinweis in ihren Worten seine Gedanken in die Richtung einer ganz anderen Art von Rettung.

Lucas hatte eine Idee. »Zeit! Natürlich! Können Sie beide irgendwie –«

Sankt Hubertus seufzte. »Jetzt geht es schon wieder los. Die Zeit umdrehen? Natürlich. Ein ausschließlich mathematisches Phänomen. Tatsächlich ist dieses alte Mittel der Trick, wie wir aus den meisten Klemmen herauskommen.«

»Ich kann euch gar nicht sagen, wie sehr mich diese vordergründige Taktik langweilt«, beklagte die heilige Barbara sich. »Wenn die Sterblichen doch nur ein wenig mehr

Phantasie hätten. Wie wäre es denn, wenn wir die Strahlung der Sonne ein wenig verändern würden –«

»Nein! Phantasiereiche Lösungen interessieren mich nicht! Ich möchte nur mein altes Leben zurück. Aber ich muss die Erinnerung an all dies bewahren, damit ich mich nie mehr von meinem Stolz und meiner Frömmigkeit blenden lasse.«

»Das ist ganz einfach. Okay, halte dich bereit –«

Pisky überraschte ihn, indem sie sich einschaltete. »Stopp! Mir ist es gleich, wenn ich meine Erinnerung an diesen wundervollen Moment verlieren muss, um Lucas zu helfen. Aber darf ich Sie um einen Gefallen bitten?« Die große Frau schlug verschämt den Blick nieder und scharrte mit dem Fuß in der Wolke. »Könnten Sie mich schlank machen? Auch wenn es nur für eine Minute wäre? Bitte?«

Die Heiligen konferierten wieder miteinander: »– Umkehrung von Banach-Tarski –« »– konforme Darstellung der Lemniskate –«

Die heilige Barbara wandte sich mit einem herablassend verständnisvollen Lächeln an die andere Frau. »In Ordnung, Liebes, mach einfach die Augen zu.«

Die Verwandlung von Pisky Wispaway entlockte Lucas ein unfreiwilliges Knurren. Ihre Figur schien auf eine geplante, kontrollierte Art und Weise zu implodieren, während sich das großflächige Karomuster ihres Kleides in ein feines Paisleymuster aus einem Saupe und Pietgen-Buch verwandelte. Auf mathemagische Art und Weise von fast zweihundert Pfund Körpermasse befreit, verlor sie außerdem ihr nunmehr übergroßes Kleid und Unterzeug, das einfach herunterrutschte und sich um ihre Füße sammelte. Was von ihr noch übrig blieb, war lediglich mit Perlenketten bekleidet. Nunmehr eine höchst attraktive Evastochter, warf die völlig neu erblühte nackte Pisky sich in Lucas' Arme. Er überraschte sich selbst, indem er sie entschlossen und begierig festhielt.

Die Heiligen betrachteten das Sterblichenpaar geradezu liebevoll.

»Haltet euch für die Zeitumkehr bereit«, sagte Sankt Hubertus.

Die heilige Barbara beugte sich vor, um Lucas auf die Wange zu küssen. »Du warst einer meiner nettesten Klienten.«

»Wenn ihr zu Gott betet, dann sprecht freundlich von uns«, sagte Sankt Hubertus. »Eine Empfehlung an die Adresse unseres Arbeitgebers können wir immer gut gebrauchen.«

Die Sterblichen verschwanden innerhalb eines Lidschlags.

Sankt Hubertus wandte sich an die heilige Barbara. »Nun, damit wäre wieder mal eine Mission erfolgreich abgeschlossen.«

»Ich dachte, dies hier ist viel besser ausgegangen als dieser Reinfall, der dir bei Fermats Letztem Theorem unterlaufen ist. ›Kein Platz auf dem Rand‹, in der Tat.«

Sankt Hubertus zog die Nase hoch. »Und was war mit deinem Kaltfusions-Debakel?«

Die heilige Barbara krümmte sich. »Ich bin im Laufe der Zeit um einiges besser geworden.« Sie bot ihren Arm an, um in den Himmel zurückgeführt zu werden, und die untergehakten Heiligen spazierten über die Wolkengebirge davon.

»Das, so glaube ich«, meinte Sankt Hubertus, »ist Gottes Plan.«

Lucas Latulippe beneidete seine verunsicherten Fachkollegen. Der Widerstreit zwischen Glauben und Skepsis in ihrer Brust gestattete ihnen, ihre wissenschaftliche Karriere mit einem gewissen nützlichen Grad an Zweifel in beiden Bereichen voranzutreiben. Im Gegensatz zu Lucas schauten sie nicht ständig wachsam hinter sich, beunruhigt durch die Möglichkeit ungelegener realer Wunder.

Aber nach mehreren Jahren ohne irgendwelche Interventionen von Seiten Heiliger hatte Lucas es gelernt, sein Unbehagen zu unterdrücken. Regelmäßige Gebete, in denen er Gott anflehte, ihm eine ereignislose tägliche Existenz zu schenken, waren dabei hilfreich. Und natürlich hätte die Verbindung mit einer bildschönen, schlanken, liebevollen Ehefrau wie Pisky das Leben eines jeden Mannes mit Glückseligkeit erfüllt.

Und außerdem waren sie das einzige Paar ihres Bekanntenkreises, dessen Ehe im wahrsten Sinne des Wortes im Himmel geschlossen worden war.

Originaltitel: Math Takes a Holiday
Ins Deutsche übertragen von Michael Kubiak

21. Ein Barbar auf dem Broadway

Cherith Baldry

Cherith Baldry war Lehrerin und Bibliothekarin, bis sie zunächst mit einer Kinderbuchreihe auf sich aufmerksam machte, der SAGA OF THE SIX WORLDS. Inzwischen jedoch hat sie sich als Autorin von einfühlsam menschlichen Fantasy-Erzählungen einen Namen gemacht. Viele ihrer Texte sind vor dem Hintergrund der Arthus-Sage angesiedelt, so auch ihr jüngster Roman EXILED FROM CAMELOT (2000). Die folgende Kurzgeschichte führt uns zurück in die 30er Jahre, in die wunderbare Welt des New Yorker Journalisten Damon Runyon.

Eines Abends gegen 19 Uhr sitze ich in Mindys Restaurant. Ich schwelge gerade in einer Portion Rindergulasch, denke an dieses und jenes und ganz besonders darüber nach, wo ich das Kleingeld für eine todsichere Wette morgen zusammenkratzen kann – und wer taucht da plötzlich auf? Niemand anderes als Harry das Ross, Spanier-John und Klein-Isidor.

Natürlich begrüße ich sie mit lautem Hallo, obwohl es sich gewiss um niemanden handelt, mit dem ich gerne zu tun habe, auf welche Weise auch immer. Es sind nämlich tatsächlich ziemlich schwierige Zeitgenossen. Aber natürlich lasse ich Harry das Ross, Spanier-John und Klein-Isidor in keiner Weise merken, dass ich nicht erfreut über die Begegnung bin. Sie könnten nämlich darüber verärgert sein, und sich in diesem Falle entscheiden, mich an die frische Luft zu bitten. Und wer von Kerlen wie Harry dem

Ross zu einem Frischluftspaziergang gebeten wird, der kommt nicht wieder zurück.

Gut, Harry das Ross klopft mir also auf die Schulter und spricht mich ungefähr so an:

»Wir suchen einen Typen namens Eugene Edmonton«, sagt er. »Ist dir Eugene Edmonton letzthin irgendwo über den Weg gelaufen?«

Nun habe ich noch nie zuvor von einem Eugene Edmonton gehört, und ich denke mir also, selbst wenn ich den Kerl kenne, besteht eine gute Möglichkeit, dass ich Harry dem Ross nicht sagen werde, wo er abgeblieben ist. Denn andernfalls könnte es sein, dass Eugene Edmonton bald ziemlich tot sein wird.

»Wir suchen nach Eugene Edmonton«, erklärt Harry das Ross, »weil wir ihm einen Vorschlag zu unterbreiten haben.« Und dann erzählt er mir Folgendes:

Wir trafen diesen Eugene Edmonton vergangenen Donnerstag, um vier Uhr in der Frühe in Mitternacht-Charley Bernsteins kleiner Kaschemme auf der Achtundvierzigsten Straße. Er sitzt am Nachbartisch und heult in sein Glas, und das ist vielleicht das Beste, was man mit dem Zeug machen kann, das Mitternacht-Charley ausschenkt.

Eugene Edmonton ist ein kleiner Bursche mit einem mickrigen Schnurrbart und goldgerahmten Augengläsern, und er trägt einen wirklich feinen Smoking. Ich denke mir, dass so ein Typ durch die Nachtklubs ziehen sollte, anstatt bei Mitternacht-Charley seinen Drink zu verwässern.

Nach einer Weile richtet er das Wort an uns:

»Freunde«, erzählt er, »ich bin der unglücklichste Mann der Welt. Ich bin verliebt in Miss Paulette Patrick, doch sie spielt immer mächtig die Gleichgültige bei mir. Ich möchte nicht länger leben, wenn ich nicht Miss Paulette Patricks

Gunst erlangen kann. Tatsächlich«, fügte er noch hinzu, »würde ich mir am liebsten einen Strick nehmen.«

Wir anderen sind uns einig, dass der Kerl mehr als ein wenig blöde ist, wenn er sich aufhängen möchte, nur weil so ein Püppchen nichts mit ihm anfangen kann – ganz besonders bei einer Puppe wie Miss Paulette Patrick, die nichts weiter ist als eine Tänzerin in Miss Missouri Martins Klub der Dreihundert. Darüber hinaus legen wir keinen Wert darauf, dass er sich aufknüpft, solange wir in der Nachbarschaft sind, denn man wird sich leicht ausrechnen, dass die Bullen zu dem Schluss kommen könnten, dass wir dabei nachgeholfen haben. Und dann würden sie uns ein paar wirklich unangenehme Fragen stellen ...

Aber das erzählen wir ihm nicht, und so kommt er bald zu uns an den Tisch und bestellt uns ein paar Drinks, die wir aber natürlich nicht anrühren.

»Ich schicke Miss Paulette Patrick Diamantarmbänder und Pelzmäntel«, klagt er, »und sie schickt sie mir zurück. Sie sagt, sie will weder Diamantarmbänder noch Pelzmäntel. Sie sagt zu mir: ›Ich kann niemals einen Mann lieben, der nichts weiter zu Stande bringt, als in den Nachtklubs herumzuhängen. Der Mann, den ich zum Gemahl erwähle, muss heldenhafte Taten vollbringen. Ich wünsche einen Ritter in schimmernder Rüstung!‹ Genau das sagt sie ...«

Das bringt uns andere jetzt auf die Idee, dass auch Miss Paulette Patrick mehr als ein wenig blöde sein muss. Denn über Ritter in schimmernder Rüstung stolpert man in dieser Stadt nicht gerade an jeder Straßenecke, wohingegen Eugene Edmonton aussieht wie ein Mann, der eine Menge aufzuweisen hat. Und wenn Miss Paulette Patrick seine treu liebende Gattin wird, dann bekommt sie vermutlich bald so viele Brillantarmbänder, dass sie sich zusätzliche

Arme kaufen muss, wenn sie sie alle auf einmal tragen will.

Wie auch immer, Eugene Edmonton ordert gerade ein paar weitere Gläser, als plötzlich die Tür zu Mitternacht-Charleys Spelunke weit auffliegt und auf der Schwelle ein Kerl erscheint, wie ich nie zuvor in meinem Leben einen gesehen habe. Und – ich zitiere Harry das Ross – »ich habe eine Menge Kerle gesehen!«

Dieser Bursche ist über zwei Meter hoch und anderthalb Meter breit, und seine Muskeln sehen aus wie in Vakuumfolie eingeschweißte Melonen. Er trägt nichts weiter als einen Lendenschurz aus Fell, mit gerade genug Fell, um einen Golfschläger darin einzuwickeln – einen sehr kleinen Golfschläger! –, dazu pelzige Stiefel und einen Ledergürtel mit Schwert.

Zuerst denke ich mir, das ist nur ein Werbegag. Aber ich kann nicht sehen, was dieser Kerl verkaufen will, und wenn er etwas verkauft, dann ist er in jedem Fall nicht der Typ Mann, dem ein ehrbarer Bürger seine Penunze anvertrauen würde, oder irgendeine Fuhre was auch immer.

Der Kerl marschiert also rüber zur Bar und teilt Mitternacht-Charley mit: »Ich Thurg!«

Jetzt sieht Mitternacht-Charley ein wenig verwirrt aus, und er sagt erst mal gar nichts, bis der Hüne mit der Hand auf den Tresen schlägt und verkündet: »Thurg will trinken!«

»Kommt sofort, Mister Thurg«, erwidert Mitternacht-Charley und nimmt eine Flasche Scotch, um Thurg einen Schuss einzuschenken.

Thurg greift nach der Pulle, beißt den Flaschenhals ab und spuckt das Glas auf den Boden. Dann kippt er sich den Scotch die Kehle hinab. Das überrascht uns alle doch schon ein bisschen, denn ich weiß ganz sicher, dass dieser Scotch von Mondschein-Joe Brady gebrannt wird, in einem Keller der Elften Avenue. Und Mondschein-Joe reagiert überaus empfindlich darauf, wenn man ihn nach den Zutaten fragt.

Noch nie zuvor habe ich jemanden gesehen, der nach ein paar Gläsern von Mondschein-Joes Scotch noch auf seinen Beinen steht, geschweige denn nach einer ganzen Flasche. Aber Thurg wirft das Leergut achtlos über die Schulter und fordert: »Mehr trinken!«

Also reicht Mitternacht-Charley Thurg eine weitere Flasche, und ich denke so bei mir, es zeugt von Thurgs schlechtem Geschmack, wenn er Glas auf den Boden spuckt. Vor allem auf Mitternacht-Charleys Boden. Mir wird vollkommen klar, dass Thurg tatsächlich ein höllisch unangenehmer Zeitgenosse ist.

Als Thurg mit der zweiten Flasche fertig ist, schlägt er sich selbst ein paar Mal auf die Brust und verkündet: »Thurg sucht Auge von Gott!«

Tja, als Klein-Isidor das hört, prustet er laut los. Denn wenn jemand auf der Suche nach Gott ist – oder nach einem Teil davon –, dann wird er ihn ganz gewiss als Letztes im Umkreis des Broadways finden. Außer vielleicht in der Bahnhofsmission.

Als Thurg Klein-Isidor kichern hört, wirkt er ziemlich verärgert. Er kommt rüber zu unserem Tisch und packt Klein-Isidor am Hals, dann hebt er ihn hoch wie einen Wäschesack und gibt uns zu verstehen:

»Thurg großer Krieger! Niemand lacht über Thurg!«

Nun, als ich das sehe, greife ich natürlich zuerst nach dem altbewährten Schießprügel, aber dabei greife ich ins Leere, denn in dieser speziellen Nacht bin ich ohne Schießeisen unterwegs. Mitternacht-Charley schätzt es nämlich gar nicht – oder zumindest nicht allzu sehr –, wenn irgendwelche Kerle irgendwelche anderen Kerle in seiner Kneipe über den Haufen schießen.

Endlich lässt Thurg Klein-Isidor wieder fallen. Der ist inzwischen schon blau angelaufen, liegt vorläufig unbeachtet auf dem Boden herum und zeigt kein weiteres Interesse mehr an den Vorgängen.

Thurg sagt: »Auge von Gott ist Rubin, von Statue in Tempel! Wo das Thurg finden?«

Als Thurg von einem Rubin spricht, sehe ich allmählich ein attraktives Angebot in seinen Fragen. Aber ich antworte vorläufig gar nichts, weil ich wirklich keine Ahnung habe, wo er das Auge Gottes finden kann. Und selbst, wenn ich eine Ahnung hätte, wäre ich mir nicht sicher, ob ich sie mit Thurg teilen würde.

Eugene Edmonton sitzt indes die ganze Zeit still an unserem Tisch und blickt in der Tat sehr traurig drein. Aber bei Thurgs Worten springt er auf die Füße:

»Mister Thurg, ich weiß nicht, wo Sie das Auge Gottes finden können. Aber ich werde Ihnen bei der Suche helfen!«, ruft er aus. »Das ist eine heroische Tat, und womöglich werde ich damit die Liebe von Miss Paulette Patrick erringen!«

Thurg schaut ganz erfreut auf, als Eugene Edmonton das sagt, und er schlägt Eugene Edmonton auf die Schulter, dass diesem sein goldgeränderter Zwicker von der Nase fliegt.

»Du tapferer Krieger!«, lobt er Eugene Edmonton. »Du Freund von Thurg!«

Dann schreitet er hinüber zur Tür und hinaus, und Eugene Edmonton findet seine Augengläser und folgt ihm, und ich folge ihm auch, denn wo ein Rubin ist, da ist auch ein Anteil – und ein Mann wie ich schaut immer nach seinem Anteil, bei jeder Gelegenheit! Spanier-John klaubt Klein-Isidor von den Dielen, und wir alle treten auf die Achtundvierzigste Straße, und dort ruft Eugene Edmonton einen Mietwagen. Der Mietwagen erweist sich als einer dieser altmodischen, pferdegezogenen Einspänner, und Eugene Edmonton weist den Kutscher an, den Klub der Dreihundert anzusteuern. Ich weiß auch nicht, warum Eugene Edmonton erwartet, gerade dort das Auge Gottes vorzufinden. Aber ich denke, er stellt sich das so vor: Wenn er schon eine heldenhafte Tat vollbringt, dann soll zumindest Miss Paulette Patrick dabei sein und ihn auch sehen. Und die Puppen vom Klub der Dreihundert werden Diamanten und Rubine und Smaragde und andere solche Dinge tragen, und deswegen ist es vielleicht gar keine so schlechte Idee, letztendlich.

Als wir losfahren, schaut Thurg zuerst weiterhin ganz glücklich drein und sagt: »Das guter Wagen! Thurg mag!«

Aber bald sieht er sich unruhig um und die Straße entlang und setzt einen finsteren Gesichtsausdruck auf. Er fragt uns: »Ihr kennt Zauberer? Mächtiger Zauberer Alphazor?«

Nun habe ich von so einem Typen noch nie zuvor gehört, und auch von keinem anderen Zauberer irgendeiner Art – es sei denn, man will Dreikarten-Clancy dazuzählen, der wirklich ein magisches Händchen hat für den Dreikarten-Trick, und für »Finde die Königin« und andere solche Taschenspielereien. Damit verdient Dreikarten-Clancy so manche Kröte bei allen, die ihm zum ersten Mal über den Weg laufen.

»Nein«, antwortet Eugene Edmonton. »Wir kennen keinen Alphazor.«

»Alphazor böser Zauberer!«, erklärt Thurg und blickt noch finsterer drein. »Alphazor sucht auch Auge von Gott! Aber Thurg wird finden!«

Das ist der Moment, wo ich mich frage, was wohl geschieht, wenn der böse Zauberer Alphazor Thurg einholt. Denn eins ist mir klar: Wenn es einen Typen gibt, für den

Thurg nichts übrig hat, dann ist es dieser böse Zauberer Alphazor. Aber mir ist auch noch etwas anderes klar: Thurg ist nicht der Hellste, und vielleicht täuscht er sich, wenn er annimmt, dass der böse Zauberer Alphazor ebenfalls hinter dem Auge Gottes her ist. Also denke ich nicht mehr weiter über diesen Zaubertypen nach.

Gut, wir kommen also zum Klub der Dreihundert, und dort weist Eugene Edmonton den Kutscher an zu warten, und wir gehen hinein. Eugene Edmonton drückt Musch, dem Türsteher, einen Fünfer in die Hand, damit er keine Fragen über Thurg stellt. Allerdings wird Musch, wenn er einen Blick auf Thurg wirft, ohnehin keine Fragen stellen.

Im Klub der Dreihundert spielen die Hei-Hei-Boys, Miss Missouri Martins Jazzband, und Miss Paulette Patrick steht oben auf der Bühne und tanzt. Sie ist ein hoch gewachsenes Püppchen mit schwarzen Haaren, und ich kann ganz deutlich sehen, dass alles an ihr echt ist, denn sie hat nicht mehr an als einige rosa Federn und einen Fächer, und der Fächer ist dazu noch überaus winzig.

Eugene besorgt uns also einen Tisch direkt an der Bühne, und da sitzen wir nun und schauen Miss Paulette Patrick zu, und ich merke, dass das ein sehr erfreulicher Anblick für Eugene Edmonton ist.

Thurg sitzt nicht bei uns am Tisch, stattdessen läuft er zwischen den anderen Gästen im Klub der Dreihundert umher und schaut sich die Halsketten und Armbänder von allen Puppen dort an. Aber das Auge Gottes findet er nicht. Darüber hinaus regen sich die respektablen Bürger, die neben den Puppen sitzen, ziemlich auf und würden ganz gerne ein paar unfeine Dinge mit Thurgs Gesundheit anstellen, obwohl manche von den Puppen sich überhaupt nicht belästigt fühlen. Das führt dazu, dass Thurg einigen dieser respektablen Bürger flott einen auf die Mütze gibt.

Miss Missouri Martin sieht allmählich ernstlich ungehalten aus. Sie kommt rüber zu unserem Tisch und spricht zu Eugene Edmonton wie folgt:

»Mister Edmonton, ich muss sie bitten, ihren Freund hinauszubegleiten, und zwar so schnell, wie Sie ihren Hut nehmen können – und am besten noch schneller! Er ist nicht kultiviert«, fügt sie hinzu, »und im Klub der Dreihundert geht es immer kultiviert zu!«

Nun ist Miss Missouri Martin eine alte Schachtel, die nichts lieber macht, als ihre Nase in die Angelegenheiten anderer Leute zu stecken; aber sie ist eine *nette* alte Schachtel, und ich kann mir vorstellen, wenn Eugene Edmonton ihr genau erklärt, wie der Hase läuft, dann wird sie ihm dabei helfen, eine Heldentat zu vollbringen und damit Miss Paulette Patricks Liebe zu erringen.

Aber bevor Eugene Edmonton noch irgendwas erklären kann, ist Miss Paulette Patrick schon mit ihrem Tanz fertig, und Thurg ist ebenfalls fertig, und zwar damit, alle Rubine im Klub der Dreihundert unter die Lupe zu nehmen. Stattdessen nimmt er jetzt Miss Paulette Patrick unter die Lupe, und es wird gleich jedem klar: Was er da sieht, beeindruckt ihn nicht wenig!

Also steigt Thurg schnurstracks zu Miss Paulette Patrick auf die Bühne und teilt ihr in etwa das Folgende mit: »Thurg mag! Du Frau von Thurg jetzt!«

Nun, Miss Paulette Patrick holt aus und setzt Thurg einen rechten Haken vors Kinn, aber das ist natürlich nicht mehr als ein Mückenstich für Thurg. Er hebt Miss Paulette Patrick einfach hoch und wirft sie über seine Schulter wie einen Sack Mehl, dann hält er auf die Tür zu.

Selbstverständlich fängt Miss Paulette Patrick jetzt ordentlich an zu kreischen, und Miss Missouri Martin jault wie ein ganzes Fass voll Katzen, und als Miss Paulette

Patrick Eugene Edmonton dort sitzen sieht, schreit sie: »Eugene! Hilf mir! Hilf mir!«

Da schnappt sich Eugene Edmonton eine Flasche Champagner und zieht sie Thurg über die Rübe, sodass die Flasche zersplittert und der Champagner auf alle Gäste im Klub der Dreihundert regnet. Das erregt deren Unwillen, Thurg aber lässt sich in keiner Weise stören und geht weiter nach draußen, wo immer noch der Wagen wartet.

Jetzt, wo Thurg draußen ist, legt er Miss Paulette Patrick über das Kutschpferd, zieht sein Schwert und durchtrennt das Geschirr. Dann springt er hinter der Puppe auf und gräbt dem Gaul die Fersen in die Flanken, sodass Thurg und das Pferd und Miss Paulette Patrick die Straße entlangrasen und außer Sicht sind.

Eugene Edmonton ruft eine weitere Droschke heran und brüllt dem Kutscher zu: »Verfolgen sie das Pferd!«

Und wir drängen uns alle in den Landauer, aber ich halte die Wette sechs zu eins, dass wir Thurg nicht einholen, wo doch unser Pferd den Einspänner mitsamt Kutscher, Eugene Edmonton, mir, Spanier-John und Klein-Isidor zieht, wohingegen Thurgs Gaul nur Thurg und Miss Paulette Patrick tragen muss.

Da habe ich mich aber verwettet, denn wir kommen nur ein paar Blocks weit, bevor wir Thurgs Pferd am Bürgersteig stehen sehen. Thurg trägt Miss Paulette Patrick wieder über der eigenen Schulter, und er starrt in die Auslagen des Juweliers Rosenberg, wo immer sehr hübsche Ringe und Armreifen liegen und viele solcher Dinge, die reiche Typen gerne ihren Puppen schenken.

Und als wir uns zu Thurg gesellen, da zeigt er in das Fenster und verkündet: »Auge von Gott!«

In der Mitte des Fensters sehe ich einen Rubin, der ganz für sich allein auf einem Samtkissen liegt – und es ist ein

Rubin, wie ich zuvor noch keinen gesehen habe! Wenn man einer Puppe so einen Rubin umlegt, dann wird sie Mühe haben, ihren Hals noch vom Boden anzuheben.

Als Thurg Eugene Edmonton erblickt, schiebt er Miss Paulette Patrick zu ihm hinüber und sagt: »Halte Frau von Thurg!«

Dann nimmt er Anlauf und zertrümmert das Schaufenster mit seinem Kopf, und es bricht die Hölle los: Miss Paulette Patrick schreit immer noch gellend, und Rosenbergs Alarm geht los und von allen Seiten laufen Passanten herbei, um zu sehen, was da vor sich geht.

Thurg tritt ein, schnappt sich das Auge Gottes und versteckt es in einem kleinen Beutel, den er am Gürtel trägt. Ich ziehe in Erwägung, einige der Ringe und Armreifen abzugreifen, die zwischen den Glassplittern in der Auslage liegen. Dann sehe ich allerdings zwei Bullen die Straße entlanghasten. Ich bleibe also, wo ich bin, und habe überhaupt nichts zu schaffen mit den Ringen und den Armreifen, denn ich lege keinen Wert darauf, dass die Blauen mir *ihre* Armreifen anlegen.

Daraufhin dreht Thurg sich zu Eugene Edmonton um und meint: »Ich jetzt gehen! Gib Thurg Frau!«

Miss Paulette Patrick hat sich inzwischen die ganze Zeit an Eugene Edmontons Hals festgeklammert, und sie kreischt »Nein! Nein!« und anderes, was dasselbe bedeutet. Es ist also jedem klar, dass sie nicht eben scharf darauf ist, Thurg *irgendwohin* zu begleiten.

Plötzlich steht Eugene Edmonton zwischen Miss Paulette Patrick und Thurg, und ich würde gerade nicht unbedingt mit ihm tauschen wollen. Denn eine Person, die in Thurgs Weg gerät, findet sich wahrscheinlich im nächsten Augenblick platt getreten auf dem Bürgersteig.

Eugene Edmonton spricht also zu Thurg wie folgt: »Dies

meine Frau. Ich Freund von Thurg. Thurg nimmt nicht Frau von Freund.«

Thurg steht da und denkt darüber nach, und ich kann es an seinem Gesicht ablesen, dass Nachdenken nicht gerade alltäglich für ihn ist, eher schon etwas, das er am liebsten vermeidet.

Dann schüttelt Thurg den Kopf und sagt: »Nein! Das Frau von Thurg!«

Und mit einem Schlag drückt er Eugene Edmonton seine vorschlaghammergroße Faust in die Visage.

Der Hieb schickt Eugene Edmonton zu Boden, und Miss Paulette Patrick kniet auf dem Bürgersteig neben ihm und nimmt seinen Kopf in den Schoß. Sie vergießt viele Tränen und schimpft mit Thurg: »Du hast ihn umgebracht, du Riesengrobian!«

Thurg schaut sehr unzufrieden drein, als Miss Paulette Patrick ihn einen Riesengrobian tituliert. Er zieht sein Schwert und brüllt wie ein paarungsbereiter Löwe.

Aber bevor er Miss Paulette Patrick ergreifen kann, erscheint ein Leuchten wie von funkelnden blauen Sternen im Schaufenster von Rosenberg, und plötzlich steht da ein Kerl, mitten zwischen dem zerbrochenen Glas und den Diamanten.

Es ist ein komischer alter Kauz mit langem, weißen Haar und Bart, und er trägt eine blaue Robe, die mit Sternen bestickt ist, und einen langen, spitzen Hut, und er hält einen Stab in der Hand.

Er schreitet aus dem Schaufenster hinaus auf den Bürgersteig, und mit dem langen Stab weist er auf Thurg und befiehlt: »Thurg! Birg deine Klinge in der Scheide! Kann ich nicht zwei Minuten meine Augen von dir wenden, ohne dass du dich deiner angestammten Dimension enthebst und jene guten Leute dort behelligst?«

Nun sind diese Worte in höchstem Maße unhöflich, und

ich erwarte, dass Thurg dem alten Knacker einen kräftigen Stoß in den Bauch versetzt, und zwar mit dem Schwert. Stattdessen fällt dem Kerl die Kinnlade herab und die Augen quellen ihm aus dem Kopf und er glotzt wie ein Bismarckhering.

Er wedelt mit dem Schwert herum, aber es ist nur eine kraftlose Geste, und dabei ruft er aus: »Alphazor! Fort von Thurg! Thurg findet Auge von Gott!«

Nun gut, an dieser Stelle begreife ich, dass der alte Knacker kein anderer ist als der böse Zauberer Alphazor, aber ich möchte hinzufügen, dass mir der Zauberer nicht böse vorkommt, oder jedenfalls nicht sehr. Er verbeugt sich vor uns allen und richtet das Wort an uns:

»Gute Leute, vergebt meinem Dienstmann die Unartigkeiten. Ich werde ihn sogleich von hier fortbringen. Thurg, komme mir nach!«

Diese Aussage überrascht uns alle sehr, denn niemand hat uns je zuvor als »gute Leute« bezeichnet. Aber Thurg, anstatt dem bösen Zauberer Alphazor zu gehorchen, springt auf den Droschkengaul, klatscht ihm die flache Seite des Schwertes aufs Hinterteil und nimmt wie der Teufel die Straße hinab Reißaus und fort.

Der böse Zauberer Alphazor hebt seinen Stab, und ein Blitzstrahl züngelt hervor, aber Thurg bewegt sich so schnell, das der böse Zauberer Alphazor ihn verfehlt und nur einen Hydranten hochgehen lässt.

»Entschuldigt mich«, bittet der böse Zauberer Alphazor, bevor er Thurg nachsetzt. Immer noch sprühen die Funken aus dem Ende seines Zauberstabs, und ich bin ziemlich überrascht, als ich feststelle, dass seine Füße 15 Zentimeter über dem Boden schweben, und überall um ihn herum funkeln die kleinen blauen Sterne . . .

Und auch er verschwindet die Straße entlang, und weder er noch Thurg tauchen jemals wieder auf.

Nun hat Eugene Edmonton keineswegs den Löffel abgegeben, und kaum sind Thurg und der böse Zauberer Alphazor außer Sicht, da setzt er sich auf und spricht zu Miss Paulette Patrick die folgenden Worte:

»Es tut mir Leid«, flüstert Eugene Edmonton, »dass ich keine Heldentat für dich vollbringen konnte.«

»Oh, Eugene!«, haucht Miss Paulette Patrick. »Ich mag überhaupt keine Heldentaten, denn nun weiß ich, dass sie nur eitler Unsinn sind. Solche Ereignisse können einem Mädchen große Ungelegenheiten bereiten, wenn es darin verwickelt wird. Ich träume nicht länger von einem Ritter in glänzender Rüstung. Ich wünsche mir einen Mann, der mich zum Tanzen ausführt und der mir vielleicht dann und wann einen Armreif mit Diamanten schenkt.«

Und dann drückt sie Eugene Edmonton einen großen schmatzenden Kuss mitten ins Gesicht.

Dieser Kuss weckt Eugene Edmontons Lebensgeister ganz gehörig, und er kommt auf die Füße und hilft Miss Paulette Patrick in die Droschke, um ein wenig traute Zweisamkeit zu genießen.

Inzwischen beschließen all die ordnungsliebenden Bürger um uns herum – weil Zauberer nun mal nicht in blau funkelndem Licht erscheinen und verschwinden, zumindest nicht in dieser Stadt –, dass sie so etwas folglich auch nicht gesehen haben. Außerdem haben sie andere, dringende Geschäfte anderswo. Für die Blauen bleibt also wenig zu tun, obwohl einer von ihnen am liebsten mich, Spanier-John und Klein-Isidor einkassieren würde. Aber es sind viele Zeugen da, die schwören können, dass wir nie auch nur in der Nähe von Rosenbergs Auslagen waren, und so müssen sie uns schließlich gehen lassen.

»Das ist also die Geschichte«, sagt Harry das Ross. »Und deshalb suche ich jetzt nach Eugene Edmonton. Denn eines weiß Eugene Edmonton noch nicht: Gerade bevor Thurg so eilig verduftet, borge ich mir seinen Beutel mit dem Auge Gottes. Und weil es mir im Moment ein wenig an Bargeld fehlt, würde ich Eugene Edmonton gerne fragen, ob er vielleicht das Auge Gottes für Miss Paulette Patrick erwerben möchte – als Hochzeitsgeschenk!«

Originaltitel: Broadway Barbarian
Ins Deutsche übertragen von Alexander Lohmann

22. Winde des Schicksals

Tony Rath

Als ich diese Geschichte las, musste ich an die Radiosendung GOON SHOW denken. Sie vermittelt diesen respektlosen, surrealistischen Humor, der im Radio und in unserer Fantasie so gut funktioniert. Im Fernsehen würde diese Story ihre Wirkung verfehlen; das Entscheidende muss im Kopf vorgehen. Tony hat schon einige Geschichten in Zusammenarbeit mit seiner Frau Tina veröffentlicht, aber dies ist sein erster Soloauftritt. Tony ist viele Jahre lang Opernsänger gewesen – mit inneren Winden kennt er sich also aus!

Der Dezember ist kein guter Monat, um vor der französischen Küste zu segeln, vor allem nicht in einem rundbäuchigen Zweidecker, der von seiner Mannschaft zärtlich »Pissoir« genannt wird. Die HMS *Puissant* war ein alter Kahn und nach Meinung ihrer Lordschaften das entbehrlichste der Schiffe Seiner Britischen Majestät auf dieser Linie. Die drei männlichen Passagiere in der Offiziersmesse fühlten sich nicht besonders wohl. Tatsächlich klammerten sie sich verbissen an diversen Möbelstücken fest, während der stampfende Kahn sich seinen Weg durch das winterliche Meer bahnte.

Der Kapitän hatte zusätzliche Besatzung an Bord genommen. Vier wilde, derwischähnliche Gestalten, die einen monotonen Singsang von sich gaben und aufs Deck spuckten, schmeichelten, schwatzten und schnurrten gegen den Wind, um das Meer vor dem Bugspriet zu glätten und einen Kokon aus sanften, zielbewussten Brisen zu erschaffen, die das Schiff nach Frankreich tragen würden. Seiner Majestät Windzauberer waren teuer, launisch und außerordentlich übel riechend, aber sie gingen ihrem Handwerk für König und Vaterland nach.

Sir Danvers Roke, der vierte seines Namens und der größte der männlichen Passagiere, fragte sich zum wiederholten Mal, warum er dem mitternächtlichen Ruf der Admiralität gefolgt war. Die Schiffsglocke läutete, um irgendeine Änderung in den Befehlen zu bezeichnen, und er fiel in einen leichten Schlummer, aus dem er immer wieder hochschreckte.

Es gibt gute und schlechte Glockenschläge. Nach einem ereignisreichen Abend – unter anderem mit einem Familienessen, bei dem die reizende Lucy, die aufgeweckte junge Dame, mit der er seit sechs Monaten verheiratet war, den Vorsitz geführt hatte – fühlte Sir Danvers sich unruhig. Das Dinner war Teil einer Reihe von Feiern aus Anlass der Krönung Charles des Zehnten gewesen, des letzten in einer langen Dynastie von Monarchen gleichen Namens auf dem Thron der Stuarts. Als die Kirchturmuhr Mitternacht schlug, war Sir Danvers in eine ernste interne Diskussion mit einem Hummer in Buttersauce verwickelt, der sich nicht kampflos der Hummerzange ergeben wollte.

Als das Glockengeläut verstummte, vernahm man, dass jemand wie ein Irrer an die Vordertür hämmerte. Eilig lief Baskerville, Sir Danvers' getreuer Diener, zur Tür und entriegelte sie vorsichtig, wobei er eine Hand freibehielt, um nach der geladenen Pistole greifen zu können.

»Wer sind Sie, Sir, und was wünschen Sie zu dieser nächtlichen Stunde?«, verlangte er von dem hochgewachsenen, aber unglaublich dürren alten Mann zu wissen, der sich anschickte, die Hand zu heben und den Türklopfer ein weiters Mal zu attackieren.

»Ich bin ein Vertreter der Regierung, Sir«, verkündete der ältliche Besucher.

»Um diese späte Uhrzeit kaufen wir nichts an der Tür. Möchten Sie eine Nachricht bei mir hinterlassen, Sir?«

»Ich verlange, sofort mit Sir Danvers zu sprechen. Ich bin Witherling.«

»Das tut mir Leid zu hören. Wen darf ich melden?«

»Verdammt noch mal, Mann, ich bin Lord Witherling von der Admiralität. Ich habe eine dringende Nachricht für Sir Danvers, die ich ihm SOFORT überbringen muss.«

Baskerville trat beiseite, als Sir Danvers mit großen Schritten die Treppe herunterkam. Die beiden Männer sahen einander an, und die Temperatur sank augenblicklich um einige Grad.

»Ich bin Lord Witherling von der Admiralität, Sir. Der Oberste Seelord wünscht dringend mit Ihnen zu sprechen. Eine Kutsche erwartet Sie.«

Sir Danvers tat einen hummergeschwängerten Rülpser. Er war verärgert über die Störung, doch er schenkte dem Besucher ein strahlendes Lächeln. »Sagen Sie doch, Lord Widerling«, fragte er, »wie lautet Ihr Vorname?«

»Jasper, Jasper *Witherling,* aber was hat das bitte mit Ihnen zu tun?«, gab der Lord zurück, der vor aller Augen zusehends alterte.

»Weil ich immer gerne den Vornamen jener Männer kenne, die ich die Stufen meines Hauses hinunterwerfe. Sie haben zwei Sekunden, Sir, um sich zu entfernen. Ansonsten wird die Kutsche Ihre Knochen in einer verblüffend neuen Anordnung zurückbefördern!« Sir Danvers trat vor, und Lord Witherling sah sich gezwungen, zurückzuweichen. Ein Mann, der sich hinter einem Hutständer verstecken konnte, war kein Gegner für gut zwei Zentner wütende Muskeln plus eine Portion Hummer – eine höchst ungesunde Kombination.

»Ich muss protestieren, Sir«, stotterte Witherling. »Zu einer anderen Zeit wüsste ich, wie ich auf Ihre Beleidigungen zu reagieren habe. Aber ich bin in einer Regierungsangelegenheit hier, und die Sache ist äußerst dringend.«

»Welche Angelegenheit, Sir, könnte rechtfertigen, dass Sie um Mitternacht in meine Privatsphäre eindringen, obwohl ich mich bereits zurückgezogen habe?«

»Einer unserer Agenten, LeBroque mit Namen, hält sich in Frankreich auf. Er ist verwundet. Wir müssen ihn herausholen, und anscheinend sind Sie der Einzige, dem er vertraut. Würden Sie mit mir kommen, Sir?«

Sir Danvers räusperte sich auf die ihm eigene unnachahmliche Weise und gab dann Baskerville ein Zeichen, der verschwand und kurz darauf mit dem Cape und dem neuen Biberhut seines Herrn zurückkehrte. Danvers wollte gerade aufbrechen, als auf dem Treppenabsatz ein kleines, zorniges weibliches Wesen auftauchte.

»Wo zum Teufel willst du um diese Nachtzeit hin, und wer ist dieses komische lange Elend, das bei uns reinplatzt?«

»Dies, meine Liebe, ist Lord Witherling. Er kommt von der Admiralität. Sie wollen mit mir über unseren alten Freund LeBroque sprechen, der in Frankreich in die Klemme geraten und anscheinend verwundet ist.«

»Wahrscheinlich hat er sich eher von einer syphilitischen Hure den galoppierenden Schanker eingefangen«, schnaubte ihre Ladyschaft und zog sich nach oben zurück.

Sir Danvers hüstelte und Lord Witherling, der alles mit angehört hatte, dachte daran, den Mund zuzuklappen. »Für eine so junge, hmmmpf, Dame besitzt Ihre Frau einen bemerkenswerten Wortschatz, Sir«, bemerkte er an Sir Danvers gerichtet.

»Bemerkenswert, in der Tat«, pflichtete Sir Danvers ihm bei und folgte ihm nach draußen zur Kutsche.

Beim Marineministerium angekommen, ließ man sie rasch zum Obersten Seelord vor, der aufsprang, Sir Danvers überschwänglich begrüßte und ihm Wein einschenkte. Die beiden tauschten ein paar Allgemeinplätze aus. »Zum Geschäft, Sir«, erklärte der Offizier dann forsch. »Unser Agent in der Bretagne ist ein Mann, den Sie als LeBroque kennen. Bis vor einiger Zeit versorgte er uns mit Berichten über Bonapartes Invasionsflotte und nahm auch Kontakt zu den Kräften auf, die den französischen König wieder auf dem Thron sehen möchten. Ständig verlangte er mehr Geld, um Leute zu bestechen, bis die Buchhaltung beschloss, dass sie irgendwelche Belege bräuchten, die bewiesen, wohin das Geld floss. LeBroque hat das ziemlich übel aufgenommen. Er meinte, offensichtlich vertrauten wir ihm nicht, was zugegeben auch stimmt. Eine Zeit lang hörten wir nichts von ihm, und wir dachten, er wäre gefangen genommen oder beseitigt worden, bis wir über ... mmmpf ... gewisse Kanäle eine Nachricht erhielten, die besagte, er sei verwundet. Ob wir jemanden schicken könnten, der ihn abholt, da er sich nicht gut bewegen könne? Er erwähnte auch einige sehr berunruhigende Neuigkeiten bezüglich der Rekrutierung von Windzauberern durch die Franzosen.«

»Windzauberer! Ich muss doch sehr bitten; was habe ich damit zu schaffen? Sie haben doch wohl noch andere Agenten, die ihm aus der Patsche helfen können!«

»Unser Problem ist, dass er niemandem von der Regierung traut. Sehr stur, diese Leute von den Kanalinseln.

Sagt, dass er Sie nicht leiden kann, aber weiß, dass Sie ein Mann von Ehre sind; behauptet, dass er nur mit Ihnen zusammenarbeiten will. Die Sache ist die, dass wir Schwierigkeiten bei der Anwerbung von Windzauberern hatten – brauchen sie, um die Winde für große Flotten und Linienschiffe zu kontrolieren, aber irgendwie werden die Reserven knapp, sagt mir die Verwaltung. Anscheinend hat Bony sie nach Frankreich eingeladen, wo sie in Saus und Braus schwelgen. Höchst besorgniserregend, verstehen sie. Sie sind sämtlich freie Mitarbeiter, daher haben wir keinen Einfluss auf sie.«

Sir Danvers nickte. Ihm war bekannt, dass die Windzauberer eine übel riechende Truppe von Gentlemen aus dem äußersten Norden Lapplands waren. Sie besaßen die Fähigkeit, die Winde zu kontrollieren, und waren auf großen Schiffen unersetzlich. Er wusste auch, dass sie äußerst schwer aufzutreiben und außerdem berüchtigt wegen ihres Temperaments und der Habgier waren, mit der sie günstige finanzielle Bedingungen für sich aushandelten. »Mr. LeBroques Wertschätzung schmeichelt mir natürlich, aber was genau wünschen Sie nun von mir?«

»Ein Schiff wartet darauf, in aller Heimlichkeit nach Frankreich überzusetzen. Morgen Abend könnten Sie an Bord sein, und dann reden Sie mit dem Mann und sehen, wie die Lage ist. Er muss aus Frankreich weggeschafft werden. Der Knabe weiß verdammt viel über Bonys Flotte und die ... hmpf ... Lage mit den Zauberern.«

»Und wenn ich diesen Mann treffe und er sich weigert mitzukommen, wegen einer zweifellos eingebildeten Kränkung durch die Regierung, der er zum Opfer gefallen sein will?«

Der Admiral hielt seinem Blick stand. »Ich wiederhole, Sir«, erklärte er einfach, »der Mann darf nicht lebend in Frankreich bleiben. Tot hat er keine Bedeutung für uns.«

Empört erhob sich Danvers und wandte sich zum Gehen. »Guten Abend, Sir. Ich bin kein gedungener Mörder. Suchen Sie sich jemand anderen, der Ihre schmutzige Arbeit tut.«

Der Admiral, der sich für einen älteren Herrn sehr schnell bewegte, drückte den Gast auf seinen Platz zurück. »Sie verstehen mich völlig falsch, Sir«, meinte er missbilligend. »Ich bin mir sicher, dass eine solche Aktion nicht notwendig sein wird, und wenn, dann dürfte dies nicht Ihre Aufgabe sein.«

Ein Gestank nach rohem Fleisch schwappte in den Raum. Er umschwebte eine hochgewachsene, leichenhaft blasse Gestalt, die in einen stumpfgrauen Umhang gehüllt war.

Der kleine Admiral deutete auf die Erscheinung. »Dies ist Agent Kokki von der finnischen Untersuchungsbehörde«, erklärte er Sir Danvers. »Er wird Sie begleiten und gewisse Maßnahmen ergreifen, falls diese sich als notwendig erweisen.«

Autorität auszustrahlen fällt schwer, wenn man sich beim Sprechen die Nase zuhält.

»Sie meinen, er soll LeBroque umbringen, wenn er sich Ihren Wünschen nicht beugt«, meinte Sir Danvers trostlos.

Der Admiral verneigte sich nur. »Kommen Sie, Sir, die Zeit drängt. Werden Sie fahren?«

»Vielleicht werde ich diese Enscheidung bereuen, aber ja, ich fahre.«

»Gut. Wir werden sie mit einer dieser neuen Dampfkutschen befördern. Hochinteressantes Erlebnis, benutze sie selbst regelmäßig. Allerdings ist mir beim ersten Mal übel geworden, und beim zweiten Mal wurde mein Hut davongeweht.«

Zwei Stunden später versuchte Danvers, in dem ratternden, holpernden Vehikel, das ihn nach Portsmouth brachte, zu schlafen und fragte sich, ob sein Entschluss nicht übereilt gewesen war. Am Bahnhof Blenheim hatte man sie erwartet und über eine Reihe dampfbetriebener Treppen, die sich von selbst bewegten, in die Eingeweide der Erde hinabtransportiert. Unten hatte sie der Bahnhofsvorsteher äußerst freundlich begrüßt und ihnen erklärt, ein spezieller Wagen stehe für sie bereit und die Tunnel seien geräumt. Der Wagen entpuppte sich als großer Kasten, der auf Schienen lief. Die Maschine war auf Räder montiert und machte, wie man ihnen erklärte, zwei Heizer und einen Fahrer erforderlich. Das Erlebnis der Fahrt durch dunkle Tunnel hatte sie alle erschüttert. Irgendwann einmal konnten sie über sich den Fluss hören. Als sie in Greenwich an die Oberfläche kamen, waren alle sichtlich erleichtert. Die Maschinisten, wie sie sich nennen ließen, trugen jene fröhliche Selbstzufriedenheit zur Schau, die ein besonders Wissen verleiht.

Agent Kokki beschäftigte sich damit, an einem gewaltigen rohen Schweinekotelett zu knabbern. Er bot auch Danvers davon an und erklärte, in seinem Land beiße man sich gemeinsam durch.

Baskerville saß innerlich kochend auf seinem Platz. Ihre Ladyschaft hatte ihm eine Gardinenpredigt gehalten, als er Ersatzkleidung, Pistolen und Danvers' großes Schwert geholt hatte. Sie war in Tränen ausgebrochen, hatte ihm irgendwie die Schuld an allem gegeben, ihn einen Schweinepriester – was immer das zu bedeuten hatte – genannt und ihn mit diversen weiteren Ausdrücken belegt. Zum Abschied hatte sie ihm eingeschärft, Danvers »zurückzubringen, ohne dass irgendwelche Teile fehlten«.

Nach mehreren Zwischenstopps, bei denen sie Treibstoff nachfüllten, erreichten sie am Vormittag Portsmouth.

Kokki schien sich auszukennen und hatte den Fahrer zu dem Gasthaus dirigiert, das ihr Ziel war, während er immer wieder einen Bissen Kalbsleber nahm. (»Kössstlich«, hatte er gespenstisch lächelnd bemerkt.)

Ihre Ankunft wurde von den Flüchen anderer Verkehrsteilnehmer begleitet. Dampfkutschen, die auf der Straße fuhren, waren eine Neuheit, und das durchschnittliche Pferd hielt nichts von ihnen. Ebenso wenig wie der durchschnittliche Pferdebesitzer.

Bei ihrem Eintreffen trat ihnen ein großer dünner Mann Ende zwanzig entgegen, der eine ordentliche, aber schäbige Navy-Uniform mit der einen Epaulette eines stellvertretenden Captains auf der Schulter trug.

»Guten Morgen. Ich bin Captain Bruce Partington. Der Plan sieht wie folgt aus: Ich habe den Auftrag, für heute Abend Ihre Passage zur französischen Küste zu arrangieren. Dort werden Sie von Vertretern der Monarchisten erwartet, die Sie zu Ihrem Ziel bringen werden.«

»Wie soll die Überfahrt vor sich gehen, Captain?«

»Ich habe mit dem hiesigen Admiral darüber gesprochen, und dieser hat mich angewiesen, Sie einen Teil des Weges zur Küste unter meinem Kommando zu transportieren und das letzte Stück bis zum Strand in kleinen Booten zurückzulegen. Ich nehme an, dieser Gentleman begleitet Sie.« Er warf Kokki einen angewiderten Blick zu. Der Finne hatte ein paar Schafsaugen aus einer blutverschmierten Tüte gezogen. Er müsse heute besonders klar sehen, erklärte er mit einem verschmitzten Lächeln.

»Ich sehe Sie dann um neun Uhr abends«, erklärte der Captain und machte sich eilig davon, als er das Knirschen zermalmter Schafsaugen vernahm.

Pünktlich um neun pochte es leise an die Tür, und der Seemann erschien. Sie begaben sich zum Hafen, wo die Pinasse des Kapitäns sie abholte. Sir Danvers und seine

Reisegesellschaft waren in nautischen Dingen unbewandert und traten zaghaft in das heftig schaukelnde Boot. Das Wasser war ein wenig bewegt, aber der Ruderer hatte sie rasch an die Seite des Schiffs befördert. Die Messe erwies sich als sehr lang und niedrig, höchst untauglich für einen Menschen von Sir Danvers' Dimensionen, der Baskerville zubrummte: »Kommt mir vor wie 'n Sarg mit Segeln.«

Plötzlich schwebte in der Luft der ranzige Geruch nach rohem Fleisch und ungewaschenen Kleidern, und sie vernahmen die rhythmischen Gesänge und Beschwörungen des Seiner Majestät treu ergebenen Windmeisters, der auf dem Deck über ihnen auf- und abhüpfte und immer hektischer seine Anrufungen schrie. Ein Hopser und ein Windstoß, und das Schiff war unterwegs. Danvers fragte Kokki, was die Worte besagten, aber der Finne zuckte die Achseln. »Will verdammicht seijn, wenn ich dat weijß, Herr, glaub, die denken sich dat selbs aus.«

»Ich muss sagen, dass Ihr Englisch höchst bemerkenswert ist. Welche Schule haben Sie besucht, wenn ich fragen darf?«

»Hab zweij Jahr auf 'nem englischen Handelsschiff aus Liverpool verbracht, unter Kapptäjn Richard Starkey. Er hat mir die Sache einjebläut.«

Innerlich schloss Sir Danvers, dass Captain Starkeys Unterricht auch *Joe Millers Witzbuch* beinhaltet hatte.

Die Reise verlief ereignislos, und erst der Kapitän, der verkündete, dass die Landung bevorstünde, weckte sie. Danvers bemerkte, dass die Bootsbesatzungen mit Pistolen, Entermessern oder Äxten bewaffnet waren und unauffällige dunkle Kleidung trugen; beide Boote waren mit je einer leichten Kanone ausgerüstet, die, wie er auf seine Nachfrage erfuhr, mit Kartätschen geladen war. Offensichtlich rechnete man mit Problemen. Der Kapitän und ein Offizier übernahmen jeweils das Kommando über eines der Boote.

Ohne Zwischenfall erreichten sie das Ufer. Doch als Sir Danvers und seine Begleiter auf den nassen Kies sprangen, hagelte es Schüsse, und einer der Seeleute presste die Hand auf den Oberschenkel und schrie empört auf. Seine Kameraden zerrten ihn an Bord, und das Boot verschwand in der gerade eben wahrnehmbaren Morgendämmerung.

»Oh, Teufel, das gibt Ärger«, rief Danvers aus, als er ein französisches Wachboot auftauchen sah, das den befreundeten Booten nachsetzte. Sie vernahmen eine Salve von Schüssen und dann das dumpfe Krachen einer leichten Kanone, gefolgt von Flüchen und Geschrei auf Französisch.

Die drei Männer rannten zu einer Baumgruppe oberhalb des Strands und stellten eine Bestandsaufnahme ihrer Lage an. Sie hatten die Kleider, die sie am Leib trugen, etwas Munition und Schrot, Nahrung und Wasser für einen Tag und keine Spur des offiziellen Empfangskomitees.

Sir Danvers lehnte sich gegen einen kräftigen Baumstamm und überprüfte seine Pistolen auf Schussbereitschaft. Verstohlen sah er zu Kokki, dem ihre Lage vollständig gleichgültig zu sein schien. Nach Danvers' Uhr hatten sie zwei Stunden gewartet, als sie von ihrem Wasser tranken. Dann hörten sie das Klirren von Pferdegeschirren. Nun wurde Baskerville seinerseits misstrauisch, und er durchbohrte den Rücken des Agenten mit Blicken. Doch auch der Finne wirkte jetzt angespannt und kaute nervös an einer Wurst herum, die verdächtig nach einem unaussprechlichen Körperteil eines sehr großen männlichen Pferdes aussah.

Instinktiv ließen die drei Männer sich auf die Knie fallen. Ohne ein Wort reichte Baskerville eine Pistole an Sir Danvers weiter, der den langen Lauf an den dicken Baumstamm legte, bereit, sein Ziel anzuvisieren. Er sah drei Reiter, die gesattelte Pferde führten, und einen großen Hund. Die Kleidung der Reiter war von verblasster Pracht und verriet, dass sie von Adel und einmal reich gewesen waren, derzeit aber schwere Zeiten durchmachten. Danvers warf seinen Begleitern einen Blick zu und gab Baskerville die Pistole zurück. Er holte tief Luft, rückte das Heft seines Schwerts gerade und trat zwischen den Bäumen hervor, wobei er die Hände in die Höhe reckte. Gespannte Stille herrschte, dann erscholl ein gedämpfter Schrei, als die Männer ihn erblickten. Der vorderste Reiter gab seinem Pferd die Sporen, ritt auf Danvers zu und sprach ihn an.

»Sie sind die englisch Milord?«

Sir Danvers deutete eine Verbeugung an.

»Isch bin Armand de la Tocque. Dies sind mein Brüder Pierre und Henri und ... öh ... Alois. Wir sind die drei Kavaliere, treue Gefolgsleute von König Charles.«

»Aber Sie sind zu viert«, bemerkte Danvers.

»Alois sählt nischt«, gab Armand zurück.

»Er kann auch nischt lesen und schreiben«, setzte Pierre hinzu. Nach vielen Verbeugungen und Kratzfüßen bedeutete Sir Danvers Baskerville und Kokki, zu ihnen auf den Kieselstrand zu kommen. Es wurde hell, und die Brüder waren zweifellos charmante Gefährten, doch er wollte nicht die Aufmerksamkeit weiterer Wachboote auf sich ziehen. Außerdem war ihm ein wenig bange vor Alois, einem eher wolfsähnlichen Wesen mit tief liegenden haselnussbraunen Augen und einer Nase, die beim landesweiten Käseroll-Wettbewerb große Aussichten auf den ersten Preis gehabt hätte. Agent Kokki schien erfreut, ihn kennen zu lernen und ließ sich auf alle viere nieder. Ausgiebig beschnüffelten die beiden einander am Hinterteil, dann wurde Alois mit ein paar Geflügelinnereien belohnt und sprang davon, um den Weg vor ihnen auszukundschaften.

Die Reise dauerte mehrere Stunden, und mehrmals mussten sie sich verstecken, als sie auf französische Kavalleriesoldaten trafen. Alois, der in der Lage zu sein schien, durch vielsagendes Jaulen und kurzes Kläffen mit seinen Brüdern zu kommunizieren, warnte sie jedes Mal vor.

Schließlich erreichten sie ein kleines umgebautes Gutshaus, das von einem ausgetrockneten Graben umgeben war. Unter Hufgeklapper überquerten sie die Steinbrücke und gelangten auf den Hof. Willkommen geheißen, wenn man das so bezeichnen kann, wurden sie von LeBroque. Den Arm um ein hübsches, rundliches Mädchen gelegt, das in jedem Sinne des Wortes sehr an ihm zu hängen schien, erwartete er sie.

Sir Danvers stieg ab und nahm LeBroque prüfend in Augenschein. »Man hat mir berichtet, Sie seien verletzt Sir«, meinte er vorwurfsvoll, »doch mir scheint, Sie sind bei ausgezeichneter Gesundheit. Darf ich fragen, was das zu bedeuten hat?«

LeBroque warf ihm einen wütenden, eisigen Blick zu und verneigte sich steif.

»Ich sehe schon, dass Sie Ihren Charme nicht eingebüßt haben, Sir. In erster Linie wollte ich diesen Gentleman treffen«, setzte er hinzu und nickte Kokki zu. »Treten Sie bitte ein.«

Er drehte sich um und ging ins Haus. Danvers bemerkte, dass er langsam ging, wie unter Schmerzen, obwohl er das zu verbergen suchte. Nach LeBroques Bemerkung über Kokki waren seine Nerven zum Zerreißen gespannt.

Die drei Kavaliere verschwanden, um die Pferde in den Stall zu bringen, und stießen später, im Verlauf eines ausgiebigen Frühstücks, wieder zu ihnen. Während Sir Danvers die Umstände ihres Zusammentreffens erläuterte, hatte die frostige Atmosphäre sich etwas entspannt.

»Heute schreiben wir den zweiundzwanzigsten Dezember«, erklärte LeBroque. »Ich bin im Besitz verlässlicher Informationen dahin gehend, dass, sobald am einunddreißigsten um Mitternacht das Jahr 1803 schlägt, alle Nicht-Franzosen interniert und ihr Hab und Gut konfisziert werden sollen. Darunter werden alle Windzauberer sein, die sich zurzeit zu einem längeren Aufenthalt in Frankreich befinden. Es war Bonapartes Absicht, sie in die Falle zu locken und als Geiseln festzuhalten, bis er sie für einen speziellen Auftrag brauchte. Bony hatte nie die Absicht, den Waffenstillstand länger als nötig einzuhalten.«

Agent Kokki räusperte sich. »Der Austrach da, wat is damit jemeijnt, Kerle?« Sir Danvers bemerkte, dass sich ein eindeutiger Liverpooler Tonfall in seine Stimme schlich, wenn er ernst wurde.

»Bei dem Austrag, ähh, Auftrag, geht es um Folgendes. Bony hat von seinem Ägyptenfeldzug allerhand Zeugs mitgebracht, darunter eine Menge nutzloser alter Öllampen und eine große Zahl fliegender Teppiche. Die haben zwar eine Gebrauchsanweisung, die aber auf Altaramäisch verfasst ist. Leider gibt es hier keine Altaramäer, die sie übersetzen könnten, und da diese Sprache so wenig bekannt ist, sind die fliegenden Teppiche ein wenig unzuverlässig. Man führte ein Experiment mit einem böhmischen Offizier durch, einem gewissen Dudcek. Er versuchte, eines dieser Teile zu fliegen, fiel jedoch herunter, als es sich plötzlich umdrehte. Er wurde von einer Flaggenstange aufgespießt; die Dorfbewohner hielten ihn zuerst für eine Wetterfahne. Jetzt stellt man weitere Versuche an, die Teppiche zu kontrollieren, und hat eine Vorgehensweise ersonnen, zu der eine große

Anzahl Windzauberer nötig ist. Daher die Internierungspläne.«

Kokki schnaubte verächtlich. »Keijne Chance, alter Knabe. Meijne Kumpels wern dem Stroch höchstens sagn, er soll innen Wind schießen. Wie viele hatter denn von den Teppichen?«

»Er besaß etwa vierhundert«, erläuterte LeBroque, »aber einige seiner Flieger haben sich sehr rasch damit vertraut gemacht und sind davongesegelt. Ein paar haben sich uns angeschlossen und sind jetzt natürlich alliierte Teppiche. Ungefähr dreihundertundachtzig sind noch übrig. Einige davon hat er zusammennähen lassen, damit sie groß genug sind, ein größeres Kontingent aufzunehmen. Der Plan sieht vor, sie mit Segeln zu versehen und Truppen nach England zu fliegen, mit Windzauberern, die den Elementen befehlen können, damit sie an den richtigen Orten landen. Die Franzosen verstehen sich darauf, die Teppiche aufsteigen und landen zu lassen, aber sie können sie nicht steuern. Dazu brauchen sie die Windzauberer. Überflüssig zu sagen, dass die Zauberer unter strenger Bewachung stehen werden. Sie werden erschossen, sobald sie einen Verrat versuchen.«

Eine Zeit lang herrschte Schweigen, nur aufgelockert durch das Knirschen, mit dem Kokki auf einem Rinderknochen herumkaute, den er aus der Tasche gezogen hatte. Bonaparte hatte schon früher versucht, die britische Marine zu schlagen, aber seine Schiffe hatten den Ärmelkanal nicht überqueren können. Dieser Plan hier steckte zwar voller Gefahren, könnte aber funktionieren. Danvers räusperte sich. »Ich muss noch einmal auf meine vorherigen Bemerkungen über Ihre Verletzungen zurückkommen. Ich bin mir sicher, Sie haben eine Erklärung dafür.«

Danvers hatte schon Gerüchte gehört, LeBroque habe einen Unfall erlitten, als er vor einer Verwicklung flüchtete, mit der Alois irgendwie zu tun hatte. Anscheinend hatte dies einen Sprung über eine Mauer beinhaltet, bei dem sich Alois geschickter anstellte als LeBroque. Die in der Folge erforderlichen Bandagen und Verbände hatten es LeBroque unmöglich gemacht, alle Teile seines Körpers im Einklang miteinander zu bewegen. Damals hatte Danvers die Geschichte als bösartigen Klatsch abgetan.

Eine Weile starrten Sir Danvers und LeBroque einander mit stählernem Blick an. LeBroque erstarrte und entspannte sich dann wieder. »Ich bin in der Tat verletzt«, gestand er dann zögernd, »befinde mich aber auf dem Weg der Besserung. Ich habe einen kleinen Schwertkampf mit einem hiesigen Gentleman ausgetragen, der nicht nur meine Gefährtin, sondern auch unsere königliche Familie beleidigt hatte. Er gehört der jakobitischen Richtung an und ist kein Freund der gegenwärtigen Regierung oder seiner britischen Majestät.«

Sir Danvers war nicht überzeugt, ließ die Sache aber auf sich beruhen. Er seufzte. »Halten die Schotten immer noch an ihren lächerlichen Ansprüchen fest? James of Monmouth hatte Glück, dass er nach der Schlacht von Sedgemoore entkommen konnte, sein Sohn ist in Gravelly Hill hoffnungslos untergegangen, und als dessen Sohn in East Bourne landete, misslang es ihm vollständig, die Einwohner auf seine Seite zu bringen.«

LeBroque zuckte die Achseln. »Noch schlimmer. Die Truppen auf den Teppichen sollen von Jakobiten angeführt werden. Sie haben geschworen, den König zu stürzen und den derzeitigen Herzog Andrew als neuen Monarchen einzusetzen. Und nun zu meinen eigenen Sorgen. Ich habe ständig Berichte über Flottenbewegungen geschickt, die man anscheinend nicht geglaubt oder ignoriert hat. Meine Spesenabrechungen sind nur zur Hälfte erstattet worden. Meine Taschen sind leer, meine Mittel sind erschöpft, und ich muss nach London, um persönlich Bericht zu erstatten, Gentlemen.«

Sie waren noch damit beschäftigt, diese Information zu verdauen, als Kokki mit einem Mal erstarrte, den Rücken krümmte und einen wahrhaft donnernden Wind abließ. Das Knattern schien gar nicht wieder aufzuhören, und beim letzten Ton zuckte der Kopf des Finnen, der in einen raschen Strom explosiver Worte und Grunzer ausbrach, wobei der Kopf hin- und herschaukelte. Endlich sackte sein Haupt vornüber, er hustete und grinste. »Tut mir echt Leid, Leute, is mir eijnfach so abjegangen. Hatte den Kopf voll mit Nachrichten von meinen Kumpels, die in der Nähe festjehalten wern. Se ham jesacht, die Sache steht schlimm.«

Ohne ein Wort öffnete Baskerville die Fenster, und schließlich verflog der beißende Gestank.

Danvers hustete. »Wie kommunizieren Sie eigentlich mit Ihren Freunden? Über geistige Botschaften oder Ähnliches? Ich habe von solchen Dingen gehört, aber nie daran geglaubt. Gehört die ... hmm ... Verdauungsattacke ebenfalls zu dem Vorgang?«

Kokki strahlte. »Na, die Stimmen kommen, weijl die andern ihren Jeist zusammentun und mir Nachrichten schicken. Keijner weijß warum, aber die Sache funktioniert eijnfach. Wir nennen's Jedankensprache. Ich bin leijder alljergisch drauf, aber statt zu niesen, furze ich einfach. Kommt vor, dass ich vom Boden abhebe, wenn 'ne besonders brisante Nachricht durchkommt.«

»Worum ging es in dieser letzten Botschaft?«

»Se sagen, dat die Franzmänner sie bedroht haben, nich, dat se erschossen wern, wenn sie die Teppiche nich am Neujahrstag nach England rüberfliegen. Die denken, dat se alle überrumpeln und so die Invasion klappt.«

Danvers holte tief Luft und bedauerte das sofort.

»Warum haben sie nicht früher Verbindung zu uns aufgenommen?«, fragte er.

»Frei Saufen, Frauen ohne Ende und Pferdefleisch, Kumpel. Tagelang ham se kein Wort jesacht außer noch 'ne Portion Pferdefleisch un einmal extra Pommes.«

Danvers zuckte zusammen und versuchte nicht daran zu denken, wie die Windzauberer sich fleischlichen Genüssen hingaben, oder welche unerschrockenen Damen sich mit ihnen einlassen mochten. »Können Sie jetzt mit Ihren Freunden sprechen?«

»Jau, dat kann ich wohl, se sind jetz wach und nüchtern, aber Se müssten schon alle aus 'm Zimmer gehen. Könnte hier drin 'n bisschen laut und stickich wer'n. Wat soll ich sagen?«

»Teilen Sie ihnen mit, dass wir uns bemühen werden, aus eigener Kraft zu fliehen. Sie sollen ihre Befehle ausführen und ihr Leben nicht aufs Spiel setzen. Wir werden uns etwas einfallen lassen, um sie in Empfang zu nehmen, ohne ihre persönliche Sicherheit zu gefährden. Ach, übrigens, weiß die Admiralität von dieser speziellen Begabung, der Gedankensprache?«

»Wir hams ihnen jesacht, aber son Holzkopf von Kapptähn mit Namen Branson meijnte, dat wär nich möchlich. Also stellen wir's nich in Rechnung.«

»Besitzen Sie noch andere besondere Talente, abgesehen davon, dass Sie mit dem Hinterteil Tote aufwecken können?«

»Na ja, dat is 'n jroßes Jeheijmnis, aber ...« Der Finne beugte sich näher zu Danvers hinüber. Dieser fasste den stillen Entschluss, alles, was er am Körper trug, die Stiefel eingeschlossen, zu Asche zu verbrennen und für den Rest seines Lebens viermal täglich zu baden. Was er hörte, gab ihm Auftrieb; allerdings spürte er, wie seine Nase sich zusammenzog und seine Nüstern versuchten, sich zu verstecken, sein Gesicht zu verlassen, alles zu tun, um dem entsetzlichen Gestank zu entkommen.

Er verließ den Raum, holte tief und keuchend Luft und bedeutete LeBroque und den Brüdern, dass er mit ihnen reden wollte. Nach zwanzig Minuten heftiger Diskussion hatten sie einen Plan entworfen und die Grundlagen ihrer Taktik umrissen. Währenddessen drangen aus dem Zimmer, in dem Kokki angespannt versuchte, den Kontakt herzustellen, Geräusche wie von einer Teeparty unter Elefanten.

Nach einer erbitterten Debatte über Einzelheiten des geplanten Empfangs der Teppichschwadrone warf Danvers LeBroque einen Blick zu. »Natürlich hängt alles davon ab, ob wir uns aus der Affäre ziehen können. Ich nehme doch an, dass Sie über verlässliche Fluchtwege verfügen, denn ich vermute ebenfalls, dass wir nicht einfach in einem Hafen auftauchen und abreisen können.«

»Die Behörden würden feststellen, dass unsere Papiere nicht in Ordnung sind, und wir könnten gezwungen werden, unseren Aufbruch zu verschieben. Dann wäre es natürlich zu spät. Außerdem fürchte ich, dass dieses Haus überwacht wird. Alois hat mir berichtet, dass sich Agenten auf dem Gelände bewegen.«

»Es würde mich interessieren, wie Alois so beredt mit Ihnen kommunizieren kann. Ich denke, sein ... hmpf ... Körper ist für lange Gespräche nicht ausgestattet.«

»Alois ist nur manchmal ein Wolf, und außerdem sind wir als Brüder besonders eng verbunden.«

»Verstehe. Besitzen Sie eigentlich auch die Fähigkeit, wie Alois Ihre Gestalt zu verändern? Ich könnte Sie mir gut als Jack-Russell-Terrier vorstellen.«

»Ich kann schon, aber ich lasse das lieber bleiben. Rohes Fleisch bekommt mir nicht, und irgendwann kriege ich immer ganz schrecklich die Räude.«

»Wie dogmatisch. Ich werde jetzt Leib und Leben riskieren, in dieses Zimmer gehen und Kokki fragen, ob er einem seiner Kollegen in London eine Nachricht schicken kann. Wenn ich nicht innerhalb von dreißig Sekunden zurück bin, sagen Sie meiner Frau, ich habe es für England getan.« Mit diesem Worten ging er in Richtung der Geräuschquelle.

Kokki aß schon wieder und nickte, als Danvers, der so weit wie möglich entfernt Stellung bezogen hatte, ihn fragte ob er eine Gedankenverbindung nach London herstellen könne. Eine Weile sagte Kokki nichts, dann nickte er noch einmal. »Jawoll, dat kann ich machen. Hab jerade mit meij'm Bruder Juha jesprochen. Er ist jüngerer Hilfswindzauberer im dritten Jahr. Ich warn ihn bloß vor, eine Minute bitte.« Danvers schaffte es gerade noch aus dem Raum, bevor die Eruptionen einsetzten.

Er kehrte mit einer Kerze zurück, was sich als keine besonders gute Idee erwies, denn die dadurch hervorgerufene Explosion sengte ihm die Augenbrauen zur Hälfte ab und verkohlte ein äußerst hässliches Ahnenporträt an der Wand. Eilig kritzelte Danvers in sein Notizbuch, riss die Seiten heraus und reichte sie Kokki. Dieser grinste und erhob sich einen Meter vom Boden, als seine Leibwinde ihn in die Lüfte trieben.

Nachdem er noch eine Weile rückwärtige Trompetenstöße produziert hatte, schrie Kokki, sie würden morgen früh um zwei am Strand abgeholt. Ob er wohl etwas Schaumwein bekommen könne, damit sein Magen sich beruhigte?

Die Stunden verstrichen langsam. Einzig Arlette, die junge Dame, lockerte die öde Wartezeit auf, als sie in einem höchst bezaubernden Knabenkostüm auftauchte. Die darauf folgenden Kommentare aller trieben ihr die Röte in die Wangen, und LeBroques Augen glitzerten gefährlich. Die Ritterlichkeiten wurden allerdings durch Alois beendet, aus dessen Brust ein tiefes, leises Grollen aufstieg, worauf er verschwand. Kurz darauf gesellte sich ein stark behaarter junger Mann mit tief liegenden grauen Augen zu ihnen, dessen sanfte, rauchige Stimme Danvers faszinierte. Er teilte ihnen mit, die zahlreichen geräuschvollen Einlagen hätten die Agenten alarmiert, und sie hätten sich zurückgezogen, um ihrem örtlichen Leiter Bericht zu erstatten.

Danvers und die anderen nutzten diesen Umstand, um zum Strand aufzubrechen. Er sah auf die Uhr und fuhr zusammen, als eine leichte Brise wie mit eiskalten Fingern nach seinem Körper griff. Noch zwei Stunden. Er warf den anderen einen Blick zu. Arlette schmiegte sich an LeBroque, die de la Toques steckten die Köpfe zusammen, und Kokki und Baskerville diskutierten, ob man Treibholz suchen und ein kleines Feuer anzünden solle. Plötzlich vernahmen sie französische Stimmen. Entweder waren sie verfolgt worden, oder die Agenten hatten die Diener zum Reden gebracht. Kokki grinste, drehte sich um und erzeugte Geräusche, die wie eine schnelle Musketensalve klangen. Aus dem Dunkel drang Geschrei, denn, wie Danvers interessiert wahrnahm, wurde das Geknatter von hellem Aufblitzen begleitet, als würden eine Reihe Feuerwaffen abgeschossen. Kokki war ein lebendes Arsenal. Die französischen Stimmen verklangen, und Stille kehrte ein. Kokki grinste und ging mit Baskerville zum Holzsuchen.

Nach vielen geflüsterten Abschiedsworten entfernten die französischen Brüder sich unter Hufgetrappel, und der verbliebene Rest von Danvers' Gruppe schlotterte in der Dunkelheit, bis das gemächliche Klatschen von Rudern im Wasser sie alarmierte. Das Boot kam in einiger Entfernung auf dem Wasser zum Halten, und eine kleinere Gestalt stieg aus, watete geräuschvoll durch das Wasser und erwies sich als tropfnasser Fähnrich zur See.

»Die besten Empfehlungen vom Käpt'n, und Sie möchten bitte zu den Booten kommen. Können uns wegen der Wachschiffe nicht weiter nähern.« Er drehte sich um und platschte auf demselben Weg zurück.

Sir Danvers biss die Zähne zusammen und stürzte sich in das eiskalte Wasser. Fluchend watete er dahin, bis er die Seite eines ziemlich langen Ruderboots erreichte, das mit schwenkbaren Geschützen ausgerüstet war. Er kletterte an Bord, gefolgt von den anderen. Arlettes knabenhafte Erscheinung rief ein aufgeregtes Gemurmel hervor. Ein paar scharfe Worte und ein Schlag auf den Hinterkopf eines vorwitzigen Seemanns, der sich etwas zu viel Mühe gab, ihr an Bord zu helfen, setzten dem ein Ende. Kokki wurde nicht ganz so freundlich aufgenommen und hatte rasch sehr viel Raum um sich. Wundersamerweise machte die Mannschaft ihm ausgesucht höflich Platz.

Kaum waren sie unterwegs, ließen sich ein Pfeifen und Sirren und ein gewaltiger Aufprall in der Nähe vernehmen, der das Boot in heftige Schaukelbewegungen versetzte, sodass die Ruderer aus dem Takt kamen und sie an Fahrt verloren. Der Kommandant stieß einen Fluch aus, als eine weitere Detonation das Fahrzeug von neuem wild durchrüttelte. Die Männer klammerten sich am Rand fest und hörten zu rudern auf oder ließen die Riemen los. Danvers riss einen der kleineren Männer beiseite, schnappte sich das herumschlagende Ende seines Ruders und begann mit aller Kraft zu pullen. Kokki und Baskerville folgten seinem Beispiel, und die drei Zivilisten legten sich keuchend in die Riemen. Ein Bootsmann ohrfeigte die Seeleute, schrie ihnen ins Gesicht und versuchte, den Höllenlärm des Geschosshagels zu übertönen. Langsam gewann das Boot an Tempo, und die flackernden Lichter des Verfolgers verglommen. Aber die Franzosen waren noch zu nahe, als dass sie sich in Sicherheit hätten wähnen können.

Plötzlich brach eine Feuersalve aus dem dämmrigen Himmel, bestrich die sie verfolgenden Boote, versenkte einige davon und säte Panik unter den Überlebenden. Die Bootsbesatzung begann zu schreien und nach oben zu gestikulieren, bis der Offizier sie zurückpfiff und anbrüllte, sie sollten wie die Verrückten rudern. Der Kapitän war aufgestanden und winkte zum Dank; dann stürzte er mit einem Aufschrei vornüber und hielt sich den Schenkel. Ein kleines französisches Boot hatte sich unbemerkt herangeschlichen, auf sie gefeuert und mehrere Seeleute verletzt.

Danvers warf einen vorsichtigen Blick nach oben und erstarrte. Über ihnen hingen vier längliche Luftschiffe. Sie waren schwarz gestrichen, und er sah, dass unter dem Rumpf eine Kabine mit großen Bullaugen festgemacht war. Aus einer davon ragte ein Geschützrohr und ließ Höllenfeuer auf die Feinde herabregnen, die sich im Kreis bewegten und sinnlos Musketenkugeln in die Luft schossen.

Er sah sich um und entdeckte bestürzt, dass einige der feindlichen Bootslichter sich ihnen näherten. Er verdoppelte seine Anstrengungen und begann wieder zu rudern, und die Männer taten es ihm nach. Langsam begannen sie sich davonzubewegen; hinter ihnen pfiffen Musketenkugeln über die trübe Wasseroberfläche. Schweißgebadet, mit blutenden, wunden Händen, erreichten sie die Seite des Schiffs, und man half ihnen an Bord. Der Zweite sorgte dafür, dass sein Vorgesetzter zu einer schmerzhaften Sitzung mit dem Arzt nach unten gebracht wurde, dann brüllte er Befehle, und der alte Kahn setzte sich langsam in Bewegung. Die Luftschiffe hingen bedrohlich über den restlichen Verfolgern und überzogen sie mit tödlichem Feuer. Die Franzosen antworteten mit einer letzten trotzigen, wenn auch mageren Salve von Geschossen, von denen einige in die Schiffswand einschlugen.

Bevor er nach unten ging, befragte Sir Danvers einen der jüngeren Offiziere, einen ernsten jungen Gentleman, der seinen Namen mit O'Brien angab, nach den Luftschiffen. Der Mann zuckte die Achseln. »Das ist eine unserer Spezialstaffeln«, erklärte er. »Die Schiffe werden von einem neu entdeckten, sehr starken Gas in der Luft gehalten und von jungen Windzauberern angetrieben und kontrolliert. Die Mannschaft steht unter dem Kommando von Captain Lucas, man nennt sie die Skywalker. Nur die unerschrockensten Männer melden sich zu diesem Dienst; das Ganze ist eine sehr gefährliche Abteilung der Navy. Diejenigen, die bei Nacht operieren, nennt man die ›Unsichtbare Schwadron‹.«

Man führte die Zivilisten in die Offiziersmesse, in der der Schiffsarzt arbeitete. Sie sahen gerade noch, wie der halb bewusstlose, bleiche Kapitän in seine Kabine getragen wurde. Man besänftigte ihre brennenden Hände mit Fett und ihr Inneres mit Grog, und langsam kamen sie wieder zu Atem.

LeBroque hatte nicht an den vorausgehenden Festivitäten teilgenommen, da er damit beschäftigt gewesen war, den Körper seiner Dame mit seinem eigenen zu schützen. Das war zweifellos sehr edel und tapfer von ihm gewesen; Danvers allerdings hätte es lieber gesehen, wenn er die anderen beim Rudern abgelöst hätte. Er begleitete Arlette in die Messe, wo der Arzt, der die Lage erfasste, ihr Brandy und Wasser sowie eine nicht allzu saubere Decke angeboten hatte, in die sich sich wickeln sollte. Alois, der sich ebenfalls herausgehalten hatte, beschränkte sich darauf, sich kräftig zu schütteln und alle Umstehenden zu durchnässen. Kokki, der als Heckschütze die Nachhut übernommen und zahlreiche Schüsse aus seinem Arsenal abgefeuert hatte, knabberte an einem reichlich ranzigen Schweinskotelett, das der Offiziersdiener besorgt hatte.

Von draußen drangen Krachen und Geschrei herein. Danvers und Baskerville ergriffen ihre Waffen und stürmten an Deck. Eine große Anzahl Franzosen kletterte unter Führung eines hochgewachsenen Mannes, der ein Entermesser schwenkte, an Bord. Sie waren auf gewaltigen Flügeln herangeglitten, die sie bei der Landung abwarfen.

Danvers zog sein Schwert aus der Scheide, band sich die Schnur, die am Heft hing, um das Handgelenk und ging auf den großen Franzosen los. Der sah ihn und rannte ihm über das Hauptdeck entgegen. Er stürzte sich auf Danvers, der zur Seite sprang und mit dem Schwert kurz nach dem Unterleib seines Gegners stieß. Der Franzose parierte den Hieb, dann verhakten sich ihre Schwerter, und sie schwankten hin und her. Aber Danvers spürte, dass die Engländer durch die pure zahlenmäßige Überlegenheit der Angreifer in die Defensive gedrängt werden.

Mit einem Mal erklangen hinter dem Haupttrupp der Franzosen Schritte, und sie wurden von hinten von Männern angegriffen die über Strickleitern herabkletterten. Die Luftschiffe waren tiefer gegangen, damit ihre Mannschaft die kämpfenden Männer auf dem Schiff unterstützen konnte. Als sie das sahen und zugleich den vollen Körpergeruch der jungen Windzauberer abbekamen, die die Crew anführten, ergaben sich die verbliebenen Franzosen prompt.

Das anschließende Großreinemachen dauerte eine weitere halbe Stunde, und dann hisste die *HMS Puissant* die Segel und hielt auf das offene Meer zu. Nach ihrer Landung nahm Danvers LeBroque beiseite und fagte ihn, ob er noch im Besitz ihrer Pläne sei, mit denen sie die Invasion vereiteln wollten. LeBroque klopfte auf seinen Mantel, und nachdem sie der gesamten Schiffscrew ausgiebig die Hand geschüttelt hatten, stiegen sie in die Kutsche und begaben sich rasch nach London.

Als sie die Kutsche vorfahren hörte, rannte Lucy die Treppe hinunter und warf sich wortlos in die Arme der hochgewachsenen Gestalt. Die Dienstboten umstanden sie und warteten auf Anweisungen. Sir Danvers hob den Kopf und bedeutete ihnen mit einem leichten Nicken, sich zurückzuziehen.

Seine Gattin nutzte die Gelegenheit, um das Wort zu ergreifen. »Und wo zum Henker hast du gesteckt?«, fragte sie ein wenig atemlos. »Hast beinah Weihnachten verpasst, Gatte. Ich habe aber etwas im Ofen für dich warmgehalten, mein Lieber, das schon ein paar Tage am Kochen ist.«

Am nächsten Morgen gab Danvers ihr beim Frühstück eine angemessen zensierte Version der Ereignisse. »Und wo steckt jetzt dieser LeBroque?«, fragte Lucy.

»Wir haben uns auf den Stufen des Marineministeriums getrennt, Liebste. Ich glaube, er wollte gewisse … ha-em … Schritte unternehmen.«

Danvers berichtete. Das Treffen mit dem kleinen Admiral war hochinteressant verlaufen. Le Broque hatte seine Berichte und Aufzeichnungen abgeliefert, und Arlette und Alois hatten einige der Ereignisse bezeugt. Kokki war von einem gleichermaßen missduftenden vorgesetzten Agenten verhört worden und bestätigte, dass die Windzauberer in Frankreich interniert waren. Der Plan, den Danvers und die anderen ausgearbeitet hatten, um die Windzauberer zu retten und die Invasion zu vereiteln, wurde kopfschüttelnd und skeptisch diskutiert, bis Kokki drohte, sich der Gedankensprache zu bedienen und sie ab und zu mit rektalen Fanfarenstößen zu untermalen.

Kurz darauf einigte man sich auf den Plan, und man ließ Kokki in einem unbenutzten Raum zurück, der auch in der näheren Zukunft – ungefähr fünfzig Jahre lang – nicht gebraucht werden würde, damit er seinen Kollegen in Frankreich die letzten Details durchgab. Drei Stunden und zwei Pfund feinen Rinderfilets später war die Nachricht erfolgreich übermittelt.

Weihnachten war gekommen und gegangen, und sie hatten Silvester. Von seinem Aussichtspunkt aus sah Sir Danvers zum Himmel auf und beschloss, dass man ihn nie in eines dieser Gefährte bekommen würde, da konnte man sagen, was man wollte. Die Teppiche wirkten höchst unsolide. Soldaten saßen darauf. Manche hielten Taue fest, an denen Segel hingen, die Windzauberer intonierten ihre Sprechgesänge und Anrufungen, und die ganze Luftarmada segelte in etwa fünfhundert Fuß Höhe ruhig über die Wogen, als es geschah.

Alle zugleich traten die Zauberer einfach von den Teppichen, blieben bewegungslos in der Luft stehen und sangen. Dann veränderte sich der Klang ihres Gesangs, und sie schwebten immer höher, bis sie über tausend Fuß hoch reglos im Leeren hingen.

Mit einem Mal war der Himmel von Schreien in Französisch und Englisch erfüllt. Teppiche schossen nach oben, unten und seitwärts, überall hin, nur nicht zur englischen Küste. Verblüffte und angstvolle Schreie erklangen, und Menschen stürzten in das eiskalte Wasser des Ärmelkanals. Sinnlose Salven wurden in die Luft gefeuert, um die Windzauberer herunterzuholen, aber diese stiegen einfach höher. Ihr Summen wurde tiefer, und dann ließen sie in einem gewaltigen analen Finale einen donnernden Wind fahren.

Für fliegende Teppiche gilt eine goldene Regel. IMMER AUF DEM TEPPICH BLEIBEN. Das hatten weder die Soldaten noch die Jakobiten begriffen. Sie schrien einander zu und ließen die Segel, das Tauwerk und die großen Luftruder los, mit denen die Fahrzeuge gelenkt wurden. Manche sprangen vom Teppich und klatschten in das eiskalte Wasser des Ärmelkanals, wo sie bibbernd von kleinen Booten und Tauchfahrzeugen aufgefischt wurden.

Die Zauberer schwebten noch höher hinauf. Ihr Summen verwandelte sich in ein bedrohliches Dröhnen, und ihre Winde wechselten die Richtung. Mit einem gewaltigen Brausen fegten sie den Großteil der Teppiche hilflos zur französischen Küste zurück. Der Himmel flammte taghell auf.

Die zusammengenähten Teppiche begannen sich aufzulösen, und manch eine arme Seele, die mitten in der Luft mit je einem Bein auf auseinander strebenden Teppichen stand, verschwand kreischend im Nichts. Springen oder Spagat, das war die Frage. Manche sprangen, und andere trafen im Spagat auf der Wasseroberfläche auf. Äußerst unangenehm.

Sir Danvers beobachtete das Ganze als Gast an Bord des Unterseeboots *HMS Enterprise* unter Captain James Church. Als sie sahen, wie die Flieger sich zerstreuten, stiegen die *Enterprise* und die anderen sechs Tauchboote an die Oberfläche. Sie ignorierten die flehentlichen Bitten um Gnade der verbliebenen Teppichflieger und öffneten ihre Kommandotürme. Während die Schiffe sich in Position brachten, warteten die Windzauberer geduldig und ließen sich dann einer nach dem anderen in Sicherheit herunter.

Die englischen Zuschauer staunten über die Kraft und Präzision der Windzauberer. In Licht gebadet, hingen sie in der kalten Winternacht und warteten darauf, in die U-Boote einzuschweben.

Danvers' letztes Bild von ihnen, bevor sie schließlich herunterkamen, waren ein paar schwarze Umrisse, die in der winterlichen Dunkelheit trieben.

»Ein Jammer, dass wir die Unsichtbare Schwadron nicht einsetzen konnten, Captain.«

»Tja, Sir Danvers, die Luftschiffe wären von diesen gewaltigen Turbulenzen davongeweht worden. Diese Dinger sind nur mit jüngeren Windzauberern bemannt; die wären damit nicht fertig geworden. Nur einen Moment, Sir, ich will nur noch eine Nachricht an die Jakobiten dort oben absetzen. FROHES NEUES JAHR, KUMPELS. FLIEG NACH HAUSE, JAMES, SONST MACH ICH DEINEN MOTTENZERFRESSENEN LÄUFERN BEINE.« Den letzten Satz brüllte er laut.

Einige Tage später las Lucy beim Frühstück die Zeitung und zeigte Danvers einen Abschnitt, in dem einige Einzelheiten der Schlacht geschildert wurden. Dieser schüttelte den Kopf und meinte, ohne die Taten und die besondere Begabung Kokkis und seiner Landsleute wäre England jetzt besetzt.

Er sah seine Frau an und fragte, ob sie noch hungrig sei. Sie nickte und streckte beide Hände aus. »Ich hätte Appetit auf ein Stück Fleisch, etwa in dieser Länge«, erklärte sie.

Danvers errötete. »Du übertreibst, meine Herzliebste!«

»Aber nicht besonders viel, Gemahl«, gab ihre Ladyschaft zurück.

Originaltitel: The Winds of Fate
Ins Deutsche übertragen von Barbara Röhl

23. DIE ZUKUNFT LIEGT IN FINSTERNIS ...

David Langford

Wie ich schon im vorigen Band in meiner Einleitung zu David Langfords Geschichte sagte, sind sein Verstand und seine Weisheit ehrfurchtgebietend. Von Beruf ist er Nuklearphysiker und hat sein enormes Wissen in einer Reihe ernsthafter Bände wie KRIEG ANNO 2080 (1979) und DAS DRITTE JAHRTAUSEND (1985) verarbeitet. Aber am bekanntesten ist er wegen seiner witzigen Ader, die er oft in Science-Fiction-Fanmagazinen anbringt. Er hat etliche Hugo-Awards für seine Fangeschichten erhalten, von denen einige in THE DRAGONHIKER'S GUIDE TO BATTLEFIELD AT DUNE'S EDGE: ODYSSEY TWO (1988), LET'S HEAR IT FOR THE DEAF MAN (1992) und THE SILENCE OF THE LANGFORD (1996) zusammengefasst sind. Langford liebt Parodien. Sein erstes Buch, AN ACCOUNT OF A MEETING WITH DENIZENS OF ANOTHER WORLD, 1871 (1979) wurde von UFO-Jüngern ernst genommen. In THE LEAKY ESTABLISHMENT (1984) hat er die Nuklearforschung parodiert, und den Katastrophenroman in EARTHDOOM! (1987), das er gemeinsam mit John Grant verfasste (von dem es an anderer Stelle in dieser Anthologie eine Geschichte zu entdecken gibt). Wenn ich es recht bedenke, habe ich alles das schon beim letzten Mal erzählt. Aber zumindest die Geschichte, die auf die Einleitung folgt, ist eine andere.

Im Salon des King's Head Pub saß die übliche Gruppe alter Bekannter beieinander, steckte über Gläsern traditionell faden Biers die Köpfe zusammen und spekulierte über die Unendlichkeit.

»Wenn«, meinte der barsche alte Major Godalming zu mir, »wenn das doch nur möglich wäre! Den Schleier der Zukunft zu durchdringen, einen Blick auf den unaussprechlichen Glanz kommender Tage zu werfen und einen Riesengewinn bei der Nationallotterie zu landen!«

Carruthers schnaubte. »Vom mathematischen Gesichtspunkt gesehen muss ich Sie darüber informieren, dass – wenn es möglich wäre, die Gewinnzahlen der nächsten Woche vorauszusagen – das halbe Land das bald tun würde. Dann würde die Auszahlung pro eingesetztem Pfund Sterling auf ungefähr 13,7 Pence sinken.« Wie alle guten Statistiken wirkten die Zahlen auf bezwingende Weise, als wären sie gerade eben erfunden worden.

An diesem Abend wohnte unserem Kreis der bekannte Parapsychologe Dagon Smythe bei. Bis jetzt hatte er sein Schweigen gewahrt, doch nun überlief ihn ein theatralischer Schauer. Ich erkannte die Symptome und ergriff Gegenmaßnahmen. »Ein Hundwetter diese Woche, was, Kameraden?«, rief ich aus. »Was sagen Sie, ist das noch normal für diese Jahreszeit?«

Aber es war zu spät. Bevor der rasiermesserscharfe Verstand der Umsitzenden sich auf dieses stets ergiebige Thema stürzen konnte, schaltete sich Smythe in seinem besonders durchdringenden Ton ein. »Da wir gerade von Voraussagen reden ... Ich selbst habe mich einmal ein wenig in der Kunst der Prophezeiung versucht.«

»Und Sie haben eine Geschichte zu erzählen«, schloss der alte Bindestrich-Jones leicht resigniert.

»Über ein schreckliches und furchteinflößendes Erlebnis«, fuhr Smythe unaufhaltsam fort. »Doch ich greife vor. Lassen Sie uns bei den Grundlagen beginnen. Die Methoden der Voraussage sind recht zahlreich. So hat das Handlesen seine Anhänger ...« Ich vertrete übrigens seit diesem Tag die Vermutung, dass unser Freund seine sprichwörtlich werdende Hartnäckigkeit an etwas ähnlich Kurzem wie dem Marathonvortrag des Nibelungenlieds trainiert haben musste. Er ergriff meine Hand und verkündete, die Lebenslinie weise auf einen kleineren finanziellen Verlust in allernächster Zukunft hin, wie er beispielsweise durch das Ausgeben einer Runde verursacht werde. Wie ich ein wenig verbittert anmerkte, machte die laute und eifrige Zustimmung der anderen dies bedauerlicherweise zu einer sich selbst erfüllenden Prophezeiung.

Als ich mit meiner schwappenden Last von der Theke zurückkehrte, hatte Smythe soeben seine ausschließlich an Hand von Bierfilzen vorgenommene kurze Demonstration der Kartomantie abgeschlossen und befand sich inmitten seiner Erzählung. »Das Problem bei all diesen wohl bekannten Arten der Voraussage ist, dass sie – wenn ich das mit einem Paradox ausdrücken darf – zu bekannt sind.«

»Unfassbar«, grunzte der alte Bindestrich-Jones.

»Ich habe eine Regel aufgestellt, die man mit Fug und Recht Smythes Gesetz nennen könnte: Zu viele Propheten verderben den Brei. Das heißt, dass Vorhersagen per Kartomantie oder Kristallomantie unter ätherischen Interferenzen durch all die Tausende anderer Enthusiasten mit ihren Tarotkarten und Kristallkugeln leiden. Man kann die schwachen Schatten, welche die Zukunft durch die Zeit zurückwirft, mit zarten, scheuen Kreaturen der Nacht vergleichen, die sich plötzlich mit dem übersinnlichen Gegenstück einer Horde von Pressefotografen mit Blitzlichtern konfrontiert sehen. Der reine Druck der Aufmerksamkeit zerstreut jede mögliche Botschaft. Dabei will ich nicht einmal Heisenbergs Unschärferelation erwähnen ...«

»Gott sei Dank«, murmelte ich. Ich habe schon immer

die intuitive Gabe bewundert, mit der Smythe stets eine der schlechtesten aller denkbaren Analogien wählt.

»Klingt, als hätten Sie soeben die ganze Idee einer erfolgreichen Zukunftsvoraussage in der Luft zerrissen«, meinte der scharfsinnige Carruthers.

»Ganz und gar nicht. Um die Metapher ein wenig abzuwandeln, besteht der Trick darin, eine weniger stark benutzte Wellenlänge einzustellen. Beispielsweise wird die Kunst des Haruspiziums, der Weissagung aus frischen Tiereingeweiden, selten praktiziert – und bitte, Major, ersparen Sie uns Ihren üblichen Scherz bezüglich der Zusammensetzung der Hamburger, die hier serviert werden.«

Major Godalming schmollte seinen Bierkrug an.

»Als ich also jene Serie von Vorhersage-Experimenten begann, die schließlich so aufregende Ergebnisse zeitigen sollte, schloss ich die obskureren Prophezeiungsmethoden aus. Haben Sie je von Spodomantie gehört, dem Entdecken von Vorzeichen in Asche? Oder Ophiomantie, bei der man Schlangen einsetzt? – Leider bekommt man die Schlangen heute so schlecht. – Oder Rhabdomantie, dem Wahrsagen per Wünschelruten? Anscheinend lassen sich damit Wasser oder Öl aufspüren, aber man weiß nie so recht, wie man die Rute ausrichten soll, damit sie in die Zukunft weist. Bei der Sideromantie geht es darum, die Bewegung von Strohhalmen zu beobachten, die man auf rot glühendes Eisen legt. Ist für meinen Geschmack zu schnell in Spodomantie umgeschlagen – beziehungsweise Kapnomantie, das heißt Vorhersagen durch Rauch. Womit ich natürlich zurecht gekommen wäre, wenn ich nicht zu viel mit Husten zu tun gehabt hätte. Bei der Zeromantie benutzt man geschmolzenes Wachs, aber das Zeugs läuft eigentlich überall hin. Myomantie hat mit den Bewegungen von Mäusen zu tun; nur dass meine Mäuse anscheinend nichts anderes getan haben, als zu fressen und jede

Menge zu pinkeln – doch jetzt wollen wir nicht über Uromantie reden. Die Cromyomantie beschäftigt sich mit Voraussagen durch das Schneiden und die Untersuchung von Zwiebeln ... Obwohl ich mich sehr bemühte, nahm die Sache freilich ein tränenreiches Ende.

Einmal habe ich mich sogar in dieses Lokal begeben und sowohl Önomantie probiert – die Darbringung von Weinopfern – als auch Gyromantie – Weissagung, indem man im Kreis umherläuft, bis ein Schwindelgefühl eintritt. Und ich möchte Ihnen mitteilen, dass die Schlüsse, die Sie damals lauthals gezogen haben, einerseits unfair waren und mich andererseits abgelenkt haben.«

Unterdessen war Carruthers in eine schlaftrunkene Starre verfallen und schien, technisch gesprochen, die Methode der Weissagung durch Apathomantie zu demonstrieren. »Vielleicht könnten wir die Fehlschläge überspringen«, schlug ich behutsam vor, »und Sie erzählen uns von dem Experiment, das funktioniert hat?«

»Ähem, natürlich. Tatsächlich ist mir die Sache ein wenig peinlich. Zusätzlich zu der Notwendigkeit, sich laut Smythes Gesetz eines seltenen und wenig gebräuchlichen Weissagungsfokus zu bedienen, muss man noch jene Methode finden, die der eigenen Persönlichkeit entspricht. Manch einer, der mit Stichomantie nichts ausrichtet – ganz recht, der Prophezeigung mittels zufällig aufgeschlagener Literaturstellen, ich dachte schon, Sie würden niemals fragen –, entdeckt vielleicht seinen heißen Draht in die Zukunft in der Lampadomantie, Vorraussagen durch den Einsatz der Flamme einer Fackel. Schließlich habe ich meine persönliche ›Mantie‹ entdeckt, als ich ... hmmpf ... die Katze fütterte.«

»Weissagung durch die Beobachtung von Katzen!«, verwunderte sich Bindestrich-Jones. »Das wäre dann ... mal überlegen ... Ailuromantie.«

»Nicht ganz«, murmelte Smythe. »Anscheinend bin ich der erste Forscher, der über die Prophezeiung mittels Ailurotrophemantie gestolpert ist, das heißt Hellsehen durch das Studium von Katzenfutter.«

Wir saßen mit offenem Mund da.

»Und nicht irgendeines Katzenfutters, wohlgemerkt, sondern einer ziemlich teuren Marke namens Vitamog, nach der mein kleiner Kater Pyewacket unvernünftigerweise süchtig ist. Die Wirkung war bemerkenswert! Als ich diese schimmernden, klebrigen Klumpen aus der Dose löffelte, bei denen es sich angeblich um Leber nach Gourmet-Art handelt ... ach übrigens, Hellsehen durch das Inspizieren von Tierleber kennt man als Hepatoskopie ... wo war ich? Oh ja: Ich sah ... Visionen im Vitamog. Grinsen Sie ruhig, Gentlemen, aber ich habe es gesehen. Glitzernde Fragmente der Zukunft. Eine Zeitungsschlagzeile blitzte auf: SEX-SKANDAL IN DER KÖNIGLICHEN FAMILIE – MONARCHIE AM ENDE? Und natürlich, am nächsten Tag stand sie auf der Titelseite der *Times*.«

»Wie beinahe jede Woche«, wandte Carruthers ein, der ewige Skeptiker.

»Es gab noch andere Beweise, obwohl selten etwas wirklich Nützliches. Eine auf den Penny genaue Vision der Gesamtsumme meiner nächsten Einkaufsrechnung. Ein kurzer Blick auf ein brennendes Auto, das ich innerhalb der nächsten Woche in einem James-Bond-Film im Fernsehen wiedersah. Und aus natürlichen Gründen teilnehmender Magie sah ich häufig, was meine Katzen im Garten hinter meinem Haus so trieben. Eigentlich enttäuschend, nachdem das erste Erstaunen vorbei war. Wir Erforscher des Übersinnlichen stehen ja über dem schnöden Mammon, aber ...« Hier schlich sich ein betrübter Unterton in Smythes Stimme. »Ein guter Börsentipp oder die Gewinnzahlen der Lotterie, das hätte eine nützliche, objektive Bestätigung abgegeben.«

»Hört, hört«, machte der Major in aufrichtiger Anteilnahme.

»Ein weniger interessanter Punkt war, dass nur im Vitamog jemals solche numinosen Visionen aufblitzten, obwohl ich auch mit Katzenfutter anderer Marken experimentierte. Sogar Powermog von derselben Firma war zum Hellsehen absolut nicht zu gebrauchen. Man fragt sich, worin die streng gehütete Geheimformel für das Vitamog bestehen mag ... Aber das schien damals eine triviale Frage zu sein, verglichen mit meinem wachsenden Gefühl, dass es einen guten Grund dafür gäbe, mir nur diesen aufreizend kurzen Blick auf die allernächste Zukunft zu gewähren. Etwas anderes, etwas Größeres und Dunkleres, überschattete alles, was ich in dem Vitamog-Orakel sah. Tag für Tag, an dem dieses wundersame Katzenfutter Büchse für Büchse durch Pyewacket hindurchwanderte und in die Geschichte einging, sah ich, dass mein Blick auf die Zukunft durch eine monströse, formlose Vorhersage behindert wurde, die – wenn ich für einen Moment in den technischen Jargon des Okkulten verfallen darf – zutiefst unheilschwanger war und ausgesprochen verkehrt stank.«

»Also, meine Katze hält sich blitzsauber«, warf Bindestrich-Jones ein.

»Verkehrt im parapsychologischen Sinn, mein Freund. Tag für Tag wuchs mein Gefühl, dass ein Verhängnis drohte; ich spürte eine schreckliche Leere, als gehe etwas unwiderruflich seinem Ende entgegen. Durch die wenigen Blicke, die ich zukünftigen Daten zuordnen konnte, stellte ich fest, dass nach einem bestimmten Tag – dem sechzehnten Juni dieses Jahres – absolut keine zukünftigen Ereignisse mehr zu erkennen waren. Es war, als wäre die Welt dazu verurteilt, von einem jener namenlosen, aber unvorstellbar tödlichen Astralwesen aus fernen Sphären verschlungen zu werden. Ein Wissen, das eine schwere Bürde darstellte, wie Sie sich vielleicht vorstellen können. Und dann ergriff mich eine eher persönliche Furcht.«

»Doch nicht die alte Geschichte, dass man nicht über das Ende seines eigenen Lebens hinaussehen kann?«, warf Carruthers ein, der, wie wir anderen, schon Dutzende von Smythes parapsychologischen Erzählungen gehört und eine gewisse unheimliche Fähigkeit zum Hellsehen durch literarische Vertrautheit erworben hatte. (Müsste man das Anekdotomantie nennen?) »Aber wir haben November, und Sie sitzen hier, wodurch die Sache deutlich an Spannung verliert.«

»Das ist ein ausgesprochenes Problem dieser Erzählperspektive«, gestand Smythe seufzend ein. »Eine Tragödie begab sich dennoch. Wäre ich doch nur in der Lage gewesen, die Bedeutung dieser entsetzlichen Leere richtig zu deuten!«

»Offenbar hat es die Katze erwischt«, schloss Bindestrich-Jones. »Armer alter Pyewacket.«

»Psst«, sagte Smythe. »Als der sechzehnte Juni sich näherte und die Zeit – alle Zeit der Welt, überall – knapp zu werden schien, traf ich sorgfältige übersinnliche Schutzmaßnahmen. Die vollständige Leere, die ich in der Zukunft sah, wirkte zutiefst zermürbend. Am Abend des fünfzehnten Juni konstruierte ich ein Pentakel und diverse Schichten parapsychologischer Schutzzeichen, um mich gegen das Kommende zu wappnen. Ich war entschlossen, den gesamten schicksalhaften Tag, plus ein paar Stunden extra für alle Fälle, innerhalb dieses übernatürlichen Schutzwalls zu bleiben. Als Mitternacht näher rückte, öffnete ich die letzte Dose Vitamog, die ich noch im Haus hatte, und blickte in eine letzte Kristallschale dieses katalytischen Katzenfutters. Doch ich erhaschte nur einen quälend verschwommenen Blick auf eine Tageszeitung, und dann wurde alle Zukunft von dieser grauenvollen Leere verschlungen. Ich betrat das Pentakel, um das Schicksal zu erwarten. Sie können sich vorstellen, welche inneren Qualen ich während der folgenden vierundzwanzig Stunden ausgestanden habe ...«

»Ja«, sagte ich. »Mühelos.«

»Der Tag war wirklich anstrengend. Pyewacket miaute viel und weigerte sich, hinter den Schutzzeichen zu bleiben; irgendwann lief er durch die Katzenklappe in der Hintertür und brachte mir ein Geschenk: einen der Goldfische der Nachbarin ... Ich beschloss, ihn nicht zur Ichthyomantie heranzuziehen. Ansonsten geschah nicht viel.«

»Und als der schicksalhafte Tag vergangen war?«

»Ah, nun kommen wir zum interessanten Teil der Geschichte. In der Morgendämmerung des siebzehnten Juni verließ ich vorsichtig mein Pentakel und fand die Welt unverändert vor ... nur dass, wie üblich, die gestrige Tageszeitung gebracht worden war und auf der Fußmatte lag. Ein Schauder des Erkennens überfiel mich, als ich die Titelseite wiedererkannte, die ich in jener letzten, verblassenden Vision durch Ailourotrophemantie erblickt hatte!« Smythe kramte in seiner Brieftasche. »Ich habe den betreffenden Ausschnitt hier. Die kleinste Meldung auf der ersten Seite, doch sie entbehrt nicht einer gewissen intellektuellen Pikanterie. Schauen Sie!«

KATZ-ASTROPHE. Nach erschreckenden Berichten über giftige Verunreinigungen in einigen Dosen hat die Firma MoggiMunch heute ihr Dosenfutter Vitamog vollständig vom Markt genommen. Die Schwestermarken Powermog und MoggiGorge sind nicht betroffen.

Ein Schweigen folgte, das sich einige Zeit hinzog.

»So«, ergriff Smythe mit einer rhetorischen Handbewegung das Wort, »wer von Ihnen sprach noch von der ›alten Geschichte, dass man nicht über das Ende seines eigenen Lebens hinaussehen kann‹? Je mehr man darüber nachdenkt, umso faszinierender sind die übersinnlichen Implikationen ...«

Wir sahen ihn an. Schwierig, etwas dazu zu sagen. Doch endlich fand ich die passenden Worte, um seinem Erzähltalent Ehre zu erweisen. »Smythe«, sagte ich, »die nächste Runde geht auf Sie.«

Meine Anregung wurde mit allgemeinem Beifall aufgenommen.

Originaltitel: Not Ours To See
Ins Deutsche übertragen von Barbara Röhl

24. Ein Schwert von einigem Kaliber

Larry Lawrence

Larry Lawrence hat den größten Teil seines Lebens in einer kleinen Stadt in Indiana verbracht. Er schreibt seit der siebenten Klasse, hat aber erst 1998 begonnen, ernsthaft Geschichten zu publizieren. Larry hat sich in vielen Genres betätigt, doch am liebsten schreibt er Fantasy und Horror. Er hat sieben Geschichten an Internet-Publikationen verkauft; eine davon erschien in einer australischen »Best-of-the-Web«-Anthologie bei ANTIPODEAN SF. Larry hat einen Abschluss in Informatik und repariert freiberuflich Computer. Er verschlingt Bücher geradezu, und er sammelt Gegenstände und Figuren aus Fantasy und Horror, die er um seinen Schreibplatz aufgestellt hat. Was mich an einen Witz von Robert Bloch erinnert, der zu sagen pflegte, er habe das Herz eines kleinen Jungen – er bewahrte es in einem Glas auf seinem Schreibtisch auf!

Der alte Gott der Schmiede hatte soeben seine edelste Schöpfung vollendet, als ein Bote eintraf. Der Bote warf einen Blick auf Vulkans Esse. »Länger!«, sagte er.

»Wie bitte?!«, brüllte Vulkan. »Länger?«

»Die Lady vom See möchte es länger haben. Hat etwas mit einer ›Verlängerung der Männlichkeit‹ zu tun. Mach einfach noch ein paar Zoll dran.«

»Du nimmst mich wohl auf den Arm! Ich habe gerade zweihundert Jahre daran gearbeitet, und jetzt will sie es länger haben?« Vulkan drehte das exquisite Schwert, das im Schein einer geheimnivollen Lichtquelle glitzerte.

»Eines Tages wird dieses Schwert einen Mann zum König machen, und sie will es länger haben.«

»Kurz, lang, was macht das für einen Unterschied? Um Zeus' willen, das soll doch nur ein Symbol sein. Sie wird es unter Wasser aufbewahren, bis es gebraucht wird, dann steckt es ein paar Jahre lang in einem Stein, und nachdem der König regiert hat, kehrt es auf den Grund des Sees zurück. Ich weiß nicht, warum es dazu auf seine Länge ankommt.«

»Erstich mich nicht, ich bin bloß ein Bote«, meinte der Mann und ging.

Vulkan legte das Schwert zum Abkühlen auf die Fensterbank. »Holt mich aus dem Ruhestand zurück, die Frau. Zerrt mich vom Olymp hierher und bittet mich, etwas für sie zu machen. ›Erschaffe mir ein Schwert‹, sagt sie. Bah!«

Vulkan zog ein anders, längeres Stück Stahl aus der Esse und schlug mit dem Hammer so heftig darauf ein, dass alles in seiner Schmiede ins Wackeln geriet. Das neue Schwert rutschte von der Fensterbank und fiel tief unten in das Land England, wo es viele Jahre lang unbemerkt lag.

(Wir überspringen nun diese langweilige Periode und kommen direkt zur weiteren Geschichte.)

Brison ließ den Wald hinter sich und ritt auf eine Wiese hinaus. Er hielt sein Pferd an und sah sich in der englischen Landschaft um. »Ich glaube, wir haben uns verirrt, Swayback. Ich wusste, dass ich an der letzten Gabelung links hätte reiten sollen. Das war's ja wohl mit der Abkürzung.«

Das schäbige braune Pferd schnaubte verächtlich.

»*Du* wolltest ja diesem weißen Kaninchen hinterher. Wer weiß, wo wir dann erst gelandet wären.«

Das Pferd schnaubte noch einmal und schüttelte den Kopf.

»Komm schon, wir reiten hier entlang«, sagte Brison.

Der Reiter lenkte sein Tier über eine grüne, mit roten Blumen übersäte Wiese, an deren anderem Ende ein weiteres Waldstück lag. Dort angekommen, blieb das Pferd abrupt stehen. Zerstreut versetzte Brison ihm einen Tritt, damit es weiterginge, was ihm aber lediglich einen giftigen Blick eintrug. Jetzt nahm der Reiter den Boden vor ihnen näher in Augenschein.

»Nanu, was haben wir denn hier?«

Das Pferd betrachtete den fraglichen Gegenstand und schnaubte.

»Kannst du auch noch was anders?«, fragte der Reiter.

Das Pferd schnaubte.

Behände glitt der Reiter von seinem Tier und trat zu dem Hindernis. Aus einem gewaltigen Misthaufen zog er ein Schwert, das bis zum Heft darin gesteckt hatte.

Endlich.

Verblüfft ließ der Reiter das Schwert mit der Spitze voran wieder in den Misthaufen fallen.

Mpffff ... ungmmpf ... hmmpf hmfff!

Brison sah das Schwert an und zog es erneut heraus.

Bitte, lass mich nicht wieder los.

»Dann warst du die Stimme, die ich in meinem Kopf gehört habe. Du kannst kommunizieren.«

Ja, das war ich. Ich kann meine Gedanken nach Belieben an jede Person in einem gewissen Umkreis übermitteln. Würdest du mich freundlicherweise sauber machen? Ich habe lange da drinnen gesteckt.

»Sicher.« Der Reiter nahm das Schwert und wischte es am Gras ab, dann zog er ein Tuch aus seinem Beutel und polierte die Klinge.

Ahhh. Das ist besser. Viel besser, als in einem Haufen ...

»Verzeihung, das letzte Wort habe ich nicht ganz verstanden.«

Verflixt, ich kann nicht mal richtig fluchen! Kommt wahrscheinlich alles daher, dass ich als gutes Schwert geschaffen wurde. Manchmal wünschte ich wirklich, ich könnte ein paar ordentliche Verwünschungen ablassen.

»Hast du auch einen Namen?«

Klar. Alle Schwerter haben einen Namen. Meiner lautet Calibre.

»Calibre? Aber ist das nicht das Schwert von König Ar …«

*Ha! Ich bin das Original. Aus mir sollte das berühmte Schwert werden. Was glaubst du, warum man seines *Ex*calibur nennt?*

»Noch nie darüber nachgedacht. Ich heiße jedenfalls Brison.«

Sehr erfreut.

»Und wie bist du hier gelandet?«

Das ist eine lange Geschichte. Ein langer Sturz, eine langweilige Geschichte im Grunde. Jetzt bin ich hier, und du hast mich aus … aus … meiner Ruhestätte gezogen.

»Bin ich damit jetzt ein König?«

Leider nein. Wie man das anstellt, hat man mir nicht mehr beigebracht.

»Oh.«

Kopf hoch, vielleicht kann ich trotzdem etwas für dich tun, als Dank dafür, dass du mich aus meinem gedüngten Zustand befreit hast.

»Okay. Sollen wir aufbrechen?«

Worauf warten wir?

Brison trat zu seinem Pferd und steckte das Schwert in eine Satteltasche.

Nein, nicht da hinein!

Rasch zog er das Schwert wieder heraus. »Was hast du?«

Uh, tut mir Leid. Hab wohl in den Jahren, die ich dort begraben war, eine leichte Klaustrophobie entwickelt.

»Okay, verstehe. Warte einen Moment.« Der Reiter nahm ein paar Lederriemen, verschlang sie auf seinem Rücken und steckte das Schwert hinein. »Besser?«

Viel besser. Danke.

Brison stieg wieder auf und zockelte in den Wald. Calibre schlug leicht gegen seinen Rücken. Bei Einbruch der Dunkelheit erreichten sie eine kleine Lichtung. Brison beschloss, sein Nachtlager aufzuschlagen. Er band sein Pferd an und rollte seine Schlafdecke auseinander. Dann aß er ein paar Stücke trockenes Brot und legte sich nieder, nachdem er dem Pferd und dem Schwert gute Nacht gewünscht hatte.

Ein strahlend heller Morgen weckte das Trio. Das Pferd graste, und Brison und das Schwert unterhielten sich, während der Reiter frühstückte.

Schi ... scha ... Scheibenkleister! Ich kann nun mal nicht lügen!

»Natürlich kannst du. Wie wär's hiermit? Beiß dir einfach auf die Lippen und sag ›man hat mich auf einem Piratenschiff gefunden‹.«

* ... *

»Und?«

Schwerter haben keine Lippen.

»Oh je, tut mir Leid.«

Trotzdem danke, dass du versuchst, mir zu helfen.

»Gern geschehen. Ich habe bloß den Eindruck, dass ich dir nicht viel beibringen kann. Ich bin zwar kein Priester, aber bis jetzt habe ich auch noch nichts richtig Schlimmes angestellt.«

Ich kann jede Hilfe gebrauchen, die ich kriegen kann.

»Ich versuch's ja. Bist du dir sicher, dass du kein gutes Schwert mehr sein willst?«

Das bin ich. All die Jahre dort drinnen haben mich verbittert. Ich glaube, ein größerer unfreundlicher Akt würde schon dazu beitragen, mich auf die andere Seite zu bringen.

»In Ordnung. Solange du dir sicher bist.«

Und was jetzt?

»Ich ... ich weiß nicht.« Brison überlegte einen Moment. »Jemanden zu verraten, ist immer eine üble Sache. Das könnte dir helfen. Öhhh ...« Brison unterbrach sich, als ihm klar wurde, dass das Schwert nur einen einzigen Menschen kannte.

Obwohl ich meine Natur ändern möchte, kann ich denjenigen, der mich gefunden hat, nicht betrügen. Daran ändert sich nichts. Es gibt immer noch ein paar Regeln, die ich befolgen muss.

»Oha.« Brison entspannte sich.

Irgendwelche anderen Ideen?

»Wenn ich vielleicht mit deiner Hilfe etwas stehlen würde, dann könnte das möglicherweise dazu beitragen, dich zu besudeln.«

Ja, das wäre bestimmt ein guter Anfang.

»Okay, dann ist das abgemacht. Wir werden sicher eine Gelegenheit finden.« Brison brach das Lager ab und vollführte ein paar Dehnübungen, um sich geschmeidig zu halten. Er kletterte auf einen Birnbaum in der Nähe, pflückte etwas Obst, das er später essen wollte, und schwang sich auf den Boden zurück. Dann stieg er auf sein Pferd und setzte seine Reise fort. Das Schwert hüpfte auf seinem Rücken, als das Pferd den Waldweg entlangtrottete.

Wohin reiten wir eigentlich?

»Nach Camelot. Zum Turnier. Ich gehe jedes Jahr hin.«

Wie lange brauchen wir dorthin?

»Na ja, ich glaube, jetzt weiß ich wieder, wo wir sind. Wir müssten noch ungefähr sechs Tage zu Pferd vor uns haben, wenn wir jede Nacht anhalten.«

Gut. Dann haben wir Zeit für einige weitere Lektionen. Außerdem werde ich anfangen, mir einen Plan auszudenken.

Während der nächsten paar Tage brachte Brison dem Schwert so viel wie möglich bei und erzählte von seinem Leben. Brisons Eltern waren bei einem Ochsenkarren-Unfall ums Leben gekommen, als er erst fünf war. Von da an hatte die Großmutter den Jungen aufgezogen. In jenem ersten Jahr hatte sie Brison zum Turnier mitgenommen, damit er seinen Kummer überwand, und seitdem waren sie jedes Jahr gemeinsam dorthin gezogen. Jedenfalls bis zu diesem Jahr, seinem zwanzigsten. Seine Großmutter war krank, und Brison wollte König Artus um Hilfe bitten.

Oh, oh ... Die Geschichte von der kranken Großmutter.

»Wieso sagt das bloß jeder, wenn ich meine Geschichte erzähle?«

Egal, sprich bitte weiter.

Brison hatte alles verkauft und so viel Mittel wie möglich aufgetrieben, damit seine Großmutter die beste Pflege bekam. Schließlich hatte er eine Nachbarin gebeten, sich um seine Großmutter zu kümmern. Von einem anderen Nachbarn hatte Brison sich ein Pferd geliehen und war dieses Jahr in der Absicht nach Camelot aufgebrochen, mit König Artus zu sprechen. Er hoffte, der Zauberer Merlin könne ihm eine Medizin für seine Großmutter geben.

Kling sehr edel.

Brison zuckte die Achseln. »Meine alte Dame ist mir das wert. Sie hat viel für mich getan.«

Am siebenten Tag ließen sie den Wald hinter sich, und vor ihnen breitete sich auf einer flachen, braunen Ebene Camelot aus. Viele Banner in unterschiedlichen Farben flatterten im Wind, und eine Menschenmenge aus Leibeigenen, Priestern, Rittern und Adligen wimmelte zwischen den bunten Zelten und Pavillons und wartete auf den Beginn der Turnierkämpfe. Die Schlosswachen schlenderten lässig durch die Massen, hielten dabei jedoch mit Argusaugen Ausschau nach Taschendieben.

»Ziemlich viele Besucher dieses Jahr«, meinte Brison.

Allerdings.

»Hier müssten sich uns genug Gelegenheiten bieten.«

Tatsächlich habe schon ich einen Plan, an dem ich während unserer Reise gearbeitet habe.

»Wirklich? Lass hören.«

Nun, du musst König Artus' Aufmerksamkeit auf dich ziehen, damit du ihm deine Geschichte erzählen kannst. Außerdem müssen wir etwas Unehrliches anstellen, damit ich meine Natur ändern kann. Also dachte ich, wir könnten vielleicht Excalibur stehlen.

»Wie bitte? Also ich hege ernste Zweifel, ob wir damit durchkommen.«

Lass mich doch zu Ende reden. Nach allem, was du mir über die Turniere erzählt hast, ist Excalibur eine der Trophäen, die während des Turniers ausgestellt werden. Alle Ritter des Königs wetteifern um das Recht, es eine Woche lang zu tragen. Du gehst und schaust dir das Schwert an, und ich sorge für Ablenkung. Wenn alle in die andere Richtung sehen, tauschst du mich gegen Excalibur aus. Wir sehen einander ähnlich, und der Tausch wird nicht gleich bemerkt werden. Ich weiß, dass du schnell und gewandt genug bist, um den Austausch vorzunehmen. Wenn er entdeckt wird, kannst du später behaupten, du hättest Excalibur gefunden. Wäre das nicht den Versuch wert, wenn du damit deiner Großmutter hilfst?

»Das könnte funktionieren«, überlegte Brison.

Das wird es.

»In Ordnung. Ich bin dabei.«

Brison lenkte Swayback über die Ebene zum Rand der Menge. Er stieg ab und band ihn bei den anderen Pferden an. Ein paar der Adligen kicherten und stießen einander in die Rippen, als sie Swayback sahen. Brison bummelte durch die Menge und nickte hier und da höflich in die Runde. Zwischen den Menschen hindurch schlenderte er auf den riesigen königlichen Pavillon zu, der längs entlang der östlichen Seite des Turnierfelds aufgebaut war. König und Königin waren noch nicht erschienen, aber Excalibur war ausgestellt, damit alle das Schwert anschauen und bewundern konnten. Brison sah, dass die beiden Schwerter einander tatsächlich ähnelten und fühlte sich schon zuversichtlicher. Der Tausch würde klappen.

Okay, jetzt halt dich bereit. Ich sage dir, wann du mich gegen Excalibur austauschen sollst.

Brison sah über die Menschen hinweg und fragte sich, was das Schwert vorhatte.

Hey, beweg dich, du alte Kuh!

»Was?« Eine ziemlich umfangreiche Frau blieb stehen und blickte hinter sich, wo ein Mann stand. »Wie könnt Ihr es wagen!«

»Wie bitte?« Der Gentleman war ehrlich verblüfft.

»Edgar«, sagte die Frau zu dem Mann, der neben ihr ging. »Dieser Strolch hat mich gerade eine alte Kuh genannt.«

»Oh? He, nein, so etwas habe ich nie gesagt.«

Edgar starrte den Mann böse an, dann landete auch schon seine Faust. Der andere schlug zurück.

Auf Brisons anderer Seite brach ein weiterer Streit in der Menge aus.

»Was soll das heißen, ›dein Vater hat es wohl mit einem Ochsen getrieben‹?« Ein riesiger Kerl hatte beide Fäuste in die Tunika eines anderen gekrallt. Der Kamerad des hilflosen Mannes schlug mit einem Brett nach dem Kopf des Riesen. Andere beteiligten sich an dem allgemeinen Gerangel. Wächter und Ritter arbeiteten sich durch die Menge, bemüht, den Aufruhr zu unterbinden, bevor das Königspaar eintraf.

Jetzt, Brison!

Brison schrak zusammen. Er wusste, was er zu tun hatte, und brachte den Tausch ganz geschickt zustande. Vorsichtig entfernte er sich so weit wie möglich von dem Tumult und versuchte dabei, nicht allzu schuldbewusst dreinzublicken. Einige der gewalttätigeren Männer beschlossen, auf ein paar Wächter loszugehen, und die kämpfende Menge wogte hin und her wie von Ebbe und Flut bewegt. Ein plötzlicher Ansturm auf die Plattform, auf der Excalibur lag, und das Schwert fiel zu Boden. Die verblüffte Menge erstarrte unterwürfig, und die entsetzten Wachen stolperten über ihre eigenen Füße, um das Durcheinander zu entwirren und alles in Ordnung zu bringen, bevor König Artus es sah. Einer der aufmerksameren Wachleute hob das rote Samtkissen auf und bemerkte, dass das Schwert nicht so lang war wie der Abdruck, den Excalibur in dem Stoff hinterlassen hatte.

»Ach du Schande! Wartet einen Moment, das ist nicht Excalibur!«

»Was?«, keuchte die Menge wie aus einem Munde.

Einen Augenblick lang blieb Brison stehen. Der Schreck darüber, dass der Tausch so rasch entdeckt worden war, lähmte ihn. Er schüttelte seine Starre ab und versuchte sich davonzuschleichen, doch derselbe Wächter bemerkte ihn.

»He, ihr! Ergreift diesen Mann!« Er wies auf Brison.

Sofort warfen sich die Leute auf Brison; er hatte nicht die geringste Chance. Die Wachen kamen, nahmen ihn fest und führten ihn ins Schloss, nachdem sie Excalibur wieder an sich genommen hatten. Die Menschen folgten ihnen, begierig nach etwas Unterhaltung zu dieser frühen Stunde. Calibre, das Originalschwert, lag vergessen auf dem Boden. Swayback kaute seinen Strick durch, tappte hinüber und hob das Schwert behutsam mit den Zähnen auf.

Brison saß in einer Zelle, als sich in seinem Kopf eine vertraute Stimme vernehmen ließ.

Ho, Brison. In welcher Zelle steckst du?

»Ich bin hier drinnen.« Wenn Brison sich auf sein hartes, schmales Brett stellte, konnte er gerade eben aus dem einzigen Fenster der Zelle sehen. Das Fenster war auf Bodenhöhe eingelassen, und Brison sah Swayback über sich stehen. Er trug Calibre im Maul.

»Was ist schief gegangen?«, fragte er das Schwert.

Nichts.

»Das verstehe ich nicht.«

Mein lieber Brison. Alles ist nach Plan verlaufen. Entweder würdest du Erfolg haben, oder man würde dich fangen. Was von beidem auch geschah, es würde mir helfen, meine Natur zu ändern. Hättest du Excalibur gestohlen und wärest entkommen, hätte ich ein Verbrechen begangen. Ich hätte den Platz des rechtmäßigen Schwerts eingenommen, wenn auch nur für kurze Zeit. Das war natürlich meine Hauptabsicht. Ich finde immer noch, ich sollte das Schwert an König Artus' Seite sein. Aber du bist erwischt worden, und meine Sünde ist noch ein wenig schlimmer. Ein Verbrechen zu begehen und es jemand anderem in die Schuhe zu schieben.

»Aber ... aber du hast gesagt, du könntest mich nicht betrügen!«

Falsch. Ich sagte, ich könnte denjenigen, der mich gefunden hat, nicht verraten, und eigentlich hat Swayback mich zuerst entdeckt. Während du bei Nacht schliefst, hat Swayback mir beigebracht, richtig böse zu sein. Und noch ein paar andere Sachen.

Brison sah das Pferd an. »Wie konntest du nur? Du weißt, dass ich für meine kranke Großmutter sorgen muss. Wie soll ich das von hier drinnen aus anstellen?«

Das Pferd schnaubte verächtlich.

Hey, manchmal ist das Leben halt beschissen.

»Was ... was hast du gesagt?«, fragte Brison.

Swayback ging mit Calibre davon. Brison ließ sich auf die harte Bank in seiner Zelle sinken. In seinem Kopf deklamierte Calibres tiefe, volltönende Stimme einige der schmutzigsten Limmericks, die Swayback das Schwert gelehrt hatte.

Originaltitel: The Caliber of the Sword
Ins Deutsche übertragen von Barbara Röhl

VON MÄRCHEN UND HEXEN

25. HÄNSEL UND GRETEL: TEIL ZWEI

Esther Friesner

Dies ist Esthers zweite Geschichte in dieser Anthologie, und sie ist brandneu. Muss ich noch mehr sagen?

Es war ein heißer, feuchter Nachmittag in L.A., einer dieser Tage, an denen der Deckenventilator die Luft nur langsam umrührt wie ein Hexengebräu, die Art von Tag, an denen ich mich immer frage, warum ich jemals den kühlen Schatten der deutschen Wälder gegen diese Stadt, dieses Büro und diesen Job eingetauscht habe. Glücklicherweise brauchte ich zur Antwort nur die Zeitung aufzuschlagen und Hitlers grinsendes Gesicht zu sehen. Es gibt schlimmere Dinge auf dieser Welt als schwüles Wetter, kaltschnäuzige Cops und überfällige Zahnarztrechnungen.

Eines davon sollte mir gleich begegnen.

In dem Moment, als sie in mein Büro schlenderte, wusste ich, dass sie Ärger machen würde. Die Frauen, die zu mir kommen, bringen immer Ärger. Irgendwie ziehe ich anscheinend nie die süßen jungen Dinger an, die versuchen, von irgendeinem verräterischen Halunken ihr Eigentum zurückzubekommen, oder die verschrumpelten Hausfrauen, die ihren Märchenprinzen festnageln wollen, weil er in einem anderen Glassarg in die Horizontale gegangen ist. Ich kriege immer nur die halbseidenen Damen ab.

Diese hier hatte ich schon einmal gesehen. Ich sah, wie ihre babyblauen Augen sich weiteten, als sie mich erkannte. Irgendwie genoss ich das. Ja, wir hatten eine gemeinsame Vergangenheit, und wenn die je in den Geschichtsbüchern aufgezeichnet würde, dann würden Waterloo, Pearl Harbour und Custers letztes Gefecht sich dagegen ausnehmen wie ein Kindermärchen.

»Hallo, schöne Frau«, sagte ich und nahm die Füße vom Schreibtisch. Zufällig trat ich dabei dem Kater auf den Schwanz. Er kreischte, aber das Leben ist eben hart. »Lange her. Was macht ein nettes Mädchen wie du in einem Dreckloch wie diesem?«

Sie hatte wenigstens den Anstand, die Augen niederzuschlagen. Wenn man einem Menschen gegenübersteht, von dem man glaubt, dass man ihn schon vor Jahren kaltgemacht hat, dann zeugt ein wenig Verlegenheit schon von guten Manieren, sage ich immer.

»Tut ... tut mir Leid«, flüsterte sie. »Als ich den Namen auf der Tür sah, hätte ich nie vermutet ...«

»Dass ich das wäre? Wie solltest du auch? Geh mal für fünf Cent in dich, Liebes. Abgesehen davon, dass du dich bei mir einquartiert, mich hinters Licht geführt, ausgeraubt und dann für tot gehalten und zurückgelassen hast, bist du nicht ein einziges Mal darauf gekommen, mich nach meinem Namen zu fragen. Wir sind uns nie offiziell vorgestellt worden, und dabei sind wir fast ein Paar fürs Leben. Tss, tss, was würde Emily Post dazu sagen?« Ich grinste, bis ich spürte, wie meine Nasenspitze mein Kinn berührte.

Sie warf mir einen frostigen Blick zu. »Als ob es *darauf* ankäme.« Sie war schon immer frech gewesen, schnippischer als eine ganze Packung Gummibänder. Das ist okay: Ich mag schlagfertige Frauen. »Auf deiner Tür steht ein Männername.«

»Wir leben in einer Männerwelt, Schätzchen.«

»Du agierst unter falschen Voraussetzungen.«

»Dann müsstest du dich hier ja zu Hause fühlen.« Der Kater sprang auf meinen Schoß. Ich streichelte ihn, bis er zu haaren anfing, dann setzte ich ihn auf den Boden. Piepegal, was die Leute behaupten, schwarze Katzenhaare sind auf einem schwarzen Kleid *doch* zu sehen. »Ich schätze, du wirst jetzt gehen wollen, nachdem du festgestellt hast, dass ich es bin. Willst du vorher noch einen Drink? Auf die alten Zeiten?« Ich zog die unterste Schublade auf und nahm die Flasche und zwei Gläser heraus.

Sie schüttelte den Kopf.

»Was dagegen, wenn ich mir einen genehmige?« Ich wartete nicht auf ihre Antwort, sondern goss mir einen großen Drink ein und kippte ihn in einem Schluck hinunter.

Sie sah mich mit großen Augen an.

»Für den Fall, dass du das nicht bemerkt hast, Zuckerschneckchen, ich sitze. Du kannst dasselbe tun oder gehen. Die Tür funktioniert in beide Richtungen.«

Sie setzte sich auf den einzigen anderen Stuhl in meinem Büro. Offensichtlich fühlte sie sich so unbehaglich wie eine schöne Prinzessin beim Jahreskongress der bösen Stiefmütter. Ihre Hände umklammerten den Verschluss einer billigen roten Plastikhandtasche, die auf ihren nylonbedeckten Knien balancierte. Ihre ganze Aufmachung verkündete »billige Sängerin, die nebenbei ein paar krumme Dinger dreht«. Ich inspizierte sie und sah, wie sie sich verändert hatte. Die Zeit war gut zu ihr gewesen. Als ich sie zum letzten Mal gesehen hatte, war sie ein mageres kleines Ding gewesen; zu mager für meinen Geschmack.

Geschmäcker wandeln sich, und sie hatte sich ebenfalls verändert und wirklich hübsche Rundungen entwickelt. Aber immer noch versuchte sie die Unschuld vom Lande zu spielen. Ein Witz war das. Wenn es je einen harten Kunden gegeben hat, dann sie; und glauben Sie, ich kenne mich mit harten Kunden aus.

Endlich fand sie ihre Zunge wieder. Sie befand sich ausnahmsweise einmal in ihrem eigenen Mund.

»Ich werde dich nicht anlügen«, sagte sie. Ich brachte es fertig, nicht zu lachen. »Obwohl du bist ..., wer du bist, möchte ich trotzdem, dass du meinen Fall übernimmst. Ich bin hier, weil eine Freundin – eines der anderen Mädchen unten im La Zazz Club – mir deinen Namen gegeben hat. Den, der auf der Tür steht, meine ich.«

»Der La Zazz Club«, wiederholte ich. Der Name sagte mir etwas – ein berüchtigter Swingschuppen –, aber das war schon alles. Ich versuchte mich zu erinnern, ob ich je eine Kundin gehabt hatte, die dort arbeitete.

Wenn ich nachdenke, verfalle ich in Schweigen. Meine Besucherin dagegen war nicht der ruhige Typ. Sie fing an zu plappern, um die Stille auszufüllen. »Meine Freundin sagt, du hättest ihr aus einer üblen Klemme geholfen. Sie sagt, du hättest den Job gemacht und dabei keine falschen Fragen gestellt. Sagt, sie würde dir ihr Leben anvertrauen, und du wärest die Beste in der Branche.«

»Schmeichlerin.«

»Das ist mir Ernst!« Sie ließ die Faust so heftig auf meine Schreibtischplatte donnern, dass mein Glas gegen die Flasche klirrte. Ich interpretierte das als Zeichen, es aufzufüllen, damit es nicht zu viel Lärm verursachte und die Nachbarn aufschreckte. »Ich habe ein echtes Problem, und ich brauche Hilfe.«

Dieses Mal nippte ich meinen Drink langsam. »Erzähl weiter.«

»Es geht um meinen Bruder. Er ist verschwunden.«

Ich schob meinen Hut in den Nacken und stellte das leere Glas ab. »Irgendein Grund, warum die Cops das nicht erledigen können?«

Sie sagte nichts. Das sagte alles.

»Meine frühere Verbindung zu deiner Familie war nicht gerade ein Kinderspiel im Wald, falls das deinem hübschen kleinen Köpfchen entfallen ist, Süße. Ich habe nicht darum gebeten, dass du auf meiner Türschwelle aufkreuzt, aber Fortuna ist eine launische, merkwürdige Schlampe. Sie hat so eine Art, dir mit einer Hand den Ring zu reichen und dir mit der anderen das Herz herauszureißen. Du willst, dass ich da rausgehe, meine Absätze schief trete und meinen Sonntagnachmittags-Ausgehbesen einstaube, um nach deinem Bruder zu suchen? Ausgerechnet ich soll versuchen, ihn zu finden? Ich bin ungefähr so stark daran interessiert, diesen mageren kleinen Bastard zu finden wie Japan daran, die Mongolei zurückzugeben. Such dir einen anderen Trottel dafür.«

An diesem Punkt drehte sie die Wasserhähne auf. Eine Weile sah ich zu, wie sie sich mit ihrer Wimperntusche Bremsspuren ins Gesicht schmierte. Als ich feststellte, dass ihre Tränen echt waren, griff ich in meinen Ärmel und warf ihr ein Taschentuch zu.

»Bitte, lass mich nicht im Stich«, flehte sie und tupfte an ihren Augen herum. »Das kannst du nicht machen, du bist meine letzte Hoffnung.«

»Tatsächlich?« Ich schob meinen Hut noch einmal zurück, nur dass ich es dieses Mal zu weit trieb. Er fiel mir vom Kopf und rollte umher, bis der Kater darauf sprang und die Krempe zerknautschte. Ich verlor die Geduld und verwandelte ihn in eine Kröte. Er schenkte mir ein unheilschwangeres Quaken, mit dem er wahrscheinlich andeuten wollte, dass er – zufällig oder beabsichtigt – meine Schuhe als Katzenklo gebrauchen würde, sobald ich ihn zurückverwandelte. Ich habe schon mit schlimmeren Drohungen gelebt.

»Deine letzte Hoffnung, so, so«, wiederholte ich, schnappte meinen Hut vom Boden und setzte ihn wieder auf. Die Kröte hoppelte davon, um in einer Ecke zu schmollen. »Und gerade eben hast du erzählt, ich wäre deine erste Wahl. Entweder sind die Flitterwochen schon vorbei, oder du spielst nicht mit offenen Karten, Schätzchen. Das würde ich allerdings nicht empfehlen.«

»Tut mir Leid.« Sie holte tief Luft. Das brachte einiges ins Wogen. »Ich habe nicht die Wahrheit gesagt.«

»Ich würde gern behaupten, überrascht zu sein, aber da du es bist ...« Ich zuckte die Achseln. »Vorschlag: Du erzählst mir die Fakten, ich höre zu, und vielleicht übernehme ich den Fall. Vielleicht auch nicht. Ich verspreche nichts. Okay, eins schon: Wenn du mich noch einmal anlügst, sitzt du auf deinem hübschen kleinen Hintern draußen. Kapiert?«

»Verstanden.« Ein letztes Mal schniefte sie, aber das Feuer war in ihre Augen zurückgekehrt. Sie zog eine Puderdose hervor, begann den Schaden zu reparieren und erzählte mir dabei die ganze Geschichte.

»Seit zwei Wochen habe ich nichts von Hänsel gehört. Das ist nicht normal; wir stehen uns ziemlich nahe. Für gewöhnlich ruft er mich alle zwei Tage an, oder ich ihn. Wir treffen uns am Wochenende, schauen uns einen Film an und fahren manchmal an der Küste entlang.«

»Mitten im Krieg?« Ich warf ihr einen warnenden Blick zu. »Womit fährt dein Auto, mit Coca-Cola? Nicht mal ich kann Benzin aus dem Nichts herzaubern.«

Sie zuckte die Achseln, machte aber keinen Rückzieher. »Der Wagen gehört ihm. Ich habe nie daran gedacht, ihn zu fragen, woher er das Benzin kriegt. Es ist eine taubenblaue Packard-Luxuslimousine mit weißen Ledersitzen.«

Ich schnaubte. »Hat die der Osterhase gebracht? Niemand stellt Autos her, die so aussehen!«

»Wenn man genug Geld hat, findet man immer jemanden, der einem alles macht, was man will«, erklärte sie. Sie klang wie eine Frau, die sich damit auskannte.

»Dann hat dein kleiner Bruder sich aber herausgemacht, und sogar ziemlich schnell. Ihr beiden könnt doch noch nicht viel länger in diesem Land sein als ich.«

»Wir sind achtunddreißig rübergekommen.«

Ich stieß einen leisen, lang gezogenen Pfiff aus. »Das ist wirklich schnell, um zu Geld zu kommen. Vor allem für einen Frischling unter den Ganoven wie deinen Bruder. Ich bin beeindruckt. Was für Geschäfte macht er?«

»Keine Ahnung. Das hat er mir nie erzählt.«

Ich erhob mich, ging zur Bürotür und riss sie auf. »Raus.«

Sie rührte sich keinen Millimeter. »Das ist die Wahrheit. Ein einziges Mal habe ich ihn gefragt, und da ist er mir über den Mund gefahren. Sagte, er hätte mit Public Relations zu tun.«

»Die Art, für die die Bullen einen einbuchten, wenn sie einen im Griffith-Park dabei erwischen?« Ich hätte ja gelacht, hatte aber irgendwie vergessen, wie das geht.

Sie stand auf. »Du hast gesagt, du würdest zuhören, und ich habe versprochen, die Wahrheit zu sagen. Bis jetzt habe ich meinen Teil der Abmachung eingehalten.«

Wenn sie jetzt eine Entschuldigung erwartete, dann würde sie doppelt so alt und faltig werden müssen wie ich, bevor sie die kriegte. Trotzdem schloss ich die Bürotür. »In Ordnung, Süße, du hast dich klar ausgedrückt. Ich werde zuhören.«

Sie warf mir diesen Blick zu, den Exehefrauen ihren Männern schenken, wenn die Bastarde behaupten, der Scheck sei in der Post. »Wie ich schon sagte, mein Bruder und ich haben uns immer sehr nahe gestanden, aber das heißt nicht, wir würden in den Angelegenheiten des anderen herumschnüffeln. Wir geben einfach aufeinander Acht, seit Mutter gestorben ist. Vater hatte nie Zeit für uns, er musste unseren Lebensunterhalt verdienen, dafür sorgen, dass wir zu essen bekamen. Die Holzhackerei ist kein Zuckerschlecken.«

»Spar dir den rührseligen Teil und komm zur Sache«, sagte ich zu ihr.

»Ich versuche nicht, Mitgefühl zu erwecken. Ich bin ein großes Mädchen und kann für mich selbst sorgen.«

Da hatte sie mich erwischt. Als unsere Wege sich das letzte Mal kreuzten, da hatte sie es *mir* fast besorgt. Endgültig. Ich ging zu meinem Schreibtisch zurück und bedeutete ihr, weiterzusprechen.

»Wie gesagt ruft er mich oft an. Deswegen war ich unruhig, als ich zwei Wochen hintereinander nichts von ihm hörte. Ich ging zu seiner Wohnung. Chez Moderne Apartments.«

Das Chez Moderne ... Ein protziger Name für etwas, das im Wesentlichen ein heruntergekommenes altes Hotel war und so weit draußen lag, dass die Küchenschaben mit der Straßenbahn zur Arbeit fahren mussten. Nicht die Adresse, die ich von einem Mann erwartet hatte, der einen taubenblauen Packard sein Eigen nannte. Ich warf ihr einen fragenden Blick zu, der vollständig abprallte. Wenn sie je überlegt hatte, warum ihr Bruder diesen Wagen fuhr und in einem solchen Loch lebte, dann ließ sie sich nichts davon anmerken.

»Ich hatte den Ersatzschlüssel. Als niemand auf mein Klopfen reagierte, habe ich aufgeschlossen.« Bei der Erinnerung erschauderte sie. »Das Zimmer sah aus wie nach einem Bombenangriff. Jemand war vor mir dort gewesen und hatte alles von oben bis unten durchwühlt.«

»Ganz sicher? Vielleicht war dein Bruder auch einfach ein bisschen schlampig.« In ihrem Blick lag eine doppelte Dosis pures Arsen, also gab ich den Versuch auf, mich wie einer der Marx-Brothers zu benehmen.

»Alles war demoliert. Wer immer das war, hatte sogar die Matratze aufgeschlitzt und das Futter von den Vorhängen abgerissen. Der Boden im Badezimmer war komplett mit

Tabletten bedeckt, und die leeren Flaschen lagen zerbrochen in der Badewanne.«

Ich brachte nicht gern die Sprache auf eine möglicherweise ziemlich hässliche Möglichkeit, aber fragen musste ich danach. »Blut?«

Sie schüttelte den Kopf. »Wenigstens dafür war ich dankbar. Meine erste Idee war, zu den Cops zu gehen, aber als ich nach Hause kam, wartete dort ein Brief auf mich. Er stammte von meinem Bruder.«

Ich streckte die Hand aus und wartete darauf, dass sie damit herausrückte. Ich wartete umsonst.

»Ich habe ihn verbrannt«, verkündete sie.

»Wie praktisch.«

»Du verstehst nicht; ich musste!«

»Warum?«

»Weil er mich darum gebeten hat. Er wollte nicht, dass ich da hineingezogen werden. Es war zu gefährlich. Wenn sie diesen Brief in die Hände bekämen ...«

»Nicht so schnell. Wer sind ›sie‹?«

»Er hat keine Namen genannt. Dieselben Widerlinge, die seine Wohnung ruiniert haben, schätze ich.«

»Üble Sache. Was stand sonst noch in dem Brief?«

»Dass er geschäftlich wegfahren würde, ein paar Wochen, vielleicht ein paar Monate. Er hat es nicht so deutlich ausgedrückt, aber er hat angedeutet, das wäre es, die große Sache, etwas, womit wir beide für den Rest unseres Lebens ausgsorgt hätten. Er sagte, er würde sich mit mir in Verbindung setzen. Ich sollte mich nicht rühren, bis er wieder von sich hören ließe.«

»Hat er gesagt, wie er Kontakt mit dir aufnehmen würde?«

Sie schüttelte den Kopf.

»Dann erklär mir mal eins, Schätzchen. Wenn du so ein braves kleines Mädchen bist – die Nase nicht in die Geschäfte deines Bruders steckst, keine Fragen stellst, diesen Brief genau nach seinen Anweisungen verbrennst –, wieso bist du dann hier? Warum sitzt du nicht zu Hause und rührst dich nicht, wie er es dir befohlen hat?«

Schon wieder stiegen ihr die Tränen in die Augen. »Weil er diesen Brief nicht geschrieben hat.«

»Nicht seine Handschrift?«

»Nein, nicht so amateurhaft. Aber mir ist es aufgefallen. Jemand hat ihm jedes Wort diktiert; das Ganze klang überhaupt nicht nach ihm. Da habe ich beschlossen, Hilfe zu suchen, und deswegen bin ich zu dir gekommen. Wirst du mir helfen? Bitte!«

Ich rümpfte die Nase. Ihre Geschichte stank zehn Meilen gegen den Wind, schlimmer als Fisherman's Wharf oben in Frisco. Diese Lady log das Blaue vom Himmel herunter und erwartete, dass ich ihr das abkaufte. Sie hatte Nerven, aber alle Frechheit der Welt gleicht Blödheit nicht aus. Und wer mich für dumm verkaufen will, ist blöd.

Einmal, in der alten Heimat, hatte sie das geschafft, sie und ihr verdorbener kleiner Bruder. Damals sah ich nicht besonders gut – versuchen Sie mal, in der tiefsten Provinz einen anständigen Augenarzt zu finden. Andererseits, was sollte es? Mitten im Schwarzwald gibt es nicht viel anzuschauen. Hat man ein Eichhörnchen gesehen, hat man sie alle gesehen. Auf diese Art schafften es diese Bälger, mich an der Nase herumzuführen. Jedes Mal, wenn ich dem Halunken befahl, seinen Finger durch das Gitter des Käfigs zu strecken, in den ich ihn eingeschlossen hatte, damit er fett wurde, streckte er einen Hühnerknochen heraus. Die Knorpel hätten mich darauf bringen müssen. Alter schützt vor Torheit nicht, wie man so sagt.

Was sie anging, so hegte ich die schönsten Hoffnungen. Sie war ein süßes kleines Ding, und ich war einsam. Wenn mein Leben je verfilmt wird, dann werden die Drehbuchautoren mich eine alte Jungfer oder eine Karrierefrau nennen müssen oder erklären, ich sei einfach keine Frau zum Heiraten. Denn wenn sie die Wahrheit sagen würden, hätten sie die Filmkontrolle schneller an der Gurgel sitzen als eine gut geölte Guillotine. Und bevor Sie sich jetzt künstlich aufregen und denken, dass sie nur ein kleines Mädchen war und ich eine Art Ungeheuer, dann lassen Sie sich etwas verraten, das nicht jedermann weiß: Sie und ihr Bruder waren keine hilflosen Säuglinge, die sich im Wald verirrt hatten, egal, wie sie die Geschichte später verdreht haben. Sie sahen vielleicht aus wie Kinder, klein und dürr, weil sie eine schwere, bewegte Jugend hinter sich hatten, aber als die beiden an meiner Tür knabberten, waren sie deutlich über das gesetzliche Mindestalter hinaus. Und glauben Sie mir, dieses Mädchen ließ durchblicken, dass sie durchaus willig wäre, wenn ich nicht allzu sehr mit der Tür ins Haus fiele. Deswegen saß er im Käfig, und sie konnte sich im Haus frei bewegen. Oh ja, sie gab die lernwillige Unschuld, und sie spielte ihre Rolle gut.

Aus diesem Grund glaubte ich ihr, als sie sagte, sie wisse nicht, ob der Ofen heiß genug sei; und deswegen steckte ich den Kopf zuerst hinein, um ihr zu zeigen, wie es ging. Ich war bis über beide Ohren verliebt, sah uns beide in dieser kitschigen kleinen Hütte im Wald, ich mit den Füßen auf dem Stapel Kinderknochen, sie am Ofen beim Lebkuchenbacken, ganz wie in *Ladies' Home Journal.*

Als Nächstes hatte ich glühende Kohlen im Gesicht. Sie hatte mich in den Ofen geschubst, die Tür verriegelt, ihren Bruder befreit und sich verdrückt.

Ich wäre eine ziemlich miese Hexe, wenn ich nicht immer einen Fluchtzauber auf den Lippen hätte. Aber bis ich mich aus dem Ofen herausgearbeitet hatte und unter der Pumpe stand, klatschnass, aber nicht mehr brennend, da waren sie lange fort. Die beiden und die Ersparnisse eines Lebens in Gold.

Wie ich schon sagte, wir hatten eine Vergangenheit.

Deswegen hatte ich auch nicht die geringsten Skrupel, sie mit demselben Krötenzauber dingfest zu machen, den ich bei der Katze gebraucht hatte. Köstlich: In einem Moment stand sie da und versuchte, ihren Schwindel abzuziehen, und im nächsten hockte sie auf dem Boden, braun und so klumpig wie eine Schüssel Haferbrei in einer schlechten Pension.

Vorsichtig hob ich sie auf und setzte sie auf den Schreibtisch, dann goss ich mir noch einen Drink ein. Dieses Mal holte ich als Beilage zu der ganzen Milch noch ein paar Kekse heraus. Hätten Sie's gedacht? Kaum noch ein Zahn im Mund und immer noch ein Schleckermaul. Zwischen Kauen und Schlucken machte ich ihr die Rechnung auf.

»Wenn du nächstes Mal jemanden hereinlegen willst, Schwester, dann pass auf, dass du einen richtigen Idioten ins Visier nimmst. Entweder das, oder du siehst zu, dass deine Geschichte stimmt. Zuerst tust du ganz erstaunt darüber, einen weiblichen Schnüffler anzutreffen. Dann sagst du, deine Freundin hätte dir von mir erzählt. Und da soll sie dieses unbedeutende Detail nicht erwähnt haben? Als Nächstes haben wir da die kleine Sache mit dem schicken Auto deines Bruders und seiner unsichtbaren Einkommensquelle. Und ein kleiner Schlauberger wie du versucht nicht, ein paar Erklärungen aus ihm herauszuquetschen? Das nehme ich dir nicht ab. Was diesen Brief angeht, den er dir angeblich geschickt hat und von dem du wusstest, dass er ihn nicht selbst geschrieben hat ... Warum hast du dich benommen, als wäre er echt, getan, was er von dir verlangte und den Brief verbrannt? Und die nächsten Worte aus deinem Mund lauten: ›Ich wusste, dass er nicht wirklich von ihm stammte.‹ Deine Geschichte hat mehr Löcher als John Dillinger, nachdem das FBI mit ihm fertig war. Ich glaube, du brauchst ein bisschen Zeit, um darüber nachzudenken, was für ein böses Mädchen du gewesen bist. Bleib schön da sitzen, und ich sehe mich selbst ein wenig um. Okay, Schätzchen?«

Ich war nicht so dumm, eine Antwort zu erwarten. Kröten reden weniger als ein Mafiaboss im Zeugenstand. Ich ließ sie neben der Milchflasche sitzen und schnappte mir ihre Handtasche, die auf dem Boden stand. Als ich sie auf dem Schreibtisch auskippte, sprang sie herunter, hüpfte um meine Knöchel herum und quakte zum Steinerweichen, aber sie konnte nicht das Geringste tun, um mich daran zu hindern.

In einem winzigen karierten Kleingeldportemonnaie fand ich, was ich suchte, ein klein zusammengefaltetes Stück Florpost-Papier. *Liebe Gretel,* hieß es darin. *Du hattest Recht, Mr. LeGras macht sich nicht wirklich etwas aus mir, was er auch behaupten mag. Für ihn bin ich nur eine seiner bezahlten Hilfskräfte, und jetzt ist er von einer seiner »Geschäftsreisen« nach San Francisco zurückgekehrt und hat diesen so genannten englischen Kammerdiener mitgebracht, Carlisle. Von wegen englisch! Das Einzige, was dieser Schleimklumpen je von England gesehen hat, ist der Hosenboden von Mr. LeGras' Tweedanzug.*

Als ich Mr. LeGras erkärte, wie ich empfinde, gab er mir eine Abfuhr, sagte, dass ich mir alles nur einbilde. Er steckte mir etwas Extra-Zaster zu und riet mir, auszugehen und mich zu amüsieren. Niemand behandelt mich so. Ich verschwinde, aber vorher werde ich Mr. LeGras noch etwas zur Erinnerung dalassen. Oder sollte ich lieber sagen, dass ich etwas mitnehmen *werde?*

Den schwarzen Vogel.

Ja, diesen *schwarzen Vogel. Den, von dem ich dir erzählt habe und von dem du behauptest, er könne unmöglich existieren. Aber es gibt ihn wirklich. So real, dass er die Quelle von Mr. LeGras' Vermögen ist. Echt genug, um dasselbe für uns zu tun.*

Denk doch nur darüber nach, liebe Schwester! Du brauchst dir nicht länger in billigen Spelunken wie dem La Zazz die Seele aus dem Hals zu trällern, und ich muss nicht mehr so tun, als wäre ein Schwein wie Mr. LeGras die Erfüllung meiner jungfräulichen Liebesträume.

Ich blickte von dem Brief auf. »Der schwarze Vogel«, sagte ich laut. »Das ist allerdings ein Aufstieg, verglichen mit dem Mausen von Lebkuchen.«

Die braune Kröte auf dem Boden stieß ein fragendes Quaken aus.

»Erzähl mir jetzt nicht, du hättest nie von dem schwarzen Vogel gehört, Zuckerschneckchen«, erklärte ich ihr. »Jede kleine Bordsteinschwalbe und jeder Westentaschenganove in dieser Stadt kennt den schwarzen Vogel. Soll ich dir eine Karte zeichnen oder ein Drehbuch schreiben? Wer den schwarzen Vogel in die Finger kriegt, der hat für sein Leben ausgesorgt, und ich rede nicht von Lebensmittelmarken, sondern von Gold, purem Gold.«

Ich wandte mich wieder dem Brief zu. *Ich werde den Coup bald landen, diese Woche. Oder ich blase zuerst Carlisle das Lebenslicht aus und greife mir das Vieh anschließend. Leichter, einen Vogel zu verstecken als eine Leiche, ha, ha. Ich gebe dir Nachricht, sobald ich den Vogel erwischt habe. Triff mich dann an dem bekannten Platz am Lake Arrowhead, und wir verschwinden aus diesem Nest. Ich werde auf dich warten. Alles Liebe, Hänsel.*

Ich faltete den Brief zusammen und steckte ihn in ihre Börse zurück. »Mir gefällt, wie er ihn *Mister* LeGras nennt«, erklärte ich ihr, »sogar wenn er davon redet, ihn hereinzulegen. Das hat Stil.« Ich verschränkte die Arme und sah auf sie hinunter. »Also hast du getan, was er dir sagte, und auf seine Nachricht gewartet. Aber die Woche ging vorüber, und du hast rein gar nichts gehört. Dann bist du in seine Wohnung gegangen; vielleicht dachtest du, er hätte den Mut verloren und hätte es nicht getan. Oder du hattest

Angst, er hätte es doch getan und dann beschlossen, dich auszubooten. Als du seine Wohnung so durchwühlt vorgefunden hast, musst du geglaubt haben, dass er den Raub doch durchgezogen hat, aber schlampig. LeGras hat die Sache spitzgekriegt, ehe dein herzallerliebster Bruder die Fliege machen konnte, aber nicht, bevor der Dämlack die Beute verstecken konnte. Daher hat LeGras ein paar Muskelmänner angeheuert, um sein Eigentum zurückzukriegen; wahrscheinlich hat er ihnen gesagt, er hätte nichts dagegen, wenn sie auf dem Gesicht des kleinen Windbeutels ihre neuen Steppschuhe eintanzen würden.«

Die Kröte stieß eine Salve wütender Krächzer aus und klatschte mit den Füßen auf den Linoleum-Boden. Ich schnalzte mit der Zunge.

»Hey, ich werde über deinen Bruder reden, wie ich will, Engel. Hältst du ihn für Jesus? Er ist immer noch ein heimtückischer Bursche, eine schleimige kleine Schwuchtel, die sich zu weit vorgewagt hat und möglicherweise immer tiefer sinkt, während wir noch reden, und zwar mit Hilfe eines Paars Überschuhe aus Zement. Schwer, darin auf dem Wasser zu wandeln.«

Die Kröte quakte kläglich und drehte mir den Rücken zu. Ihre pickligen kleinen Schultern hoben und senkten sich wie eine Ölpumpe in einem trockenen Bohrloch. Ich wusste gar nicht, dass Kröten schluchzen können. Wider besseres Wissen kam ich mir vor wie ein Scheusal.

»Jetzt hör schon auf zu heulen, Süße«, sagte ich und ging vor ihr in die Hocke. »Ich werde dir helfen, nur nicht so, wie du mich gebeten hast. Wir brauchen deinen Bruder gar nicht zu finden. Wir müssen den Vogel auftreiben.«

Die Kröte stieß ein Quaken aus, das so gut wie eine Frage war. Ich verstand, worauf sie hinauswollte. »Wenn seine Wohnung so übel zugerichtet war, wie du sagst, dann wette ich, dass sie nach einem Hinweis darauf gesucht haben, wo er das Vieh gebunkert hat«, erklärte ich. »Vielleicht sind sie fündig geworden, vielleicht auch nicht. Falls ... tja, dann gehen für Hänsel die Lichter aus, dagegen kann ich nichts unternehmen. Aber falls nicht ...« Die Kröte schaute hoffnungsvoll drein. »Dann ist er noch am Leben. LeGras will seinen kostbaren Piepmatz zurück; er wird seinen Handlangern erst erlauben, die Ratte zu erschlagen, nachdem sie gequietscht hat. Wenn *wir* den Vogel finden, ehe Junior singt, haben wir eine Trumpfkarte in der Hand, die diesem kleinen Kriechtier *ganz* vielleicht das Fell rettet.«

Die Kröte quakte mich empört an. Ich schnaubte. »Yeah, schon gut, Reptilien haben kein Fell. Willst du ein Quiz veranstalten, oder möchtest du deinen Bruder retten, bevor diese Leute ihn dir in einem Karton zurückschicken?« Man sah der Kröte an, dass sie bedauerte, das Thema überhaupt zur Sprache gebracht zu haben. Ich tätschelte ihr den Kopf. »Mach dir nichts draus, Schätzchen. Lass uns die Kurve kratzen. Als nächsten Schritt sehen wir uns noch einmal Juniors Wohnung an, damit ich ...«

Ich sollte meinen Satz nie zu Ende bringen. In meinem Kopf explodierte eine ganze Galaxie von Sternen, und mein nächster Schritt endete damit, dass ich längs auf den Boden meines Büros hinschlug. So ist das Leben: Manchmal schenkt es dir ein Lebkuchenhaus, dann wieder schiebt es dich mit dem Kopf voran in einen Ofen, und manchmal gibt es sich damit zufrieden, einen Gorilla von hinten an dich heranschleichen zu lassen, damit er dir mit einem Totschläger eins überzieht.

Als ich wieder zu mir kam, bekam ich einen Eindruck aus erster Hand davon, wie Juniors durchwühltes Appartement ausgesehen habe musste. Jemand hatte sich durch mein Büro gearbeitet wie ein zweiköpfiger Menschenfresser mit Migräne. Mit Hilfe dessen, was von meinem

Schreibtisch übrig war, zog ich mich auf die Füße und nahm den Schaden in Augenschein.

Überall flogen Papiere herum; keine Schublade war mehr an ihrem Platz. Mein Aktenschrank lag platt da wie ein Sarg, meine Stühle waren nur noch Feuerholz, und dem Raum fehlte etwas höchst Entscheidendes.

Meine Klientin.

Ich brauchte keine Kristallkugel, um mir vorzustellen, was passiert war, obwohl mir die Eingeweide eines schwarzen Ziegenbocks recht gekommen wären, um die Einzelheiten aufzuklären. Dieselben Halunken, die Juniors Bude auseinander genommen hatten, hatten mir einen Besuch abgestattet. Wahrscheinlich hatten sie Gretel beschattet und nach einer Gelegenheit gesucht, sie zu kidnappen. Ich schätze, irgendein Intelligenzbolzen hatte überlegt, wenn Junior schon nicht singen mochte, um seine eigene Haut zu retten, dann würde er vielleicht eine oder zwei Tonleitern zwitschern, um seiner Schwester aus der Patsche zu helfen. Als sie zu mir kam, ganz nett und diskret, war ihre Gelegenheit gekommen.

Ich berührte die Beule, die an meinem Hinterkopf zu wachsen begann, und zuckte zusammen. »Keine Art, mit einer Dame umzuspringen«, brummelte ich. Ich trat um Glasscherben und Krümelhäufchen mit Schokoladenchips herum und ging zum Garderobenschrank. Sie hatten meine Kekse zermanscht. Niemand macht so etwas mit mir.

Zum meinem Glück hatten meine ungebetenen Gäste meinen Besen in Ruhe gelassen. Wahrscheinlich hatten sie gedacht, er gehöre der Putzfrau. Ich schätze fantasielose Gegner; der Welt geschähe schon kein Schaden, wenn ich sie wegputzte. Mein Kopf drehte sich immer noch, aber ich bin schon mit einem Brummschädel geflogen, der um etliches schlimmer war. Jetzt brauchte ich nur noch eines, bevor ich in die große Ferne starten konnte ...

»Hierher, Mieze«, rief ich. »Komm her, Miez, Miez, Miez! Komm zu Mama, Bogey.«

Das Erste, was man in meinem Geschäft lernt, noch bevor man auch nur in Spuckweite eines Zauberstabs, eines Kessels oder dieses potthässlichen spitzen schwarzen Huts kommt, ist, dass man nicht ohne Kopilot fliegt. Unmöglich. Katzen und Hexen treiben sich nicht zusammen herum, weil sie sich gut unterhalten können. Wir brauchen die Tiere, um unsere Besen anzutreiben. Haben Sie mal einen ganzen Tag lang einen Kater beobachtet? Die meiste Zeit liegt er zusammengerollt in der Sonne und schläft, wenn er nicht gerade futtert. Nur Input, kein Output – die perfekte Speicherbatterie. Wenn man genug Katzen zusammenbringt, könnte man ein Geschwader B-29er damit starten.

»Bogey, komm schon, ich brauche dich, Junge. Miez, Miez, Miez. Bogey, ich *rufe* dich, du räudige Flohkutsche! Komm *her* Bogey, das ist mir ernst.«

Nichts. Das war keineswegs ungewöhnlich. Zeigen Sie mir eine Katze, die kommt, wenn man sie ruft, und ich zeige Ihnen einen verzauberten Prinzen, der darauf wartet, wachgeküsst zu werden. Oder die Katze ist krank. Aber ich redete mir nicht einfach bloß den Mund fusslig, sondern ich gebrauchte seinen Namen als Fokus für einen Anziehungs-Zauber. Wenn Bogey sich irgendwo in Hörweite meiner Stimme befand, würde er davongetragen und innerhalb von zwei Minuten vor meinen Füßen abgesetzt werden. »Bogey, komm *her*!«

Zweieinhalb Minuten später machte ich mir Sorgen. Solange Bogey am Leben war, konnte ihn nichts davon abhalten, auf meinen Anziehungs-Zauber zu reagieren. »Wenn ihm etwas zugestoßen ist...« Ich biss die Zähne zusammen. Bogey war für mich mehr als ein Kater. Er war mein Partner, und niemand verschleppt meinen Partner und kommt damit durch.

Plötzlich hörte ich einen schwachen Laut aus der Ecke hinter meinem umgestürzten Aktenschrank. »Bist du das, Bogey?« Wäre ich der Kirchgänger-Typ gewesen, hätte ich Zeit damit vergeudet, ein kleines Dankgebet zu sprechen. Stattdessen machte ich mich gleich an die Arbeit und schob den Schrank weg, damit er herauskonnte. »Augenblick noch, Kätzchen, Mama kommt schon.«

Es war kein Kätzchen, sondern eine Kröte. Ich hatte vergessen, dass ich vorhin, als er mir auf die Nerven ging, den alten Verwandlungstrick gebraucht hatte. Ich vergaß eine Menge Dinge, größtenteils dank der Beule an meinem Kopf.

»Bleib ruhig, Kleiner, das dauert keine Minute.« Ich legte mit dem mystischen Blödsinn los, der ihm seine ursprüngliche Gestalt wiedergeben würde. Eine kitschige Rauchwolke stieg auf, als der Zauber ihn traf.

»Das wurde aber auch Zeit«, fauchte Gretel mich an. Ihre Blicke huschten in meinem ruinierten Büro umher. »Die Bastarde haben ganze Arbeit geleistet, was? Geschieht dir recht. So, wo ist meine Handtasche? Ich verschwinde.« Sie begann den Schutt zu durchwühlen.

Ich packte sie am Arm und zog sie zurück. »Nicht so eilig, Süße. Hast du nicht eine Kleinigkeit vergessen?«

»Du meinst meinen Bruder?«, schoss sie zurück und entwand sich meinem Griff. »Wohl kaum. Ich werde den ganzen Weg nach New York City an ihn denken, denn genau dahin fahre ich, sobald ich meine Tasche gefunden habe.« Sie machte sich wieder daran, die Trümmer umzugraben, ein richtiger kleiner Schliemann in Shantung-Seide.

Ein zweites Mal zerrte ich sie zurück, sodass sie mir ins Gesicht sehen musste. »Immer langsam mit den jungen Pferden, Goldstück. Was soll dieses Gerede über New York?«

»Weiter komme ich nicht von hier weg, deswegen«, gab sie zurück. »Jedenfalls mit dem Bus. Vielleicht hast du ja die beiden Schläger nicht gesehen, die eben hier waren ...«

»Sie haben sich nicht vorgestellt, bevor sie mich ins Land der Träume befördert haben«, antwortete ich und lächelte verzerrt. Das tat weh. »Demnach waren sie zu zweit, sagst du?«

Sie nickte. »Groß. Und hässlich. Ein paar große, blöde Schwergewichtler wie aus einem Joe-Palooka-Comic.«

»Namen?«

»Ich habe gehört, wie der eine den anderen Max nannte, mehr weiß ich nicht. Max war derjenige, der dir eins verpasst hat.«

»Max, ja?« Ich nahm mir vor, Max zu teeren und zu federn, sobald unsere Wege sich wieder kreuzten.

»Jedenfalls hatten sie uns wohl schon eine ganze Weile beobachtet. Wahrscheinlich standen sie im Flur und lauschten, daher wussten sie, was du mit mir angestellt hast. Sobald du am Boden gelegen hast, sagte Max' Partner: ›Okay, schnapp dir die Kröte und lass uns abhauen.‹«

»Wie bist du ihnen entkommen?«, fragte ich.

»Als mir klar wurde, dass sie meinetwegen hier waren, habe ich mich versteckt. Deswegen haben sie alles durchwühlt. Sie haben nach mir gesucht. Und zufällig haben sie die andere Kröte zuerst entdeckt.« Sie zuckte die Achseln. »Da habe ich wohl Glück gehabt.«

»Bestimmt.« Ich tat, als glaubte ich ihr, aber ich hatte so ein mieses Gefühl, dass die Sache sich nicht ganz so abgespielt hatte. Wahrscheinlicher war, dass sie etwas getan hatte, um die Aufmerksamkeit der beiden Ganoven auf Bogeys Versteck zu lenken. Dann war sie schnell davongehopst, während die zwei das falsche Amphibium einsteckten. »Haben sie noch etwas gesagt?«

»Nur, dass Mr. LeGras sehr froh sein würde, mich in die Finger zu bekommen. Da war mir alles klar: LeGras wollte mich benutzen, damit Hänsel ihm verriet, wo er den schwarzen Vogel versteckt hat.«

»Ich bin erstaunt, dass du nicht einfach mitgegangen bist«, meinte ich. »Warum hast du dir die Chance entgehen lassen, deinem geliebten kleinen Bruder zu helfen? Ist das dasselbe Mädchen, das mir erzählt hat, wie nahe ihr euch steht?«

Sie blickte zur Seite. »Nicht so nahe, dass ich im selben Grab mit ihm liegen möchte. Selbst wenn es ihnen gelänge, mich zu fangen, mich zu LeGras zu bringen und ... Sachen mit mir anzustellen, würde Hänsel nicht reden. Ich kenne ihn, und er kennt LeGras. Er pflegte zu sagen, dass LeGras eine Zitrone bis zum letzten Tropfen ausquetscht und dann die Schale wegwirft.«

»Ich kann auch nicht gerade behaupten, dass ich viele Leute kenne, die sie aufbewahren, Süße.«

»Du weißt genau, was ich meine! Sobald Hänsel LeGras verrät, wo der Vogel steckt, gibt es keinen Grund mehr, ihm am Leben zu lassen.«

»Also wird er keinen Muckser von sich geben? Selbst wenn er sich nur um den Preis deines Lebens ein paar Stunden erkauft?«

»Sogar wenn ihm das ein paar *Minuten* einbringt«, antwortete sie. »Was zum Teufel glaubst du, warum ich nach New York fahre?«

»Das würde ich Ihnen nicht empfehlen.«

Als wir die unbekannte Stimme aus Richtung Tür vernahmen, drehten wir uns beide um.

»Mr. LeGras, nehme ich an?«, sagte ich.

»Genau der. Darf ich eintreten?«

Er fragte, aber er wartete die Antwort nicht ab, sondern platzte in mein Büro, als gehöre es ihm. Soweit ich wusste, konnte das durchaus möglich sein. Er war beleibt, aber er bewegte sich lautlos und anmutig. Das hatte die *Hindenburg* auch getan. Unser Mr. LeGras würde auf sich Acht geben müssen. Aus dem Stand hätte ich fünf oder sechs praktizierende gute Feen im Stadtzentrum nennen können, die bloß einen Blick auf diesen kürbisförmigen Körper zu werfen brauchten und gleich versucht hätten, ihn in eine vierspännige Kutsche zu verwandeln. Er war tadellos in einen eleganten weißen Anzug und Panama-Hut gekleidet. Im Knopfloch trug er eine frische rote Nelke. Die gewaltige Gestalt balancierte auf einem Paar obszön kleiner Füße, die in blanken schwarzen Slippern steckten, echte italienische Arbeit. Ein Mahagoni-Spazierstock mit silbernem Knauf in seiner linken Hand nahm ihm einen Teil der Last ab. In der Rechten hielt er drohend einen Revolver mit Perlmuttgriff.

Er war allein, was mich erstaunte. Ich hätte erwartet, dass er zumindest im Schutz der beiden Gorillas auftauchen würde, die mein Büro in Trümmer gelegt hatten. Unser Mr. LeGras war ein Schweinehund mit Selbstvertrauen. Vielleicht würde er auch eine selbstbewusste Kröte abgeben. Ich lächelte.

»Bitte, schlagen Sie sich jeden Gedanken an schwarze Magie sogleich aus dem Kopf, gnädige Frau Hexe«, begann er. Seine Stimme klang tief und war mit einem rauen Keuchen unterlegt, das in mir den Wunsch erweckte, mit dem Zigarettenrauchen anzufangen, bloß damit ich damit wieder aufhören könnte. »Oh ja, ich weiß, wen ich vor mir habe. Ein Mann in meiner Stellung bedarf ... nun ... verlässlicher Informationsquellen. Wissen ist Macht. Und auch gewisser ... hrm ... Verbindungen. Sie gestatten es, den ummittelbaren Umständen angemessene Vorsichtsmaßnahmen zu ergreifen.«

Er streckte die Hand aus. Zuerst dachte ich, er wäre

übergeschnappt und wollte, dass ich sie küsste, als wäre er der Papst oder so was. Dann sah ich den kleinen, mit Jade und Perlen besetzten Ring, der auf seinem kleinen Finger steckte. Er strahlte eine schützende Aura aus, die stark genug war, um auf fünfzig Schritte Entfernung die Buchstaben in einem verschlossenen Grimoire verblassen zu lassen. Jeder Hexe, die dumm genug war, einen Zauber über diesen Burschen zu werfen, würde der Spruch ins Gesicht zurückschlagen und den dreifachen Schaden anrichten.

Ich zwang mich weiterzulächeln. »Sie möchten wohl gern, dass ich beeindruckt bin«, sagte ich.

»Ihre Reaktionen sind für mich von so geringem Belang, dass Sie das verblüffen würde, meine Liebe«, entgegnete er. »Indem ich Ihnen gestattet habe, die Macht des Rings wahrzunehmen, habe ich Ihnen einen Gefallen getan. Unter normalen Umständen bleibt er verborgen, bis er erweckt wird. Sie sollten mir dankbar dafür sein, dass ich Ihnen eine sehr unangenehme – und vielleicht tödliche – Überraschung erspart habe.«

»Danke«, sagte ich trocken. »Ich würde Ihnen ja gern einen Platz anbieten und Sie zum Tee einladen, aber Ihre Jungs haben meine Stühle erledigt.«

Er lachte. Alles an ihm bebte, bis auf die Knarre. »Sie haben Sinn für Humor. Gut, gut. Ich finde es viel leichter, mit Menschen umzugehen, die die inhärente Absurdität des Lebens sehen. Sie neigen sehr viel weniger dazu, in Dingen, die sie nichts angehen, eine töricht heldenhafte Haltung einzunehmen.«

»Oh, ich bin keine Heldin, Fettwanst«, erwiderte ich. »Ich bin einfach eine arme alte Frau, die ihre Miezekatze zurückhaben will. Ihre Jungs haben sie aus Versehen mitgenommen.«

»Das haben wir sehr bald herausgefunden. Dieselbe ...

hrm ... Person, die mich mit diesem Ring ausgestattet hat, entdeckte unseren Irrtum, ohne sich auch nur die Mühe zu machen, die unglückliche Kreatur aus ihrer Krötengestalt zu erlösen.«

Ich fragte mich, welche meiner Kolleginnen so weit gesunken sein mochte, dass sie LeGras' Geld nahm und seine *Sorcière de joie* spielte. Dann beschloss ich, dass ich lieber niemanden kennen wollte, der so verzweifelt war.

»Das überrascht mich nicht«, gab ich zurück. »Bogey ist mehr als mein Kater, er ist mein Vertrauter. Wir Mädels aus der Branche können alle die Vertrauten einer anderen Hexe auf den ersten Blick erkennen, egal, welche Gestalt er trägt. Bringen Sie ihn mir zurück, und Sie können das Mädchen haben. Ach, Teufel, Sie können sie gleich mitnehmen. Gerade hat sie mir erzählt, wie sehr sie ihren kleinen Bruder vermisst. Es wäre grausam, sie länger zu trennen.«

LeGras lachte wieder. »Ah! Ein ausgezeichneter Scherz! Der Runde Tisch von Algonquin wird ärmer durch Ihre Abwesenheit. Seien Sie versichert, dass es meine Absicht ist, Bruder und Schwester mit der gebotenen Eile wiederzuvereinen, zum schlussendlichen Wohl aller ... hrm ... betroffenen Parteien.«

»Wie rührend. Lassen Sie sich nicht aufhalten.«

Der Wink mit dem Zaunpfahl prallte an ihm ab. »Ich fürchte, meine Liebe, ich habe mich nicht deutlich genug ausgedrückt: Ich bin wegen der jungen Dame gekommen, aber die Vorsicht gebietet, dass Sie uns ebenfalls begleiten.« Er winkte diskret, aber unmissverständlich mit seiner Waffe.

Ich halte nichts davon, Zeit mit sinnlosen Debatten zu verschwenden, vor allem wenn mein ehrenwerter Gegener sechs schlagende Argumente aus Blei auf seiner Seite hat. »Was dagegen, wenn ich meinen Hut hole?«, fragte ich.

LeGras vollführte eine formvollendente Tanzstunden-Verbeugung. »Ganz und gar nicht, verehrte Dame. Wenn Sie wünschen, nehmen Sie auch Ihre Handschuhe. Beklagenswert, wie zunehmend gleichgültig die heutige Gesellschaft einer korrekten persönlichen Erscheinung gegenübersteht! Man sieht so viele junge Frauen ohne *Chapeau* oder Anstandsdame durch die Gegend laufen, dass es einem das Herz brechen könnte.«

»Vorausgesetzt, man besitzt eines.« An ihm vorbei schlenderte ich zum Wandschrank. Ich fühlte, wie der Lauf seiner Pistole mir die ganze Zeit über folgte, spürte, wie es ihn in seinem fetten kleinen Finger, der auf dem Abzug lag, juckte, mir eine einfache Fahrkarte in die Hölle zu verpassen, wenn ich irgendeinen Trick versuchte.

Aber ich bin eine Hexe, keine Komikerin. Ich nahm meinen Hut vom obersten Schrankbrett und knickste vor dem alten Fettkloß. »Ich bin bereit, wenn ihr fertig seid, meine Süßen.«

LeGras scheuchte uns aus dem Büro, den Flur hinunter und in die asthmatische Klapperkiste von einem Aufzug. Vier weitere Passagiere standen darin, plus Steve, dem Liftjungen. Keiner von ihnen schien zu bemerken, dass die zwei liebreizenden Damen den sympathischen Dicken nur unter Protest und überredet von einem Revolver mit Perlmuttgriff begleiteten. Wahrscheinlich hatte seine Lieblingshexe sie mit einem Unsichtbarkeitszauber belegt.

Sein Wagen wartete gleich vor dem Bürogebäude, ein Cadillac von der Farbe frischer Sahne. Ein großer Ganove verschandelte den Platz hinter dem Steuer. Ich fragte mich, ob das mein Kumpel Max war, aber man stellte uns einander nicht vor, und ich fragte nicht. Mit einer Kopfbewegung befahl LeGras uns wortlos, auf dem Rücksitz Platz zu nehmen. Er kletterte nach uns hinein und schloss die Tür. »Nach Hause«, befahl er.

Ich fragte mich, wo »zu Hause« liegen mochte. Ich wettete, irgendwo oben in den Hügeln von Hollywood, einem beliebten Nistplatz für Reiche, Angeber und sonstiges Gesindel. Ich hatte den Platz am Fenster, und Gretel saß eingequetscht zwischen mir und LeGras. Ich schätze, ich hätte etwas Schlaues probieren können, zum Beispiel mich nach Houdini-Art zu empfehlen, aber ich ließ es bleiben. Ich wusste, wenn ich mich verdrückte, würde Gretel auf der ganzen Rechnung sitzen bleiben.

Yeah, ich bin eine Idiotin. Erzählen Sie mir lieber etwas, das ich noch nicht weiß.

Ich fahre gern Auto. Wenn man auf einem Besen fliegt, kommt man schneller an, aber im Wagen kriegt man keine Insekten zwischen die Zähne. Ich lehnte mich in die Polster und schloss die Augen. Nach allem, was ich wusste, würde dies meine letzte Fahrt werden, da konnte ich sie ebenso gut genießen. Wenn ich schon sterben musste, dann trug ich zu diesem Anlass wenigstens einen hübschen Hut. LeGras hatte keine Ahnung davon, aber ich hatte einen guten Grund gehabt, dieses wunderschöne kleine Teil aus dem Schrank zu holen, statt in den Trümmern meines Büros nach dem zu wühlen, den ich vorher getragen hatte. *Dieser* Hut war etwas Besonderes. *Dieser* Hut reckte sich stolz in die Höhe, und nicht nur, weil ich ihn in Ling Pos original chinesischer Handwäscherei extra hatte nachstärken lassen.

In *diesem* Hut steckte ein Zauberstab.

Ich hatte alles geplant: Wir würden zu LeGras fahren, und er würde uns zu Hänsel bringen – wenn er uns nicht erst seinen Schlägern überließ, damit sie uns schon einmal weich klopften. Er würde versuchen, den warmen Bruder zum Singen zu bringen, aber da würde er auf den schlimmsten Fall von Kehlkopfentzündung in der Menschheitsgeschichte stoßen. Dann würde er anfangen,

Gretel die Daumenschrauben anzulegen. Doch aus ihr würde er kaum mehr herausbekommen als billige Unterhaltung für seine gedungenen Helfer. Ich hielt LeGras und seine Bande von Halunken für die Art Typen, die einen Riesenspaß daran haben, eine Frau zu quälen. Seine Waffe würde er die ganze Zeit auf mich richten, aber nicht seine Augen. Er würde ... Amüsanteres zu sehen haben.

Dann würde ich fragen, ob ich meinen Hut abnehmen und es mir bequem machen dürfe.

Vielleicht konnte ich *ihm* mit dem Zauberstab nichts anhaben, solange er diesen blöden Ring trug, aber ich konnte ihn einsetzen, um für Ablenkung zu sorgen, zum Beispiel das Haus anzünden, die Hauptwasserleitung bersten oder Max' Kopf explodieren lassen wie einen mit Hirn und Blut gefüllten Luftballon. Sie wissen schon, solche Kleinigkeiten. Und in der Verwirrung könnte ich mit Gretel verschwinden, ganz einfach ...

»Wir sind da.« LeGras' keuchende Stimme riss mich aus meinen angenehmen Träumen.

Ich öffnete die Augen und sah gerade noch, wie der Wagen vor einem dieser schmucken, versteckten Anwesen im Hazienda-Stil vorfuhr. Es besaß eine mit Ziegeln gepflasterte Einfahrt, brutal gepflegte Blumenbeete und einen Zierteich, auf dem ein Quartett gelangweilt wirkender Schwäne herumpaddelte. Früher hatten Stummfilmstars solche Häuser säckeweise eingekauft, wie billige Bonbons, nur um sie völlig ratlos wieder auf den Markt zu werfen, als der Tonfilm keine Anstalten machte, wieder zu verschwinden. Die Anlage schmiegte sich in eine Hügelfalte; der nächste Nachbar wohnte einen Todessturz weiter unten.

Ein Butler öffnete die Tür. Er sah aus wie aus einem Boris-Karloff-Streifen geflüchtet. Er verneigte sich leicht vor Gretel und mir und fragte, ob er meinen Hut nehmen dürfe.

»Nein danke, Spooky, er ist ein Teil meiner Persönlichkeit«, erklärte ich ihm.

»Und außerdem ist darin eine Waffe versteckt«, gab er zurück. Er war so aalglatt wie die manikürten Nägel eines Salonlöwen. »Ich bedaure, Ihnen mitteilen zu müssen, dass solche Artefakte innerhalb dieser Mauern machtlos sind.«

Ich glotzte ihn an wie ein Seebarsch mit einem Kropf. Glucksend eskortierte LeGras mich über die Schwelle. »Seien Sie nicht überrascht, Madam«, sagte er. »Ich sammle schon seit langem esoterische Souvenirs. Der schwarze Vogel ist nur das ... hrrmm ... einträglichste einer Reihe ähnlicher Objekte. Sie werden mir sicher zustimmen, dass Übeltäter, die daran interessiert sind, solche Gegenstände zu entwenden, notwendigerweise bewandert in den Dunklen Künsten sein müssen. Dessen eingedenk wäre es unklug, nicht gewisse ... ah ... Abwehrzauber über mein Eigentum zu legen. Genau wie ein normaler Hausbesitzer sich vielleicht doppelt schützt, mit einem hohen Zaun, um Einbrecher abzuhalten, und einem scharfen Wachhund, der sich um die kümmert, die doch hineingelangen, so habe ich meine Verteidigung ebenfalls breiter gefächert. Manche, wie Stanton hier, entdecken die Anwesenheit unerwünschter magischer oder zauberischer Accessoires. Andere, wie dieser Ring, den Sie bereits bemerkt haben ...« – er reckte mir seinen kleinen Finger entgegen – »wehren offene Angriffe durch Hexen ab. Und nun seien Sie eine brave kleine Hexe und liefern Sie den Hut ab.«

Niemand hat mich jemals eine brave kleine Hexe genannt, jedenfalls niemand, der danach noch Sauerstoff brauchte. Ich durchbohrte Stanton mit messerscharfen Blicken, reichte der hoch aufgeschossenen wandelnden Leiche aber meinen Hut. Was blieb mir anderes übrig? Er zog den versteckten Zauberstab heraus und hielt ihn seinem Boss zur Inspektion hin, stolz wie eine Katze, die Mäuseinnereien auf die Fußmatte kotzt.

»Ein magischer Stab«, sagte LeGras und tippte ihn mit der Mündung seines Revolvers an. »Entzückend. Danke, Stanton, Sie dürfen ihn beseitigen.«

»Sehr wohl, Sir.« Die Hand des Butlers schloss sich um meinen Zauberstab. Ein Knirschen, und das Ganze zerstob in eine Million Splitter. Dieser Stanton war kein gewöhnlicher Butler.

Ich drehte mich zu LeGras. »Zombie oder Golem?«, fragte ich.

»Golem«, antwortete er. »Zombies haben nicht ganz so viel Kraft im Oberkörper, und man muss sie gelegentlich füttern. Sollen wir fortfahren?«

Stanton übernahm die Führung. Wir begaben uns in die Tiefen von LeGras' Haus und gingen einen Flur hinunter bis zu einem Paar schwerer Doppeltüren. Er legte die Hand darauf, und sie glitten lautlos in ihre Wandnischen. Dahinter lag ein Salon, der groß genug war, um ein Baseballspiel darin abzuhalten. Na ja, jedenfalls eines der Mädchenliga. Wohin ich auch sah, erblickte ich Chintz, Vergoldungen und Flitter. Man kam sich vor, als säße man ihm Hirn eines durchgeknallten Hochzeitstorten-Designers gefangen.

In der Mitte des Raums stand ein einfacher hölzerner Küchenstuhl. Ein Mann war daran gefesselt, Hänsel. Wohl kaum eine Überraschung. Die dicken Samtvorhänge waren fest zugezogen, und nur eine einzige Lampe brannte, aber ich sah ihn gut genug. Er hatte sich genauso stark verändert wie seine Schwester. Der Knabe mit dem schmutzigen Gesicht, der so mager gewesen war, dass ich ihn nicht in meinen Backofen steckte, war zu einem Mann mit dem Körper eines ehemaligen Athleten und dem Gesicht eines Cherubs herangewachsen.

Der Engel hätte besser aufpassen sollen, wohin er flog. Offensichtlich war er im üblen Teil der Stadt gelandet, wo irgendein Rabauke ihn am Flügel gepackt und sein Gesicht als Punchingball gebraucht hatte. Ich fragte mich, ob Hänsel immer einen solchen Schmollmund hatte, oder ob seine Lippen einfach von den Prügeln angeschwollen waren. Ein Auge hatte sich nach einem Schlag geschlossen, das andere blinzelte verdrossen in unsere Richtung. Er ließ sich nicht anmerken, ob er mich erkannte. Andererseits sah ich, dass er von ein paar stämmigen Anstandswauwaus flankiert wurde. Vielleicht wollte er nicht, dass sie ihm den Hintern versohlten, weil er mit Fremden sprach.

»Wie sieht es aus, mein lieber Junge?«, rief LeGras aus und schlich an Hänsels Seite. Er reichte Spazierstock und Revolver einem der Wachganoven. »Hast du meine Anwesenheit genutzt, um deine Fehler zu bereuen?«

»Hatter ausgespuckt nix, Boss«, erklärte der zweite Affe.

»Ah.« LeGras wandte sich zu mir um und zuckte entschuldigend die Achseln. »Werte Dame, Sie müssen Max verzeihen. Er hat leider nie einen Kurs für korrektes Englisch besucht.«

Max also? Prachtvoll. Ob ein Arzt ihm noch helfen konnte, wenn ich mit ihm fertig war? Ich tat mein Bestes, um ein Pokerface zu wahren. »So was aber auch, mein Bester«, tadelte ich. »Das ist aber eine reichlich schlechte Grammatik. Jemand sollte ihm einmal eine Lektion erteilen.«

»Vielleicht. Unterdessen würde ich meine ... ha, ha ... pädagogischen Bemühungen lieber auf diesen jungen Mann beschränken.« Er trat zu Hänsel und beugte sich – nicht ohne beträchtliche Anstrengung – so weit vor, dass er ihm gerade in die Augen sehen konnte. »Ist dies das Gesicht, dem einst Männer und Frauen zu Füßen lagen?«, schnaufte er. »Jetzt nicht mehr, welch Jammer. Was für eine nutzlose Vergeudung von Schönheit, und das, wo Schönheit ohnehin so rasch verfliegt. Du enttäuschst mich zutiefst, mein Junge. Das hättest du dir ersparen können.«

»Spar du dir die Worte«, knurrte Hänsel. »Ich habe bei diesen Mistkerlen nicht geredet, und ich rede bei dir nicht. Meinst du, ich erkenne nicht, wer das ist?« Er nickte in unsere Richtung. Ich warf Gretel einen Seitenblick zu. Sie starrte ihren Bruder an, und Tränen strömten ihr die Wangen hinunter, aber solange man nicht nahe genug stand, um sie in dem schummrigen Licht zu sehen, hätte man nicht geahnt, dass sie da waren. Sie gab keinen Laut von sich. Die beiden waren wie zwei Buchstützen aus Granit. »Du hast deine Zeit verschwendet, indem du sie hergebracht hast«, fuhr er fort. »Ich weiß, dass ich ein toter Mann bin, egal, was passiert. Angenommen, ich verrate dir wirklich, wo der schwarze Vogel versteckt ist – soll ich dir glauben, dass du mich – oder sie – gehen lassen würdest, als wäre nie etwas vorgefallen? Da stehen die Chancen schlecht.«

Die letzte Bemerkung nahm LeGras persönlich. »Du würdest den Tod wählen in dem Wissen, dass deine unschuldige Schwester dein Schicksal teilen muss?«

Hänsel grinste, wobei einige kürzlich beigebrachte Lücken in seinen perlweißen Zahnreihen sichtbar wurden. »Yeah. Und? Ich würde wenigstens in dem Wissen sterben, dass du den schwarzen Vogel in diesem Leben nicht wiedersehen wirst. Wer weiß, ob du ihn nicht mitnehmen kannst?«

LeGras wedelte lässig mit einer fetten Hand. »Edgar, meine Ausrüstung«, sagte er. Der andere Halunke, nicht mein Kumpel Max, verschwand im Dunkel, holte eine grüne Blechbüchse und stellte sie auf den Tisch, auf dem auch die Lampe stand. LeGras öffnete sie und nahm ein Paar schwarzer Gummihandschuhe sowie ein ordentlich gefaltetes weißes Tuch heraus. Während LeGras die Handschuhe anzog, breitete Edgar das Tuch auf dem Tisch aus; dann griff er in die Blechschachtel und begann die Instrumente auszulegen.

»Stanton, kümmere dich um die Dame«, befahl LeGras. Der Golembutler schnappte Gretel und stieß sie voran. Max holte einen weiteren Küchenstuhl und noch mehr Tau irgendwo hinter dem Louis-irgendwas-Sofa hervor und verschnürte sie wie einen Sonntagsbraten.

»Man sollte nie einen Jungen die Arbeit eines Mannes tun lassen«, murmelte LeGras. Ein hässliches kleines Lächeln zeigte sich auf seinen aufgequollenen Lippen. »Siehst du, Bürschlein, die Frage lautet nicht mehr, ob du sterben wirst, sondern wie lange das dauern wird. Du wirst gleich einen Vorgeschmack auf das erhalten, was dich erwartet, demonstriert unter freundlicher Mithilfe deiner eigenen lieben Schwester.« Er nahm eines der Instrumente von dem weiß abgedeckten Tisch auf. Das Lampenlicht glitzerte auf der Schneide der Klinge wie auf einer frisch getauchten Zuckerstange.

Hänsel erbleichte. Er öffnete den Mund – nichts kam heraus – und schloss ihn wieder, weil er dann besser die Zähne zusammenbeißen konnte. Diesen Blick kannte ich. Ein zäher Bursche.

Harte Kerle kann ich nicht leiden. Als die harten Kerle die Macht übernahmen, musste ich mein Zuhause in der alten Heimat verlassen. Ich kenne diese Sorte: Solange sie in der Überzahl sind oder der Hals eines anderen auf dem Richtblock liegt, sind sie wirklich unerschrocken. Aber man braucht die Bastarde mit den braunen Hemden bloß einzeln aus ihrem Bau zu graben, und sie hören auf zu kläffen und fangen zu jaulen an. Keine Zähne mehr, nur noch eingekniffene Schwänze.

Deswegen meldete ich mich an dieser Stelle zu Wort.

»Hey, LeGras, verschwenden Sie eigentlich gern Zeit?«

Er hörte auf, der Klinge Glubschaugen zu machen, und warf mir einen bedächtigen, verachtungsvollen Blick zu. »Ich versichere Ihnen, Madam, ich werde mit aller erforderlichen Eile zu Werke gehen.« Er schnippte mit den Fingern. Max bewegte sich auf Gretel zu, die kreischte wie beim Vorsingen für eine Rolle als Fliegeralarm-Sirene.

Ich lachte. LeGras zog eine seiner stoppligen Augenbrauen hoch. »Sie haben Vergnügen am drohenden Unglück anderer? Was für ein ... unpassender Charakterzug bei einer Dame. Ich kann nicht behaupten, dass ich so etwas billige.«

»Ich lache nicht über das Mädchen«, klärte ich ihn auf, »sondern über Sie. LeGras, Sie sind ein Dummkopf, ein fetter Esel.« LeGras' Fahrer griff nach mir, aber ich hielt eine Hand in die Höhe und redete schnell weiter. »Rufen Sie ihn zurück, LeGras, oder Sie können sich von dem schwarzen Vogel verabschieden.«

»Halt, Geoffrey.« Als er die Stimme seines Herrn hörte, erstarrte LeGras' abgerichteter Gorilla zur Salzsäule. LeGras selbst legte sein scharfes, schimmerndes Spielzeug weg und trat zu mir. »Was sagen Sie da, meine werte Dame? Verfügen Sie etwa über okkultes Wissen, das unsere Suche erleichtern könnte? Wollen Sie gar andeuten, dass sie bereit wären, Ihre Hexenkräfte in meinen Dienst zu stellen, um den Vogel wieder zu beschaffen?«

»Richtig, Schätzchen.«

»Und ich nehme an, Ihr Preis wäre das Leben dieser beiden?« Er machte sich nicht einmal die Mühe, sich zu seinen Gefangenen umzusehen, sondern schüttelte nur den Kopf. »Ich fürchte, das käme nicht in Frage.«

Ich pustete seine Worte weg wie Zigarettenrauch. »Halten Sie mich für eine Idiotin? Ich soll um das Leben dieser zwei schachern? Was ist los, Gummibärchen, hat deine Mama dir vor dem Schlafengehen niemals Märchen vorgelesen? Hast du wirklich keine Ahnung, wer ich bin?«

Es machte Spaß zu sehen, wie die kleine Glühbirne über LeGras' Kopf aufleuchtete. »Sie meinen, dass Sie *diese* Hexe sind? Auf mein Wort, das ist wirklich eine Ehre.« Er packte meine Hand mit beiden Pranken und schüttelte sie lebhaft. Die Gummihandschuhe quietschten und hinterließen ein schweißiges Gefühl auf meinen Handflächen. Strahlend plapperte LeGras weiter. »Welch glücklicher Zufall. Natürlich würden Sie niemals *ihr* Leben als Bezahlung verlangen. Nicht nach allem, was die beiden Ihnen angetan haben, was? Vergeben Sie meine anfängliche Unwissenheit, aber das ist verständlich. Jeder, der jemals Ihre Geschichte gehört hat, nimmt an, dass Sie in dem Ofen umgekommen sind, in dem diese taktlose *Cocotte* Sie zurückgelassen hat. Tja, das lässt die Dinge in einem ganz neuen Licht erscheinen.«

»Das kann man wohl sagen.« Ich wand meine Hand aus seinen Klauen und wischte sie an meinem Rock trocken. »Sie möchten, dass ich meine Kräfte in Ihren Dienst stelle. Sie gehören Ihnen. Zahlen Sie mir das Gleiche wie dem Mädel, das Ihren Ring gezaubert hat. Sagen Sie – nicht dass ich mir selbst ins Knie schießen will oder so ...« Ich warf Max ein *Das-hättest-du-wohl-gern*-Blick zu. »Aber wenn Sie Magie brauchen, um den Vogel aufzuspüren, wieso rufen Sie dann nicht Ihre eigene Miethexe an?«

Tief in seiner wabbligen Kehle produzierte LeGras ein irritiertes Geräusch. »Dieses manierenlose alte Weib hat meinen Dienst vor einigen Monaten verlassen und sich beklagt, ich brächte ihr nicht den Respekt entgegen, den ihre Kunst verdiene. Dank Ihnen ist das jetzt nicht mehr von Bedeutung. Hexerische Hilfe wird die Suche nach meinem Schatz wesentlich erleichtern. Können Sie denn nun den schwarzen Vogel für mich finden, meine gute Frau?«

»Kommt darauf an«, entgegnete ich. »Können Sie meinen Kater auftreiben?«

»Ihren ... Kater! Ah, natürlich, Ihr Kater.« LeGras lächelte. »Das ist nur angemessen. Beschaffen Sie mir den schwarzen Vogel wieder, und ich verspreche Ihnen, dass Sie nicht nur Ihren geliebten Vertrauten zurückbekommen werden, sondern auch eine Dauerstellung in meinen Diensten haben. Sie werden feststellen, dass ich ... ähem ... ausgesprochen großzügig bin.«

»Hab ich gehört.« Ich sah Hänsel an, und zwar so, dass LeGras ganz bestimmt verstand, was ich meinte. »Okay, LeGras, bringen Sie mir meinen Kater, und wir können anfangen.«

»Madam, ich bitte um Vergebung, aber Sie werden Ihre Katze erst bekommen, wenn ich mich wieder im Besitz des schwarzen Vogels befinde. Dies sind meine Bedingungen, und ich versichere Ihnen, dass sie nicht zur Diskussion stehen.«

»In diesem Fall hoffe ich, dass Sie sich etwas zum Mittagessen eingepackt haben, denn ohne Bogey komme ich mit diesem Job nicht weiter. Wie ich Ihnen schon sagte, ist er mein Vertrauter. Wissen Sie überhaupt, was das heißt? Er ist der übernatürliche Diener, für den ich in der Minute, als ich ins Geschäft eingestiegen bin, meine Seele verkauft habe. Ich gebe die Anweisungen, er führt sie aus. Wir sind ein Team.«

LeGras schürzte die Lippen. »Dann sind Sie ohne ihn machtlos?«

»Quatsch!« Ich schnippte die Finger vor seinem Gesicht. »Er hat sich schließlich nicht selbst in eine Kröte verwandelt, oder? Ich verfüge selbst über jede Menge Zauberkraft, aber er verstärkt meine Fähigkeiten. Das ist sehr praktisch bei den großen Jobs. Wenn Sie wollen, dass jemand ein Grab für Sie schaufelt, geben Sie ihm dann einen Suppenlöffel oder einen Schaufelbagger? Bogey ist mein Schaufelbagger.«

»Ich verstehe.« LeGras kläffte seinen Jungs ein paar Befehle zu. Rasch huschte Edgar aus dem Salon und kehrte noch schneller zurück. Er hielt eine Kröte in der Hand und hätte sie mir gereicht, wenn sein Chef ihm nicht Einhalt geboten hätte. »Bevor ich diese charmante Familienzusammenführung gestatte, Fräulein Hexe, erlauben Sie mir, Sie daran zu erinnern, dass ich immer noch geschützt bin.« Wieder der Ring. Ich hatte ihn satt. Er ließ LeGras' schwammigen kleinen Finger aussehen wie eine Made mit einem Strumpfhaltergürtel.

»Haben Sie gedacht, ich würde Sie reinlegen?« Ich grinste süffisant. »Nichts läge mir ferner.«

»Deswegen haben Sie auch eine versteckte Waffe bei sich getragen, als Sie in mein Haus gekommen sind, stimmt's?«

»Die Ihr Butler vernichtet hat. Sobald ich auf Ihrer Gehaltsliste stehe, stelle ich sie Ihnen als Erstes in Rechnung. Hören Sie, LeGras, ich gebe zu, dass ich daran gedacht habe, den Zauberstab einzusetzen, aber das war, bevor mir klar wurde, dass wir im selben Team spielen. Ich beiße die Hand nicht, die mir mein Essen auf dem Silbertablett reicht. Zum Kuckuck, solange ich mir kein anständiges Gebiss besorgen kann, kann ich sowieso in nichts beißen, das härter ist als ein Stück Lebkuchen. Ich will Bogey nur seine ursprüngliche Gestalt wiedergeben. Ist das in Ordnung für Sie, Boss?«

Boss. Ich sah, dass LeGras das gern hörte. »Aber ja, nur zu.« Er wedelte mit der Hand, als wäre er der türkische Sultan, der einem Haremsmädchen befiehlt zu tanzen.

Einen schönen Tanz würde ich ihm hinlegen.

Der Spruch, mit dem man einem verzauberten Wesen seine wahre Gestalt zurückgibt, ist kurz und bündig. Ich war schneller fertig damit als ein Tanzmädchen mit dem Geld eines Playboys. Edgar hielt Bogey immer noch fest, als die Verwandlung eintrat. In der einen Sekunde lagen seine Hände um eine Kröte, und in der nächsten hielt er einen zwei Meter sechzig großen knallgrünen Dämon am Schwanz. Langsam drehte Bogey sich um. In seinen drei tief liegenden Augen glühten die Feuer der Hölle, von seinem Kiefer troff schwefliger Schaum, und seine rasiermesserscharfen Fänge waren zu einem permanenten komm-zu-Papa-Grinsen gebleckt. Es knirschte, als er Edgar den Kopf abbiss wie ein Kind, das einen Lutscher knackt.

Katzengestalt oder wahre Gestalt, Bogey hatte es noch nie leiden können, wenn jemand ihn am Schwanz zog.

Max war der Nächste auf Bogeys Abschussliste, gefolgt von Geoffrey, dem Fahrer, und Stanton. Bogey musste ein paar Mal ansetzen, bis er den Golem heruntergewürgt hatte, aber er schaffte es. Wahrscheinlich würde ich die ganze Nacht kein Auge zutun und ihn pflegen müssen, weil er Bauchschmerzen hatte. Leid tat mir nur, dass ich mich bei meinem alten Kumpel Max nicht persönlich dafür hatte bedanken können, was er mit meinem Büro und meinem Schädel angestellt hatte, aber stören *Sie* mal einen Dämon beim Abendessen.

LeGras kam als Letzter an die Reihe. Der Dicke fiel auf die Knie und fuchtelte mit seinem Ring vor Bogey herum. »Du kannst mir nichts anhaben!«, quietschte er. »Ich bin geschützt vor jedem magischen Angriff! Das wird dir schlecht bekommen ...«

Bogey verspeiste ihn in vier handlichen Happen und spuckte dann den Ring aus wie einen Wassermelonenkern. Er ist schon immer ein Angeber gewesen.

Ich steckte den Ring in die Tasche und rasselte den Spruch herunter, der Bogey seine Katzengestalt zurückgeben würde. Ein Dämon als Vertrauter kann nützlich sein, aber eine Katze nimmt am Fußende des Betts weniger Platz weg. Während Bogey da saß und sich nach seiner Mahlzeit putzte, löste ich Gretels Fesseln.

»Wie … wie hast du das angestellt?«, keuchte sie und rieb ihre Hände, um den Kreislauf wieder in Gang zu bringen. »Hat der Ring nicht …«

»Funktioniert?«, schloss ich an ihrer Stelle. »Doch, er ist in Ordnung. Aber er wehrt nur magische Angriffe ab. An einem Dämon, der Chop Suey aus Sterblichen macht, ist nichts Magisches; das tun sie nun einmal, wenn man ihnen auch nur eine kleine Chance gibt. Und ich habe Bogey eine große gegeben.«

»Wie außerordentlich nett von Ihnen«, ließ sich eine überkorrekte Stimme hinter mir vernehmen. »Das ist nämlich mehr, als Sie von mir bekommen werden.«

Wenn man lange genug in meinem Geschäft gearbeitet hat, dann kann man an einer Stimme eine Menge erkennen. Ich brauchte mich nicht einmal umzudrehen, um zu wissen, dass diese einem Mann gehörte, der jung, gesund, Brite und bewaffnet war. Letzeres zu diagnostizieren war besonders einfach: Er presste mir eine Pistole so fest in die Rippen, dass ich das Kaliber hätte bestimmen können.

»Mr. Carlisle, nehme ich an?« Ich tat ganz ruhig, aber innerlich verfluchte ich mich in allen Tonarten. Wie hatte ich nur Carlisle vergessen können, LeGras' Gelegenheits-Kammerdiener und Vollzeit-Gespielen? Die erste Regel für einen guten Schnüffler lautet, seine Feinde durchzuzählen, ihre Waffen und wie viele Kugeln sie schon abgefeuert haben. Wenn man den ersten Punkt vergisst, kann man die beiden anderen streichen, weil man so tot ist, dass es einen nicht mehr interessiert.

»Korrekt, Madam.« Ich spürte, wie der Druck der Waffe nachließ und hörte Schuhleder auf Parkett quietschen, als er einen Schritt von mir wegtrat. »Bitte, schauen Sie mich an. Wenn es nicht unbedingt nötig ist, schieße ich nur ungern jemanden in den Rücken.«

»Nicht die feine englische Art, was?« Ich tat, wie mir geheißen, drehte mich um und taxierte ihn. Angenehm anzusehen war er, das musste ich ihm zugestehen, einer dieser großen, schmalen blonden Engländer, deren Haut so hell ist, dass ihnen wahrscheinlich die Wangen explodieren, wenn sie ordentlich erröten. Er besaß die langen, feinen Finger eines Taschendiebs, deren einer sich im Moment um den Abzug einer Fünfundvierziger schlang.

»Man muss sich schon an die Spielregeln halten, oder?« Er winkte mich mit der Kanone beiseite und richtete den Blick auf Gretel. Seine Augen waren ebenso stahlblau wie seine Waffe. »Mach ihn los.« Mit einer Kopfbewegung wies er auf Hänsel.

»Wie bitte?«, fragte ich, während Gretel sich mit den Fesseln ihres Bruders beschäftigte. »›Mach ihn los?‹ Wollen Sie sich nicht in die Schlange stellen und ihn prügeln, bis er Ihnen verrät, wo der schwarze Vogel versteckt ist?«

Carlisles Lachen klang ungefähr so warm und menschlich wie zerspringendes Flachglas. »Wollen Sie behaupten, dass Sie immer noch nichts gemerkt haben? Eine schöne Detektivin sind Sie mir! An Ihrer Stelle würde ich beim Lebkuchenbacken bleiben.«

»Sei nicht zu hart zu der alten Schnepfe«, meinte Hänsel. Er war aufgestanden und hatte einen Arm um seine Schwester gelegt. »Sie ist ziemlich gewieft, wenn ihr nicht die Liebe aufs Hirn schlägt.«

»Außerdem«, schaltete sich Gretel ein und lächelte

wie ein gefallener Engel, »wollten wir ja gerade niemand Superschlauen für diesen Job.«

Die Wahrheit krachte auf mich herunter wie ein Konzertflügel. Als er aufschlug, spielte er *Variationen eines Themas für Idioten.* »Ihr habt von Anfang an unter einer Decke gesteckt«, stellte ich fest. »Ihr wusstet, wenn ihr den Vogel stehlt, würden LeGras und seine Halunken euch erwischen, egal wie weit ihr fliehen oder wie lange das dauern würde. Um euch zurückzulehnen und eure Beute in Frieden zu genießen, musstet ihr sie aus dem Weg schaffen, und zwar endgültig.«

»Exakt«, sagte Carlisle. »Aber angesichts des Umstands, dass Mr. LeGras sich auf konventionellem wie magischem Gebiet so gut geschützt hatte, brauchten wir jemanden mit Ihrem besonderen Talent. Wir wussten, wenn wir Sie mit hineinziehen, dann würden Sie eine Möglichkeit finden, ihn für uns aus dem Weg zu schaffen. Und wir hatten Recht.«

Ich sah zu, wie Hänsel den anderen Arm um Carlisles schlanke Taille legte und ihm einen Kuss auf die Wange gab, um ihm nicht in der Schusslinie zu stehen. Also war das ganze Gerede, die beiden wären Rivalen, nur ein Haufen Bockmist gewesen, den sie zusammengerührt hatten, damit ich nach ihrer Pfeife tanzte. Ich war wirklich dümmer, als die Cops erlaubten.

Bogey warf mir einen besorgten Blick zu und miaute. Carlisle lachte noch einmal. »Arme Mieze. Du würdest uns auch gern zerreißen, stimmt's? Aber ich fürchte, du wirst bis auf weiteres eine Katze bleiben. Wenn deine Herrin auch nur Anstalten macht, ihren Spruch herzusagen, der dich in einen Dämon verwandelt, dann ist sie bei der dritten Silbe tot.« Bogey ließ den Schwanz hängen. Ich teilte seine Gefühle.

»Das Spiel geht an Sie, Carlisle«, gestand ich zu. »Da Sie

mich jetzt in der Tasche haben, könnten Sie einer alten Dame einen Gefallen tun? Bevor Sie mir das Licht ausblasen, meine ich.«

»Wie könne ich mich einer so elegant vorgebrachten Bitte verschließen? Was wollen Sie?«

»Der schwarze Vogel«, sagte ich. »Ich möchte wissen, wie Sie etwas von dieser Größe vor LeGras und seinen Ganoven verstecken konnten.«

»Sie ist wirklich keine besonders gute Detektivin, was?« Hänsel kicherte. »Zum Teufel mit ihr und ihrem letzten Wunsch; sie ist wirklich zu blöd zum Leben. Erschieß sie und lass uns verschwinden.«

»Nicht so schnell.« Carlisle hätte ein Kind der Liebe von Vincent Price und Lesley Howard sein können; ein gut aussehender böser Junge, der gern zusieht, wie seine Opfer sich winden. »Die Bitte ist nicht übertrieben. Wir sollten es ihr unbedingt zeigen.«

Sie führten mich aus dem Haus, über den Weg an der Vorderfront und zu dem Teich. Sobald ich den Schwänen in die Augen sah, war mir alles klar. Schwäne sind gemeine, übellaunige Kreaturen mit einer einen Meter durchmessenden boshaften Ader. Drei der Vögel, die über das Wasser glitten, sahen aus, als würden sie ihre eigenen Nester räubern, um eine Eierpunsch-Party zu veranstalten, aber der vierte ...«

»Du Bastard«, keuchte ich. »Du gerissener kleiner Mistkerl.«

Carlisle genoss den Auftritt. »Poes *Entwendeter Brief* kommt nie aus der Mode. Möchten Sie sich den Vogel noch einmal genauer ansehen, bevor Sie sterben?«

»Machen Sie sich meinetwegen keine Umstände.«

»Das macht doch keine Mühe, meine Liebe«, gab er zurück, als säßen wir alle bei Gurkensandwiches und Earl-Grey-Tee zusammen. »Ganz und gar nicht. Hänsel, würdest du ...«

»*Ich* werde nicht dort hineinwaten.« Hänsel zog einen Schmollmund wie eine der Hölle entsprungene Shirley Temple. »Schon schlimm genug, dass ich mich von LeGras' Affen durchwalken lassen musste, und jetzt soll ich mir auch noch die Hosen nassmachen?«

»Wäre bestimmt nicht das erste Mal«, brummte ich.

Carlisle stieß einen ungeduldigen Laut aus. »Na schön. Gretel, dann holst du ihn.«

»Ich?«, quietschte sie. Nervös beäugte sie die Vögel. Die drei echten Schwäne sahen sie freundlich an; ein Trio gefiederter Haifische. »Warum denn ich? Hänsel hat Recht: Erschieß sie jetzt.«

Carlisle seufzte. »Ob ich sie gleich oder später erschieße, irgendwann müssen wir den Vogel ja wieder einfangen. Hol du ihn.«

Gretel begann zu jammern. »Aber ich habe Aaaangst! Diese Schwäne *beißen*. Kann ich nicht wenigstens ins Haus gehen und mir einen Golfschläger oder sonst etwas holen, um mich ...«

Carlisle hob die Waffe. »Wenn du nicht tust, was ich sage, werde ich dir mit Vergnügen beibringen, was das Wort *entbehrlich* bedeutet.«

Nörgelnd und greinend streifte Gretel ihre Schuhe ab, zog die Strümpfe aus, raffte ihren Rock hoch und trat in den Teich. »Hey, Gänschen«, rief sie schüchtern und streckte dem falschen Schwan eine Hand entgegen. »Komm, braves Vögelchen. Komm zu Mama.« Alle vier Vögel blieben auf Abstand, als hätte sie stattdessen mit einem Beil gewedelt. Hänsel und Carlisle beobachteten ihre fruchtlosen Bemühungen beim Geflügeltreiben mit wachsender Belustigung und lachten, bis ihnen die Tränen über die Wangen liefen.

»Grundgütiger!«, rief Carlisle nach Luft ringend aus. »Dieses Mädel könnte nicht mal einen Schwan fangen, wenn man ihn fesselt und knebelt!«

»Lass das doch die Alte erledigen«, schlug Hänsel vor. »Sie wollte den schwarzen Vogel unbedingt sehen. Dann soll sie auch dafür arbeiten.«

»Eine kapitale Idee«, meinte Carlisle. Er winkte bedeutungsvoll mit dem Revolver.

Verärgert kam Gretel aus dem Teich gewatet, und ich platschte hinein, bis mir das Wasser über die Knöchel ging. Ich brauchte exakt zwanzig Sekunden, um den richtigen Schwan von der Herde zu trennen und aufs Gras zu scheuchen. Carlisle und seine Kumpane flüsterten erstaunt miteinander. Ich will Ihnen ein kleines Geheimnis aus meiner lang verflossenen Kindheit verraten: Vor Hänsel und Gretel, vor dem Lebkuchenhaus, ja sogar bevor ich überhaupt die schwarzen Künste meinen Namen flüstern hörte, war ich ein rotznasiges deutsches Bauerngör wie zehntausend andere. Und wissen Sie, welchen Job man Ihnen anhängt, kaum dass Sie laufen können, wenn Sie die Tochter eines bettelarmen Bauern sind? Gänsehüten.

Die drei starrten den falschen Schwan an, als wäre er die Antwort auf die Fünfzig-Dollar-Frage bei »Hätten Sie's gewusst?«. Carlisle sprach ein paar Worte über den Kopf des Wesens. Dessen Nacken wurde kürzer und seine Schwimmfüße wechselten von Schwarz nach Rot, während das Gefieder blitzartig nicht mehr weiß, sondern schwarz war wie das Herz einer untreuen Frau. Der Vogel glotzte blöde um sich, quakte einmal, setzte sich ins Gras und legte ein Ei.

Ein goldenes.

Gretel stürzte sich darauf wie ein Studioleiter auf ein Starlet, aber Hänsel war zuerst da und stieß sie brutal zurück. »Was soll das heißen?«, kreischte sie. »Das habe ich mir *verdient*!«

»Den Teufel hast du«, konterte er und schob sie ein zweites Mal weg. »Dann hat man wahrscheinlich *dein*

Gesicht behandelt wie ein zähes Steak? Wenn hier jemand etwas verdient hat, dann ich!« Der allzu siegessichere kleine Mistkerl beugte sich vor, um das Ei zu ergreifen. Er begriff seinen Fehler, als seine liebende Schwester ihn ins Hinterviertel trat und mit dem Kopf voran in den Teich beförderte. Tropfnass und voller Entengrütze rappelte er sich hoch, packte sie am Knöchel und zerrte sie zu sich ins Wasser. Die Schwäne erhoben sich unter Flügelschlagen und veranstalteten einen Radau, mit dem man Tote hätte aufwecken können.

»Kinder, bitte.« Carlisle verdrehte die Augen wie eine Frau, die sich fragt, ob nachträgliche Empfängnisverhütung doch keine so schlechte Idee ist. »Der Vogel wird noch mehr Eier legen; wenn wir lange genug warten, ist genug für uns alle da.«

Die beiden unterbrachen ihre Rangelei. Hänsel starrte den englischen Hübschling wütend an. »Diese Sache geht nur mich und meine Schwester an.«

»Yeah!« Gretel stemmte sich aus dem Schlamm am Teichboden hoch und strich sich eine tropfende Locke hinter das Ohr zurück. »Sagen Sie uns nicht, was wir zu tun haben. Wenn Hänsel nicht gewesen wäre, dann wären Sie bei diesem Ding nicht mal dabei. Er hat dafür gesorgt, dass LeGras Sie oben in Frisco gesehen hat, aber für diesen Job hätte er auch jede andere zweitklassige Schwuchtel aussuchen können. Wir waren das Gehirn hinter der Operation und Sie nur der Köder. Es gibt Tausende andere wie Sie.«

»Ja«, gestand der Engländer ein. Er hob die Fünfundvierziger. »Aber ich bin im Moment der Einzige mit einer Waffe. Und wenn ich jetzt richtig darüber nachdenke, glaube ich nicht, dass ich überhaupt teilen möchte.«

Er schoss, und eine Kugel zischte an Gretels Ohr vorbei. Noch näher, und die Geschichte hätte nur noch »Hänsel«

geheißen. Bruder und Schwester wechselten einen Blick und gaben dann Fersengeld, als wäre ein ganzer Schwarm Tiefflieger hinter ihnen her. Carlisle schickte ihnen noch ein paar Schüsse nach, um sie zur Eile anzuhalten. Der schwarze Vogel trompetete wie verrückt bei der ganzen Ballerei, blieb aber so fest am Boden, als hätte ihm jemand einen Bolzen durch den Fuß getrieben. Carlisle lachte wie ein Mann, der durchgedreht ist.

Das Gegenteil war der Fall.

»Also, das nenne ich fair«, bemerkte ich. »Hast du keine Angst, dass die beiden sich rächen ... *Schwester*?«

Er hörte auf zu lachen und warf mir einen scharfen, hässlichen Blick zu. »Wie hast du das erraten?« Seine Züge begannen an den Rändern zu verschwimmen und dann zu zerlaufen wie Käse auf einer heißen Platte, aber die Fünfundvierziger hielt er nach wie vor felsenfest im Griff.

»Vielleicht bin ich doch kein so übler Schnüffler. *Du* hast schließlich den Tarnzauber von dem schwarzen Vogel genommen. Das bedeutet, dass du diejenige gewesen bist, die ihm den überhaupt erst verpasst hat.« Ich schaute zu der Gans, die immer noch zu türmen versuchte, obwohl ein unsichtbares Seil sie am Boden festhielt. »Ziemlich beeindruckende Hexerei für einen käuflichen Knaben. Dieser kleine Haltezauber, den du über die Gans geworfen hast, ist der Beweis. Du bist eine von uns, Schwester.«

Bis ich fertig war, hatte sich Carlisles knabenhafte Schönheit verflüchtigt. Sein schlanker Körper nahm Formen an, sein kurzes blondes Haar wurde lang und grau, und seine Gigolo-Kluft blitzte auf und machte einem Haufen knallbunter Zigeunerlumpen Platz. Ich selbst arbeite lieber in traditionellem Schwarz, aber schließlich sind wir nicht gewerkschaftlich organisiert.

Eine Hexe kann anziehen, was sie will.

»Du wagst, mich in einem Atemzug mit deinen jämmerlichen, geldschneiderischen Zauberkunststückchen zu nennen?«, konterte meine frisch entlarvte Kollegin. »Du bist ein kleiner Mietling und ich ein Meisterhirn! Ich habe diese törichten Sterblichen als Werkzeug eingesetzt. Sie haben die schmutzige Arbeit erledigt, und ich streiche die Beute ein. Und dabei war alles so leicht!« Sie warf den Kopf in den Nacken und lachte. »Wie du war ich ein Flüchtling, eine Fremde, auf die man in diesem so genannten ›Land der Freien‹ verächtlich herabschaute. *Frei!* Alles hier hat einen Preis, und zwar einen hohen. *Sie* haben mich nur geduldet, ich lebte von der Hand in den Mund und nahm den Hungerlohn, den sie als ›fairen‹ Preis für meine Dienste ansahen. Bah, ich spucke auf ihre ›fairen‹ Löhne.«

Genau das tat sie. Bogey sprang aus dem Weg. Etwas anderes blieb ihm nicht übrig. Genau wie ich hatte sie ihre Seele an dieselbe Hauptverwaltung verkauft, der er unterstand, daher war er nicht befugt, sie mit oder ohne meinen Befehl anzugreifen. Berufsgepflogenheiten eben.

Ich hielt nichts davon, dass sie auf meinen Kater spie, aber etwas anderes gefiel mir noch weniger: Sie ritt den roten Besenstiel. Wenn sie so begeistert vom Genossen Stalin war, warum hatte sie sich die Mühe gemacht, herzukommen, als sie die alte Heimat verließ? Vielleicht, weil Hitler damals Iron Joe so tief in die Tasche gesteckt hatte, dass er ihm den Hintern hätte küssen können? Mich beschlich ein flaues Gefühl im Magen. Wenn in diesem Land noch einmal eine Hexenjagd ausbrach, dann wusste ich, wer daran schuld war.

»Ich wusste, dass es eine bessere Möglichkeit geben musste«, fuhr sie fort. »Einen Weg zum Hauptgewinn, einen Blitzstart in den Reichtum. Nie wieder mit Liebestränken und Impotenzmittelchen herumpfuschen.«

»Jacke wie Hose«, begann ich, aber sie ignorierte mich.

Sie war so sehr auf die Melodie *Das Leben kann bitter sein* eingestimmt, dass sie nichts anderes hören konnte.

»Als LeGras mich anheuerte, kam meine Chance. In seinen Diensten entdeckte ich, dass er den schwarzen Vogel besaß. Ich beschloss, ihn mir zu holen. Dann würde ich in einem Luxus schwelgen, wie ich ihn mir nie hätte träumen lassen.«

»Ein schöner Traum«, bemerkte ich. »Und da muss dir ein Licht aufgegangen sein. Du konntest deine Magie nicht einsetzen, um den Coup zu landen, denn bevor du von dem Vogel erfahren hast, hattest du die meisten Zauberabwehrmittel in seiner Bude selbst aufgestellt. Das muss dir ja mächtig aufgestoßen sein.«

Bei der Erinnerung biss sie die Zähne zusammen. »Eine zutiefst bittere, aber vorübergehende Lage. Eine reine Frage der Zeit, bis ich den richtigen Strohmann für den Job gefunden hatte.«

»Nämlich Hänsel? Ich wette er hat die Gelegenheit beim Schopf ergriffen, schnell reich zu werden. Gieriger kleiner Bastard.«

Sie verzog die Lippen. »Du wirst erstaunt sein zu hören, dass die Verlockung des Goldes nur zweitrangig dabei war, ihn anzuwerben. Wer hätte gedacht, dass eine einfache Schwuchtel, die ihre Liebesdienste verkauft, tief im Herzen so romantisch ist? Es war leicht, in Carlisles Gestalt zu schlüpfen, ihn zu verführen und ihm dann die Möglichkeit vor Augen zu führen, auf Kosten seines früheren Herrn ein Vermögen zu scheffeln. Ich habe sogar dafür gesorgt, dass er das Ganze für seine eigene Idee hielt. Oh, ich bin brillant.«

»Und trotzdem hast du ihn so einfach weggejagt? Nachdem ihr beiden einander so viel bedeutet habt?« Ich schnalzte mit der Zunge. »Flittchen.«

Sie warf mir einen Blick zu, bei dem Beelzebub Frostbeulen bekommen hätte. »Er hat Glück, dass ich ihn lebendig habe laufen lassen, ihn und seine schmierige Schwester. Denkst du, ich hätte je die Absicht gehabt, *irgendwas* mit ihnen zu teilen?«

»Diese Gans kann genug goldene Eier legen, um jeden in L.A. glücklich zu machen, jedenfalls wenn man die Typen im Rathaus nicht mitrechnet. Was ist mit dir los, Einstein? Kannst du nicht durch drei teilen?«

»Ausgerechnet du sagst mir, ich soll die beiden als Partner behalten? Ihnen trauen? *Du*?« Sie grinste höhnisch. »Was glaubst du, wie lange es dauern würde, bis sie beschließen, dass hier zu viele Hände in den Eierkorb langen und *mich* in einen Backofen schieben, hmmm? Vielleicht hast du ja nicht aus deinen Erfahrungen mit diesen Gören gelernt, aber ich bin nicht so dumm. Lebewohl.« Sie brauchte die Fünfundvierziger nicht mehr, daher verwandelte sie die Knarre in ein Taschentuch. Sie winkte mir damit zum Abschied zu, hob dann die Gans auf und wandte sich zum Gehen.

»Stopp, Schwester«, schrie ich ihr nach. »Du kannst doch nicht so einfach abhauen!«

Ich hatte zu lange mit Sterblichen zu tun gehabt und ganz vergessen, wie es ist, sich mit jemandem aus meinem eigenen Volk anzulegen. Kaum hatte ich das letzte Wort ausgesprochen, fuhr sie blitzschnell herum und knallte mir den gleichen Unbeweglichkeitszauber an den Kopf, den sie bei dem schwarzen Vogel gebraucht hatte. Ich spürte, wie meine Füße so fest mit dem Boden verschmolzen, dass mein normaler Fluchtzauber nutzlos war. Eine ganze Herde zugedröhnter Taschenratten hätte mich nicht ausgraben können. Wenn sie den Bann nicht beseitigte oder jemand *sie* beseitigte, saß ich bis ans Ende aller Tage fest.

Vielleicht konnte ich mich nicht rühren, aber kämpfen

konnte ich noch. Ich schlug mit meinem eigenen Zauberspruch zurück. Er zischte von meinen Fingerspitzen wie ein Blitzschlag, aber er traf sie wie ein Schwall billiges Eau de Cologne.

»Abwehrzauber sind meine Spezialität«, sagte sie und wischte sich kühl meinen verspritzten Zauber vom Gesicht. »Oder hast du schon vergessen, was ich alles für LeGras getan habe? Deine schlappen Zaubertricks können mir nichts anhaben. Lässt du mich jetzt in Ruhe, oder soll ich dafür sorgen, dass es dir Leid tut?« Sie wartete nicht auf eine Antwort. Ich war unter aller Kritik. Sie wandte mir den Rücken zu, aber sie hätte mich ebenso gut ins Gesicht schlagen können.

»Aloha«, knurrte ich. Was ich sonst noch zu sagen hatte, flüsterte ich.

Der schwarze Vogel explodierte in ihren Armen wie eine kreischende kirschgefüllte Bombe. Federn stoben umher, Blut durchtränkte ihr Karnevalskostüm, und ein Schwimmfuß landete klatschend auf ihrem Kopf wie der letzte Schrei der Pariser Hutmode. Kreischend wirbelte sie herum. *»Was hast du getan? Was in sieben Höllen hast du getan?«*

Jetzt war ich an der Reihe, schadenfroh zu grinsen, was mir ausgezeichnet gelang. »Nur ein kleiner Beitrag zu den Kriegsanstrengungen, Schätzchen. *Mein* Krieg. Was glaubst du, wie lange es dauert, bis die Cops aufkreuzen und mich hier kleben finden? Bogey kleckert ziemlich beim Essen. Wenn sie das ganze Blut sehen, das er in diesem Haus verteilt hat, werden sie allerhand Fragen stellen, zum Beispiel was aus LeGras und seinen Kumpanen geworden ist. Wenn ich schon mit meinem Hals die Rechnung für dein Spielchen bezahlen soll, dann sorge ich wenigstens dafür, dass du nichts davon hast als ein paar Scheiben Geflügelfleisch und genug verpasste Gelegenheiten, um dir für immer den Appetit zu verderben.« Beiläufig steckte ich die Hände in die Taschen. »Hörst du nicht im Radio *The Shadows,* Schwester? *Verbrechen lohnt sich nicht.* « Ich versuchte, Lamont Cranstons schauriges Lachen zu imitieren, aber es kam nur ein Gackern heraus.

»Und Idioten leben nicht lange!«, kreischte sie. Zwischen ihren leeren Händen bildete sich der gewaltigste verdammte Kugelblitz, den ich in all meinen Jahren als Hexe je gesehen hatte.

Ich wusste, dass ich mir schweren Ärger eingehandelt hatte. Einen Feuerball setzt man nur ein, wenn man es wirklich ernst meint, und einer Hexe ist es nur ernst, wenn sie sich in ein schonungsloses Zauberduell auf Leben und Tod begibt. Kugelblitz-Zauber besitzen die Sprengkraft von fünfhunderttausend Stangen Dynamit. Einen solchen Zauber zu schleudern, ist so anstrengend, dass man danach eine Woche lang zu nichts mehr zu gebrauchen ist. Andererseits reicht für gewöhnlich ein einziger.

Bei einem Feuerzauber steckt so viel Zerstörung in einem winzigen Päckchen, dass es gut ist, dass nur wenige Hexen ihn beherrschen. Leider gehöre ich nicht dazu.

Als sie sah, wie ich da stand und nicht einmal versuchte, einen eigenen Kugelblitz zu beschwören, lächelte sie. Eine Sekunde lang wusste ich, wie Polen sich gefühlt haben musste, als die Wehrmacht über die Grenze rückte. Meine letzten Gedanken, kurz bevor sie den Arm hob, zielte und den Zauber losließ, waren: *Der Macht sei Dank, dass nichts Derartiges in sterblichen Händen ist, und ich hoffe, dass es nie so weit kommt, sonst können wir unsere Besen vergessen.*

Dann trafen mich die Flammen.

Ich legte den Leimpinsel weg und glättete die Ränder des letzten Zeitungsausschnitts, den ich in mein Album geklebt hatte. Der Unfall lag erst kurz zurück, und die Tageszeitungen berichteten immer noch so groß darüber, dass ich die Artikel ohne Brille lesen konnte. Die Gasgesellschaft plapperte immer noch, Gas sei sicher, und schob das Ganze auf Fahrlässigkeit beim Kunden. Mr. LeGras oder seine Dienstboten mussten etwas mit der Leitung angestellt haben, das die größte Explosion in der Geschichte des Großraums Los Angeles verursacht hatte. Teilweise hatten die Leute Recht. LeGras hatte tatsächlich etwas angestellt, aber die einzige Leitung, auf der sein Name stand, führte direkt in die Hölle.

Bogey sprang auf meinen Schreibtisch, setzte sich auf das aufgeschlagene Album und zwang mich, ihn zu beachten. Er ist als Dämon geboren, aber er besitzt das Herz eines Katers. Seit Stunden hatte ich klebrige Druckerschwärze von seinem Schwanz gepult.

»Willst du dein Spielzeug?« Ich nahm die Silberkette von meinem Hals und ließ ihn nach dem kleinen, mit Jade und Perlen besetzten Ring schlagen, der daran hing. Während Bogey Solo-Pingpong spielte, überlegte ich staunend, dass so etwas Kleines genug Macht besessen hatte, um mir die Haut zu retten. Und Bogey. Er hatte sich unter meinen Rock geduckt, als der Feuerball mich traf.

Traf und schnurgerade auf die Absenderin zurückschlug. Dank des Schutzzaubers auf dem kleinen Ring – einem Zauber, mit dem sie ihn selbst belegt hatte –, bekam die Gaunerin alles zurück, was sie mir zugedacht hatte, aber dreifach. Dagegen konnte ihr eigener Abwehrzauber nichts ausrichten. Von ihr blieb nicht einmal genug Schmiere übrig, um die Räder eines Kinderautos zu ölen.

»Das war knapp«, erklärte ich dem Kater. »Zu knapp. Mit meiner Magie konnte ich ihr nicht beikommen, also musste ich ihre eigene Kraft gegen sie wenden. Zu schade, dass ich dazu den Vogel in die Luft jagen musste, aber ich musste sie so wütend machen, dass sie mich töten wollte. Was für ein Glück, dass ich dieses Baby schnell genug über meinen Finger streifen konnte, sonst hätte sich ihr Wunsch erfüllt.«

Mit einem linken Haken schnappte Bogey den Ring und riss mir die Kette aus der Hand. Ich ließ ihn eine Weile darauf herumkauen. »So langsam werde ich zu alt für diesen Job«, seufzte ich. »Sogar eine Katze kann mich wie einen Idioten dastehen lassen. Gretel auch, und zwar mit Leichtigkeit. Zu leicht. Ich wusste, dass ich ihr nicht vertrauen durfte, und trotzdem habe ich mich wie ein dicker, dummer Fisch von ihr an Land ziehen lassen. Idioten geben lausige Detektive ab. Ziemlich gute Leichen, aber miese Detektive. Vielleicht ist es Zeit, mich zurückzuziehen. Ich suche mir ein gemütliches Häuschen an der Küste, steige wieder ins Bäckereigeschäft ein. Ein bisschen Babysitting dazu ...«

Mit einem Knall flog meine Bürotür auf. Da stand sie, ein Meter achtundsechzig pure Gefahr, die eine Hälfte davon Beine, die andere Explosivstoff. »Ich brauche Ihre Hilfe«, sagte sie mit einer dieser rauchigen Stimmen, bei denen man nach Luft schnappt, als wäre man gerade lange, hart und professionell geküsst worden. »Es geht um meine Stiefmutter. Ich ... ich glaube, sie will mich umbringen.«

Mit einer Kopfbewegung bat ich sie, sich zu setzen. Als sie die Beine übereinander schlug, ging mein Traumhäuschen der Küste in einem Feuerball auf, der größer war als alles, was LeGras' Hexe je auf mich geschleudert hatte. Sicher, ich wusste, alles sprach dagegen, dass sie sich von mir flachlegen ließ. Aber ich arbeite am besten, wenn ich mehr Sterne im Kopf habe, als auf dem Hollywood Boulevard in den Zement eingelassen sind.

In dem Moment wusste ich, dass mein Leben bleiben

würde, wie es war, bis zu dem Tag, an dem mein Besen in der Hausmeisterkammer der Leichenhalle von L.A. landen würde: Ein Fall nach dem anderen, immer auf Tuchfühlung mit Puppen und Schnorrern, Trotteln und Schwindlern, Ratten, Gorillas und Gaunern. Dazwischen vielleicht ab und zu eine Prinzessin, damit das Spiel nicht langweilig wird. Eine Menge Märchen und nicht genug Happyends.

Aber was soll's. Das Leben ist nun mal kein Zuckerschlecken. Oder Lebkuchenschmaus.

Originaltitel: Gunsel and Gretel
Ins Deutsche übertragen von Barbara Röhl

26. Frosch

Tina Rath

Tony Rath sind Sie ja schon begegnet, hier ist seine bessere Hälfte, Tina. Seit fast dreißig Jahren verkauft Tina Geschichten – inklusive eines Gedichtes, das auf einem Bus in Hackney veröffentlicht wurde! Fragen Sie bitte nicht, warum. Sie ist bekannt für ihr umfassendes Wissen auf dem Gebiet der Vampire, obwohl die folgende Geschichte eine andere Art des Gestaltwandelns behandelt. Als ich anfing, diese Anthologie zusammenzustellen, habe ich mir vorgenommen, dass keine Froschkönig-Geschichten mehr darin vorkommen sollten. Nicht eine einzige. Noch nicht einmal eine halbe. Na ja, vielleicht eine winzige. Die folgende ist auch ganz anders.

›Dies wird ein sehr schwieriger Brief werden. Denn ich weiß nicht so richtig, wo ich anfangen oder an wen ich mich überhaupt wenden soll. ›Ihr Lieben‹ muss es wohl heißen. Also dann – Ihr Lieben – es tut mir wirklich Leid. Nein, ehrlich. Ich weiß, dass ihr euer Möglichstes für mich getan habt, und glaubt nicht, ich wäre nicht dankbar dafür. Ihr habt zu mir gehalten, als die Klatschpresse diese Kampagne gegen mich gestartet hat. Man behauptete, ich hätte achthundert vaterlose Kaulquappen im Brunnen am Ende der Welt zurückgelassen. Außerdem meintet ihr, die DNA-Analysen wären nicht notwendig, um diese Behauptung zu widerlegen, obwohl ich selbst durchaus dazu bereit gewesen wäre ...‹

Der Prinz lehnte sich einen Augenblick zurück, starrte auf das dicke, marmorierte Papier und überlegte: Haben sie mir wirklich geglaubt, oder haben sie nur befürchtet, die Tests könnten ans Licht bringen, dass diese Kaulquappen tatsächlich meine Nachkommen waren? Schließlich war ich schon seit hundert Jahren in diesem Brunnen, und als Frosch kann man ganz schön einsam werden. Bin ich mir denn überhaupt selbst sicher, dass mich diese Tests entlastet hätten? Er seufzte und fing wieder an zu schreiben:

›Als dann dieser Kabelsender mit Sir Mortimer Groaning ankam, dem populären Ahnenforscher, der behauptete, trotz meiner erfolgreichen Verwandlung in einen Menschen bestünde immer die Gefahr, dass ich Froschgene in das königliche Blut schleusen könne, da habt ihr euch sofort aufgemacht und für mich gekämpft . . .‹

Obwohl es vielleicht mit etwas mehr Sensibilität hätte geschehen können. Er dachte an seinen damals noch zukünftigen Schwiegervater, wie er die halb ohnmächtige, damals noch zukünftige Schwiegermutter angeschrien hatte, nachdem diese vorab einen Blick in die Aufzeichnungen Sir Mortimers geworfen hatte:

»Um Himmels willen! Schau dir doch deine eigene Familie an; schau sie dir einmal unvoreingenommen an. Würde man den meisten mit der Zugabe von ein paar Froschgenen nicht einen Gefallen tun? Wenn ich dich daran erinnern darf, sind Froschgene nicht das Schlimmste in deiner Verwandtschaft. Schau dir zum Beispiel Tante Ethelburga an. Ich weiß, dass ihr allen erzählt, Jung Siegfried hätte sie genau im letzten Moment vor dem Drachen gerettet, aber ich bin mir da nicht so sicher. O ja, es wurde schnell eine Heirat arrangiert, weil die beiden behaupteten, es wäre Liebe auf den ersten Blick. Anschließend ging es auf eine schöne lange Hochzeitsreise, um sich von den Strapazen zu erholen. Und siehe da, nach einem Jahr kommen die beiden mit Drillingen aus der Wildnis Ruritaniens zurück. Na ja, es könnten schon Siegefrieds Abkömmlinge sein, schließlich ist er auch nur aus Fleisch und Blut. Allerdings sind Franz und Ernst die einzigen mir bekannten jungen Männer, die sich nie ein Feuerzeug ausleihen müssen. Und das Mädchen, diese Ethelinda, sie hat Schuppen! Schillernde grüne Schuppen! – Was auf seine Art allerdings gar nicht so unattraktiv ist«, fügte er nachdenklich hinzu.

Seine damals noch zukünftige Schwiegermutter murmelte etwas in ihr durchnässtes Taschentuch.

»Ja, meine Liebe, ich weiß, dass eure gemeinsame Urgroßmutter eine Meerjungfrau war, obwohl es schon merkwürdig ist, dass sich nirgendwo sonst in der Familie Schuppen bemerkbar gemacht haben. Und du wirst mir doch nicht erzählen wollen, dass sie auch eine Feuer speiende Meerjungfrau war!«

Der Prinz lächelte ironisch. Sein nun niemals werdender Schwiegervater hatte ihn nicht wirklich mehr gemocht als der Rest der Familie. Aber er liebte seine Tochter, und die Umstände der Verwandlung waren, nun ja, auch für diese Zeit ein klein wenig ungünstig gewesen. Vielleicht war der alte Mann sogar dankbar dafür, dass der Prinz sosehr auf der Hochzeit bestand. Es gibt wohl nur wenige Väter, die sich darüber freuen würden, feststellen zu müssen, dass sich der Lieblingsfrosch ihrer Tochter über Nacht in einen jungen Mann verwandelt hat. Besonders, wenn sie ihn in ihrem Schlafzimmer hält … Nicht, dass es die Prinzessin damals gestört hätte … Aber der Prinz wollte lieber nicht an sie denken. Er kehrte zu seinem Brief zurück:

›Ihr habt euch wirklich alle Mühe gegeben, mich willkommen zu heißen, und ich weiß, es ist meine Schuld, dass ich mich nicht anpassen konnte. Ich habe mich auch wirklich angestrengt, doch hundert Jahre im Brunnen am Ende der Welt haben mich nicht wirklich darauf vorbereitet im Rampenlicht zu stehen. Es gibt hier immer so viel zu tun ...‹

Ständig gibt es irgendwelche Schlachthöfe zu eröffnen, dachte er, oder den Bürgermeister aus irgendeiner Provinz in ein gestelztes Gespräch zu verwickeln. Oder irgendeine andere todlangweilige Staatsfunktion zu erfüllen. Doch er hätte mit all dem leben können, sogar mit den Bürgermeistern und den Schlachthöfen – aber als er heute Nacht beim Bankett ihr entsetztes Gesicht gesehen hatte ... da hatte es ihm den Rest gegeben.

›... und ich bin schließlich zu der Überzeugung gekommen, nicht der Richtige dafür zu sein. Es war wirklich nicht der Vorfall von letzter Nacht. Da konnte niemand etwas dafür, und ich bin sicher ...«

Natürlich *konnte* jemand etwas dafür. Er hatte Franz und Ernst beobachtet, wie sie hinter ihren langen Schnäuzern vor sich hinkicherten – dahinter verbargen sie ihr nicht ganz so menschliches Gebiss –, kurz bevor der Diener den Deckel des Gerichtes angehoben hatte, das er dem Prinzen gerade servierte: Froschschenkel! Er konnte sich nicht zurückhalten. Er sprang vom Tisch auf und verließ die Tafel. Später ließ er verkünden, dass er sich zu unwohl fühle, um mit dem Rest der Familie am großen Ball teilzunehmen. Dann hatte er sich in seinem Zimmer eingeschlossen, sich auf sein Bett gesetzt und in einer Mischung aus Angst und Hoffnung eine ganz bestimmte Nummer gewählt. Würde sie da sein? Würde sie nach all der Zeit noch leben? Und wenn sie lebte und da war, würde sie ihm dann helfen?

Er versuchte, sich an die genauen Umstände seiner Verwandlung zu erinnern. Wirklich alle – sogar die Regenbogenpresse und die Kabelsender – hatten angenommen, dass es sich um einen Taufbecken-Fluch handelte: Eine schlecht gelaunte alte Schachtel, deren Einladung verloren gegangen war, tauchte trotzdem bei der Zeremonie auf und stattete das Baby mit Schwimmfüßen aus. So was passierte jeden Tag. O.k., alle hundert Jahre und meistens in Königshäusern, aber es *passierte.* Das Problem war nur, dass er nicht glaubte, dass sich alles so zugetragen hatte. Gut, hundert Jahre sind eine lange Zeit, aber seinem Empfinden nach war die Sache viel ... persönlicher gewesen. Und es war auch keine alte Hexe gewesen, ganz und gar nicht ... Das Telefon klingelte noch immer. Wahrscheinlich würde sie nicht da sein. Doch dann hob jemand am anderen Ende der Leitung ab.

»Hast du die Nase voll?«, fragte sie in jenem schmerzhaft vertrauten Tonfall, noch bevor er sich melden konnte. »Ich dachte mir schon so etwas. Nun gut, ich kann dich wieder in einen Frosch verwandeln, aber das war's dann. Du wirst ein Frosch sein und ein Frosch bleiben. Keine Entzauberungen mehr für dich, junger Mann.«

»Das ist genau das, was ich will«, sagte er.

»Ganz sicher?«

»Ganz sicher«, erwiderte er niedergeschlagen.

»Na gut. Folgendes musst du tun ...«

Später las er sich den Brief noch einmal durch. Er sagte viel zu viel und gleichzeitig viel zu wenig. Abrupt nahm er den Stift in die Hand und schrieb:

Noch einmal Entschuldigung. Ich liebe euch alle. Versucht nicht, mich zu finden. Auf Wiedersehen.

Dann ging er hinaus auf den Balkon. Es war nicht schwer, hinunter in den Garten zu springen, besonders für ihn nicht. Er konnte sehr gut springen. Den Anweisungen der Hexe folgend, schlich er leise über den taufeuchten Rasen. Der Brunnen stand selten still und befand sich nach zuverlässiger Auskunft im Augenblick am Ende des Gartens. Wie so oft in letzter Zeit, ertappte sich der Prinz dabei, wie er an seine Jahre im Brunnen dachte. Erstaunlich, wie viel Zeit man damit verbringen konnte, die Spiegelung der Wolken auf dem Wasser zu betrachten. Und die Blätter. Das alte Sprichwort, dass kein Blatt dem anderen gleicht, war wirklich wahr. Natürlich gab es auch aufregendere Zeiten: wilde, kristallklare Tage voller Frost, wenn die Wände des Brunnens sich in Eis verwandelten; und, besser noch, die langen stillen Abende am Ende eines heißen Tages, wenn das Wasser im oberen Teil des Brunnens fast die Temperatur der kühlen Luft erreichte und man auf einem Lilienblatt liegen konnte, nicht sicher, ob man sich im Wasser oder im Himmel befand ...

Einen Moment lang zögerte der Prinz und schaute zurück zu dem verdunkelten Palast – dachte daran, wie gerne er der Prinzessin gezeigt hätte, wie wunderschön es in seinem Brunnen sein konnte – als ihn ein Rascheln in den Büschen in die Gegenwart zurückholte. Er hoffte fast, dass es Franz oder Ernst war. Keiner würde ihn jetzt noch aufhalten können, und er würde viel lieber einem oder beiden Gentlemen eins überbraten als einem unschuldigen Palastwächter.

Aber dann tauchte aus dem Dickicht ein heller Kopf auf, gefolgt von einem Paar blasser Schultern und einem weißen Satinkleid.

»Wo willst du hin?«, flüsterte seine Angetraute.

»Ich gehe zurück in den Brunnen«, antwortete er verzweifelt. »Ich muss. Es hätte niemals funktioniert ...«

»Zumindest nicht hier«, stimmte sie ihm zu. »Und deshalb werde ich mit dir gehen.«

»Was?«

»Du möchtest ein Frosch sein – ich werde ein Frosch sein. Darum geht es doch letztlich in einer Ehe.«

»Aber das Königreich ...«

»Sollen Franz und Ernst sich darum streiten, wenn sie möchten. Wenn man es zulässt, nach dem Skandal.«

»Was für ein Skandal?«

»Der Skandal, der morgen Schlagzeilen machen wird. Tante Ethelburgas Drache hatte ein Weibchen. Sie brütete damals gerade die Eier aus, was vielleicht erklärt, warum ihr Gefährte sich Tante Ethelburga zuwandte. Trotz des Traumas gelang es dem Weibchen, alle Eier auszubrüten. Zwei Jungen und ein Mädchen. Das ist anscheinend üblich bei Drachen. Die Jungs wollen nicht reden, sie lassen die Vergangenheit ruhen usw., typisch Männer eben. Aber das Mädchen will den Mund aufmachen. Sie ist, so behauptet sie, die Halbschwester von Franz und Ernst. Und sie wird eine Blutprobe machen lassen, um das zu beweisen. Und sich oben ohne fotografieren lassen, wenn der Preis stimmt.«

»Oben ohne?«, fragte er verständnislos.

»Drachen«, erklärte sie, »sind ziemlich ungewöhnlich. Sie brüten ihre Jungen zwar aus Eiern aus, aber sie säugen sie auch. Und dieses junge Weibchen ist besonders – kurvenreich. Ich habe gehört, dass sie sechs hervorstechende Eigenschaften besitzt, was sie geradezu prädestiniert, auf Seite drei in einem unserer populärsten Klatschblätter zu erscheinen.«

»Sechs?«

»Sechs. Drachen haben sechs davon.«

»Hat Ethelinda . . .?«

»Keiner weiß es genau – aber immerhin ist sie noch nie öffentlich im Bikini erschienen. Das könnte allerdings auch wegen der Schuppen sein.«

»Woher weißt du das alles?«

»Wir haben es schon immer gewusst, und bis heute Abend war ich auch bereit, das Familiengeheimnis zu wahren. Bis ich dein Gesicht sah, als der Diener den Deckel vom Gericht hob.«

»Aber – als ich dich ansah, dachte ich, du hättest mich aufgegeben.«

»Nein. Ich habe *die anderen* aufgegeben.«

Er pfiff leise. »Bist du sicher, dass du ein Frosch sein möchtest? Weißt du, der Brunnen am Ende der Welt kann sehr still sein ...«

»Ja«, sagte sie bestimmt. »Ich habe alle Brücken hinter mir abgebrochen, wirklich. Ich möchte hundert Jahre damit verbringen, Wolkenschatten zu beobachten.«

»Ich hätte nie gedacht, dass du mir zuhörst, als ich dir davon erzählt habe.«

»Ich habe schon zugehört. Was müssen wir tun?«

»Die Hexe sagte: Folge dem Silbernen Weg über die Wiese.«

»Silberner Weg?«

»Schneckenspuren«, erklärte er prosaisch. »Sie führen uns zum Brunnen, und wenn wir dort ankommen ...«

»Sind wir verwandelt.« Sie raffte ihren Satinrock und ging voran, dabei hielt sie im Grass nach Schneckenspuren Ausschau. Er folgte ihr, völlig verblüfft über die Entwicklung der Dinge. Als sie sich dem Brunnen näherten, hellte sich der Himmel auf. Die zierliche Spur aus Schneckenschleim schimmerte und glitzerte und dehnte sich aus. Sie folgten wirklich einem Silbernen Weg. Wie die Hexe es versprochen hatte, begann nun die Verwandlung. Seine knochentrockene Haut wurde kühl und angenehm, verwandelte sich in ein komplettes zusätzliches Sinnesorgan: Er *spürte* nun die erfrischende Morgenluft, und jeder einzelne Halm des taufeuchten Grases war angenehm. Seine ungeschickten Hände und Füße wurden zu feingliedrigen Flossen. Befreit hüpfte er schließlich aus seiner Festtagskleidung und blickte sich nervös nach seiner Verlobten um. Ihr Kleid lag auf der Wiese, und die wunderschönste Fröschin, die er jemals gesehen hatte, streifte sich gerade beiläufig eine Perlenkette ab.

»Sehe ich gut aus?«, fragte sie schüchtern.

»Du siehst wunderschön aus.« Er küsste ihr smaragdgrünes Maul, und Froscharm in Froscharm hüpften sie eilig zum Brunnen und erreichten gerade noch rechtzeitig zum Sonnenaufgang dessen Rand. Sie tauchten in seine wundervollen, kühlen, geheimnisvollen Tiefen, verschwanden für immer aus den Augen der Sterblichen ...

... und lebten glücklich bis ans Ende ihrer Tage.

Originaltitel: Frog
Ins Deutsche übertragen von Jutta Neumann

27. Schwerter und Steine

E. K. Grant

E. K. Grant lebt sehr zurückgezogen und leidet unter Verfolgungswahn, allerdings nicht unter der wahrhaftigen Geisteskrankheit. Vielmehr hasst er es eigenem Bekunden nach, Telefonanrufe entgegenzunehmen und die Tür zu öffnen, wenn er mit Schreiben beschäftigt ist, weil, wie er hinzufügt, »sie« immer darauf aus sind, ihn zu kriegen. Er war – zu unterschiedlichen Zeiten – Pfadfinder, Zeitungsjournalist, Profifotograf, Polizeireservist, Privatpilot, Wracktaucher, Führer von Skipatrouillen, Lehrer für Handfeuerwaffen, Spezialist für Rettung aus unzugänglichem Gelände, Drehbuchschreiber für Film und Fernsehen und ein halbprofessioneller Couchsitzer, der sich auf kurzlebige unergiebige Fernsehserien spezialisiert hat. Ach ja – gelegentlich unterrichtet er College-Kurse für Elektro- und Elektronik-Ingenieure, Computerwissenschaft und englische Literatur. Jedenfalls hat er mir das erzählt. Aber ansonsten habe ich keinen blassen Schimmer, was für ein Typ er ist.

Der aktuelle Zustand war keineswegs der angestrebte, nein, ganz und gar nicht. Eigentlich sollte er ein muskelbepackter Krieger mit einem großen magischen Zweihänderschwert auf dem Rücken sein. Er sollte ein starker Hüne sein, mit einem angeborenen Talent fürs Kriegshandwerk. Keinesfalls sollte er Atemschwierigkeiten haben, halb verhungert und ausgedörrt sein und aus einem halben Dutzend Wunden bluten, die ungeschickt verbunden waren.

Schlimmer war, dass das Singende Schwert nicht aufgehört hatte, Schmerzensschreie auszustoßen, seit es zerbrochen war. Die halbe Klinge in seinem Rucksack stöhnte in hoher Tonlage, ein gespenstischer Kontrapunkt zu dem leisen Wimmern der anderen Schwerthälfte in der Schwertscheide. Er knirschte mit den Zähnen. Niemand hatte ihn je davor gewarnt, dass ein magisches Singendes Schwert ein nicht zu ertragendes Duett von sich gab, sobald es zerbrochen war.

Thol lehnte an einer Pyramide aus aufgeschichteten Steinen, schürzte die Lippen und pustete kräftig. Er hatte herausgefunden, dass ihm dies gegen das Schwindelgefühl half. Tief unter ihm, mehrere Meilen nach Westen, sah er den Schnellquell, der sich durchs Ildental schlängelte, den Brotkorb des Goldenen Königreichs. Allein der Gedanke war bereits Folter: Es war spät im Jahr, kein Schnee mehr vorhanden, und in diesen Höhen auch kein Schmelzwasser in Mulden, das man hätte trinken können. Seit zwei Tagen hatte er kein Wasser mehr im Flaschenkürbis. Die Quellen waren versiegt und die Bäume verwandelten sich in ausgetrocknetes totes Holz, unentwegt von den Winden in dieser Höhe umtost, die ihm die Feuchtigkeit von den Lippen rissen, sodass er aus einer vertrockneten Kehle nur noch krächzen konnte. Wenn er nicht bald Wasser fand, würde er den Rückweg ins Tal nicht schaffen. Aber sein Schwert hatte ihn hierher gezogen, und er stand vor der Wahl, entweder dorthin zu gehen, wohin das Schwert wollte, oder noch lauteres dissonantes Geheule in Kauf zu nehmen.

Er hatte versucht, das Schwert zu verscharren, doch es holte ihn ein, als er Rast machte um zu schlafen. Dann verbarg er es unter den größten Felsbrocken, die er bewegen konnte, aber wieder holte es ihn bei der nächsten Schlafpause ein. Hanegral der Magier hatte das Schwert für die ildische Königsfamilie geschmiedet, und seine Bestimmung war es, bei dem letzten überlebenden Familienmitglied zu bleiben.

Thol verlagerte etwas das Gewicht, um in den Schatten des Steinhaufens zu gelangen. Mit metallischem Klirren schlug das Heft des halben Schwertes an seinem Gürtel gegen den Fels. Das Schwert gab einen hässlichen Laut von sich, eine Art wütendes Knurren. Ein Murmeltier steckte den Kopf aus den Felsbrocken am Weg, musterte ihn und sagte: »Hau ab, Kerl. Du bist auf meinem Land und meine Frau und die Kinder wollen herauskommen, um sich zu sonnen.«

Thol schüttelt den Kopf. Er hatte von Visionen in den Bergen gehört, die durch die dünne Luft und Erschöpfung hervorgerufen wurden, aber er hätte nie geglaubt, dass ihm so etwas zustieße. Er wollte auf das Murmeltier spucken, aber sein Mund war so trocken wie ein Stein in der Wüste. »Dich gibt's nicht wirklich«, stieß er hervor. »Verschwinde.« Seine Kehle war so trocken, dass seine Stimme kaum hörbar war. Das Sprechen schmerzte.

Das Murmeltier betrachtete ihn wissbegierig, stützte die Vorderpfoten auf einen großen Stein und stemmte ihn aus dem Steinhaufen. Er fiel, rollte, wurde schneller und hüpfte auf dem Weg hinab, bis er gegen Thols Knöchel prallte. Dieser verlor den Halt, geriet ins Rutschen und konnte nur in letzter Sekunde die Faust zwischen zwei Steine rammen, als sein Unterkörper bereits über dem Abgrund hing. Als er sich wieder nach oben zog, kam noch ein großer Stein auf ihn zugerollt. Blitzschnell drehte er den Kopf beiseite, um zu vermeiden, dass ihn der Stein zwischen die Augen traf.

»Gibst du jetzt Ruhe?«, rief das Murmeltier.

»Nie und nimmer!«, rief Thol. »Ich bin nicht den ganzen Weg nach hier oben geklettert, um von einer übergroßen Ratte getötet zu werden.« Rasch zog er sich nach oben in Sicherheit. Dann musste er hastig beiseite springen, als der nächste Stein an ihm vorbeirollte.

»Ich verfluche dich!«, pfiff das Murmeltier, dann verschwand es im Geröll und tauchte auf der Bergseite des Wegs wieder auf, direkt über Thol. »So, halte jetzt eine Sekunde still, damit ich diesen Stein ins Rollen bringe. Ja, sei ein netter Mensch!« Es stemmte die Vorderbeine gegen einen Stein, zweimal so groß wie Thols Kopf, und drückte. Der Stein bewegte sich ein wenig.

Thol zückte das unterarmlange Halbschwert mit der unregelmäßig abgebrochenen Spitze und ging näher. Murmeltierblut würde ein köstlicher Durstlöscher sein, und wenn das rohe Fleisch sich als essbar erwies, hatte er noch genügend Zeit, darüber nachzudenken, ob er mehr Murmeltiere erlegen sollte. Der Große Golth wusste, dass er in letzter Zeit schon Schlimmeres gegessen hatte.

»Hilfe! Mörder!«, schrie das Murmeltier und schoss quiekend in einen Spalt des Geröllfelds.

Thol ging vorsichtig näher. Er sah, dass in die Felswand hinter dem großen Stein, den das Murmeltier geschoben hatte, etwas eingemeißelt war. Misstrauisch nach allen Seiten spähend, schob er den Stein beiseite. Dann stand er vor zwei tief eingegrabenen Runen, die aus grauer Vorzeit stammen mussten, denn der Stein war in den Ritzen ebenso verwittert wie auf der Oberfläche. Vorsicht? Gefahr?

»HÜTE DICH (vor) ›etwas‹«, stand da. Das zweite Zeichen kannte er nicht. Es sah wie ein Tiersymbol aus, nicht wie ein Name, mehr wie ein Begriffszeichen, keine Buchstabenrune. Vier breite flache Beine, ein langer Hals und große Zähne, vielleicht war dort aber nur der Fels so abgesplittert.

Dann sah Thol, dass darunter noch mehr stand. Er räumte das lose Geröll weg und las die viel neueren, flacheren Runen, die jemand hinzugefügt hatte. »UND VOR DEN MURMELTIEREN.«

In diesem Moment tauchte das Murmeltier wieder auf, dicht über ihm, und ein kopfgroßer Stein hüpfte herab und streifte seine Schulter. Instinktiv hob er das zerbrochene Schwert und versetzte dem Murmeltier einen Schlag mit der Breitseite, sodass es betäubt war. Dann packte er es am Kopf und riss es zwischen den Steinen heraus. Verblüfft sah er, dass das Tier sechs Beine hatte, wobei die vorderen in winzige Hände mündeten. Er warf es zu Boden, mit dem Bauch nach oben, stellte einen Fuß fest auf die Brust und bedrohte es mit dem Schwert, als es das Bewusstsein wieder erlangte.

»Was ist hier los? Sechsbeinige sprechende Murmeltiere? Und die greifen an, anstatt sich zu verstecken. Wo ist der Zauberer?« Suchend blickte er umher, wobei er das Murmeltier unter seinem Stiefel nicht ganz aus den Augen ließ.

Das Tier quiekte und rang keuchend nach Luft. Thol hielt ihm die gebrochene Klinge an die Kehle und hob den Fuß ein wenig.

»Weg von mir, du Flegel! Ich ersticke ja«, stieß es wütend hervor.

Thol drückte wieder fester nach unten. »Keine Chance. Ich verdurste und schätze, dass Murmeltierblut so gut wie Wasser ist.«

In diesem Augenblick hörte er ein panikartiges Quieken rechts. Ein weiteres großes Murmeltier und ein halbes Dutzend kleinerer Murmeltiergesichter blickten aus den Felsspalten auf ihn. »Neiiiiiiin!«, schrien sie im Chor.

»Deine Frau und die Kinder?«, fragte er.

»Töte mich, aber lass sie in Ruhe«, sagte das Murmeltier und drehte den Kopf, um Thol die Halsseite darzubieten.

Thol nahm den Fuß vom Murmeltier und steckte das

Schwert zurück in die Scheide. »Hmmm. Zehn Punkte für das Wertesystem, selbst wenn du ein selten frecher Straßenräuber bist. Keine Steine mehr, dann sind wir quitt, in Ordnung?«

Das Murmeltier dachte kurz nach, nickte, stand auf und wackelte zurück in die Steinspalte.

Man hörte scharrende Geräusche, dann steckte es den Kopf noch einmal heraus. »Auf dem Hang hinter uns gibt es Wasser. Suche nach der Höhle. Sei zu dem alten Mann aber sehr höflich. Er ist auch ein Menschenfeind.« Dann verschwand der Kopf des Murmeltiers, als habe ein Marionettenspieler an den Schnüren gezogen.

Thol kletterte das Geröllfeld hinauf und sah, dass die Steine einen alten Bergpfad verschüttet hatten, der sich den Berg hinaufwand. Überall Geröll, auf dem keine Fußspuren sichtbar waren.

Sein Schwert klagte jetzt weniger laut, was durchaus angenehm war. Offenbar hielt er sich in genau die Richtung, die es ebenfalls bevorzugte. Die Sonne wanderte eine Handbreit weiter, dann hatte er den Aufstieg geschafft. Mehrmals musste er stehen bleiben und nach Luft ringen. Er war an einer Reihe Runenzeichen vorbeigekommen, Wiederholungen der uralten ersten Warnung, sämtlichst mit dem Symbol des seltsamen Tiers versehen. Vorsichtig lugte er um einen großen Stein und sah den Eingang einer Höhle. Pflanzen in Töpfen standen davor, bei einem kleinen Teich. Sofort fiel die Müdigkeit von Thol ab.

Langsam ging er näher, vorbei an Stelen, in die grobe Runenzeichen eingemeißelt waren, die er nicht kannte, und wieder war dort das eigenartige Tiersymbol oft vertreten. Beim Teich kniete er nieder und sicherte misstrauisch in alle Richtungen, als er seinen Flaschenkürbis füllte. So nahe beim Wasser zu sein, aber nicht hineinspringen zu können, war schiere Todesqual, aber er befand sich auf unbekanntem Gelände.

»Gut«, sagte der alte Mann, der einen Sekundenbruchteil zuvor noch nicht da gewesen war. »Du bist nicht einer dieser unverschämten Flegel, die sofort das Gesicht in die erste Pfütze stecken und ein leichtes Ziel darbieten.«

Das Halbschwert in der Scheide gab ein fröhliches, glockenähnliches Geräusch von sich. Thol vermutete, dass er den richtigen Mann gefunden hätte. »Ist es möglich, dass dein Name Hanegral lautet?«, fragte er.

Der alte Mann holte einen langen Stock aus der Luft und wirbelte ihn bedrohlich in der Hand. »Wer will das wissen?«

Die Vorsicht war ein gutes Zeichen. Man erzählte sich, dass Hanegral vor etlichen Jahren aus einem benachbarten Königreich gejagt worden sei. Es ging um einen Streit um Bezahlung, einen Schrumpffluch und ein Lieblingsorgan des Königs. Zauberer pflegten höchst weitschweifig zu leben, besonders, wenn sie sich weigerten, vertraglich zugesicherte Schulden zu erlassen.

Thol stand aufrecht da und hielt den Flaschenkürbis in der linken Hand. Ihm war klar, dass er mit einem Halbschwert nie gegen einen solchen Stockfechter bestehen konnte, und wenn er weglaufen müsste, wollte er zumindest das Wasser mitnehmen.

»Ich bin Thol, Kronprinz von Ild. Unsere Hauptstadt wurde vor sechs Tagen von Krolloks Streitmacht überrollt. Mein Vater verlor in dieser Schlacht sein Leben. Ich führe das Singende Schwert von Ild mit mir, welches von dem Magier Hanegral geschmiedet wurde. Ich muss ihn finden, damit er es repariert.«

Das Gesicht des Alten verdüsterte sich. Er schlug mit dem Stock auf den Boden. »Krollok, sagst du? Eins steht fest, du ähnelst deinem Vater. Und das sieht wie eins von mir aus.« Der Stock verwandelte sich in Luft. Er deutete auf das Schwert. »Lass mal sehen.«

Thol nahm das Schwert behutsam aus der Scheide und reichte es dem Magier, mit dem Griff voran. Es zwitscherte wie ein verletzter Vogel, als der Alte es in die Hand nahm. Er zuckte zusammen.

»Ja, eindeutig eines von mir. Aber wie bei Flammen konnte es brechen?«, fragte er und wog das Schwert auf der Hand. »Wir geben eine Garantie auf Unzerbrechlichkeit.« Er blickte Thol an und fügte hinzu: »Um der Sonne willen, Mann, trinke. Dir droht hier keine Gefahr.«

Dankbar hob Thol den Kürbis und trank ihn – so langsam er konnte – zur Hälfte leer. Beifällig nickte der Alte. »Gut. Warte ein Weilchen, du musst das Wasser erst verdauen«, sagte er. »Danach kannst du einen richtigen Schluck nehmen, ohne ihn zu verlieren.«

Er hielt das Schwert der Sonne entgegen und peilte an der Klinge entlang. »Nichts verbogen, keine Scharte. Ich nehme an, den Rest hast du nicht?«

Thol öffnete sein Bündel und reichte dem Magier die andere Hälfte.

Der alte Mann hielt auch dieses Teil gegen die Sonne und betrachtete die Ränder. Dann schüttelte er den Kopf. Thol nutzte die Gelegenheit und füllte seinen Kürbis randvoll, verkorkte ihn und befestigte ihn wieder am Gürtel. Die Schwerthälften sangen ein gedämpftes, aber glückliches, wenngleich dissonantes Duett.

»Auch hier nichts verbogen und keine Scharte«, sagte der Alte. »Ich verstehe es nicht. Nun, tritt ein und wir schauen es uns einmal genauer an.«

Mit einem Teil des Singenden Schwertes in jeder Hand schritt er zum Höhleneingang, Thol folgte ihm auf den

Fersen. Seine Beziehung zum Schwert war bestenfalls feindselig, aber nach all der Mühe wollte er es auch nicht verlieren.

Der Höhleneingang war nur so breit, wie zwei Männer groß sind und anderthalb mal so hoch. Doch dahinter weitete er sich. Thol sah in eine schummrig erleuchtete Höhle, deren Felswände sich nach oben ins Nichts wölbten.

»Hier«, sagte der Magier. »Ein bisschen Licht, damit du dich umsehen kannst.« Er nahm beide Schwerthälften in eine Hand, sogleich erschien in der anderen der Stock wieder, diesmal verbreitete seine Spitze grelles weißes Licht. Der alte Mann verbeugte sich tief vor der Wand und fragte: »Haben wir deine Erlaubnis, passieren zu dürfen?«

Thol sah einen Wald aus glitzernden Stalaktiten und Stalagmiten. Es verschlug ihm den Atem, als er die Wand betrachtete, die sich an einer Seite entlangzog. In ihre raue Oberfläche waren Gebeine eingelassen. Ein großer, flach gedrückter Leib, auf ewig ins lebendige Gestein gefügt. Der Körper war lang und oval, vielleicht drei Manngrößen, mit vier Beinen, die aber nicht wie bei Tieren geformt waren, die auf festem Boden gehen, sondern flach waren und Paddeln ähnelten. Der Hals war lang und gewunden. Darauf saß in großer Höhe ein kleiner Kopf.

Der Magier lächelte. »Es ist eine Schwimmechse, die vor langer Zeit hier lebte. Sie war alt und müde und sank in den Schlamm auf dem Meerboden. Dort war sie so viele Jahre vergraben, bis sie sich in Stein verwandelte. Doch während sie starb, fraß sie die vorüberkommenden Tiere. Siehst du?« Er deutete auf einen Haufen seltsamer versteinerter Knochen in der Felswand vor der Echse. Die Menge zeugte davon, dass dort mehr als eine Mahlzeit lagen.

Thol war erstaunt. »So was habe ich noch nie gesehen. Zuweilen finden Ausgräber versteinerte Knochen, aber die Philosophen sagen, dass es die Knochen von Steinriesen seien, die starben und begraben wurden.«

Der Magier schüttelte den Kopf. »Nein. Ich war fasziniert und habe lange alle möglichen Zauber angewandt, um diese Kreatur lebend zu sehen und mit ihr zu reden, als sie starb. Das war vor so langer Zeit, dass wir uns beide nicht mehr an die genaue Zahl der Jahre erinnern, und damals gab es auf der Welt noch keine Menschen oder Riesen.« Er ging ein Stück weiter in die Höhle hinein. »Eine gute Übung. Ich habe viel darüber gelernt, wie man mit Tieren spricht und sich ihre Hilfe sichert. Oft durchschreiten wir die Zeitbarriere und unterhalten uns, auch wenn die Interessen des Geschöpfes recht begrenzt sind. Ich bemühe mich, es immer höflich anzusprechen, denn es schätzt feine Ausdrucksweise, obgleich es nicht sonderlich gescheit ist. Höflichkeit ist ihm sehr wichtig. Ist dir der elegant geschwungene Hals aufgefallen? Für mich ist es ein ›Bitte-Danke-Saurier‹«.

Sie betraten einen hell erleuchteten Raum. Der Stab des Magiers verschwand wieder und mit ihm der grelle Lichtschein. Der Zauberer ging zu einer großen steinernen Werkbank neben der Glut eines Schmiedefeuers und legte die Teile des Singenden Schwerts so darauf, wie sie früher zusammengefügt waren.

Er nahm eine große kreisrunde Platte Glimmer in einem Bronzerahmen und berührte sie mit seinem Zauberstab, der in einer Hand erschienen war, und blickte durch die Platte auf die Klinge.

»Unglaublich«, sagte er. »Hier, schau selbst.«

Thol trat zu ihm und schaute durch die runde Platte. Das Singende Schwert war ein Balken aus glühendem, pulsierendem purpurrotem Licht. Einige Stellen leuchteten flammend rot, die ausgezackten Bruchstellen glommen in der hässlichen Farbe geronnenen Blutes.

»Siehst du?«, fragte der Magier. »An diesen Punkten –« Er deutete auf die roten Stellen. »– hat etwas gewirkt, das den Zauber zerstörte, den magischen Härtegrad, der den Stahl unzerbrechlich macht.«

In Thols Erinnerung tauchte das apokalyptische Duell auf, sein Vater gegen Krollok. Jedesmal, wenn die Schwerter aufeinander prallten, waren Funken gesprüht. »Ich glaube, das sind die Stellen, an denen Krolloks Schwert die Klinge traf.«

Einen Moment lang blickte der alte Magier in die Ferne. »Interessant«, sagte er. Dann schaute er umher. Auf einem Tisch lagen Metallstücke. Diese holte er auf die Werkbank. Einige Minuten experimentierte er herum, dann zeigte sich, dass die leuchtenden roten Stellen stark magnetisiert waren.

Der Alte nickte und schaute Thol an. »Krollok. Ich habe überlegt, als ich den Namen hörte, und jetzt weiß ich es. Das hier ist genau sein Stil. Ein fauler ehemaliger Schüler von mir, keiner, auf den ich stolz bin. Als er bei der ersten Gesellenprüfung durchfiel, ist er weggelaufen, hatte keine Lust zu lernen. Selbst kann er kein Singendes Schwert schmieden, aber er weiß genug darüber, um seine Stärke anzugreifen. Sieht so aus, als hätte er seine Klinge magisch aufgeladen, um an den Kontaktstellen starke magnetische Stöße abzugeben – je kräftiger der Schwertschlag, desto intensiver der Magnetismus. Genügend intensiver Magnetismus zerstört die Zauberhärtung des speziellen Stahls, den ich für die Singenden Schwerter verwende. Ich muss nicht erwähnen, wie leicht er ein Durchschnittsschwert zerschlägt.«

»Dann gibt es nichts, mit dem ich gegen ihn kämpfen kann.«

»Selbstverständlich gibt es etwas. Ich habe eine neue Metalllegierung erprobt, der Magnetismus nichts anhaben kann. Es wird kein Singendes Schwert sein, aber es wird dem Zweck genügen.«

Thol deutete auf die Klinge auf der Werkbank. »Das Singende Schwert ist das Hoheitszeichen des ildischen Königshauses. Mein Vater hat es Jahrzehnte lang getragen, und es hat ihn nie im Stich gelassen. Als es zerbrach, starb unseres Volkes Seele und Herz.«

»Verständlich«, sagte der alte Mann. »Dieses Modell hat ein außergewöhnliches Repertoire, besonders wenn es in der eigenen Scheide steckt. Ich werde mein Bestes geben, um es zu reparieren, aber wir müssen dich mit einer Waffe gegen Krollok ausstatten. Es ist schlecht für mein Geschäft, wenn meine Kunden verwundet werden.« Er steckte zwei Finger in den Mund und stieß einen ohrenbetäubenden Pfiff aus.

Mehrere kleine behaarte Geschöpfe liefen herbei und reckten die Hälse, um das Schwert zu sehen. Sie waren so grau wie Granit und waren direkt aus den Felswänden hervorgekommen. Steingnome.

Der Magier unterhielt sich mit ihnen in ihrer eigenartigen Sprache. Die Besprechung endete. Ein Gnom ging zur Esse und pumpte den Blasebalg, bis das Feuer weiß glühte.

»Komm mit mir«, sagte der Alte. »Sie führen die Reparatur durch und schmieden die Klinge neu. Es wird kein Spaß hier zu bleiben. Dein Singendes Schwert wird sehr laut, wenn man es zur Weißglut erhitzt und mit Hämmern draufschlägt. Und wie es bei der magischen Härtung schreit, ist grässlich.« Er schüttelte sich.

Auch Thol lief es eiskalt über den Rücken. Er konnte sich das gut vorstellen.

In einem anderen Raum holte der alte Mann ein Schwert mit eigenartig goldener Färbung hervor und reichte es ihm. »Hier, versuch es mal.«

Es war dicker und breiter als das übliche Kampfschwert, schien aber leichter zu sein. Verblüfft schlug Thol mit dem Finger dagegen und lauschte auf das Klingen. Das Geräusch klang unheimlich.

Der alte Magier grinste. »Das ist Göttermetall, welches die Titanen in der Erde zurückließen. Verflucht hart herauszuschmelzen. Leicht zu finden, aber schwierig zu bearbeiten. Widerstandsfähig wie Stahl, aber ein Drittel leichter. Für gewöhnlich legiere ich es mit Bronze, um es leichter bearbeiten zu können, da man es fast gar nicht schmieden kann. Ich musste ganz besondere Zaubersprüche einsetzen, um genügend Hitze hervorzubringen, um es zu erweichen.«

Er deutete auf eine Werkbank. »Ich brauche auch spezielle Zangen. Bei dieser Temperatur schmelzen die üblichen Geräte.« In einem Loch im Boden stand ein Übungsblock. »Da, versuch ein paar Schläge und stell fest, wie es dir in der Hand liegt«, forderte der Alte ihn auf.

Nach wenigen schweißtreibenden Minuten waren vom Übungsblock nur noch Späne übrig. Thol bewunderte das Schwert und führte einige Schwünge durch die Luft aus. »Erstaunlich, wie du das Gleichgewicht hergestellt hast, um die schwerere Spitze auszugleichen.«

Der Magier lächelte. »Sieh dir die Klinge ganz genau an.« Winzige Wellenlinien von unterschiedlicher Farbe bildeten die Schneiden. Thol warf dem Alten einen neugierigen Blick zu.

»Diesen Trick verwendet man im Osten«, erklärte der Magier. »Man benutzt zwei Metalle, eines sehr hart und spröde, das andere weicher und elastischer. Man schmiedet sie in Lagen und faltet sie immer wieder. Damit bekommt man ein Schwert, das von beiden das Beste bietet: sehr hart und sehr elastisch. Dieses Stück wurde aus meiner besten Legierung aus Titanmetall und Bronze gefertigt. Die Klinge zerschlägt übliche Metallschwerter mit Leichtigkeit.«

»Und ist es gegen den Zauber, der das Singende Schwert zerstörte, gefeit?«

Der alte Mann lächelte hinterhältig. »Für Krollok dürfte es sehr lehrreich sein. Es gibt keinen Zauber, der diesem Schwert etwas anhaben könnte. Wir haben bei der Fertigung Magie benutzt, aber Magie ist nicht sein Hauptmerkmal, wenn du verstehst, was ich meine.«

Thol betrachtete das goldene Schwert, das er in Händen hielt. »Ich kann diese Wunderwaffe aber nicht bezahlen. Krollok und seine Truppen haben vollständige Kontrolle über das zentrale Tal, und ich bin völlig mittellos.«

Der Alte winkte ab. »Ich habe für das Singende Schwert einen hohen Preis gefordert und garantiert, dass es unzerbrechlich ist. Sieh in diesem eine Leihgabe, während ich das Schwert deines Vaters repariere, als Garantieleistung. Ich schulde das deiner Familie. Ich hätte diesen elenden durchtriebenen Gesellen verfolgen müssen, als er weggelaufen ist. Denn dann wäre dein Singendes Schwert noch unversehrt. Ich hätte ihn auf der Stelle getötet, hätte ich geahnt, dass er Magie einsetzt, um sich Landbesitz zu verschaffen. Das ist ein absoluter Bruch der Zunftregeln.«

»Aber trotzdem habe ich das Gefühl, tief in deiner Schuld zu stehen.«

»Nun gut«, sagte der Magier. »Wenn du überlebst, bringst du mir dieses Schwert zurück.« Er deutete auf die goldene Klinge. »Und auch Krolloks Schwert, damit ich herausfinde, wie er es gemacht hat. Vielleicht finde ich einen Weg, es so zu bearbeiten, dass es keinen Schaden mehr anrichten kann. Ich kann es nicht dulden, dass meine gesamten Erzeugnisse in Verruf geraten, nur, weil jemand ein Schwert geschmiedet hat, das eigens dazu entworfen wurde, um meine zu zerstören.«

»Einverstanden«, sagte Thol.

Ein eigenartiges Zwitschern hallte durch die Luft, ohne dass man den Ursprung feststellen konnte. Der Magier legte den Kopf schief und lauschte angestrengt. »Hmm. Meine Murmeltiere melden, dass eine Schar Männer an ihnen vorbeigekommen ist. Sie bilden aber nur die erste Verteidigungslinie. Lass uns gehen und schauen, womit wir es zu tun haben. Ist dir jemand gefolgt?«

Thol nickte unglücklich. »Ich weiß nicht, wie. Ich habe mich bemüht, keine Spuren zu hinterlassen. Ich bin meilenweit durch Flüsse gewatet und über felsigen Boden gegangen, wann immer es möglich war. Ich habe mich bisher für einen guten Waldläufer gehalten.«

»Das bist du sicher auch«, meinte der Magier und deutete mit dem Daumen über die Schulter. »Aber ein Singendes Schwert zu verfolgen, ist für jeden Strauchräuber ein Kinderspiel, vor allem, wenn er die Scheide hat. Der Goldbeschlag auf der Scheide schwingt bei jedem Laut mit, den die Klinge ausstößt. So schaffen wir die größeren Akkorde. Lass uns schauen, wer dir gefolgt ist.«

Sie gingen zum Eingang zurück, vorbei an der Felsenkammer, in der die Steingnome das Singende Schwert bearbeiteten. Die Schreie gellten ihnen in den Ohren. Thol bemerkte, dass die Steingnome sich in Wachs getauchte Watte in die Ohren gestopft hatten, um den Lärm zu dämpfen. Bei jedem Schrei zuckte Thol zusammen. »Stör dich nicht daran«, sagte der Alte. »Singende Schwerter leben nicht wirklich, aber sie führen sich nur allzu gern wie Primadonnen auf.«

Sie gingen an der Wand mit den Knochen des »Bitte-Danke-Sauriers« vorbei. Der Magier verbeugte sich schnell und flüsterte einen höflichen Gruß. Thol sah, wie sich draußen ein Schatten bewegte. Instinktiv schob er den alten Mann hinter sich und zückte das goldene Schwert. Man hörte Klirren und Plätschern.

»Verdammt«, flüsterte der Alte. »Ich hasse es, wenn so etwas geschieht.«

Thol stieß einen leisen Fluch aus und fügte hinzu: »Es tut mir ehrlich Leid. Ich halte sie auf, während du fliehst.«

Der Magier schüttelte den Kopf. Sein Stab erschien wieder in seiner Rechten. Er deutete zum Eingang. Vorsichtig schlichen die beiden Männer vorwärts. Dann sahen sie, wie ein halbes Dutzend von Krolloks Männern die Töpfe mit den Pflanzen umstießen und im Teich krakeelten. Am Gürtel des einen Manns hingen ein großes Murmeltier und zwei Junge. Die Tiere steckten in engen Schlingen aus Därmen. Der Schurke war dabei, eine der Runenstelen umzukippen. Der Rest feuerte ihn lautstark an.

Thol trat ins Freie. Die Eindringlinge schenkten ihm keinerlei Beachtung. Er brüllte: »AUFHÖREN!« Aus dem Augenwinkel nahm er wahr, wie der Stock des Magiers durch die Luft wirbelte. Dann hörte er einen dumpfen Schlag. Ein Mann stürzte kopfüber in den Teich. Er war so tot wie eine gekochte Makrele.

Der Mann direkt vor Thol griff ihn an und führte einen mächtigen Schwertstreich gegen ihn. Thol parierte den Schlag gerade noch rechtzeitig mit dem goldenen Schwert. Die Klinge zerschnitt die des Gegners, sodass dieser nur einen Stumpf in der Hand hielt, worauf Thol ihm mühelos den Kopf abschlug. Dann wirbelte er herum und stellte sich zwei weiteren Feinden. Der eine griff mit einem Stock, der andere mit einem Schwert an. Diesmal bedurfte es ein wenig mehr Können, doch schnitt das goldene Schwert durch ihre Waffen wie ein Messer durch Butter. Er führte einen gewaltigen horizontalen Schlag aus, um einen Gegner auszuschalten und dann den anderen zu erledigen. Doch zu seiner Überraschung durchschnitt das goldene Schwert mit einem Hieb beide. Er drehte sich um, um zu sehen, wie es dem Magier erging. Dieser stand über zwei Leichen, wovon die eine mit dem Gesicht nach unten im Teich lag. Nun blieb nur noch ein Gegner. Thol wirbelte herum, gerade noch rechtzeitig, denn er blickte in ein finsteres Gesicht mit einem großen hässlichen Goldzahn, als ihn eine Streitkeule seitlich am Kopf traf.

Im Fallen gelang es ihm, mit dem goldenen Schwert zuzuschlagen und trennte die Streitkeule direkt über dem Handgelenk des Gegeners ab, aber ihm war klar, dass er einen schweren Hieb erhalten hatte, da er halluzinierte. Er hätte schwören können, dass das große Murmeltier, das am Gürtel des Manns hing, ihm zugeblinzelt hatte, als er zu Boden ging. Er hörte eilige Schritte. Dann schrie der Magier: »NEIN! GEH NICHT DORTHIN!« Dann wurde die Welt um ihn schwarz.

Langsam gewann er das Bewusstsein wieder. Sein Kopf klang wie ein Gong. Er spürte die schmerzhaften lauten Schläge. Er zwang sich, die Augen zu öffnen, und schaute in das besorgte Gesicht des Magiers, der sich über ihn beugte.

»Ich hatte Angst, dich zu verlieren.«

Thol wollte sprechen, aber er brachte nur ein heiseres Krächzen zustande. Die Magier flößte ihm aus einem Becher Wasser ein und half ihm, sich aufzusetzen. Die Kopfschmerzen vergingen schnell. Er wagte die Stelle zu betasten, wo der Hieb ihn getroffen hatte. Seltsam, keine Beule. Die Berührung tat auch nicht weh. Er blickte neben sich, auf dem Boden lagen ein blutiger Verband und einige Phiolen mit Aufschrift in Runen.

Der Magier nickte. »Ja, so weit bist du schon. In wenigen Minuten bist du so gut wie neu.«

»Der letzte Mann«, sagte Thol. »Er ist in deine Höhle gelaufen. Wir müssen ihn fangen.«

»Nein, er stellt kein Problem mehr dar.«

Thol erhob sich mühsam. »Er hatte einen Goldzahn. Bedeutet das etwas?«

»Wahrscheinlich schon«, antwortete der Magier. »Krollok könnte ihm mittels Magie einen neuen Zahn verschafft haben, indem er das Gold von den Beschlägen auf der Scheide des Singenden Schwertes verwendete. Damit brauchte der Mann nur noch dem Zahn zu folgen, um das Schwert zu finden.«

Thol nahm das goldene Schwert auf und steckte es in die Scheide. Der Magier stützte ihn, als sie zum Höhleneingang gingen. Wieder war der Stab da und leuchtete in der Dunkelheit. Thol sah die zerschnittenen Därme, in denen die ermordeten Murmeltiere gehangen hatten. Sie lagen auf einem Haufen. Dann hörte er Gezwitscher und Rascheln in der Dunkelheit zwischen den Stalagmiten.

»Das verstehe ich nicht. Wohin ist er verschwunden?«

Der Magier deutete auf die Wand, wo die Gebeine der riesigen Wasserechse waren. Kopf und Hals schienen eine geringfügig veränderte Haltung einzunehmen, als die, woran Thol sich erinnerte. Als er den Haufen fossiler Knochen vor der Echse betrachtete, wirkten die obersten beinahe menschlich. In einem eingeschlagenen Schädel schien ein Goldzahn zu blitzen. Langsam nickte er und erinnerte sich an die Bemerkung des Magiers über die »erste Verteidigungslinie«.

Hanegral erklärte. »Als ich meinen Zauber wirkte, um ihn zu erreichen, vermochte er mich ebenfalls über die Äonen hinweg zu erreichen. Er hat die Bewohner dieser

Höhle bewacht und jegliche unhöflichen Eindringlinge verjagt, seit sich die Höhle gebildet hat. Sind dir nicht die vielen Warnrunen aufgefallen?

»Sollten wir nicht für die anderen fünf Toten Gräber ausheben?«

Der Magier zuckte mit den Schultern. »Nicht nötig. Meine Steingnome lieben frisches Fleisch, und sie können die beiden Überlebenden als Sklaven einsetzen, solange diese sich gut benehmen.«

Thol schaute zu den glänzenden kleinen Murmeltieraugen hinüber, die ihn aus der Dunkelheit von den Fundamenten der Stalagmiten betrachteten.

Der Magier sah seine Blickrichtung und meinte: »Diese frechen kleinen Luder sind phänomenal darin, sich tot zu stellen, bis sie Gelegenheit haben, dir deine Juwelen abzureißen. Sie haben sich Zeit gelassen und ihn gerade so lange aufgehalten, bis die Wasserechse aufwachte und sich einen frischen Leckerbissen holte. Es ist immer schön, sie auf deiner Seite zu haben, selbst wenn sie faul sind und sich tot stellen.«

Aus der Dunkelheit ertönte zynisches Gezwitscher. Ein Kiesel flog dem Magier gegen die Stirn. »Selbstverständlich gibt es immer noch Momente, in denen ich es für einen schrecklichen Irrtum halte, ihnen die Hand gereicht zu haben.«

Thol legte die linke Hand auf den Schwertgriff des goldenen Schwertes und sagte: »Damit habe ich eine Chance gegen Krollok. Aber mir kommt gerade der Gedanke, dass ich – sollte ich verlieren – Vorsorge treffen muss, ihn hierher zu locken, damit er deine Freunde trifft. Ich lege einen guten Köder aus, nur für alle Fälle. Vielleicht einen Brief, in dem ich meinen Getreuen befehle, hier heraufzusteigen und noch mehr dieser Schwerter aus Göttermetall zu holen, selbstverständlich ohne deinen Namen zu erwähnen.«

Hanegral lächelte. »Ich bezweifle, dass du einen fairen Kampf verlierst. Krollok hatte nie die Disziplin, sich zu einem guten Schwertkämpfer auszubilden. Aber sollte es dennoch geschehen, werde ich mir alle Mühe geben, ihn in deinem Namen meiner Hausechse vorzustellen. Schließlich ist Krollok für eine sehr höfliche Wasserechse nur ein weiterer Imbiss.«

Originaltitel: The Swords and the Stones
Ins Deutsche übertragen von Edda Petri

Ein Hauch von Unmöglichkeit

28. Handarbeit

John Grant

John Grant (oder Paul Barnett, um ihn bei seinem richtigen Namen zu nennen) hat über fünfzig Bücher unter verschiedenen Namen veröffentlicht, darunter etwa zwanzig Romane und Kinderbücher. Seine bekanntesten Sachbücher sind wahrscheinlich THE ENCYCLOPEDIA OF WALT DISNEY'S ANIMATED CHARACTERS (dritte Auflage, 1998) und (mit John Clute) THE ENCYCLOPEDIA OF FANTASY (1997). Seine Prosa beinhaltet ALBION *(1991), THE WORLD (1992), die Leonie-Strider-Space-Operas und die zwölf Romane in der LEGENDS-OF-LONE-WOLF-Reihe. Paul wurde der Hugo Award, der World Fantasy Award, der Mythopoeic Society Scholarship Award, der Locus Award, der J. Lloyd Eaton Award und ein British Science Fiction Association Special Award verliehen (alle als John Grant). Kein Wunder, dass er mit all diesen Auszeichnungen nach Amerika auswandern musste. Solch talentierte Leute können wir in Großbritannien nicht dulden!*

Auf dem Grabstein von Pretty Polly McTavish waren des Papageien tragische letzte Worte eingemeißelt: »Hallo, Seemaaahhhh.«

Es war eine bewegende Geste, und ich glaube nicht, dass es irgendjemand in dem kleinen Haufen Trauernder gab, der keine Träne im Auge hatte, als Reverend Jeremy Harcourt-Fruitcake mit salbungsvoller Stimme die letzte Messe las. Pretty Polly hatte ihr Leben geopfert, damit Miss Grimthorpe, die so genannte Speisekammerdetektivin, ihren siebenundvierzigsten und bis jetzt meistverkauften

Fall lösen konnte, das schauerliche *Wer ermordete die Kakadus?*

Nachdem der grausame Gottesdienst vorbei war, ging ich alleine die Curling Lane hinunter zu meinem Haus und Arbeitsplatz am Ende des Dorfes.

Vögel sangen.

Bienen summten.

Bäume raschelten.

Wolken machten, was immer Wolken so machen.

Es war Indian Summer, stets eine geschäftige Zeit im Dorf.

Stets eine geschäftige Zeit für mich.

Heute würde ich mich um Pretty Polly McTavish kümmern müssen und, wenn mich mein Gedächtnis nicht täuschte, um noch ein halbes Dutzend andere Kadaver. Menschlicher.

Aber zuerst brauchte ich eine Tasse Tee.

Starken Tee.

Später saß ich auf der Veranda, genoss meinen Broken Orange Pekoe, schaute zum Himmel und überlegte, ob es Zeit sei für mich, mal die Stellenangebote in der Zeitung durchzusehen, nur so aus Interesse, verstehen Sie. Zehn Jahre – zehn Jahre hatte ich diesen Job jetzt gemacht, und das ist in eines jeden Leben eine lange Zeit. Besonders wenn man bedenkt, dass ich – aus einem anderen Blickwinkel betrachtet – diesen Job bereits gut ein Jahrhundert mache. Da ändert selbst die Tatsache nichts daran, dass selbst eine derart lange Zeit keinen großen Brocken aus der Ewigkeit reißt.

Was ich damit sagen will: Mir kam dieses Jahrhundert wie eine ganze Ewigkeit vor.

Das Dorf sah immer gut aus während des Indian Summer, der in diesen Gegenden ungefähr die Hälfte des Jahres dauert. Weihnachten nimmt einen guten Teil vom Rest ein. Halloween dauert anderthalb Wochen.

Vielleicht sollte ich besser erklären.

Vielleicht besser nicht.

Noch nicht.

Ich trank meinen Tee leer und schüttelte die Tasse aus, sodass die feuchten Blätter am Boden zwischen die Oleanderbüsche flogen. Gott allein weiß, warum sie das ganze Jahr über so gut gedeihen, denn ich hasse Gartenarbeit. Es ist das Graben. Lässt mich gruseln.

Abergläubisch werden.

Aber so bin ich.

Nachdem ich die Tasse gespült und wieder in den Schrank gestellt hatte, schlenderte ich vom Haus rüber zu meinem Arbeitsschuppen. Der war schäbig, wellblechgedeckt, holzumwandet, braun und schmierig, genau wie er gestern gewesen war. An einer Seite standen die schweren grünen Plastikbehälter, in die die Überreste der selig Verschiedenen regelmäßig von den Behörden abgeladen wurden. Ein Behälter pro Leiche. Im Indian Summer kann es so geschäftig werden, dass ich ein Dutzend Behälter brauche, aber heute musste ich mich meinem Geschäftsbuch zufolge – das präziser als mein Gedächtnis ist – nur mit acht Leichen befassen. Immer noch eine ziemliche Zahl, aber nicht so schlimm, wie sonst schon mal.

Behälter Nummer eins. Geschäftsbuch und Stift aus der Tasche. Pretty Polly McTavish in der ERHALTEN-Spalte abhaken. Das Scheusal hatte sie mit einem Baseballschläger ins Jenseits befördert, sodass sie kein schöner Anblick war. Es würde etwas Nähen erfordern, bevor sie wieder auf die Beine kam.

Behälter Nummer zwei. Der erste Körper aus einer Serie von fünf, wie ich wusste. Dieser hier und die anderen vier waren exotische Tänzerinnen gewesen, alle nackt bis auf knappe rote Unterwäsche, alle auf erfindungsreiche Arten aufgeschlitzt und verstümmelt. Dave Knuckle war für den

›Fall des angekochten Detektivs‹ in der Stadt gewesen, der bald als *Versohl mir den Arsch, Baby* veröffentlicht werden würde. Welche der übel zugerichteten Betthäschen tatsächlich Opfer und welche nur seine abgelegten Freundinnen gewesen waren, war immer eine harte Nuss, die zu knacken man am besten den Behörden überließ.

Behälter Nummer sieben. *Abhak* machte der Stift. Das Nebenprodukt eines laufenden Falls für Sir John. Ein Subkurator des Ashmolean-Museums, erstickt durch eine zusammengerollte Taschenbuchausgabe von *Piers Plowman,* die ihm in den Schlund gerammt worden war. Seine Aknenarben waren aschgrau wie Jahrgangs-Port.

Behälter Nummer acht.

Leer.

Ich hustete hinein, um mir von den leisen Echos bestätigen zu lassen, was meine Augen mir meldeten. Dann starrte ich mein Geschäftsbuch in theatralischem Unglauben an – solche Sachen sollte man richtig oder gar nicht machen.

In meiner eigenen ordentlichen, schlecht lesbaren Schrift stand da der Eintrag, genau wie ich ihn in der Nacht davor gemacht hatte, als der Beamte ihn mir durchs Telefon diktiert hatte:

»Eine Leiche, männlich, mit abgetrennter Hand. Identität: Gerald G. Dukes, alias der Noch Mächtigere Spongini. Beruf: Bühnenmagier. Alter: 28.«

Es folgten ein paar weitere persönliche Kennzeichen. Der Beamte hätte es erwähnen müssen, wenn Unsichtbarkeit eine davon gewesen wäre.

Nein, der Behälter war eindeutig leer.

Nie zuvor hatte es einen Irrtum gegeben – nicht in der ganzen zehn-Jahre-die-tatsächlich-ein-Jahrhundert-waren-das-dir-wie-unendlich-vorkommt-Ewigkeit. Es *konnte* niemals einen geben.

Trotzdem lief ich lief ins Haus und zum Telefon, um den Beamten anzurufen.

Nur für den Fall.

Jetzt *sollte* ich vielleicht doch besser etwas erklären. Über das Dorf Leiche-in-Sicht und darüber, wie die Dinge hier so laufen, und vielleicht noch ein bisschen über mich selbst – obwohl ich nicht gerne im, na ja, Rampenlicht stehe.

An die sanften Hügel von Barsetshire, einer der weniger bekannten Grafschaften, geschmiegt, liegt Leiche-in-Sicht, ein verschlafener kleiner Ort – zwei Geschäfte, eine Kneipe und ein paar zerstreute Häuser, nicht zu vergessen die Kirche und das Pfarrhaus. Aber der erste Eindruck täuscht. Hinter der ruhigen Fassade lauern brodelnde Leidenschaften und entfesselte Gewalttätigkeit. Mehr Leidenschaft, mehr Gewalttätigkeit als im Rest des Landes zusammen.

Denn Leiche-in-Sicht ist der Ort, wo sich Detektivgeschichten abspielen.

Das Dorf hat eine Bevölkerung von etwa zweihundert, wenn man es auf eine Art betrachtet, und von etwa zweihunderttausend, wenn man es auf eine andere betrachtet. Es müssen genug Leute da sein, damit die Nebendarsteller in Detektivgeschichten – die Opfer, die Zeugen, die Mörder, die romantischen Hauptrollen, das Lokalkolorit – immer unterschiedlich sind. Aber man kann Einsparungen machen, und das tut man auch für gewöhnlich, indem man diese Darsteller recycelt.

Unaufhörlich.

Hand aufs Herz, wer kann sich noch an all die zahllosen vitalen jungen Männer erinnern, die Dr. Gideon Fell oder Sir Henry Merrivale begleitet haben und die am Ende des

Falls mit der hübschen, jungen aber aufreizend selbstbewussten Naiven abgezogen sind? Und wer kann sich noch an diese Naiven erinnern, wo wir gerade davon reden? Die Opfer in Perry Masons Fällen bilden eine lange Reihe komplett anonymer Gesichter, ebenso wie die zahllosen atemberaubend kurvenreichen Soubretten, mit denen die Gerichtsverhandlungen voll gestopft sind. Wer beging *nicht* den Mord oder löste *nicht* den Fall in *Die neun Schneider* oder *Das Zeichen Vier* oder *Inspektor Queens eigener Fall* oder *Die mysteriöse Affäre bei Styles* oder ...

Ich könnte endlos so weitermachen.

Irgendwann einmal hatten all diese leicht zu vergessenden Individuen tatsächlich eine eigenständige Existenz, auch wenn man sie nicht besser auseinander halten konnte, als ich Dave Knuckles Ausschussware in meinen Behältern hätte unterscheiden können.

Pure Verschwendung.

Vor Jahrzehnten, während einer ihrer regelmäßig wiederkehrenden kurzfristigen Anstrengungen, Kosten zu senken, erkannten die Behörden das. Reduzieren hieß die Losung des Tages. Warum immer wieder Einzelpersonen für die kleinen Rollen anwerben, warum Bares für die Rechnung des Leichenbestatters rausrücken, wenn man doch problemlos genügend Arbeitslose finden konnte, die nur zu bereit wären, Nulllöhne zu akzeptieren im Austausch für Kost, Logis und ... Unsterblichkeit? Oh, sicher, sie müssten akzeptieren, ab und zu ermordet zu werden, aber sie wären nicht lange tot, bevor man sie wiederbelebte, ihnen einen anderen Namen, vielleicht eine frische Perücke, eine neue Wohnung, eine neue Rolle und wahrscheinlich einen neuen Ehepartner oder Lover gäbe.

In Zusammenarbeit mit der Anti-Blutsport-Liga gründeten die Behörden Leiche-in-Sicht.

Und stellten mich ein.

Nun, ich vermute, Sie wundern sich immer noch über mich. Offen gestanden, je weniger über mich gesagt wird, desto besser. Ich hatte meine eigenen Gründe, nach Leiche-in-Sicht zu kommen, um hier zu arbeiten. Zwar werden mich die Exekutivorgane diverser obskurer mitteleuropäischer Staaten mittlerweile vermutlich völlig vergessen haben – einer der Gründe, weshalb ich an jenem Tag inmitten des überlangen Indian Summer in Betracht zog, meinen Job aufzugeben.

Vielleicht haben sie das aber auch nicht. Und das ist einer der Gründe, warum ich dann doch noch nicht kündige.

Alles andere? Nun, das wird sich zeigen.

Also sagen wir mal nur, dass es meine Aufgabe ist, die … die *sekundären Produkte* der Detektivindustrie zu nehmen und … und sie zu *reparieren*.

Das ist alles, was Sie wissen müssen.

Darüber hinaus soll meine Vergangenheit im Dunkeln ruhen und meine Gegenwart etwas nur undeutlich Wahrgenommenes sein; lassen Sie mich eine gesichtslose und namenlose Null bleiben.

»Hallo, Victor«, sagte der Beamte verdrießlich, als er endlich den Hörer abnahm. Er packte die Verachtung von Jahrzehnten in diese beiden Worte. Nur weil Leiche-in-Sicht nicht ohne meine Dienste funktionieren konnte – oder die eines anderen wie mir –, bedeutet das nicht, dass die Leute höflich zu mir sind. O nein, weit davon entfernt. Die meisten meiden mich wie die Pest, und wann immer sie gezwungen sind, sich mit mir abzugeben, schauen sie mich an, als ob sie gerade in etwas getreten seien, das die Katze gemacht hat.

Um Ihnen die Wahrheit zu sagen, mir ist es lieber so.

Ich erklärte mein Problem. Dieses eine Mal wusste ich, dass ich seine Aufmerksamkeit hatte. Ich konnte das Klicken seiner Tastatur im Hintergrund hören, als er checkte, was ich ihm erzählte.

»Da«, sagte er endlich. »Ich habe den Eintrag hier vor mir auf dem Bildschirm … Dukes … Noch Mächtigerer … unerklärlich … Magier. Hum. Ho. Er ist – *war* – Teil eines Falls für Inspektor Romford.«

»Der mit der Wampe, den Welpen, der Pfeife und der Leidenschaft für Pfefferminz?«

»Genau der. Groß im Buchgeschäft. Wäre sogar noch größer, wenn er nicht solche Schwierigkeiten hätte, vom Crack loszukommen. Hmm … eigentlich sollte er diesen Fall bis jetzt gelöst haben – ist nur eine Kurzgeschichte. Einer seiner Bühnenrivalen hat's getan – die Mächtige Thrombose – wegen seiner Frau, Zelda. Der Frau der Mächtigen Thrombose, heißt das. Es geht immer um eine Frau in Romfords Fällen.«

Obwohl der Beamte mich nicht sehen konnte, hielt ich die Hand hoch, um die Flut seiner Worte einzudämmen. »Das mag ja alles sein«, sagte ich, »aber Tatsache ist, dass mir immer noch eine Leiche zu meiner Quote fehlt.«

»Ich nehme nicht an, dass Sie wenigstens die, hmppf, abgetrennte Hand haben?«

»Nicht mal einen verdammten Fingernagel. Ich sagte schon, ich habe den Behälter gründlich durchsucht.«

»Tja, das liegt nicht in meinem Verantwortungsbereich – ich habe nichts mit dem Detailkram zu tun, wie Sie wissen.«

»Ich weiß.«

Mit anderen Worten: Der Beamte dachte, dass dies wahrscheinlich ein verzwicktes Problem sei, und je schneller er Rückendeckung bekäme, desto besser.

»Delegieren, mein Junge, delegieren«, sagte er. »Das ist mein Motto. Eh?«

»Ich weiß.«

Er wollte mich die Sache also alleine ausbaden lassen.

»Eins sage ich Ihnen aber noch«, fügte er hinzu und machte eine dramatische Pause. »Das klingt mir ganz nach –« und beinahe konnte ich den Trommelwirbel hören »– einem Fall für Inspektor Romford!«

Dann war die Leitung tot.

Wie genau Inspektor Romfords Unfähigkeit, einen Fall für Inspektor Romford zu lösen, ein Fall für Inspektor Romford sein konnte, war ein logisches Wirrwar, das ich in Gedanken zu entwirren versuchte, während ich die Curving Lane hinaufschlenderte, Richtung Zentrum von Leiche-in-Sicht, falls man dem Dorf so etwas zugestehen konnte. Es war um die Mittagszeit, also hielt Romford sich sicher im Heart & Sickle auf, trank dunkles Ale und lauschte mit einem Ohr nach Hinweisen. Das ist eine alte Technik und kann effektiv sein. Der einzige Nachteil dabei ist, dass der Genuss von dunklem Ale normalerweise dazu führt, dass sie gesammelten Hinweise wieder verloren gehen.

Ich fand ihn an einem Tisch in der Ecke, wo er sich an einem Pint festhielt. Daneben stand ein Whisky zum Nachspülen. Ich zog die Augenbrauen hoch.

»Hab 'nen Tropfen von dem harten Stoff nötig gehabt«, sagte er, als er meinen Blick bemerkte. »Will gern zugeben, dass ich völlig ratlos bin.«

Aber nicht völlig bierlos, dachte ich, sagte jedoch nichts.

»Hat sich alles genau vor meinen Augen abgespielt«, fuhr er fort, »frech wie Oskar und doppelt so dreist. Dachte, ich bekäm alles in Sekundenschnelle in den Griff, aber von wegen. Merken Sie sich meine Worte, in diesem Fall steckt mehr, als in die Hand springt.«

Ich musste verwirrt ausgesehen haben, denn er fügte hinzu, indem er sich vertraulich zu mir beugte: »Ich hätte Auge gesagt, aber die Hand ist schneller, verstehen Sie?«

Ich sagte, ich verstünde.

»Verdammte Zauberer, Taschenspieler, Bühnenmagier, Illusionisten – nenn sie, wie du willst«, murmelte er durch den Schaum auf seinem Bier.

Ich zog mir einen Holzstuhl in die gemütliche Ecke des Heart & Sickle, kratzte dabei heftig über den Schieferboden und fragte Romford gleichzeitig, was er meinte.

Und er erklärte es mir.

Gestern Abend hatte es eine große Gala im Gemeindesaal von St. Bonifaz neben der Toten-Mann-Kreuzung mitten in Leiche-in-Sicht gegeben. Der *Barchester Bugle* war wochenlang voll davon gewesen. Es war eine seltene Ehre, dass ein so international bekannter Zauberer wie die Mächtige Thrombose einen so kleinen Ort wie Leiche-in-Sicht in den Genuss einer seiner Vorstellungen kommen ließ, aber seine Mutter stammte aus der Gegend, und er wollte ein paar neue Tricks vor einem unwichtigen Publikum ausprobieren.

NUR EINE NACHT
Ein zwangloser Abend mit
DER MÄCHTIGEN THROMBOSE

– hatte in den Anzeigen und auf den Flugblättern gestanden. Gefolgt von weiteren Informationen:

gekonnt unterstützt durch
Helsinkis glänzendste Akrobatentruppe
Die Familie Brød
»Die Sieben Tödlichen Finnen«

Sofort hatte Mrs. Romford für sich und den Inspektor Karten besorgt und ihm klar gemacht, dass er eben mit seinen Dienststunden jonglieren müsse, um diese mit ihren Wünschen in Einklang zu bringen. Er hatte großes Trara um die Schwierigkeiten gemacht, seinen Dienstplan zu ändern, aber in Wirklichkeit war er nur zu gerne gegangen: Seit er zum ersten Mal als Kind ein paar Kartentricks vorgeführt hatte, war er von der ganzen Bühnenzauberei fasziniert – die Schminke, die ätherisch schönen Assistentinnen, das Geheimnisvolle, das Spektakel und das ganze verschwörerische *Spiel,* bei dem das Publikum genau *wusste,* dass es hinters Licht geführt wurde, und dennoch weiterhin an Zauberei glaubte.

Als also seine tägliche Arbeit getan war, zog er seinen zweitbesten Tweedanzug an, kontrollierte, ob sein Handy für Notfälle funktionierte (»Es sollte besser keine Notfälle *geben«,* knurrte er den milchgesichtigen Sergeant Mutton an), vergewisserte sich, dass er reichlich Tabak und Pfefferminz für den Heimweg in der Tasche hatte, und machte sich mit seiner Frau auf Richtung Gemeindesaal.

Sie gehörten zu den Ersten, die eintrafen. Reverend Jeremy Harcourt-Fruitcake hatte den gesamten Saal in ordentlichen Reihen bestuhlen lassen, doch bis jetzt hatte erst eine Hand voll Leute auf den harten Holzstühlen Platz genommen. Ohne auf Proteste zu achten, schritten die Romfords zielstrebig den Mittelgang hinunter, um sich entschlossen so nahe wie möglich in der Mitte der vordersten Reihe niederzulassen.

Das war ihr großer Ausgehabend, und sie wollten nichts verpassen.

Sie sollten nicht enttäuscht werden, obwohl die Magie, die sie sehen würden, nicht ganz von der erwarteten Art sein sollte.

Romford kaute scheinbar stundenlang unverwandt auf dem Stiel seiner nicht brennenden Pfeife herum, während sich der Saal langsam füllte. Natürlich kannte er die meisten Leute: Mrs. Dora Griggs von Griggs House, immer noch in Trauer wegen des verstorbenen jungen Clarence, der während einer Vorführung von *Julius Cäsar* ermordet worden war; Dr. Smithies, der gutmütig-derbe, verlässliche praktische Arzt, der in eben jenem Fall eine solch bedeutende Rolle gespielt hatte; Donald Glover, der die Autowerkstatt betrieb – kurz gesagt: die ganze Dorfprominenz von Leiche-in-Sicht, und alle sahen so gespannt aus wie er selbst …

Endlich wurden die Lichter dunkel.

Die knisternde Fanfarenstoß vom Band zerschnitt die Luft.

Die Stille pochte.

Mrs. Romford öffnete ein Päckchen Erdnüsse.

Jemand nieste.

Atem wurde angehalten.

Und plötzlich schwang der Vorhang auf und enthüllte die Sieben Tödlichen Finnen, die in einem Dreieck auf Zehenspitzen übereinander standen – besonders schwierig für die drei Lastträger am Boden, dachte Romford, obwohl sie kein Zeichen von Anstrengung zeigten –, mit ausgestreckten Armen, die Finger in die Seitenkulissen weisend. Sie waren in Silberlamé-Kostüme gekleidet, und die ebenmäßigen Zähne in ihrem gleichförmigen breiten Lächeln glänzten und schimmerten mindestens genauso wie diese.

Die Musik vom Band wechselte ruckartig zu irgendetwas von Strauss, und der oberste Finne stürzte sich in einem Salto nach vorne, um perfekt am vorderen Bühnenrand zu landen. Das Publikum applaudierte, als sei dies das Großartigste, was es je gesehen habe, und dann begann die Vorstellung richtig.

Körper flogen über die Bühne und verschwammen zu Lamé und einem endlosen Wirrwarr von wild wirbelnden Gliedmaßen. Ab und zu gefroren die Finnen in einer vielkörprigen Verrenkung, und die Zuschauer nahmen das als Zeichen für eine weitere Runde Beifall. Romford saß mit unbewegten Händen da, kaute am Stiel seiner Pfeife und überlegte sich, dass Teamakrobaten viel baden müssten, wo sie doch ihr Gesicht ständig an des Gegenübers …

Mrs. Romford unterbrach seine Träumerei. »Sind sie nicht großartig?«, flüsterte sie.

»Absolut großartig«, stimmte er zu.

»Man sollte Selleriesamen vermeiden, wenn man schwanger ist«, fügte sie bedeutungsvoll hinzu und wandte sich dann wieder ihren Erdnüssen zu.

Verwirrt verfolgte Romfort wieder die Vorstellung.

Die Nummer der Familie Brød war viel zu kurz oder viel zu lang, je nachdem, wie man es sah. Was Romford betraf, war er froh, als sie endlich vorbei war: laute Geräusche, verwirrende Muster und die unvermeidlichen Beifallsausbrüche riefen bei ihm das Gefühl hervor, jemand habe seinen Kopf als Maisbirne benutzt. Ungefähr vergleichbar mit den Gelegenheiten, an denen Mrs. Romford Wagner in den CD-Player schob.

Es gab eine kurze Pause, in der sie warmen Orangensquash aus Mrs. Romfords Thermoskanne tranken und ihre Sandwiches aßen, und dann verdunkelten sich die Lichter wieder.

War die Spannung vor dem Auftritt der Familie Brød

fühlbar gewesen, so hätte man jetzt Portionen davon aus der Luft greifen und als Kaugummi benutzen können. Romford packte den Stil seiner Pfeife derart fest, dass die Knöchel weiß hervortraten. Mrs. Romford verlor ihr Sahnebonbon und ließ es achtlos zu ihren Füßen liegen. Die Stille war wie ein eingesperrtes wildes Tier, das die Abmessungen seines verhassten Käfigs abläuft, bis ...

Blaue Blitze flammten über den Köpfen des Publikums auf, und ein Donnerschlag ließ den Boden erbeben. In einem Moment war der Bühnenvorhang noch da; im nächsten wurde er durch ein loderndes Feuer strahlend heller Beleuchtung ersetzt, das Romford fast erblinden ließ. Ein Schwarm schneeweißer Tauben erschien aus dem Nichts, stieg zur Decke auf und schwirrte kakophonisch durch die Luft. Irgendwo mitten in dem Getümmel hörte man eine quälend verzerrte Musik, die ägyptisch oder koreanisch sein konnte oder auch nur Bandsalat.

Plötzlich füllte grüner Rauch die Bühnenmitte und daraus hervor trat: die leichenblass eindrucksvolle Gestalt der Mächtigen Thrombose. Er breitete die Arme weit aus, als wolle er sich selbst willkommen heißen. Die Innenseite seines bodenlangen Mantels war golden; weiße Tauben waren darauf gestickt, Abbilder jener, die noch unter der Decke kreisten und flatterten.

»Grüße aus der Welt des Unbekannten«, intonierte die Gestalt. »Man wird Ihnen sagen, dass das, was Sie heute Abend sehen werden, nur Illusionen sind, aber in Wahrheit ist es das Lüften eines Schleiers – des Schleiers, der zwischen unserem eintönigen Leben und dem magischen Königreich liegt, wo Wahrheit Unwahrheit und Unwahrheit Wahrheit ist.«

Wie zum Beweis zog er einen Blumenkohl hinter seinem Ohr hervor.

Das Publikum hielt den Atem an.

Mit einem Lächeln und einem kurzen anerkennenden Nicken zog er eine Schnur mit den Flaggen aller Länder hinter dem anderen Ohr hervor.

Der Beifall war ohrenbetäubend.

Die Mächtige Thrombose verbeugte sich diesmal tiefer, sah dann nach links und lenkte damit die Aufmerksamkeit des Publikums auf den Auftritt einer stattlichen Blondine, die aus der Seitenkulisse trat, ungefähr drei Karat Gold trug und sonst sehr wenig. Auch sie verbeugte sich, wobei ihr offenes Haar wie ein Schleier aus gelbem Dunst vor sie fiel.

Und dann begann die ernsthafte Zauberei. Kartenpäckchen wurden zu Schwärmen von Zaunkönigen; Baseballschläger verwandelten sich mitten im Jonglieren zu fauchenden Kängurus; flatternde Bänder wurden zu Chrysanthemensträußen inklusive kleinen Plastikschildchen mit den Gießanweisungen. (An diesem Punkt kontrollierte Romford nervös seine Pfeife, um sicherzugehen, dass nicht auch sie sich möglicherweise verwandelt hatte.) Ein Sarg mit der geknebelten und gefesselten schönen Assistentin darin wurde mit Schwertern durchbohrt, mit einer Kettensäge durchgeschnitten und schließlich mit einem Flammenwerfer eingeäschert, und dennoch trat sie unversehrt aus der Asche hervor. Die Mächtige Thrombose selbst nahm eine Eisenstange, die von einem halben Dutzend willkürlich ausgewählter Leute aus dem Publikum auf Echtheit überprüft worden war, und verbog sie mit Leichtigkeit zu einer passablen Nachahmung seiner eigenen Unterschrift. Ein Eimer mit Wasser wurde mit einem roten Tuch bedeckt, und als das Tuch entfernt wurde, war er zu einer perfekten Miniaturnachbildung der Niagarafälle geworden – deren Wasser ständig weiterflossen trotz der Tatsache, dass es *keine sichtbare Wasserversorgung* gab.

Nach einer Stunde oder mehr sprach die Mächtige Thrombose wieder, zum ersten Mal seit seiner kurzen Einführung.

»Und nun, meine Damen und Herren … und andere« – man hörte gedämpftes lahmes Lachen – »zum Höhepunkt meiner Vorstellung. Viele falsche Magier auf der ganzen Welt haben den Trick, ein Kaninchen aus einem Zylinder zu ziehen, perfektioniert, aber ich – ich, die Mächtige Thrombose – bin der Einzige, der echte Magie benutzt, um dieselbe Tat zu vollbringen … und das nicht mit einem Kaninchen, sondern einem lebendigen Tyrannosaurus Rex!«

Ein Trommelwirbel erfüllte den Saal, und die knackige Assistentin floss, einen völlig normal aussehenden schwarzen Klappzylinder haltend, unter Einsatz von Muskeln über die Bühne, von deren Existenz Romford bislang keine Ahnung gehabt hatte.

Die Mächtige Thrombose nahm den Hut mit einem feierlichen leichten Nicken des Dankes entgegen und hielt ihn mit beiden Händen in die Höhe.

Stille senkte sich herab.

Der Zauberer drehte den Hut hin und her und zeigte so dem gesamten Publikum, dass er tatsächlich leer war. Er ließ den Deckel aufschnappen, sodass man hindurchsehen konnte. Er drückte ihn zusammen und klappte ihn wieder auseinander. Er zog einen Revolver aus seiner Hosentasche und durchlöcherte ihn ein paar Mal. Es konnte keinen Zweifel geben: Das Ding war so leer wie die Stadthalle von Aberdeen bei einer Wohltätigkeitsveranstaltung.

Wieder gab es Trommelwirbel, als er den Hut mit seiner rechten Hand weit von sich hielt. Mit der freien Hand schwenkte er ein blau gepunktetes Taschentuch, um jedem zu demonstrieren,, dass auch dieses harmlos war. Als Nächstes senkte er das Taschentuch über die nach oben gerichtete Öffnung des Hutes.

Pause.

Dann, während alle Augen an seiner Hand klebten, zog er das Taschentuch langsam weg.

Die Assistentin lächelte gekünstelt, aber niemand beachtete sie.

Um des dramatischen Effekts willen zögerte er noch ein paar Sekunden, dann griff der mächtige Zauberer in den Hut und zog ...

... eine abgetrennte Hand daraus hervor.

Irgendjemand schrie. Blut tropfte. Die großartige Assistentin brach kurvenreich zusammen, was niemand außer Romford bemerkte, der sich in seinem Sitz nach vorn gebeugt hatte und gebannt auf die Bühne starrte.

Die Mächtige Thrombose selbst sah völlig entgeistert aus. »Das ... das war nicht ... beabsichtigt«, stotterte er in einem Essex-Akzent, der der Stimme, die er vorher benutzt hatte, ziemlich unähnlich war.

Dann schloss sich schnell der Vorhang, das erste vollkommen normale Ereignis seit dem Beginn der Zaubershow.

»Ich war sofort am Handy, wie Sie sich vorstellen können«, sagte Romford, wobei er ostentativ auf sein leeres Glas schaute. Gehorsam nahm ich es, ging zur Theke und ließ es wieder mit Old Peculiar füllen. Als wir uns wieder gegenübersaßen, sah er mich an; seine Hände öffneten und schlossen sich.

»Sergeant Mutton war innerhalb von Sekunden mit ein paar Jungs dort – der Saal liegt um die Ecke vom Revier, wie Sie wissen. Aber noch bevor sie da waren, hatte ich den ganzen Platz schon von den Angestellten abriegeln lassen. Eine Maus hätte vielleicht noch unbemerkt hinauskommen können, aber keine sehr fette Maus.«

Er nippte nachdenklich an seinem Glas.

»Die Mächtige Thrombose – Albert MacGregor ist sein richtiger Name – stand noch auf der Bühne und starrte das Ding an, als wir ihn festnahmen«, fuhr er fort. »Hatte nicht mal seiner Assistentin vom Boden hochgeholfen – meine Angetraute musste das tun.«

»Wessen Hand war es?«, fragte ich.

»Das war natürlich ein Problem – aber kein so großes, wie wir zuerst vermuteten.« Ein weiterer Schluck. »Thrombose – MacGregor – selbst erzählte es uns. An einem Finger steckte ein Ring, den er erkannte: Er war aus gegossener Bronze gefertigt und zeigte einen Drachen, der seinen eigenen Schwanz frisst.«

»Ja?«

»Er meinte, er würde diesen Ring überall wiedererkennen, und seine Frau – die Assistentin – bestätigte es, sobald sie sich wieder gut fühlte.«

»Und?«

»Die Hand war die des Noch Mächtigeren Spongini alias Gerald Dukes – dem größten von MacGregors Rivalen. Vor fünf Jahren gab es einigen Wirbel in den oberen – inneren, vermute ich – Rängen des Magischen Zirkels, vielleicht haben Sie in der Presse davon gelesen. MacGregor behauptete damals, Dukes würde ihm die Tricks klauen, insbesondere einen, der der »Zusammenklappbare Hippogreif« hieß. Naja, Sie wissen schon, wovon ich rede. Die beiden Männer hassten sich wie die Pest. Aber das hatte auch noch andere Gründe.«

»Aha?«

»Dukes machte mit MacGregors Frau Zelda rum. Was, wie man uns sagte, hinter der Bühne allgemein bekannt war. Das war es, worum der Streit *wirklich* ging – nicht die Tricks, geklaut oder sonst was.«

Diesmal nahm ich einen kräftigen Schluck. Also hatte Thrombose seinen Rivalen Spongini umgelegt und startete jetzt ein groß angelegtes Ablenkungsmanöver, um die Bullen zu verwirren, oder? Schien immer noch ein ganz simpler Fall zu sein, wenn man Romford glauben konnte.

»Aber man hat doch nur den Ring identifiziert«, sagte ich, nur um etwas zu sagen. »Das heißt nicht, dass es tatsächlich Sponginis Hand war, an der der Ring steckte, oder?«

Romford schaute mich voller Verachtung an. »Daran haben wir natürlich gedacht. Nahmen Fingerabdrücke. Faxten sie ans Yard. Fragten sie, ob es die von Dukes seien. Antwort kam innerhalb einer Stunde. Es waren die von Dukes, in Ordnung. Kein Zweifel. Sie hatten ihn im Computer. Wegen ein bisschen Gras vor zwanzig Jahren, als er jung und verrückt war.«

Er sah auf seine zuckenden Hände, bevor er den Blick wieder hob.

»Und bedenken Sie, die ganze Zeit hatten wir das komplette Gebäude dichter abgeriegelt als bei einer Nonne die ... na ja, sie wissen, was ich sagen will. Spezialisten durchsuchten es von den Dachbalken bis zu den Grundmauern. Denn, sehen Sie, da fehlte etwas ...«

»Eine Leiche«, sagte ich. Was nicht schwer zu erraten war, lag es doch offensichtlich auf der Hand.

»Präzise. Oder auch nur ein Mann mit einer fehlenden Hand – obwohl die meisten Leute normalerweise einen ziemlichen Wirbel machen, wenn man ihnen eine Hand abhackt. Und diese Hand war *frisch* – sie blutete noch, als MacGregor sie aus dem Hut zog. Also war es wirklich eine Leiche, hinter der wir her waren. Ein Verblichener. Ein Kadaver. *Irgendwas.* Aber: keine Spur.«

»Sie haben alle verhört, nehme ich an?«

»Alle. Angefangen bei den Finnen – die sind übrigens aus Belfast. Finnen sind auch nicht mehr das, was sie mal waren, hab ich zu Sergeant Mutton gesagt. Und dann hinunter bis zum kleinsten Bühnenarbeiter. Ich und Mutton haben die ganze Verhörerei selbst in die Hand genommen, haben wir. Am Ende mussten wir sie gehen lassen, jeden Einzelnen von ihnen. Niemand wusste irgendwas. Na ja, vielleicht...«

»Da liegen einige Andeutungen in diesem ›vielleicht‹, mein Freund.«

»Tja« – er ließ das Wort einige Momente im Raum schweben, während er seinen Blick auf zwei Betrunkene richtete, die versuchten, einen Wurf beim Dart zusammenzuzählen – »vielleicht. Wenn man's genauer bedenkt, gab es da etwas. Zelda.«

»Die Frau der Mächtigen Thrombose?«

»Genau. Madame selbst. Sie schien unter Schock zu stehen – *schien* – deshalb war es kein Kinderspiel, etwas Vernünftiges aus ihr herauszubekommen. Aber meine Alte erzählte mir später beim Kakao, dass Zelda ein gutes Stück weniger durcheinander war, als sie aus ihrer Ohnmacht erwachte, als man es erwartet hätte. Falls es eine Ohnmacht *war.*«

»Also glauben Sie, sie könnte etwas darüber gewusst haben? Vielleicht gewarnt gewesen sein, dass so etwas passieren würde?«

»Ja. Obwohl das die Sache nur vertrackter macht. Denn Dukes war ihr Techtelmechtelmacker. Hätte sie also im Voraus etwas von der Sache gewusst, hätte sie sicher ihr Möglichstes getan, um sie zu verhindern. Und wenn sie *nichts* davon wusste, hätte sie unter einem größeren Schock stehen müssen.«

»Vielleicht war sie nicht mehr verliebt in ihn. Sie wissen, so eine ›das-Fummeln-muss-jetzt-aufhören‹-Geschichte.«

»Das hat sie bestritten. Sie war ganz offen, was die Geschichte betraf, meinte, ihr Ehemann sei« – Romfords Augen wurden kurz glasig, als ob er von unsichtbaren Notizen ablesen würde – »›ein richtiger Bastard, ein Vieh und ein ausgesprochener Idiot; spielte mir Streiche, wenn er ein paar intus hatte, was meistens der Fall war; wünschte mir, *sein Kopf* wär aus diesem Hut gekommen, nicht Gerrys Hand. Kein Wunder, dass ich woanders nach viriler männlicher Zuneigung suchte, Officer, und sie in den kräftigen Armen meines schlanken, muskulösen Liebhabers fand.‹« Romford blickte missmutig drein. »Oder ähnliche Worte. Auf jeden Fall ziemlich viele davon.«

»Was heißt: Die einzige Ihnen bekannte Person, die ein Motiv hatte, Dukes umzubringen, ist die Mächtige Thrombose? Die ganze Show mit der abgetrennten Hand war nur eine Verdunkelungsaktion, ein Bluff? Die einzige Person, die die Hand in den Hut schaffen konnte, war MacGregor selbst?«

»'Srichtich.« Er schaute düsterer denn je drein. Ich fragte mich, wie viele Pints er bereits versenkt hatte, bevor ich ins Heart & Sickle gekommen war. »Also taten wir das Einzige, was wir tun konnten.«

»Nahmen ihn fest?«

»Yup.«

»Um ihn weiter zu verhören?«

»Yup.«

»Und er redet nicht.« Diesmal war es keine Frage.

»Yup. Und wissen Sie ...« Seine Stimme wurde immer nachdenklicher.

»Ja?«

Er sammelte sich. »Sehen Sie, ich denke, der Grund, weshalb er nicht redet, ist der, dass er uns nichts zu sagen hat. Wenn er nicht der beste Schauspieler der Welt ist – und bei diesen Bühnenheinis kann man das natürlich nie genau wissen –, dann tappt er haargenau so im Dunkeln wie der Rest von uns.« Romford grinste plötzlich müde. »Scheint ein bisschen ironisch, wenn Sie verstehen, was ich meine: der Täuscher getäuscht, der Zauberer entzaubert, der Taschenspieler vertasch – ähm. Ach, zur Hölle!«

»Was ist mit Frau Thrombose? MacGregor, meine ich.«

»Die pheromonbepackte Ehefrau? Ich sag's Ihnen, Victor, die hat –«

»Zelda«.

»– wie zwei verdammte preisgekrönte Kürbisse. Und eine – «

»Die Assistentin.«

»Auf der würde selbst Billy Graham einen – «

»Kommen Sie zurück zur Sache, Romford.«

Er schüttelte den Kopf, als ob er benommen sei, aber bald wurde sein Blick wieder klar. »Ah, natürlich, der gegenwärtige Aufenthalt der Frau des Verdächtigen. Ja.« Er wischte sich mit dem Ärmel über den Mund. »Nun ja, wir mussten sie gehen lassen, oder? Kein Grund *sie* festzuhalten. Keine Chance, sie wegen Anstiftung oder sonst was einzubuchten. Außerdem, so wie der junge Mutton sie ansah, befürchtete ich, dass es die Sache zwischen ihm und seiner Sabrina beenden würde, wenn ich sie über Nacht in die Zelle steckte.«

»Oder zwischen Ihnen und Ihrer Angetrauten?«, sagte ich ruhig.

Er wurde rot vor Ärger und schnaubte verächtlich. »Keine Gefahr in dieser Beziehung, mein Junge«, sagte er mit Nachdruck. »Ich hatte meine Chancen, das kann ich Ihnen versichern. Aber meine Frau und ich, nun, wir passen auf wie die Schießhunde, wenn's um ein bisschen Schäkern nebenher geht. Aber in meinen Augen geht Sie das einen feuchten Kehricht an!«

»Lassen wir das mal beiseite. Wo ist sie also?« Ich blieb hartnäckig.

»Ich denke mir, dass sie immer noch im Old Bull Hotel ist«, sagte er, deutlich erleichtert, das Thema zu wechseln.

»Dort hat sich die ganze Künstlerbagage eingemietet – sie und er und die verdammten irischen Finnen. Finnen sind auch nicht mehr das, was – «

»Das sagten Sie bereits.«

»Ja, hab ich. Woher wissen Sie das? Zu Sergeant Mutton, um genau zu sein ...«

Das Bier begann, seinen Tribut zu fordern. Die meisten der Leute, die in Leiche-in-Sicht leben und arbeiten, schrecken zurück, wenn ich mich ihnen nur nähere, aber Romford reagierte überhaupt nicht, als ich meine Hand auf seine legte und mich nach vorne beugte, um ihm tief in die Augen zu blicken.

»Ich bin bereit, ein Monatsgehalt darauf zu verwetten, dass sie nicht mehr im Old Bull ist«, zischte ich. »Wenn Sie mich fragen, hat sie die Fliege gemacht. Zusammen mit dem Noch Mächtigeren Spongini, schätze ich.«

»Sie glauben, er lebt?«

»Ich *weiß,* dass er lebt. Wenn er nicht von einem Auto überfahren oder von einem ausgebrochenen Bullen aufgespießt worden ist, ist er so lebendig wie Sie und ich. Wahrscheinlich lebendiger als Sie im Moment.«

»Aber das ergibt keinen Sinn! Wenn er bei der Vorstellung gewesen wäre, hätten wir ihn gefunden. Ich sage Ihnen, wir haben den ganzen Gemeindesaal von St. Bonifaz durchsucht, bis nichts mehr zum Durchsuchen da war. Und niemand hätte hinausgekonnt – wir hatten ihn dichter abgeriegelt, als bei einer Nonne die – «

»Er ist vor den Augen ihrer Beamten hinausspaziert«, sagte ich.

»*Unmöglich!* Wir haben jeden Einzelnen im Publikum verhört. Ich ließ sogar meine Alte von Seargent Mutton vernehmen, falls es später Vorwürfe wegen Begünstigung oder so geben sollte. Sie hat das nicht besonders gemocht, aber Ibuprofen vollbringt Wunder.«

»Sie haben auch alle Angestellten verhört?«

»'türlich.«

»Mein Freund«, sagte ich, stand auf und machte mich bereit zu gehen, »es ist nicht mein Job, Ihre Fälle für Sie zu lösen. Ich bin kein Schauspieler, wie jedermann sonst in Leiche-in-Sicht, deshalb kann ich Ihnen nicht einmal nützliche Anhaltspunkte geben. Alles, was ich bin, ist der Aufwischer – ein schmutziger Job, aber jemand muss ihn erledigen, oder so. Aber was ich tun *werde* und was ich tun *darf*, ist Ihnen einen Hinweis anbieten, der sich für ihr Leben im Allgemeinen als nützlich erweisen könnte.«

»Wassn?«, nuschelte er. Er hatte genug Bier getrunken, um gleich in Tränen auszubrechen.

»Ich kann Sie daran erinnern, mein Freund«, sagte ich und tätschelte seinen Handrücken, »wie wichtig Temperenz ist.«

Es war ziemlich spät am selben Abend, als Romford mich anrief. Seiner Stimme war nichts mehr vom zuvor genossenen Alkohol anzuhören. Er verlor keine Zeit und erzählte mir, was ich schon wusste.

»Temperenz«, sagte er.

»Ja. Und das ist eine sehr gute Sache.«

»Lässt einen Mann an eine alte sechziger/siebziger Jahre Popgruppe denken, das tut es.«

»Daran ließ es mich auch denken.« Ich blies auf meine Fingernägel.

»Sie nannten sich The Temperance Seven. Aber der große Gag bei dem Namen war, dass sie tatsächlich neun waren.«

»Ja.«

»Die Familie Brød bekam den Spitznamen ›Die Sieben Tödlichen Finnen‹, weil jemand das Wortspiel mochte, und sie behielten ihn – benutzten ihn auf ihren Plakaten – mit der Idee, dass sich die Leute gut daran erinnern würden.«

Ich atmete selbstgefällig aus. »Als Sie mir ihre Vorführung beschrieben, erkannte ich, dass sie in Wirklichkeit nur zu sechst waren. Drei als Basis der Pyramide, zwei auf deren Schultern und einer als Spitze – das macht sechs, nicht sieben.«

»Und ich habe mich für einen geübten Beobachter gehalten! Es ist mir nie aufgefallen. Ich bezweifele, dass Sie es bemerkt hätten, wenn Sie dabei gewesen wären. Es war eine höllische Nummer. Abgesehen von dem bisschen am Anfang, als der Vorhang aufging, hätte ich nicht ein Mal genau sagen können, *wie* viele von den Scheißkerlen es gab – da waren nur Arme und Beine und andere Teile, überall. Einer jener Fälle, wo es einfacher ist, etwas zu sehen, wenn man *kein* Augenzeuge ist.«

Ich grunzte zustimmend. Wer immer auch gesagt hatte, »Sehen ist Glauben!«, der hatte keine Ahnung gehabt

»Wir haben uns nicht besonders für diese verdammten irischen Finnen interessiert, also hat Mutton sie im Bündel verhört. ›Sieben Tödliche Finnen‹ lautete seine Anweisung, also vergewisserte er sich, dass es sieben waren, und ließ sie gehen. Hatte sich nichts dabei gedacht, bis ich ihn, nachdem ich die Kneipe verlassen hatte, danach fragte. Aber ja, meinte er, ein paar von ihnen hätten die Hände die ganze Zeit in der Tasche behalten.«

»Außer dass einer von ihnen, wie wir jetzt wissen, eine Hand zu wenig hatte.«

»Précisement, wie der Franzmann sagt.«

»Wo haben Sie Spongini ... Dukes erwischt?«

»Im Old Bull Hotel, er hatte gepackt und saß auf seinem Koffer, alles fix und fertig, um heute bei Dunkelheit mit Zelda aus dem Land abzuhauen. Die beiden haben den ganzen Coup gemeinsam geplant. Sie hat seine Hand für ihn abgeschnitten, während die Mächtige Thrombose seinen ganzen Rauchkram und alles fabrizierte. Dann brannten sie den Stumpf auf dem Herd in der Garderobe aus. Vorher hatten sie schon den Tyrannosaurus kaltblütig getötet, gebraten und gegessen. Sie war es, die die Hand in den Zylinder schaffte – dumm von mir, anzunehmen, MacGregor würde sich selbst um seine Requisiten kümmern. Die Idee war, die alte Thrombose gerade so lange schlecht aussehen zu lassen, dass wir ihn im Knast behalten würden, bis sich die jungen Liebenden sicher aus dem Staub gemacht hätten. Die Finnen steckten natürlich mit drin – Zelda und Dukes sind nicht die einzigen im Zauberergeschäft, die die Mächtige Thrombose nicht ausstehen können: Er hat sich überall Feinde gemacht.«

Romford machte eine Pause, dann fügte er hinzu: »Hey! Woher wussten Sie, dass wir ihn gefunden haben?«

»Ich habe gerade eben nochmal einen Extrablick in meine Behälter geworfen.«

»Oh, hmm, ja, nun, Dave Knuckle war immer noch im Ort wegen *Versohl mir den Arsch, Baby,* also habe ich ihn mitgenommen, damit er mir bei der Verhaftung hilft. Und er, ähh, ließ sich ein wenig hinreißen während des Verhörs ...«

Ha ha! Nach all der Zeit erkannte ich Knuckles Handschrift wie im Schlaf, und das hier war eindeutig nicht seine Arbeit. Romford war offensichtlich wirklich sehr ärgerlich gewesen: Das Schlimmste, das er Spongini hätte anhängen können, wäre so etwas wie Vergeudung von Polizeiarbeit gewesen – ebenso Zelda und der Familie Brød. Ein Mann kann mit seiner eigenen Hand tun und lassen, was er will. Aber ich ließ es durchgehen.

»Dukes muss Zelda wirklich sehr geliebt haben«, meinte ich wehmütig.

»Viel mehr, als sie ihn liebte«, sagte Romford nachdrücklich. »Er erzählte uns, bevor er ... hm, bevor Knuckles die Hand ausrutschte, heißt das ... erzählte uns, dass er schon Stunden auf sie im Hotel gewartet hätte. Sie hätte ihn abholen wollen, und er begann schon zu glauben, dass sie gar nicht mehr auftauchen würde. Also hingen wir noch ein paar Stunden dort rum, aber immer noch keine Spur von ihr. Schätze, sie ist verduftet – trieb ein doppeltes Spiel mit ihm, wurde die beiden Männer in ihrem Leben mit scheinem Lag los« – hm, doch noch eine Spur des mittäglichen Trinkens – »und machte sich dann aus dem Staub. Ich habe eine Fahndung an die Häfen und Flughäfen rausgegeben, aber ich glaube, sie ist uns entwischt. Und niemand wird ein Auslieferungsgesuch stellen wegen dem, was sie getan hat – nicht dafür. Verdammte Weiber!«

Wir wechselten noch ein paar Worte über das Thema, bevor er endlich auflegte. Mir fiel auf, dass er mir zu keinem Zeitpunkt gedankt hatte, weil ich doch seinen Fall für ihn entwirrt hatte.

Also verspürte ich auch überhaupt keine Schuldgefühle darüber, dass ich ihm nicht alles erzählt hatte – obwohl ich das sowieso nie getan hätte.

»Ist er überzeugt?«, fragte Zelda hinter mir, als ich gerade den Hörer senkte.

»Jawohl. Akte geschlossen, Liebling. Er ist zufrieden – hat die ganze Sache aus der Hand gegeben.« Ich drehte mich um und küsste sie.

»Armer Gerry«, sagte sie. »Armer, dummer Gerry.«

Sie hatte Spongini wirklich gemocht, aber er war jetzt schon eine ganze Zeit lang Schnee von gestern gewesen ... genauer gesagt, seit ich sie beim letzten Auftritt der Mächtigen Thrombose in Leiche-in-Sicht getroffen hatte, im Verlauf von Miss Grimthorpes *Die Katze, die die Kaukler killte.*

Es tat mir Leid, dass er gestorben war, aber – zur Hölle – in einer Woche würde er so gut wie neu sein. Der Plan war gewesen, dass Romford ihn sich greifen und dann ein paar Tage in Untersuchungshaft nehmen sollte, bis auch er sich nur als kleiner Stein in diesem Spiel erweisen würde. Inzwischen sollte Zelda natürlich nicht außer Landes fliehen, sondern zu dem einen Platz in Leiche-in-Sicht kommen, wo sie niemand auch nur im Traum suchen würde.

Das Haus des Mannes, um den sie alle einen Bogen machen, als wäre er ein Stück Hundescheiße auf dem Gehweg. Hier können wir für den Rest unserer Tage zusammen leben, wenn wir wollen, und niemand wird es je erfahren. In ein paar Jahren allerdings, schätze ich, werden wir unsere Sachen packen und irgendwo anders hingehen – ich meine, mein Job hat seine Vorteile, aber ich habe immer davon geträumt, mein Glück beim Film zu versuchen …

So nehme ich Zelda jetzt in die Arme. Wir sind endlich frei, und es gibt eine traditionelle Weise, so etwas zu feiern …

Kichern.

Knutschen.

Streicheln.

Küssen.

Grapschen.

Hätscheln.

Fummeln.

Und bald:

Reißverschlüsse öffnen.

»Ooh, Victor«, sagt sie. »Ooh.«

Hände schneller als das Auge, das bin ich.

Originaltitel: A Case of Four Fingers
Ins Deutsche übertragen von Axel Franken

29. DIE ABSOLUT ZUTREFFENDEN UND VÖLLIG UNMÖGLICHEN FAKTEN IM FALL DES VERSCHWINDENS VON HENNING VOK

Jack Adrian

Ich weiß nicht, wo ich anfangen soll, das Multitalent zu beschreiben: Romanautor, Forscher, Kritiker, Herausgeber und Sammler. Jack Adrian, Spezialist für A.M. Burrage, E.F. Benson, Sapper, Edgar Wallace, Rafael Sabatini und Autor vieler Kriminal- und Abenteuergeschichten sowie Romane. Daher lasse ich es.

Tatsachen waren die folgenden: In der Badewanne, unter fünfundvierzig Zentimetern rostfarbenen Wassers schwamm die völlig bekleidete (sogar mit Mantel und Gamaschen) Leiche von Herman Jediah Klauss, dem Moriarty von Manhattan, der einen großen kunstvoll verzierten Eispickel tief im Schädel trug. Lebend keineswegs einnehmend (besonders, was die Haare in der Nase betraf) wirkte er jetzt wie eine tote Seekuh.

Die erste Tatsache war sein unbestreitbar toter Zustand. Eine zweite Tatsache war das Fehlen seines Mörders am Tatort, dem Badezimmer. Eine dritte war der Umstand, dass der Mörder eigentlich hätte anwesend sein *müssen.*

Es gab weitere Fakten. Die Wohnung lag in einem Gebäude am Anfang der West Street, nur einen Steinwurf vom Park entfernt und einen halben Steinwurf vom Dakota. Sie lag im zehnten Stock und war ... groß. *Wirklich* groß. Sie war in einer Zeit gebaut worden (vielleicht um die Jahrhundertwende), als Architekten grandiose Träume hatten und Kunden mit genügend Geld, um diese zu verwirklichen. Commings hatte den Eindruck, dass das Badezimmer ungefähr so geräumig wie eine Seitenkapelle von St. Patrick's war. Die riesige Badewanne war aus Elfenbein (echt oder nachgemacht) mit dunkler Mahagonieinfassung. Die Toilette daneben hätte jederzeit als Thron dienen können, und im Bidet wäre es ein Leichtes, einen Doberman zu baden.

Bei der Tür, die mindestens siebeneinhalb Zentimeter dick war und sogar den Angriff aus einer RPG-7-Antipersonenrakete überstand, brüllte Trask: *»Das ist unmöglich!«*

Was es selbstverständlich war.

Commings überdachte die Abfolge der Ereignisse bestimmt zum fünfzigsten Mal.

Klauss betrat die Wohnung als Erster, dicht gefolgt von den Streifenpolizisten O'Mahoney und Schwaab (die er vor dem Gebäude aufgehalten und mit der Behauptung hereingebeten hatte: »Da oben ist ein Kerl, der mich auf Eis legen will.«). Ein englischer Butler nahm sie in Empfang (für diesen Abend gemietet, wie sich jetzt herausstellte) und eine afroamerikanische Hausangestellte (idem). Man begleitete sie den langen Korridor entlang, vorbei an den vollen Bücherregalen (hauptsächlich Kriminalromane: Carolyn Wells, H. H. Holmes, Carter Dickson, Hake Talbot, Clayton Rawson, Edward D. Hoch, Joel Townsley Rogers und viele andere) und Schränken mit seltenen Comic-Heften aus dem Goldenen Zeitalter (hauptsächlich von der Quality-Gruppe: *Polizei-Comics, Smash Comics, Plastic Man, The Spirit, National Comics, Doll Man* und viele andere), dann vorbei an einer Reihe gerahmter Poster, auf denen ein übernatürlich hagerer Mann zu sehen war: als Erstes in Abendkleidung (»Der erstaunliche Blitzen: Noch nie gesehene Darbietungen der Illusion und Fingerfertigkeit!«), dann in einer vage an ein arabisches Gewand erinnernder Kleidung

(»Der Sultan der Dehnung, der Emir der Elongitation – werden Sie Zeuge, wie der vielgliedrige Blitzen sich in eine Stofftasche faltet!«) und auf dem dritten Bild in einem hautengen schwarzen Badeanzug, der vor zwei Generationen modern gewesen sein mochte (»Blitzen! Illusionist *extraordinaire*!«). Kleinere Blätter zeigten ihn aus einer Kanonenmündung schauend (»Der Granatenmann!«), wie er von einem Kran in einen Swimmingpool gehievt wurde, von einem Schiffstau umwickelt, das eine halbe Tonne wiegen musste (»Der Mann mit der Eisernen Lunge«), und schließlich an ausgestreckten Händen und Füßen an eine riesige Zielscheibe angekettet (»Kann er fliehen, ehe die Armbrustbolzen sein Herz durchbohren?«).

Henning Vok (oder wie sein wahrer Name zu lauten scheint: J. R. Cole) trat dann aus einer Tür am anderen Ende (»dürr wie eine Bohnenstange«, wie Schwaab später zu Protokoll gab, »aber auch erhitzt und ein wenig außer Atem, als hätte er einen Dauerlauf hinter sich«). Er hieß seinen Besucher mit offenen Armen willkommen. Doch dieser wandte sich an die beiden Polizisten und knurrte: »Traut diesem Wichser nicht einen Zentimeter.«

Vok/Cole lachte und erkundigte sich: »Wollen Sie die Karten nun oder nicht, verdammt noch mal?« Dann deutete er auf die halb offene Tür. Klauss trat hindurch und murmelte verwirrt: »Das ist ein Badezimmer.« Vok/Cole spottete: »Du kapierst aber schnell!« Dann griff er hinter die Tür, zog den Eispickel hervor und spaltete damit zum Staunen der Zeugen Klauss den Schädel. Klauss stürzte in die Wanne (voll) und schickte eine Flutwelle über Vok/Cole, die Toilette, das Sauerstoffgerät neben dem Bidet und den Fußboden. Dann rannte Vok/Cole zur Tür, schlug sie zu und schloss von innen ab.

Die beiden Streifenpolizisten (ohne RPG-7 Raketenwerfer) brauchten zwanzig Minuten, um die Tür aufzubrechen. Als sie schließlich eindrangen, war der Raum leer. Selbstverständlich abgesehen von dem verschiedenen Herman Jediah Klauss.

»Scheiße!«, stieß Trask durch die zusammengebissenen Zähne hervor. »Und Scheiße ist die Tagesparole!« Er griff nach einem Strohhalm. »Was ist, wenn sie alle daran beteiligt waren?«

»Der Butler und das Dienstmädchen vielleicht«, sagte Commings. »Vielleicht sogar Schwaab. Aber, Lieutenant«, seine Stimme wurde ein oder zwei Tonlagen höher. »O'Mahoney?«

»Die preisgekrönte Vorhaut des Polizeireviers«, stöhnte Trask. »Der einzige total ehrliche Mann auf der Liste. *Gott!*«

Dieser letzte Fluch galt nicht nur der allseits bekannten Unbestechlickeit O'Mahoneys, die auf unglaubliche Dummheit schließen ließ, sondern der Figur, die sich in diesem Moment in die Wohnung schob. Ein Hüne in einem Pelzmantel, der in der Hand, so groß wie ein Klosettdeckel, einen Stockdegen schwang.

»Trask!«, brüllte der Neuankömmling. »Der Commissioner hat mich gerufen! Es ist ein geisteskranker Zwerg, darauf können Sie sich verlassen.«

Trask warf ihm einen Blick zu, mit dem man ein Atom hätte spalten können.

»Also, sehen Sie ...«

»Unterbrechen Sie mich nicht! Zeige Professor Stanislaus Befz ein Unmögliches Verbrechen, und er zeigt dir einen geisteskranken Zwerg mit einem Eispickel. Diese kleinen Teufel ändern nie ihren *Modus Operandi.*« Er rauschte durch die Diele wie ein wiederbelebter Golem und hinterließ eine breite Schneise zwischen den Polizisten, Fotografen und den weiß bemantelten Gerichtsmedizinern, ehe er vor dem Badezimmer zum Stehen kam.

Dort schrie er triumphierend: »William Howard Taft! Ein Eispickel! Was habe ich gesagt!« Er stieß mit dem Stockdegen gegen die Leiche. Die Klinge zog einen Scheitel in Cummings Haare, als der Detective sich zu Boden warf. »Ich darf doch wohl annehmen, Sie haben dem Buckligen bereits die Handschellen angelegt?«

»Professor, es *gibt* keinen Buckligen ...«

»Unsinn! Von den dreitausenddreiunddreißig Wunderproblemen, die ich während des letzten Vierteljahrhunderts untersucht und katalogisiert habe, waren in fünfzig Prozent der Fälle erwiesenermaßen irre Männlein in den falschen Buckeln von Möchtegernbuckligen versteckt.« Er blickte auf Commings hinab. »Was machen Sie da unten?«

Trask schnippte heftig mit den Fingern, als der Koloss Befz, der nicht auf eine Antwort wartete, zur Badewanne schritt. Commings erhob sich und reichte seinem Vorgesetzten ein Paket Magentabletten, die er für Momente wie diesen stets bei sich trug. Er fragte sich, warum Amateurdetektive, die sich auf Wunderprobleme spezialisiert hatten, unweigerlich so fett waren. Und laut. Und ... und *exzentrisch.*

»Aaron Burr!«, fluchte der Fleischberg, seine Hängebacken bebten wie die Hautlappen eines Truthahns. »Herman Jediah Klauss, der Moriarty von Manhattan!« Er wirbelte – nein, er schlingerte – herum. Mehrere Polizisten brachten sich vor seinem Stockdegen in Sicherheit. »So, wo ist das Buckelchen?«

Trask hielt sich den Bauch und zuckte zusammen.

»Sagen Sie's ihm«, sagte er leise.

Commings erklärte die Abwesenheit eines falschen Buckligen in diesem besonderen Fall. Das erforderte viel Zeit, weil Befz ihn unzählige Male unterbrach. »Wie auch immer, es gibt vier Zeugen, die gesehen haben, wie Vok – oder Cole – Klauss ins Jenseits beförderte«, schloss er.

»Massenhypnose!«, donnerte Befz. »Der älteste Trick der Welt! Ich habe in meinem Archiv dreihundertachtundvierzig Fälle, wovon der eindrucksvollste wohl der von Great-Hollywood-Bowl-Taschendieb Scam war. Dieser Vok oder Cole hat zweifellos die Zeugen so bequatscht, dass sie glaubten, er sei dünn, aber dann öffnete er seinen falschen Buckel und ließ diesen dämonischen Zwerg heraus, damit dieser das blutige Geschäft erledigte. Dieser Mann war eindeutig ein Meister-Mesmerist.«

»Klar, auch den Butler und das Dienstmädchen«, pflichtete Commings ihm bei. »Und auch Schwaab. Aber«, seine Stimme wurde eine Tonlage höher, »was ist mit O'Mahoney?«

Befz musterte den Polizisten. »Hm, Sie könnten in diesem einen Fall ausnahmsweise Recht haben«, meinte er. »Nun, es stehen jede Menge andere Unmögliche-Mord-Methoden zur Auswahl ...«

»Süßer galoppierender Jesus!«, kreischte Trask. »Die Mordmethode steht nicht zur Debatte! Wir wissen, wie er es gemacht hat! Der Kerl hat sogar ein Geständnis geliefert!« Er schluckte noch drei oder vier Magentabletten. »Zeigen Sie ihm den Brief, Commings!«

In dem Brief stand:

Geehrtes Publikum,

Ich habe beschlossen, mich mit meinem wohlverdienten Profit, der mich im Laufe der Jahre (dank kluger Investitionen) zu einem mehrfachen Millionär gemacht hat, zur Ruhe zu setzen.

Doch ehe ich gehe, kann ich euch noch ein paar Gefälligkeiten erweisen, wie ich glaube.

Primus: Beigefügt ist eine Liste von Raubüberfällen, welche in Ihren Akten unter »Unerledigt« beträchtlich viel wiegen. Streichen Sie alle. Ich bekenne mich in sämtlichen Punkten schuldig.

Secundus: Ferner bekenne ich mich schuldig der Beseitigung von Herman Jediah Klauss, Mörder, Wucherer, Hehler (der stets den absoluten Mindestpreis zahlte. Daher mein Hass auf ihn.), Ausbeuter, Erpresser, Zuhälter, fanatischer Sammler und überhaupt ein wertloser Dreckskerl. Nachdem ich ihn unter dem Vorwand, ich wolle ihm einen seltenen kompletten Satz der »Woozy Winks« Kaugummikarten (ca. 1948) verkaufen, hierher gelockt hatte, habe ich ihm den Schädel mit einem Eispickel gespalten.

Ich bedaure zutiefst die Tatsache, das ich meine riesige Sammlung interessanter Artefakte zurücklassen muss.

Das ist eine Lüge. Wo immer ich auch hingehe, habe ich von allem Kopien.

Hasta la vista!

Henning Vok alias Der Große Blitzen
(wahrer Name: Jack Ralph Cole)

P.S.: Es gibt jede Menge Indizien.

»Hmmmm«, krächzte Befz. »Unser Problem lautet jetzt also: Wie kam er aus dem Badezimmer heraus? Das dürfte nicht allzu schwierig sein. Wie Sie wahrscheinlich wissen, sofern Sie mein *magnum opus* zu diesem Thema gelesen haben, gibt es präzise eintausenddreihundertzweiundfünfzig Möglichkeiten, aus einem verschlossenen Raum zu entkommen, nur siebenhundertsechsundachtzig benutzen eine Baumwollhaspel. Und von diesen benutzen nur einhundertfünfunddreißig eine neue Nadel und ein gespaltenes Zündholz aus Papier. Wände?«

»Solider Backstein«,erklärte Trask.

»Decke?«

»Ebenso.«

»Fenster?«

»Ist seit fünfzig Jahren nicht geöffnet worden.«

»Boden?«

»Vergessen Sie es.«

»Oh.«

Gedankenverloren tippte Befz mit der Klinge seines Stockdegens gegen den Sauerstoffapparat neben dem Bidet. Ein lautes Geräusch. Dann fiel sein Blick auf den großen altmodischen Luftabsauger, der oben in der Wand installiert war.

»John Quincy Adams! Der Ventilator!«

»Um da hinaufzugelangen, muss man fliegen können«, meinte Trask mürrisch.

»*Genau*!«

Triumphierend schlug er mit dem Stockdegen gegen einen der Sauerstoffzylinder. Die Klinge zersprang in mehrere Teile. »Verdammt! Das ist dieses Jahr bereits der einhundertachtundzwanzigste. Diese segensreichen Dinger kosten ein Vermögen. Naja, egal. Vok oder Cole pumpte sich mit Sauerstoff voll, schwebte zum Ventilator hinauf, wo ...«

»Wo er von den scharfen Blättern in Stücke zerteilt wurde, klar. Sie verlieren Ihren Riecher, Befz. Geradeso gut könnte ich O'Mahoney fragen, ob er irgendwelche klugen Ideen hat.«

»Aber sicher«, erklärte O'Mahoney. »Ich meine, das liegt doch glasklar auf der Hand, Lieutenant.«

Unzählige Augen hefteten sich auf ihn. Selbstbewusst rückte er den Gürtel mit der Pistole zurecht und schritt im Raum auf und ab. Dabei schlug er mit dem Gummiknüppel auf die offene (aber in einem Handschuh steckende) linke Hand.

»Wirklich ein sehr interessantes Problem, Professor. Äh ... und Lieutenant. Oh, und ...«, er streift Commings mit einem Blick, »... Sergeant. Aber es gibt nur einen Ausgang. Obwohl wir, wie Vok/Cole ausführte, viele Hinweise haben. Sehen Sie, ich habe mich auch gefragt: Warum das Badezimmer? Doch dazu kommen wir später. Ich bitte Sie alle mir zu folgen.«

Zahllose Stiefel und Schuhe trampelten hinter ihm auf den Korridor. Er deutete auf die Poster.

»Es ist alles hier. Er war ein Verwandlungskünstler. Dünn wie eine Zaunlatte. Das ist ein altes Gebäude. Früher hat man viel großzügiger gebaut. Folgen Sie mir.«

Sie folgten ihm, zurück ins Badezimmer.

»Sie waren ganz nahe dran, Professor. Der Sauerstoffapparat war für seinen Plan unabdinglich. Vielleicht wissen nicht alle von Ihnen, dass 1959 ein Techniker in Kalifornien durch Hyperventilation, mithin übermäßige Atmung, Unmengen Sauerstoff aufnahm und dann den Weltrekord im Tauchen erzielte, indem er dreizehn Minuten und zweiundvierzig Sekunden unter Wasser blieb. Wie wir wissen, hatte Vok/Cole eine ›eiserne Lunge‹, und der Sauerstoff verschaffte ihm einen weiteren Vorteil. Wenn Sie sich erinnern, hat mein Partner ausgesagt, dass er erhitzt aussah, als sei er gerannt. Tatsache ist, dass er beinahe hysterisch wirkte. Aber wie gesagt, das Badewasser hat mir den entscheidenen Hinweis geliefert. Meiner Meinung nach verbarg das Wasser, das aus der Wanne übergelaufen war, die verräterischen nassen Fußspuren aus einer ganz anderen Quelle.«

Er benutzte den Gummiknüppel als Zeigestab. Alle Augen wandten sich dem thronähnlichen Ungetüm neben der Wanne zu.

»Richtig«, erklärte O'Mahoney. »Er hatte seinen Abgang, indem er sich durch die Toilette hinunterspülte.«

Originaltitel: The Absolute and Utter Impossibility of the Facts in the Case of the Vanishing of Henning Vok
Ins Deutsche übertragen von Edda Petri

30. Milord Sir Smiht, der englische Magier

Avram Davidson

Avram Davidson (1923-1993) war eines der mackenreichsten Talente, die je Science-Fiction und Fantasy geschrieben haben. Kurzgeschichten gelangen ihm am besten. Einige davon sind als Sammelband THE AVRAM DAVIDSON TREASURY (1998), erschienen. Ferner lohnt es sich, folgenden Geschichten nachzugehen: PEREGRINE: PRIMUS (1971) und im Anschluss PEREGRINE: SECUNDUS (1981), außerdem die Sammlung der Erzählungen über einen Detektiv und Magier, THE ENQUIRIES OF DOCTOR ESZTERHAZY (1975), aus dem die folgene Geschichte stammt.

Das Etablissement der Gebrüder Swartbloi steht – oder hockt –, wie schon seit anderthalb Jahrhunderten im Hof des Goldenen Hirschen. Einst war diese Herberge berühmt, die dem Hof den Namen gab. Jetzt ist sie schon längst passé, aber Teile davon haben überlebt: hier eine Mauer, dort ein Torbogen, und als einzigen Zugang eine Treppe. (Die Herberge war so alt, dass die Kaiserliche Hauptstadt der Triune-Monarchie langsam die Ebene der Straßen um sie herum angehoben hatte.) Die Geschäfte im Hof des Goldenen Hirschen sind eine eigenartige Mischung. Gleich rechts von den abgetretenen drei Stufen steht als erstes Florian, der Pferdekronen liefert, obwohl das Schild das nicht besagt (um genau zu sein, steht dort nichts weiter als *Florian*). Im Schaufenster ist auch nichts zu sehen, da die Scheibe aus kleinen, bleigefassten Glasstücken von Bullaugendicke besteht. Es ist ein sehr altes Fenster, das auf der altmodischen Idee beruht, dass die einzige Pflicht eines Fensters darin besteht, Licht durch eine Mauer zu lassen. Was sind Pferdekronen? Hat der Leser noch nie eine Beerdigung gesehen? Sind ihm nicht die Kronen mit den Straußenfedern aufgefallen – schwarz für einen gewöhnlichen Erwachsenen, weiß für ein Kind oder eine unverheiratete junge Frau, violett für einen Adligen oder einen Geistlichen im Rang eines Monsignore oder höher –, die feierlich auf den Köpfen der Pferde wippen? Das sind Pferdekronen, und niemand fertigt sie an wie Florian.

Links von den Stufen ist Weitmondl, der Perlmuttknöpfe in sämtlichen Größen herstellt und verkauft. Wie groß muss die Enttäuschung eines Fischer in den Buchten des weit entfernten Persischen Golfs sein, wenn er eine Auster öffnet und keine Perle darin findet. Er sollte sich mit dem Gedanken trösten, dass die Muscheln mit ihrem perlmuttschimmerndem Inneren den Weg in die große Stadt Bella finden, wo Weitmondl sie in Knöpfe verwandelt. Von den großen Knöpfen, welche die Hemden der Kutscher zieren, bis zu den winzigen Knöpfen an Kinderhandschuhen.

Den Stufen in den Hof des Goldenen Hirschen gegenüber steht das Geschäft der Gebrüder Swartbloi, die Schnupftabak verkaufen.

Es gibt natürlich noch andere Geschäfte im Goldenen Hirschen, aber sie kommen und gehen, einige bleiben höchstens ein Jahrzehnt. *Florian, Weitmondl* und *Gebrüder Swartbloi* sind die Patriarchen am Ort. Und unter ihnen ist *Gebrüder Swartbloi* das älteste Geschäft.

Im Laden steht ein Stuhl, in dem jedoch kaum jemand Platz zu nehmen wagt, eine hölzerne Ladentheke und dahinter ein Holzregal. Auf dem Regal stehen fünf große Porzellangefäße, jedes so groß wie ein kleines Kind. Auf einem Etikett steht *Rappee,* auf dem nächsten *Minorka,* dann *Imperial, Havanna* und auf der letzten *Turkei.*

Sollte jemand Schnupftabak einer anderen Sorte wünschen, eine moderne Sorte womöglich, oder gar eine gerade erst in Mode gekommene, – wie zum Beispiel *Pfefferminz! Wintergrün! Kakao-Holland!* – dann wehe ihm! Es wäre für ihn besser, nie geboren worden zu sein. Worte vermögen die eiszeitartige Kälte nicht zu beschreiben, mit der man ihm mitteilt: »Das Geschäft für Süßigkeiten ist schräg gegenüber. *Hier verkaufen wir nur Schnupftabak.*«

Eines Tages kommt Doktor Eszterhazy zum Geschäft im Hof des Goldenen Hirschen. Er geht nicht sehr schnell, tatsächlich ist er jemandem gefolgt, und dieser Jemand hat sich viel Zeit gelassen. Man könnte sagen, dass Engelbert Eszterhazy, Doktor der Medizin, Jurisprudenz, Naturwissenschaften, Literatur etc. pp. extrem langsam ging. Der Mann, dem er folgte, war hoch gewachsen, ging vornübergebeugt und trug einen langen schwarzen Umhang mit braunem Seidenfutter. Lange schwarze Umhänge waren jetzt nicht in Mode, und Gott weiß, wann sie es gewesen waren. Man könnte annehmen, dass jemand in solcher Kleidung einen ganz bestimmten Eindruck machen und Aufmerksamkeit erregen wollte. In ganz Bella gab es – soweit Eszterhazy wusste – nur zwei andere Männer, die mit langen schwarzen Umhängen umherliefen. Der eine war Spectorini, der Direktor der Großen Kaiserlichen Oper, der andere Von Greitschmansthal, der Hofmaler. Und bei beiden hatten die langen schwarzen Umhänge mit rotem Futter.

Einen langen schwarzen Umhang zu tragen und dann noch mit braunem Futter ... mit *braunem* ...deutete auf einen Individualismus höchsten Ausmaßes hin. Da er diesen seltsamen Mann höflicherweise nicht auf der Straße ansprechen konnte, folgte er ihm. Die Straße der Apfelpresser (seit Jahrzehnten wurden hier keine Äpfel mehr gepresst) ging es hinab, dann nach links in die Straße zur Schönen Aussicht (die einzige heutige Aussicht war die auf etliche Schneidergeschäfte), über den Maurits-Louis-Platz (dort gab es sechs Gemüsehändler, zwei Floristen, eine französische Wäscherei, ein Café und eine wirklich grauenvoll hässliche Statue dieses deprimierten und auch deprimierenden Monarchen) bis zum Hof des Goldenen Hirschen.

Und dort zu den *Gebrüder Swartbloi,* SCHNUPFTABAK.

Einer der Brüder stand hinter der Ladentheke. Er betrachtete den ersten seiner beiden Kunden von so weit unten, wie ihm die Theke gestattete, bis hinauf zu der eigenartigen Kappe. (Sie war aus schwarzem Samt gefertigt, mit einer Art Silbermedaillon. Sie sah nicht genauso wie eine altmodische Schirmhaube aus, aber eine Schirmhaube kam ihr am nächsten.) Und er – der Bruder Swartbloi – erlaubte sich eine Verbeugung. Der Kunde holte aus der Tasche eine sehr große Tabatiere, stellte sie ab und sagte nur ein einziges Wort:

»Rappee.«

Der Bruder nahm einen großen Löffel aus Messing und holte aus dem entsprechenden Gefäß den gewünschten Tabak. Er wog ihn und schüttete ihn in die Tabaksdose.

Es war die genaue Menge. Einhundert oder mehr Jahre Übung im Einschätzen des Fassungsvermögens von Tabatieren führt zu einem gewissen Können in dieser Angelegenheit.

Der große Mann legte eine Münze, fünf *copperkas,* auf die Theke (der Schnupftabak der Gebrüder Swartbloi ist schließlich nicht billig) und eine Visitenkarte, nickte kurz, drehte sich um und ging.

Sein Gesicht war zerklüftet und glatt rasiert. Man konnte viel darin lesen.

Als sich die Tür hinter ihm geschlossen hatte, verneigte sich der Bruder nochmals – diesmal freundlicher. »Wie kann ich Ihnen helfen, August Sir Doktor?«, fragte er.

»Indem Sie mir vier Unzen *Imperial* geben.«

Kleine Käufe werden bei Swartblois in Zeitungspapier gewickelt, sofern sie nicht direkt in eine Tabaksdose gefüllt werden können. Größere Einkäufe werden in ein spezielles gefälteltes Papier verpackt und mit einem bunten Etikett versehen. Auf dem Etikett sieht man einen vornehmen Herrn, gekleidet nach der Mode während der Regierungszeit von Ignats Fernando, der zwei Finger an die Nase hält. Seine Miene verrät totale Zufriedenheit. Frow Imglotch, deren Augen auch nicht mehr so scharf sehen wie einst, koloriert die Etiketten mit der Hand. Oft sind die Ergebnisse mehr als nur seltsam: Dadurch wird die Echtheit des Etiketts und des Produkts bezeugt.

»Ich hatte die Ehre, August Sir Doktor schon vor einigen Monaten zu sehen«, sagte der Bruder. »Als ich bei Hieronymo's war.« So hieß Eszterhazys Tabakhändler, die Quelle der berühmten Zigarren. »Ich holte dort unseren üblichen Vorrat von Havanna-Abschnitten für unseren berühmten Havanna-Schnupftabak. Ich fragte mich, ob August Sir Doktor die Zigarren zugunsten von Schnupftabak aufzugeben gewillt ...«

Er war ein dünner Mann, mit wenigen dunklen Locken auf dem knochigen Schädel verteilt. Automatisch vermaß Eszterhazy geistig den Schädel, aber er war nicht sehr interessant. »Nein«, sagte er. »Es ist für eine meiner Bediensteten – ein Geschenk zum Namenstag. Aber wenn ich mich zum Schnupfen entschließen würde, kann ich Ihnen versichern, dass ich nur den mit Recht so berühmten Schnupftabak der Gebrüder Swartbloi nehmen würde. Wer war der Herr, der soeben hier war?«

Der Bruder verbeugte sich dankend und schob ihm die Visitenkarte hinüber.

MILORD SIR SMIHT
Mage anglais
Spezialität: späte Abendstunden & Voranmeldung

Mit sehr eleganter Schrift stand darunter noch: *Hotel Grand Dominik.*

»Man hört ja, dass der britische Adel äußerst vornehm, oft aber auch exzentrisch sei«, meinte der Bruder.

»In der Tat. Oft ist dem so«, stimmte ihm Eszterhazy zu. Es war nicht gerade überaus vornehm, doch auf alle Fälle exzentrisch, wenn ein Mitglied der britischen Aristokratie im Hotel Grand Dominik abstieg. Er dachte nicht zum ersten – und gewiss nicht zum letzten – Mal darüber nach, dass auf dem Kontinent immer noch der Titel *Milord* gebraucht wurde, obwohl weder Burke noch Debrett diesen Rang kannten. Und was den Namen Smith betraf – niemand südlich oder östlich des Ärmelkanals war je in der Lage, ihn richtig zu schreiben, woran sich auch in Zukunft nichts ändern dürfte.

Er legte das Geld hin und wollte gehen, da er jetzt wusste, wo er den Fremden finden konnte. Es war nicht mehr nötig, ihm auf der Straße nachzugehen.

Er schaute auf und sah im Gesicht des Bruders die vertraute, wenngleich unwillkommene, Frage, welche lautete: ob er sich die Freiheit nehmen dürfe, August Sir Doktor eine Frage zu stellen? Er durfte. Ah, August Sir Doktor war überaus freundlich. Doch stellte er die Frage nicht. Eszterhazy beschloss, ihm zu helfen. Diese Schweigeminuten, welche auf derartige Fragen folgten, liefen immer nach einem gewissen Muster ab.

»Sollte die Frage ehemalige Indiskretionen beinhalten«, sagte er, »würde ich mich damit an Doktor LeDuc wenden, der die täglichen Annoncen in den populären Zeitungen betreut. Geht es nicht darum? Nun gut. Sollte die Frage einen Missstand der Regelmäßigkeit beinhalten, würde ich Feigensirup empfehlen. Was? Das ist es auch nicht? Dann müssen Sie sie deutlich äußern.«

Aber der Mann äußerte sie nicht sogleich. Stattdessen begann er mit einer Art Geschichte der Firma und der Familie. Die ersten Gebrüder Swartbloi waren Kummelman und Hugo. Ihnen folgten Augsto und Frans. Und Frans zeugte Kummelman II und Ignats.

»Ich bin der gegenwärtige Kummelman Swartbloi«, sagte er mit so viel Würde, dass man unmöglich darüber lachen konnte. »Mein Bruder Ignats – im Augenblick ist er in der Mühle und salzt *Turkei* ein – hat nie geheiratet, und es sieht nicht so aus, als würde er das je. Meine Frau und ich – sie ist Tochter und einziges Kind meines verstorbenen Onkels Augsto – sind seit fünfzehn Jahren verheiratet. Aber keine Kinder. Schließlich lebt niemand ewig. Und wie könnte es sein, dass es in Bella keine Gebrüder Swartbloi gibt, Sir Doktor? Wie könnten wir das Geschäft an Fremde übergeben? Und … und … es gibt so viele Medikamente … Man weiß ja gar nicht, wo man anfangen soll. Könnte August Sir Doktor mir eine Spezialmedizin empfehlen, die sowohl sicher als auch effektiv ist?«

August Sir Doktor sagte sehr, sehr freundlich. »Ich würde Ihnen lieber meinen Kollegen, Professor Doktor Plotz von der Medizinischen Fakultät empfehlen. Erwähnen Sie meinen Namen.«

Das Hotel Grand Dominik war in der Welt tief gesunken, seit den Tagen, als es noch ein Halt der Grand Tour war. Obwohl es beim Landadel schon lange nicht mehr in Mode war, zog es immer noch wohlhabende Handlungsreisende an. Damals stand es beim Ostbahnhof. Da steht es heute noch, aber seit der Fertigstellung des Großen Zentralbahnhofs fertigt man am schäbigen alten Ostbahnhof nur noch Regional- und Güterzüge ab. Infolgedessen sind die Handlungsreisenden, die im Grand Dominik absteigen, entweder ausgesprochen konservativ oder sehr alt und auf alle Fälle nicht sehr wohlhabend, was oft daher kommt, dass sie nichts verkaufen, was wert ist, gekauft zu werden. Das Grand Dominik war mehrere Jahre hindurch nur wegen der berühmten Mittagessen für einen halben Dukat offen geblieben, das es zwischen elf und drei servierte. Dieser Mittagstisch war verdientermaßen bei Junior-Partnern und gehobeneren Büroangestellten der vielen Holzfirmen sehr beliebt, die sich noch in der Nachbarschaft hielten. Daher ist die Zimmervermietung nur ein Nebengeschäft für das Hotel. Die Zimmer sind aus diesem Grund – offen gestanden – billig.

Da das Management keinerlei Anstrengungen unternommen hat, die Architektur irgendwie zu verändern, sind die Zimmer ziemlich groß. Milord Sir Smiht saß im Schein der Nachmittagssonne auf einem Stuhl an einem Tisch mitten im Zimmer. Der hintere Teil des Raums lag im Dämmerlicht. Man sah ein riesiges Himmelbett, zu dem eine kleine Leiter hinaufführte, einen alten Kleiderschrank, einen Waschtisch aus Mahagoni mit Marmorschüssel und ein Sofa, dessen schäbiger Bezug noch einen Hauch einstiger modischer Pracht verströmte – und sehr stark nach dem kräftigen Rappee-Schnupftabak roch. Allerdings war es höchst unwahrscheinlich, dass dieser Geruch vom Sofa kam, vielmehr stammte er vom *Mage anglais*.

»Ich habe Sie doch schon einmal gesehen«, sagte er.

»Sie haben Ihre Karte im Hof des Goldenen Hirschen hinterlassen, daher –«

»– sind Sie mir durch halb Bella gefolgt? Weil sie wussten, dass ich meine Karte in einem Schnupftabakladen lassen würde, ja?«

Die Konversation wurde auf Französisch geführt.

Eszterhazy lächelte. »Der *Milord* beobachtet sehr scharf. Nun, es ist wahr. Mein Interesse wurde durch Ihr – wenn Sie mir zu sagen gestatten – außergewöhnliches Erscheinungsbild geweckt.«

Der Milord brummte etwas Unverständliches, holte eine riesengroße Uhr heraus, warf einen Blick darauf und schob sie vor seinen Besucher. »Mein Honorar beträgt zwei Dukaten für eine halbe Stunde«, erklärte er. »Ab jetzt läuft die Zeit. Sie können so viele Fragen stellen, wie Sie wollen. Sie können Kartentricks vorführen oder die gesamte Zeit damit verbringen, mich anzuschauen. Doch falls Sie meine odyllische Kraft in Anspruch nehmen wollen, sollten wir sogleich beginnen. Ansonsten müssten Sie bereit sein, danach weitere zwei Dukaten für jede angebrochene halbe Stunde zu zahlen.«

Eszterhazy wunderte sich natürlich, dass ein offensichtlich so geschäftstüchtiger Mann in einem Land, das so weit von seiner Heimat entfernt war, umherwanderte – und dann noch im Hotel Grand Dominik logierte. Doch hatte er im Leben gelernt, dass die Rolle, von der Menschen meinen, sie zu spielen, notwendigerweise nicht dieselbe Rolle ist, wie die Welt sie sieht.

»Als Erstes möchte ich Sir Smiht bitten, so freundlich zu sein und die Kappe abzunehmen«, sagte er und holte eigens gedruckte Formulare aus der Tasche. Nur solange, wie ich für meine Untersuchung benötige –«

Der Engländer betrachtete höchst erstaunt die Formulare vor ihm. »Guter Gott!«, rief er. »Vor langer Zeit habe ich das mal gemacht, in Brighton. Da habe ich einem Phrenologen Geld gegeben, damit er meinen Schädel abtastete und vermaß. Aber ich hätte nie gedacht, dass ein Phrenologe *mich* für dieses Vergnügen bezahlen würde!«

»Ah, Brighton«, sagte Eszterhazy. »Die Royal Pavilions –

was für eine Exkursion in das *phantastique*! Meinen Sie, dass der Erste Gentleman Europas womöglich der erste Gentleman war, der Haschisch geraucht hat?«

Smiht schnaubte nur. Als er die Kappe abnahm, veränderte sich sein Gesicht. »Brighton, ja? Dann darf ich wohl annehmen, dass Sie Englisch sprechen, wenngleich ich nicht glaube, dass Sie Engländer sind?«

»Als Junge habe ich oft die Ferien mit der Familie meiner Tante verbracht, die in England lebte.«

»Dann lassen Sie uns mit dem Französisch aufhören. Lieber sollen Sie sich plagen, als dass ich mich abmühe. *Und des weiteren* sollten Sie verdammt genau wissen, wenn Sie in England waren, dass der Titel Sir niemals vor dem Familiennamen steht, ohne dass der Vorname dazwischen steht. Allerdings würde man wohl im Fall von Sir Moses Montefiore eine andere Terminologie verwenden – ein Punkt, den ich einem Verstand auf dem Kontinent *nie und nimmer* vermitteln kann. Ich habe mich mit *Milord* einverstanden erklärt, weil das – man könnte sagen – eine gewisse Tradition hat. Und zu S-M-I-H-T habe ich mich entschlossen, da mir klar ist, wie schwierig die Aussprache des T-H für alle Nicht-Engländer ist, mit Ausnahme vielleicht der Griechen und Isländer . . .?«

Er legte eine Pause ein, um durchzuatmen und sich die nächsten Sätze zu überlegen. Eszterhazy benutzte die Gelegenheit, trat hinter den Mann und legte ihm behutsam die Finger auf den Kopf. Er war etwas erstaunt, als der andere fortfuhr: »Der Titel Baronet stößt auf dem gesamten Kontinent auf Unkenntnis, aber das ist wohl kein Wunder, wenn hier jeder Sohn eines Barons auch ein Baron ist und jeder Sohn eines Prinzen ebenfalls ein Prinz. Wirklich kein Wunder, dass es auf dem Kontinent nur so *wimmelt* von Prinzen, Baronen, Grafen – keine Primogenitur, ach, was soll's. Ich schlage Ihnen vor, dass Sie mir einfach die

Zahlen angeben, und schreibe sie auf. Da ich nicht Gotisch oder was auch immer es ist lesen kann, brauchen Sie nicht zu befürchten, dass ich Schwierigkeiten mache, falls Sie zu der Meinung gelangen, dass es mir an Ehrlichkeit mangelt oder so ... Oh, zweite nach unten, dritte rüber – ja?«

»Erste nach unten, erste rüber«, sagte Eszterhazy.

Ohne den Kopf zu bewegen, streckte der Engländer den langen Arm aus und machte ein Zeichen in das Kästchen der ersten Kolonne in der ersten Reihe. »Getauft wurde ich George William Marmaduke Pemberton«, sagte er. »*George* hat mich meine Familie genannt. Marmaduke Pemberton war ein angeheirateter Großonkel. Meine blutsverwandte Großtante war lange vor ihm dahingeschieden. Er hat *Hunde*kuchen, oder so etwas Ähnliches gemacht, und ist damit *stink*reich geworden – vielleicht waren es auch Verdauungspastillen, ist ja egal. Da Tante Maude ihm keine Kinder geschenkt hatte und er nach ihrem Tod nicht wieder heiratete – konnte ihn nicht *hoch*kriegen, dachte wohl der Rest meiner Familie: Lass uns den Kleinen nach ihm nennen, dann hinterlässt er ihm den gesamten *Mammon,* verstehen Sie, allerdings unter der Bedingung, dass er den Namen Smith-*Pem*berton annimmt. Als ältester Bruder sollte ich auch den Titel Baronet erben. Aber, der alte Marmaduke hinterließ mir nicht die *Bohne,* ja, alles ging an eine Stiftung, um *Kirchen* zu restaurieren, schleimerische *Pfaffen* hatten ihn besucht, verstehen Sie.

»Zweite nach unten, vierte rüber, *sehr* gut. Aber zu meinem Geburtstag war er stets großzügig und schenkte mir eine Guinee. Daher habe ich aus Dankbarkeit – weil ich den Namen George nicht ausstehen konnte – immer das elegante Pemberton Smith benutzt. Kann ich jedoch *irgendeinen* Drucker auf dem Kontinent finden, der Pemberton richtig buchstabiert? Ha! Habe den Versuch aufgegeben. Und *nun* zur odyllischen Kraft, beziehungsweise Kräfte. Eigentlich begann alles mit Bulwer-Lytton, wie er sich nannte, ehe er *seinen* Titel bekam – haben Sie je etwas von seinem Zeug gelesen? *Grauen*voll, keine Ahnung, wie man so etwas lesen kann, aber er hatte mehr als nur eine Ahnung vom Odyllischen, verstehen Sie. Wie bitte? Vierte nach unten, erste rüber, Punkt und weiter. In *gewisser* Weise könnte man natürlich behaupten, alles ginge zurück auf Mesmer. Naja, hmmm, ja, Mesmer *hatte* es. Aber der arme Kerl wusste nicht, *was* er hatte. Und dann hat Oscar eine Maori-Kugel an einem Ort, der Pa Rewi Nang Nang, oder so ähnlich heißt, abbekommen. Ver*dammt,* wenn man an einem Ort sterben muss, der Pa Rewi Nang Nang, oder so ähnlich heißt – sechste nach unten und vier, nein fünf rüber, *aiwah, tuan besar.* Dann stürzte sich Reginald, ehe man sich versah, in den Hooghli, *wirklich passend,* und kam nie wieder hoch – nehme an, ein Kroko hat ihn erwischt, armer Kerl, aber er war ein besserer Leckerbissen als hundert dürre *Hindus,* also was soll's.«

George William Marmaduke Pemberton Smith schwieg einen Moment und nahm zwei Prisen Rappee-Schnupftabak.

»Und was ist die Konsequenz? Mein einziger übrig gebliebener Bruder Augustus ist Erbe der Baronet-Titels. Und da bin *ich* armer Hund, dessen Name in sämtlichen Schmierenblättern stand – und *weshalb*? Wegen eines dummen Zufalls, eines Streichs der Natur. Ich demonstrierte die odyllischen Kräfte vor einem Subkomitee der Royal Society. Ein Mitglied dieses Komitees, Pigafetti Jones, *grässlicher* Idiot,hatte sich freundlicherweise als Freiwilliger gemeldet – und er *verschwindet*! Lässt nur seine *Kleidung* zurück, bis zum letzten Hemdenknopf, Bauchbinde und Suspensorium. Nun, schließlich *ist* es ein wissenschaftliches Experiment, *richtig*? Gibt es bei der Jagd Gefahren oder gibt es bei der Jagd *keine* Gefahren? *Anfangs* Gelächter, dann fordern sie, ihn *zurück*zubringen, und dann wagt man es, mich einen *Schar*-la-tan zu nennen. MICH! Und dann –«

Ganz undeutlich erinnert Eszterhazy sich, vor langer Zeit (und selbst da waren es nicht die neuesten Meldungen gewesen) von dem eigenartigen Verschwinden Mr. Pigafetti Jones', Königlicher Astronom von Wales, gelesen zu haben. Aber was er jetzt hörte, bot viel mehr Details, als er sich hätte ausmalen können. Es lieferte auch eine – zumindest annähernd – vollständige Erklärung, warum es einen »Milord Sir Smiht« gab und weshalb dieser so lange auf dem Kontinent Europa und vielleicht noch weiter umherpilgerte. Er war ein Überweisungsmann (wie die Briten es nannten). Damit er außer Landes bliebe und damit nicht durch weitere Skandale seiner Familie Schande machte, überwies diese ihm in festgelegten Abständen eine gewisse Summe Geld.

Aber es war immer noch nicht klar, ob er bereits ein Baronet war oder es nur annahm, da sein Vater einer war. Oder gewesen war.

Und was die odyllische Kraft betraf ...

»Kräfte«, erklärte der hoch gewachsene Engländer ruhig. »Ich bin sehr zuversichtlich, dass es mehr als eine gibt.« Danach sagte er nichts mehr. Hatte er Eszterhazys Gedanken gelesen? Oder war es lediglich eine zufällige Bemerkung, die ihm durch den Kopf gefahren war?

»*Oder*, nehmen Sie den Alchemisten Zosimus, wenn Sie wollen«, fuhr er fort. »*Herein*!« Der Portier trat ein und verbeugte sich mit altmodischer Höflichkeit (der Portier war selbst ziemlich alt). Dann stellte er ein Tablett mit einer Karte darauf auf den Tisch und zog sich zurück. »Aha! Das Geschäft blüht! Fünfzehn nach unten, drei rüber ...«

Eszterhazy war nicht länger als eine halbe Stunde geblieben, aber er hatte für einen späteren Zeitpunkt eine lose Verabredung getroffen. Die Karte des nächsten Klienten, der auf Milord Sir Smiht wartete, lag so, dass beide sie lesen konnten.

Darauf stand: Gebrüder Swartbloi, Nummer 3, Hof des Goldenen Hirschen. Schnupftabak.

Der Dritte Stellvertretende Aufsichtsbeamte Lupescus von der Ausländerbehörde hatte ziemlich gemischte Gefühle. Einerseits war er immer noch glücklich, (erst kürzlich) zur Ebene des Dritten Stellvertretenden Aufsichtsbeamten aufgestiegen zu sein. Es war keineswegs alltäglich, ja nicht einmal jedes Jahr, dass ein Mitglied der Romanou sprechenden Minderheit in der Kaiserlichen Hauptstadt einen so hohen Rang erreichte. Andererseits musste er nun eine gewisse Menge Außendienst machen, und er hatte noch nie im Außendienst gearbeitet. Die jetzige Aufgabe zum Beispiel, dieser Besuch beim Vizekonsul der Britischen Gesandtschaft, war reine Routine. »Reine Routine, mein lieber Lupescus«, hatte sein Vorgesetzter, der Zweite Stellvertretende Aufsichtsbeamte Glouki gesagt. Das sage sich *leicht,* aber Routine oder nicht, man musste für diesen Besuch etwas *vorzeigen.* Und es sah nicht so aus,als würde er etwas bekommen.

»Smith, Smith«, sagte der Vizekonsul gereizt. »Ich muss Ihnen sagen, dass ich unbedingt mehr Informationen brauche. *Welcher* Smith?«

Lupescus konnte lediglich wiederholen: »Milord Sir Smiht.«

»›*Milord, Milord*‹, einen solchen Rang oder Titel gibt es nicht. Sir, das ist genauso, als würde jemand sagen: *Herr* oder *Monsieur.* Und was Smith anbelangt – übrigens haben

Sie es falsch buchstabiert, wissen Sie. Richtig ist S-M-I-T-H. Sie können doch nicht ernstlich von mir erwarten, dass ich etwas über jemanden weiß, der nur *Smith* heißt. Das wäre, als würden Sie mich wegen eines gewissen Jones in Cardiff befragen oder Macdonald in Glasgow ... Hmmm, nein, von denen haben Sie ja keine Ahnung ... Nun, es wäre, als würden Sie sich nach einem Nowotni in Prag erkundigen! Verstehen Sie?«

Lupescus Miene erhellte sich etwas. Das war doch etwas! Pflichtbewusst und sorgfältig notierte er in seinem Notizbuch: *Subjekt Milord Smiht soll angeblich mit einem Nowotni in Prag in Verbindung stehen ...*

Nach der höflichsten Verbeugung, zu der er fähig war, ging er. Draußen gestattete er sich einen Seufzer. Jetzt musste er Nowotni bei der Österreich-Ungarischen Gesandtschaft überprüfen lassen. Er hoffte, das würde ergiebiger als die bisherige Anfrage sein. Dabei sollte man denken, Leute, die Smiht hießen, würden in England auf Bäumen wachsen.

Ungefähr einen Monat später tat Eszterhazys Beziehung zu dem weißhaarigen Engländer nicht gerade einen Sprung, aber einen großen Schritt vorwärts. An diesem Abend hatte er durch den Portier seine Karte hinaufgeschickt. Dieser teilte ihm mit, er möge sofort kommen. Er traf Smiht mit einer Frau in Schwarz an. Sie war unscheinbar, aber der Typ, der in sämtlichen Kirchen der Welt vertreten ist.

»Treten Sie ein, mein Lieber. Schauen Sie, Sir. Diese gute Frau spricht weder Französisch noch Deutsch, und meine Kenntnis des Gotischen ist nicht gerade ... Bitte, fragen Sie sie, was sie will.«

Frow Witwe Apterhots wollte mit ihrem verstorbenen

Gatten Verbindung aufnehmen. »Damit will ich sagen«, erklärte sie eifrig, um kein Missverständnis aufkommen zu lassen, »dass er tot ist. Er heißt Emyil.«

Smiht schüttelte mitleidig lächelnd den Kopf. »Der Tod existiert nicht«, erklärte er. »Ebenso wenig das Leben, höchstens als Fließen von einer Seite der Gestirnslinie, oder Astralebene, wie manche sie auch bezeichnen, zur anderen. Von diesem Gesichtspunkt aus könnte man meinen, dass jeder, der nicht lebt, tot sei, doch dem ist nicht so. Der Abwesende, der hier nicht mehr ist, schwebt vielleicht in der Region, die ›Tod‹ heißt, oder er oder sie bewegt sich in einer ruhigen Vibration an der Gestirnslinie entlang, auf der so genannten Astralebene. Aber in der Welt, welche wir ›Tod‹ nennen, ist vielleicht der so genannte ›Tote‹ traurig, weil er in das, was wir ›Leben‹ nennen, gehen muss.«

Die Witwe Aptershots seufzte. »Emyil war immer so gesund, so *stark«,* sagte sie. »Ich begreife es immer noch nicht. Er hat immer gesagt, es gäbe keine Hölle, nur Himmel und Fegefeuer,und ich habe darauf immer gesagt: »Ach, Emyil, die Leute werden dich für einen Freimaurer oder so etwas Ähnliches halten.‹ Unser Priester, Father Ugerow, hört einfach nicht zu, wenn ich so etwas sage. ›Wenn du deine Gebete nicht sprichst, solltest du zumindest ein Werk körperlicher Barmherzigkeit vollbringen und deine Gedanken von diesen Dingen abwenden.‹ Aber ich sage –« Sie beugte sich vor. Ihr schlichtes blasses Gesicht war ernst und vertrauensvoll. »Ich sage, dass ich nur wissen will, ob er dort glücklich ist. Das ist alles.«

Pemberton Smiht meinte, er könnte nichts garantieren, aber in jedem Fall müsse er ein Objekt haben, das von der odyllischen Kraft des so genannten Dahingeschiedenen durchdrungen sei. Frow Witwe nickte und griff in ihr Täschchen. »Das hat man mir gesagt, deshalb komme ich vorbereitet. Ich habe dafür gesorgt, dass er das immer trägt, ganz gleich, was die Leute sagten. Und das hat er getan. Aber ich wollte nicht, dass er damit begraben wurde, weil ich es als Erinnerungsstück behalten wollte. Hier, Professor.« Sie reichte ihm ein kleines silbernes Kruzifix.

Smiht nahm den Gegenstand ganz ruhig und legte ihn auf ein schweres Möbelstück, das hinten im dämmrigen Zimmer stand. Auf dem Tisch befanden sich bereits mehrere Gegenstände. Smiht winkte, und die anderen traten zu ihm. Frow Witwe Aptershots, weil sie sicher war, dass er sie gemeint hatte, und Eszterhazy, weil er es wollte. »Das sind die für die odyllischen Kräfte erforderlichen Apparate. Bitte, gute Frau, nehmt Platz.« Er zündete ein Streichholz an und steckte einen kleinen Gasbrenner an. Dieser hatte keinen Glasschirm, auch keinen Knopf zum Regulieren. Vielleicht funktionierte er auch nicht ordentlich – oder Smiht genoss es nur, dass die Flamme voll aufgedreht in die Höhe schoss. Sie war mindestens zwei Fuß lang und flackerte rötlich golden.

Auf keinen Fall bemühte er sich, etwas zu verhehlen. Aber *diese* Dinger waren interessant, ganz gleich, wozu sie dienten. Eszterhazy benutzte die Gelegenheit, als der Magier sich zwei Prisen des starken Rappee gönnte – eine in jedes Nasenloch –, um die Geräte für die odyllischen Kräfte näher in Augenschein zu nehmen. Er sah eine Reihe dickbauchiger Gläser – zumindest einige waren glockenförmig, andere glichen Leidener Flaschen ... und was war *das* alles unter den Glasglocken? In einer lag eine große Menge Metallspäne, in einer anderen Quecksilber. In den meisten befand sich organische Materie pflanzlichen Ursprungs. Jedes Gefäß, Leidener Flasche oder nicht, war mit den anderen durch ein System von Glasröhren verbunden: Und alle Gläser mündeten in eine Art Meisterröhre, welche sich spiralenförmig nach oben, dann nach unten und wieder nach oben ringelte, bis zu einem Gefäß, das einem riesigen Grammophontrichter glich.

»Bitte, berühren Sie *nichts«,* warnte Milord Sir Smiht. »Die Geräte sind *überaus* zerbrechlich.« Er nahm ein kleines leichtes Tischchen, dessen Oberfläche geflochten war – Eszterhazy wusste nicht, aus welchem Material – und stellte es über den Trichter. Darauf legte er das Kreuz.

»So, verehrter Sir, würden Sie die Güte haben und diese gute Dame bitten, das in ihre Hände zu nehmen? Und sie möge sich freundlichweise nur auf die Erinnerung an ihren Gatten konzentrieren, welcher jetzt in einer anderen Existenzebene weilt.« Die Witwe Aptershots setzte sich und nahm zwei Metallgriffe in die Hände, die denen für die Verbindung von Magnetbatterien glichen. Doch hier schienen sie auf irgendeine komplizierte Art und Weise mit den Glasröhren verbunden zu sein. Die Witwe schloss die Augen. *»Und«,* fuhr der Magier fort. »Bitte, kooperieren Sie mit mir, indem Sie Ihre Bitte aussenden. Schließlich ist es Ihre Bitte, die ich mittels meiner eigenen Methode weiterleite.«

Dann begann er an allen möglichen Knöpfen und Regulatoren des komplizierten Röhrensystems zu drehen. Nach geraumer Zeit war er mit den Einstellungen fertig. »Emyil Aptershots. Emyil Aptershots. Emyil Aptershots. Wenn du dort glücklich bist, wo du jetzt bist, zeige es uns, indem du das Kreuz bewegst, das du während deiner Existenz auf dieser Ebene getragen hast. *Jetzt*!«

Das gesamte schwere Möbelstück, auf dem die Geräte für die odyllische Kraft (oder Kräfte) lagen, setzte sich in Bewegung.

»Nein, *nein,* du gotischer Dummkopf!«, schrie der *Milord.* Sein Gesicht war vor Sorge und Wut rot angelaufen. »Nicht den *Tisch*! Das *Kruzifix*! Nur das *Kru-zi-fix* –« Er stemmte sich gegen den Tisch und versuchte ihn zurückzuschieben, doch vergeblich. Vergeblich. Vergeblich.

Eszterhazy hatte Angst, die zerbrechliche Glasröhren könnten zerbrechen, und bemühte sich, alles festzuhalten. Der Magier stemmte sich mit aller Kraft gegen den schweren Tisch, doch dieser bewegte sich weiter vorwärts ... vorwärts ... vorwärts ...

... und abrupt zurück. Milord Sir Smiht stolperte, griff in leere Luft. Eszterhazy schoss vor und die beiden Männer führten Arm in Arm eine Art langsamen *Schottischen* auf, ehe sie zum Stehen kamen –

Milord Sir Smiht wischte sich die Stirn mit einem roten Schnupftuch, die Art, welche die Seeleute um ihre Schweinefleischpasteten wickeln, und sagte verdrossen: »Ich muss diese Sitzung als fraglich bezeichnen, was das Ergebnis betrifft. Und ich *muss* sagen, dass ich an derartige Unverschämtheiten von den Bewohnern der Gestirnslinie nicht gewohnt bin!«

Frow Witwe Aptershots sah das Ergebnis keineswegs als fraglich an. Ihr blasses Gesicht strahlte jetzt, als sie vortrat und das Kreuz wieder an sich nahm. »Emyil«, sagte sie. »war immer so *stark* ...!«

Und mit dieser Bemerkung ging sie.

Herr Manfred Mauswarmer bei der Österreich-Ungarischen Gesandtschaft war sehr interessiert. »Nowotni in Prag, ja? Hmmm, da klingelt irgendwo eine Glocke bei mir.« Lupescus setzte sich gerade hin. Vor Aufregung kribbelte seine Kopfhaut. »Ja, ja«, sagte Herr Mauswarmer. »Mit Sicherheit haben wir diesen Namen schon mal gehört. Es ist einer dieser tschechischen Namen«, erklärte er nachsichtig. »Man weiß nie, was *die* im Schilde führen.« Sehr sorgfältig machte er sich Notizen und schaute fröhlich auf. »Als Erstes müssen wir natürlich mit Wien Verbindung aufnehmen –«

»Ja,selbstverständlich.«

»Und Wien wird selbstverständlich mit Prag in Kontakt treten.«

Herrn Mauswarmers große hellblaue, mit Blut unterlaufene Augen blinzelten ein oder zwei Mal. »Ein tschechischer Name«, notierte er. »Und ein englischer Name. Verwendet das Schlüsselwort *Mage.* Kommuniziert in *Französisch.«* Kurz legte er den dicken Zeigefinger an die Nase und zwinkerte. Lupescus zwinkerte zurück. Die beiden verstanden einander. Der Hase hatte einen Vorsprung. Aber die Hunde hatten die Spur erschnüffelt.

Ein Glockenglas war leer – tatsächlich war es immer schon leer gewesen. Eszterhazy hatte dies lediglich registriert, ohne darüber nachzudenken. Er fragte auch nicht nach, als er jetzt dem Engländer zuhörte. Milord Sir Smiht schritt in dem großen alten Zimmer auf und ab. Dabei trug er die Kappe und schlug zuweilen dramatisch seinen Umhang zurück. »Die Inhalte der Gefäße repräsentieren zum großen Teil das Pflanzen- und Mineralreich – Ich weiß nicht, ob Ihnen das aufgefallen ist.«

»Ja, ist es.«

»Also das *Tier*reich ... nun, jeder Mann und jede Frau ist ein Mikrokosmos, welcher den Makrokosmos repräsentiert, Das *Uni*versum in Miniatur. Damit will ich sagen, dass wir in unseren Körpern genügend vom Animalischen und Mineralischen haben, um zu jeder Zeit – obgleich wir uns dessen nicht gewahr sind – eine gewisse Menge odyllischer Kraft auszustrahlen –«

»Oder Kräfte.«

»Oder Kräfte. Bravo. Wie auch immer. Also, allerdings enthält der durchschnittliche menschliche Körper für gewöhnlich eine gewisse Menge des Pflanzenreichs – so viel an Kartoffeln, Kohl, sagen wir Rosenkohl –, welche dem Prozess der Verdauung unterliegen.« Heftiges Wedeln mit dem Umhang. »*Ferner* die immer präsenten Bakterien, ebenfalls pflanzlich. Die genauen chemischen Bestandteile unseres Körpers sind mir im Moment nicht präsent. Vier-und-sechs mehr oder weniger, in echtem Geld. Oder ist es *zwei*-und-sechs? Man vergisst so leicht. *Dennoch.* Primär ist der menschliche Organismus ein *animalischer.*« Wieder heftiges Wedeln.

Eszterhazy nickte und formte mit den Fingern einen Kirchturm. »Und deshalb (Pemberton Smith möge mich korrigieren, wenn ich mich irre) vereinigen sich die drei Reiche – das tierische, pflanzliche und mineralische – zu einer Art Einheit, sobald eine menschliche Versuchsperson zwei metallische Griffe in die Hand nimmt –«

»Eine Art Triune Monarchie *in parvo.* Ja! Korrekt! Ich sehe, dass ich mich nicht geirrt habe, als ich annahm, dass Ihr Verstand fähig sein würde, diese Dinge zu begreifen.« Heftiges Wedeln. »Und dann ist alles eine Angelegenheit der Regulierung: Man dreht die pflanzlichen Ausstrahlungen *hoch,* die mineralischen Ausstrahlungen *dazu* ... und dann, dann, mein lieber Sir, hofft man das Beste. Denn man war noch nicht imstande, die menschlichen Individuen zu regulieren. Sie sind, wie sie sind. Man kann einen *Hahn* aufdrehen, ein Ventil öffnen oder schließen, eine Verbindungsröhre hineinstecken oder abnehmen. Doch den menschlichen Körper muss man so nehmen, *wie man ihn vorfindet*... Irgendwie schade ... holla, holla!«

In dem leeren Glasgefäß geschah etwas: Nebel, Dämpfe, blassblaues Licht, rote und weiße Funken.

Milord Sir Smiht raste hierhin und dorthin und drehte wie ein Verrückter an allen möglichen Ventilen. Dann blieb er unvermittelt stehen, schaute Eszterhazy flehend an und fragte: »*Würden* Sie, lieber Freund? *Äu*ßerst dankbar –«

Eszterhazy setzte sich auf den Stuhl, nahm die beiden Metallgriffe in die Hände und bemühte sich diese seltsamen Tiere nachzuahmen, diese Hybriden, welche imstande sind, gleichzeitig in zwei Richtungen zu schauen.

Richtung eins: Pemberton Smith, der zustammensteckte, auseinander nahm, hinzufügte, abbaute, drehte und schraubte, löste und die Ebbe und Flut der odyllischen Kräfte regulierte. Tierische, pflanzliche *und* mineralische.

Richtung zwei: Das vorher leere Glasgefäß, wo es jetzt wimmelte ... wimmelte? Aber *was*? Ein Schwarm mikroskopisch kleiner Bienen? Möglich.

In Eszterhazys Handflächen kribbelte es leicht. Das Kribbeln stieg in die Arme und Schultern. Es wurde stärker. Aber es war nicht so, als spürte er elektrischen Strom. Auf seiner Stirn bildete sich Schweiß. Ihm wurde etwas schwindlig, der *mage anglais* bemerkte das sofort. »Zu stark für Sie? Tut mir *sehr* Leid!« Er nahm weitere Regulierungen vor. Sofort ließ der Schwindel nach und war gleich darauf fast ganz verschwunden.

Und dann nahm etwas im Glasgefäß langsam Form und Gestalt an.

Möglicherweise war es ein Trugbild. Vielleicht war die bessere Bezeichnung *homunculus*. Das Glas war so groß wie ein Kind. Und das Männlein darin war so groß wie ein kleines Kind. Anderweitig war es vollkommen erwachsen. Und dieser Homunculus (oder was immer es war) war mit Sicherheit ein Mann, wenngleich ein kleiner. Ein Mann mit einem Gehrock und allem, was dazu gehörte, und einem Vollbart. Er hatte sogar eine Art Orden, ein Band schräg über der Brust und eine Medaille. Eszterhazy glaubte – sicher war er keineswegs –, dass diese Medaille der ähnelte, das Milord Sir Smiht an der Kappe trug.

»Pemberton Smith, wer ist *das*?«

»Wer? Was? Oh, das ist *Gomes*, der Magier von Brasilien.

Mit Sicherheit haben Sie von ihm schon gehört.« Dann bewegte er Arme, Hände und Finger mit verblüffender Schnelligkeit. »Wir kommunizieren mittels der internationalen Zeichensprache«, erklärte er kurz. »Er spricht nicht Englisch und ich kein Portugiesisch, verstehen Sie. Seit der arme alte Dom Peedro gefeuert wurde, sind seine Geschäfte flau gewesen. Na schön. Unausweichlich, schätze ich. Große Herrscher und die beiden Amerikas scheinen nicht zusammenzupassen. Wahrscheinlich ein reines Alte-Welt-Phänomen, wissen Sie.« Und wieder begannen Finger, Hände und Arme ihren verblüffend schnellen Tanz. »Ja, ja«, murmelte er vor sich hin. »Verstehe. Nein. Ach, wirklich? Was Sie nicht sagen! Ach, das ist wirklich schade. Zu schade.«

Er wandte sich an Eszterhazy. Der winzige Magier im Glas hatte die Händchen sinken lassen. Offenbar schwieg er. Mit trauriger Miene zuckte der Homunculus mit den Schultern. »Was halten Sie von alledem?«, fragte der Magier aus England (über die Meere).

»Was? Ist das nicht klar? Die Ameisen fressen die Kaffeebüsche, und er bittet Sie, ihm ein bisschen Pariser Grün zu schicken, weil es vor Ort nichts mehr zu kaufen gibt.«

»Mein lieber Freund, *ich* kann ihm kein Pariser Grün schicken!«

»Versichern Sie ihm, dass ich mich morgen selbst darum kümmern werde. Morgen.«

»Das ist wirklich zu gütig von Ihnen! Ja, ja, verzeihen Sie. Ich will sogleich die gute Nachricht übermitteln.«

Im weit entfernten Petropolis, in der Sommerhauptstadt Brasiliens, verschränkte der geschrumpfte Magier dieser mächtigen Nation die Arme vor der Brust, als Zeichen seiner Dankbarkeit und verbeugte sich in Richtung des entfernten freundlichen Landes Skythia-Pannonia-

Transbalkania. Schließlich bilden alle Wissenschaftler eine große internationale Brüderschaft.

Das Namenstagsgeschenk, der Schnupftabak, wurde von Frow Witwe Orgats, Eszterhazys Köchin (die seinen Rat, den Kaffeevorrat aufzustocken, beherzigt hatte), so freudig angenommen, dass er daran dachte, sich einen Vorrat dieses Seelentrösters anzulegen, gegen die Tage – unregelmäßig, aber sehr häufig – wenn Frow Köchin ihre schlimmen hysterischen Anfälle bekam und die Suppe anbrennen ließ oder (kreischend und bis in den ersten Stock hörbar) erklärte, sie könnte nichts ertragen, was einem Herd auch nur ähnlich sähe. Daher ging er bei der nächsten Gelegenheit wieder in den Hof des Goldenen Hirschen.

»Vier Unzen *Imperial.*«

Er betrachtete den Swartbloi-Bruder, der auf die Waage schaute. »Sie sind nicht Kummelman«, sagte er. Ähnlich, aber nicht ganz.

»Nein, Sir, ich bin Ignats«, sagte der Bruder. »Kummelman ist im Moment –«

»In der Mühle und salzt den *Turkei,* ich weiß.«

Verblüfft und etwas tadelnd blickte Ignats Swartbloi ihn an. »O nein,Sir. Kummelman mahlt immer den *Rappee,* ich salze den *Turkei.* Alle anderen Arbeiten erledigen wir gemeinsam oder wechseln uns ab. Aber *niemals* beim Mahlen des *Rappee* oder beim Salzen des *Turkei.* Ich wollte gerade sagen, Sir, dass Kummelman zu Hause ist, weil seine Frau sich nicht wohl fühlt. Zurzeit ist sie in einem sehr delikaten Zustand.«

Dann reichte er das hübsch in gefälteltes Papier verpackte Päckchen mit dem bekannten illustrierten Etikett herüber – dieses hatte die alte Frow Imglotch so ausgemalt, dass der Schnupfer eine graue Nase und eine grüne Perücke hatte, was jedoch keineswegs die Freude des Mannes trübte, sich das linke Nasenloch mit einer kräftigen Prise Schnupftabak der Gebrüder Swartbloi voll zu stopfen. (Allerdings war nie klar zu erkennen, um welche der Sorten es sich handelte.)

»In der Tat. Darf ich Ihnen meine herzlichsten Glückwünsche aussprechen?«

Der Bruder schaute ihn an und verbeugte sich knapp und höflich, mehr nicht. »Das ist sehr freundlich von Ihnen, Sir. Glückwünsche sind vielleicht etwas voreilig. Angenommen das Kind wird ein Mädchen?«

»Hm«, meinte Eszterhazy. »Hm, hm. Diese Möglichkeit besteht natürlich immer, nicht wahr? Danke und einen schönen Nachmittag.«

Gewiss muss diese Möglichkeit auch dem Bruder Kummelman schon eingefallen sein. Würde in diesem Fall ein zweiter Besuch in dem großen altmodischen Zimmer im Grand Dominik stattfinden, wo der *Milord anglais* immer noch residierte?

Herr von Paarfus schürzte die Lippen und schüttelte den Kopf. Dann stieß einen sehr leisen Seufzer aus, stand auf und ging ins Büro seines Vorgesetzten, Graf zu Kluk. »Ja, was ist?«, fragte Graf zu Kluk, dessen reizende Manieren es so angenehm machten, für ihn zu arbeiten. Mehr als ein Mal hatte Herr von Paarfus daran gedacht, alles hinzuwerfen und nach Amerika auszuwandern, wo seinem Cousin ein Schuhgeschäft in Omaha gehörte. Doch kam darüber kein Sterbenswörtchen über seine Lippen. Er reichte seinem Vorgesetzten das Papier.

»Von Mauswarmer in Bella, Exzellenz«, sagte er.

Der Graf klemmte das Monokel ins Auge. »Mauswarmer in Bella«, meinte er mürrisch und schaute auf. »Er hat eine Anglo-Französisch-Tschechische Verschwörung aufgedeckt, welche gegen das Österreich-Ungarische Kaiserreich gerichtet ist.«

»In der Tat, Exzellenz!« Herr von Paarfus bemühte sich, schockiert zu klingen.

»O ja! Da besteht gar kein Zweifel«, erklärte Graf zu Kluk und tippte mit dem auf Hochglanz polierten Fingernagel auf das Blatt. »Der Verbindungsagent – natürlich in Prag, wo sonst? – ist ein Mann namens Nowotni. Das Passwort ist ›Magier‹. Was halten Sie *davon*?«

»Ich glaube, Exzellenz, dass Nowotni ein in Prag sehr verbreiteter Name ist.«

Graf zu Kluk gab nicht zu erkennen, dass er das gehört hatte. »Ich werde es sofort Seiner Hoheit vortragen«, sagte er. Selbst Graf zu Kluk hatte einen Vorgesetzten. Aber dann hielt ihn seine lange Ausbildung im Diplomatischen Dienst von Österreich-Ungarn zurück. »Das heißt, sobald wir darüber etwas von unseren Leuten in London, Paris und Prag gehört haben. Bis dahin, kein Wort zu niemandem, verstanden?«

»Exzellenz haben selbstverständlich Recht.«

»Selbstverständlich. Selbstverständlich. Sorgen Sie dafür. *Sofort*!«

Von Paarfus ging hinaus und dachte an Omaha. Erst als sich die Tür hinter ihm geschlossen hatte, wagte er nochmals zu seufzen.

Oberleutnant zur See, Kommandant Adler, hatte eine lange und steile Karriere in der Marine einer benachbarten Macht hinter sich. »Aber«, sagte er. »Ich – wie sagt man das auf Englisch? Dann habe ich mein Schreibheft kopiert? Selbstverständlich möchte ich nicht ins Detail gehen. Ich dachte, wenn ich schon nicht auf See sein kann, sollte ich zumindest in der Lage sein, die Überarbeitung meiner

Monographie über Tiefseefische abzuschließen. Aber das Oberkommando war mir weniger geneigt, als ich dachte. Nein, wie hat man mich bestraft! Habe ich eine derartige Strafe verdient? Und jetzt bin ich hier. Marine-Attaché in Bella! In *Bella*! Einem Flusshafen! Hauptstadt einer Nation, ausgesprochen ehrenvoll, zugegeben.« Hastig verneigte er sich vor Eszterhazy, der sich lustlos ebenfalls verbeugte. »Aber ein Hafen, der keinerlei Tiefseeküste hat! Leider!« Danach schwieg er und atmete nur schwer. »Welches Interesse kann jemand nur an einem Süßwasserfisch haben, frage ich Sie.« Doch niemand kannte die Antwort.

»Hmmmm«, sagte Milord Sir Smiht. »Ja. Ja. Weiß, was es bedeutet im Exil zu sein. Immer noch. Wissen Sie, ich halte mich von Politik strikt fern. Ist nicht mein Bier. Whigs, Tories – mir egal. Die Pest über beide Häuser. Meeresfische, reich an Phosphor. Gehirnnahrung.«

Aber der Kommandant hatte sich nicht deutlich ausgedrückt. Sein Vorschlag für Milord Sir Smiht war keineswegs politisch, sondern wissenschaftlich. Könnte Sir Smiht mittels der idyllischen – wie bitte? Aha! – bitte tausend Mal um Entschuldigung – der odyllischen Kräfte, von denen man so viel gehört hatte –, könnte Sir Smiht eine Art Modell mit den Gewässern des Mindanao-Grabens oder einer anderen Tiefseeregion hier in Bella schaffen, damit der Kommandant seine Studien weiterführen könnte?

Der Milord hob die Hände. »Unmöglich!« rief er. *»Unmög-lich!* Denken Sie an den Druck! Man bräuchte ein Gefäß aus irrsinnig starkem Stahl. Mit Fenstern aus irrsinnig dickem Glas. *Und das ist nur der Anfang!* Die Kosten: hoch. Möglichkeiten des Erfolgs: zweifelhaft.«

Aber der Marine-Attaché meinte, dass diese kleinlichen Bedenken das Unternehmen nicht verhindern sollten. Die Hürde der Kosten, die man als ersten Schritt zu berücksichtigen hätte, war so gut wie genommen. Er deutete private Mittel an.

»Und was den Rest betrifft.« Eszterhazy trat vor. In seinen großen Augen stand reges Interesse. »Zumindest das Problem des Stahls – da sind die Platten für die *Ignats Louis*...«

Die *Ignats Louis*! Mit ungeheurem Enthusiasmus hatte die Nation (besonders die patriotische Presse) die Pläne für den Bau des ersten Schlachtschiffs der Triune Monarchie unterstützt. Das Schiff (so wurde behauptet) würde zurecht in den Herzen der Feinde – tatsächlicher oder potenzieller – Furcht und Schrecken vor Skythia-Pannonia-Transbalkania hervorrufen! Für die Königliche und Kaiserliche Marine des viertgrößten Reichs in Europa würde ein Neuer Tag – so wurde es genannt – anbrechen. Bis jetzt hatte die Marine aus drei Zollkuttern, zwei Kanonenbooten, einem Leuchtturmzubringer und dem Panzerschiff *Furioso* (der ehemaligen *Monadnock,* billig von den Vereinigten Staaten nach Beendigung des amerikanischen Bürgerkriegs gekauft) bestanden. Besondere Aufmerksamkeit wurde auf die extrem gehärteten und unglaublich starken Stahlplatten gelenkt, die für Unsummen in Schweden angefertig worden waren.

Doch bedauerlicherweise währte der Tag der Triune Monarchie als Marinemacht der Welt nur ganz kurz. Er endete mehr oder weniger mit der Feststellung, dass die *Ignats Louis* vier Fuß mehr Tiefgang erforderte, als die tiefsten Stellen des Flusses Ister selbst bei Hochwasser führten. Über Nacht verstummten die Jubelrufe der patriotischen Presse, die Subventionierung für das Schlachtschiff war im nächsten Etat verschwunden, das aufgebockte Schiffsskelett rostete langsam dahin, die extrem gehärteten und unglaublich starken Stahlplatten blieben in den Lagerhäusern des Lieferanten. Allein die beiden Kanonenboote und der Zollkutter waren noch übrig, um Furcht und Schrecken zu verbreiten – zwar nicht in Russland und Österreich-Ungarn, aber doch in Graustark und Ruritania.

Das niedergeschlagene Gesicht des ausländischen Marinekommandanten hellte sich langsam auf. Auch die Miene des englischen Magiers entspannte sich. Und wie auf ein geheimes stummes Komando hin, gingen die beiden zum Tisch und begannen Pläne zu schmieden.

«Qu'est-ce qu'il y a, cette affaire d'une mage anglais aux Scythie-Pannonie-Transbalkanie?«, fragte man sich in Paris.

»C'est, naturellement, une espèce de blague«, antwortete man in Paris.

»Envoyez-le à Londres«, beschloss man in Paris.

»Was können die Burschen nur meinen?«, fragte man sich in London. »›Englischer Mogu Milor Sri Smhiti?‹ Das ergibt doch keinen Sinn!«

»Hmmm, na ja, in gewisser Weise schon«, meinte man dann in London. »Selbstverständlich sollte das Mogul heißen. Und sri ist doch ein religiöser Rang in Indien. Aber keine Ahnung, was ich mit Smhiti anfangen soll. Hindi? Gujarati? Sir Augustus ist unser Indienexperte. Schicken wir es ihm«, sagte man in London.

»Sehr gut, aber ... schauen Sie sich das an. Was könnte tscheque novothni bedeuten? Die können einfach nicht richtig schreiben in Paris. Überprüfen Sie Novothni, was sind Novothni?«

»Keinen blassen Schimmer. Irgendein Bergstamm oder so. Nicht unsere Sache. Schicken Sie am besten alles an Sir Augustus«, sagte man in London.

In Prag brüteten sie über den Aktenbergen. Die Unterlagen begannen mit Abelard und endeten mit Zygmund.

Sie arbeiteten sich bis Nowotni vor. In Prag hatte man Unmengen Zeit. Außerdem war das eine beruhigende Arbeit und viel mehr nach dem Geschmack der Beamten als dieser absolut vertrackte Fall des jungen Studenten, der glaubte, er habe sich in eine riesige Kakerlake verwandelt.

Sie hatten dem alte Portier des Grand Dominik gesagt, allen eventuellen Besuchern mitzuteilen, dass Milord Sir Smiht im Augenblick niemanden empfangen könne. Aber Frow Puprikosch ließ sich von einem Portier nicht abschrecken. Es besteht sogar berechtigter Zweifel, dass sie überhaupt verstand, was dieser sagte. Noch ehe er ausgeredet hatte, war sie bereits an ihm vorbeigerauscht ... und trat in das Zimmer, wo die drei Männer bei der Arbeit waren.

»Nicht jetzt!«, herrschte Smiht sie an ohne aufzublicken. Er verband das Glasröhrensystem mit der Taucherglocke, welche mit Stahlplatten bestückt war. »Ich habe jetzt keine Zeit für Sie.«

»Aber Sie müssen mich sofort anhören«, erklärte Frow Puprikosch mit lauter Altstimme. »Mein Fall erlaubt keinerlei Verzögerung, denn wie kann man ohne Liebe leben?« Frow Puprikosch war eine große schwarzhaarige Frau, deren Jugendblüte schon etwas angewelkt war. »Es war die Tragödie meines Lebens, dass es in meiner Ehe mit Puprikosch keine Liebe gab – aber was habe ich damals schon gewusst? Ich war ja praktisch noch ein Kind.« Sie presste eine Hand auf den Busen, um den ungeheuren Seufzer zurückzudrängen, der sich darin bildete. Mit der anderen Hand gestikulierte sie wild mit einem Schirm, welcher der uralten Spitzenindustrie der Triune Monarchie mehr genützt hatte, als dass er Schutz gegen Regen bot.

»Und was würde Herra Puprikosch sagen, wenn er wüsste, was Sie wollen? Es wäre besser, Sie gehen wieder nach Hause, liebe Dame«, riet man ihr.

»Es ist aus. Ich habe mich von ihm scheiden lassen, die Ehe wurde annulliert. Ihm geht's in Argentinien auch viel besser«, erklärte sie und betrachtete alles um sie herum mit großem Interesse.

»Argentinien?«

»*Irgendwo* in Afrika!«, sagte sie und schwenkte den Schirm. »Worum ich Sie bitten wollte, lieber Magier«, sagte sie zu Eszterhazy, »ist Folgendes: Zeigen Sie mir meine wahre Liebe. Das können Sie. Soll ich mich hierhin setzen? Ich setze mich hierhin.«

Eszterhazy versicherte ihr, dass er nicht der Magier sei, doch sie hob lediglich eine Braue und lächelte. Dann streifte sie die Handschuhe ab. Diese waren altmodisch, sehr lang mit vielen Knöpfen (von bester Perlmuttqualität und wahrscheinlich aus dem Geschäft Weitmondl im Hof des Goldenen Hirschen). Zu dieser Handlung brauchte sie ziemlich lange. Während dieser Zeit einigten sich die Männer mittels Achselzucken, Seufzern und Nicken, dass es wohl besser sei, zumindest zu versuchen, der Dame den Wunsch zu erfüllen, wenn sie an diesem Tag überhaupt noch weiterarbeiten wollten.

»Wenn Sie, liebe Dame, die Freundlichkeit besitzen würden, diese beiden Griffe in die Hand zu nehmen«, sagte Sir Smiht resigniert. »Dann konzentrieren Sie sich bitte ganz auf Ihren Wunsch. Ah, ja, das ist ein guter fester Griff.« Er begann, die notwendigen Einstellungen vorzunehmen.

»Liebe, Liebe, meine wahre Liebe, mein Seelengefährte. Wo ist er?«, wollte Frow Puprikosch von dem Universal Äther wissen. »Joi!«, rief sie einen Moment später in ihrer Muttersprache Avarisch. Ihre Brauen gingen bis zu den glänzenden schwarzen Stirnlocken hinauf, die sorgfältig arrangiert waren. »Ich spüre schon, wie es beginnt. *Joi*!«

»Hossa! wäre angebrachter«, meinte Smiht leise. Er schaute auf den Anzeiger am Tischende. »Du lieber Himmel!«, rief er. »Mit welch unglaublicher Menge odyllischer Kräfte paart sich diese Frau! So etwas habe ich noch *nie* gesehen.«

»Liebe«, erklärte Frow Puprikosch begeistert, »Liebe ist das einzig Wichtige. Geld ist unwichtig. Geld habe ich. Eine hohe Position ist unwichtig, auf eitlen Ruhm spucke ich. Ich bin eine Frau, die sich aus tiefster Seele nur nach Liebe sehnt! Ich brauche nur Liebe! Und ich weiß, ich weiß, ich *weiß,* dass irgendwo *mein* Seelengefährte ist – wo bist du?«, rief sie und ließ die großen schönen Augen umherschweifen. »Oooooh?«

Der Zeiger auf dem Messgerät, der bisher schon erstaunliche Kapriolen geschlagen hatte, raste eine volle Drehung vorwärts, löste sich mit melodischem Klang aus der Verankerung und fiel auf den alten Teppich.

In diesem Moment ertönten aus dem Inneren der Taucherglocke Laute, die allerdings weniger melodisch waren. Eszterhazy stürzte vor, um die Verschlusskappe zu lösen, doch diese sprang von selbst auf und sauste durchs Zimmer. Und dann flog – ja, es gibt keine bessere Beschreibung – ein Mann *flog* heraus. Er war mittleren Alters, kräftig und trug kein Fädchen am Leib um wie die Franzosen so delikat zu sagen pflegen, *pour cacher sa nudité* . . .

»*Joiiiii*!«, schrie Frow Puprikosch, ließ die Metallgriffe los und schlug die Hände vors Gesicht.

»Grundgütiger Himmel, ein Weib!«, schrie der Gentleman, der soeben aus der Taucherglocke geflogen war. »Pemberton Smith, verdammt, gib mir *das*!« Mit diesen Worten riss er den Umhang des *mage anglais* von dessen Schultern. Dann warf er das Kleidungsstück um sich, ähnlich wie ein römischer Senator, der sich soeben erhoben hat, um eine Verschwörung aufzudecken, seine Toga trug. Nachdem so Anstand und Sitte gewahrt waren, fragte der Neuankömmling offensichtlich leicht verblüfft: »Wohin auf dieser Erde haben Sie uns verschleppt, Pemberton Smith? Und warum um alles auf der Welt haben Sie sich so kostümiert? Die Haare weiß gefärbt und ich weiß nicht, was sonst noch. Ha?«

Pemberton Smith war leicht verärgert. »Ich habe keinerlei Maskerade angewendet«, widersprach er. »Das ist lediglich der natürliche Alterungsprozess von dreißig Jahren. Aber berichten Sie mir, wie haben Sie die Zeit auf der Gestirnsebene verbracht – oder Astralebene, wenn Ihnen das lieber ist?«

»Es ist mir nicht lieber«, erklärte der Mann barsch. »Ich habe keine Ahnung. Ich bin vom Observatorium hergekommen – verdammt idiotische Idee, in Wales ein Observatiorium zu errichten, dreihundert Nächte im Jahr verdunkelt die keltische Nebelsuppe den Himmel, alle Pubs sind sonntags geschlossen – und habe zufällig der Royal Society einen Besuch abgestattet. Dann habe ich mich für Ihr Experiment freiwillig zur Verfügung gestellt. Gerade war ich *dort* und im nächsten Moment bin ich *hier* –« Er deutete auf die Taucherglocke. Dann traf ihn offensichtlich die Erkenntnis. »Dreißig Jahre sagen Sie? Grundgütiger Himmel!« Aber sogleich strahlte sein Gesicht vor Glück. »Dann ist Flora, dieses dürre alte Luder, inzwischen tot. Und wenn nicht, ist es um so schlimmer für sie. Aber wer ist denn diese reizende Dame?«

Die Dame legte den Schirm weg und trat in voller Majestät auf ihn zu. In melodischem Englisch, wenngleich mit schwerem Akzent, sagte sie: »Ich bin Madame Puprikosch, aber Sie dürfen mich Joschinka nennen. Mein Seelengefährte! Meine einzige wahre Liebe! Für mich hergeholt durch das Genie des *mage anglais! Joi*! « Dann schloss sie ihn fest in die Arme, was dem Gentleman keineswegs unangenehm zu sein schien.

»Wenn es Ihnen nicht ausmacht, Pigafetti Jones«, sagte der Magier etwas steif, »wäre ich dankbar, wenn Sie mir meinen Umhang zurückgäben. Als Nächstes müssen wir über die ungeheure Unannehmlichkeit diskutieren, welche mir Ihr Verschwinden bei der Royal Society für drei Jahrzehnte beschert hat.«

»Alles zu seiner Zeit, Pemberton Smith«, sagte der frühere Königliche Astronom von Wales und strich mit den Händen über Frow Puprikoschs breiten Rücken – oder, wie sie es vorzog, von ihm genannt zu werden: Joschinkas. »Alles zu seiner Zeit … sagen Sie, Joschinka, empfinden Sie Ihr Korsett nicht als äußerst einengend? Mich würde es stören. In der Tat stört es mich sehr. Lassen Sie uns irgendwohin gehen, wo Sie es ablegen können, und danach werde ich Ihnen die übernatürliche Schönheit des Abendhimmels erklären – selbstverständlich fangen wir mit der Venus an.«

Die Dame sagte nur noch: »Joi!« Dann gingen sie gemeinsam zur Tür.

Auf der Schwelle stand ein sehr großer, sehr dünner und sehr würdiger älterer Gentleman im Cut, mit gestreiften Hosen, Seidenhut – welchen er etwas linkisch abnahm, als Frow Puprikosch an ihm vorbeirauschte. Dann musterte er den *mage anglais* ausgesprochen missbilligend. *»Nun,* George.«

»Du lieber Himmel. *Augustus*! Bist du das wirklich?«

»Ja, ich bin es, George. *Nun,* George. Ich nehme an, du hast meinen Brief erhalten.«

»Ich habe keinen Brief bekommen.«

»Ich habe ihn postlagernd zu Cook's nach Poona gesandt.«

»Ich war seit Jahren nicht mehr in Poona. Guter Gott! Das muss der Grund sein, warum meine Überweisungen so spät gekommen sind. Ich muss vergessen haben, meinen Adressenwechsel mitzuteilen.«

Sir Augustus Smith runzelte die Stirn und betrachtete seinen Bruder verwirrt. »Du warst seit Jahren nicht mehr in Poona? Was soll dann all dieser Unsinn, dass du dich Mogul Sri Smith nennst und die Bergvölker zur Rebellion anstiften willst, mit deinem Kampfruf: ›No Votni‹? Votnis wurden zusammen mit der Steuer auf Hafermehlgrütze abgeschafft, im Jahr nach der Meuterei, also, *das* musst du doch wissen.«

»Ich sage dir doch, ich war elf Jahre nicht in Indien. Nicht seit das Präsidium so viel Wind um die Affaire mit dem Seiltrick gemacht hat (alles durch die odyllischen Kräfte hervorgerufen, das schwöre ich). Und was den Rest betrifft, habe ich keine blasse Ahnung. Ich soll mich Mogul Sri Smith nennen, *wofür hältst du mich*?«

Sir Augustus senkte den Kopf und biss sich auf die Unterlippe. Dann schaute er auf. »Nun, nun«, meinte er schließlich. »Das ist wahrscheinlich wieder eine Schlamperei der Junior Clarks, nicht das erste Mal, weißt du, und es wird auch nicht das letzte Mal sein.« Er seufzte. »Ich sage dir, woran es liegt, George. *Heutzutage* lassen sie *jeden* in Eton zu.«

»Du lieber Himmel!«

»Tatsache. Nun, Hm.« Er blickte sich im Zimmer um. »Also, ich sehe die Sache folgendermaßen: Seit ich mit eigenen Augen gesehen habe, dass Pigafetti Jones lebt und alle möglichen Spielchen treibt, was er meiner Meinung nach auch all die Jahre lang getrieben hat, ja, da sehe ich keinen Grund, weshalb du nicht nach Hause kommen solltest, wenn du willst.«

»Augustus! Meinst du das ehrlich?«

»Gewiss.«

Der jüngere Smith holte aus dem Kleiderschrank eine prall gepackte Reisetasche älteren Datums. »Ich bin bereit, Augustus.«

Auf der Treppe und auf dem Korridor hörte man laute Schritte. Der Portier erhob vergeblich mit schwacher Stimme Einspruch. Kummelman Swartbloi stürzte ins Zimmer, warf sich dem jüngeren Smith vor die Füße und wollte sie küssen. »Meine Frau!«, schrie er. »Meine Frau hat soeben Zwillinge bekommen, Knaben! Damit ist für Bella die nächste Generation Gebrüder Swartbloi (Schnupftabak) sichergestellt. Ich danke Ihnen. Dank! Dank!« Dann machte er kehrt und preschte davon. Er meinte noch hastig, er wäre gern länger geblieben, aber für ihn sei es unabdingbar, in einer Viertelstunde in der Mühle zu sein, um den *Rappee* zu mahlen.

»Erblicken in der Familie dieses Burschen oft Zwillinge das Licht der Welt?«, fragte Sir Augustus.

»Ich fürchte, in seiner Familie kommt nichts mehr oft vor. Ich habe ihm lediglich den Rat gegeben, den Metzger zu wechseln und rein zufällig die gut bekannte Firma Schlockhocker am Ochsenmarkt empfohlen. Der alte Schlockhocker hat sechs Söhne, alles Zwillinge, von denen die jüngsten, Pischto und Knischto, sich bei den Auslieferungen täglich abwechseln. Schon eine wunderbare Sache, ein Wechsel in der Ernährung ... und natürlich die odyllischen Kräfte.«

Sir Augustus wollte gerade den Hut aufsetzen, doch jetzt hielt er inne. »Ich hoffe nur, George, dass du nicht die Hände im Spiel gehabt hast, in dieses andere Handelsunternehmen Scheinsprösslinge zu bringen.«

Sein Bruder bestritt alles. Schließlich waren Kummelman und seine Frau Kusin und Kusine. Sir Augustus nickte, hob wieder den Hut und deutete damit auf die vielen

Geräte auf dem schweren Tisch. »Möchtest du nicht deine philosophische Ausrüstung entfernen?«

Smith der Jüngere dachte nach. Er blickte auf seine eigenartige Samtkappe mit der seltsamen silbernen Medaille. Er nahm sie in beide Hände und ging zu Doktor Eszterhazy. Dieser verbeugte sich. George William Marmaduke Pemberton Smith setzte sie Engelbert Eszterhazy (Doktor der Medizin, Doktor der Jurisprudenz, Doktor der Naturwissenschaften, Doktor der Literatur etc. etc.) auf den Kopf. »Ab jetzt sind Sie der Magier der Triune Monarchie«, erklärte der Engländer feierlich. »Ferner dürfen Sie von der gesamten Ausrüstung der odyllischen Kräfte Besitz nehmen. Leider kann ich nicht bleiben, Sie aber schon.«

Die Brüder verließen Arm in Arm das Zimmer. Sir Augustus fragte: »Wer war dieser seltsam aussehende Bursche, George?« Worauf der Jüngere antwortete: »Ein Phrenologe. An den Namen entsinne ich mich nicht mehr. Gibt es im Simpson's immer noch diesen köstlichen Lammbraten?«

»Bei Simpson's bekommt man immer noch sehr gutes Lamm.«

»Ich habe kein gutes Lamm mehr gegessen seit ...« Stimmen und Schritte verstummten.

Doktor Eszterhazy betrachtete die Ausrüstung der odyllischen Kräfte. Dann rieb er sich langsam die Hände und lächelte.

Originaltitel: Milord Sir Smiht, the English Wizard
Ins Deutsche übertragen von Edda Petri

31. »Gib sofort das Universum zurück!«

F. Gwynplaine MacIntyre

F. Gwynplaine MacIntyre hatte die Frechheit diese Geschichte zuerst anderswo an den Mann zu bringen. Aus diesem Grunde werde ich Ihnen nun meinerseits nichts über ihn mitteilen. Das wird ihm eine Lehre sein. (Aber verraten Sie's ihm bloß nicht! Wenn Sie mehr über ihn wissen wollen, lesen Sie z.B. das große Buch der neuen Sherlock-Holmes-Geschichten, das bald auch in Deutschland erscheinen wird.)

»Das muss der Ort sein«, sagte Smedley Faversham, als er in der Zeit rückwärts reiste, zum Uranfang des Universums, und schaute sich um.

Die in Frage kommende Umgebung war ein Raum mit knapp zwei Metern Durchmesser: eine Kugel, die aus ionischem Plasmagas bestand, das auf eine Temperatur von zehn *Milliarden* Grad Kelvin erhitzt war. Bei dieser Temperatur konnte Materie nicht mehr die atomare Integrität bewahren, demzufolge war der Inhalt der Kugel in subatomare Partikel, Photonen und einige exotische Teilchen zerbrochen, wie Bosonen, Gluonen und gelegentliche Quarks. Selbstverständlich konnte eine Plasmawolke mit derartig extremer Temperatur Smedley Faversham augenblicklich vaporisieren, daher war er vorsichtig und trat mehr als drei Meter zurück und schaute aus sicherer Entfernung zu, wie der ständige Strom von Protonen, Photonen, Neutronen und Elektronen von der Schwerkraft der Plasmakugel eingefangen und in deren subatomare Masse gesogen wurde.

Die Kugel war, um die Bezeichnung zu präzisieren, eine Hypersphäre, denn sie hatte sich ihre Gestalt aufgrund ihres uniformen Radius durch sämtliche Dimensionen des Raums erworben: Sie war also kreisförmig oder kugelförmig in *alle* Richtungen ... nicht nur die drei augenfälligen. Der Radius der Hypersphäre nahm langsam ab, als die immense Masse der Plasmawolke ihren Inhalt in einen Zustand der Superkompression zwang. Mit jeder Nanosekunde wurde die Sphäre etwas kleiner.

Der unerschrockenene Zeitreisende Smedley Faversham wusste, dass er in der Tat am richtigen Ziel in der Raumzeit angekommen war. Die Plasmasphäre direkt vor ihm enthielt ungefähr 99,99995 % der gesamten physischen Materie des gesamten Universums, und das bedeutete im Klartext: Diese leuchtende Kugel entsprach 99,99995 % des gesamten Universums. Und da Zeit wiederum ein Koeffizient der vereinten Kraft ist, die sowohl Gravitation als auch Elektromagnetismus umfasst, leuchtet es ein, dass diese leuchtende Kugel auch 99,99995 % der gesamten *Zeit* im Universum enthielt: Die gesamte Zeit, die je existiert *hatte,* und die je existieren *würde.* Da nun dieser Ball aus Plasmagas – mit inzwischen weniger als anderthalb Metern Durchmesser, weil er während der letzten Nanosekunden geschrumpft war – nahezu den gesamten Raum und die gesamte Zeit im gesamten Universum enthielt, *musste* – wie Smedley bereits festgestellt hatte – dies der richtige Ort sein. Denn er konnte nirgendwo anders – und in keiner anderen Zeit – sein!

»Jetzt ist es jede Sekunde so weit.« Smedley Faversham lachte. »Dann wird die gesamte Materie und Anti-Materie in allen unendlichen Dimensionen des Universums – selbstverständlich abgesehen von mir ... – zu einer, wissenschaftlich gesprochen, nondimensionalen Sigularität von Raum-Zeit *geschrumpft* sein. Eine Nanosekunde später wird sie explodieren und den Urknall erzeugen. Und das wird *der* Moment sein, indem ich meinen teuflischen Plan in die Tat umsetze.« Wieder lachte Smedley.

Gierig sah er, wie einige abgeschweifte Photonen und Baryonen auf die kleiner werdende Kugel zustürzten und sich der Masse hingaben. Laut Smedleys Berechnungen gab es im gesamten Universum außerhalb der Hypersphäre nur 217 subatomare Partikel von Materie oder Antimaterie (seine eigenen Moleküle und die Moleküle seiner Kleidung und Ausrüstung nicht eingeschlossen). Sobald diese letzten wenigen Partikel in den gnadenlosen Schwerkraftsog der Hypersphäre geraten sein würden, begann Smedleys Arbeit.

»Je mehr desto besser«, sagte Smedley Faversham und nickte wohlwollend den wenigen Nachzüglern zu (ein Graviton, ein Fermion und ein Neutrino), die sich in den Wirbel der Plasmawolke stürzten ... welche inzwischen auf einen Durchmesser von ein Meter achtzehn kondensiert war. »Bald wird der Urknall beginnen. In den ersten beiden Minuten von Zeit wird die Temperatur der Plasmahypersphäre um den Faktor zehn sinken, während sich das Volumen ausdehnt. Das gestattet die Formation einfacher Isotopen, wie Helium, Protium und Tritium. Aus diesen einfachen Bausteinen wird das gesamte Universum gebaut. Es sei denn ...« Hier lachte Smedley Favesham wieder. »... *ich* disponiere um.«

An diesem Punkt mag sich der geneigte Leser fragen, wie Smedley Faversham in der Lage sein konnte, zu überleben, da die Sauerstoffmoleküle, die zum Atmen notwendig sind (vom Lachen ganz zu schweigen), von den kosmischen Nachwirkungen des Urknalls noch nicht hervorgebracht worden waren. Folglich gab es auch keine Luft für Smedley, die er hätte einatmen können, während er in geringer Raum-Zeit-Entfernung von der Erschaffung des

Universums stand. Der Grund dafür war – nein, wir können hier unmöglich von einem *Grund* sprechen, schließlich konnte Smedley auf nichts *Festem* stehen, da die gesamte atomare Masse in sämtlichen unendlichen Dimensionen des Universums (minus 189 Subpartikeln, die immer noch nicht eingetroffen war, plus Smedley selbst) bereits in der alles verzehrenden Hypersphäre verschwunden war. Durch die Anwendung derselben gnadenlosen Logik mag sich der geneigte Leser ferner fragen, wie Smedley imstande war, die Hypersphäre zu *sehen,* da nun nahezu alle Photonen des Universums *im* Schwerkraftsschacht der Kugel waren, außerhalb der Reichweite von Smedleys Sehnerven.

Der geneigte Leser sollte sich verdammt noch mal um seinen eigenen Kram kümmern.

Für diejenigen, die aus Bosheit eine Erklärung verlangen, kommt sie: Die Regeln, welche für die Struktur und Funktion von Raum und Zeit innerhalb des Materium-Energie-Universums gelten, sind notwendigerweise ein *Teil* dieses Universums und müssen daher *darin* existieren.

Smedley Faversham hatte sich *außerhalb* der Grenzen von Raum, Zeit und Universum gestellt (indem er drei Schritte nach hinten und etwas nach links getreten war). Daher existierte er jetzt *außerhalb* von Raum und Zeit und allen Regeln, welche die Interaktion von Materie und Energie steuern.

Sind Sie *jetzt* glücklich?

Smedley Faversham knurrte der Magen und erinnerte ihn daran, dass er seit dem Jahr 2193 nichts mehr gegessen hatte, was von seiner derzeitigen Position sechzehn Milliarden Jahre im Zeitstrom hinter ihm lag, plus oder minus ein Äon. Er griff in seinen Umhängebeutel und holte eine doppelte Portion Curry Vindaloo heraus, die er auf dem Weg zum Urknall während eines Halts in Stoke Newington beim Restaurant Kurry Kebab King, das rund um die Uhr geöffnet war, gekauft hatte. Jetzt wickelte er es aus und verzehrte es bedächtig, während er die Ankunft einiger weiterer subatomarer Partikel beobachtete. Inzwischen hatte die Hypersphäre weniger als neunzig Zentimeter Durchmesser und sehr bald würde der Urknall beginnen.

»Das war köstlich«, sagte Smedley Faversham, als er das Wachspapier des Essenspakets in den Strudel der Hypersphäre warf (es zahlt sich immer aus, reinlich zu sein). Dann wischte er sich die hellroten Flecken der Vindaloo-Soße von den Fingerspitzen, als die Moleküle des Wachses und des Papiers, samt dem Rest Vindaloo, in ihre atomaren Komponenten aufgebrochen wurden, und dann diese Atome in ihre subatomaren Splitter gespalten wurden. »Leider bekomme ich von Curry Vindaloo immer Sodbrennen, und manchmal – rülps! – noch ein paar andere Verdauungsprobleme«, fügte Smedley hinzu und unterdrückte einen großen Rülpser, als das verschwundene Vindaloo einen kurzen Versuch machte, wieder nach oben zu kommen. »Aber ich mag ein gutes Curry, und das Sodbrennen hält mich warm. Die Entropie beginnt nicht, bis der Urknall losgeht, da brauche ich in der Zwischenzeit Wärme. Und was die interne Verbrennung betrifft, gibt es nichts Besseres als – rülps! – ein gutes Curry Vindaloo, um das heimische Feuer am Brennen zu erhalten – in Bezug auf die Verdauung. Hallo, was ist das?«

Während Smedley Faversham sich in Lobeshymnen auf Curry Vindaloo erging, war das Universum um ihn herum (beziehungsweise die Hypersphäre direkt vor ihm, etwas seitlich nach rechts) fröhlich weiter geschrumpft. Jetzt betrug ihr Durchmesser fünfundsiebzig Zentimeter und wurde noch immer ständig kleiner, während einige der letzten subatomaren Partikel in den unzähligen Dimensionen von Raum-Zeit sich wie die Lemminge in den Strudel stürzten. Aber etwas anderes hatte Smedleys Aufmerksamkeit erregt: Mit Überlichtgeschwindigkeit näherte sich ihm etwas. Es war ein subatomares Partikel, welches sich irgendwie vom Rest unterschied.

Selbstverständlich bewegen sich die meisten guten subatomaren Partikel *nie und nimmer* schneller als das Licht. (Sie blicken sich auch immer in alle in Frage kommenden Richtungen um, ehe sie in eine andere Quantumebene überwechseln.) Doch dieses subatomare Partikel war so groß wie ein kräftiger Mann. Mit einem Schmerbauch. Es *schnaufte* sogar, was subatomare Partikel höchst selten, aber kräftige Männer mit Schmerbauch häufig tun. Außerdem trug dieses subatomare Partikel Rockaufschläge. An einem Revers steckte ein kleines silbernes Abzeichen, auf dem eine Waage über einem Stundenglas abgebildet war: Die Waage der Gerechtigkeit und die Sanduhr der Zeit. Die beiden Symbole waren interchronisch in allen Jahrhunderten und Jahrtausenden als das Emblem der Paradox-Patrouille anerkannt worden. Es wurde nur von jenen tapferen Männern getragen, die in der Zeit Streife gingen. Nie wurde es von subatomaren Partikeln getragen. Aber dennoch war dieses Objekt, das mit Überlichtgeschwindigkeit auf Smedley Faversham zusauste, unzweifelhaft ein subatomares Partikel, denn auf seiner Oberfläche standen sauber geschrieben die Worte: ICH BIN EIN SUBATOMARES PARTIKEL. ICH BIN KEIN GETARNTER HÜTER DES GESETZES.

»Hmmmmm«, meinte Smedley Faversham. »Ich kann mir nicht helfen, aber dieses subatomare Partikel ist irgendwie eigenartig. Es widerspricht völlig jeder Klassifikation. Ich kann definitiv ausschließen, dass es sich um ein Positron handelt,und ich bin sicher, dass es kein Neutron ist. Und auf keinen Fall ist es ein Fermion, ebenso wenig ein Proton, Boson oder Muon. Es ist frech genug, um ein Tachyon zu sein, aber es sieht mehr wie ein Moron aus.

Vielleicht kann ich es anhand von Geräuschen identifizieren, wenn es näher kommt.

»*Quark*!«, sagte das Partikel und keuchte schwer. »*Quark, quark, quark!*«

»Aha!«, sagte Smedley Faversham. »Etwas sagt mir, dass es ein Quark ist. Aber welche Art? Mit Sicherheit fehlt ihm jeglicher *Charme*. Es muss ein *fremder* Quark sein. Mal sehen, ob ich seine Drehung gegensteuern kann.«

Gleichzeitig streckte Smedley Faversham seinen rechten Fuß vor, der in einer makellos weißen Gamasche mit Perlknöpfen steckte. Der anstürmende Quark stieß ein lautes »UFF!« aus, als er über Smedleys Fuß stolperte und mit dem Hintern voran und dem Kopf nach unten (möglicherweise war es ein *Unter*-Quark?) in den leeren Raum zwischen Smedley Faversham und der leuchtenden Hypersphäre stürzte. Der Quark wiederholte sein vorheriges Uff und gab nochmals ein lautes »UFF« von sich.

»Dieses Uff würde ich überall erkennen«, sagte Smedley Faversham und riss dem Neuankömmling die billige Tarnung herunter. Jetzt sah man die mit Schweiß bedeckte Stirn eines Chrono-Polizisten mit hochrotem Gesicht und Walrossschnurrbart. »Nein, so was!«, rief Smedley höhnisch. »Wenn das nicht mein vierdimensionaler Lieblingsplattfuß ist! Kein anderer als der Nougatkalender von der Paradox-Patrouille!«

»Musst du meinen Namen immer falsch aussprechen?«, fragte der bullige Mann und stand auf. Er wischte sich ein paar Stäubchen ab ... die sofort ihre Molekularmasse dem Strudel der Hypersphäre hinzufügten. »Ich heiße *Newgate Callender*, wenn ich bitten darf. Schon meine Eltern waren bei der Polizei, und alle meine Brüder und ich wurden nach berühmten Gefängnissen genannt: Broadmoor, Pentonville, Leavenworth, Clink, Ford, Colditz, Borstal, Bastille und so weiter. Meine liebe Schwester heißt Lubjanka. Es soll auch einen Vetter geben, der Strangeways heißt.«

»Tut mir Leid, Nugget«, sagte Smedley Faversham boshaft. »Und was führt dich zu diesem Hals des Raum-Zeit-Kontinuums? Und was soll diese Quark-Verkleidung?«

Newgate Callender errötete. »Die obersten Lamettahengste bei Paradox Central haben mich zum zivilen Dienst verdonnert. Ich soll mich unter die örtlichen Bewohner des jeweilen Zeitabschnitts mischen, den ich patrouilliere. 79 v. Chr. musste ich in Pompeji eine Toga tragen. Und als ich den Mordfall Christopher Marlowe bearbeitete, bin ich in Pluderhosen und Wams herumgelaufen. Während des Großen Brandes in London trug ich sogar eine Krinoline und ...«

»Moment mal«, unterbrach ihn Smedley Faversham. »Ist eine Krinoline nicht ein *weibliches* Kleidungstück?«

»Ist es«, gestand Newgate Callender. Sein ohnehin rotes Gesicht lief jetzt zinnoberrot an. »Die Forschungsabteilung hat bei diesem Auftrag wirklich Mist gebaut. Aber es wurde noch schlimmer: Als ich während der Devonischen Periode einen berüchtigten Verbrecher jagte, der Trilobiten am laufenden Band fälschte, musste ich mich als Zikade verkleiden.« Callender schüttelte sich bei dieser Erinnerung. »Widerliche Biester, diese Trilobiten! Und vollkommen nutzlos!«

»Ich bin anderer Meinung«, widersprach Smedley Faversham. »Ein Trilobit kann ein sehr nützliches Tierchen sein. Erst neulich habe ich ein Gedicht über Kybernetik geschrieben und brauchte einen Reim auf *Kilobit.* Aber weshalb bist du – *rülps*! – hier beim Urknall?«

»Genau genommen mehrere Minuten *vor* dem Urknall«, sagte Newgate Callender. Inzwischen war die Hypersphäre so geschrumpft, dass sie nur noch einen Durchmesser von zweiundvierzigeinhalb Zentimetern hatte. In wenigen Minuten dürfte sie die absolute Nullität als ein nulldimensionaler Punkt in Raum-Zeit erreichen – und dann kam der Urknall. »Wir haben bei der Paradox-Patrouille eine Meldung über unberechtigte Zeitreisen in der Nähe des Urknalls erhalten. Deshalb hat man mich hergeschickt, um der Sache nachzugehen. Ich hätte wissen müssen, dass ich *dich* hier finde, Faversham.«

Smedley Faversham schlug bescheiden die Augen nieder. »Welch eine Ehre für mich, Nougat.«

»Es heißt *Newgate*!«

»Meinetwegen. Aber bist du nicht eine Spur zu voreilig? Noch habe ich kein Verbrechen begangen. Du darfst es nicht wagen mich zu verhaften, *ehe* ich ein Chrono-Verbrechen begehe: Damit würdest du nämlich die Kausalität verletzen.«

»Allein deine *Anwesenheit* hier ist Verbrechen genug, Faversham«, meinte Newgate Callender mürrisch. »Erstens, *wie* bist du hierher gekommen? Ich weiß, dass du ein Zeitreisender bist, aber Zeit hat eigentlich erst angefangen, nachdem der Urknall eingesetzt hatte ... wie ist es dir gelungen, hier zu sein, *ehe* die Zeit begann? Das ist, als würde man eine Temperatur unter dem absoluten Nullpunkt erzielen. Das bringt niemand fertig!«

»Offensichtlich hast du nie eine meiner Exfrauen kennen gelernt«, sagte Smedley Faversham. Er warf einen Blick auf das Universum vor sich. Inzwischen war es nur noch so groß wie ein Basketball. »Schau mal, mein lieber Nagano ...«

»*Newgate*!«

»Auch gut. Es war recht leicht, herzukommen, vor dem Anfang der *Zeit*. Ich musste lediglich die Kontrollen meiner Zeitmaschine bis dahin zurückdrehen, wo die Tachyonen enden. Nachdem ich so weit in Richtung Gestern gegangen war, wie die Zeitmaschine mich bringen konnte, bin ich ausgestiegen und den Rest des Weges *zu Fuß* gegangen. Und selbstverständlich als ein lebenslanger Krimineller und Tunichtgut reinsten Wassers bin ein ein geborener Prädator ... daher ist es für mich leicht, alles zu *prä*-datieren, die Zeit eingeschlossen. Aber wie steht's mit dir, Nugie? Wie ist es dir gelungen, kurz vor dem Anfang der Zeit die Zeitlinie zu erreichen?«

»Naja, darum geht es ja.« Newgate Callender hustete nervös. »Indem du *vor* dem Beginn der Zeit existierst, Faversham, hast du automatisch die Parameter der Existenz erweitert, um dich einzuschließen. Du hast sozusagen die Zielpfosten des Universums versetzt. Und da du vor mir hergekommen warst, fiel es mir leicht, an einem Zeit-Nexus zu landen, der – dank deiner bahnbrechenden Bemühungen – bereits *innerhalb* der Grenzen der Existenz definiert war.«

»Wieder erweist du mir zu viel der Ehre, Nugat, alter Junge«, sagte Smedley Faversham und schlug wieder beschämt die Augen nieder. »Aber, ehrlich, wenn ich gewusst hätte – rülps! –, dass du auch herkommst, hätte ich dir liebend gern die Ehre überlassen, mir zum Anfang der Zeit voranzugehen. Dann hättest du mich abgehängt.«

»Ich will nur eins: Dich zu Brei schlagen!«, sagte Newgate Callender von der Paradox-Patrouille. Er holte seinen Schlagstock heraus und betrachtete nachdenklich die weniger wichtigen Teile von Smedleys Schädelregionen. Die immer kleiner werdende Hypersphäre des Prä-Urknall-Universums hatte jetzt die Größe eines Baseballs. »Warum lässt du das Zeit-Verbrechen, das du planst, nicht einfach sausen und kommst mit mir mit, Faversham? Ich habe dich doch auf frischer Tat ertappt, wie einen Mörder, dem noch das Blut von den Händen trieft.«

Smedley wollte widersprechen, doch dann sah er die verräterischen roten Spuren des Curry Vindaloo an den Fingerspitzen. Schnell steckte er die Finger in den überhitzten Plasmaball der Hypersphäre und reinigte sie. Dabei unterdrückte er einen Rülpser.

»Ich kann dich völlig zu Recht festnehmen«, sagte Newgate Callender und holte die Handschellen heraus. »Ich habe zwar keine Ahnung, welches Chrono-Verbrechen du geplant hast, aber ich wette, es wäre ein echter Knaller gewesen … *wenn* ich nicht aufgetaucht wäre, um dich zu stoppen. Warum legst du nicht ein volles Geständnis ab? Vielleicht fällt dann deine Strafe etwas milder aus.«

»Na schön.« Smedley Faversham schlug wieder die Augen nieder und musterte die Umrisse von Newgate Callenders Hosen, um herauszufinden, ob darin eine Brieftasche oder sonst etwas steckte, das es wert war, gestohlen zu werden. Callender hatte einen kleinen Notizblock und einen Bleistift Nummer Zwei in die Hände genommen, und wollte das volle Geständnis seines Gefangenen aufschreiben.

»Eigentlich habe ich – rülps! – habe ich auf den rechten Augenblick bis zum präzisen Nanopunkt *vor* dem Urknall gewartet. In diesem Moment dürfte das Universum auf Stecknadelkopfgröße verkleinert sein.« Smedley Faversham hielt zwei Finger um Haaresbreite getrennt hoch, um einen winzigen Gegenstand zu zeigen. »Alle Dimensionen von Raum und Zeit würden in das kleinstmögliche Inkrement zusammengedrückt.«

»Wie klein?«, fragte Officer Callender und schrieb eifrig mit. »Ich brauche klare Angaben.«

»Ziemlich klein«, erklärte Smedley Faversham. »Ich würde sagen: wutzel-winzig.«

»Keine Spitzfindigkeiten mit mir«, sagte Newgate Callender. »Meinst du nicht vielleicht mini-winzig?«

Smedley Faversham überlegte. »Größer als wutzel-winzig, aber kleiner als mini-winzig«, erklärte er. »Schreib lieber mini-wutzel-winzig.«

»*Gut,* jetzt drückst du dich klar aus«, sagte Newgate Callender lobend und schrieb es auf den Notizblock. »Also, du hast darauf gewartet, dass Raum und Zeit eine miniwutzel-winzige Singularität bilden. Und was *dann*?«

»Und dann«, fuhr Smedley Faversham fort, »gerade ehe das Universum sich im Urknall ausdehnen können würde, wollte ich es *stehlen.*«

»*Was* wolltest du?« Newgate Callender ließ vor Überraschung den Bleistift fallen. Er trieb in der Leere. Callender gelang es, ihn noch zu greifen, ehe er in den Schwerkraftsschacht der Hypersphäre gesaugt wurde, welche jetzt die Größe einer Mandarine erreicht hatte. »Warte mal! Du wolltest das *gesamte Universum* stehlen?«

»Ja, komplett«, sagte Smedley Faversham und blickte beschämt und reumütig drein. »Jedes letzte Mikron des Raums und jedes einzelne Quantum-Inkrement der Zeit. Die ganze Chose. Selbstverständlich hatte ich vor, nach dem Diebstahl des Universums die Seriennummer herauszufeilen, damit niemand beweisen könnte, dass ich es nicht ganz legal gekauft hatte. Danach wollte ich es für den Wiederverkauf umfrisieren.«

Callender stieß einen Laut aus, als sei er kurz vor dem Ersticken. »Das Universum *umfrisieren*?«

»Klar, ich hätte es umgefärbt. Die Galaxien schwarz malen, damit sie wie dunkle Materie aussehen, und dann ...«

»Das ist unwichtig«, unterbrach ihn Newgate Callender. »Wie wolltest du das Universum stehlen?« Der Chrono-Polizist nickte auf die leuchtende Kugel. »Das ist eine Kugel aus konzentriertem Ionenplasma, übererhitzt auf eine Milliarde Grad! Wolltest du sie mit *bloßen Händen* anfassen?«

»Selbstverständlich nicht.« Smedley Faversham holte aus dem Kummerbund ein Paar Topflappenhandschuhe.

»Aber ... aber ... aber ...«, stotterte Callender. »Was wolltest du mit dem Universum machen, nachdem du es gestohlen hast?«

»Verpfänden, schätze ich«, antwortete Smedley Faversham. »Oder vielleicht an den höchsten Bieter verkaufen. Ich könnte es in kleine Stücke teilen – wie einen gestohlenen Diamanten – und Splitter von Raum und Zeit überall da verhökern, wo Bedarf besteht. Ich könnte das Universum auch in separate Galaxien aufteilen und diese einzeln verkaufen. Sollte mich jemand fragen, woher ich die Galaxien hätte, sage ich einfach, dass sie von einem Lastwagen gefallen sind. Oder ich könnte – rülps! – für das ganze verdammte Universum Lösegeld verlangen.«

Newgate Callenders Walrossschnurrbart bebte vor Empörung. *»Lösegeld?«*

»Klar, warum nicht?« Smedley Faversham zuckte mit den Achseln. »Meiner Meinung nach ist das gesamte Raum-Zeit-Kontinuum doch irgendetwas wert, selbst unter der Hand. Ich könnte das Universum gegen Lösegeld anbieten und drohen, es ein bisschen zu misshandeln, falls das Lösegeld nicht schnell genug bezahlt würde. Allein in der Galaxis der Milchstraße muss es mehrere hundert vernunftbegabte Spezies geben, die ein paar Mäuse springen lassen, um ihr Universum sicher und unbeschädigt zurückzubekommen. Sie könnten eine Kollekte machen, den Hut rumgehen lassen. Es haben zwar nicht alle intelligenten Lebewesen der Milchstraße Hüte, wie ich gehört habe, und einige Spezies nicht mal Köpfe, aber andere wiederum verfügen über *multiple* Köpfe, daher dürfte das im Durchschnitt einen Kopf pro Stück ergeben und ...«

»Das ist ein brillanter Plan«, unterbrach ihn Newgate Callender. Inzwischen besaß die immer noch schrumpfende Hypersphäre nur noch Pflaumengröße. Callender stellte sich schützend davor, als er seinem Gefangenen erklärte: »Aber dein Plan hat einen winzigen Haken.«

»Der Meinung bin ich nicht«, sagte Smedley Faversham. »Mein Plan ist makellos. *Rülps!* Entschuldige, dass ich rülpse. Zu viel Vindaloo. Wenn ich weiterhin solche Blähungen habe, muss ich aufs Klo. Okay, Nougat, was ist der Haken in meinem Plan?«

»Das liegt doch auf der Hand«, sagte Newgate Callender. »Wenn du das primordiale Universum stiehlst und den Urknall verhinderst, werden Zeit und Raum nie existieren! Die gesamte Materie, die gesamte Energie, alle Sterne und Planeten und Lebensformen im Universum werden rückwirkend nullifiziert. Und *dann,* Faversham.« Der Chrono-Polizist beugte sich vor und grinste. »Wenn du das Universum entführst, *ehe* seine Existenz begonnen hat – *wem könntest du es denn dann verkaufen?*«

»Daran habe ich nie gedacht«, gab Smedley Faversham zu. »Du hast mir da einen ganz schönen Brocken vorgeworfen, Nougat, Darauf muss ich erst mal kauen. Wozu das Universum stehlen, wenn ich es nicht verpfänden, verkaufen oder dafür Lösegeld verlangen kann?« Während der folgenden Pause dachte Smedley angestrengt nach, und die Hypersphäre wurde um etliche Mikronen kleiner. Dann schnippte Smedley mit den Fingern. »Ich habe eine Idee! Ich kann *dieses* Universum doch an Bewohner eines anderen Universums verkaufen! Sie können es wie Schrott einschmelzen und die dunkle Materie recyceln ...«

»Schau dich mal um, Kleiner«, sagte Newgate Callender und zeigte mit der Hand in die Weite. »Siehst du irgendwelche anderen Universen?«

Smedley blickte umher. Abgesehen von ihm und Newgate Callender und der unendlichen Weite des luftleeren Raums existierte als einzige Materie oder Energie oder

Raum oder Zeit nur die Hypersphäre, die jetzt schon so klein wie eine Erdbeere war.

»Es *gibt* keine anderen Universen!«, krähte Newgate Callender triumphierend. »Sie werden erst *nach* dem Urknall geschaffen ... und sie werden aus demselben kataklysmischen Ereignis geschaffen, welches *unser* Universum geschaffen hat. Wenn du die Formation eines Universums verhinderst, nullifizierst du alle.« Newgate Callender wiegte sich auf den Fersen auf und ab, und sah äußerst zufrieden mit sich aus. »Ich weiß alles über so was, Faversham. Als ich in die Paradox-Patrouille eintrat, musste ich Kosmologie studieren.«

»Wirklich?« Smedley Faversham war offensichtlich beeindruckt. »Du meinst, Lippenstift, Wimperntusche und ..«

»Nicht *Kosmetik,* du Schwachkopf!« Callender schnaubte verächtlich. »Dein Plan ist fehlgeschlagen, Faversham. Du solltest dich sofort ergeben und auch deinen wahnwitzigen Traum aufgeben, das Universum zu stehlen.«

»Nie!«, erklärte Smedley Faversham. »Ich bin immer noch überzeugt, dass – rülps! – das Universum es wert ist, gestohlen zu werden, selbst wenn es keinen Wiederverkaufswert hat. Ich habe eine Theorie: Wenn ich die Quantenstruktur des Universums in der Vergangenheit verändere, kann ich auch die Zukunft so verändern, dass meine Verwandten nie geboren werden. Das ist meine Nicht-relative-Quanten-Theorie. Und jetzt, tritt beiseite, Zeit-Bulle, ich möchte ... he, was ist das?«

Mit Lichtgeschwindigkeit flog ein einziges schwach schimmerndes Elektron auf sie zu. Hinter dem Elektron war nichts außer Leere. Smedley Faversham und Newgate Callender wussten beide, was geschehen würde: Dieses eine Elektron repräsentierte das absolut letzte Quanten-Inkrement einer noch nicht geschluckten Materie oder

Energie (abgesehen von ihnen natürlich) im gesamten Reich der Existenz. Und sobald dieses letzte Elektron in die Hpyersphäre aus überhitztem Ionenplasma eintauchte, würde der konzentrierte Strudel die kritische Masse erreichen. Alles würde sich noch weiter komprimieren, bis zu einer nondimensionalen Raum-Zeit-Singularität ... und dann würde der Urknall ausbrechen.

Smedley Faversham und Newgate Callender hielten beide den Atem an (allerdings gab es keine Luft mehr), als das letzte verirrte Elektron in den Schwerkraftschacht der überhitzten Ionenmasse eindrang. Die Hypersphäre wurde so klein wie eine Kumquat, dann wie eine Weinbeere, dann wie eine Rosine ...

Und dann hörte sie auf zu schrumpfen.

Offenbar hatte das Universum nicht die Absicht, sich noch weiter zusammenzuziehen. Der Urknall war auf unbestimmte Zeit verschoben.

Newgate Callender löste eine Art High-Tech-Dingsbums vom Gürtel und schwenkte es über dem winzigen rosinengroßen und höchstkonzentrierten Universum. »So, Faversham, *diesmal* hast du es geschafft!«, erklärte er.

»Wer, ich? Und *was*?«

»Die große Energiemenge, welche du für deine Zeitreise zurück zum Urknall verbraucht hast, wurde von der Gesamtmenge der Materie-Energie im Universum abgezogen«, sagte Newgate Callender. »Es ist nicht genügend Materie-Energie übrig, um die Quanten-Interphase-Reaktion zu beginnen. In anderen Worten, Smedley Faversham: Du hast den Urknall *verhindert*! Das Universum wird nie geschehen, und das ist ganz allein deine Schuld.«

»Ups!«, sagte Smedley Faversham. »Das tut mir Leid.«

Newgate Callender trat vor und legte Smedley Faversham die Handschellen an. »Smedley Faversham, hiermit beschuldige ich dich des Mordes an allen im Universum.

Ferner beschuldige ich dich der böswilligen Zerstörung sämtlichen öffentlichen und privaten Eigentums des gesamten Universums. Fakt ist, dass ich dich der Zerstörung des gesamten Universums beschuldige. Du steckt *wirklich* in Schwierigkeiten, Sonnenschein. Los, gehen wir.«

»Wohin bringst du mich?«, fragte Smedley Faversham. Er deutete auf das rosinengroße Klümpchen Raum-Zeit, welches sich stur weigerte zu knallen. »Wenn das Universum nicht existiert, dann gibt's doch auch – rülps! – keine Gefängnisse oder Gerichtssäle oder Polizeireviere. Auch keine Gesetze, möchte ich – rülps! – hinzufügen. Selbst das Gesetz – rülps! – das Gesetz der Entropie scheint nicht mehr zu gelten.«

»Mir wird schon was einfallen«, sagte Newgate Callender und zog an der Kette der Handschellen. »Los, Bewegung, Faversham!«

»Warte einen Moment«, sagte Smedley Faversham. Sein Gesicht hatte sich grünlichblau gefärbt. »Ganz gleich, wohin wir gehen – könnten wir – rülps! – auf dem Weg bei einer Toilette anhalten? Ein gewisses Curry Vindaloo, das ich zu Mittag gegessen habe, fängt an, von den Toten zurückzukommen und ich ...«

»Dank dir gibt es keine Toiletten mehr«, sagte Newgate Callender. »Du musst es zurückhalten, so gut du kannst. Oh, beinahe hätte ich das vergessen.« Der Chrono-Polizist beugte sich zu dem winzigen rosinengroßen Überbleibsel von Raum-Zeit hinab, das als Einziges vom Universum übrig geblieben war. »Ich muss einen Kreidekreis darum ziehen und es als Tatort eines Verbrechens absperren ...«

»Fahr zur Hölle, Plattfuß!« Smedley Faversham stieß den Zeit-Bullen beiseite und sprang vorwärts. »Wenn *ich* das Zeit-Raum-Kontinuum nicht ganz für mich haben kann, dann soll *niemand* es haben!«

Smedley Faversham kicherte wie ein Irrer, packte das Klümpchen Materie-Energie, schob es in den Mund und ... *verschluckte* das Universum.

Newgate Callender seufzte und notierte auf seinem Block noch ein Memo. »Als hättest du nicht auch so schon genug Ärger, Faversham ... jetzt muss ich dich auch noch wegen der Vernichtung von Beweisen vor Gericht bringen.«

»Du könntest nicht mal zu einem Picknick ein Gericht mitbringen, Fettarsch!«, rief Smedley Faversham. »Ich werde – rülps! – von hier weggehen und ich – rülps! – nehme das Universum mit. Und du hast keine Chance – rülps! – mich aufzuhalten, deshalb ...«

Smedley Faversham brach stöhnend ab. Er krümmte sich nach vorn und presste die Hände auf den Bauch. Sein Gesicht, das vorhin noch grünlich gewesen war, verwandelte sich und wies jetzt die gleiche orangerote Farbe auf wie das Curry Vindaloo. Schaum bildete sich vor seinem Mund.

In diesem Moment hatte Smedley Faversham das Gefühl, als explodiere das gesamte Universum. Buchstäblich. Und, da sich das gesamte Universum jetzt in seinem Verdauungstrakt befand ...

Smedley Faversham erlangte in einem Krankenhausbett das Bewusstsein. Er lag auf dem Rücken, seine Glieder (alle fünf) waren an die Bettpfosten gekettet. In dem Nebel vor seinen Augen tauchte verschwommen ein Gesicht auf. Jetzt drehte sich das Gesicht und schwamm auf dem Rücken in die Gegenrichtung davon.

»Wo bin ich?«, fragte der unerschrockene Zeit-Verbrecher Smedley Faversham mit zitternder Stimme. »Und überhaupt, *wann* bin ich?«

Das Gesicht über ihm wurde deutlich und zeigte die Hakennase und den stählernen Blick von Newgate Callenders Neffen Gregorian, einem uniformierten Angehörigen der Paradox-Patrouille. »Sie sind im Lazarett des Hauptquartiers, Faversham«, teilte der junge Polizist dem Gefangenen mit. »Onkel Newgate hat mir alle Details Ihrer letzten Kapriole erzählt.«

»Gut, dann verraten Sie *mir* mal«, sagte Smedley Faversham, »wie ich hierher gekommen bin. Und auch, wie das Universum seine Existenz wieder erlangt hat. Was ist passiert?«

»Dank Ihrer Zeit-Verbrechen, hatte das Universum nicht mehr genug Energie übrig, um den Urknall auszuführen«, sagte Gregorian Callender. »Aber das Sodbrennen in ihrem Bauch sorgte für genügend Energie, um die Materie-Energie-Interphase auszulösen, und die Verbrennung des Curry Vindaloo beendete die Arbeit. Als Sie das Universum verschluckt haben, Smedley Faversham, haben Sie den Urknall ausgelöst ... *innerhalb* Ihres Verdauungstrakts.«

Smedley Faversham schüttelte sich. »Aber, aber ... offensichtlich bin *ich* jetzt *innerhalb* des Universums, anstatt andersrum. Habe ich das Universum oben wieder ausgespuckt, ehe es expandierte ...«

»Ausgespuckt? Nein, nicht *gespuckt,* und schon gar nicht *oben.*«

Gregorian Callender deutete mit dem Daumen nach *unten.* »Sagen wir mal, dass Curry Vindaloo für seine Geschwindigkeit bekannt ist, mit der es den menschlichen Körper durchläuft. In Richtung *Süden* ...«

Wieder wechselte Smedley die Farbe, diesmal wurde er vor Scham tiefrot. »Wollen Sie damit sagen, dass ich ...?«

»Ja, haben Sie. Alles. Jedes Quantum Raum-Zeit im Universum ist durch ihre Eingeweide gelaufen und wie Fett aus einer Gans aus der entsprechend dafür vorgesehenen Öffnung gespritzt. *Während* sich das Universum ausdehnte, darf ich noch hinzufügen. Die Jungs im Labor beseitigen immer noch die Sauerei, die Sie gemacht haben. Das dürfte mit Sicherheit einen interessanten Anhang an Ihr Strafregister geben.«

Smedley rüttelte ungeduldig an den Fesseln. »Übrigens haben Sie nichts, weswegen Sie mich festhalten können, Callender. Mein Scherz hat niemandem geschadet – abgesehen von mir – und ich habe nichts kaputtgemacht. Da meine Handlungen keinerlei anhaltende Wirkung haben …«

»Oh, das würde ich nicht sagen«, unterbrach ihn Gregorian Callender. »Sehen Sie sich das an.« Er schaltete den Computer im Zimmer ein und drehte den Monitor so, dass Smedley die Bilder sehen konnte.

»Die erkenne ich«, sagte Smedley Faversham. »Das sind Standard-Radioteleskop-Karten mit den Grenzen des Universums.«

»Und dank Ihrer Einmischung, Faversham, *expandiert* das Universum jetzt. Rapide«, erklärte Gregorian Callender.

»Na und?«, rief Smedley Faversham. »Das Universum hat sich *immer* ausgedehnt. Ständig bewegen sich Sterne und Galaxien voneinander weg, auf die längeren Wellenlängen des Elektromagnetischen Spektrums zu. Sie kennen doch sicher die Rotverschiebung.«

»Nicht mehr«, sagte Gregorian Callender. Er schob den Monitor ein bisschen näher an Smedley Favershams Krankenbett und reichte ihm das Keybord. »Schauen Sie noch mal … und versuchen Sie, die Geschwindigkeit und die Richtung der Entropie als Koeffizient einzugeben.«

Er nahm Smedley Faversham die Handfesseln ab. Dieser

tippte eine Reihe Befehle ein. Dann rang er nach Luft, als er die Ergebnisse sah. Ja, das Universum dehnte sich aus. Die Sterne, Quasare, Nebulae und Galaxien bewegten sich in der Tat voneinander fort, ihre Doppler-Verschiebungen modulierten mit unterschiedlicher Geschwindigkeit auf das rote Ende des EM-Spektrums zu. Aber keiner erreichte es. Sämtliche Komponenten des Universums beendeten ihre Doppler-Verschiebungen innerhalb des orangefarbenen Teils des elektronmagnetischen Spektrums. Präzise gesagt, hielten sie innerhalb einer Wellenlänge der sichtbaren Strahlung an, welche spektroskopische orangerote Linien ausstrahlten, deren Farbe genau ...

»Curry Vindaloo!«, sagte Smedley Faversham. Seine Stimme klang mutlos.

»Genau!«, sagte Gregorian Callender. »Ja, Faversham, Sie haben es wieder mal geschafft. Aber *diesmal* haben Sie dem gesamten Universum ihren persönlichen Stempel aufgedrückt. Hier bei der Paradox-Patrouille wollen einige Leute Sie dafür einlochen. Leider können wir das nicht.« Polizist Callender schaute verlegen drein. »Offenbar waren Sie *außerhalb* von Raum und Zeit, als Sie das Universum verschluckt haben, Faversham Und da der Tatort *außerhalb* der Raum-Zeit lag, liegt die Annahme nahe, dass das Verbrechen nirgends im Raum stattgefunden hat ... und auch nie in der Zeit.« Seufzend holte Gregorian Callender einen Schlüssel heraus und schloss Smedleys andere Fesseln auf. »Sieht so aus, als wären Sie *wieder* mal mit einem blauen Auge davongekommen.«

»Dann bin ich frei und kann gehen?«

»Noch besser«, sagte Gregorian Callender. »Meine Schwester Julie Anne hat gerade eine Gang zeitreisender Kreativer verhaftet, die zur Olduvai Gorge im Pleistozän zurückgegangen waren und alle Hominiden ermorden wollten. Julie ist für eine Beförderung vorgeschlagen, und sie, ich und Onkel Newgate wollen feiern. Julie mag Chinesisches Essen, deshalb haben wir in der Frühen Ming-Dynastie Reservierungen fürs Abendessen gemacht. Meine Schwester behauptet, das sei der beste Platz für tausendjährige Eier. Und aus uns schleierhaftem Grund möchte Julie, dass Sie mit uns essen. Wollen Sie mitkommen?«

»Ich habe keinen Hunger«, erklärte Smedley Favesham.

Originaltitel: »Put back that Universe!«
Ins Deutsche übertragen von Edda Petri

32. Einer geht noch …

Scott Edelman

Scott Edelman schreibt seit zwanzig Jahren Science-Fiction, Fantasy und Horror, und war bis vor kurzem Herausgeber von SCIENCE FICTION AGE. Aber ich glaube nicht, dass irgendeine seine früheren Geschichten Sie auf die folgende vorbereitet haben kann. Sie müssen ganz tief Luft holen und sich auf die Geschichte stürzen – Sie werden bis zum Schluss nicht aufhören können. Glauben Sie mir, nach dieser Geschichte kann nichts mehr nachkommen – abgesehen von einem steifen Drink vielleicht.

»Zieh Leine!«

»Sei nicht albern, Sammy. Das meinst du doch nicht ernst. Erinnere dich an den Riesenspaß, den wir immer gehabt haben.«

»Nein, George, tue ich nicht. Wirklich nicht. Wenn du jetzt bitte –«

»Wir haben so gern gespielt, vor allem –«

»George, nein, das musst du mir nicht noch mal erzählen!«

»Verstecken und Fangen! Ich war bei nie gut bei diesem Spiel, wenn jemand außer dir dabei war. Dich habe ich immer gefunden. Anfangs habe ich gedacht, dass ich besser würde, aber dann ist mir klar geworden, dass du mich gewinnen lässt. Was sonst? Guter alter Sammy.«

»Schau, George, das ist schon ewig her. Beinahe zwanzig Jahre. Nicht nötig, darüber zu reden. Ich wünschte, du wärst nicht gekommen.«

»Du bist gerührt. Das merke ich.«

»George, ich möchte, dass du gehst. Wirklich. Ich muss arbeiten und mich dabei konzentrieren.«

»Ich mache keinen Krach. Versprochen. Du wirst gar nicht merken, dass ich da bin.«

»Nein.«

»Sammy.«

»Nein.«

»Guter alter –«

»Nein!«

»– Sammy. Sammy, hier draußen auf dem Flur ist es wirklich kalt. Du solltest mit deinem Vermieter reden. Erstens lässt er die Eingangstüren offen –«

»Bist du so herein –«

»Und dann lässt er die Klimaanlage mitten im Winter laufen. Ich glaube, ich hole mir eine Erkältung.«

»Dann geh nach Hause.«

»Wenn du willst, rede ich mit ihm. Ich sage ihm, dass er die Heizung aufdrehen soll. Für den guten alten Sammy tue ich alles. Sammy?«

»Hier, ich schiebe dir einen Zettel mit seiner Telefonnummer und Adresse unter der Tür durch. Ich bin sicher, er würde sich gleich jetzt gern mit dir unterhalten.«

»Warum lässt du mich nicht rein? Es ist erstaunlich. Ich hatte plötzlich Riesenappetit auf Cannoli und bin zu der kleinen Konditorei im Zentrum gegangen, du kennst sie ja, und plötzlich sehe ich dich am Fenster sitzen. Ich hatte keine Ahnung, dass wir in der gleichen Nachbarschaft wohnen. Wer hätte gedacht, dass wir nach so vielen Jahren nur wenige Blocks auseinander wohnen würden.«

»Okay, ich habe meine Lektion gelernt. Nie mehr am Fenster sitzen, wenn die Rollos oben sind. Hör zu, George. Ich gebe dir mein Wort. Du solltest abends nicht in dieser

Gegend unterwegs sein. Hast du gehört? Es gibt eine Sperrstunde. Schaust du nicht fern? Der Bürgermeister hat es selbst verkündet. Sobald die Abendnachrichten angefangen haben, darf man nicht mehr unerwartet Freunde überfallen.«

»Aber Sammy, es ist Freitagabend. An einem Freitagabend solltest du nicht allein sein. Der Sammy, den ich mal kannte, würde es nicht sein.«

»Stimmt. Freitagabend. Wie bist du auf die Idee gekommen, dass ich dich sehen will? Ist bei mir nicht alles in Ordnung? Vielleicht kommt eine Verabredung her, dann wärst du das fünfte Rad am Wagen. Aber vielleicht *wollte* ich allein sein. Ist dir dieser Gedanke je gekommen? Vielleicht möchte ich mir lieber einen alten Film in Fernsehen anschauen als dir zuzuhören, wie du mir immer wieder erzählst, wie wir früher Verstecken und Fangen gespielt haben.«

»Guter alter Sammy, ein richtiger Scherzbold.«

»Ein Scherzbold.«

»Diese Spiele waren super.«

»Diese Spiele waren ein Albtraum. George, hör mir zu. Ich bin ganz ehrlich. Ich möchte den Abend allein verbringen. Mutterseelenallein. Ich hatte eine schwere Woche. Würdest du mir den kleinen Gefallen tun? Lass mich heute Abend in Ruhe. Jesus, nur einen Abend.«

»Okay, fein. Ich verstehe. Dein Kumpel George hat schließlich Gefühle.«

»Danke, George.«

»Du machst mit dem weiter, woran du gearbeitet hast, Sammy. Ich warte hier, bis du Lust auf Besuch hast.«

»George!«

»Ach, du hast deine Meinung geändert? Prima! Worüber wollen wir uns unterhalten?«

»Meine Nachbarn stört das, George.«

»Gut, ich flüstere. Sie müssen ja nicht wissen, dass hier

draußen zwei alte Kumpel die guten alten Zeiten nochmals durchleben.«

»Ich gehe von der Tür weg und lege mich hin, George. Ich glaube, ich bekomme Kopfschmerzen. Macht es dir was aus?«

»Oh! Hast du deine Meinung wegen des Plauderns *wieder* geändert? Du bist aber wetterwendisch heute Abend, das muss ich sagen. Nein, mach nur weiter. Ich bin hier draußen, wenn du mich sehen willst. Weißt du, Sammy, du solltest dir eine Türmatte zulegen – darauf liegt man viel bequemer.«

»Gute Nacht, George!«

»George!«

»Ernie! Mein Gott, wer hätte gedacht, dass ich dich heute Abend treffe. Das ist Wahnsinn. Wie geht's dir? Dich habe ich ja seit – wie viele Jahre sind es?«

»Mann, ich kann mich nicht erinnern. Sammy weiß das bestimmt. Er war auch dabei, nicht wahr? Sammy hat ein fabelhaftes Gedächtnis für solche Sachen.«

»Ja, er ist wirklich ein Teufelskerl, richtig?«

»Das kannst du laut sagen. Ich habe ihn in den letzten Wochen vermisst.«

»Oh?«

»Klar. Ich war weg.«

»Außerhalb der Stadt?«

»Noch besser. Ich habe in fünfzehn Tagen sechzehn Länder bereist. Von der Hälfte hatte ich noch nie gehört. Ich habe Sammy aus jedem Land eine Postkarte geschickt, aber schreiben ist nicht so wie ein Gespräch von Angesicht zu Angesicht. Ich bin sicher, dass Sammy alles über meine Reise hören will. Deshalb bin ich, gleich als mein Flieger vor einer Stunde in den Staaten gelandet ist, in ein Taxi gesprungen und hergefahren. Aber warum liegst du mit den Schuhen unterm Kopf auf dem Fußboden? Wird der

Teppich denn nicht gereinigt? Heutzutage kann man nie sicher sein.«

»Sammy lässt mich heute nicht rein.«

»Ist er wieder zickig? In letzter Zeit macht ihm irgendwas schwer zu schaffen, aber er will sich mir einfach nicht offenbaren. Seit kurzem wird es immer schlimmer mit ihm. Ich kann dir nicht sagen, was für ein schlechtes Gewissen ich hatte, weil ich ihn wegen dieser Reise allein gelassen habe. Ich habe immer und immer wieder versucht, ihn zum Mitkommen zu überreden, aber er meinte, er könnte nicht so weit wegfahren, weil seine Mama krank ist und so.«

»Ich dachte, seine Mama ist gestorben, als wir noch Kinder waren. Das hat er mir mal erzählt und gesagt, dass er allein sein will.«

»Das muss jemand anderer gewesen sein. Aber wenn du da bist, schüttet er uns vielleicht sein Herz aus. Dich hat er immer gemocht. Das hat man deutlich gemerkt.«

»Autsch!«

»Entschuldige.«

»Das ist mein Ellbogen.«

»Tut mir Leid. Ich steige mal auf die Koffer. Wie gut, dass ich immer so viel Gepäck mitnehme. Ich bin nicht so groß wie Sammy. Er hat immer einen Reserveschlüssel auf der Türleiste.«

»Ja, ich erinnere mich.«

»Pass aber auf, dass niemand auf dem Gang ist und dich sieht, wenn du ihn benutzt. Bei all den Irren, die heutzutage durch die Stadt laufen ... Ah! Geschafft. Schnapp dir ein paar Koffer, George, okay?«

»He, hübsche Couch! Ist das Samt?«

»Wie ich sehe, liest du *Robinson Crusoe.* Guter alter Sammy, unser Intellektueller.«

»Was zum Teufel macht ihr Kerle hier? Haut ab. Ich habe doch gesagt, dass ich allein sein will.«

»Ach, Sammy, das hast du doch nicht ernst gemeint, sonst hättest du den Schlüssel nicht draußen gelassen, damit wir ihn benutzen können.«

»Gib ihn mir!«

»Aber hallo! Hier, George, Sammy will spielen.«

»Fang!«

»George! Ernie!«

»He, das macht Spaß.«

»Ja, das habe ich seit Jahren nicht gespielt. Das ist unser guter alter Sammy, immer fällt ihm ein Spiel ein.«

»Das ist kein Spiel.«

»Also, so grob musst du nicht werden! Aber ich verzeihe dir, Kumpel.«

»Verzeih mir nicht!«

»Oh, wir sind heute ein wenig gereizt, was, Sammy?«

»Hier, Sammy, nimm einen Schluck. Ich habe es eigens für dich aus Europa mitgebracht.«

»Ich bin nicht in Stimmung für Brandy.«

»Sammy, probiere ihn, und du bist für alles in Stimmung.«

»Es ist mir egal, ob Napoleon eigenhändig das gottverdammte Zeug abgefüllt hat. Ich will nur meine Ruhe!«

»He, Sammy, du fluchst ziemlich viel in letzter Zeit. Hat er als Kind auch so geflucht?«

»Nur beim Verstecken und Fangen spielen – er hat immer so getan, als mag er diese Spiele nicht.«

»Die haben auch den ganzen gottverdammten Tag lang gedauert! Ich hätte alles gegeben, um von euch wegzukommen.«

»Das meinst du doch nicht wirklich, oder?«

»Doch!«

»Er scherzt, George. Sag George, dass du nur einen Scherz gemacht hast, Sammy. Wenn du nicht aufpasst, verletzt du seine Gefühle.«

»Keine Sorge, Ernie. Ich weiß, was der gute alte Sammy für mich empfindet.«

»He, hast du das gehört?«

»Ich höre Klingeln. Meinst du das? Hörst du es auch klingeln?«

»Hört sich an, als ob es unter Wasser läutet.«

»Ist das ein Telefon, Sammy?«

»Geht nicht ran!«

»Klingt wie ein Telefon.«

»Ich höre es kaum. Woher kommt das Klingeln?«

»Geht nicht da hinein!«

»Ich glaube – der Kühlschrank.«

»Hände weg!«

»Mann! Sammy, Sammy, Sammy.«

»Junge.«

»Wann hast du das Ding zum letzten Mal sauber gemacht?«

»Wie ist es da reingekommen?«

»Geht nicht ran.«

»Keine Sorge, Sammy. Ich hab es schon. Hallo?«

»Sammy, du solltest es wirklich nicht da drinnen aufbewahren. Ein Telefon ist ein empfindliches Gerät und du könntest – sind das Eier? Ich glaube nicht, dass ich schon mal solche Eier gesehen habe.«

»Nein, nein, hört ihr Kerle mir nicht zu?«

»Sammy? Ja, er steht neben mir.«

»Nein, ich bin nicht da. Ich will mit niemand reden.«

»Die Eier sehen aus, als würden ihnen Haare wachsen.«

»Wie kannst du das sagen, Sammy! Nachdem jemand sich die Mühe macht, dich anzurufen, kannst du doch wenigstens mit ihm reden. Das schuldest du ihm.«

»Ernie.«

»Wirklich, Sammy, ich meine es ernst. Das gehört sich einfach. Manchmal scheinst du wirklich deine guten

Manieren zu vergessen, aber ich will dich keineswegs belehren. Ich verstehe ja, wie schwierig es ist, in dieser modernen Welt gute Manieren zu bewahren, aber –«

»Verdammt. Gib mir das Ding. Wer ist dran?«

»Den Nachnamen habe ich nicht ganz verstanden. Freddie soundso. Er hat gesagt, er sei vom Rundschreiben für die Ehemaligen deiner alten Highschool.«

»O Gott!«

»Soll dieser Käse blauen Schimmel haben?«

»Das ist Roquefort. Den habe ich in Dänemark gegessen.«

»Hallo?«

»Oder war es Spanien?«

»Das ist amerikanischer Käse.«

»Wie auch immer, er hat scheußlich geschmeckt.«

»Sammy, erinnerst du dich an mich? Hier ist Freddie.«

»Ich erinnere mich. Woher hast du meine Nummer, Freddie?«

»Alle haben *deine* Nummer, Sammy.«

»Europäer essen nicht wie wir.«

»Was isst denn Sammy?«

»Ich hatte keine Ahnung, dass es so schlimm geworden ist. Ich mache mir immer um ihn Sorgen, aber was kann ein Freund da ausrichten?«

»Wir sind *keine* Freunde!«

»Sammy? Sammy, bis du noch da?«

»Was willst du? Ich versuche zu arbeiten.«

»Klingt eher, als fände bei dir 'ne Party statt.«

»Nein, hier ist definitiv *keine* Party. Was willst du?«

»Ich dachte, du würdest dich freuen, von mir zu hören.«

»Wie kommst du auf den Gedanken? Ich freue mich nicht. Was willst du?«

»Sammy ist in letzter Zeit so schrecklich gereizt. Was können mir machen, damit er sich entspannt?«

»Normalerweise würde ich sagen, dass wir ihm einen kleinen Abendimbiss zubereiten sollten, aber ...«

»Ich stelle gerade die letzte Ausgabe des Rundschreibens zusammen und wollte darin –«

»Nein!«

»Das ist die lustigste Geschichte.«

»Keine weiteren Geschichten!«

»Ich habe gerade etwas über dich gehört. Jetzt sei nicht so, Sammy. Ich bin sicher, wenn du die Geschichte hörst, findest du die Idee himmlisch. Klar, damals mag es ein bisschen traumatisch gewesen sein, aber wenn man zurückblickt, sind diese Sachen doch alle komisch.«

»Fred, glaubst du, du könntest die Ausgabe des verfluchten Rundbriefs rausbringen, ohne mich zu erwähnen?«

»Aber, Sammy, du bist doch so ein beliebter Typ. Erinnerst du dich übrigens daran, als du zum ersten Mal Kondome gekauft hast?«

»Nein!«

»O Gott. Nachdem du herausgestottert hattest, was du wolltest, stand angeblich deine Klassenlehrerin direkt hinter dir. Und während du gewartet hast, kam der Pfarrer rein. Und dein Onkel hat Zigarren gekauft und die gesamte Mannschaft der Cheerleader kam rein, um Kosmetiksachen zu kaufen. Klingt einfach irre! Mann, das muss dir aber peinlich gewesen sein. Selbstverständlich war das vor langer Zeit. Ich habe gehofft, dass du mir ein paar Details bestätigen würdest. Ein guter Journalist überprüft immer die Details.«

»Das ist nicht dein Ernst!«

»Wer, Fred, Sammy? Ernst? Er war immer ein ernster Typ, nicht wahr, Ernie? Du hättest die Artikel lesen sollen, die er über das Fang-Spiel geschrieben hat? Reine Poesie. Ernie?«

»Jetzt nicht. Ich versuche gerade, da drinnen was zum Essen zu finden.«

»Hör mal, ich würde es als persönlichen Gefallen betrachten, wenn du diese Geschichte nicht drucken würdest.«

»Naja ... weil du es bist, Sammy ...«

»Danke, Fred.«

»Weil du es bist, Sammy, kann ich das unmöglich weglassen. Als Journalist habe ich Verantwortung –«

»Grrr!«

»Sammy, tu das nicht. Sammy, bitte, diese Dinger sind teuer.«

»Er hat es einfach aus der Wand gerissen.«

»Das hätte ich schon längst tun sollen.«

»Hast du eine Ahnung, was die Dinger kosten?«

»Das spielt keine Rolle. Ich werde mir kein Neues kaufen.«

»He, ich hatte keine Ahnung, dass da eine Party stattfindet.«

»O mein Gott!«

»Dieses Zeug duftet herrlich. Chinesisch?«

»Richard. Richard, nicht du auch noch.«

»China? He, Sammy, vielleicht fahren wir *nächstes* Jahr dorthin! Junge, Junge, Bratreis hätte Froschschenkel jederzeit übertroffen.«

»Aber Sammy, du hättest mir sagen sollen, dass du Besuch hast, dann hätte ich genug für vier mitgebracht.«

»Sammy, du Teufel, deshalb wolltest du mich wegschicken. Du wolltest das ganze Essen selber verschlingen.«

»Ich hatte keine blasse Ahnung, dass –«

»Keine Sorge, Sammy, das dürfte für alle reichen, wenn wir es richtig aufteilen.«

»Ich hole Teller.«

»Danke ... wie war der Name? Ich habe ihn nicht verstanden.«

»Weil ich dich nicht vorgestellt habe.«

»Das mache ich, Sammy. Ich bin George, das ist Ernie und du bist Richard, richtig?«

»Richtig, und jeder Freund von Sammy ist ein Freund von mir.«

»Wir *sind* keine Freunde.«

»Ach, Sammy, wieder der alte Scherz.«

»Wenn du die Teller holst, George, bring auch ein Messer mit. Mal sehen. Wenn ich die Frühlingsrollen in der Mitte durchschneide, bekommt jeder eine halbe. Zum Moo-Shoo-Schweinefleisch haben sie mir nur drei Pfannkuchen gegeben, die aufzuteilen wird ein ganz bisschen schwieriger sein.«

»Knall die Teller nicht so hin – oh, warum mache ich mir überhaupt die Mühe!«

»Ach was, Sammy kann meinen haben.«

»Nein, meinen! Was meinst du, Sammy?«

»Spielt es überhaupt eine Rolle, was ich sage?«

»Ob es eine Rolle spielt, Dick?«

»Richard! Wir lieben dich, Sammy. Das weißt du.«

»Und ich liebe Spare Ribs. Und was ist da drin?«

»Warte! Nicht aufmachen! Riecht wie Krabben. Aah, Krabben in Hummersoße.«

»Gute Nase, Ernie. In der Plastiktüte da drüben sind Krabbentoasts. Was ist los, Sammy? Du isst ja gar nicht.«

»Ich habe keinen Hunger.«

»Hoppla, was geht denn hier ab?«

»Sammy, du hast Janet und mich nicht eingeladen. Wie konntest du!«

»Mach dir keine Sorgen, Sammy, Liebling, ich bin nicht gekränkt. Und Herb auch nicht, nicht wahr, Herb?«

»Ich mache mir keine Sorgen.«

»Herb? Janet? Darf ich euch Herb und Janet nennen?«

»Warum nicht.«

»Dann lernen wir uns alle besser kennen. Ihr wisst schon, jeder Freund von Sammy –«

»Ihr *seid* keine –«

»Janet, Herb, George. George, Herb und Janet. Richard, Herb und Janet. Herb und Janet, Richard.«

»Angenehm.«

»Ich freue mich, euch kennen zu lernen.«

»Hallo.«

»Und ich bin Ernie. Ich habe gerade fünfzehn Länder in sechzehn Tagen gesehen – oder war es umgekehrt?«

»Ist das nicht interessant? Ernie, George, warum steht ihr beiden nicht auf und überlasst Janet und Herb eure Sitzplätze. Ihr habt genug gegessen. Lasst mal andre ran. Sammy, wie kommt ein so beliebter Mann wie du mit so wenig Stühlen aus?«

»Was ist mit deinem Telefon passiert, Sammy? Ich bastle ein bisschen mit Elektrogeräten rum, und ich glaube, ich kann dir das reparieren.«

»Mach dir keine Mühe, Herb.«

»Kein Problem, Mann.«

»He, wir können morgen Stühle kaufen gehen, Sammy. Ich kenne da einen Laden, ein Großhändler für Restaurantbedarf. Da können wir billig Klappstühle erstehen.«

»Ich sehe mal, ob ich welche ausleihen kann. Hier wird's eng. Die nette Dame nebenan, hat mich angebrüllt, kaum dass ich auf dem Flur ein Zelt aufgestellt habe.«

»Sie ist am nächsten Tag ausgezogen.«

»Wirklich, Sammy?«

»Sammy, was machst du, wenn hier eine Party ist?«

»Was ich jetzt tue. Auf Wiedersehen!«

»Sammy, wie geht's dir? Ich dachte, ich schau mal vorbei und –«

»Ich bin auf dem Weg raus, Jerry.«

»Raus? Aber du gehst doch nicht gern –«

»Sammy, bleib und iss mit uns.«

»Sammy! Das Telefon! Es klingelt wieder.«

»Und ich hatte nicht mal Gelegenheit, ihm diese Miniatur vom Eiffelturm zu geben. Da ist ein Thermometer eingebaut. Ich habe es beim Flug auf dem Schoß gehalten, damit es nicht verkratzt. Sammy ist ziemlich zickig geworden, wisst ihr.«

»Seht mal, er hat überhaupt nichts gegessen.«

»Ich kann einfach keinen Bissen runterkriegen, wenn Sammy nicht isst.«

»Ich habe ihm mal eine kleine Replika vom Empire State Building mit einer Digitaluhr geschenkt, aber ich glaube, er mag das Empire State Building nicht besonders. Ich habe es nie irgendwo gesehen.«

»Er ist dünner geworden, ist euch das nicht aufgefallen? Das ist nicht gesund.«

»Schnell, packt das Essen ein. Sammy muss was essen.«

»Seine Wangen haben so hohl ausgesehen.«

»Glaubt ihr etwa, dass er sich eine Krankheit geholt hat?«

»Sammy ist sehr beliebt.«

»Sollten wir ans Telefon gehen?«

»Keine Zeit.«

»Schmeiß das ganze Essen in meinen Koffer. Beeil dich. Keine Zeit, was zu essen, wenn wir ihn einholen wollen.«

»Er hat den Aufzug genommen. Seht mal, er ist noch auf dem Weg nach unten.«

»Schnell! Die Treppe.«

»Hoppla!«

»Verdammt!«

»Eins nach dem anderen!«
»Verschütte nicht die Suppe!«
»Entschuldigung.«
»Nur noch drei Treppen.«
»Pass auf! Das Zeug ist heiß.«
»Du hättest die Suppe mit dem Rest in Ernies Koffer tun sollen, wie er gesagt hat.«
»Aber ich will, dass sie für Sammy warm bleibt.«
»Ich wusste, ich hätte keine Schuhe mit hohen Absätzen anziehen sollten.«
»Da ist die Eingangshalle.«
»Wohin ist er gegangen?«
»Ich sehe ihn nicht.«
»Fragen wir den Portier.«
»Wo ist der Portier?«
»Er hat geschlafen, als ich gekommen bin.«
»Schnell! Raus!«
»Da ist er. Und der Portier rennt ihm hinterher.«
»Mr. Sammy! Mr. Sammy!«
»Weiß er nicht, wie dämlich er aussieht?«
»Sammy, warte!«
»Jetzt fängt er auch an zu rennen. Sammy, langsam. Wenn ich noch mehr Suppe verschütte, bleibt für dich nichts mehr übrig.«
»Zum Teufel mit deiner Suppe!«
»Sammy!«
»Habe ich euch nicht gesagt, dass er sprachlich sehr runtergekommen ist.«
»Er ist bloß müde und hungrig.«
»Hört auf, für mich Entschuldigungen vorzubringen. Hört auf, mir nachzurennen! Verdammt, wann lasst ihr mich endlich in Ruhe?«
»Hier, Sammy, nimm das letzte Stück Krabbentoast.«
»Zur Hölle mit deinem Krabbentoast.«

»Sammy, das war ein neues Jackett.«

»So war er schon den ganzen Abend. Ich wünschte, ich wüsste, was ihn belastet.«

»Er hätte mit mir wegfahren sollen. Ich habe ihm gesagt, dass er dringend Urlaub braucht. Ich habe ihm gesagt, dass er sich entspannen muss und von allem wegmuss. Ich habe sogar angeboten, alles für ihn zu bezahlen. Aber ich konnte ihn nicht überzeugen. Als er mich zum Flughafen gebracht hat, hatte er einen überaus seltsamen Gesichtsausdruck. Ich glaube, er war traurig.«

»Ich war überglücklich, du Trottel.«

»Ich war ehrlich überrascht, dass er mich zum Flughafen gebracht hat. So was hat Sammy früher nie gemacht. Da ist mir noch deutlicher geworden, was für ein Freund er ist.«

»Ich weiß, ich bin gerührt.«

»Bist du nicht – Sieh mal, der einzige Grund, warum ich mit dir zum Flughafen gefahren bin, war, um sicherzugehen, dass du in den Flieger steigst und das Land verlässt und ich zwei Wochen lang Ruhe vor dir haben würde.«

»Ach, Sammy, du führst keinen hinters Licht.«

»Sammy macht das immer so. Er macht seine edelsten Gefühle ganz klein, als schämte er sich ihrer.«

»Das ist für viele Menschen ganz natürlich, Sammy. Nicht nötig, sich deshalb Asche aufs Haupt zu streuen. Herb war früher auch so, ehe wir uns zusammengetan haben.«

»Aber jetzt nicht mehr, Süße. Sammy, weißt du, Janet hat mein Leben verändert, ehrlich, das hat sie. Du würdest dich nicht so komisch benehmen, wenn du eine gute Frau wie Janet an deiner Seite hättest.«

»Und wie soll ich eine finden? Wann habe ich dazu eine Gelegenheit mit euch? Ihr habt mich mit einer Frau nicht allein gelassen, seit dem Tag, an dem ich geboren wurde.«

»Sammy, du irrst dich. Ich glaube nicht, dass einer von uns dich gekannt hat, als du noch so jung warst.«

»Da wäre ich nicht so sicher.«

»Entschuldigung. Ich wollte nicht unterbrechen, aber ist hier jemand, der Sammy heißt?«

»Der da!«

»Ist das – äh – so eine Art Versammlung?«

»Nein, Mister, das ist mein Leben.«

»Oder seid ihr eine Reisegruppe? Ich meine, ich habe nie dreißig Menschen bloß so im Kreis stehen lassen. Sind Sie Fremdenführer?«

»Nicht freiwillig. Wer sind Sie überhaupt?«

»Geben Sie nicht mir die Schuld. Ich habe mich nur um meine Angelegenheiten gekümmert, okay? Ich habe keine Probleme mit euch, Leute. Ihr könnt machen, was ihr wollt, aber in der Privatsphäre eurer eigenen Straßenecke. Zum Teufel, ihr seht alle wie Erwachsene aus. Ich habe nur mit meiner Frau telefoniert. Da hat das Telefon in der Nachbarzelle geklingelt. Ich hätte wohl nicht abnehmen sollen, aber ich habe, und eine Frau hat nach Sammy gefragt.«

»Eine Frau?«

»Zweite Zelle von links.«

»Hat sie gesagt, wer sie ist?«

»Nein, aber sie hat geklungen, als würde sie Sie sehr gut kennen.«

»Hallo?«

»Okay, okay, ja, ich bin neugierig. Was macht ihr hier draußen? Ist das eine Art Kult? Es ist saukalt.«

»Sammy, Sammy? Bist du das? Ich hatte Angst, dass dieser Trottel aufgelegt hat.«

»Wir sind mit ihm zusammen.«

»Ma? Ich stehe an einer Straßenecke, Ma. Woher hast du gewusst, wo du mich findest?«

»Was meint ihr, mit ihm zusammen? Ist er euer Guru? Ist er ein Filmstar oder so was? Er muss berühmt sein, ihr schaut ihn alle an, als wäre er berühmt. Seid mal ehrlich, sollte ich mir ein Autogramm von ihm holen?«

»Ich habe eins.«

»Was! Mir wollte er keins geben! Er hat gesagt, er habe es satt, dass die Leute sie verkauften.«

»Nun.«

»Ich gebe dir fünfzig Dollar.«

»Fünfzig Mäuse! Ihr würdet fünfzig Dollar für sein Autogramm löhnen?«

»Okay, hundert.«

»Mann-o-Mann! Wenn man ihn anschaut, glaubt man nicht, dass er etwas Besonderes ist.«

»He! Sie sprechen von Sammy!«

»Ja, seien Sie vorsichtig, Mister!«

»Schon gut, ich wollte niemand beleidigen. Ja, jetzt, wo Sie es erwähnen, hat dieser Bursche tatsächlich etwas Besonderes an sich, aber ich weiß nicht ...«

»Das ist ganz einfach. Er ist unser Freund.«

»Ich ... bin ... nicht ... euer ... Freund!«

»Sammy?«

»Hmmm ... seid ihr da ganz sicher?«

»Ich habe keine Freunde.«

»Sammy, bis du noch da?«

»Euer Freund Sammy klingt nicht sehr glücklich.«

»Ich bin nicht –«

»Manchmal ist er so.«

»Glaubt ihr, er würde auch mein Freund sein?«

»Sammy!«

»Ich bin hier, Ma.«

»Ich habe an dich gedacht, Sammy, und ...«

»Was ist den diesmal passiert, Ma? Hast du das Telefon runtergeschmissen und beim Aufheben zufällig diese

Nummer mit dem Ellbogen gewählt? Hat die Katze das Telefon als Kratzbaum benutzt?«

»Nein, Schatz.«

»Oder ist dir die Nummer bei einem Nickerchen eingefallen?«

»Diesmal nicht, Sohn. Fred, du weißt schon, der Junge, der mich wegen dir interviewen will – für das Schulrundschreiben –, er hat gerade angerufen und mir diese Nummer gegeben.«

»Fred? Wie ist Fred an diese Nummer gekommen?«

»Schrei mich nicht an, Sohn. Ich habe keine Ahnung. Er hat nur gesagt, dass er sich wegen dir Sorgen macht. Er hat gesagt, du würdest deprimiert klingen. Dann hat er gemeint, es wäre eine gute Idee, wenn ich dich anrufe, um dich aufzuheitern. Und dann hat er mir die Nummer gegeben.«

»Ma, Ma, Ma! Ich kann so nicht länger weiterleben. Wie hast du das geschafft? Wie hast du es geschafft, mich so viele Jahre lang zu beschützen?«

»Was ist denn da los? Verteilt jemand Gratisproben?«

»Still, wir wollen das hören.«

»He, das ist meine Mutter, Herrschaften, ein Privatgespräch.«

»Was? Was? Was ist es? Kaugummi? Zigaretten? Hab ich was Gutes verpasst?«

»Sei leise, wir wollen hören, was Sammy sagt.«

»Wer ist das bei dir, Sammy? Feierst du wieder eine deiner Partys?«

»Nicht absichtlich, Ma. Ich muss den Hut vor dir ziehen, Ma. Du hast es durchgezogen. Du hast mich gegen das alles abgeschirmt. Ich habe Jahre gebraucht, bis ich gemerkt habe, dass ich eine magnetische Persönlichkeit habe.«

»Du warst immer ein Spätzünder, Liebes.«

»Ma!«

»Es stimmt, Sammy. Du warst von Anfang an so. Ich habe *keine* wirklich gute Arbeit geleistet. Du wolltest es einfach nicht wahrhaben.«

»Erzähle mir davon, Ma.«

»Nein. Das ist deine Geschichte, Sammy, nicht meine.«

»Wer führt hier das Kommando?«

»Was meinen Sie, Officer?«

»Ma, ich kann es nicht mehr ertragen. Es wird immer schlimmer. Es ist total außer Kontrolle.«

»Was wird immer schlimmer? Wovon redet er nur?«

»Was es auch ist, wir müssen einen Weg finden, um ihm zu helfen.«

»He, ich rede mit Ihnen. Ich verlange eine Erklärung und zwar sofort!«

»Pssst.«

»Vielleicht solltest du wieder zu Dr. Friedlander gehen, Sammy. Der hat dir doch früher helfen können. Hast du selbst gesagt.«

»Schon gut, genug mit dieser Scheiße! Wer hat die Erlaubnis?«

»Welche Erlaubnis, Officer?«

»Klugscheißer. Ihr solltet es inzwischen besser wissen, Leute. Keine Erlaubnis, kein Protest. Mit eurer kleinen Demonstration behindert ihr den Verkehr. Ihr müsst eine Erlaubnis haben und Polizeischutz, um die Menge zu kontrollieren. Ihr macht das wirklich nicht gut. Die Leute müssen auf die Straße gehen, um an euch vorbeizukommen. Es hilft eurer Sache doch nicht, wenn jemand vom einem Laster angefahren wird.«

»Tut uns Leid, Officer.«

»Wir wollten keinen Ärger machen, Officer.«

»Fiedlander ist ein Quacksalber. Er ist genauso übel wie der Rest.«

»Er kann nicht anders, Sammy, das unterliegt nicht seiner Kontrolle. Aber vielleicht kann er dir helfen.«

»Ja, ja, ja.«

»Sammy?«

»Das habe ich schon millionen Mal gehört.«

»Sammy.«

»Okay, Ma. Ich tue es für dich.«

»Was ist überhaupt euer Anliegen?«

»Anliegen? Haben wir ein Anliegen, George?«

»Wiedersehen, Sammy. Ich liebe dich.«

»Ich dich auch, Ma. Wiedersehen.«

»Ein Anliegen! Ein Anliegen! Gott, ich habe noch nie einen so verwirrten Haufen gesehen. Wo sind die Armbinden? Wo sind eure Plakate? Wie sollen die Leute denn erfahren, wogegen ihr protestiert? So kommt ihr nie in die Presse. Muss ich euch eine Gebrauchsanweisung aufschreiben? Herrgott, nicht ein einziges mickriges Plakat.«

»Was ist denn hier los?«

»Nichts, Sammy. Telefoniere ruhig weiter mit deiner Mutter.«

»Ist etwas nicht in Ordnung, Officer?«

»Sind Sie der Anführer des Marsches? Wissen Sie nicht, dass Sie Plakate brauchen? Moment mal ... habe ich Sie nicht schon irgendwo gesehen?«

»Das glaube ich nicht, Officer.«

»Und Sie haben auch keine Erlaubnis, richtig?«

»Ich habe nur –«

»Sie scheinen ein intelligenter Mensch zu sein. Hören Sie, nächstes Mal machen Sie es richtig. Besorgen Sie sich eine Erlaubnis. Und malen Sie um Himmels willen ein paar Plakate. Was ist der Sinn einer Demo ohne Plakate? STOPP das, WEG MIT dem, FREIHEIT für und so. Benutzen sie Ihren Verstand. Diesmal lasse ich Sie noch mal ohne Strafzettel laufen, weil ... ich *weiß* nicht, weshalb ich Sie laufen lasse, aber beim nächsten Mal ...«

»Plakate.«

»Richtig.«

»Und ganz im Vertrauen ... hängen Sie diese Verlierer ab!«

»He, was hat er dir zugeflüstert?«

»Leute!«

»Sprich lauter!«

»Sammy, hinten kann man dich nicht verstehen.«

»Okay, kommt her, Leute. Weiter unten ist ein Farbengeschäft. Gehen wir dahin.«

»Jetzt rennt er wieder.«

»Warte!«

»Keine Angst, er entwischt uns nicht. Ich war im College bei der Leichtathletikmannschaft.«

»Er wird langsamer.«

»Vielleicht haben wir ihn vorhin schon müde gemacht, und wir verlieren ihn jetzt nicht. Vielleicht –«

»Beeilt euch, Leute! Los!«

»Was macht er? Verdammt, pass doch mit deiner Suppe auf!«

»Aber ich will, dass Sammy sie bekommt.«

»So, hier sind wir, Leute. Nach euch!«

»Was soll das?«

»Die Plakate! Die Plakate!«

»Aber, Sammy!«

»Geh rein, George, wir brauchen Plakate.«

»Ich kapiere nicht –«

»Geh weiter, Ernie.«

»Und was ist mit dir?«

»Ich halte die Tür offen. Ihr beklagt euch doch dauernd, dass ich keine guten Manieren hätte.«

»Aber –«

»Ja, und jetzt gebe ich mir eben Mühe.«

»Was tut sich hier?«

»Ah, immer schön, ein neues Gesicht zu sehen. Nur zu! Immer rein in die gute Stube! Komm, Janet! Los, Herb! Hallo, Officer.«

»Ich freue mich, dass Sie meinen Rat beherzigen. Ich wollte Ihnen noch ein paar Tipps geben.«

»Treten Sie ein. Sind das alle?«

»Alle bis auf dich, Sammy.«

»Ja, alle bis auf mich.«

»Warte, was machst du denn?«

»Sammy, wo hast du das Seil her?«

»Er hat die Tür zugebunden.«

»Bis später, Leute.«

»Warte! Warte! Lass uns hier raus!«

»Sammy, komm zurück!«

»Sammy, warte – ich habe dir noch nicht das Britische Museum als Bleistiftanspitzer gegeben.«

»Jetzt wird's schwierig. Wie finde ich um diese Zeit ein Taxi?«

»Taxi, Mister?«

»Was?«

»Taxi, Mister? Ich habe gesehen, wie sie die Hand ausgestreckt haben, und habe mir gedacht, dass Sie vielleicht ein Taxi brauchen.«

»Ich habe mich nur am Kopf gekratzt, aber –«

»Okay, springen Sie rein.«

»Was? Woher kommen Sie? Sind um diese Uhrzeit nicht die Theatervorstellungen zu Ende? Sollten Sie nicht in der Stadtmitte herumfahren?«

»Komisch, dass Sie das sagen. Und wissen Sie, normalerweise wäre ich auch dort. Aber heute ist mein dreißigster Hochzeitstag, und ich habe früher Schluss gemacht. Ich will meiner Frau ein Dutzend Rosen und eine Schachtel

Pralinen bringen. Aber dann habe ich Sie da stehen sehen. Sie haben so verloren ausgesehen. Da musste ich einfach an der Ecke umdrehen.«

»Aber Sie haben ja noch das Schild NICHT IM DIENST auf dem Dach eingeschaltet.«

»Du meine Güte! Die meisten Leute wären um diese Zeit nicht so pingelig. So, jetzt ist es ausgeschaltet. Steigen Sie schon ein.«

»Aber –«

»Warten Sie einen Moment – findet in dem Farbengeschäft irgendein Sonderverkauf statt? Der Laden scheint proppenvoll zu sein. Vielleicht sollte ich reinlaufen und ein paar Liter Korallenrosa mitnehmen. Das würde meine Frau glücklich machen.«

»Schon gut, Sie haben eine Fahrt.«

»Sie ändern aber schnell Ihre Meinung. Ich glaube, ein paar Leute da drinnen rufen uns etwas zu. Haben Sie das Wechselgeld vergessen?«

»Nein. Fahren Sie los. Das ist nur so eine verrückte Sitte im dem Laden. Sie wollen, dass ich mich willkommen fühle. Manche Geschäfte geben Gratisspatel oder Malerkappen, hier versammeln sich alle Verkäufer an der Tür und rufen Auf Wiedersehen. Fahren Sie endlich.«

»Mann, wenn man Sie dort so mag, wären ein paar Liter Korallenrosa doch keine schlechte Idee. Glauben Sie, Sie könnten mir Rabatt verschaffen?«

»Fahren Sie in die Stadtmitte. Ich sage Ihnen Bescheid, wenn ich die richtige Adresse weiß.«

»Okay. Mein Gott, korallenrosa. Hoppala, ist da hinten eben Glas gesplittert?«

»Nein. Fahren Sie schneller. Was ist mit Korallenrosa?«

»Vor ein paar Jahren hat meine Frau das ganze Haus korallenrosa streichen lassen. Jedes Zimmer. Das ist wahre

Liebe – aber mir wird bei dieser Farbe kotzübel. Aber was Phyllis will, bekommt Phyllis. Mir ist aufgefallen, dass eine Renovierung fällig wird, und habe es ihr gegenüber erwähnt, weil ich gedacht habe, wir könnten wieder eine normale Farbe nehmen, wie Weiß oder Braun, aber nein, sie erklärt, dass sie wieder Korallenrosa will. Und wissen Sie, am Ende bekommt sie es auch. *Frauen.*«

»Frauen.«

»Sohn, Sie sagen das, als würden Sie es nicht ernst meinen.«

»Ich weiß nicht, was Sie – wie soll ich sagen? Ich wollte nur Konversation machen, sonst nichts.«

»Sie klingen aber, als würden Sie es nicht ernst meinen. Punktum. Wenn Sie so ein Wort aussprechen, muss es wütend klingen, als würde Ihnen ein Kloß in der Kehle stecken. Sie müssen in meinem Kopf Bilder heraufbeschwören. Man wirft Worte nicht einfach so hin. Ich sollte dabei an sämtliche Frauen erinnert werden, die je durch mein Leben gegangen sind. Es sollte die Erinnerung an alle Dinge hervorrufen, die wir aus Liebe tun. Ich sollte mich an meine –«

»Aha, ich verstehe.«

»Jaaa.«

»Darf ich es noch mal versuchen?«

»Wenn Sie darauf bestehen.«

»Wie wäre es damit? *Frauen.*«

»Nicht viel besser.«

»Frauen. Frauen.«

»Naja, Wie viel Erfahrung haben Sie denn mit Frauen?«

»He, das wird etwas zu persönlich.«

»Nicht für einen Taxler. Wir haben alles schon gehört. Vergessen Sie Barkeeper. *Hier* ist der Beichtstuhl der Menschen. Und wie in den Beichtstühlen in der Kirche haben wir eine Trennwand mit einem Türchen. Dadurch fühlen

Sie sich ganz nah, aber nicht bloßgestellt. Wenn Sie mit mir reden, ist das wie ein Selbstgespräch. Also, was ist Ihr Problem?«

»Ich möchte lieber nicht darüber sprechen. Fahren Sie einfach weiter.«

»Wohin fahren wir?«

»Zu meinem Psychiater.«

»Oh. Sie sind besser dran, wenn Sie mit mir rumfahren und die hundert Dollar für die Fahrt hinlegen.«

»Fahren Sie weiter.«

»Ich habe Sie nur gefragt, wohin wir fahren, weil Sie mir immer noch nicht gesagt haben, wohin Sie wollen. Sie brauchten mir nicht zu sagen, dass Sie zu Ihrem Seelenklempner wollen. Offenbar haben Sie doch das Bedürfnis, sich auszukotzen. Verständlich. Ich bin für Sie da, Sohn.«

»Fahren Sie einfach nach Süden. Wenn ich die Straße sehe, weiß ich, wo wir abbiegen müssen. Es ist schon eine Weile her.«

»Oh?«

»So habe ich das nicht gemeint.«

»Okay, okay. Also, Sie fahren zum Psychiater.«

»Jawohl.«

»Frauen?«

»Frauen? Nein, nicht Frauen.«

»Das sagen Sie wieder, als ob Sie es nicht ernst meinen. Ich will Ihnen mal was sagen, was ich im Leben gelernt habe, Sohn. Als Taxifahrer sieht man eine Menge. Dieser kleine rechteckige Spiegel ist ein Monitor, auf dem ich schon alles gesehen habe. Liebe und Tod, manchmal sogar gleichzeitig. Auf dem Rücksitz schimpfen Menschen und sagen Sachen, von denen sie nie gedacht hätten, dass sie das vor ihrem Partner sagen würden. Menschen vögeln und stöhnen Worte, die meiner Meinung nach nicht gestöhnt werden dürften. Aber das spielt keine Rolle, ich bin unsichtbar. Vielleicht liegt es an der Trennscheibe. Menschen öffnen sich mir.«

»Nicht alle. Ich nicht.«

»Die Menschen öffnen sich mir. Was ich schon für Geschichten gehört habe! Aus alledem habe ich gelernt, dass es immer nur um Eins geht.«

»Frauen.«

»Richtig. Außer es ist eine Frau, in diesem Fall könnte es um einen Mann gehen. Aber nicht notwendigerweise. Wie ich Ihnen schon sagte: Ich habe viel erlebt. Frauen.«

»Diesmal nicht. In meinem ganzen Leben war ich noch nicht länger als fünf Minuten mit einem weiblichen Wesen allein.«

»Oh. Schön, Sohn, Sie sind nicht der Erste mit diesem Problem. Aber meiner Meinung nach kann man dagegen etwas tun. Das weiß ich nicht aus eigener Erfahrung, aber ich lese viel. Gymnastik, Cremes, Lotionen, Ersatztherapie –«

»Das meine ich nicht! Ich rede nicht um den heißen Brei herum. Wenn ich sage, dass ich nicht mit ihnen allein sein konnte, dann meine ich, dass ich nicht mit ihnen allein sein konnte. Das ist alles.«

»Wenn Sie das sagen, Kumpel.«

»Hier sollten Sie links abbiegen.«

»Sie klingen ein bisschen unsicher. Sind Sie sicher, dass Sie wissen, wohin Sie wollen?«

»Nein! Ich meine, ja! Ich meine – früher hat das nie eine Rolle gespielt. Verdammt!«

»Beruhigen Sie sich, Sohn.«

»Wirklich komisch. Sie bringen mich dazu, Sachen zu denken, an die ich seit Jahren nicht gedacht habe. Ich schätze, ein Teil von mir wollte sie vergessen. Wenn ich die Vergangenheit vergesse, bedrückt es mich vielleicht weniger, dass ich noch nie mit einer Frau allein sein konnte.«

»Ja, ja.«

»Nein! *Nicht* ja-ja! Ich erkläre es Ihnen. Ich erinnere mich an das erste Mal, als ich mit einem Mädchen allein war. Ich war dreizehn. Sie hieß Barbara. Wir hatten einen Waldspaziergang gemacht. Ich erinnere mich, dass meine Handfläche so nass geschwitzt war, dass ihre Hand immer herausrutschte. Wir fanden einen dunklen stillen Platz und machten aus Tannennadeln ein Bett. Dann fingen wir an zu knutschen. Ich konnte kaum atmen. Ich zitterte am ganzen Leib, als ich anfing, ihre Bluse aufzuknöpfen –«

»Bewegen Sie sich nicht! Schauen Sie nach vorn und seien Sie nicht nervös!«

»Was? Ich öffne mich und spreche über ein immens zukunftsträchtiges Ereignis, und Sie wollen mir Befehle erteilen? Ich dachte, hier wäre ein Beichtstuhl.«

»Ist es, Sohn. Ein Beichtstuhl auf Rädern, der mitnimmt und abliefert. Tut mir Leid, dass ich Sie unterbrochen habe, Sohn, aber ich glaube, man verfolgt uns.«

»Ist ein Wagen hinter uns?«

»Ein verdammter Bus verfolgt uns. Ich kenne die Stadt wie meine Hosentasche – auf dieser Straße fahren keine Busse. Haben Sie Feinde bei der Transportbehörde? Nein, Moment mal – der Bus ist voll, und ich kann einige Leute erkennen. Das sind die Typen, die im Farbengeschäft an der Tür standen.«

»Oh, nein!«

»Das müssen über hundert sein, die sich da reingequetscht haben. Aus den Fenstern lehnen sich auch welche. Das ist gefährlich. Wie gescheit sind diese Leute aus dem Farbengeschäft? Ein paar haben Plakate. Ich kann das im Rückspiegel lesen. Mal sehen. WIR LIEBEN DICH, SAMMY! GUTER ALTER SAMMY! SAMMY FOREVER! Sammy, heißen Sie so? Das ist erstaunlich! Das machen die alles für geschätzte Kunden? Ich glaube, mir wäre die Gratiskappe lieber gewesen.«

»Fahren Sie schneller! Sie müssen den Bus abhängen!«

»Was? Aber das ist doch praktisch Ihr Fanclub.«

»Fünfzig Dollar.«

»In Ordnung. Lehnen Sie sich zurück und entspannen Sie sich, Sammy. Sie brauchen sich keine Sorgen zu machen. Wir hängen sie ab. Sie sind schon Geschichte.«

»Ja, Geschichte. Ich scheine keine Geschichte zu haben. Ich habe nur die Gegenwart. Ich kann es nicht glauben, dass sie einen Bus organisiert haben! Wenigstens können sie mich aus dem Gefängnis nicht mehr belästigen. He!«

»Tut mir Leid, Sammy. Schnallen Sie sich lieber an, sonst knallen Sie noch an die Decke. He, können Sie mal die Rosen und die Pralinen festhalten? Ich will nicht, dass sie zerdrückt werden. Und, wie ist dann mit dem Mädchen weitergegangen?«

»Genau *das* ist passiert! Ich kann nie allein sein, unter vier Augen. Kaum hatte ich ihre zarten Brustwarzen gesehen, tauchte ihre Schwester auf.«

»Glauben Sie, dass mich das schockiert? He, bei so was würde ich auch mitmachen. Wie gesagt, ich habe schon alles gesehen.«

»Ihre Schwester hatte ihre ganze Pfadfinderinnen-Gruppe dabei. Sie machten einen Gang durch die Natur. Barbara hat schnell die Bluse zugeknöpft und mich bedauernd angelächelt. Verdammt! Wenn die Pfadfinderinnen nur fünf Minuten später gekommen wären, hätten sie *echte* Natur gesehen! Aber verdammt noch mal, das passiert ständig! Ich werde verfolgt. Sollte ich je durch ein Wunder mal mit einer Frau allein sein, kommt jemand dazu, ehe irgendwas passieren kann, und dann noch jemand und noch jemand.«

»Nicht auf dem Rücksitz meines Taxis, Sohn! Ich glaube nicht, dass die Stoßdämpfer das aushalten.«

»Einmal habe ich sogar gedacht, ich könnte mit einer Wohnungsnachbarin eine Affäre anfangen. Wir haben uns in der Waschküche getroffen, aber wie es aussah, wollte an diesem Tag jeder im Haus waschen. Wir haben uns so gut es ging verständigt. Der Krach der Maschinen hat jedes Wort übertönt. Sie ist verheiratet, aber sie hat mich auf eine Tasse Kaffee zu sich eingeladen, während ihr Mann zur Arbeit gegangen war. Sie hat die Kaffeekanne auf den Tisch gestellt, ich habe eingeschenkt. Sie hat ihre Hand auf meine gelegt. Ich habe sie angeschaut. Sie hat sich die Lippen geleckt. Ich habe sie auch geleckt. Wir sind auf dem Boden herumgerollt. Da hat es an der Tür geklingelt. Ich habe sie gebeten, nicht aufzumachen. Es war ein Enzyklopädie-Verkäufer.«

»Abartig.«

»Sie hat ihn schnell abgewimmelt, und wir sind auf die Couch gegangen. Ich habe ihre Knöpfe und Reißverschlüsse mit den Zähnen aufgemacht. Als ich ihre Hosen auf den Boden gelegt habe, hat es wieder geklingelt. Diesmal habe ich sie angefleht, aber sie meinte, sie müsse aufmachen, weil alle wüssten, dass sie zu Hause sei und sie sich sonst verdächtig mache. Sie hat durch den Spion geschaut. Es war ihre Schwiegermutter. Wir haben uns blitzschnell angezogen und wieder an den Tisch gesetzt. Eine Stunde musste ich zuhören, wie die Frauen über Gardinen sprachen. Dabei hat die Schwiegermutter mich ständig komisch angeschaut.«

»Da haben Sie wohl eine Gelegenheit verpasst, Sohn.«

»Nachdem die Schwiegermutter endlich weg war, haben wir keine Zeit mehr verschwendet. Wir haben uns die Kleidung vom Leib gerissen und sind ins Schlafzimmer gestürmt. Sie hat sich hingelegt und die Beine verführerisch gespreizt. Da habe ich gedacht –«

»Das ist es!«

»Was?«

»Das ist es! Das ist es! Deshalb hasse ich Korallenrosa so-sehr. Ich habe das Gefühl, als wohnte ich in einer riesigen ... Aha! Ich glaube, wir haben sie abgehängt.«

»Und als ich mich auf sie legte, hörte ich hinter mir ein Geräusch. Ich drehte mich um. Da stand ihr Mann, splitterfasernackt, der für einen Überraschungs-Quickie zum ersten Mal in vier Jahren Ehe früher nach Hause gekommen war. Ich bin aus dem Schlafzimmer zurück in meine Wohnung gerannt, ohne meine Sachen mitzunehmen. Dann stand ich vor meiner Tür und konnte nicht rein, weil ich keinen Schlüssel hatte. Ich musste, wie ein Idiot grinsend, wieder nach oben gehen, vorbei an allen meinen Nachbarn. O Gott! Verstehen Sie jetzt, wenn ich sage, dass ich nie mit einer Frau allein gewesen bin.«

»Frauen.«

»Nein, nicht Frauen. Eindeutig nicht Frauen! Es liegt an mir. Nur an mir! Ich habe dieses Problem.«

»Meinen Sie, dass das der Grund ist, dass Phyllis Korallenrosa so liebt?«

»Halt! Hier ist es.«

»Ich frage mich, ob es mit diesen Selbstverwirklichungsgruppen zu tun hat, zu denen sie jede Woche ins Village geht.«

»Halt! Sie sind gerade vorbeigefahren! Da ist es!«

»Da ist was?«

»Die Praxis meines Psychiaters! Sie haben mich direkt vor seine Tür gefahren. Dahin wollte ich von Anfang an. Sehen Sie, was ich meine? Wenn meine Persönlichkeit nicht die Menschen zu mir führt, dann bringt sie mich zu ihnen. Ich kann es einfach nicht begreifen. Wie viel kostet die Fahrt?«

»Die Fahrt geht auf mein Konto. Sie brauchen das Geld

mehr als ich, Sohn. Besonders bei hundert Mäusen pro Sitzung. Ich habe das Gefühl, dass Sie noch eine ganze Weile gehörig blechen müssen.«

»Hier. Nehmen Sie. Ich bestehe darauf. Ich habe es Ihnen versprochen, wenn Sie den Bus abhängen. Sie dürfen mich nicht hindern, ein Versprechen zu brechen.«

»Vergessen Sie's! Beim nächsten Mal können Sie mich ja doppelt bezahlen.«

»Beim nächsten Mal? Woher wissen Sie, dass es ein nächstes Mal geben wird?«

»Weil ich hier unten warte, bis sie oben fertig sind,Sohn, deshalb.«

»Gott, was rede ich bloß! Warum habe ich gefragt? Aber – was ist mit Ihrem Hochzeitstag? Und Ihre Frau?«

»Sie kann warten. Korallenrosa. O Gott!«

»Hallo, Sammy. Ich kann Ihnen gar nicht sagen, wie sich der Doktor freuen wird, Sie zu sehen!«

»Cynthia!«

»Komisch, dass wir uns so treffen.«

»Hier, ich halte die Haustür auf. Hat der Doktor eigentlich je etwas von dem erzählt, worüber wir sprechen?«

»Aber, nein, Sammy! Er würde nie das Vertrauen eines Patienten missbrauchen.«

»Glauben Sie mir, wenn er es hätte, würden Sie wissen, dass es keineswegs komisch ist.«

»Aber, Sammy, das ist es. Seit der Mittagspause, war ich jetzt zum ersten Mal für fünf Minuten aus dem Haus. Ich habe nur schnell für den Doktor Kaffee und Doughnuts geholt. Die Abendsprechstunden am Freitag rauben ihm immer viel Kraft, aber was soll er machen: Seine Patienten brauchen ihn. Er braucht wirklich diesen Zuckerstoß, um es durch den Abend zu schaffen. Kommen Sie, gehen wir rein, ehe der Kaffee kalt wird.«

»Glauben Sie, der Doktor hat heute Abend noch Zeit für mich?«

»So, da sind wir. Schauen wir mal in den Terminkalender. Hmmm . . .sieht nicht gut aus, Sammy. Er ist bis Mitternacht total ausgebucht. Ach, Sammy, sind Sie so lieb und gehen ans Telefon,während ich das dem Doktor bringe?«

»Praxis Doktor Fiedlander.«

»Sammy?«

»Nein.«

»Sammy, du bist das. Versuch ja nicht, dich rauszuschwindeln.«

»Fred?«

»Sammy, was machst du dort?«

»Ich gehe schon seit Jahren zu Doktor Friedlander. Wie hast du es geschafft, mich aufzuspüren? Vor einer Stunde habe ich nicht mal selbst gewusst, dass ich herkomme.«

»Das ist komisch, Sammy –«

»Es ist *nicht* komisch!«

»Es ist nämlich deine Schuld, dass ich anrufe. Ich habe dich nicht aufgespürt. Ich rufe nur an, um zu sagen, dass ich den Termin mit dem Doktor heute Abend nicht schaffe. Zu viel Arbeit mit dem Rundbrief und zu viel Arbeit mit deiner Geschichte. Als ich im vorigen Monat Doktor Friedlanders Namen aus den Gelben Seiten rausgesucht habe, hatte ich keine Ahnung, dass er dein Psychiater ist.«

»Stöhn.«

»Jetzt, wo wir das wissen, sollten wir lieber aufpassen und nicht zu viel über den anderen erzählen, richtig, Sammy? Ich schätze das ist ein Interessenkonflikt oder so was. Mann, manchmal ist es aber das Einzige, worüber ich mit dem Doktor reden kann. Guter alter Sammy.«

»Ich muss los, Fred . . .«

»Sammy, Sie sind ja weiß wie die Wand. Warum haben Sie das Telefon so aufgeknallt? Wer war dran?«

»Jemand hat seinen Termin abgesagt. Vielleicht sollte ich wieder gehen. Plötzlich will ich den Doktor nicht mehr sprechen.«

»Aber das ist doch perfekt. Welcher Patient war es?«

»Fred.«

»Fred? Der wäre der nächste Patient gewesen. Ach ja, danke, dass Sie uns ihm empfohlen haben. Der Doktor meint, er könnte immer neue Patienten brauchen. Aber wenn er weiterhin wegen der Abendsitzungen so viele Doughnuts vertilgt, muss er auf sein Gewicht achten. Gehen Sie gleich rein.«

»Aber ich habe ihn gar nicht empfohlen ...«

»Sammy! Wie schön, Sie zu sehen. Sammy, Sammy, Sammy. Lange nicht gesehen, was? Sie sehen müde aus, Sammy. Vielleicht hätten sie schon viel früher zu mir kommen sollen.«

»Hallo, Doktor Friedlander.«

»Nein, nach so langer Zeit sind Sie wieder da! Also, das freut mich. Ehrlich.«

»Ich freue mich, dass Sie sich freuen, Doktor, aber eigentlich hat meine Mutter –«

»Was für ein guter Zeitpunkt zu kommen. Einfach perfekt. Es könnte nicht besser sein, wenn wir es geplant hätten. Ich habe nämlich die ganze Woche über an Sie gedacht. Ja, einen Patienten wie Sie, Sammy, vergisst man nicht so leicht. Ich habe mich wegen Ihres Zustands in der Fachliteratur umgeschaut. Und heute Morgen habe ich, glaube ich, die Antwort auf Ihr Problem gefunden.«

»Wenn Sie die ganze Woche Fachliteratur gewälzt haben und ich ganz zufällig gerade dann komme, um Nutzen daraus zu ziehen, glaube ich kaum, dass Sie die Antwort auf mein Problem haben. Tut mir Leid, Doktor.«

»Sie müssen die Dinge positiver sehen. Das ist eins Ihrer

Probleme, Sammy. Negativität. Und jetzt wiederholen Sie, was ich sage. Hypnose.«

»Hypnose?«

»Das ist eine Aussage, Sammy. Versuchen Sie nicht, es wie eine Frage klingen zu lassen. Denn Hypnose wird Sie von Ihrer Paranoia heilen.«

»Doktor!«

»Schon gut, schon gut, mein Enthusiasmus hat mich übermannt. Aber selbst wenn wir Sie nicht vollständig heilen können, bin ich sicher, dass wir Sie zumindest so weit bringen, mit Ihrer Paranoia besser umgehen zu können.«

»Das habe ich nicht gemeint! Doktor, von allen Menschen, die ich auf dieser Welt kenne, sollten Sie doch wissen, dass ich nicht unter Verfolgungswahn leide. Sie sind objektiv, Sie haben meine Geschichte gehört, die Beweise gesehen. Das sind keine Fantasien. Was ist mit Fred?«

»Ja, Fred. Ich danke Ihnen für die Empfehlung. Aber ich war überrascht, dass Sie, obwohl Sie so lange nicht mehr bei mir waren, so nett waren, meinen Namen weiterzugeben, Sammy.«

»Aber ich habe Sie ihm nicht empfohlen.«

»Oh, aber offensichtlich doch. Jedes zweite Wort von ihm schien sich auf Sie zu beziehen. Sammy ist so ein guter Freund. Ich muss Ihnen erzählen, was Sammy und ich als Kinder gemacht haben. Und wenn ich je mein Elternhaus verlasse, dann will ich Sammy als Trauzeugen bei meiner Hochzeit. Wie kann ich da annehmen, dass er rein zufällig meinen Namen aus dem Telefonbuch herausgesucht hat?«

»Eigentlich –«

»Genug über Fred. Reden wir lieber über Sie. Legen Sie sich hin, Sammy.«

»Ich glaube nicht, dass ich heute in sehr empfänglicher

Stimmung bin, Doktor. Vielleicht sollte ich ein andermal wiederkommen.«

»Unsinn! Es gibt überhaupt keine besseren Zeitpunkt als jetzt. Das ist die perfekte Sitzung. Ich war bereit für Sie – und Puff! Da sind Sie. Wer sind wir, um uns gegen einen derartigen Zufall zu wehren?«

»Es war kein Zufall.«

»Außerdem läuft die Uhr schon, Sammy. Legen Sie sich hin und machen Sie das Beste daraus. Gut, Sammy, gut. Behalten Sie diese positive Einstellung, dann ist die geistige Gesundheit gleich um die Ecke. Schauen Sie nur darauf.«

»Doktor, warum wedeln Sie Ihre Faust vor meinen Augen?«

»Sie sollen die Uhr anschauen, nicht meine Hand.«

»Das kann ich nicht, Doktor.«

»Versuchen Sie es, Sammy. Irgendwas muss doch dran sein. Alle Bücher schreiben immer von einer Uhr.«

»Ich glaube, Sie sollten sie vom Handgelenk nehmen, Doktor.«

»Ist es so besser? Einatmen. Ausatmen. Schauen Sie auf den Sekundenzeiger –«

»Ich kann nicht.«

»Machen Sie keine Zicken, Sammy. Ich habe Ihnen doch gesagt, Sie müssen diese negativen Gedanken bezähmen.«

»Es ist eine Digitaluhr.«

»Verdammt! Darüber hat in den Büchern, die ich vom Psychiatrischen Buchclub bekommen habe, nichts gestanden. Na schön, schließen Sie einfach die Augen, dann schaffen wir es. Entspannen Sie sich, während Sie dem Klang meiner Stimme lauschen.«

»Ich versuche es, Doktor.«

»Denken Sie positiv. Konzentrieren, Sammy, konzentrieren. Holen Sie tief Luft. Wir sind hier allein. Außerhalb dieser Türen gibt es keine Welt. Niemand ist da, der Ihnen auf den Rücken schlägt und brüllt: »Gefangen!« Niemand will eine verrückte Party bei Ihnen veranstalten. Es gibt keine hungrige Meute, die nach Ihrer Anwesenheit giert. Es gibt kein –«

»Doktor! Ich dachte, ich sollte mich entspannen.«

»Alles, was noch existiert, sind Sie, Sammy, und der Klang meiner Stimme. Sie spüren, wie sich Ihr ganzer Körper entspannt. Ihre Hände und Füße schweben wie in einem Salzmeer. Ihre Arme und Schultern sind ganz locker. Ihr Torso ist wie Plastilin. Sie vergessen, dass Sie Beine, einen Penis und Zehen haben. Ihr Körper schwebt in einem Meer der Entspannung, und Ihr Verstand folgt ihm. Es gibt nur noch Ihr Bewusstsein, und Sie spüren, wie Sie zurückgehen, Sammy, zurück in Ihre Kindheit. Sie sind jetzt das Kind Sammy, aber mit dem Verstand eines Erwachsenen. Sie betrachten sich und sehen die Welt Ihrer Kindheit aus der Perspektive eines Gottes, der imstande ist, sie zu deuten. Sind Sie schon zu einer Erkenntnis gelangt, Sammy?«

»Ja, Doktor.«

»Und welche ist das, Sammy?«

»Sie rauchen immer noch zu viele Zigaretten, Doktor. Ihre Stimme klingt noch mehr wie ein Frosch als sonst.«

»Erreichen Sie noch eine *andere* Erkenntnis? Sie sind jetzt zehn Jahre alt. Beschreiben Sie, was um Sie herum geschieht.«

»Ich bin im Sportunterricht. Es ist der erste Tag eines neuen Schuljahres. Wir wollen Volleyball spielen. Wir haben noch nie in der Schule Volleyball gespielt. Die Mannschaften werden ausgewählt. Der Sportlehrer macht Billy und Mark zu den beiden Spielführern, und sie dürfen abwechselnd uns wählen.«

»Und auf welcher Seite sind Sie gelandet, Sammy?«

»Es hat nie Seiten gegeben. Billy hatte die erste Wahl, und er hat mich genommen. Dann hat Mark angefangen zu schimpfen, dass das nicht fair sei, weil *er* mich wollte. Sie haben sich geprügelt und sind im Clinch über den Boden der Turnhalle gerollt. Dabei wussten sie überhaupt nicht, ob ich spielen konnte! Als der Sportlehrer die beiden trennen wollte, haben Mark und Billy ihn angegriffen. Und dann haben sich alle übrigen Kinder ins Getümmel gestürzt und haben geschrien, dass sie nicht spielen wollten, wenn ich nicht in ihrer Mannschaft sei. Der Direktor musste kommen und mit dem gesamten Lehrkörper den Aufstand beenden. Danach hat meine Mutter vom Direktor einen Brief bekommen, dass ich für den Rest des Schuljahres vom Sportunterricht befreit sei.«

»Gehen wir noch ein bisschen weiter zurück, Sammy. Holen Sie tief Luft. Lassen Sie sich zurücktreiben, bis Sie sieben Jahre alt sind. Was passiert jetzt?«

»Wir sind gerade wieder umgezogen. Diesmal wohnen wir nur ein paar Blocks von der Schule entfernt. Mama hat beschlossen, dass ich alt genug bin, allein von der Schule nach Hause zu gehen, da es nicht weit ist. Ich war sehr stolz. Am ersten Tag, an dem sie es mir erlaubte, folgten mir zwei Kinder nach Hause. Am nächsten Tag noch mal zwei. Am dritten Tag begleitete mich schon ein Dutzend zu meinem Nachmittagsimbiss. Meine Mutter war beinahe pleite, weil sie so viel Milch und Kekse kaufen musste.«

»Cynthia! Sorgen Sie für Ruhe! Ich verstehe nicht, wie Sie und der nächste Patient so viel Krach machen können.«

»Aber, Doktor –«

»Es reicht, Cynthia. Diese Arbeit ist äußerst kompliziert. Los, Sammy, was ist dann passiert?«

»Wann?«

»Die Kinder, die Ihnen nach Hause gefolgt sind.«

»Ich erinnere mich nicht.«

»Wie hat es aufgehört?«

»Aufgehört?«

»Ja, aufgehört. Warum ist nicht die halbe Klasse am nächsten Tag gekommen? Warum hat nicht am Ende des Monats die ganze Schule vor Ihrem Haus kampiert?«

»Wir sind weggezogen. Immer wieder sind wir umgezogen. Jedesmal, wenn das Getümmel für mich und Mama unerträglich wurde, sind wir weggelaufen. Ich habe mein ganzes Leben auf der Flucht verbracht. Aber ich kann nicht mehr. Ich renne, aber ich renne nicht schnell genug, sie holen mich immer wieder ein. Ich muss irgendwo zur Ruhe kommen. Ich muss, aber sie lassen mich nicht. Morgens wache ich auf und weiß nicht, wo ich bin. Ich –«

»Das reicht, Sammy. Genug. Beruhigen Sie sich. Gehen Sie noch mal ein Jahr zurück, nein, zwei. Sie sind jetzt im Kindergarten.«

»Ich male mit den Fingern. Die ganze Klasse malt mit den Fingern. Ich erinnere mich nur, dass Mrs. Bartholomew sich über meine Schulter beugte. Ich konnte nicht den Finger in die Farbe stecken, ohne dass sie sich über meine Schulter beugte. Sie schien mich zu verfolgen. Immer war sie neben mir. Und wenn sie eine Frage stellte, schien sie von den anderen Kindern keine Antwort zu akzeptieren. Sie hoben die Hände und riefen ihren Namen, aber sie rief nur: ›Sammy? Was hast du dazu zu sagen?‹«

»Gehen wir noch weiter zurück. Sammy. Bis zum Moment Ihrer Geburt.«

»Ich kann es sehen, sogar, was geschieht, ehe ich geboren werde. Ich sehe sie im Krankenhaus. Ich bin noch in ihr. Meine seltsamen magnetischen Ausstrahlungen, was immer das sein mag, werden in ihr stärker. Sie kann sie spüren, obwohl sie nicht weiß, was es ist, denn jede Schwester umlagert sie.«

»Cynthia!«

»Tut mir Leid, Doktor. Ich tue, was ich kann.«

»Als die Wehen stärker werden, kommen alle zu ihr. Sie sprechen ihr Mut zu, bringen Blumen und Süßigkeiten, die sie anderen Patienten gestohlen haben, um sie zu bestechen ... wozu? Ich glaube nicht, dass sie wussten, was sie tun. Sie sitzt in ihrem Zimmer und wundert sich über ihre Beliebtheit. Sie ist verblüfft, aber auch ein bisschen verstört. Ich kann ihre Gedanken hören. ›Also das ist Mutterschaft‹, denkt sie, als die Wehen ihren Körper zusammenziehen.«

»Ich glaube, wir sollten ein bisschen weitergehen, Sammy. Sagen wir – zur Geburt, ja?«

»Ich habe das Gefühl, ständig beobachtet zu werden. Dieses Gefühl nennen Sie Paranoia ... ich mich, ein paar Stunden alt –«

»Aber was ist mit der Geburt? In den Büchern steht, dass Sie über die Geburt sprechen sollen.«

»... und wie sich herausstellt, *werde* ich ständig beobachtet! Ich sehe die große Glasscheibe in der Säuglingsstation, durch die alle stolzen Verwandten hereinschauen. Ich sehe sie starren, mit großen Augen, wie hypnotisiert. Jeder Vater, der sein Erstgeborenes sehen wollte, schaut stattdessen nur mich an. Großeltern starren mich an und vergessen die, durch welche die Familie weiterleben soll. Manchmal waren mehrere Dutzend da ... manchmal nur ein Mensch. Aber während der Besuchszeiten ignorierte jeder Vater sein eigenes Kind. Freunde der Familie vergaßen die normalen Erörterungen, von wem das Kind die Nase habe. Alle blickten mit großen Augen in meine Krippe. Wenn ich träume, sehe ich sie. Augen, hungrige, hungrige Augen.«

»Cynthia, was ist das Problem da draußen?«

»Doktor, es sind einfach zu viele. Ich kann nicht –«

»Ich komme gleich, Cynthia. Sobald Sammy und ich fertig sind. Also, das bringt nichts, Sammy. Ihre Fantasie ist tiefer verankert, als ich gedacht habe. Es verschlimmert Ihre Besessenheit, wenn wir die Vergangenheit heraufbeschwören. Versuchen wir etwas anderes, Sammy, okay? Bald werden Sie aufwachen. Und wenn Sie aufwachen, sind Ihre Fantasien, dass Sie im Zentrum des Universums stehen, verflogen. Galileo hat die katholische Kirche geheilt, und ich werde Sie heilen. Sie werden diesen lebensbedrohenden Verfolgungswahn nicht mehr haben. Sie werden sich nicht länger von Dämonen verfolgt fühlen. Dieser Irrsinn wird verschwunden sein, und Sie können ein produktives Leben führen, sich häuslich niederlassen und einen Beruf ergreifen. Hören Sie mich, Sammy?«

»Ja, Doktor.«

»Wenn ich mit den Fingern schnipse, erwachen Sie aus der Trance und fühlen sich frisch. Sie fühlen sich wie ein neuer Mensch. Ja, in der Tat, Sie werden ein neuer Mensch *sein.* Ihre Probleme sind nur noch Erinnerungen, Ihre Ängste nur ein Traum. Sie kommen jetzt aus der Trance, Ihre Trance endet ... jetzt!«

»Gähn! Tut mir Leid, Doktor Friedlander. Ich bin wohl eingenickt.«

»Machen Sie sich deshalb keine Gedanken, Sammy. Ich weiß, wie bequem die Couch ist. Ich habe selbst darauf ein Nickerchen gemacht. Doch die wichtige Frage ist: Wie fühlen Sie sich, Sammy?«

»Wie sollte ich mich fühlen, Doktor?«

»Darf ich wagen zu sagen, ausgeruht?«

»Vielleicht, Doktor, vielleicht.«

»Darf ich sagen ... geheilt?«

»Hmmmmm.«

»Hmmmm?«

»Geheilt? Aber ja! Ich *fühle* mich anders. Ich spüre nicht mehr einen Schatten hinter mir. Danke, Doktor! Ich fühle mich wie ein neuer Mensch. Wie kann ich Ihnen nur danken?«

»Sind das Tränen in Ihren Augen, Sammy? Ich bin gerührt. Unterschreiben Sie noch ein paar Formulare, wenn Sie gehen, das ist genug Dank. Ich habe sie bei Cynthia hinterlegt. Nichts Großartiges, nur eine Einwilligung, dass ich die Veröffentlichungsrechte für Ihren Fall habe. Es ist ein Standardverfahren, aber in diesem Fall, nehme ich es als ... eine symbolische Geste Ihrerseits.«

»Alles, Doktor. Ich bin ja so glücklich! Ich unterschreibe gleich jetzt.«

»Sammy, Sammy, Sammy. Es ist nicht eilig. Setzen Sie sich wieder. Trinken Sie etwas. Sind Sie sicher, dass Sie jetzt schon gehen müssen?«

»Doktor!«

»Was? Was habe ich gesagt? Habe ich etwas Falsches gesagt?«

»Einen Moment lang ... habe ich Ihnen tatsächlich geglaubt. Bis die Tage, Doktor Friedlander.«

»Warten Sie, Sammy! Bleiben Sie von der Tür weg. Gehen Sie noch nicht!«

»Sammy!«

»Ja, Sammy!«

»Wir warten schon eine Ewigkeit!«

»Was hast du so lange gemacht?«

»Oh, nein!«

»Ehrlich, Sammy, ich habe keine Ahnung, wo die alle herkommen.«

»Schon gut, Cynthia.«

»Sie sind hier vor knapp zehn Minuten mit Plakaten hereinmarschiert. Anfangs nur in Grüppchen, zu dritt und zu viert, aber jetzt sind es so viele, dass ich sie nicht mehr unterbringen kann! Und draußen auf dem Korridor sind noch mehr. Der Portier hat gerade angerufen und sich beschwert, weil sie die ganze Treppe blockieren.«

»Sammy, hier, iss die Suppe. Es ist zwar nur noch ein Löffel da, aber der gehört ganz dir! Ich habe es alles für dich aufgehoben.«

»Sammy, hier, nimm meine Miniatur vom Vatikan. Schau, da ist ein Mikroskop eingebaut.«

»Sammy, ich habe Recht gehabt, nicht wahr? Habe ich diese Demo nicht super auf die Beine gestellt? Die Plakate sind die Krönung, nicht wahr?«

»Sammy, alter Junge, das ist ja noch schöner als Fangen spielen.«

»Sammy!«

»Sammy!«

»Sammy!«

»Grrrr!«

»Ich kann den Anblick dieser Menschen nicht länger ertragen! Wenn ich auch nur eine weitere Minute mit ihnen verbringen muss, habe ich einen totalen Nervenzusammenbruch. Da bin ich ganz sicher.«

»Aber, Sammy, nicht das Fenster –«

»Ich muss weg von diesen Wahnsinnigen! Die Feuerleiter ist der schnellste Weg. Übermitteln Sie dem Doktor meine Entschuldigung. Ich wollte in seiner Praxis keine Armee zurücklassen.«

»Aber Sammy –«

»Keine Angst, Cynthia. Sehen Sie, ich mache das Fenster hinter mir zu. Vielleicht sehen wir uns mal wieder. Schade, dass es uns nicht geholfen hat.«

»Sammy, da ist keine Feuerleiter!«

»Ah – oh.«

»Sammy, komm wieder rein. Wenn nicht wegen dir, dann denke an die großarige Reise nach China, die wir nächstes Jahr machen.«

»Sammy, ich habe gedacht, du wolltest, dass Herb und ich dir helfen, Stühle zu kaufen. Auf unsere Kosten.«

»Sammy, wie kannst du deine Freunde hier allein lassen?«

»Ihr seid nicht meine Freunde!«

»Kommen Sie rein, Sammy. Das Fensterbrett ist nur zwanzig Zentimeter breit.«

»Ich kann nicht, Cynthia. Ich kann mich nicht bewegen.«

»Sie meinen, Sie wollen sich nicht bewegen.«

»Nein, ich meine, ich kann nicht. Der Gedanke, zu dem Mob zurückzugehen, lähmt mich. Ich brauche ein bisschen Frieden, und so werde ich ihn bekommen. Sie können das Fenster wieder schließen, Cynthia. Ich bleibe einfach hier sitzen, wo es ruhig ist. Ich schaue hinab auf die stillen, beinahe menschenleeren Straßen ... Zumindest einen Moment lang kann ich mir einbilden, ein Teil dieser Einsamkeit zu sein.«

»Schau mal – da ist so ein Irrer auf dem Fensterbrett.«

»Ein Springer!«

»Machen Sie das nicht! So schlimm kann es nicht sein!«

»Spring! Spring!«

»Bist du wahnsinnig? Sag so was nicht.«

»He, *er* ist der Idiot da oben am Fenster.«

»Keine Angst, Junge. Hilfe ist schon unterwegs. Wie heißt du?«

»Hmmm ... das ist nicht gerade, was ich geplant hatte.«

»Tu's nicht!«

»Hier spricht die Polizei – Bewahren Sie Ruhe! Ich wiederhole: Bewahren Sie Ruhe!«

»Haut ab!«

»Sie sorgen hier unten für eine Riesenzirkus. Wie wär's, wenn Sie runterkommen und diese guten Leutchen weitergehen lassen? Es gibt doch keinen Grund, sich wehzutun.«

»Schicken Sie die Hubschrauber weg! Ich will mir nichts antun.«

»Was machen Sie denn dann auf dem Fensterbrett?«

»Ich will nur einen Moment für mich haben. Lassen Sie mich in Ruhe!«

»Sammy, rück ein Stück rüber, ich will zu dir kommen.«

»Nein, George!«

»Sammy, du solltest nicht ganz allein da draußen sein. Das ist doch furchtbar einsam.«

»Leute, ich glaube nicht, dass das Fensterbrett uns alle trägt. Leute?«

»Sammy!«

»Sammy!«

»Sammy!«

»Hier spricht wieder die Polizei. Ich weiß nicht, wie Sie das geschafft haben, Mann, aber Sie können sich nicht umbringen. Hier unten sind Hunderte Ihrer Freunde und hoffen, dass Sie leben.«

»O mein Gott! Sie sind da. Sie sind alle da. Ich will leben! Lasst mich in Ruhe!«

»Ich fürchte, das kann ich nicht. Ich bin Polizist. Die anderen mögen ja Freiwillige sein, aber ich werde dafür bezahlt, dass ich Sie nicht allein lasse. Ich kann nicht gehen.«

»Sie können nicht gehen! Die anderen können nicht gehen! Keiner kann gehen!«

»Na, na, regen Sie sich nicht auf. So schlimm kann es nicht sein.«

»Was wissen Sie denn?«

»He, du da oben! Heißt du nicht Sammy?«

»Sammy! Sammy! Die Suppe!«

»Sammy, tue nichts Überstürztes, bis ich dein Autogramm habe.«

»Sammy, erinnerst du dich an mich?«

»Sammy, ich habe dir noch nicht den Stonehenge-Briefbeschwerer gegeben.«

»Sammy!«

»Sammy!«

»Sammy!«

»Sammy, unterschreiben Sie noch diese Papiere, ehe Sie springen. Gemeinsam schreiben wir psychiatrische Geschichte!«

»Sammy, tu nichts, was du später bedauerst. Janet hat jede Menge Freundinnen, alle Singles, vielleicht gefällt dir eine davon. Wir könnten gemeinsam ausgehen.«

»Sammy, nur noch einmal Fangen spielen! Nur noch ein einziges Mal!«

»Sammy, dein Problem ist, dass du zu viel Zeit allein verbringst.«

»Ja, du hast zu viel zum Grübeln. Du solltest mehr unter Leute gehen.«

»He, warum gehen wir nicht alle zusammen ins Kino?«

»Ja, los.«

»Welcher Film läuft denn?«

»Wie wär's mit –«

»Warum nicht –«

»Ich kenne ein Kino im Zentrum mit prima Popcorn.«

»Warte! Schließlich tun wir das für Sammy. Lasst Sammy entscheiden, wohin wir gehen sollen.«

»Sammy!«

»Sammy!«

»Sag's uns!«

»Sammy, du musst wählen.«

»Sag uns, wohin wir gehen sollen.«

»Sammy!«

»Ich kann es nicht mehr aushalten! BITTE! HAUT! AB! AUS! MEINEM! LEBEN!«

»Naja ...«

»Okay, Sammy.«

»Wiedersehen.«

»Wenn du das wirklich willst.«

»Bis später.«

»Entschuldigen Sie, Sammy, aber Sie blockieren das Fenster.«

»Wartet – was macht ihr denn?«

»Wir gehen, Sammy. Nachdem du uns so nett darum gebeten hast.«

»Wenn du wirklich gewollt hast, dass wir gehen, hättest du uns das sagen sollen. Keiner will hier rumhängen, wenn wir dich stören, Sammy.«

»Aber ich sage euch doch schon seit Jahren, dass ihr abhauen sollt! Mein ganzes Leben habe ich damit verbracht, euch das zu sagen. Ich habe –«

»Aber du hast noch nie ›bitte‹ gesagt.«

»Ich habe nie ...«

»Du hast schreckliche Manieren, Sammy. Das predigen wir dir schon seit Jahren.«

»Bitte?«

»Dein einziger Fehler. Wer konnte schon ahnen, dass wir dir glauben sollten.«

»Bitte? Ich habe nie *›bitte‹* gesagt?!«

»Er hat Recht, Sammy. Du hättest uns nur bitten müssen.«

»Ja, wir wollten nie, dass du uns für lästig hältst.«

»Bitte. Bitte. Bitte. O mein Gott. Bitte, ich bin frei. Danke. Danke, Welt! Sie sind weg. Sie sind alle weg. Sobald ich vom Fenster weg bin, kann ich anfangen zu leben! Als

Erstes werde ich – Uh-oh. Das Fenster. Es klemmt. Hallo? Ist jemand da? Können Sie das Ding mal aufmachen? Cynthia? George? Herb? He, ist denn keiner da? He, Leute? Wo zum Teufel sind alle? Bitte? Bitte!«

»Also, wenn du wirklich so fühlst.«

»Wir sind wieder da.«

»Hmmm ... ganz so habe ich es nicht gemeint.«

»Hier mit meinem Prado-Brieföffner kann ich das Fenster aufstemmen.«

»Danke, Leute, aber ihr hättet nicht alle zurückkommen müssen. Und jetzt haut ab – bitte.«

»Du hast doch diesen *Bitte*-Unsinn nicht wirklich geglaubt, oder? Nicht, wenn ich immer noch Suppe für dich habe.«

»Wir werden dich nie verlassen, Sammy. Wir wollten dich nur aufheitern.«

»Aber –«

»Klar, wir haben nur eine Scherz gemacht.«

»April, April!«

»Aber jetzt haben wir Oktober, verdammt!«

»April, April.«

»Nein!«

»April! April!«

»Bitte – lasst mich in Ruhe.«

»April! April!«

»Ich kann das nicht mehr ertragen!«

»O nein!«

»Schaut raus! Er ist gesprungen.«

»Jemand soll ihn auffangen.«

»Das Netz! Haltet das Netz unter ihn.«

»PENG!«

»Uh-oh.«

»Äh – Sammy?«

»Los, Sammy, steh auf! Die Nacht ist noch jung!«

»Sammy!«

»Wirklich nicht der richtige Zeitpunkt, ein Nickerchen zu machen!«

»Ich glaube nicht, dass er aufsteht.«

»Vielleicht ist er nur müde.«

»Ja, das ist es. Aber der Rest der Scharf-Sauren-Suppe wird ihn wieder auf die Beine bringen.«

»Ich glaube, er will sie nicht. Sie rinnt ihm übers Kinn.«

»Undank!«

»Sammy weiß einfach nicht, wie er seine Freunde behandeln muss.«

»War das nicht immer so?«

»Los, gehen wir – alle – ich glaube, wir haben ihm lange genug seinen Willen gelassen.«

»Ich glaube, ich habe ihn von Anfang an nicht gemocht.«

»Du, George, da Sammy diese Albert-Hall-Eieruhr anscheinend nicht haben will, kannst du sie haben.«

»Ach, Ernie – danke. Wisst ihr was? In Zeiten wie diesen kann man sehen, wer seine wahren Freunde sind.«

Originaltitel: You'll Never Walk Alone
Ins Deutsche übertragen von Edda Petri

33. Copyrightvermerke und Danksagungen

Vielen Dank an Alan Ashdown, Judith Higgins und Dennis Lien, die mir mit Kopien einiger Geschichten ausgeholfen haben. Mein Dank gilt ebenfalls all jenen, die etwas zu dieser Anthologie beigetragen haben: Gedankt sei ihnen für ihre Hilfe und ihre ermutigenden Worte (gilt natürlich nur für die noch Lebenden) und, ach ja, für ihre Geschichten. Das Copyright aller Geschichten liegt bei den einzelnen Autoren, und zwar wie folgt:

McCall Corporation. First published in *Blue Book,* August 1943. Reprinted by permission of the author.

»Nasty« © 1959 by Fredric Brown. First published in *Playboy,* April 1959. »Rope Trick« © 1959 by Fredric Brown. First published in *Adam,* May 1959. »The Ring of Hans Carvel« © 1961 by Fredric Brown. First published in *Nightmares and Geezenstacks* (New York: Bantam Books, 1961). Stories reprinted by permission of the author's agent, the Scott Meredith Literary Agency.

»The Diplodocus« by Porter Emerson Browne. First published in *The New Broadway Magazine,* August 1908. Copyright expired in 1985.

»Happy Valley« © 1973 by Python (Monty) Pictures Ltd. First published in *The Brand New Monty Python Bok* (London: Eyre Methuen, 1973). Reprinted by permission of Methuen Publishing Ltd. and Python (Monty) Pictures Ltd.

»The Byrds« © 1983 by Michael G. Coney. First published in *Changes* edited by Michael Bishop and lan Watson (New York: Ace Books, 1983). Reprinted by permission of the author and the author's agent, the Dorian Literary Agency.

»Milord Sir Smiht, the English Wizard« © 1975 by Avram Davidson. First published in *The Enquiries of Doctor Eszterhazy* (New York: Warner Books, 1975). Reprinted by permission of Grania Davis.

»Math Takes a Holiday« © 2001 by Paul Di Filippo. New story, original to this anthology. Printed by permission of the author.

»You'll Never Walk Alone« © 2001 by Scott Edelman. New story, original to this anthology. Printed by permission of the author.

»Dragonet« © 1985 by Esther Friesner. First published in *Amazing Stories,* January 1986. Reprinted by permission of the author.

»Gunsel and Gretel« © 2001 by Esther Friesner. New story, original to this anthology. Printed by permission of the author.

»Mother Duck Strikes Again« © 1988 by Craig Shaw Gardner. First published as Chapter 2 of *An Excess of Enchantments* (New York: Ace Books, 1988). Reprinted by permission of the author.

»How Much Would You Pay?« © 2001 by Craig Shaw Gardner. New story, original to this anthology. Printed by permission of the author.

»The Strawhouse Pavilion« © 1969 by Ron Goulart. First published in *Coven 13,* January 1970. Reprinted by permission of the author.

»The Swords and the Stones« © 2001 by E.K. Grant. New story, original to this anthology. Printed by permission of the author.

»A Case of Four Fingers« © 2001 by John Grant. New story, original to this anthology. Printed by permission of the author.

»Touched by a Salesman« © 2001 by Tom Holt. New story, original to this anthology. Printed by permission of the author.

»Attack of the Charlie Chaplins« © 1997 by Garry Kilworth. First published in *New Worlds #222,* edited by David Garnett (Clarkston: White Wolf Publishing, 1997). Reprinted by permission of the author.

»Not Ours to See« © 1997 by David Langford. First published in *The Fortune Teller,* edited by Lawrence Schimel & Martin H. Greenberg (New York: DAW Books, 1997). Reprinted by permission of the author.

»The Caliber of the Sword« © 1999 by Larry Lawrence. First published on the Web in the e-zine *Fantasy, Folklore and Fairytales,* September 1999. Reprinted by permission of the author.

Beginn einer neuen Trilogie für alle Freunde von Philip Pullman

Garth Nix
SABRIEL
Roman
368 Seiten
ISBN 3-404-20507-3

Wer wird die Lebenden beschützen, wenn die Toten sich erheben? – Sabriel ist die Tochter des Magiers Abhorsen. Seit früher Kindheit lebt sie außerhalb der Mauer des Alten Königreichs - weit entfernt von der ungezügelten Macht Freier Magie und fern von den Toten, die nicht im Reich des Todes verbleiben. Doch dann wird ihr Vater vermisst, und Sabriel erachtet es als ihre Pflicht, ins Alte Königreich zurückzukehren, um ihn zu suchen. Sie verlässt die Geborgenheit der Schule, die ihr Zuhause war, und macht sich auf eine Suche voller übernatürlicher Gefahren, begleitet von Gefährten, von denen sie nicht weiß, ob sie ihnen vertrauen kann - denn innerhalb der Grenzen des Alten Königreichs ist nichts so, wie es zu sein scheint …

Bastei Lübbe Taschenbuch